ET L'OMBRE EMPORTE SES VOYAGEURS

MARIN TINCE

ET L'OMBRE EMPORTE SES VOYAGEURS

roman

ÉDITIONS DU SEUIL
*57, rue Gaston-Tessier, Paris XIXe*

ISBN 978-2-02-142696-0

www.seuil.com

Aux petits incarnés…

Surtout ne voyez nulle inconvenance à mes propos de galérien, je relate en ces pages simplement ce que j'ai vu, rien de plus, et en toute innocence. Aussi le peu qu'il m'a semblé comprendre comme on traverse un théâtre y entravant peu. Car c'est une bringue, un baltringue la vie, rien d'autre. En somme voilà tout ce que j'ai enduré et ressenti à errer dans un zoo où se déroulait un bal masqué avec des loups aux masques de tourterelles.

Guère plus, et en toute gentillesse.

Ils ne veulent plus mourir.

Émergeant des Fleurs après tant et tant d'années j'ai plus reconnu rien moi, et je vous parle pas là de biennale, la dizaine y est passée. Ressortant la tête de mes eaux noires après tout ce temps, ébahi d'être encore, mais de l'autre siècle maintenant et si égaré là, tout m'apparut alors trop peu reconnaissable.

C'était pas comme ça quand j'étais petit gniard moi.

Aujourd'hui, ils ne veulent plus mourir.

Et même plus rien du tout maintenant, et surtout pas souffrir, non plus vieillir, simplement vivre et à peine et sans plus aucun risque et toujours se refusant à pas être au mieux, le malheur d'un coup virant de banal à intolérable. C'est qu'on rechigne à tout aujourd'hui, se traîner malade, s'infuser une face tarte, et puis manquer, perdre, même transpirer devient insupportable, toujours ils ont besoin d'un coupable et pour tout. Et pourtant on les a cherchées les turbulences, on les traquait je peux dire les sensations, bien échiné au cours des siècles à les revendiquer nos envies, jouir partout à tous moments, chaque seconde et par tous les trous, ressentir bien à fond. Puis, avec le temps, on a bien fini par comprendre tout de même la fausseté du raisonnement, l'impasse douloureuse, on pigea subito ; la meilleure façon de connaître des sensations se trouvait cachée dans le souffrir.

Du coup faire semblant on veut bien maintenant, juste ça mais c'est tout, et encore, sans trop de peine ni de fatigue car on s'énerve vite face à notre irrémédiable échec. Plus de larmes ni de tristesse, plus de défaites, plus de sueur, ruine du cœur, faillite de l'âme, on renâcle à tout, l'abêtissement de l'animal on recherche, l'engourdissement de la bête de somme. À ça d'ailleurs on peut deviner le succès de toute nouveauté, à son degré d'abrutissement, tout est là, son tabac est proportionnel à sa faculté de nous l'extirper la vie, de nous extraire le réel de l'âme, comme une dent.

Dès lors la vie des gens ne fut plus qu'un long renoncement parsemé de petits refus continuels, entrecoupé d'évasions fausses.

Outre temps c'était pas comme ça quand j'étais petit gniard moi, on craignait pas de morfler, l'idée même d'y couper venait pas nous tarabuster la patate.

Que j'y repense là écrivant, c'était pas comme ça.

Mais le drame avec la tête c'est de pas bien y voir clair au-dedans, pour se souvenir et puis causer faut se fader le train de la mémoire et remonter le cours calendaire. Moi, émergeant des Fleurs j'ai voulu continuer comme avant, l'époque d'avant où je me retournais guère sur mes jeunes années, sur le passé du monde, mais c'était vraiment trop différent tout, la Terre et les gens, moi itou. Moi au retour devenu étranger dans un monde inconnu, avec encore çà et là quelques balises rouillées qui me racontaient, et si légèrement, les restes d'hier, du vingtième siècle. Plus que des brumes en fait, bien légères et vaporeuses, déjà en partance, en projet de disparition totale.

Puis l'enchaînement régulier de mes jours, comme freiné de lest, brusquement se révéla trop pesant et chargé de souffrances, si lourd le harnais par moments que je les sentais prêtes à plus tenir le coup les digues à souvenirs, à douleurs. Un vide je ressentais, et tout gris, et si fort au-dedans que j'en gelais des yeux, du cœur et le ventre en pierre, en petit vent glacé avec vraiment plus rien du tout pour avancer encore même juste un peu. J'y ai vu là, précis impérieux, le besoin d'hier qui commençait à tendre la patte. Car ils ont beau s'évanouir sans plus jamais de retours ni de signes, tous, et les lieux et les cycles, les étapes et combinaisons d'êtres, restera quand même agrippé à nous un petit quelque chose pinçant et vaporeux de leur saison d'âme. On rafistole pas les années perdues, elles sont parties sans bouger, elles planent loin derrière, et nous on se répand, sinon que voulez-vous, y'aurait plus qu'à s'asseoir et attendre que la vie passe, comme on regarde un train s'éloigner dans la plaine. Mais on se souvient pas de tout c'est forcé, les débuts sont flous et morcelés, ces petits bouts d'histoires des choses vagues de l'enfance. L'oubli parfois ça nous sauve. Ce qui nous reste accroché dans le citron suffit bien à nous alourdir la démarche et le regard. Et puis à quoi ça sert l'enfance au bout du compte, c'est rien qu'une loupe, le pays des sensations, alors à quoi ça sert, pourquoi qu'on déboule pas tous dans un œuf déjà adulte ? C'est vrai, on s'en épargnerait des soucis, bien des tracas, bien de la morfle.

L'enfance ça sert à se fabriquer du dépôt, charger du fret qu'on va se trimballer tout du long des jours, jusqu'au bout, et de plus en plus qu'on avance, pis qu'on décline, comme une fosse derrière soi se creuse et nous suit partout. Le présent sitôt périmé, zou, à la douve, tombé dedans à se mélanger avec tout le passé qui glougloute comme dans un chaudron, une marmite sans fond. Et partout toujours cette fosse à souvenirs nous renifle à la traîne, genre de clébard affamé réclamant jamais rien que des reliques comme des caresses, juste encore des souvenirs, par époques, des périodes en miettes, des pans de vie entiers. Et certains flottent au-dessus de cette mélasse, des très vieux parfois remontent et surnagent, veulent pas couler vraiment, tandis que des tout frais instantanément s'enlisent et sombrent dans cette torturante bouillabaisse. On les reverra jamais plus ceux-là, ils vont rester insignifiants à planer entre deux eaux, sûrement pas assez douloureux pour courir se cacher au fond. Trop pour surnager.

Ainsi, avant les tout premiers souvenirs, il n'y a jamais rien qu'une hébétude.

Et pourtant…

Aux bruits étouffés me parvenant de l'extérieur j'avais déjà tout compris moi, rien que ça et je savais, c'était inné, ce qu'il y avait de l'autre côté… je n'en voulais pas. J'avais comme la vague mais irrépressible intuition qu'à la seconde où j'aurais mis un pied hors de ce lieu ne me resterait alors jamais plus qu'un sentiment irrévocable de paradis perdu. À cette seconde pour moi les paradis ne pouvant plus être qu'hier.

Mais vrai, je me suis pourtant bien accroché à tout ce qu'il y avait de pas trop mou mais on voulait vraiment plus de moi dans le coin, baloudé dans ce long conduit sombre à me cogner de-ci de-là, tout en glissant avec dégoût vers, déjà pour moi il me semblait, des effets de rinçures aux froides résonances métalliques.

Ça hurlait de partout dans cet hiver blanc, et dehors et dedans moi.

C'est pour tout ça, j'ai dû naître à reculons.

Après c'est le trou, j'avoue.

Je suis né en hiver, la période où la nature semble mourir et où les vieux meurent vraiment, en mars, le treize, c'était à Suresnes, en soixante-cinq, mille neuf cent j'entends. Parallèlement à ça mars semble pourtant bien le mois qui se rapproche le plus de l'existence, avec ses éclaircies et ses giboulées comme des malheurs qui s'abattent et puis s'éloignent. Qu'on a certainement bien dû me forcer d'ailleurs, me pousser pour les passer toutes ces portes, ah non je voulais rien entendre, agrippé dans le noir j'avais l'impression d'oublier quelque chose. Il m'a même semblé que j'émergeais avec déjà des regrets en ce début d'après-midi où on m'attendait pas plus que ça. On m'attendait d'ailleurs si peu que personne ne m'en avait trouvé un de prénom dans la famille du grand Awouè, pas vraiment qu'ils s'en tapaient mais ça venait pas, rien leur plaisait, se foulaient pas trop non plus faut admettre, le sexe même leur importait peu, c'était du kif, sauf peut-être pour ma mère qui aurait bien aimé une fille. Et puis c'est la tante Barbara qui l'a trouvé le prénom, un jour qu'elle attendait le métro à regarder les petites souris filer entre les rails. Ça lui est venu d'un coup dites donc, une inspiration, comme ça, tombée d'on ne sait où, comme imposée, là, sur le quai, la petite frangine du grand Awouè. Elle en est rentrée dare-dare au Deupièce pour annoncer :

« Ayé mes p'tits chéris… j'ai trouvé… »

Ah bon ? qu'ils ont tous répondu, dis voir un peu.

« On l'appell'ra Matin. »

Personne a rechigné.

Comme quoi on le dit mais c'est vrai à pas grand-chose ça tient le prénom qu'on va se coltiner toute une vie. Heureusement même qu'elle traînait dans les parages la tante Barbara, possible sans ça qu'ils chercheraient encore.

Direction onzième arrondissement, en haut de la rue Jean-Pierre-Timbaud, le 98, deuxième étage du bâtiment B, vue sur cour et un peu sur la rue tout au fond. Un deux-pièces. Mais j'arrivais pas à m'y résoudre moi, à tout pour ainsi dire, ma perte, mes regrets, je me voyais abandonné nu, si apeuré de tout et si seul démuni, endeuillé si fort qu'au bout d'un an et demi j'en ai fait des complications, failli calancher bébé, un virus, de retour à l'hosto les toubibs comprenaient pas ce que c'était, savent toujours pas d'ailleurs. Et dans cet hôpital j'ai pas retrouvé ce que j'avais perdu, mais eux par contre ont découvert que j'avais un rein plus petit que l'autre, de moitié, puis en même temps aussi que je possédais un foie énorme, comme pour compenser voyez. Faut dire, je me souviens pas très bien mais ça a dû parlementer sec là-haut dans les cieux, z'ont dû tenter de me raisonner pour que je fasse pas déjà si tôt le voyage retour. De par ce fait j'ai bien fini par l'accepter ce cadeau empoisonné, sans d'ailleurs percuter pleinement à quel point il l'était, mais je me rendais bien compte que ça sentait le renfermé à l'extérieur. C'est peut-être bien pour ça que je fus hébété dès le début du parcours.

À l'image de ces livres ennuyeux mais formateurs délaissés quelque temps il me semblait enfiler à nouveau, et ce dès la naissance, une vieille et même dépression que j'aurais renâclé à finir Dieu sait quand. Aussi j'y pouvais rien mais tout me semblait fort terne, comme délavé, du pastel en plus sale, et puis qu'il fallait s'habiller, se laver, et pis manger, chier, et puis parler, avec la bouche en plus. Idées bien folasses que tout cela je trouvais.

Voyez-vous, je crois, la première chose que j'ai réclamée en débarquant c'est la paix, et ça dès le début, à peine un pied-à-terre, qu'on me foute la paix. Comme on se repose sans être fatigué.

On sent bien quand ça freine, quand ça coince, qu'il y a rejet, c'est rarement innocent, c'est des raisons tout ça même si on se cherche des excuses. Mais entre nous, c'est-y pas assez lourd et désillusionnant la vie comme ça sans rallonger la sauce, parfois c'est du vice, pas à dire. Souvent on a largement son blinde, et comac, sans qu'on y touche ni en rajoute. Elle se charge de tout la vie, même bien planqué dans un coin sombre à faire bien gaffe de pas trop respirer fort toujours elle nous retrouve, jamais elle nous lâche ni nous oublie, c'est une pro côté private investigation, sa loupe est grosse, elle fait bien tous les fonds de tiroirs, et toutes ces vieilles raclures, écorchures d'un temps passé, toutes ces blessures qu'on croyait naïvement oubliées, effacées même, elle nous les rebalance sur la table, remet le couvert, comme si qu'on n'avait déjà pas assez à faire avec le présent, pis on a intérêt à tout bouffer, sinon c'est le triple.

Je sais de quoi je cause, je peux en parler, j'ai un peu d'existence dans le buffet maintenant que je suis de l'autre siècle.

De retour au Deupièce chez les parents du grand Awouè j'ai accepté de vivre, mais je n'étais qu'un long hurlement, j'ai hurlé, des nuits entières, et pas dégueulé du tout moi quand j'étais vraiment tout petit gniard bébé, tout de rentré, tout gardé dedans, mais des cris, des hurlements, les deux premières années. On digère jamais vraiment la résignation, ça laisse des traces, comme tout ce qu'on encaisse mal. Et les nuits où je braillais trop le grand Awouè il me faisait faire des tours et des tours de boulevard extérieur, que ça me berce et me calme, que je la boucle, que je roupille. Lorsqu'enfin je pionçais pépère il se rentrait, sortait le panier de l'auto, loupait une anse et je roulais dans le caniveau, que ça me réveillait.

J'étais pas convaincu je dois dire, ni de la flotte ni des tonneaux et déjà encore moins de lui.

Mais tout ça c'est vraiment pour dire, pas rester tout seul dans le noir à mâcher et remâcher un vieux chewing-gum aux souvenirs. Du coup on regarde devant mais on voit mal, c'est flou, pas encore construit, des illusions dans le brouillard.

De ce fait j'ai entamé l'existence avec pas beaucoup de bonnes volontés faut reconnaître, et puis ça m'est venu les jours passant, fallait bien d'ailleurs sinon il reste quoi pour survivre quand d'instinct on possède ni l'envie ni l'insouciance, quand on embarque dans la vie d'ici comme on tombe poussé d'un coup d'épaule sur le pont d'un navire ? Pour survivre il reste rien que de la bonne volonté à se dégoter quelque part quand on se retrouve embringué dans l'existence comme signe un marin en fin de cuite. Voilà comment je suis né moi, par surprise je dirais presque. Le temps de me relever, comprendre, passer deux ans à gueuler l'injustice, le refus, pis bien entraver l'arnaque et j'étais déjà loin en mer avec plus rien que le grand large droit devant, déjà trop avancé sur les flots. Il y a bien des marins qui ne savent pas nager me direz-vous, ils embarquent quand même, ça gêne qui ce genre de détail ? J'ai en quelque sorte cessé de hurler pour me mettre à pleurer, silencieux. Dans le Deupièce rue Jean-Pierre-Timbaud on s'occupait pas de savoir si j'étais assidu aux journées ou découragé dès le début, tant que je hurlais plus trop ça allait, que j'en étais même devenu un petit gniard fort peu encombrant, presque sympathique et pas du tout exigeant sur le plume et le rata. Tout me convenait, tant qu'on m'emmerdait pas à me demander des fariboles et billevesées. Pas cascouillant plus que ça donc. Aussi je dois dire je poussais à l'ombre et l'exemple des parents du grand Awouè, eux non plus demandaient pas grand-chose de la rue, du patron, du président et de la vie. Du coup à les voir rien faire, rien réclamer à se tenir pépères et vivre de rien je dirais tout ça m'a bien aidé moi aussi à y mettre du mien dans tout et surtout pas exiger de la vie ce qu'est pas prévu. Le grand-père c'était pas beaucoup différent le soir quand il radinait de l'usine. Les ouvriers c'est comme une race d'avant, les paysans aussi, des races perdues, du temps où on restait pas à rêvasser con devant les trois piscines chauffées de l'acteur Machin, ils rêvaient à du possible eux et du pas trop compliqué, ce qui tenait dans la main, dans les bras, pas des tut-tut et des flaflas, les ouvriers ils bavaient pas au sidéral, j'ai assisté à ces choses-là moi, je sais. Ce qui tenait pas dans la main était louche, et ce qui tenait pas dans les deux voulait bien dire ce que ça racontait sans paroles ; c'était pas pour eux. Et le grand-père, tourneur fraiseur, le soir quand il avait rangé son Solex dans la cour il réclamait plus rien que sa place à la table de la salle à manger, il y filait direct étaler son journal, rien que sa place il voulait, et toujours la même dos au mur près de la petite cheminée au poêle Godin en face de la porte du palier. Ça lui raclait guère le fond de la bouillotte de réclamer autre chose que d'être peinard à sa place bien personnelle, le journal étalé devant, les Gauloises pas loin et un peu de vie autour. Alors le message passait dans le Deupièce, et sans un mot, c'était limpide, fallait plus l'emmerder avec rien des choses d'ici-bas, comme un artiste penché sur son œuvre fallait le laisser disparaître en silence dans la fumée de ses Gauloises, pendant des heures on l'entendait plus, il lisait dans un nuage bleu-gris. Il était plus là.

Moi j'allais vite, j'allais très vite, c'était l'âge, ce qui m'était obscur le mardi ne l'était déjà plus le dimanche. J'apprenais. Je pataugeais bien un peu dans les heures, on pouvait pas m'en vouloir de ça, je m'embrouillais du matin au soir à jamais reconnaître où qu'on en était de la journée, rien percevoir du déroulement des événements, des jours, des semaines, le mois, l'année. L'existence me passait largement au-dessus. Et c'était pas plus mal.

Je tentais bien tant que je pouvais c'est évident de jouer avec ma merde une fois délesté en me retournant le plus vite possible sur mon petit pot installés lui et moi en plein milieu de l'entrée, mais la grand-mère vigilante toujours surgissait pour m'en empêcher en hurlant que c'était tout à fait dégueulasse ce genre de pratiques. Y'avait pas de quoi je trouvais, la chose est humaine. Faut nullement s'étonner aujourd'hui si je cours les fêtes foraines pour y dégoter churros et chichis. Ça lui apprendra à la grand-mère.

Du coup les journées pour moi elles se déroulaient couci-couça au début, j'oscillais gentiment entre l'ennui, la grand-mère et les rêveries, ça pouvait aller, dans ce décor exigu je trouvais comme qui dirait des bornes à mon petit pessimisme naïf et généralisé, je savais encore me tenir. Jusqu'au jour où je découvris qu'une des portes du Deupièce tombait sur un escalier, alors ça a été fini, immédiatement je fus distrait par la crainte de toutes les choses humaines, l'obscur malaise que rien ne s'arrête là, comme au sortir du ventre, que tout peut dégueuler au-dehors et nous y entraîner sans jamais s'arrêter de s'étendre, et puis surtout l'idée angoissante que dans la vie peut vous arriver des choses et des gens pas désirés du tout. Voilà, j'étais cuit.

Pourtant quand même déjà l'odeur du palier ça me grisait un peu, m'ouvrait des possibilités infinies, c'était mon grand large, aussi dès que j'ai pu je descendais souvent traîner ma vague tristesse sans cause dans l'enfilade de ces quatre cours, je découvrais Paris.

Parce que c'est rien d'autre en fait Paris, rien qu'une succession de patelins reliés entre eux par des avenues, des artères, comme ces villes dont les banlieues s'étendent au point de se rejoindre, des gouttes d'huile dans un verre d'eau. Et dans ces petits bleds c'est rempli de pâtés, d'immeubles, et tout ça qui s'enfonce sérieux dans les profondeurs des arrière-cours.

Voilà donc, vers trois quatre ans j'étais déjà une espèce de vieux monstre à gueule de singe qui hantait une arrière arrière-cour. Et toujours à l'affût, du malheur, qui devait pas se carrer bien loin, quelque part planqué dans tout le gris de ce décor, ces bâtiments de six étages en petites briques rouges, et tout ça toujours sous un ciel blanc terne. Et je l'ai trouvé le malheur, un jour, il était tout près de moi, en dessous, dans ces trous immenses sur le côté, ces grandes verrières presque à plat recouvertes de grillages noirs. Au fond, tout en bas dans le trou des femmes en blouses bleu clair travaillaient pliées sur des machines à coudre, une cinquantaine par atelier. Elles y passaient leur semaine dans ces grandes caves, un ciel grillagé pour plafond, le plafond au ras de terre. Je les regardais et il n'y avait pas un murmure là-dedans, mis à part le vacarme des machines. Elles levaient jamais la tête de leur travail ces femmes, le nez sur leur bout de tissu ça bossait dur. Puis la sirène à six heures et plus personne après jusqu'au matin.

L'avenir appartient à celui qui a des ouvrières qui se lèvent tôt.

Soudain alors voilà qu'un matin on me réveille et sans un mot m'extirpe du plume, m'habille pour m'emmener de par les rues où un fond de nuit encore restait à geindre accroché au-dessus des toits. On voyait des réverbères, par endroits, tomber une lueur jaune, les trottoirs en étaient tout barbouillés, aussi moi je regardais ça en marchant, charrié, entraîné par des mains, je regardais au passage, épaté, ces petits cercles de lumière jaunie au pied des pylônes et je posais pas de questions, c'était trop tard, on y allait, on y était. J'avais devant les yeux un bâtiment avec les mêmes petites briques que le Deupièce, les mêmes, mais orange, et fort sales je trouvais. En nage, essoufflé, voilà qu'on me pousse et puis « au revoir » elles me faisaient déjà ma mère, la grand-mère avec la main dans ce long hangar à se déformer de partout sous les cris, les murs à se gondoler comme des vagues. Je vais devenir pareil aux femmes du dessous je me disais, comme elles et leurs machines, on va m'affubler, m'emblouser et ma vie elle sera là maintenant, dans ce hangar, les yeux pliés sur ma machine. Et puis toujours ce « au revoir » qu'elles me faisaient avec la main elles deux qui s'éloignaient derrière vers la rue, le dehors, le petit jour. « Au revoir » et je les regardais partir, reculer vers la lumière tandis qu'en moi s'ouvrait une nuit lourde et glacée, tandis que j'entamais sans le savoir un voyage à genoux dans un tunnel long comme je peux pas dire, une galerie minière qui allait me demander près d'un demi-siècle pour m'en extraire.

En sueur, paniqué des hurlements, mais comme un petit hibou mécanique à bout de souffle, à bout de ressort quand même je l'ai fait le chemin jusqu'à ces clameurs de là-bas devant, cette rumeur malsaine et pourtant presque joyeuse qui montait, venait à ma rencontre, je l'ai endurée la route, traversé ce hangar désert jusqu'à l'autre bout avec des cris plein le crâne, mais à l'autre bout pour moi c'était déjà fini.

Tout du long de ce voyage, comme on recouvre lentement de silence et de solitude une bâtisse endeuillée, un bouleversement refermait en moi un coquillage bien hermétiquement. Et le ventre en gargouillis j'assistais résigné à la formation d'un nœud, et plus les clameurs allaient s'amplifiant plus je me fermais à tout, plus je m'approchais de cette rumeur que déjà je boudais le monde, et pas à pas je sentais une créature me naître au tiroir, sorte de monstre à carapace qui me piquait, me pinçait le dedans, me bouffait tout l'intérieur des tripes.

Un pied au-dehors, dans le tumulte de la cour et j'étais plus le même, totalement clos, buté muré de partout.

Une étoile au buffet venait de s'éteindre. J'étais scellé. J'observais la naissance de ce tyran.

Voilà. Il était né mon crabe.

Planté au bord de cette jungle gueularde où chaque petit sauvage semblait à sa place, tous bien ravis d'être là, moi comme un greffier au chenil je sentis lentement mon cœur me grimper au cerveau et y cogner, tambouriner pour sortir. Un petit éclair blanc, espace vidé de secondes et j'étais collé au mur, agrippé à ces petites briques orange sale, que je m'y accrochais crispé. Mais tout ce mouvement ça me refilait des élans du cœur, le regard à chercher les issues, et tous ces petits êtres à courir dans tous les sens en bramant ça me résonnait comme des coups de cloche derrière les yeux.

Je sais pas d'où ça m'est venu mais je les ai trouvés la force, le courage de quitter mes petites briques orange, lâcher mon mur pour faire quelques pas dans l'œil du cyclone, mais vraiment comme un homme-grenouille donnerait deux trois coups de palme dans un océan de squales. Et ça se passait pas trop mal faut avouer, en équilibre sur une petite ligne blanche et le ciel qui tournait pas trop, ça allait, les murs et les arbres, le sol, l'univers et ma tête tenaient le coup, croulaient pas sous les cris et les pleurs de ce petit cosmos tout affairé à grouiller, ça tenait. Jusqu'à ce que me déboule un gnome en traître, par-derrière, qu'il me tape sur l'épaule pour me demander en jetant son menton vers moi :

« Qui t'es ?… »

Voilà que déjà fallait être quelqu'un, comme les autres, comme tous, un individu présent et concerné. Mais moi alors là vraiment persuadé qu'il y avait erreur de lieu et de moi, une forte méprise de tout je lui banne affolé :

« C'est pas pour moi ici hein ! moi j'ai rien fait moi !…

– T'es dans quelle classe ?…

– De ! ?… »

C'est vraiment tout ce que j'ai pu lui répondre avant de me propulser en crawl, à bout d'air, jusqu'à mes petites briques orange sale, mon mur.

Sur les toits en face déjà les pigeons détournaient leurs petites têtes aux yeux fixes, c'était pas eux qui allaient me rassurer avec leurs trombines d'hallucinés. Pourtant c'est juste là, ce moment précis que je l'ai senti monter le tourbillon, en regardant les toits avec les pigeons dessus et la flopée de braillards en dessous, juste à l'instant même, que j'en étais pas loin de tourner de l'œil et du reste, enveloppé que j'étais d'un voile gris-blanc. Comme un monte-charge ça a déboulé du bide et c'est vite monté aux yeux, au crâne, au début telle une sorte de valse lente, puis une danse frénétique, une gigue de couleurs bruyantes, et dans tous ces va-et-vient, ce vacarme, j'y voyais plus grand-chose, des mains je m'accrochais au mur, des yeux aux pigeons là-haut sur les toits, eux qui bougeaient guère, et j'ai plus rien subi du reste, le brouhaha, la sonnerie, ce brouillon de troupeau et les rangs et tout qui se formaient pour lentement se déverser par les portes, les trous, dans les couloirs sombres, les escaliers noirs, tous ces longs serpents lents à rentrer dans le bâtiment qui semblait jamais déborder ni rendre de gniards, qu'il les avalait tous tranquillement avec toutes ses bouches et c'était fini. Je restais stomac sous un ciel fermé, agrippé au mur, mes petites briques orange sale, et les pigeons là-haut qui n'y étaient plus.

D'ailleurs il n'y avait plus personne dans la cour, évacuée de vie et de hurlements, une poignée de pigeons c'est tout, ceux du toit sans doute, descendus après l'ouragan qui restaient à picorer au pied des arbres la tornade calmée.

Aussi là dans le silence j'ai un peu ressuscité, et lorsque j'ai enfin refait surface tout à fait c'était encore pire qu'avant, un grand désert calme pire que la tourmente, c'était même assez clair que j'avais rien du tout à foutre là moi, absolument pas ma place et elle me l'a bien fait comprendre la dame essoufflée que j'avais rien à foutre là tout seul dans la cour avec mes pigeons, ma place elle était dans les étages comme les autres à bricoler avec des cubes, dessiner, jouer des fois et puis dormir un peu après et enfin tout recommencer encore et encore. Content ou pas.

La vie c'est fait que de répétitions tout du long jusqu'au désastre final.

Et dans les latrines du Deupièce j'ai dégueulé abondamment moi, énormément ce soir-là, me suis bien répandu longuement dans des tremblements, des larmes, longtemps et sans arrêt j'ai dégueulé une espèce de gelée noire et gluante, à boucher les gogues. Le grand-père il en croyait pas ses yeux debout derrière moi penché au-dessus du trou à mater la substance, il disait qu'à l'usine un type aussi des fois il vomissait pareil, comme ça, le même genre, une sorte de mélasse noire et bien épaisse, mais vraiment pas autant, et pas en un seul jet toujours, il y passait sa journée le type en allers-retours aux chiottes pour s'y déverser à petites doses. C'était ça qui le clouait chez moi le grand-père, l'abondance que je balançais en un seul coup. Noir le goguenot il en est ressorti. Foutu. Même ses produits à la grand-mère y faisaient rien elle a dit, de l'imprégné l'émail. Au grattoir elle y allait, à l'ongle. Mais rien. Foutu.

À table j'en frissonnais encore de dégoût sur ma chaise, je me sentais écrabouillé de fatigue, comme un champ labouré je m'imaginais, mais bien soulagé tout de même que ce soit terminé, la dégueulade et ma journée chez les sauvages gueulards, là-bas avec les hurlements, les pleurs et les pigeons.

Debout près de moi dans son tablier à carreaux, toute maigre et la poêle à la main pendante elle en était bien embêtée de mon trouble la grand-mère, tout ahurie de ma si grosse répulsion du jour, c'était des choses qu'elle concevait pas. Comment on pouvait être aussi débecté du normal, de l'anodin, elle voyait vraiment pas comment ça pouvait être possible ?

« Tout l'monde y va... – elle me dit, debout sa poêle vide à la main – ils en font pas un tel fromage les autres... t'es rien délicat toi dis donc à dégobiller tant pour si peu... c'est tout d'même pas bien foudroyant l'école... comédie ça !... »

Et puis elle reste encore à me regarder sans comprendre, elle joue avec sa poêle, comme une raquette, elle y fait rebondir une balle qui existe pas puis se réveille, sursaute dans sa torpeur, secoue sa rêverie ses yeux bleus coulés sur moi :

« Allez, hop !... – qu'elle me dit – au lit, c'est l'heure... dormir... hein... sinon... alors... demain... »

Mais tout le reste de ses mots est comme tombé englouti dans un entonnoir, et moi aussi j'étais dégringolé dans un trou, moi aussi ma petite rêverie, ma fatigue pas croyable, et du fond de mon puits je l'entendais toujours me causer de choses que je ne comprenais pas. De la cuisine où elle trifouillait encore je l'entendais son monologue incessant, les mots rebondissaient sur mes parois et je la regardais sans vraiment la voir débouler de la cuisine, radiner dans la salle à manger les mains dans le dos pour se planter près de moi toujours bien sage et claqué, engourdi dessus ma chaise à vibrer encore de ce jour.

Et toujours je la regarde la grand-mère, immobile à côté, les mains croisées sur son petit ventre rebondi, son tablier à carreaux, je l'écoute me causer un peu triste, un petit sourire crispé sur les lèvres, au fond de ses yeux bleus, j'écoute ses mots et ils sont simples, je les connais tous, c'est l'ensemble de la phrase qui évoque rien pour moi, le sens qui m'échappe. Remontant un peu à la surface subitement il me semble que je devine ce qu'elle baragouine et ça me glace. Trop énorme, alors je me renseigne, tellement impossible que je demande, pour être bien certain de l'erreur, ou de l'horreur :

« Faut y r'tourner d'main ! ?... »

J'avais pas le temps il me semblait pour autre chose, l'existence pour moi simple et toute plate, bien bébête me débordait déjà, je me trouvais assez occupé comme ça à vivre sans une charge en plus de tourments et d'obligations.

Au demeurant c'est vrai il a bien fallu y retourner, mais à partir de ce jour, le premier, tous les autres je les ai vécus à blanc, elles me laissaient sans traces les journées, aucun souvenir d'elles pendant des années, rien que de la dégringolade qui s'amoncelait au-dedans de moi comme de la rouille à me ronger le bide, mon crabe.

Les jours, les semaines, c'était bien comme si je les vivais pas, je restais comme qui dirait assis à côté de moi, je me regardais plier, ployer sous le chagrin et l'ennui, j'y étais pas vraiment, j'aurais attendu dehors sur le trottoir ça aurait pas changé grand-chose à mon apprentissage. Avec mon crabe à me ronger le bide et l'image souvent qui me revenait de ces femmes dans le trou, leurs blouses bleu clair, je savais déjà tout ce qu'il fallait savoir de l'existence, et surtout de la vie des types dans mon genre. On nous demandera jamais si ça va ni ce qu'on veut faire à nous autres. On nous y collera, c'est tout.

Le rituel du coup a radiné immédiat, dès le début comme prévu de longue date bien avant que je débarque, on sentait qu'elle avait la main la grand-mère, qu'elle s'était bien entraînée avec la tante Barbara et le grand Awouè, c'était son truc, chaque chose à la même place à la même heure. Tous les matins d'école elle m'installait à poil sur la table en formica de la petite cuisine pour la toilette au gant. Corvée immuable, réglée comme du papier musique. On avait pas de salle de bains, ni de douche, rien que l'évier de la vaisselle, et les adultes y passaient aussi, le grand-père, la grand-mère, au gant ils se lavaient, à poil dans la cuisine, sauf qu'ils montaient peut-être pas debout sur la table.

Mais moi j'y étais, coincé entre un placard et le frigo, la table en dessous et encore des placards dessus ma tête, j'étais comme dans un cadre on peut dire, on pouvait pas me louper. Dans cet univers réduit à pas grand-chose, la vie, c'était moi.

Ensuite je déjeunais sur la table, la même, deux tartines de beurre et un bol de chocolat.

Jamais j'en ai voulu. Jamais j'avais faim. On mange pas quand on veut pas vivre ses journées. Et puis je voulais pas nourrir mon crabe.

« Mais mange donc... – elle me disait la grand-mère – t'es rien merdeux toi... hein ? quoi qu't'as à pas vouloir les manger tes tartines ?... elle mangeait ta tante Barbara, son frère, z'adoraient ça les tartines, z'ont jamais fait d'cinéma pour aller à l'école non plus, z'y couraient eux à l'école, z'adoraient ça... t'es rien merdeux toi à pas vouloir manger tes tartines... hein... pourquoi t'en veux pas dis hein ?...

– J'ai mal au ventre... – je suppliais – j'en veux pas, j'ai pas faim...

– Mais mange donc... c'est bien d'la comédie ça... mange donc... sinon tu vas tomber mort dans la rue... et na !... »

Et toujours, dans la cour, à cette heure-là, un clochard venait chanter sur un air monotone :

> Du-pain-du-pain-du-pain-dupainpourlhumain...
> Du-pain-du-pain-du-pain dupainpourlhumain...
> Du-pain-du-pain...

Passé la corvée du rituel ne restait plus pour moi qu'une espèce de brouillard grisâtre et frileux qui me tombait dessus pour ne se dissiper qu'au soir. Au travers de ce voile je l'entendais tousser ma mère dans l'escalier, elle venait me chercher, c'était l'heure d'aller au chagrin, on s'y rendait à pied par les rues tous les trois, elle, moi et mon crabe, il était pas loin notre bagne commun.

Ma mère on peut dire son turbin elle l'avait pas tant choisi que ça, ni que je lui crèche dans les entrailles d'ailleurs, tout ça c'est rien que des ordonnances pas négociables, on choisit jamais rien, on glisse où la vie nous pousse, on prend dans la multitude la seule porte restée entrebâillée pour nous et on s'y engouffre fond de train. Déboulant ainsi dans la pièce, encore ébloui du dehors, en plein élan on tente d'attraper au vol le plus d'indices possible qui rebondissent dans tous les sens comme des balles. C'est tout. On choisit jamais rien dans l'existence, la couleur du papier peint de sa turne, c'est à peu près le genre de choix auquel on a juste droit, le reste ça nous dépasse. On choisit jamais rien que sa souffrance. On prend celle-là plutôt qu'une autre, on est délicat dans la douleur. Je dis, elle est rentrée dans l'enseignement comme ça ma mère, un jour elle y était, voilà, bifurquer vers une autre vie c'était trop tard.

Pour tout dire elle a jamais joui de grand-chose, une spartiate elle, dégustant pas la vie dans ses recoins, comme son fils, assidus qu'on est à pas se laisser embobiner par les plaisirs bien fugaces et jamais mollissant sur le rata de l'existence. À son taf elle y allait en bannant, et les pièces qui tournaient avec les meubles, les évanouissements, vocation bien tardive qui lui est entrée dans la peau à coups d'heures noires. C'est peut-être pour tout ça qu'elle a jamais su rigoler ni se foutre un peu de tout et des autres, je suis sûr au ciel ils ont dû lui dire les employés des cieux, toi petite sur Terre tu auras le rôle du devoir accompli, et ton fils y sera pareil madame, faudra ben qu'y s'y colle aussi. Ce qui nous freine et nous bloque, nous pourrit nos jours et nos semaines ce sont les scrupules à pas tomber encore un peu plus dans la dégueulasserie, on y peut rien, on fait gaffe à pas trop saloper tout ce qu'on touche, les bancs publics, les paroles et les âmes.

C'est une tare.

On est des besogneux de l'existence. Ça nous perdra.

Elle m'abandonne dans le grand hangar pour courir retrouver sa classe de primaire, pas loin dans l'aile collée, je me traîne alors jusqu'à mes pigeons. À ces moments-là je saurais pas dire le plus malheureux des deux ?

C'est moi, parce que je suis petit gniard et que je comprends vraiment rien à tout ça, ce gris des bâtiments sous l'orange des briques ternies, ces ciels blanc sale et ni surtout pourquoi ils allument jamais la lumière dans la classe.

Et puis ben moi j'ai mon crabe.

Voilà, le brouillard est bien opaque, bien aveugle, je vais pouvoir m'y planquer jusqu'au soir. Et puis j'en avais donc bien une moi aussi de blouse maintenant, comme les dames du dessous, comme la grand-mère.

Que c'est sale la vie, j'aime pas ça.

J'ai dit, j'voulais pas v'nir.

On m'a forcé.

Mais quand même une pensée à moi toute personnelle comme une obsession me titillait les synapses, que ce m'en était devenu une flagrance lorsque je baguenaudais dans les rues avec les immeubles autour, les bipèdes dedans et le ciel au-dessus. Que j'en contemplais tout fort ébahi, à palper les murs, les autos, si si c'est bien dur je constatais, ça résiste, mais pour moi quand même tout n'était que décor, la rue, les immeubles, tout que toc juste là pour faire théâtre et que chacun y joue bien son rôle.

Pour être clair je pouvais pas m'empêcher de n'y croire point.

Voilà, la chose est dite.

Pour moi tout ce tralala n'était qu'agencement de guirlandes dissimulant l'armature métallique des décors de ciné, les immenses pancartes en haut des magasins, les échafaudages de grande roue, et qu'ils allaient tout démonter, tout remballer une fois le spectacle achevé. Et les êtres aussi ils savent je me disais, tous ils savent que c'est pas pour de vrai tout ça, que c'est une farce, ils le savent mais tentent de m'y faire croire chacun débitant sa tirade, sa réplique, connaissant leur texte. C'est vrai que tous ils semblaient concernés pour me répondre et avec grande conviction même, mais je pensais toujours qu'eux aussi connaissaient très bien le subterfuge de cette grande illusion. Bref, je n'y croyais pas à tout ça. Aussi je regardais le grand-père, la grand-mère en me disant que je les connaissais déjà, d'avant, mais que tout était normal et chacun à sa place pour jouer notre représentation quotidienne. Alors tous dans l'arène au matin avec les tartines, la toilette au gant sur la table dessous le placard, mes jours noirs où tous y allaient de leur numéro et la séance ne s'achevant qu'à l'heure du dodo. Oh la belle œuvre, du grand art je l'affirme.

Mais je brûlais pas les planches du tout je peux l'avouer.

Tout ça pour moi qu'un pâle reflet de je savais pas du tout quoi, la méchanceté en plus.

Aussi l'agréable avec le grand-père, la grand-mère c'était qu'ils n'avaient pas de haine, ni pour moi et encore pas pour l'humanité, ils me laissaient soliloquer des myriades à tomber comateux, essoufflé sur le vieux canapé. Ça les embarrassait bien un tantinet ma triste obstination à raconter partout que rien n'était vrai et que j'avais perdu quelque chose, sans jamais d'ailleurs vraiment réussir à expliquer quoi, mais comme d'un autre côté je le faisais un peu vivre le Deupièce, par ma présence, mais surtout à pas vouloir en démordre, à me lamenter sur ma perte, sur l'irréel du décor, ils en faisaient du coup pas un fromage que je rabâche le même discours, que je me sentais tout nu et abandonné. Je m'acharnais, ils acquiesçaient désolés.

Bizarrement à l'automne ça s'est mis à empirer d'un coup. Je sais pas si ça a un rapport. Et puis c'est passé, revenu, reparti. Des vies entières ça se traîne ainsi, on oublie presque dans l'absence, mais quand c'est là, bien présent, c'est fulgurant de noirceur, et c'est tout le reste autour qu'on voit plus. Ça s'aggrave toujours à l'automne j'ai remarqué, juste après le flamboiement et que tout recommence à se dégrader au-dehors. Dans la salle à manger le soir j'allais sans raison me planquer parfois sous la table pour pleurer à plus finir, ça me faisait comme une tristesse indélébile cachée au fond, terrée le plus souvent mais qui venait prendre l'air au soupirail quand même de temps en temps. C'était dans ces moments-là sous la table, lorsqu'elle rampait s'aérer un peu la couenne au vasistas ma tristesse que vraiment ça devenait pire que tout, à descendre encore et tomber toujours vers toujours plus de noirceur, de désolation et d'hébétude déjà nostalgique. La vie c'est rien qu'une longue chute. Par ailleurs j'avais des raisons, outre cette nature frappée au sceau des ténèbres, pour m'inquiéter de ma théière défectueuse.

C'est qu'à fréquenter le monde on réalise sa vie.

Et l'école, les petits potes, la rue et puis tous ceux qui passaient nous voir au Deupièce, de tout ça j'amassais des petits bouts de savoir, morceaux de pas grand-chose, petites parties de connaissance pas vraiment utiles puisque trop dispersées mais tout de même je voyais bien, comme chacun je me mettais à ressembler doucement à une assiette anglaise bourrée de petits tas de petites vies. Et bizarrement c'est à ça, les fréquentations, j'ai constaté que les autres, tous, possédaient sûrement un quelque chose en plus, pour moi c'était flagrant. Aussi à refuser tous les matins de nourrir mon crabe, tourner en rond dans le Deupièce en répétant sans arrêt les mêmes lamentations, et tous les soirs me répandre avec obstination ils ont décidé, les grands-parents, de m'emmener chaque week-end à la campagne, que je respire un peu du ciboulot. Une presque campagne, en banlieue.

Ça y'a rien fait du tout je peux le dire tout de suite, notre propre nature on peut juste l'accentuer un peu ou la freiner au plus.

Déjà rien que le nom de cette campagne ça m'inspirait pas, mais comme j'étais encore vraiment trop petit pour bien résister, avoir du poids dans mes non, un samedi midi que je rentrais de l'école ils m'ont installé dans la R6, avant ils avaient une traction mais j'ai pas connu, et on y est allés. Oh c'était pas bien loin, fallait passer Orly, le patelin collé à la forêt de Sénart. Draveil. Le pli était pris. Pas dire que ça me réjouissait ce nouveau rituel. La terre de là-bas dans le jardin était aussi noire que le ciel toujours charbonneux au-dessus de ce pavillon terne sans étage de la loi Loucheur. Cette terre sombre parsemée d'étoiles, ce mâchefer la tapissant, scories de foyers de houille, aussi noire et sombre que l'esprit de ce vieux type constamment cramponné à son fauteuil dans une pièce du fond.

Autant dire que je débutais depuis pas bien longtemps dans l'existence quand je l'ai rencontré le Gaston, on s'est passé une sorte de relais puisque lui s'en extirpait de l'existence, on s'est croisés peut-on dire, il était déjà en partance même si ça se voyait pas beaucoup, toujours incrusté qu'il était dans son fauteuil à reluquer dehors, la rue constamment grise et déserte. Il scrutait possible en vain. Et ce qui lui traversait la caboche comme états déficients lui défilait aussi sur la trombine, on la voyait muer, y passer des ombres, comme glissent silencieuses des nappes de brume devant la lune. Il nous causait muet, s'assombrissait d'un coup pour devenir singe teigneux prêt à mordre, et il m'hurlait dessus les bras levés dans des grimaces, des cris primaux, les yeux ronds, des gestes démesurés au ciel puis retombait, totalement las et absent, le visage tourné vers la rue déserte.

Il était arrivé loin dans la vieillesse le Gaston, loin après les derniers masques.

Parfois des éclaircies lui déboulaient aussi sur la face, mais c'était rare, des soleils lumineux, mais pas souvent chez lui, de moins en moins d'après la grand-mère. Il avait pas de problèmes pourtant, à son âge on en a plus des problèmes, même la vie en est plus un, il avait rien qu'une tristesse de là-bas je crois, une toute vieille tristesse de son époque à lui tout enrouée sous les ans, un chagrin de sa période à lui, un chagrin d'avant nous autres. Son drame au Gaston à mon avis c'était aussi qu'il en avait assez, de tout, il voulait absolument plus continuer d'exister, ce qu'il avait tiré comme bords lui suffisait largement. Il en avait marre. Et nous on dégustait ferme à se le coltiner en plein le vieux. À son regard de poisson mort oublié sur la rue vraiment on pouvait dire sans se gourer que dans la vieillesse on devient obligé des paquets d'indifférence et de lassitude, même on comprenait illico que ces choses-là étaient bien exténuantes si on les pratiquait avec méthode, assidûment. Surtout, c'est pas la peine de lutter il nous disait son œil planté au bout de la rue, des combats de vie entière servent à rien, le fardeau il est inévitable, comme la poussière sur les bibelots. Les vieux à l'époque de mon tout jeune âge je m'en méfiais déjà, ils me donnaient l'impression de rechigner au départ, aussi ridicules et pitoyables que de mauvais clowns monopolisant l'estrade et refusant de quitter la place, des artistes dépourvus de talent s'acharnant à vouloir percer encore. Les vieux je les trouvais débinards et chichiteux, c'était qu'ils me faisaient envie. Vieux, on a plus rien à penser d'autre qu'à mourir. Les vieux ils se bernent au futur, ce sont de belles filles sans cervelle, l'avenir ça les sauvera pas. Ça sauve jamais personne l'avenir. Demain c'est toujours des rideaux s'ouvrant sur pire qu'hier. Et lui, le caverneux, incrusté dans son fauteuil près de sa fenêtre, il exhalait de l'œil des horizons lépreux.

Aussi j'ai vite pris l'habitude de lui éviter son périmètre à celui-là, pas trop lui tourner autour, j'allais explorer le jardin plutôt avec sa terre noire et dure, je découvrais ses petits locataires, les gros nescargots, les grosses fourmis qui me piquaient si fort et ces autres nescargots sans coquille que le grand Awouè nommait « prolo » parce qu'ils avaient pas de maison. Je comprenais pas bien. Lui rigolait, une main à claquer sur sa cuisse. Et ça se déroulait toujours identique les week-ends, la grand-mère discutait dans la cuisine avec sa mère qui vivait là toute l'année, le grand-père bricolait à son établi dans le garage, bien peinard, loin de tout le monde et le Gaston parfois se mettait à hurler dans son fauteuil fond de pavillon. Le samedi soir je dormais dans la chambre des grands-parents sur un lit de camp et on rentrait au Deupièce le dimanche en fin d'après-midi. Dans la R6 ils se parlaient pas tous les deux assis devant, elle accrochée comme on tombe à son sac à main sur les genoux, lui à son volant, ils se parlaient pas, ils faisaient comme tout le monde partout autour sans doute, ils échangeaient des silences, parfois des informations, ils se parlaient pas. Le grand-père il en pouvait déjà plus depuis longtemps de sa femme, il faisait avec, tout doux, écoutant rarement, l'ouvrant uniquement pour défendre sa place, lui donnant tout l'argent qu'il gagnait à l'usine, juste il en gardait un peu pour ses clopes, les billards qu'il allait faire à la Vielleuse à l'angle du boulevard et de la rue de Belleville et puis l'essence du Solex, tout le reste c'était elle qui gérait. Il voulait s'occuper de rien lui. Mais vraiment personne s'y trompait dans la famille, des deux, la conscience, la référence, la personne à écouter ; c'était lui.

Et même pour dire une histoire courait sur le grand-père, petite anecdote bien confortable lui trottinant sur le dos comme une gentille bestiole à fourrure, douce et affectueuse. C'est qu'il ne sortait pas beaucoup le grand-père, mal curieux du monde alentour il circulait peinard de sa machine au Deupièce, les billards le contentaient. Mais, las, pour ses bricolages abondants fallait quand même bien qu'il s'y traîne au BHV, errer dans les sous-sols, renflouer ses tiroirs d'écrous, de vis et de clous, et comme il n'y trouvait jamais de vendeur fallait ben qu'il tourne dans les rayons, les recherche pour quémander une facture. Et ainsi un jour, de stands déserts en bergeries vides il a fini par se retrouver sur le boulevard, étourdi encore, ses trois vis au creux de la main. Comme il faisait toute chose consciencieusement, autant dire avec conscience, avec respect, que si c'est pour tout dégueulasser il disait c'est pas la peine de s'y coller, il y est retourné dans le magasin, les payer ses trois vis.

Mais tout ceci n'est peut-être qu'une légende.

La grand-mère à défaut elle a jamais compté beaucoup et pour personne, sortie des voisins et de sa famille à elle, sinon elle comptait en rien. Corvéable à merci mais sans trop se fouler tout le monde la laissait blablater à n'en plus finir longueur de jour sans jamais vraiment écouter tout ce qui lui sortait de la bouche. Elle-même je suis sûr écoutait pas tout ce qu'elle racontait, le coq se bouche bien les oreilles pour chanter. Au mieux elle faisait rire, au pire elle faisait honte, puis très vite exaspérait. Juste elle la bouclait lorsque son mari l'ouvrait, ou ses enfants, le grand Awouè, aussi la tante Barbara qui venait parfois pieuter au Deupièce. La grand-mère c'était une personne, à y réfléchir aujourd'hui, qui n'avait pas voulu vieillir, qui s'y refusait, devenue mère et pis grand-mère de la même façon qu'elle nous faisait la tambouille, c'est-à-dire dans son dos, de la pièce d'à côté. Elle voulait pas et ça l'emmerdait de vieillir, parce qu'on s'y amuse moins dans la vieillesse que dans la jeunesse. Moi j'ai jamais bien compris qui il y avait dedans. Il y avait quelqu'un ça c'est sûr, forcément, mais qui réellement ? Les autres la disaient folle, moi je saurais pas dire, je savais pas, j'étais certes trop gniard pour en avoir un de jugement sur elle, d'autant que je la fréquentais tous les jours, et ça ça aide pas pour y voir clair sur les êtres la fréquentation massive. Par contre une que je dégustais au maximum de mes rikiki possibilités c'était bien sa fille, la tante Barbara. Lorsqu'elle radinait le soir la tante alors PLAOUF ! ça faisait en plein sur le vieux canapé du salon, et puis PFFFOU… elle lâchait dans un souffle, d'une traite écroulée :

« PFFFOU… j'suis crevée mes p'tits chéris pouvez pas savoir !… »

Je peux bien dire, c'était chaque fois pareil, papier musique, rituel encore.

La tante Barbara elle a toujours eu vingt ans de plus que moi qui en avais pas beaucoup à cette époque-là, je l'ai toujours connue comme ça, vingt ans d'avance, des cheveux coupés très court au-dessus de ses grands yeux bleus et un pavé des rues de Paris dans sa voiture. L'arrière-grand-père Julien il lui en causait déjà quand elle était petite de ses grands yeux bleus, c'est pour faire du cinéma il disait, si avec des yeux pareils elle fait pas de cinéma ? !... mais elle a jamais fait de cinéma la tante Barbara et elle est probablement encore plus malheureuse que moi aujourd'hui, malgré ses grands yeux bleus. Son frère a les mêmes le grand Awouè, comme le grand-père et la grand-mère, comme tout le monde dans la cambuse en somme. Sauf moi. De ce qui est pas trop tarte à rien j'ai droit moi c'est bien simple et possible aussi que jamais je ferai de cinéma non plus. Pourtant je grimace en diable, véritable hémorroïdé aux gogues, mais personne paierait pour voir ça, c'est vraiment rien que de la fatigue lasse ces rictus-là, de la peine bien installée qui partira pas, s'en ira jamais plus une fois encroûtée dans notre petit théâtre intime. Ça ressort plus ce genre de chose, ça reste pour hanter les lieux, on dirait des vagues à se retirer parfois pour se fondre dans l'ombre du décor, puis revenir forcément sous les projos. Elles servent pas pour le ciné ces grimaces-là, elles servent à rien que de nous faire remarquer dans la foule, c'est tout, voilà, comme ça qu'on les reconnaît ceux qui possèdent un crabe. Les grimaces.

Et la tante Barbara je sais pas si elle en hébergeait un de crustacé féroce mais elle pinaillait ferme à l'orée de la vraie vie qui commençait, active, il aurait bien fallu mais elle voulait pas se lancer la tante avec ses vingt-cinq balais et ses grands yeux bleus, elle rechignait dur à lâcher le bord pour se foutre à l'eau, qu'elle en changeait de spécialisation tant qu'elle pouvait, tant qu'il y en avait.

« Un jour y'en aura plus... – il lui disait son frangin – y'en aura PUS et tu s'ras ben obligée de... hein ?... quand y'en aura plus des spécialisations sur les pieds-bots et les varices, que t'auras tout fait, tout étudié sur les phlébites jusqu'au bout, la rate et l'court-bouillon, que tu sauras absolument tout sur les cancers et les diarrhées tu f'ras quoi hein ?... tu s'ras bien embêtée... voilà c'que j'dis moi !... faudra choisir un jour... et NA !... »

Et le grand-père non plus comprenait pas bien, son désespoir le boursouflait voir sa fille étudier à plus finir, à même pas faire semblant, même pas traîner à la Sorbonne juste dans l'espoir d'épouser un chirurgien et plus rien glander d'autre que des gniards, mère pondeuse ad lib. Ses études elle y tenait, les voulait, accrochée dessus en plein, en redemandait, un peu trop même peut-être au dire de certains locataires du Deupièce, que ça finissait par en devenir louche cet acharnement à prolonger indéfiniment ce qui n'aurait dû être qu'un passage, comme tout le reste, cette obstination à pas vouloir lâcher une époque. Comme si d'instinct elle avait su qu'après l'enfance c'en est déjà un peu fini de nous, que si elle sortait de la Sorbonne ce serait complètement torché la vie, plus qu'une sorte de pâle répétition de tout un rien maussade, recommencer jour après jour les mêmes petites lâchetés avant d'affronter l'unique point de réalité, le dernier rayon du temps.

La médecine c'est pas court, entendu, mais là ils se demandaient bien tous si la tante Barbara avant d'être ménopausée elle l'aurait sa plaque. Même lorsqu'elle venait nous faire coucou elle bossait, si bien que parfois je restais à la regarder, de dos, pliée sur ses bouquins, moi sur mon panier d'osier à jouer avec mes doigts. Je lui reluquais la nuque penchée sur ses notes, et qu'elle grinçait et soufflait avec ses gros dictionnaires où gigotaient dans toutes les positions des muscles et des squelettes, toutes ces pages débordantes de tripailles dégueulasses où elle s'étalait la tante Barbara pliée dessus à son petit bureau dans un coin de l'entrée avec des étagères remplies de livres tout autour de nous jusqu'au plafond. Et moi derrière sur mon panier qui revoyais ces femmes dans le trou pliées sur leurs machines.

Dans la vie on est toujours plié sur quelque chose j'en déduisais.

Et je pensais qu'elle souffrait la tante Barbara couchée sur toutes ces dégueulasseries, à plonger au fond de ces viscosités sanglantes et tous ces os blancs, des heures allongée dessus à étudier de près des yeux coupés en deux et des poumons en tranches, les cœurs tout bleus de tous ces gens morts.

Mais non, baignant au milieu de ces tripailles rougeâtres et gluantes, intestin grêle et gros côlon, elle vivait là tout le meilleur de son existence.

Comme le Deupièce déjà pour trois c'était pas bien aise, aussi elle habitait une petite piaule quelque part j'ai oublié où dans un hosto, ça me reviendra peut-être, c'était par là-bas dans la ville. Du reste on a beau croire mais les études pour devenir docteur sont pas toujours sérieuses et tristes je peux dire, je sais, j'ai vu, elles m'y ont emmené un jour ma mère et la tante Barbara voir un peu sa turne à l'hôpital Saint-Louis, ça me revient. Tout autour de la cage d'escalier tournait un serpent peint sur les murs avec sa grosse gueule ouverte tout là-haut sous les combles. Peinturlurés aussi les murs de la salle de garde, gigantesque fresque de gens tout nus, bariolés vifs de couleurs éclatantes, avec au centre sur un trône comme un roi le grand chef de l'hôpital, un énorme gigot entre les jambes. Tout autour de lui, dans une farandole bras au ciel gesticulaient comme une danse tout sourire infirmières et toubibs, gambadaient à poil internes et chirurgiens. Ça m'a impressionné cette peinture. *Tripnyque du Jardin des délices* ça s'appelait, l'enfer du chirurgien. Même j'ai reconnu la tante Barbara, toute nue aussi, à genoux devant le grand chef à lui soutenir le gigot qu'il avait entre les cuisses. Mais ça n'en était pas un. Ils ne me l'ont pas expliqué les jumeaux du mur, les bien vivants eux à ripailler autour de la grande table, juste une bonne rigolade quand j'en ai parlé.

C'était quoi alors ?

C'était la même chose qui terminait le serpent au bas de l'escalier.

Mais moi je voulais voir sa piaule à la tante Barbara, j'étais là pour ça, après elle me dit, avant elle veut nous montrer le musée, pas jojo, que des tubes et bouteilles, des pompes à vélo, des bougies, et puis pas mal d'outils, marteaux et tournevis, que des manches aussi parfois.

« Tu vois Matin… – elle me dit sérieuse – tout ça c'était dans les gens, on leur a retiré…

– Dans le ventre des gens c'était ? !…

– Nan… un peu moins dedans quand même…

– Dans la bouche ?…

– Hum… un peu plus… »

Après ses explications je me suis assis dans sa minuscule piaule sous les toits totalement épaté des hommes, des femmes et de leurs façons, mais malgré ma franche hébétude j'ai quand même remarqué la petite armoire que lui avait fabriquée le grand-père durant plusieurs week-ends dans le garage à Draveil. Calibrée au milli elle rentrait impec entre les deux grosses poutres noires. L'armoire, elle, par contre, était toute blanche, comme tout l'hôpital en dessous. Puis là, au moment, d'un tourne-disque s'élève alors une voix de caverne, lugubre plainte rocailleuse à s'élancer vers les poutres, envahissant tout le réduit :

Quand le ciel bas et lourd pèse comme un couvercle
Sur l'esprit gémissant en proie aux longs ennuis,
Et que de l'horizon embrassant tout le cercle
Il nous verse un jour noir plus triste que les nuits ;

« Baudelaire… – elle nous dit – fort nan ?… ça m'aide pour étudier, et puis des fois j'regarde les toits, la ville, en écoutant ça… »

Quand la terre est changée en un cachot humide…

« Très fort Baudelaire… l'est mort complèt'ment vérolé, à la fin d'sa vie y disait plus que "crénom !"…, un type qui a écrit des choses fabuleuses… crénom !… que ça il répétait… aphasique le mec… »

Et qu'un peuple muet d'infâmes araignées
Vient tendre ses filets au fond de nos cerveaux,

« Crénom !… c'est tout…, la vérole c'est foudroyant, ça lui a sucé tout l'cerveau… l'aphasie ça esquinte dur…, j'écoute ça pour bosser, j'regarde les toits, le ciel, c'est si p'tit ici, mais j'y suis pas souvent…, alors Matin, comment tu trouves ?… chouette nan ?…

– De ?… »

Et de longs corbillards, sans tambours ni musique,
Défilent lentement dans mon âme : l'Espoir,
Vaincu, pleure, et l'Angoisse atroce, despotique,
Sur mon crâne incliné plante son drapeau noir.

« Nan ?… tu trouves pas ça chouette ?… »

À y repenser ça devait pas la dépayser beaucoup de venir dormir au Deupièce, ici ou là-bas avec son père, sa mère, pis moi en sup, vraiment, à se demander où elle avait le plus d'espace. Et ici, encore, toujours, agonisaient sur sa petite table de gros livres et dicos farcis à déborder de boyaux et macchabées grands ouverts béants, tout ça bien tartiné à longueur de pages en couleurs, corps sans peau, pis sans plus rien que les os. Et pourtant, malgré tous ces cadavres écartelés tous vents qui l'entouraient familiers répandus sur sa table, malgré aussi tous les vrais qu'elle manipulait aux étages en dessous, à leur tripatouiller leurs recoins bien profond aux viscères encore tout fumants, elle avait, la tante Barbara, un petit cœur d'hirondelle. Ainsi donc, penchée longueur de jours, de nuits sur ses dicos, ses manuels barbouillés d'entrailles étalées tous sens, au bout du long serpent tout là-haut dans sa piaule, son petit cœur d'oiseau malmené sous les rires s'emballait de détresse pour des presque-rien, frayeurs de vie, battant fou pour une terreur de l'existence.

Et tandis que froide comme marbre, l'œil solide, le geste sec et professionnel, les mains enfoncées jusqu'aux coudes à trifouiller les dedans de l'abominable elle auscultait le fond de l'insupportable dans des glouglous sanglants, lui, paniqué d'être simplement, palpitant aux angles de sa poitrine lui rappelait à la tante Barbara que les vies se font seul, même au soleil entourée de jeunesse à discuter voyages et bouquins à la terrasse de l'Écritoire sur le parvis de la Sorbonne, toujours tout seul, et que les aiguilles tournent. Une hirondelle de Paris je dis, petit moineau des pavés, ceux d'hier. La tante Barbara elle est du Paname des années soixante-dix, là est son vrai chez elle, jamais elle a dépassé cette époque, s'en est jamais vraiment remise de l'avoir perdu. Car on s'imagine toujours être de nos années de bonheur, d'idiotes espérances et d'illusions, notre pays de cœur il est là, et l'œil aussi a encore en mémoire les photos du décor de notre béatitude passée. Ainsi, dans le désert, on considère perdu celui qui reste à la traîne de la caravane pour contempler les mirages. Après ça, la tante Barbara, elle a plus fait que descendre. Toute sa vie elle aura vingt-cinq ans, et son frangin le grand Awouè il en aura toujours une demi-douzaine de moins je crois.

La tante Barbara elle sentait tout ça par-derrière le crâne, sans le faire exprès, elle le sentait, les gros dicos refermés, un pied hors de la Sorbonne et c'était d'office une couche de vie en moins, un trou dans son sac à mirages. Elle savait dans ses répugnances que nous naissons tous en haut d'une montagne habillés comme pour le blizzard et que la vie consiste à descendre en se déplumant, elle savait ça, comme on connaît les larmes sans avoir jamais encore pleuré. Parce que l'homme naît ivre, il débarque sonné, bourré à craquer de toutes ses petites envies, illusionné de désirs à s'en faire péter les coutures, pas nu et vide il déboule, l'opposé, boursouflé d'ambitions à rendre, et tout du long des jours et des années que dure le voyage la vie va le dévaliser jusqu'au bout de la vieillesse. Tout y passe, repères et certitudes, rien tient le coup bien longtemps devant cette défaite obligée, programmée du tout début, on y va, tout nous y pousse et comme on retire une laine s'envolent la bonne volonté, les illusions et les conseils de môôôman, les envies, les discours, la gentillesse, tout ça bien plombé se débine en lousdé pour rien nous rester du tout. Et vraiment rien ne sert de forcer son destin, s'acharner à défoncer telle porte c'est tourner en rond sur le chemin, tours et détours, à se taper la route comme un clébard dingue, des tonnes d'allers-retours jusqu'au fossé, la douve, visites au talus inutiles, digressions perdues d'avance, rien y fera, et la bataille ne sera gagnée, toutes épreuves assimilées, bien comprises et digérées que lorsque la vie dans tous les sens nous aura tués.

Alors nous aurons vaincu.

Mais moi il me semblait n'être de nulle part, aucun lieu ni époque tant tout m'apparaissait toujours sale et moche, gris et malsain, toujours j'avais l'envie de rentrer à la maison, mais n'en avais pas. Je possédais juste une grand-mère debout dans la cuisine d'un deux-pièces qui chaque matin se lamentait de moi et de mes façons de boudeur d'existence.

« Ah non vraiment !... – elle répétait – vraiment hein ! – les doigts croisés sur son petit ventre en pomme, les carreaux du tablier – vraiment hein !... qu'est-c'qu'il a à être comme ça ! ?... – devant mon refus quotidien et obstiné de mes tartines – tu veux tomber mort dans la rue ! ?... c'est ça qu'tu veux ? !... mets un slip propre au moins, qu'à l'hôpital tu m'fasses pas honte d'être un cochon !..., et à Sainte-Anne, tu veux y'aller ! ?... c'est là qu't'iras mon cochon !... mange tes tartines !... »

Vraiment partout la même tristesse et grisaille, début de vie, à vraiment finir par se demander si ça serait pas moi plutôt qui me la trimballerais cette pesanteur de toute chose. Eh non, ce sont les hommes qui salissent tout ce qu'ils touchent, au point de construire déjà dégueulasse et souillé. Ça doit sûrement être mieux je me disais, sûrement plus clair et bien aéré passé République.

C'est ça que j'ai dû perdre en naissant ; une maison.

Le Deupièce il ressemblait plutôt à l'antichambre de l'existence, et lorsqu'elle venait s'écrouler sur le vieux canapé la tante Barbara c'était tout l'extérieur qui lui gambadait dans le sillage, toute la vie du dehors, les potes et la rigolade, les voitures et cinés, les nuits blanches, la liberté, elle nous jetait nonchalante tout ça dans la pièce comme une mariée d'un geste large ramène sa traîne par-devant, comme on apporte le journal à un réfugié au fond d'une cave, preuves d'une existence extérieure, une branche avec les premiers bourgeons, de quoi manger, deux trois flocons de neige et des bougies. Le grand Awouè il trimballait les presque mêmes choses lui aussi, mais ses visites étaient si rares que c'en était pas comparable, il s'asseyait jamais, gardait toujours le blouson, de passage il disait. Mais soufflait un grand vent frais dans le Deupièce lorsqu'ils déboulaient ces deux-là.

Mais cette facilité qu'elle avait la tante Barbara dans ses années Sorbonne de se mouvoir dans la vie et la ville moi je l'ai jamais eue, je redemandais rien de rien du tout, sauf qu'on allume un peu la lumière à l'école, dans la classe. Il y faisait si sombre toujours, à vous dégoûter vraiment d'y aller. Et puis aussi toujours au-dessus des têtes assises ce nuage de craie à planer, à flotter dans la classe, dans la pénombre, comme une brume blanche répandue sur les marais, vapeur de vieille catastrophe atomique, d'il y a dix ans, un siècle. Voilà à peu près ce que je demandais à l'existence, un peu de lumière dans la classe, et puis qu'on ouvre un chouïa la fenêtre. Pour le reste je dois avouer je me sentais pas concerné. J'avançais à reculons des jours, un de plus m'était un de moins, toujours ça de passé, dès lors à mesure la vie devenait un sacré boulot, aux aguets de tout, persuadé de me dépecer de jour en jour comme on déchargeait dans la cour la plate-forme arrière des camions de charbon.

Ma mère c'était tout différent ce qu'elle venait nous apporter du bout des doigts, des lèvres, sur un coin de la table de la salle à manger. De la rigueur et de la peine elle déposait sur la toile cirée. Mais déjà, rien que sa toux dans l'escalier le matin c'était honnête comme stigmates avant-coureurs, ça expliquait du bas des marches son chagrin pesant et sa froide désillusion.

Elle avait déjà le mauvais rôle.

Et puis jamais elle restait, ma mère, chaque soir rentrait dans le dix-neuvième arrondissement, chez elle.

Par contre, c'était, investie d'une mission, se sentant totalement responsable de la chose que, les soirs où elle dormait là dans le vieux canapé du salon, la tante Barbara sortant ses outils me coupait les ongles. Et ça manquait pas, toujours au jus fallait y'aller, rechigner un peu je pouvais, ce qu'il faut et pas plus, ses « viens là » attendaient un refus poli, ses bis une docile capitulation. Mais pour dire un peu ma faculté d'adaptation j'allais même jusqu'à étirer ses bis en ter, tout ça pour mieux me rendre ensuite, comme on tend l'élastique encore plus, complices on était en somme, et ça convenait à tout le monde, pantomime mais entente dans la reddition. La vie on la veut comme ça, de la comédie dans les mots, de la soumission dans les actes. Les rares fois où elle oubliait, lorsque ses plaouf sur le canapé étaient si gros de fatigue, ses pfffou si exténués, je lui refourguais ses responsabilités dans la calebasse en lui tournant autour jusqu'à ce qu'elle percute. Alors je rechignais. Je me suis trimballé de par ce fait toute mon enfance des mains manucurées à l'extrême, de vraies mains de ministre, blanches impeccables mais toutes dégueulasses par en dessous. Et c'était du boulot les ongles, lime et ciseaux, des plombes sur le canapé, la pince et puis d'autres instruments bizarres, peut-être elle faisait chirurgie à cette époque, du boulot même à l'écouter en causer, ses termes de dicos, c'était plus de mes ongles qu'elle causait la tante, mes doigts je les reconnaissais plus à l'écouter, elle faisait pareil pour les gens, la concierge, nos voisins, les copines de la grand-mère, je reconnaissais plus personne, avec elle ça devenait des cas cliniques, un sac en papier sur la tête ça leur faisait à tous. C'est sûr qu'à en causer comme ça on voit plus les âmes du coup, leur souffrance devient froide, c'est plus que des maladies, des états pas enviables de la tête.

Et de moi alors ce qu'elle devait en penser de louches et fameuses aussi, c'est que je me livrais moi, fallait que je cause, pendant qu'elle s'occupait de me sculpter le bout des doigts je m'essoufflais sur le canapé, j'étais bavard petit, de grosses envies de tout dire, tout expliquer, même ressasser ma perte et ma tristesse, ce froid de partout, le terne du décor sous un ciel gris, blanc sale. Et tout y passait, tristes découvertes, petites désillusions déjà, complaintes, plaintes, tout ça d'étalé sur le vieux canapé avec du noir aux accoudoirs, pas trié, tout qui me remontait du dessous sortait forcément, j'avais pas encore de tamis. Même je lui causais des bruits bizarres les nuits où elle dormait là. J'étais bien innocent. Une espèce de scie étrange qui revenait, incessante, rayer la nuit tous les murs du Deupièce. Petit on peut guère deviner les dessous de la surface, soupçonner même c'est du boulot, petit tout vous imprègne immédiat, ça vous choque et vous colle, une page blanche où tout s'imprime en vrac, ensuite faut gommer, effacer pour réimprimer autre chose.

Jusqu'à la mort on tente de gommer les tatouages de l'enfance, ce poison.

Et c'est jamais bien bon je me disais de se laisser aller comme ça à raconter tout ce qu'on a comme brouillon dans le citron, souvent on sait même pas ce qu'on dit, les canapés vous poussent au blabla comme les oreillers, sous prétexte qu'on se croit un peu peinard on s'imagine avoir le droit de tout dégobiller. Erreur. Peinard on l'est jamais, et il n'y a pas de discours innocent, pas de bavardages sans risque. Tout vous reproche. Pourtant je m'évertuais à expliquer cette sorte de petit couinement aigu qui allait et venait comme une balançoire, la nuit, dans le Deupièce. Ça me réveillait, et dans un demi-sommeil je prenais ça pour le petit cri plaintif d'un écureuil. Je l'ai jamais vu autant dire, souvent je me suis levé pour le traquer, arpenter le Deupièce dans le noir, je l'ai jamais vu, sa turne était pourtant bien là, dans la salle à manger qu'il créchait, là qu'il couinait, près du canapé, là qu'elle envahissait toute la pénombre sa détresse à vous gémir dans les oreilles.

Et puis une nuit j'ai vu, la chose.

Ça lui serpentait de la bouche comme des brisants à la tante Barbara, de longs filaments languides qui lui grinçaient des mâchoires, petite sirène douloureuse, à croire qu'on a jamais une seconde de répit décidément, même on se trahit en dormant. Elle, là, dans le vieux canapé ouvert allongée sur le dos, la vie lui crissait dans la bouche, l'existence lui limait la dentition, tous les macchabées se réveillaient, tous ceux qu'elle avait ouverts, tous les cadavres se relevaient pour lui débouler dans le cigare, la nuit, lui revenir dans ses rêves. Par-derrière elle voulait plus rien connaître du dedans.

L'envers des choses, des gens et des actes est toujours horrible, elle en voulait plus sans le savoir, ni des âmes et ni des viandes, c'est contre nature d'aller coller son blair dans ces coins-là, faut refermer tout lui disaient ses visiteurs oniriques, bien ficeler le rôti, et tout oublier. C'est en plongeant la tête et le cou dans les carcasses sanguinolentes que les vautours perdent leurs plumes à cet endroit, du moins c'est ce que l'on raconte.

C'en était presque à y voir l'envie du renoncement dans le harcèlement de ses nuits, la peur du lendemain dans le cri de ses dents.

Nouvelle spécialisation.

Dans le tumulte assourdissant de toute existence il faut alors bien tendre l'oreille pour saisir le murmure des choses essentielles.

Et moi ce que j'appréciais fort à même pas la petite demi-douzaine d'ans c'était de grimper sur les épaules de ce type qui réfléchissait assis sur son blanc rocher au centre de la petite place devant le 98. Sûrement qu'elle avait dû être toute blanche au début la statue quand ils l'ont posée là il y a longtemps, aujourd'hui ça n'était plus le cas, des traînées noires lui dégoulinaient des épaules, de la tête et de partout aussi. Il se reposait en fait le monsieur, le menton posé sur le dos de ses mains, il devait même ce me semble s'appuyer sur quelque chose au début, c'est pas vivable sinon comme position, on tient pas. Il lui manque sa pioche il m'a expliqué le grand-père, quelqu'un a dû la voler, c'est *Le Répit du travailleur* de Jules Pendariès. Je posais mes pieds dans les angles de ses bras, les plis du coude, la saignée, la fosse cubitale comme elle disait la tante Barbara qui connaît toutes les choses du corps et c'était moi le roi Carotte. Vues de là-haut les choses changeaient un peu, à plus les identifier vraiment, de la distance s'installait entre elles et moi. Alors, le futal crotté de fientes de pigeon, contemplant désolé partout autour de moi, voulant plus redescendre, j'appliquais sur les gens d'en bas, les objets, un œil rassuré sur ma propre existence ainsi que sur celles de ma tristesse et de ma solitude, toutes deux bien vivantes et qui me gigotaient alors plus vivement au-dedans une fois perché tout là-haut sur le cou de cette statue. De plus, à cet endroit, cette altitude, il n'y avait pas de place pour deux.

C'était bien commode pour s'extirper du monde.

Et pourtant ce que je préférais malgré tout, parce qu'on ne peut quand même pas tout détester franchement, c'était de loin les balades au petit muret avec le grand-père. Ça ressemblait à rien de connu, petits moments hors vie totalement incompréhensibles pour moi, comme un coup de cimetière, rien n'était mieux pour ma petite époque. C'était le soir qu'on s'y rendait, après l'école, après l'usine, on y allait vraiment tout doucement, fallait que ça dure, bien lentement à petits pas dans la rue Morand, à l'autre bout et il était là, rue de la Fontaine-au-Roi. Les premières minutes comme un chat tourne sur lui-même avant de se poser on savait jamais trop quoi faire, je lui courais un peu dessus, le grand-père allait et venait sur le trottoir, et puis on s'installait tous les deux assis sur le petit muret où je tricotais mes cheveux et lui s'en grillait une. C'était tout. Voilà, on restait à regarder passer les voitures sous un ciel navré, ses nuages, les gens, silencieux on restait à regarder tout ça passer, et puis ces immenses murs nus juste en face de nous, ces hauts murs culs de bâtisses coupés si lisses et droits que j'imaginais un géant, son grand couteau, se tailler une part d'immeuble, de gâteau, si nette la coupure. On s'occupait vraiment à rien, on contemplait cet univers grisâtre sans bouger, sans surtout rien dire. Le grand-père ça le dérangeait pas de se retrouver seul face à lui-même, il avait pas peur du silence, celui qui vous rebalance à terre chaque fois qu'il radine tout ce qu'on avait de bien rangé, bien aligné sur les étagères du crâne, celui qui fait penser à l'étroitesse de la vie, à tout ce qu'on a pas eu, au peu que l'on obtient en définitive au milieu des tracas des années sourdes, et à la mort. Aussi, lorsque parfois un voisin, une connaissance de quartier ou un pote de billard venait nous entretenir au passage de la vie dans l'immeuble, du temps, des bruyants travaux de voirie ou du train de vie dégueulasse des ministres nous avions immanquablement dans l'œil cette étincelle noire, petite foudre d'exaspération, signifiant pour qui savait lire : Toi, avec ta balourdise et ton irrespect de l'indistinct, je te déteste ! Et de ces escales foirées, de ces retraites dévariées on revenait toujours plus malheureux qu'un Russe au Congo. C'était vraiment bien la peine d'avoir fait nos lacets, affronté l'extérieur, la rue cet accident sans cesse ajourné, pour ne récolter de notre expédition qu'une paix trahie et polluée.

Car, à s'y être si souvent assis dessus, nous avions fini par soupçonner que son édification au petit muret un jour avait relevé pour quelqu'un du nécessaire, et que ça durait encore, et que pour nous aussi de tous ces instants limpides assis dessus nous en retirions l'authenticité de sa raison d'être, ici s'ouvrait une brèche sur l'infini, nous touchions bien là à quelque chose d'évident et de démesuré, de si bien ancré dans l'ordre des choses et de pourtant si fragile et fugace que toujours ça nous poussait à y revenir.

Nous découvrions, chacun à une extrémité de l'existence ; le calme intérieur.

Ce n'était certes pas dans la salle à briffer du Deupièce que l'on pouvait même frôler ce genre d'état et de ressenti. Entre les interférences de toutes natures, surtout mécaniques, mêlées au moulin à blabla de la grand-mère c'était vraiment pas possible d'y trouver ce qu'on recherchait si fort.

Nous allions au petit muret pour nous taire.

C'était d'ailleurs bien le seul endroit potable où prendre un peu d'air, le seul avec un morceau de ciel au-dessus. Ou alors, mais là il fallait poireauter jusqu'aux premiers vrais jours de printemps, que mes langueurs s'espacent, que mon ennui et ma tristesse s'ajourent et puis surtout que la pluie cesse avec le froid pour aller, avec le grand-père toujours, dans la forêt de Sénart, près de Draveil. Comme il m'avait fabriqué une petite selle en bois pour que je sois assis entre ses jambes on y allait en Solex, on se sauvait pour ainsi dire, et durant tout l'après-midi c'était de longues allées bien droites avec des ronds-points, un arbre au milieu. Souvent on s'est perdus faut avouer, avec les allées devenues sombres et désertes et sans plus du tout de rond-point, la nuit qui tombait et l'essence pas loin de manquer. Mais toujours on finissait par retrouver la place centrale avec son immense, énorme chêne planté au milieu.

Après ça on rentrait dare-dare se faire engueuler par la grand-mère.

Et le dimanche quelquefois se pointaient le grand Awouè, sa petite frangine la tante Barbara et puis ma mère. Ça faisait trois voitures devant le pavillon.

Le grand Awouè dès le tout début on m'a bien expliqué qui c'était, on m'a dit c'est lui, que je me goure pas, que je sache bien à qui m'adresser au cas où, mais lui par contre là je suis pas certain qu'on lui ait bien expliqué son rôle et bien détaillé lentement tous les devoirs et fonctions du personnage qu'il était censé interpréter sur Terre et sur ma petite planète à moi. C'est pas sûr qu'il fût au courant le grand Awouè, pas sûr qu'il aurait accepté non plus d'ailleurs les obligations et tralalas lui incombant de par son statut, qu'il soit instruit de tout ça aurait peut-être pas changé grand-chose à ma vie. Quand ça veut pas ça veut pas.

Mais moi ces trois êtres-là et le grand-père, la grand-mère, je les croyais tous heureux à cette époque, quand on jouait au bouchon sur la terre noire du jardin. Que moi je me disais, juste moi à peiner sous la charge des saisons comme un sombre baudet sous les balles de blé. Je pensais leurs yeux, leurs sourires, leurs cerveaux tout ça exclusivement préoccupé du bouchon, l'esprit uniquement intéressé à le dégommer avec un petit palet, que tout valdingue, et lui et le tas de pièces jaunes empilées dessus afin d'empocher les rares sorties du cercle. Mais j'étais encore décidément beaucoup trop gniard pour déceler dans ce groupe d'humains les vibrations d'âme et de cœur, trop faible d'années pour discerner autre chose que ma souffrance d'être, mon obstination à tout refuser en bloc et à vraiment trouver tout bien sale et bien moche. Car, sans que je n'en remarque rien, en silence, certains encaissaient très mal toutes les menues mais implacables tribulations de l'existence. Et pourtant je dirais on y est pas pour grand-chose si on supporte aussi douloureusement notre condition intime et tous les travers de l'univers. Faute aux cigognes, j'affirme, qui nous balourdent sans nous rencarder sur rien, sans guide de voyage, sans prospectus sur la contrée ni plan de route. C'est pas du boulot ça mes cocottes. Il me semble on traverserait moins les jours et les années en aveugle, on prendrait moins l'existence pour un bayou glacé fumant de brume si on savait d'entrée que la vie, en fait, c'est bien tous ces événements, rarement choisis ou maîtrisés, qui nous déboulent sur le chemin sans sonner tandis que l'on s'occupe aux rêves et aux espérances du lendemain. Faudrait nous broder cette didascalie dans le berceau, en Garamond, ça aiderait à tenir le gouvernail et pas virer à fausse direction. Le pas savoir revient à tenter d'atteindre l'horizon, s'échiner en vain et suer sur le guidon. Mais on apprend sans comprendre parfois, comme ça nous vient, et la tante Barbara avec ses sauts de puce m'ouvrait des vues froides de commerçant intraitable, car après le bouchon, lassés, nous faisions parfois des concours de sauts en longueur sans élan et c'était toujours la tante Barbara qui gagnait. Au lycée elle s'était cassé la jambe à ce jeu-là, mais elle avait battu le record de l'école. C'est d'ailleurs à ça que j'ai compris, quand elle racontait cette histoire, ça m'a sauté au crâne qu'il fallait bien ça ; une gloire, une jambe. Comme ça que ça marche du coup j'ai remarqué sur Terre. Si on veut quoi que ce soit faut être prêt à se séparer d'autre chose. Pour les vies c'est pareil. Allez surtout pas rencontrer une personne qui vous sera importante, vous êtes déjà en route pour vous fader un départ ou un deuil, et sitôt que ça sent le départ c'est qu'une rencontre plane déjà. Connaissant cette loi je fais infiniment gaffe, à chaque nouvelle rencontre je serre les fesses, mais j'y peux pas grand-chose en fin de compte.

Les deuils, c'est des présences du tout début qui changent de gueule à mesure, mais se terminent toujours en grimaces, y'a pas à y revenir. Les jours, c'est sans issue.

Et puis en fin d'après-midi on rentrait tous se faire un gueuleton au Deupièce. Une fois bâché dans les toiles revenait le nœud au bide rien qu'à penser au lundi matin, mon crabe se réveillait lorsque j'allais m'endormir.

Mais un dimanche des autos il y en avait cinq de garées dans la rue, juste devant le pavillon, et ils étaient que quatre bipèdes. Je saurais vraiment pas dire comment ils s'y étaient pris ?

L'une d'elles, une 4L, ils l'ont installée au beau milieu de l'atelier du grand-père, c'était l'époque où ils préparaient un voyage en Inde le grand Awouè avec son cousin, un neveu du grand-père, des mois elle a trôné là cette auto, le temps qu'ils la peignent en orange, la réparent et la décorent. Son cousin, l'oncle Bébert je le connaissais pas du tout jusqu'à ce qu'il vienne à Draveil ce jour-là dans sa vieille trois chevaux, jamais je l'avais vu au Deupièce, mais tout de suite pourtant il m'a plu. Sa dégaine y fut sans doute pour beaucoup, simplicité monacale des êtres possiblement sans trop de vices, tee-shirt uni, Clarks et pantalon de velours marron à grosses côtes, paysan suburbain en dehors des modes et du monde, si lisse et imperméable il me semblait à toutes agressions extérieures qu'il me faisait de l'effet. Et puis on s'évertuait en vain à y trouver de la malice dans ce visage paumé, en retard confus, on lui cherchait un semblant de gouaille ou de roublardise au coin des lèvres, un rien de tourment au fond des yeux. Mais l'oncle Bébert, homme gentil et discret, taiseux timide était dépourvu totalement de toutes ces dégueulasses finesses de caractère. Et ce qui me bouleversait le plus dans sa personne à l'oncle Bébert, outre qu'il paraissait toujours un peu gêné d'exister, mal à l'aise entouré, c'était surtout cette façon maladroite et apeurée qu'il avait de vouloir constamment, comme on trébuche dans le tapis, effacer d'un coup de chiffon les mots qu'il venait tout juste de bredouiller à peine et qu'il croyait sans doute voir encore planer au-dessus de nos têtes. Tout chez lui me tarabustait la nénette. C'était à plus y comprendre rien de tout ce que je connaissais. Dame, c'est que la Terre est recouverte d'imbéciles totalement abrutis c'est entendu, mais aussi d'êtres doués sans avoir jamais rien appris ni cultivé, d'inconscients génies dans leur domaine, le fluide inné, la grâce. Ainsi le père de ma mère maîtrisait l'orthographe et la grammaire, vous virevoltait de ces tournures avec accords et participes sans jamais de fautes, mais sans jamais rien y comprendre non plus d'ailleurs. L'oncle Bébert lui était un manuel, et un pur, totalement incapable d'expliquer quoi que ce soit également il avait dans les mains, au bout des doigts un rapport d'ondes étonnant, lien magique superbe et généreux qui l'autorisait à réparer comme dans un brouillard, les mains au fond d'un sac, à peu près tout ce qui lui tombait entre les paluches. Électricien de son état, mécanicien à ses heures il avait le don, et pouvait ainsi exercer cette sorte d'efficacité infaillible et carrée sur une palette infinie. Il forçait ainsi mon admiration d'enfant cafardeux et hébété, mauvais à tout, n'ayant de goût pour rien, incapable de tout. Il m'hypnotisait l'oncle Bébert, magicien sans baguette, car juste en regardant une bestiole mécanique il savait lui parler, connaissait son dialecte, devinait aussitôt ce qu'elle renfermait dans ses flancs de métal et, en deux coups de poignet, trois pichenettes la ressuscitait. Des oncles Bébert on en croise pas bézef dans une vie, le grand-père c'est idem, pas lerche, la plupart détruisent et tout s'équilibre ainsi cahin-caha, je peux dire ayant constaté la chose. Le bricolage lui le grand-père, l'édification de n'importe quoi avec trois fois rien du tout, et tout naissait de ses mains, meubles et outils même, jouets et objets, il savait tout construire ou réparer, bois, plastique et ferraille, fondait le plomb et le changeait presque en or, pas loin, le don. Son fils le grand Awouè y allait du dessin, la peinture, nous inondait de ses toiles, couvrait tous les murs du Deupièce de ses œuvres, tableaux de toutes tailles, toutes inspirations, visage œil crevé, perspective à damiers, visage éclaté sur fond de bordure verte, rose isolée, réalisations totalement incompréhensibles si bien installées dans le probable symbolique.

Beaucoup de plagiats également, recopiages avoués ou non.

Rien que dans la famille donc, entre la mécanique et le dessin, le bricolage et la grammaire, la peinture ; on découvrait déjà un petit monde.

Et ainsi comme ça, de dimanche en dimanche sous les mains de l'oncle Bébert on l'a vue revivre la 4L, ronronner puis devenir rigolote, bourgeonner de partout sur sa peau d'orange, se fleurir des œuvres pour une fois naïves du grand Awouè, lui pousser des couleurs vives, puis des galeries, des jerrycans à l'arrière et puis surtout une roue de secours accrochée au centre du capot avant qui servait de cœur à une énorme fleur entourée de gros pétales de toutes les couleurs. Splendide la 4L soudain. Petit jardin à roulettes.

Et puis aussi au milieu de tout ça, en même temps on peut dire, au fur et à mesure des samedis, des dimanches on l'a vu changer le Gaston, dépérir, maigrir, on le regardait évoluer vers l'abîme, et toujours tout ça dans son fauteuil, sa fenêtre, comme s'il voulait pas mourir mais disparaître à force de plus être, d'évacuer en merde petit à petit des bouts de ce qui faisait lui.

On devrait pas écouter braire les hommes, sauf quand ils se décident à mourir, c'est le moment de bien tendre l'oreille alors, et vraiment le seul. Un jour Gaston à force d'être si bien vieux et de plus en plus s'enfoncer dans la vieillesse et son fauteuil, si totalement déboulonné dans son fond de pavillon, fond de banlieue, si exténué de lassitude à jamais rien voir débarquer dans sa rue, devenu si indifférent à tout, à nous qui radinions tous les samedis, à sa femme dans la cuisine, si perdu loin au fond de lui, loin de vraiment tout le monde il s'est levé. La grand-mère depuis si longtemps qu'elle se le voyait assis elle l'a pas reconnu au début qu'il se tenait debout son vieux père. Pour elle c'était un autre, la position c'est certain ça modifie tout, comme les changements de poids, d'un coup on s'adresse à un inconnu. De le contempler si maigre aussi, à presque lui voir son âme déborder de ses frusques, du fauteuil même, et puis si tellement debout la grand-mère elle nous disait qu'elle croyait parler à un étranger.

Mais ça a pas duré.

Quelques pas dans le jardin, tout doucement jusqu'à la grille de la rue, le portail, qu'il lui tripatouille un peu sa poignée rouillée, un œil au-dehors, puis retour à la cuisine, la chambre, le lit, et c'était déjà fini, il se lèverait plus, il l'a dit, il voulait plus.

Elle l'a ausculté la tante Barbara, elle lui posait des questions sur ce qu'il avait à plus en vouloir de son fauteuil, sa fenêtre, il répondait pas, il ricanait tout bas.

Moi, durant cette période trouble, empreint d'inquiétude et de départs variés, je tournais beaucoup autour de la 4L où, les mains noires l'oncle Bébert et le grand Awouè, tous les dimanches, causaient penchés au-dessus du moteur. Du jardin où parfois j'allais me retirer pour tricoter mes cheveux à l'écart, bien peinard, je les entendais encore discuter du voyage et de mécanique. Alors, immanquablement, le grand Awouè se mettait à engueuler l'oncle Bébert.

Imparables gueulantes excédées, totalement écœuré de n'y rien comprendre à la magie de son cousin.

« Non !... – qu'il lui hurlait dans les oreilles – non Bébert !... non, j'ai rien vu, rien vu !... attends !... comment qu't'as fait là ! ?... recommence... lent'ment Bébert, tout doux... »

Mais l'oncle Bébert s'emmêlait, si tant coincé du gosier, bafouillait des explications comme on se noie et reprenait du début. Aussi le grand Awouè il regardait son cousin en face de lui avec un si grand sourire épaté que ça faisait drôle comme situation, il secouait la tête et puis soufflait, ahuri :

« Rien compris...

– Bon... ce... là... suffit qu'tu... tu pousses... comme ça... avec ça... après du coup, comme c'est... tu peux le... tu vois ?... »

Et totalement crispé sur le crachoir, ne sachant pas mettre de mots sur des gestes, désolé que chez lui tout réside dans l'acte, que tout s'arrête au bout des doigts, banni de la jactance l'oncle Bébert exécutait la manœuvre pour la dixième fois sans avoir réussi à rien expliquer du tout.

Alors le grand Awouè partait en gueulant.

Je savais ainsi que c'en était fini du dimanche, de ce petit peuple en liberté, de la paix et du sommeil de mon crabe.

Je commençais à me refermer pour le lundi.

Une fois bagué, tagué, y'a vraiment plus rien à y faire, absolument rien à espérer, juste faut y retourner encore et encore, jour après jour, tant et plus et si bien qu'on finit inexorablement par vous connaître, reconnaître votre trombine et vous classer en petit élève triste et rêveur. Mais d'un univers l'autre le plus souvent existe un trajet, petit voyage tout exprès pour bien nous pointer la frontière, que les choses, les actes et les gens sont pas les mêmes, ici n'est pas là-bas. Et je regardais avidement les camions de charbon venus jusque dans la cour décharger ces gros sacs noirs en oreiller que la grand-mère, les yeux sévères, se faisait livrer pour son poêle Godin tout en engueulant abondamment les bonshommes de tout lui saloper son lino. Je me voyais sauter sur la plate-forme arrière, me planquer sous les sacs et partir avec eux loin ailleurs en regardant là-haut le ciel défiler. Plutôt ça que le bagne. J'ai toujours discuté ma cage. Et pourtant je l'ai jamais fait, jamais osé, toujours la peur de tomber en marche de cette plate-forme aérée, pis qu'on me retrouve à l'hosto avec tout le bénard dégueulassé, crotté de la tronche au slibard et la grand-mère au pied du lit honteuse de par ma faute. Je l'ai jamais fait, trop craintif comme enfant, et l'enfance m'était une nuisance. Mais descendant la rue Jean-Pierre-Timbaud traîné par la grand-mère, de trottoir en trottoir jusqu'à la rue des Trois-Bornes je lorgnais sur les bennes à ordures, y voyant là aussi une possible échappatoire et un tantinet moins salissante. Mais là non plus j'ai pas bougé, pas sauté dessus le marchepied, trop petit gniard sans doute, pas encore bien convaincu de l'impasse que nous mitonnent à tous les jours et les années. Et même, si encore tant naïf, par ailleurs je subodorais que la vie, cette école de la morfle, ayant déjà si foireusement débuté s'achèverait sans doute pas mieux. Moi, à la renifle je pressentais la chose, mais pas seulement, je constatais aussi, bien forcé, la conclusion toujours identique de mes trajets du matin, mes retours de cantine, de récré : une porte rouge au fond d'un couloir. Toujours je m'enfonçais éberlué dans ce corridor, tout au bout, coincé face à cette porte rouge constamment fermée à clé puisque donnant sur la primaire. Notre classe se trouvait là, et il nous fallait toujours glander un peu devant, en rang, que notre maîtresse blablate un peu sa collègue et voisine. Alors nous restions là, entassés dans cet angle, ce recoin sombre de couloir, entre notre porte de classe et cette porte rouge toujours à nous boucher tout l'horizon de façon sanglante.

Que de moments identiques coincés dans ce fond de nasse tout de même.

Jusqu'à ce jour où, entouré de gniards je regardais désabusé par la fenêtre du couloir monter, là-bas, des fumées grises et blanches au loin sur une lignée d'usines en me tricotant les cheveux. Et si bien ramolli par l'instant, fin de récré, la voix de la maîtresse derrière et son blabla, lentement comme une fleur farouche mon petit crâne a commencé de s'ouvrir, alangui bercé par mes doigts serpentant mes mèches, le paysage là devant, les fumés, les usines, peut-être le grand-père dans l'une d'elles transpirait sur sa machine au milieu d'un immense hangar où tout autour les ouvriers, masse humaine éparpillée à perte de vue suaient idem, hommes pliés sur des machines debout. Et malgré le ramdam, la furie du métal il m'entend l'appeler le grand-père et on y va, hop dessus la plate-forme, au passage il me montre le petit muret, un sourire en clin d'œil chez lui ça vaut un discours, des yeux il m'explique la chance qu'on a de l'avoir trouvé celui-là, ce muret, cet endroit, que ça nous fait au moins ça dans la vie, et je sens mon cerveau se détendre, s'étirer comme des antennes d'escargot mais on prend pas le temps de s'y arrêter, déjà dans des sifflements aigus tombés du ciel se plantent comme des flèches sur la route des panneaux indiquant Draveil, et il continue de nous transbahuter bâbord tribord le camion de charbon, on roule léger, de l'air partout sous un ciel limpide jusqu'au rond-point central et l'énorme chêne au milieu, là on prend à droite, à gauche c'est plus court pour le pavillon mais c'est d'ailleurs justement pour ça qu'on a toujours pris à droite, et devant le vieux grillage rouillé la 4L orange ronronne déjà avec le grand Awouè au volant et l'oncle Bébert encore un peu à régler le moteur penché dessus, mais ils sont sur le départ et on y va, le grand-père sur le perron nous fait au revoir, la dame de la cuisine aussi mais je vois pas son mari, il est pas là le Gaston, pas sur le perron et mon crâne se développe à s'ouvrir davantage, fleur épanouie sous la chaleur et le soleil, roulant si vite dans le désert, cet air épais qui me brûle gentiment à la fenêtre arrière, les premiers palmiers que l'on croise comme des poteaux, enfin la mer d'un ciel si profond, bleu si tranchant que j'en ai tout le corps dégoulinant d'aise, crâne béant, épluché comme une banane, le cerveau à suer bien rose au milieu enfin paisible à bronzer, radieux, se réchauffant pépère à l'éblouissante clarté de cet univers de paix et de liberté. Mais les univers se télescopent et j'ignorais la chose faisable, me voilà Inuit parachuté à la seconde chez les Bédouins, les montagnes se rencontrent et je croyais pas ça possible, tout croule et file brusquement à toute allure et se bouscule en foudroyances, plus de porte rouge mais des tartines, un escalier sombre, une toux, la toilette et des yeux ; ma mère.

Foudroyé au stroboscope je fus, propulsé nu au fond d'une impasse sous des tonnes de grands déferlants de projecteurs, je restais là suffoquant disloqué, pris en flag devant ma fenêtre, crâne à nu, violé impuissant. Et je suais d'abondance comme l'on panique d'un effroi immobile face aux situations atroces que l'on croit immuables, devant ces actes irréparables qui bouleversent une vie comme on secoue une boîte.

Elle a vu dans ma tête ! Elle a vu dans ma tête je me disais alors si béant de l'âme, elle a vu dans ma tête j'étais grand ouvert, mes rêves flottaient à la fenêtre, je les laissais onduler au vent comme des tentacules d'anémone de mer, j'ai pas eu le temps de me rétracter, tout bien refermer le capot, l'âme débraillée à la guenille, épouvantail à détresse, j'ai eu le temps de rien, on a jamais le temps de rien dans l'existence, faut toujours rempiler à la va-vite, changer de masque comme de solitude, j'ai eu le temps de que dalle et la porte rouge disparaissait, ma mère surgissait là, emplissant tout le couloir elle et tous les élèves de sa classe bien alignés derrière à se pencher pour me faire des coucous dans des sourires. Ils ont tous vu dans ma tête.

En plus moi si rêveur alangui peut-être bien que je devais baver béat.

Ça revenait au même que d'être là à me tripoter la braguette.

Mais n'étant pourtant pas encore à la frontière de l'enfance où, un pied hors d'elle on répugne soudain à donner aux adultes devenus du jour au lendemain voyeurs indésirables, et vaguement conscient soi-même du ridicule, le spectacle de nos jeux, la brusque apparition de ma mère ouvrant cette porte rouge à un moment où je me trouvais l'âme livrée à tous les vents, à tous les yeux il me semblait, cette vision dans un lieu où pour moi elle n'existait plus me crucifia.

Alors, n'ayant plus de place où respirer à l'exception du petit muret, nulle part où prendre de l'air, j'allais m'asseoir silencieux sur mon panier d'osier caché entre le mur et la porte ouverte rabattue sur moi. Là j'enviais les petits potes aux univers bien séparés qui ne se rencontraient pratiquement jamais, et jamais de façons soudaines. Je leur enviais ça et, pure supposition d'alors, le probable silence de leurs crânes.

Ainsi moi, fatigué de mon peu d'ans assis sur mon panier à jouer avec mes doigts je subissais déjà des inconnus dans la théière, leurs discours, des complaintes au citron, tout ça bourdonnant pour s'achever en mal de crâne, en langueurs désabusées.

Autant dire, peinard nulle part.

Et si vraiment les petits chocs de l'enfance comme le prétendent certains, les menues frustrations, les vexations minimes et rikiki douleurs font des ronds dans l'étang de notre innocence, alors je peux dire moi, causer en pro du ciboulot brac, chez moi des presque-rien m'étaient des gouffres d'indignation, de furieuses colères muettes à suer des tristesses inguérissables, et en fait de ronds il y allait aussi de l'envol d'une flèche déviée d'un milli, des rivalités de petits moi exaltés devenant des tatouages d'âme.

Et dans ces désolations naissantes me revenait parfois le goût oublié de rayures ondulantes aux couleurs douloureuses, réminiscences aussi déjà du gondolement de ces serpentins bariolés aux teintes vives et criardes, visions inconnues et pourtant bien réel souvenir d'un quelque chose jamais encore retrouvé depuis.

Je me barrais à lurelure.

Je dégringolais en somme, pliant sous les balles mortes, prenant peu de plaisir en toute chose, n'étant pas un jouisseur déjà à l'époque, n'en étant toujours pas un, ne sachant pas, n'ayant jamais su prendre.

La jouissance ça me fait honte.

On ne peut pas être jouisseur et torturé j'imagine.

Joies tranquilles à moi seul épargnées.

Pourtant il faut quand même bien reconnaître à Draveil ça se taisait un peu en mon dedans, crabe et citron, c'est qu'ils faisaient diversion tous, les uns dans le garage à tambouriner leur auto, les autres au jardin à jouer au bouchon et puis le ronron incessant du blabla de la grand-mère percé de-ci de-là par les hurlements de fond de pavillon, fond de lit du Gaston.

Manière de petite usine à moi bien reposante que tout cela.

Jusqu'à ce que tout déraille et s'en aille de tous côtés comme des puces changent de clébard. Car tout se traîne durant des mois et des années pour se défaire parfois en un seul jour. Rarement climatisées les transitions. Radical, le couperet de la vie.

Ainsi donc alors voilà comment vont les choses en ce monde, un dimanche matin entre deux boum-boum sur la 4L l'oncle Bébert le voilà qui radine pour me dégoter au fond du jardin une question plein la bouche ; que ça me siérait-il d'aller quérir le pain avec lui ? C'est à ma convenance il ajoute mais ce ne fut certes pas expulsé de ses mâchoires d'une aussi claire façon, car il avait le don faut en convenir pour s'entremêler on aurait dit les pieds de la langue dans tout ce qu'il bredouillait, et si le sens de prime abord m'échappa joyeusement ses yeux me quémandaient un tel oui que j'acceptais sans avoir rien compris du tout à sa requête.

En plus j'aimais beaucoup son auto, c'est vrai, une Ami 6 c'était, avec la lunette arrière inversée, un toit pagode, que ça lui faisait comme un Z à l'arrière tant la vitre était inclinée, on la croyait rouler encore du coup, déformée par le vent, la vitesse, même à l'arrêt. Et pas besoin de clé pour la démarrer je vous dis, il tournait juste un bouton, poussait une petite manette grise, tirait sur une petite boule orange reliée par un ressort au tableau de bord, la relâchait dans un grand CHTACK bien sec, bien fort et ça démarrait en un bruit de tracteur poussif. Impressionnant. Tout le reste n'était plus alors qu'enfilades élastiques et rebondissements, souplesse houlante de ce genre de véhicule où les lignes droites en paraissaient toujours courbes. Nous dedans on tanguait si bien gauche et droite qu'on ressemblait tout à fait à deux culbutos sur un waterbed. Alors, rebondissant de ressort en ressort je découvris grâce à lui le centre de Draveil, moi qui longtemps avais résumé ce bled désert à des pavillons gris terne. Puis, dans un virage qui n'en était pas un tout à trac comme ça il me balance sans trop bafouiller :

« Alors Matin, qu'as-tu décidé de ta vie ?...

– De ?...

– Tu vas en faire quoi de ta vie ?...

– On peut choisir ! ?... – ça, alors ça ça me clouait.

– Oui... bien sûr..., non ?... »

Non, ah ça non je peux dire, on le croit dans la jeunesse, le présuppose mais on roule juste dans un train au cœur de notre nuit et pas plus, on s'occupe dans le wagon comme on peut fuyant dans ce que l'on aime en attendant la station, voilà. Et même si la raison de notre venue nous semble trouble avec le recul notre parcours alors nous apparaît fort réfléchi, mais sûrement pas par nous. Moi j'ai fait des choix je peux dire, c'est vrai faut être honnête, mais si minimes qu'ils n'ont jamais influencé grandement sur les directions de ce train filant dans mes brumes. Aussi j'étais trouillard, ça y fait. La vie c'est comme un clébard, faut pas lui exhiber son tracsir. Mais tout ça j'en savais trop rien, alors sur le moment je lui réponds la vérité toute naïve et gluante, que rien ne me dit comme job à moi, ou alors ramoneur pour courir sur les toits ou éboueur pour courir après la benne et plus revenir, voilà, c'était à peu près tout d'ailleurs, rien d'autre et surtout pas de blouse ni de machine. Il en a ouvert de ces yeux fallait voir tout en rebondissant de gauche et droite sur les pavés, et puis il a enchaîné comme plein de peur, c'est sorti d'un coup, comme ça, une exhalaison fugace, il a lâché :

« C'est fini... la 4L... elle est réparée, marche bien même... du coup ben... on s'en va... dimanche prochain on est plus là..., tu vas pleurer maint'nant ?...

– De ?...

– Quand j'te r'garde j'ai toujours l'impression qu'tu vas t'mettre à pleurer...

– C'est pasque j'suis tombé d'l'arbre tout à l'heure, ça fait croire du coup...

– Non, pas que maint'nant, toujours... on dirait qu't'es tout l'temps au bord des larmes... »

Ça le peinait de constater j'ai bien vu mais j'ai rien pu lui expliquer, j'étais comme ça et puis voilà. Je me coltinais une malédiction sur le râble, tout me minait si fort, m'était si lourd et douloureux que ça m'affublait pour enfance comme une souffrante hébétude. Mais quand même je pensais pas que ça se voyait tant. Du coup on a plus rien dit jusqu'au pain où sur le comptoir je remarquais un drôle de bonbec tout bizarre et tordu qui se met à m'appeler. Je réponds pas moi, je dédaigne, mais du coin je reluque, et il est quand même drôlement bizarrement foutu ce bonbec avec ses couleurs et ses formes à rien comparable, même pas certain que ça en soit un de bonbec à réfléchir, c'est peut-être juste un… un truc.

Mais impérieux quand même il est, une attirance hypnotique, comme s'il me tapotait le haut du crâne pour m'obliger.

L'oncle Bébert il disait jamais grand-chose lui mais il voyait tout, probable.

« Ben en fait… c'est que… – il marmonnait retournant les poches de sa veste, son bénard – j'ai vraiment pas du tout d'argent… la grand-mère elle m'a donné juste que pour le pain et alors ben… tu vas pleurer maint'nant ?… »

Il a vraiment dû penser que j'allais me mettre à partir dans la chouine, déjà qu'il me voyait moi pauvre gniard larmoyant sans jamais de franches raisons, alors vite je lui dis c'est pas grave. Qu'on lui annonce la peine capitale son regard eût pas été différent, son désarroi pas pire, fallait voir ses yeux. Effrayé il refaisait bien toutes ses poches une à une, le morlingue et le larfeuille aussi, tout y passait, et fiévreux. Sur le trottoir, la baguette sous le coude qu'il cherchait encore l'oncle Bébert.

« C'est combien ton machin ?… tu vas pleurer maint'nant ?… »

Ça relevait du centime mais son idée fixe de moi me répandant commençait à me faire chier. Et dans la voiture encore, le pain sur les genoux attendant moi tout son binz avec les boutons, la manette et surtout le CHTAAACK final et grandiose pour qu'on se tire il cherchait encore, bougeant toujours pas son volant entre les mains, il restait là le regard fixe à zieuter droit devant, il cherchait encore. Moi je dis l'oncle Bébert il aurait jamais dû se tourmenter pour ces sortes de broutilles, c'est tout à son honneur c'est un fait mais quand même, ça faisait trop, vu que j'avais rien demandé du tout moi. Le grand Awouè s'il apprend l'affaire il allait pas manquer de m'agonir comac au retour, il se serait pas tâté lui pour m'envoyer à dache. Mais l'oncle Bébert pouvait pas visiblement et de nouveau sur le trottoir à la regarder sa trois chevaux ça m'inquiétait encore plus, de là à ce qu'il la vende j'étais coincé, foutu. Je crois j'aurais jamais assumé. Même très vieux.

Mais il s'est juste mis à la dépiauter, méthodiquement, comme on fait avec les oranges. Les tapis de sol qu'il secouait au vent, les vide-poches des portes avant, la boîte à gants, puis tout le bordel du coffre, là, étalé sur le trottoir et y'en avait. À chaque fois il trouvait deux trois petites pièces mais il en manquait toujours. En or il devait être le bonbec. Alors il s'est mis à dévisser les sièges, à la clé de douze, avant et arrière pour bien les secouer et trouver les centimes manquants restés coincés dans les housses, entre les coussins. On a tout laissé comme ça sur le trottoir, tout le bordel et les sièges, tout en plan devant la boulangerie avec les gens qui s'attroupaient, tout ça bien éparpillé tout autour de l'auto. En ressortant avec le bonbon, à la voir comme ça la trois chevaux, coffre et capot gueule offerte béante et les quatre portes grandes ouvertes avec les affaires éjectées tout autour on aurait bien dit qu'elle avait explosé, comme les tubes de farces et attrapes expulsent confettis et serpentins. Ça faisait un drôle d'effet, presque de la peine. J'étais un peu gêné aussi avec tous ces gens qui venaient voir la chose, qui demandaient à l'oncle Bébert ce qui avait bien pu se passer.

« C'est à cause du bonbon… – il leur répondait en sueur – à cause du bonbon… » – tout ce qu'il trouvait à leur dire.

Mais il était bien soulagé, il souriait en s'essuyant le front.

Après il a fallu tout remonter, c'est ça qui nous a bouffé le plus de temps car comme ça arrive souvent plus rien voulait rentrer, la tante Barbara elle doit connaître pareil avec les tripailles et boyaux, elle l'a jamais avoué mais il y a sûrement eu des fois où elle a pas dû pouvoir tout remettre dedans tant y'en avait qui débordait. Ça doit pas être bien grave j'imagine. Ça se saurait sinon.

De retour au pavillon c'est des cris, des lamentations qui s'arrêtent plus du tout, c'était trop long ils s'effarent tous pour acheter un bout de pain, ils s'en inquiétaient trop de notre absence démesurée.

« À cause du bonbon… » – leur bredouille l'oncle Bébert qui, ne sachant plus dire que ça, voyait d'un coup son vocabulaire considérablement réduit à quatre mots.

Mais ils ont tous des yeux de chouettes illunées, tous ils me balancent des coups de menton, alors je raconte l'aventure puisqu'on me prie, mais vite fait, je m'alourdis pas dans les recoins, je trace à grands traits, c'est perso, ça regarde personne, c'est un bon souvenir et il n'y en a pas tant. Personne bronche. Sauf le grand Awouè qui embraye aussi sec, m'engueulant presque, comme quoi il était bien gentil l'oncle Bébert tout ça et que moi je pourrais bien le remercier quand même… non ?…

Le grand Awouè y'a pas à dire mais il est vraiment rien d'autre que ce qu'il est, que ça, lui, et sans effort. Et sans effort il m'a toujours gonflé aussi avec ses gueulantes, toujours je me suis retrouvé en nage immédiat dès qu'il l'ouvrait, tétanisé, trouillard né dégoulinant.

« Hein Albert… alORS ! ?… l'est pas gentil l'oncle Bébert p't'être, HEIN ?… qu'il t'achète un bonbec hein Simon ?… AH ! honnête, monsieur ! honnête comme pas un !… t'en as eu la PREUVE grosse bête…, tu m'diras on peut pas en dire autant d'ses frangins et parents ça faut r'connaître… lui et ton grand-père, Albert, c'est bien les seuls à être honnêtes de c'côté d'la famille… tu m'écoutes Roger ?… tous les autres c'est des grandes gueules, c'est un peu con tout ça, p'tits escrocs, voyous filous arnaqueurs, sans intérêt, de pauvres abrutis qui s'la jouent mais qui valent pas un coup d'cidre, minables, tout dans l'paraître et rien dans la tronche… flambeurs, barboteurs et compagnie… tiens bah pense donc au cinéma italien Simon, l'humour en moins… et si ENCORE c'étaient des grands bandits, des pros tu vois, de vrais gangsters avec de la CLAsse, du style, du panache, une CEEERTaine moralité… enfin, l'honnêteté du milieu quoi… j'dis pas… mais là, j't'en fous Simon… des p'tites frappes !… lâches débineurs frimeurs et menteurs ! MAIS SI !… vol'raient la famille et les copains pour un break d'occase !…

et puis surtout cons comme leurs pieds avec ça hein !... vraiment hein j't'assure... pffff... à voir la façon dont ils ont tourné tous on s'demande vraiment comment ton grand-père et l'oncle Bébert ils ont fait pour suivre une aut' danse, choisir un aut' tempo..., ça m'a toujours épaté ça d'ailleurs... prends dix frangins Roger, dix, élevés sous le MÊME toit, de la MÊME manière, pendant des ZANNÉES, et dans l'tas y'en a un, DEUX qu'ont rien à voir avec le reste de la tribu... un kiwi dans un cageot d'melons... et bien souvent c'est dès l'début qu'c'est un kiwi Albert et pas un melon... DÈS l'début, la sortie du trou !... va comprendre ces choses-là Simon... »

C'est triste à dire mais il avait raison, dans la famille, même dans la racaille on était mauvais.

Mais pour l'heure en sus et surtout il me gonflait le grand Awouè à jamais m'appeler par mon prénom, sorte de non-reconnaissance, moi petite chose qui n'existait pas vraiment et pas pour tout le monde, car de ce fait j'eus droit en alternance selon les années à : Machin, Bill, Albert, Roger, Trucmuche, Simon, Robert, Bidule et j'en oublie. Quand il mélangeait pas tout pour la marrade. Ça me fanait mon petit ciel, alors au début des premières années je renâclais, et puis bah que voulez-vous, on finit par se lasser, on laisse faire, on n'entend même plus. Pourquoi écrire sur de l'eau ? Moi j'ai renoncé avec les années à cracher contre le vent, des espoirs déçus et de la peine perdue, c'est tout ce qu'on y gagne. À quoi bon ?

Du coup le bonbec j'ai même jamais osé le manger. Mais il pouvait bien gueuler tant et plus ce qu'il voulait le grand Awouè moi je dis que si je l'avais comme instituteur l'oncle Bébert je serais pas en train de crouler fond de cale à même pas une demi-douzaine d'ans. Voilà ce que je dis moi. L'école elle me pourrissait, me poussait déjà à m'en désintéresser d'elle, à me démontrer jours après jour avec grande minutie et force preuves impitoyables qu'il n'y avait de magie dans absolument rien de rien, que j'en virais vicieux déjà, pervers pour louvoyer entre, me tailler en sueur et au coupe-coupe mon petit chemin perso vers le désastre. Je dis ça moi juste et pas plus. Avec l'oncle Bébert comme instituteur je dis que les choses auraient évolué tout autre.

Après ils sont tous retournés s'occuper chacun de leurs choses et moi si las de cette équipée trop longue et puis du discours du grand Awouè qu'il vociférait les bras en l'air en tournant autour de la table, alors moi si déplumé de tout ça je m'en suis écroulé sur une des chaises de la pièce du fond, lessivé. Mais à peine posé je l'entends râler le Gaston à travers le boucan du garage, les bruits de scie, les coups de marteau, la soudure au chalumeau et les marrades, les gueulantes du grand Awouè, je l'entends si faible grommeler de la chambre que je m'y traîne, et sur l'oreiller dans la pénombre, bien ouverts, deux yeux qui se plissaient rien que pour moi, sur moi, comme des pièges. Passé le seuil, à peine, dans cette odeur lourde des pièces sans jamais d'air ni de mouvement aussitôt il m'agresse :

« Tu crois peut-être que tu vas passer entre les gouttes toi hein dis ? tu crois tu vas y'arriver ? t'espères ça ?... petit con !... quel âge que t'as à être aussi petit comme ça ? ta mère c'est qui ?... t'y'arriveras pas, pour qui tu crois c'est fait les cim'tières couillon d'la lune ! ?... hein, p'tit bourgeois d'la vie, débutant, face de courge... y viendra pas, jamais ! t'as un grand front mais ça t'servira pas, ton nez en pique-assiette non plus..., TOUS on attend quelqu'un, quelque chose, et jamais ça vient !... mon pote, des années j'glandouille à l'attendre, marre ! y viendra plus... c'était la guerre, un pote de là-bas qu'j'attends, de la guerre et qui vient pas, marre !... – à peine si je le voyais planqué entre l'oreiller et l'édredon monstrueux qui lui faisait comme un ventre démesuré –... et les deux imbéciles qui jouent du tam-tam sur l'automobile tu crois ils espèrent rien peut-être ?... et la Barbara elle attend rien elle aussi tu crois hein dis gueule d'asperge ! ?... comme tout l'monde elle poireaute en pataugeant, à même pas vouloir finir son école de toubib... sicatre qu'a va dev'nir j'te dis moi petit con, sicatre elle va choisir, un dentiste du cibouldingue ça va nous faire, barrée comme elle est petit couillon tronche d'assiette !... – et il riait dans son plumard, s'en étouffait sous l'énorme édredon, puis toussait la face mangée par les coins de l'oreiller –... sicatre elle fera, dentiste du crâne la Barbara..., et pour toi non plus petit con y viendra jamais personne, y t'arriv'ra jamais rien d'miraculeux, personne vient jamais !... personne change jamais rien à rien, la Terre j'te dis petit ballot c'est jamais rien d'autre qu'un gigantesque théâtre avec des gros ours balourds, tu comprends ?... couillons comme pas deux mais bien rusés ils sont tous, qu'ils vous occupent la scène pour jouer un rôle sans même y croire, et tout ça pour une salle toujours vide, tout s'passe dans les coulisses... ici petit con y'a qu'les égoïstes, les ordures et les saints qui s'en sortent... mais des saints y'en a plus, zont été ach'tés, ou abattus... tu comprends couillon d'la lune ! ?... tu crois c'est un saint ton grand-père avec ses trois vis qu'il nous bassine avec c't'affaire ? tu crois c'est un saint ?... c'est vrai qu'il est honnête... on peut pas dire contre... je l'suis pas autant et l'regrette presque... mais à quoi ça va lui servir ses trois vis et son ticket d'caisse quand y va passer ?... hein dis réponds ballot... à rien ! et la vie c'est dégoûtant... les hommes ils me dégoûtent, j'préfère encore les inconnus, z'ont l'bénéfice du doute... et pourtant j'ai toujours cru en l'homme, tauraka d'mander petit con, j'ai ma carte depuis l'début, mais j'ui fais pas confiance du tout à l'homme moi..., et toi p'tit ballot avec ton nez en pique-assiette, enfant d'la merde... de la merde les enfants ! comme le reste, oui, si, à trois ans sont déjà aussi timbrés dégueulasses que les grands, à trois piges c'est déjà foutu !... tu crois qu'il va t'sauver l'autre con avec son verre de lait pour ses "p'tits zamis" hein trouduc ?... ça fait quinze ans qu'il vous bourre de lait mais z'êtes toujours aussi cons... ah si !... tu crois j'te voyais pas jouer dans l'jardin tous les samedis et les dimanches, hein tête d'ampoule ! ?... t'as jamais rien fait d'autre ici Tartempion que d'jouer comme un ballot... »

Alors il soupire fatigué en regardant le plafond, et la grand-mère débarque alertée par ce moulin qui voulait plus s'arrêter, puis tous les autres, tous ils radinent, si longtemps qu'on l'avait plus jamais entendu rien faire d'autre que de hurler ou ronchonner ça les épate de l'entendre causer. En fait peut-être bien qu'il nous l'avait joué canard le Gaston depuis tout ce temps, coin-coin je suis sûr, impassible au-dehors, bec clos mais les papattes à mouliner sous les flots dans l'invisible. Et lui à les voir il se marre, en bave sur l'oreiller en rigolant de les reluquer tous devant lui comme au musée de cire. Moi je me disais éberlué en le regardant s'étouffer dans sa marrade que la vie en fait, même si ça grince féroce par certains moments, ça doit pas être si dur que ça, mais c'est trop long. Voilà, c'est ça, c'est bien parce que c'est trop long la vie que ça en devient éreintant. On devrait tous partir bien avant le demi-siècle, passé la trentaine y'a déjà plus grand-chose à espérer, on fait plus que dégringoler la montagne, le quart de siècle suffit bien. Rien qu'à l'écouter le vieux on comprenait tout de suite l'état que ça donne aux choses la vieillesse.

Le Gaston tout triste et fatigué il voit plus personne là, que moi on dirait et ma tête d'ampoule, il choisit bien son moment je trouvais pour tomber en nostalgie, mais il reprend quand même dans un souffle désabusé :

« Les enfants jouent, les ados s'amusent, les hommes font les cons et toujours les femmes regardent… elles font que ça toujours de regarder sans rien faire pour empêcher… et pourquoi ça ?… tu l'sais toi p'tit couillon d'la lune ?… elles laissent faire parcqu'elles sont aussi bêtes que tout l'monde, mais à leur façon… elles non plus elles réalisent pas dans quel jus d'bêtise on patauge et trempe depuis l'début… les hommes et les femmes, binette d'endive, vas te l'dire moi c'que c'est, des d'moiselles béni-oui-oui qui tentent depuis des siècles de dresser une bande de pourceaux ! voilà c'que c'est qu'l'humanité gueule de cul lubrifié…, et mon pote il viendra plus c'est cuit… sans lui j'suis plus rien du tout qu'un vieux bout d'viande tout pourri…, et toi aussi petit con t'attendras toute ta vie pour peau d'balle… sans moi il est plus rien non plus lui, les souvenirs, la jeunesse et la guerre si on est pas ensemble pour en causer ça existe plus, on est plus rien du tout…, t'as pas d'langue ballot ?… t'as un grand front mais c'est tout vide derrière… ils sont où les autres ?… on les entend plus taper sur la mécanique… ils croient tous que j'roupille depuis des années, que j'suis un vieux bout d'barbaque sans plus rien d'dans, y'a que Dieu qui m'comprend encore… tu crois en Dieu toi couillon d'môme ?… taka y'aller à la guerre et t'y croiras, y'a plus d'athées en temps d'guerre, c'est connu…, suis pas mort j'attendais… elle va v'nir… ma benne à souv'nirs… mon pote de la guerre… je rumine mais ça s'voit pas… c'est au-d'dans qu'ça turbine, mais j'laisse rien paraître moi, pas si con, faut pas exhiber ses tumultes, ses combats intérieurs, rien qui fait chavirer l'regard houps… – au premier houps on s'est tous dit ça y'est ça commence la fin –… qu'on m'pense mort en vie du coup… pourtant ça m'vibre au-d'dans houps, j'bouillonne moi, une flamme houps – ses petits hoquets lui faisaient comme des petites collines à escalader on aurait dit –… mais j'ai des bonnes suspensions j'laisse rien trahir houps moi ça accroche que des emmerdes sinon, mais c'est l'ébullition perpétuelle chez moi houps – on les entendait bien se rapprocher de plus en plus ses hoquets mais on se disait bon, il est pas tout jeune non plus, et puis pour une fois qu'il cause –… mais j'ai jamais su quoi en faire de toute cette énergie houps, la canaliser, utiliser tout ça houps, ça m'faisait d'dans comme une usine qui tourne à vide, une bougie au soleil… tu m'écoutes trombine en poire ?… mais que j'ai mis houps des rideaux aux f'nêtres et colmaté toutes les brèches, c'est important le sac dans les relations houps petit con, faut faire croire avec des grimaces mais pas trop s'dévoiler houps… »

De tout ça, ce baratin et insultes je remarquais à l'instant il n'y avait jamais rien d'autre que le menton qui bougeait, comme chez les vieilles marionnettes de bois, le reste était déjà peut-être mort, tout ce qui se trouvait caché sous l'édredon, y'avait que la tête qui dépassait écrasée tout au fond de l'oreiller, les quatre coins à rebiquer, tout le reste comme déjà enterré avec le menton en tremblements.

« De loin on voit une chaumière paisible, endormie, mais à l'intérieur dans l'sac c'est une fourmilière à l'heure du coup d'bourre houps… comprends-tu petit abruti fini tête d'ampoule ?… on s'dit toujours : Tant qu'le sac tient !… mais un jour y va péter et tout nous répandre sur le pavé le sac, comme ça, allez, tout éparpillé soi sur le sol…, marre de poireauter moi tiens… y vient pas alors mon pote de la guerre ?… houps… »

Personne lui a même proposé d'attendre encore un peu.

À peine il a fait son dernier houps, petit hoquet, le Gaston, qu'on sonne à la grille, il était là son pote de la guerre, personne y croyait, on le reluquait par la fenêtre lui et son gros balluchon derrière la grille à sonner et sonner encore, jusqu'à ce que le grand Awouè y aille.

« Il est là le Gaston ?… – il demande à travers la grille.

– Ben non, y vient d'mourir…

– Ah bon, mais… et quand ça ?…

– Ben… là… – il lui répond le grand Awouè en montrant la maison du menton – tout d'suite presque on peut dire…

– C'était pour parler un peu d'la guerre…

– La guerre ?… mais quelle guerre ?… – il comprenait rien du tout le grand Awouè planté derrière le portail rouillé – qu'est-c'que vous racontez là mon pauvre ami ? y'a longtemps qu'elle est finie la guerre, depuis plus d'vingt ans… faut plus en causer d'ces histoires-là… puisque c'est fini torché… vous voulez v'nir boire un coup, comme ça vous verrez l'Gaston…

– Bah… puisqu'il a rendu l'corps… ça sert plus… j'suis plus qu'un vieux moi du coup…

– Allez faut oublier tout ça, personne s'en souvient plus d'la guerre d'ailleurs, tout l'monde s'en tape… moi qui suis d'quarante et un voyez… bientôt trente balais quoi… eh ben j'm'en fous total'ment d'la guerre vous comprenez mon ami ? dans la vie faut s'marrer… allez quoi, v'nez boire un coup… »

Mais il voulait rien du tout le pote, que des souvenirs à la sauce d'hier, et c'était vraiment plus possible, plus personne lui aurait répondu, y'avait plus que lui, son balluchon et sa vieille gueule toute ridée en rigoles et tranchées.

À midi on a mangé on peut dire en sourdine, tous à se demander encore ce qu'il s'était passé entre la mort du Gaston si soudaine et le coup de sonnette au moment du poilu à la grille.

Moi je me disais, le nez dans mon auge, que j'aimerais bien la voir venir la mort, la sentir en route, me savoir bientôt en dehors du coup, rangé des voitures, mon sac de larmes à la ceinture. J'aimerais bien avoir le temps de préparer ma sacoche pour le grand voyage tout au bout de la vie, comme pour un séjour tout juste un peu spécial. Ah ! si qu'on pouvait prévoir sa mort, je m'enflammais, l'organiser, envoyer des faire-part comme pour un mariage, je suis sûr on cause mieux quand on se sait en partance, à la veille de la mort les mots doivent prendre un autre sens, plus grave, alors qu'on est toujours aussi con. C'est ça le privilège du drame. Si je me savais sur la tangente alors peut-être que mon regard s'attendrirait sur toutes ces choses humaines qui m'ont tant fait souffrir, donné tant de mal à les accepter.

J'en aurais bien discuté un peu de tout ça avec les autres mais on avait l'esprit ailleurs, tiraillé qu'on était entre son pote qu'on voyait encore debout sur le trottoir de l'autre côté de la rue, qui bougeait pas, qui voulait pas entrer ici, et le Gaston tout décédé dans son lit là-bas au fond du pavillon.

On ressemblait à un pont, mais sans savoir vraiment à quoi on servait, ni qui allait bien pouvoir le traverser. On disait rien du coup.

Et puis le vieux copain de la guerre a disparu, la rue en est retombée dans son habitude déserte et tout le monde s'est remis à parler. À table on réincorpore vite ses tics d'existence.

Que mon regard s'attendrisse avant le grand saut moi je pensais.

Bizarrement l'après-midi dans le jardin on voyait au-dessus de la maison pour une fois comme une éclaircie, mais un ciel si blanc et gris de nuages tout craquelés qu'il ressemblait en plein à une terre aride, comme un lac asséché au-dessus de nos têtes.

Et puis je dois reconnaître que j'ai rien suivi du tout des obsèques et tralala moi, ils me l'ont épargnée la corvée, trop petit sans doute que j'étais pour assister déjà à une conclusion. Spectateur de rien du tout, ce qui fait que longtemps je me suis demandé ce qu'ils en avaient bricolé du Gaston, où et comment ils s'en étaient débarrassé puisque je l'ai plus jamais revu traîner dans le coin, même tout sec et muet.

Et puis j'y ai plus pensé.

Simplement le dimanche soir j'ai essayé moi aussi faire pareil, me coucher pour plus du tout bouger, faire houps houps mais ça marche pas. On meurt pas si facilement. Je crois faut le vouloir vraiment. Peut-être trop tôt. Peut-être plus tard. Ou alors c'est pas du tout nous qui décidons de ça. Pas certain. Je sais pas. Vraiment j'en sais rien. On verra.

Mais le lundi matin j'avais la douloureuse impression d'avoir toujours la carcasse pleine, ou alors je voyais pas du tout ça comme ça moi la mourance, pas de tartines là-bas je pensais, ni d'ange récitant du-pain-du-pain-dupainpourl'humain et surtout pas de toilette au gant, cuisine et formica, ma mère à tousser dans les cages en dessous et toujours aussi, grossissant, ce même nœud au bide ; l'éveil du crabe. Nan j'étais pas mort, bien flagrant.

Par contre y repensant j'étais tout seul, vraiment. Les adultes ça compte pas, on sent bien qu'ils ne font jamais rien d'autre que de meubler avec nous, on se croise voilà tout. Des étrangers qui se croisent dans la nuit nous sommes.

Aussi je me coltinais mon copain William ça me souvient, tout le temps il me trottinait au train, partout du Deupièce au bagne et à lui je parlais énormément, encore plus qu'à la tante Barbara, le grand-père, et toujours présent il me répondait, mais pas souvent, ses discours étaient toujours un peu les mêmes, auberge espagnole où je récoltais ce que j'y semais. William, petite créature douce et fluidique entre l'homme et l'animal, malgré tout il me consolait pas bien de la vie, de mon âme grise et lourde. Car c'était bien du boulot tout de même ces combines et obligations, vivre encore, respirer comme on mange l'appétit en moins, et puis sans arrêt s'user l'âme et la carcasse à se hisser toujours plus haut pour supporter l'existence et les hommes, les contraintes et la course frénétique qu'ils livraient tous, excepté ma mère, le grand-père à l'assouvissement de leurs désirs. Fallait se mettre debout pour les regarder tomber, mais j'étais trop petit, et puis l'époque ne s'y prêtait pas, ils étaient encore tous dans leur ascension, sourire au masque, le pas encore bien gaillard, bien faussé par l'espoir. Ils étaient alors jeunes, mais pas tant, ce qu'il faut pour croire aux fadaises, plus assez pour ignorer les chausse-trapes, déjà vieux dans leur déroute. Et moi j'évoluais dans un isolement que je ne comprenais pas, me trouvant si bien entouré de partout, écouté, aimé juste ce qu'il faut par tous, chacun à leur façon. Je marinais même dans un terreau culturel non négligeable. Cependant j'en causais même plus de ma solitude, mon manque et mes regrets, j'en parlais plus du décor en carton-pâte, imaginant tout le monde pareil, les constatant pourtant tous différents de moi. Les petits enfants il est vrai ont la dégueulasse habitude de se terrer dans les coins comme des bêtes malades sitôt le fardeau devenu trop pesant, c'est remarquable, et je le faisais aussi moi sur mon panier cul de porte, faut avouer, je restais des heures lentes à me dépolir l'âme au cœur des longues solitudes blanches.

Mais les petits potes de la maternelle semblaient tout de même supporter avec aisance tous les menus tracas journaliers, scolaires et inhérents à l'existence. Ils encaissaient tous leur petite vie avec une sorte d'insouciance à moi totalement étrangère, eux s'amusant d'un rien, l'âme oblitérée avec patience et gentillesse entre la classe et le foyer. William non plus leur ressemblait pas. On ressemblait d'ailleurs à pas grand-chose lui et moi. Moi à pédaler loin derrière tout le monde, en sueur dans ma semoule, le nez sur le guidon et lui William à flotter dans le flou de mes tourments enfantins. Car, s'il apparaît aussi tard dans le récit celui-là, c'est bien que son importance aujourd'hui me semble fort aléatoire. Si les petits potes de l'école étaient nés, eux tous, avec une manière de roue libre de la vie lui, William, en y réfléchissant bien n'avait probablement jamais existé du tout. Sûrement que j'ai dû me l'inventer un soir de grande déprime, de trop pesant cafard. C'est pour ça, je savais pas trop si je devais en causer de celui-là. Et j'en causerai plus de ce gentil fantôme, ça a pas duré longtemps, quelques mois, c'était juste de la détresse en impasse évolutive, rien qu'une solitude de plus.

Une solitude bien à moi.

Moi, petit grouillot de l'existence, déjà.

Lorsque la mort vient tout juste de passer, qu'on l'imagine encore à nous planer au-dessus, rôder les bras tout chargés de deuils en suspens, nous autres pas rassurés on se fait des cadeaux, on s'échange de la tendresse comme pour se racheter l'âme et nos peurs, petits sursis au cas où, mais une tendresse toute matérielle comme on se refilerait une bouillotte pour son linceul.

Or, rentrant de l'école avec la grand-mère ce même lundi où je n'étais pas mort mais où le Gaston lui avait bien rendu son corps et sa place la veille, nous eûmes droit dans la foulée des événements à un petit poney enrubanné, enveloppé papier cadeau et bolduc, immobile, bien sage sous l'épaisseur grimpé en plein milieu sur la table de la salle à grailler. C'est même tout frais ce me semble, ils en sont encore à se taper sur les cuisses le grand-père de rigolade, le grand Awouè tant ils se plaisent, contents d'eux père et fils, l'idée, la blague, pliés en quatre ils s'en bidonnent encore d'aise lorsque débarque ma mère, d'ailleurs indifférente, puis la tante Barbara, également aveugle totalement à leurs simagrées, déjà écroulée, avachie sur le vieux canapé à soupirer sa fatigue, expulser son inévitable « pfffou j'suis crevée » tout en me reluquant les mains d'un coup d'œil, l'esprit encore ailleurs. Mais c'est rien qu'un tic cette idée d'ongle, ça n'a pas le temps de lui percuter vraiment le cerveau car remarquant le paquet sur la table et nous tous autour à rien dire aussitôt elle demande, étonnée : maispourkisladonkesse ? ! et puis comprend alors et sourit sans ouvrir la bouche du tout. Ça fait grimace mais elle a toujours fait comme ça la tante Barbara, on lui voit jamais les dents au début, parfois même on se goure, mais elle a toujours les yeux qui brillent quand elle sourit. C'est d'ailleurs ainsi qu'on distingue chez elle la douleur du plaisir. Comme deux rideaux s'écartent en vagues horizontales ses lèvres glissent sur ses dents et on peut plus se gourer alors. Mais ce coup-ci en même temps de tout ça elle se retrousse les manches pour d'un bond grimper sur la table où debout elle se bat en crawl avec le papier, la ficelle en disant, ravie :

« J'suis certaine vous avez fait les cons !... »

Puis, le cadeau enfin à l'air, libéré de sa gangue et découvrant alors la chose elle se marre et pouffe.

« C'est pas vrai ! ?... ah les cons ! !... j'en-né-tais-sûre !... c'que vous pouvez être cons mes pauv' chéris !... et vous l'avez monté ici ! ?... emballé et tout ?... ah les cons ! !... »

Et sautant de la table pour faire la bise à tout le monde, même à moi qui y suis vraiment pour que dalle, elle continue de parler tout en nous serrant chacun notre tour.

« En tout cas ça me fait extrêm'ment plaisir... pouvez pas savoir... – et se reculant pour mieux admirer la bête – AH OUI !... dites donc !... ça a d'la gueule quand même non ! ?... un Solex !... bleu en plus, la grande classe hein ! ?... vous gueulez si j'le fais démarrer ici ?... »

Et elle y retourne et nous attrape, nous reprend chacun dans ses bras pour des embrassades et des mercis, des clins d'œil, des mots doux. Mais aussi je dois dire la tante Barbara lorsqu'elle nous enserrait pour nous câliner, nous bisouter en même temps toujours on aurait bien dit qu'elle nous tâtait et nous palpait, qu'elle cherchait sans le savoir, du bout des doigts une maladie, une fracture tant ils étaient professionnels et méthodiques ses tripatouillages de tendresse à la tante. C'était vraiment l'ami coiffeur qui ne vous cause jamais qu'en vous regardant toujours un petit peu au-dessus des yeux.

Remise de ses émotions elle dit en me déposant une boîte à chaussures trouée sur les genoux :

« Comme c'est mon anniversaire j't'ai fait un cadeau Matin, j'passais d'vant et y m'a suivi des yeux, j'ai pas pu résister du coup... y m'a r'gardé... »

Un chiot.

On a jamais bien su dire à son propos s'il était timbré dès la naissance ou si, comme l'ont prétendu certains, ce serait pas la grand-mère par hasard qui lui aurait fait dérailler la calebasse. Quand même on se doute. Mais vraiment ce petit roquet teigneux tout de suite adopta des pratiques et des habitudes fort débectantes. Constamment affamé sans raison il fondait sur sa gamelle bien avant qu'elle ne touche terre et vous mordait si au retour la main traînait. Le nourrir revenait donc à tenter d'enlever sans dommage, nous devenus pauvres souris, le gruyère de la tapette. Constamment assoiffé il déboulait chaque fois que vous vous soulagiez aux latrines, contre un arbre pour vous laper un peu de pisse et remonter tout excité le courant, le museau inondé sous la cascade, jusqu'à vous mordre l'organe. Dès lors, les menus besoins devenus de dangereuses épreuves on se garait, bloquait la porte du pied ou filait lisbroquer en lousdé. Durant la promenade il tirait d'une façon si résolue et teigneuse sur sa laisse qu'il ressemblait à un chien de traîneau, langue pendante ras du bitume, complètement étranglé par le collier bandant ainsi comme un pendu, à tout rompre, étouffé, suffoquant le sexe dressé, prêt à labourer le trottoir. Une charrue. Et se branlant à peu près sur tout ce qu'il pouvait se carrer entre les pattes il lâchait de-ci de-là, baisant en veux-tu en voilà, des petits jets visqueux contre les pieds de chaise, de table, les accoudoirs du canapé, les coussins et les mollets des inattentifs, des visiteurs trop timides ou empruntés pour contenir les avances de ce monstre. Servi dosé était ce clebs, cogné au burin. Hargneux, il hurlait à la mort pour chaque sonnerie de téléphone, harcelant d'aboiement celui qui décrochait, généralement la grand-mère, lui tournait autour avec rage, pissait de colère en montrant les dents pour lui mordre ses bas de robe, de tablier où il était alors totalement impossible de le faire lâcher tant il grondait agrippé à l'ourlet, tirant tout ce qu'il pouvait en arrière, obligeant la grand-mère à, seule technique pour gagner sa reddition, raccrocher, coupant ainsi court à la discussion. Lui, déchirant les doublures, les dentelles repartait souvent un lambeau d'étoffe dans la gueule, laissant la grand-mère sonnée par tant d'aboiements, de lutte, le bas de la combinaison en loques pantelantes et les chaussons imbibés de pisse, furieuse au milieu d'une petite flaque. Les visiteurs, comme au Deupièce toute intrusion dans son petit univers déclenchait en lui des torrents d'excitations sonores et humides, sitôt le seuil franchi voyaient surgir cette bête aux yeux de fou malade, il leur déboulait droit dessus dans des hurlements de joie et, façon à lui bien spéciale et toute personnelle de faire la fête, tout en leur sautillant tout autour, leur mordillant les mains, les grolles et les habits, de bonheur leur giclait dessus de courts mais abondants jets d'urine.

Je trouve, fallait quand même être salement motivé pour venir nous faire des coucous, sachant qu'on allait forcément repartir les pompes et le futal couverts de pisse, n'ayant probablement pas le temps de sécher durant la visite.

Dénaturé ce clébard.

Et pour moi c'est pareil, on a jamais bien su si j'étais né comme ça ou si la grand-mère y était pour quelque chose. Ils se sont tous longtemps questionnés, longtemps ils ont cherché. Ça doit être un peu des deux.

À table ce soir-là comme nous n'étions pas trop loin de juillet, donc de la rentrée, elle lui demande la grand-mère ce qu'il aura comme classe en septembre le grand Awouè, ce qu'il enseignera comme matière ce coup-ci ?

« Histoire-géo… – mais surtout sans regarder sa mère il répond, s'adressant à la table, à l'air, il fuit les regards, tous les yeux il esquive j'ai remarqué le grand Awouè, surtout les miens –… j'aurai une classe d'étrangers, ils causent pas un mot d'français et môôôa, bon petit Blanc, j'vas leur enseigner l'histôôare de Frâânce, faut quand même le faire nan ! ?… et puis l'éducation civique… les mecs ils ont quinze seize ans, tu parles si ils s'en TAPENT de l'éducation civique !… on verra… si VRAIment ça les gonfle trop on ira dans la cour jouer aux billes… ou au poker… je sais pas encore…

– Oooh allons voyons ! ? – elle s'indigne la grand-mère.

– Ou au ciné… TIENS voilà, on ira au cinoche voir Bruce Lee… le karaté ils en raffolent ça j'sais… mais sinon ils sont extra ces gamins-là, MAIS SI !… c'est pas des gosses de riches hein… z'ont tous des p'tits jobs en plus du lycée, ils BOSSENT les mecs, faut pas croire… au NOIR, monsieur, pour nourrir leur famille, kestucrois ! ?… c'est pas à des gamins d'ici qu'on pourrait d'mander ça !… bon, ils causent pas français et ALORS QUOI MERDE ! ?… est-c'que j'cause vietnamien moi ! ? nan ! et alors ! ?… HEIN ! ?… pas pour ça qu'j'suis un con ou un salaud enfin MERde KOOOA !… LES FAIBLES ! moi je défends monsieur, TOUJOURS ! les faibles !… t'entends Bill ! ? les faibles faut défendre !… TOUJOURS !… »

Et puis comme c'est son anniversaire à la tante Barbara quand même ils font mine de s'y intéresser un tantinet à sa vie, à elle, ses études qu'elle veut toujours pas clore et ses amours dont personne sait grand-chose. Mais bientôt la discussion se traîne et rampe comme au fond d'un vieux marais de l'ennui, envasé, car c'est la bienséance qui les y pousse à en causer, d'elle et de sa vie, ses macchabs qu'elle dissèque, en fait des tranches et des bocaux. La politesse, pas plus, tout comme on essaye toujours de s'intéresser à son hôte davantage qu'aux autres invités, de toujours porter un petit peu plus d'intérêt à la maîtresse de maison, sa coiffure et son pot-au-feu, son intérieur propret et la répétition de ses attaques de nerfs comme des staccatos.

C'est pas qu'on ait envie, c'est juste que ça se fait.

Mais les tables, ces tombeaux de l'ennui, ces caveaux du sordide, ces déversoirs à dégueulades c'est bien pire que les oreillers les tables pour la niaiserie, les immondices de la langue et dégueulasseries du ventre. Les tables, c'est des choses faut les admettre et puis c'est tout, c'est des répugnances à y passer, des respirations de soulagement à s'en lever, les tables.

Et ainsi de marais en bourbiers les voilà sans y faire gaffe embarqués d'instinct à remonter le temps, pousser la porte des années d'avant, comme quoi dit le grand-père en parlant de ses enfants ils ont recommencé à se fréquenter vers les vingt ans, s'étant détestés toute l'adolescence à pas se causer du tout, et que l'enfance c'était pas beaucoup mieux. C'est alors autour de la table des tu t'souviens ? Et ils se souviennent, bien obligés, tous les trois ça y va la rigolade et petites histoires. Celle de la table, ici, celle-là, que le grand-père furieux leur courait après en tournant autour, que ça allait tomber s'il en alpaguait un des deux, et que ça hurlait en courant autour de cette table, grand Awouè en tête, la petite frangine à suivre, tous les deux à se débiner devant leur père. Et ils s'en tordent à table, parce que la chute est drôle, et il finit même par avouer le grand-père, dans l'élan :

« J'vous courais aux fesses et j'savais plus du tout pourquoi ni après l'quel des deux j'en avais tell'ment j'étais en colère… j'me disais juste : le premier des deux qu'j'attrape, c'est lui qui prend !… ah le con dis donc ! me souv'nais plus de rien en vous courant après !… ah le con !… »

Et il s'en rebidonne encore le grand-père, vingt ans de là, il rigole encore tout ce qu'il peut. Au moment tout le monde se rappelle pourquoi on parle de ça, laquelle des deux a pris pour l'autre, on rigole moins.

« C'est parce que t'as arrêté d'courir – elle dit la tante Barbara à son frère – et comme j'étais derrière… »

Du coup on bifurque en remontant encore, quelques années, plus petite la tante, car plus on est jeune et plus c'est drôle et touchant bien souvent, naïve innocence, là elle était toute mignarde à Kerlabia en Bretagne, quand elle mangeait tout cru les poissons que pêchait le grand Awouè.

« Oh hé, bien sûr qu'c'est vrai !… je l'pose à côté d'moi sur le rocher, me r'tourne, deux s'condes après plus RIEN dis donc !… DISparu le gobie !… c'est pas vrai peut-être ! ?… quel âge t'avais ? HEIN ? elle avait quel âge ?… pas vieille…, Barbara, c'est toi ka bouffé mon gobie j'ui d'mande… elle était toute petite… quoi ? cinq ans… nan nan elle me fait avec la tête comme ça, nan nan c'est pas moi… TU PARles ! avec la queue du gobie qui lui dépassait d'la bouche là, qui lui pendait su'l'côté… nan nan… AH elle m'en aura BOUFfé des gobies celle-là !… t'as rien pêché ? ! qu'on m'engueulait quand j'rentrais… AH, BAH évidemment ! a m'a tout bouffé la garce !… »

Et encore plus vieux le souvenir, trois quatre ans la tante ce coup-ci, elle raconte la grand-mère, à Draveil :

« De la TERRE !… SI !… à pleines poignées qu'elle en bouffait la p'tite vache !… des poignées de terre, ah la cochonne !… la bouille toute noire la dégueulasse... et même dans son mouchoir elle en rapportait, pour ici... DANS SON MOU-CHOIR ! !... un peu d'terre pour la s'maine dis donc !... ah la souillon !... elle en collait dans l'frigo ! non mais des fois ! ?... oh et puis j'ai fini par la laisser faire hein, ça pouvait pas lui faire de mal après tout... c'était juste dégueulasse pour ses poches, son mouchoir... on voyait bien qu'c'était pas elle qui f'sait la lessive la p'tite cochonne... »

Lancée on l'arrête plus la grand-mère, comme les hallucinés, les ivrognes et elle y va et encore, toujours plus d'anecdotes, de souvenirs, toujours plus loin et plus profond elle se creuse, plus vieilles les histoires, jusqu'à même avant qu'elle débarque la tante Barbara, encore accrochée qu'elle était dans les flancs de sa môôôman, et elle s'excite la grand-mère, rancunière parle plus pour personne qu'elle-même, et à raconter ça, embryon de souvenir, on lui voit un reflet de hargne dans les yeux qui lui remonte du tréfonds, vieux et pas d'hier tout ça, de pendant la guerre, les bombardements, et pourtant encore haineux souvenir :

« On courait pour aller aux abris, ah oui me souviens d'ça, crois-moi !... on courait pendant une alerte... et on courait on courait, ah oui ça alors on peut dire que j'courais moi aussi, enceinte mais j'y allais hein !... et j'parlais toute seule, j'disais : tu vas t'décrocher dis morpionne !... mais tu vas t'décrocher toi !... ah oui j'courais ça j'peux dire, et j'criais en même temps, mais tu vas bien finir par te décrocher toi dis hein ! ?... elle se décroch'ra pas celle-là, non mais la p'tite vache ! ?... elle se décroch'ra pas ! ?... »

Tout en scandant ses propos de coups de poing sur la table elle ne voyait plus personne ni rien autour la grand-mère, et ainsi tambourinant croyait-elle peut-être aider le souvenir finalement à se décrocher pour de bon.

Mais chaque coup porté aux carreaux rouges et noirs de la toile cirée, en faisant sursauter les assiettes et tinter les couverts, semblait chaque fois se répercuter en ondes cruelles jusqu'au verre de la tante Barbara installée en bout de table qui, hébétée, regardait le rouge de son vin faire des ronds, tandis que nous contemplions les mêmes cercles douloureux grandir, s'éloigner en vaguelettes dans le bleu de ses grands yeux comme un voile ondulé vers les bords, l'extérieur, et ainsi déborder en larmes muettes.

En reste-t-il quelque chose à planer au-dessus des tables de tous ces repas pris autour ?

Faut espérer non moi je dis.

À chiner obstiné aux surplus de l'enfance je dois dire on retrouve de ces histoires désaffectées, de ces périodes noires, de ces néons de tristesse rageuse qui nous clignotent encore dans la théière des quarts de siècle de là, des demis et plus qu'il nous semble alors vivre brusquement sur un sol aride avec au-dessus une nappe si grise et basse et lourde, englobant avec si plein de perfection tout l'espace que l'on en conçoit une asphyxie, découvrant soudain trop peu de distance pour se mouvoir et respirer entre cette Terre douloureuse et ce ciel désespéré. Mais ça y fera rien de se débattre, renâcler tant et plus et autre, tout ça modifiera pas les routes blanchies que l'on se fade en une vie, toutes les années sourdes et décérébrées où l'on existe vraiment malgré soi je dirais presque, où l'on passe comme une mécanique à systèmes de jours froids en week-end endeuillés, de semaines souterraines en heures édentées sur un panier d'osier, où comme ça sans effort personnel de propulsion on avance sans rien maîtriser du tout, voilà, en aveugle dur de la feuille, à finir par se demander presque si c'était réellement bien soi le petit acteur éberlué de nos souvenirs. Alors je brasse, je brasse n'en déplaise, des deux bras penché au-dessus du palox, je brasse et remue jusqu'au fond et reluque ce qui remonte, j'exploite quoi je veux. Mon truc. Pas chercher. L'arrière-crâne dicte. C'est le guide.

À table hier soir la grand-mère causait de « pas trop loin », et puis une petite sieste par là-dessus et ce matin on y est, la maîtresse nous apprend qu'une fin a déboulé dans la nuit et que maintenant, à partir du moment où elle nous en cause on peut déjà estimer que ça y est, c'est fini, torché pour ici, maintenant les grandes vacances vont débouler, que ça arrive vite, qu'en tendant l'oreille même on pourrait presque déjà entendre le braoum de sa machine, vous entendez ? c'est comme une grosse locomotive, écoutez bien, vous entendez ?... ça fait tchouketchouk-tchouketchouk, c'est les grandes vacances qui arrivent. Et elle reste un peu comme ça sur un pied la maîtresse, main en cornet sur l'oreille, malicieuse, mais ça veut aussi dire que maintenant il nous faut préparer le départ de la maternelle, l'entrée en primaire, car on échange toujours une prison pour une autre, toujours, de hangar désert en parking surpeuplé on avance, c'est comme ça, la Terre n'est qu'un immense pénitencier où les âmes errantes hurlent et pleurent accrochées aux barreaux.

Hélas que nenni elle nous dit la maîtresse, pas comme ça, que non, elle nous relâchera pas ainsi fiers papillons naïves abeilles, butinage de printemps fleurs d'été jours heureux Terre promise, que non ! avant va falloir morfler un dernier coup et comac, l'ultime épreuve, bonne dose et grosse ardoise à régler, le dernier tourment ; la boule.

Mais par ailleurs dès l'escalier en supplément j'avais remarqué elle me reluquait bizarre la maîtresse, souriante et j'aimais pas ça du tout. J'étais gniard c'est un fait et pourtant malgré mon très jeune âge je pressentais déjà sur les grands certaines choses avec plus ou moins de clarté. Ils ne s'occupent jamais de nous que pour bien peu de raisons en somme, deux trois pas plus et ça relève forcé du besoin ou de la politesse, qu'ils nous causent et on sait alors qu'ils cherchent à se faire du bien personnellement. C'est translucide que pour eux le reste du temps notre existence ne se déroule vraiment qu'en pointillé, on leur éclaire la calebasse tel un clignotant.

Nous, durant tout ce temps on vit pas moins que les autres pourtant.

Je voyais bien moi-même avec le grand Awouè, il me causait vraiment, et à intervalles pas très réguliers, que pour bien me signaler mon insignifiance dans sa vie, comme quoi j'étais fait de telle manière que je valais vraiment pas lerche, si commun moi, et pas bien malin. Mais on pouvait jamais discuter avec lui d'ailleurs, et pas que moi, il le servait à chacun son système, sa manière d'être en poisson dans la nasse, hurlant des monologues les bras levés, nous soliloquant le citron avec des grimaces, un coup assis puis debout, jamais face à face, toujours les yeux au plafond ou encore plus loin, après la fenêtre. Jamais de discussion avec le grand Awouè, ni même d'écoute, lui la communication il nous en vociférait de ces pacsifs toujours en orateur de coin de cheminée.

Alors c'est dire si je la regardais pas la maîtresse du coup, que j'escaladais mon escalier marche après marche en l'ignorant superbe et méprisant. Moi les coups de bâton quand je les vois venir ça me fait toujours rechigner à vivre pour les subir.

Et puis là, pas déjà installé ni blouse enfilée elle nous hèle, nous fait ohé la main bien haute comme une aile battante pour qu'on la mate, debout au milieu de la classe elle dit ohé regardez-moi la maîtresse et complaisants tous on lui accorde un air bovin, moi un vague coup d'œil ma blouse à la main. D'ailleurs c'est là, écoutant dans le lointain la maîtresse les yeux perdus somnolant sur les carreaux de ma blouse que j'ai remarqué, c'est les mêmes petits carreaux que le tablier de la grand-mère, me manque plus que le petit ventre rebondi en pomme, le reste je l'ai, la résignation, l'ennui et le dégoût. Je suis déjà paré pour être vieux, je ressemble déjà au grand-père à l'usine, son bleu, sa musette et sa gamelle, les journées mornes et le front ridé. On est des petits vieux nous tous dans la classe, notre blouse et le quatre heures dans le sac. On est déjà presque morts.

Et comme elle semble m'avoir oublié la maîtresse d'un regard vide je la contemple plus à mon aise moi déjà fatigué de ce jour, elle à nous faire des signes pour qu'on s'alerte, des gestes gais de Colombine pintée au tafia, et à sa drôle de façon de sautiller sur la pointe des pieds comme pour regarder par-dessus un mur elle ressemble à un camelot s'évertuant à nous refourguer son bazar. Autant dire que venant d'elle ça fait louche et pitoyable cette manière de nous harponner le regard et l'oreille afin de bien nous expliquer le topo, la réalisation totalement manuelle de notre passeport pour la quille.

Dans le quartier les petits potes et moi on grossissait pas à l'ortolan mais tout de même, nos familles le soir à table nous récitaient pas le Lagarde et Michard et pourtant on savait déjà reconnaître se profilant au loin les arnaques et foirades de l'existence. On était décidément pas plus cons que d'autres.

« Ohé les enfants regardez-moi !... pour bien terminer l'année en beauté on va faire une boule d'accord ?... faudra découper des petits rectangles de papier, petits comme des timbres et plein-plein-plein-plein-plein d'accord ?... tout plein faudra en découper et puis les peindre de toutes les couleurs possibles et qui existent, et alors qui un rouge, qui un bleu, qui un jaune, vous comprenez ?... après on les roulera tous un par un pour en faire des cônes comme ça vous voyez, regardez-moi... levez la tête... comme ça d'accord ?... des tout petits cônes de toutes les couleurs pour que surtout tout soit bien gai hein ? d'accord ?... ensuite, et ce sera le plus compliqué faudra les coller ensemble pour qu'à la fin on ait une jolie boule bigarrée, vous comprenez ?... et pour finir on y accrochera une ficelle pour que vous puissiez la suspendre chez vous, qui un plafond, qui une étagère, qui un balcon votre boule d'accord ?... ça vous fera une bonne grosse boule grosse comme un melon de toutes les couleurs... alors ? c'est d'accord ?... bien vrai ?... on fait ça hein ?... c'est dit ?... une boule, d'accord ?... »

Elle y allait de ses d'accord et d'accord mais je n'étais pas bien certain que nous eussions le choix de toute façon, et cette manie de nous demander notre avis à tout bout de champ, comme j'en eus la confirmation par la suite, n'était vraiment rien qu'une manière de parler.

Et puis soudain comme une averse dégringole sans nuages avant-coureurs elle lâche dans l'élan de sa foulée une annonce, au beau milieu de ses d'accord et des boules peinturlurées, tel quel balance au-dessus de nos têtes, radieuse :

« C'est bien compris ?... oui ?... alors maintenant avant de commencer quelqu'un va venir nous raconter ce qui lui est arrivé hier au soir !... je suis un peu magicienne, je devine des choses moi vous savez..., il va venir nous expliquer ce qu'il y a de nouveau dans sa vie, quel événement il lui est arrivé hier au soir d'accord ?... tu viens nous raconter ça, Matin ?... »

Mais les cieux innocents tonnent et tremblent aussi et vous engloutissent, vous submergent et vous embarquent dans une dégringolade sans fond identique aux brûlures de la gorge, le déchirement douloureux de ses tissus intérieurs qui vous résonne encore longtemps après, et comme un ciel croule en vrombissement de moteur animal une pluie d'orage me tomba à la seconde sur l'échine pour me bloquer tout le mécanisme, un coucou élancé hors de sa boîte stoppé aphone la bouche ouverte en bout de course. C'est à moi qu'on s'en prend ! à moi qu'on en veut ! répétait paniqué mon petit cœur en balbutiements choqués, à moi qu'on en veut ! à moi ! Et pourtant au centre d'une telle panique une minuscule parcelle de lucidité travaillait, dans un tel affolement elle y allait quand même de l'arithmétique et de la logique, et ainsi partant du principe que cette bonne femme et son petit sourire vicieux n'étaient pas au Deupièce hier soir je ne réfléchissais même pas, cherchais rien, simplement me demandais, terrorisé, ce que j'avais bien pu faire de mal pour mériter une telle humiliation et un probable châtiment à venir. Mais voyant l'état de mes yeux suppliants, mon front plissé, le menton en vibrations soudain tremblotant elle comprit que je prenais comme un désastre cette intrusion subite dans ma vie privée, alors affolée elle dit aussitôt comme on tente dans l'empressement d'éteindre un petit feu :

« C'est… le… le petit chien Matin… que ça !… c'est tout !… je voulais juste que tu… le petit chien… que tu racontes… un peu… c'est tout… que ça… »

Mais le marcottage va pour les herbes, va pour les flammes et les pleurs.

Je restais bouche béante. Elle savait !

Soufflé par cette magie, sonné dans ma panade les yeux levés, écarquillés sur cette sorcière connaissant même ce que j'avais déjà oublié je restais paniqué, incapable moi de raccorder les fils, mon petit cœur répétant toujours dans des hoquets désespérés : c'est à moi qu'on s'en prend ! à moi qu'on en veut ! et plus seulement, maintenant qu'elle avait causé du chien tout y passait à virevolter en cyclone, on s'en prenait aussi à mon panier d'osier, au petit muret du grand-père, son Solex, les grands yeux bleus de la tante Barbara et ses moments d'ongles, les blagues et gueulantes du grand Awouè, la 4L orange, le bonbon de l'oncle Bébert, la toux de ma mère dans l'escalier, les tartines et le gant, le petit ventre en pomme sous le tablier à carreaux de la grand-mère, la mort du Gaston et mon petit lit au cosy patiné, tout ça d'un coup illuminé de projos, tout ça livré au monde ! Tout ce qui faisait moi, Matin petit gniard, tout ce qui m'entourait y passait, valdinguait dehors, tout qui me gravitait sans cesse dans mon petit univers, mes palpitations, mes remords et ma perte, mes regrets, mon crabe et ma bile noire tout ça d'étalé au centre de la classe sous les yeux et dans les oreilles des petits potes à l'affût, avides d'inconnu et de nouveauté. On me cambriolait la calebasse, on me disséquait mon petit cœur affolé de panique, on me pillait le Deupièce. Et les lois du marcottage étant impitoyables j'éclatais en sanglots, persuadé d'avoir affaire à une sorte de Dieu déguisé. Ou de diable.

Elle, comprenant qu'elle venait de gaffer mais ignorant totalement où et pourquoi, elle, bien effarée de ma débâcle et me voyant couler de partout, inonder ma blouse à carreaux nous abreuvait encore de ses petits sourires crispés, rictus gênés malsains et dans sa bégayance éjecta elle aussi quelques petites larmes nerveuses pour bredouiller très vite en bulles sanglotantes :

« Mais… c'est… j'ai croisé ta môôman ce matin dans la cour… elle m'a dit pour le petit chien… ce matin… mais je pensais pas que ça allait te… te… à ce point… c'est ta môôman qui… pourquoi tu… »

Moi, après le désarroi, la colère.

Des yeux je lui viciais son oxygène, lui rebalançais du venin dans le crâne, qu'elle tremble et crache et pleure asphyxiée tant je lui dégueulassais toute sa respiration en petits hoquets tendus vers le pardon. Mais pour toute réponse, toute réconciliation je lui hurlais moi une béance, lui imposais monstrueux un silence aiguisé coupant repris en cœur par trente bouches muettes, barrées sans issue. Elle, jeune femme d'ordinaire si remplie d'entrain spontané pantelait maintenant immobile au centre de nous, vaincue idiote, pleine de rancune pour l'injustice présente.

Et nous la regardions pleurer innocente de ses péchés, ignorante de son méfait mais larmoyante quand même, entourée de nous tous les yeux comme des phares, et je la haïssais si fort, sans doute elle le voyait et redoublait pour ça de sanglots incompris.

Je n'en ai pas voulu à ma mère bizarrement d'avoir livré mon intimité à des inconnus, et pourtant c'est tout de même à cause d'elle, cela est flagrant, et de ce jour que, par la suite, lorsqu'on me posait des questions sur ma petite personne je répondais invariablement à qui n'était pas du Deupièce : c'est personnel. Aussi, immédiat en face le refroidissement.

Je ne lui en ai pas tenu rigueur d'avoir révélé de l'intime, espérant par là certainement améliorer mes rapports avec mes petits potes, la maîtresse et ainsi me permettre d'obtenir une place moins solitaire dans la classe que je refusais obstinément. Elle n'était en somme ni le tourment ni l'humiliation, pas même l'outil me les ayant procurés, elle n'était rien d'autre que la conciliation de l'utile au profit. Comme on en veut à la mort d'exister, à la vie de ne pas durer indéfiniment, et cela sans tenir rigueur aux fleuristes de s'installer aux abords des hôpitaux, des cimetières.

Ma mère par contre m'en a voulu de ça, de pas avoir étalé toute ma vie devant les gens, de pas aimer me répandre, de lui faire honte.

« Ah t'es vraiment pas marrant toi hein j't'assure !… – elle me lança en me récupérant le soir – hein, ça t'aurait coûté quoi d'parler du chien ! ?… tu pouvais bien l'dire non ! ?… j'vois pas c'qui y'a là de… c'est débile tiens ! !… »

Et comme nous remontions fond de train la rue Jean-Pierre-Timbaud elle me jeta un coup d'œil d'en haut, par là estimant peut-être que je n'avais pas encore tout à fait mon blinde par rapport à sa honte, et pour bien nous mettre en estive elle enchaîna, faisant ainsi d'une colère deux bonnes raisons de m'engueuler :

« Et puis pourquoi tu perds tes ch'veux comme ça hein ! ?… c'est quand même pas normal ça non !… on perd pas déjà ses ch'veux si p'tit à ton âge… on va aller voir un docteur… voilà !… »

Mais à me regarder trottiner si minuscule à son côté elle dut sentir au-dedans d'elle grossir une ressouvenance de désolation et de pitié, miroir de ces années d'enfance, et s'y retrouvant sans doute un peu dans cette inquiétude constante de tout, incapable jamais de se détacher des choses de l'existence, se dérober aux devoirs elle m'excusa un peu ma mère, puisque je lui ressemblais un chouïa. Et pourtant, dans ses yeux déjà je pouvais lire la question : qui est-ce ? Qui est cet enfant que je ne connais pas ?

Au Deupièce comme tout le monde cherchait une explication raisonnable à la chute de mes tuiles, la plus convaincante fut trouvée par la grand-mère qui sans se casser trop le coquillard assimilait vaillamment les proverbes à la sagesse populaire. Il se fait des cheveux elle répétait longueur de jour, confirmant ainsi sans le savoir les suppositions de ma mère.

Tout allait bien donc. Je virais paisiblement au petit moinillon.

Tout de réglé impeccable puisqu'est reconnue de toujours notre préférence d'un mal dévoilé à un lourd et fatigant mystère. Aussi, traînait dans les têtes : ce petit est un gentil emmerdeur, entendu, mais au moins on sait ce qu'il a. Il s'inquiète. Et nous moins par le fait.

« Tu t'inquiètes c'est ça ?… – elle me demande tandis que nous croisions la statue du type qui se repose toujours sur la petite place –… mais de quoi tu t'tracasses au juste ?… tu sais pas… j'ai bien peur qu'il n'y ait pas d'remède à ça… mais tu m'fatigues tu sais… un peu… pas trop encore mais un peu quand même à être bizarre comme ça… t'entends ?… y'a toujours un truc qui s'détraque chez toi…, ça commence à m'fatiguer… c'est vrai ou pas ! ?…

– Mais j'suis jamais malade moi !… ah ça… jamais !… nonnonnon… jamais moi…

– C'est vrai aussi… mais t'as toujours un truc qui va pas quand même n'empêche… vrai ou faux ?… j'invente rien… »

Probablement ça relève du ragot, et pourtant des rumeurs traînent dans les allées des zoos, l'instinct maternel dit-on se débine en captivité, alors sans doute le topo est le même dans les écoles, on le perd à trop hanter les classes, et elle me largua au Deupièce pas profondément convaincue de ma totale innocence, comme dans les cages parfois les animaux sauvages dès la naissance abandonnent leurs petits sans alimentation ni tendresse. Et aussi même en liberté les singes meurent plus tôt que les autres petits potes après une enfance difficile, décès ou même simplement désintérêt de la mère, sécheresse, prédateurs plus présents. C'est bon à savoir ça.

Mais ça ou autre chose de toute façon on naît tous à la crève d'une manière ou d'une autre.

Et moi dans ma panade je m'enfonçais hardi au gré des déclarations perfides de ce type emblousé qui s'acharnait à lui appliquer en surdose et à renfort de termes scientifiques une totale débectance de ma mère pour moi.

À l'écouter lui et sa blouse blanche j'étais vraiment plus rien d'autre qu'un petit saligaud, même au point de lui faire blanchir la trombine à ma mère en lui assénant le clou de ma perversité ; la tricotomanie. Et là d'un coup j'étais plus du tout excusable de perdre des plumes puisque subitement je lui ressemblais beaucoup moins à ma mère.

Nobles napalms que l'inquiétude et le souci, d'ailleurs seuls désherbants homologués, mais je les aidais un peu trop à me défricher le crâne est apparu, et outre cette défoliation acceptée tout le reste s'avère aux yeux du monde n'être jamais rien d'autre que tics de l'existence, vices de petit saligaud polymorphe et ça répugne.

Pourtant je le touchais pas encore le fond de l'abject.

Fait remarquable à quelques jours de là et sans du tout s'être concertés nous nous retrouvâmes un soir en route pour la même destination. Le grand-père, pourtant pas dans ses habitudes, de son canard relevait souvent la tête et des yeux vers la fenêtre tentait d'y dégoter un semblant de ciel, petit morceau de vide, mais du deuxième étage c'était pas possible, alors il repiquait au journal, énervé. À n'en pas douter c'était à planer opaque dans l'air de la casbah ce concept, si épais et pesant que le grand-père, moi et le clébard nous allions en hauteur tendre le cou pour chercher notre respiration, frétillants électriques chacun dans son coin, suffoquant chacun pour soi, chacun occupé à plus se tenir, se piétinant à l'intérieur comme je faisais moi le cul sur mon panier à me tourner en rond dans mon crâne. Chez certains animaux seule la meute raisonne, laissant l'individu incapable, mais contrairement à l'homme le plus souvent ce n'est bien qu'en troupeau que les bêtes sont des imbéciles, les animaux c'est connu sont bien moins lents que nous autres à réagir, ils pensent avec le corps et forcément gagnent en tropismes ce que l'on perd en réflexion. Entravés par rien du ciboulot eux, étouffement, bougeotte et déprime tout ça leur dégringole illico dans les papattes sitôt né plus haut. Et là d'un coup notre petite créature poilue se mit à rôder malheureuse près de la porte d'entrée, puis s'installa devant, plein mitard, la truffe en émoi. Aussi, à peine l'idée me vint comme un coup de fouet que le clébard gigotait déjà de la queue et sans se dire un mot on se retrouvait tous les trois dans l'entrée à se compulser la rétine comme on sort d'une nuit, le grand-père la laisse à la main.

La seconde d'après on dévalait l'escalier.

Lui le clébard je sais pas pourquoi il aimait bien y aller, peut-être aussi le blabla incessant de la grand-mère lui causait comme une sorte de biture épuisante, mais nous deux c'était fort clair, on y allait toujours et encore pour prendre un peu d'air au petit muret, pas autre chose, de l'air et du silence. Et vrai, des soirs d'été comme celui-là un sacré paquet on s'en est tapé dans mon jeune âge, bout de journée, tout au bout, le meilleur juste avant la fin et la nuit, comme un bout de quai avant les graviers, le désert et les rails vides de trains, sacré paquet tous les trois avec le clébard à rien se dire du tout sur le muret, se causer juste à coups de silence.

Pleurer tout de même on n'osait pas. Moi j'aurais bien voulu mais vraiment j'osais pas. Même si plus d'une fois je fus pas loin de déraper toujours quand même je rejoignais l'ornière, déjantais pas plein milieu du chemin.

Pleurer en société, dans la rue le métro ça ne se fait pas, on se retient partout, des boutiques aux salles à becter on pleure pas en public, c'est une hérésie, au ciné par contre on va pour banner à l'aise dans l'obscur, s'y trouver des raisons, des excuses bien fausses pour tout lâcher, comme si les grimaces de ces gros clowns pouvaient nous pousser à la véritable larme. Tout ça est faux. On pleure jamais que dedans soi. Toujours, et à cause de soi, sur soi, et ce qui nous déborde n'est que l'infime partie visible de cet iceberg de tristesse qui nous surnage l'interne. On cherche au coin des rues, aux carrefours un limonaire pour s'y planter sur le trottoir et se délester comme un ciel crache, se disculper ainsi en pleurant de ses goualantes tristes et désespérées. Alors on en profite. Chargé à ras bord il s'éloigne vers l'autre rive le transbordeur de notre misère d'âme, boursouflé de petites peines queue-leu-leu mutées en larmes, et ça y va, tout ce qu'on peut on évacue, des acteurs pour ça on se sert, de la larmoyeuse goualante aussi pour déverser avec tout un tas de tristesses personnelles, malheurs d'hier, d'aujourd'hui mais à nous bien réels. On en fait ainsi traverser le plus possible de ces larmes mélangées. On cherche des trucs, comme Ulysse bien obligé, pleurer comme ça au milieu de la rue, dans un rade ou sur un banc et pour rien il semble on a pas le droit. On trouve alors des trucs, on fait avec nos larmes comme Ulysse et son équipage, on gruge le cyclope, les hommes accrochés aux flancs des moutons à la sortie de la caverne. Tout on utilise. Pour pleurer à l'aise on serait ma foi prêt à se taper tous les enterrements qu'on trouve, tant même la peine se doit d'être normée.

On se répandait donc pas, rien comme lamentations liquides ce soir d'été assis dessus le petit muret. Quelques minutes envolées, comme ça, les yeux vides à contempler sans voir, nous envapés d'une drôle de torpeur, le clebs se délester d'une pêche. Et je m'auscultais pépère moi mes pliures d'âme, résonnant encore de la vie qu'on me faisait mener lorsqu'il me tira sur la manche le grand-père, et regarde il me dit sortant de sa poche pour les faire danser au creux de sa main des petites vis argentées. Je les ai volées il dit tout en jetant sur la rue un regard circulaire. Sans doute il attendait quelque chose de moi, une réponse, mais j'étais vraiment trop petit, trop gniard.

« Je les ai volées parce que j'en avais encore besoin que de trois, et de trois tailles différentes, et que j'étais pressé, que j'avais ni le courage ni la patience de courir après un vendeur…, voilà…, alors je les ai mises dans ma poche et voilà… hein…, je suis parti…, mais… écoute bien Matin… l'homme… – toujours il faisait de la morale le grand-père, ça durait des heures mais je le trouvais juste ce type avec son discours, ses outils et son Solex – l'homme… ne peut se laisser aller à voler que lorsqu'il a le dos au mur, la toute dernière ressource pour ne pas mourir, après avoir essayé toutes les autres solutions… alors évite ça…, tu vois dans quel état j'me r'trouve, et juste pour trois petites vis… alors évite le plus possible, parce que, en fin d'compte, trois vis ou toute l'usine, en fait, c'est pareil… le geste est le même… »

Un peu de silence à planer dans le ciel comme ça au-dessus de ces murs si droits que toujours j'attendais le géant et son grand couteau, quelques secondes dans un ciel de juin d'un bleu laiteux et fatigué, douce paix chaude et puis :

« Tu comprends ?… – il me demande.

– Pas bien… » – je réponds.

Alors il me regarde avec un air de pitié, désolé que je sois pas un peu moins con, et pourtant je savais qu'il avait raison, d'instinct, comme les enfants condamnés consolent leurs parents, et dans mon brouillard de si peu d'ans je lui trouvais de la tenue même si bien souvent je décrochais assez vite j'avoue. Pourtant toujours je restais là quand même juste écouter le son posé de sa voix, regarder ses yeux bleus à rien entendre de la leçon mais sentant bien aussi son obscur contentement que j'y comprenne que couic à sa morale. Alors, bien que légèrement honteux de ce monstrueux larcin, geste ignoble, les ayant dans la tête, au travers de la gorge, sur l'estomac et sur le cœur ses trois petites vis choucratées chez Faucheman, d'un coup il se lève pour prendre le chemin du retour.

« Et toi à l'école tu fais quoi en c'moment ?...

– Une boule.

– Allons bon !... quelle drôle d'idée ?... et pour quoi faire ?...

– Pour pouvoir aller en vacances et à la grande école...

– Ah oui ! ?... comme c'est bizarre... un examen de sortie en quelque sorte ?...

– Voualà...

– Alors réussis-la ta boule Matin... pasqu'à Kerlabia on a des tas d'choses à faire ensemble... des balades et la pêche, la plage et d'autres choses, alors réussis-la ta boule... dans la famille JAMAIS personne a raté sa boule !... on rate pas sa boule chez nous !... c'est comme ça !... »

Finasser pour finasser apporte rien, autant y aller franco, alors déjà pour bien simplifier les choses d'entrée j'ai peint tous les petits carrés en noir, la maîtresse a bien un peu tiqué faut la comprendre mais face à mon obstination butée puis en souvenir de l'histoire du chien et des pleurs a fini par céder, un rien ahurie tout de même. Alors débuta le collage et dans le silence de la classe, chacun perdu dans son application, tous que nous étions à coller nos petits bouts de papier pour en faire des cônes, soudain une petite voix laissa échapper cinq petits mots, repris aussitôt par quelques autres gniards et bientôt de tous côtés les cinq petits mots devenus en quelques secondes constatation, puis affirmation, fusèrent des :

« Elle colle pas la colle ! ? »

Alors le calvaire commença.

Impossible de les faire tenir ces cônes, les petits bouts de papier retombaient toujours à plat, lamentablement, et pourtant j'en ai tartiné des kilos de colle, englué je rentrais le soir même, que j'en cauchemardais, des plâtrées immondes j'étalais dans mes rêves, mais macache. Aussi très vite la maîtresse affolée devant l'ampleur que prenait soudain sa charmante petite idée nous dit qu'il faut y aller mollo sur les pots de colle, qu'elle en a pas des masses et qu'on lui en a déjà bouffé presque la moitié, pour rien d'ailleurs puisqu'il y en a toujours plus sur nos bouilles, les tables, les murs et le sol, que le soir elle dérape dessus en rangeant la classe, donc maintenant c'est mollo qu'il faut y aller sur la colle, la coopé ça paye pas lerche et sûrement pas les fournitures elle nous explique, c'est l'État qui raque, un monsieur obtus, pas vraiment méchant mais d'une froideur implacable et surtout très radin dès qu'il s'agit d'autre chose que de profit et de guerre.

Moi, de plus en plus écœuré, désespéré je lui lançais des regards comme des lassos, je voulais l'embarquer elle dans mon malheur, qu'on sombre tous les deux au fond d'un pot de colle. Elle s'en est aperçue que pour moi les jours d'ordinaire n'étaient jamais légers et que là, franchement, utiliser une colle qui ne savait rien faire d'autre que de sécher ça relevait du chemin de croix. Aussi, inquiète de l'évolution de ma théière, au courant depuis peu de ma drôle de manie à grossir tous les faits et événements, paroles même, pas rassurée sur la suite de mon comportement elle me demande, miel et déjà presque larmes :

« Un problème Matin ?

– Ça colle pas.

– Je sais ça !… et sinon ?… »

Les yeux dans les yeux je lui remarquais moi que mon comportement construit uniquement sur des lamentations et des trous noirs d'angoisse lui tissait au coin des yeux comme des petits serpents d'inquiétude. Effrayée de la suite tout de même elle demande :

« Tu veux faire autre chose peut-être ?… hein ?…

– Ben oui…

– Ah… et quoi donc ?…
– Rien…
– Fais ta boule ! »

Et puis telle une fatalité, car tout ce groupe, le malheur comme l'opposé, mais présenté à nous comme une récompense, ou tout du moins une respiration, étouffés que nous étions à crouler sous nos cônes qui n'en étaient pas vraiment, on apprend que bientôt, pas demain mais après, on va aller au cirque, les deux écoles. Aussitôt pour moi c'est la foudre, un effroi qui me monte, m'escalade le dedans et, geyser, jaillit brûlant de toutes parts en transpiration frénétique et sanglots nerveux me secouant toute la poitrine. La maîtresse qui nous présentait la chose en sourire éclatant, voyant cette sortie comme une fête, une pause, une permission elle y'a plus rien compris du tout.

Mais il faut bien avouer que c'est drôlement malsain les rapports entre bipèdes, alors lorsque le sang participe aux grimaces, que la matrice rappelle sans cesse à l'ordre, et puis les entrailles, le ventre, tout ça est dégueulasse de rictus et sous-entendus. Les mères et leurs filles, les parents, les frères, les sœurs, les môôômans, les grands-parents, tout ça s'entremêlant joyeusement, y'a pas à dire il faut du vice pour vivre en famille. Arrivé aux cousins on respire, mais parfois c'est bien limite encore.

Donc il est impératif de sans cesse connaître la situation géographique de l'ennemi, les luttes ne se gagnent qu'à ce prix et dans la rue, le métro, je zieutais, inquiet. Sous les écrasantes lumières nous envoyant de tout là-haut leurs rayons métalliques avant le spectacle encore j'observais de tous côtés, partout autour de la piste et ainsi méthodiquement, plusieurs fois, me passèrent dans la rétine un à un tous les bancs de bois rangée après rangée. Elle est pourtant là je me disais, quelque part dans la foule. Dans le noir obstiné je m'usais les yeux à détecter sa présence, regardant rien de la piste je tentais encore durant le spectacle de reconnaître ses élèves, son manteau, quelque chose d'elle, et puis soudain au milieu de tout ce fatras, ces clowns, ces bêtes déguisées à l'humain, dans un rond de lumière crue, tout là-haut dans les câbles ; une fée.

L'étrange lueur dans laquelle cette enfant voletait aérienne rendait les ombres de son corps tremblées, petit félin rose et doré, la grâce, la finesse d'une telle légèreté la dépouillaient absolument de toutes attaches vulgaires, plus rien de terrien ne transparaissait dans ses courbes ruisselantes lorsqu'elle s'élançait au-dessus de nous autres, vils bipèdes rampants, pour aimanter le trapèze. Du pas commun éclatait de ce soleil incertain, du religieux montait de cette enfant. De sa sueur et ses muscles fins transpiraient des gestes lents et précis, rasoir filant lorsqu'elle jouait avec les notes de musique que l'orchestre, avec ses coups sourds et profonds, ses éclats de cymbales me déchiraient des résonances du dedans qu'elle faisait rebondir au bout de ses petits pieds comme un chat jongle la pelote de laine. De l'harmonie ; une fée de lumière. Et d'une beauté. La vie, l'univers, tout ça n'existait plus, tout ça de condensé dans ce rond de lumière avec cette petite libellule à pirouettes qui vous confisquait le cerveau pour l'inonder de soleil en gouttes.

Une magie, à pleurer de ne pouvoir y toucher.

Au milieu de la piste maintenant on la voyait mieux, elle ruisselait, son front lisse et polaire, le visage ravi, fine jusque dans ses sourires et l'aspect ondé de sa peau nous la renvoyait moirée sous les projos, palpable malgré l'espace, je la touchais, séparé d'elle je sentais pourtant le grain de cette peau telle une douce et chaude mer étale sous mes doigts où souriante elle saluait encore, radieuse au milieu de la piste ses petits pieds nus caressant la sciure.

Dans le métro, le Deupièce j'y pensais encore, hypnotisé mais déchiré de tristesse, anéanti vidé, sanglotant de l'intérieur.

Le soir, assis sur le canapé que j'en étais encore sous le charme ma mère est passée au Deupièce m'extirper de ma douloureuse béatitude avant de rentrer chez elle.

« EN FACE DE TOI ! !… je t'avais en plein milieu !… ligne droite !… j'étais juste en face de toi !… EN FACE ! !… tu m'as énervé tout l'après-midi à te tripoter les ch'veux !… faut plus s'étonner s'il a une tonsure sur le crâne comme les moines !… y s'les arrache !… J'L'AI VU FAIRE ! !… plusieurs fois j'ai failli m'lever pour venir te dire d'arrêter, mais j'avais ma classe, t'as eu d'la chance, ça t'a sauvé... »

Quand c'est pas la maison qui débarque à l'école, c'est le contraire. Là elle reprend son souffle en me regardant haineuse, réfléchit car ça la fait tiquer, quelque chose je sais pas quoi, elle se méfie, doute et finit par questionner :

« Tu devais quand même bien t'douter que j'étais là non ! ?... t'y as pas pensé que j'étais là aussi moi dans la salle quelque part ?... ça t'a pas effleuré, t'est pas venu à l'esprit que vu qu'on est dans la même école... non ?... même pas... t'y as pensé oui ou non ?...

– Ben forcément...

– Et ça t'a pas empêché d'te tripoter les ch'veux !... tu m'as pas vue ! ?... non ?... tu m'as cherchée ?... dis la vérité ça nous f'ra gagner du temps, tu m'as cherchée ?...

– Ben forcément...

– Et tu m'as pas trouvée ! ?... tu m'as pas vue en face de toi de l'autre côté d'la piste debout à t'faire des gestes pour que t'arrêtes ?...

– Ben nan, sinon...

– Tu m'as pas vue gesticuler comme une folle juste en face, que tout l'monde me r'gardait, qu'ils se d'mandaient tous si j'faisais pas partie du spectacle ?... t'as rien vu ! ?...

– Ben nan... »

Alors elle se tait soufflée, ahurie, regarde la grand-mère qui comprend rien non plus et c'est fini pour ce soir, elle s'en va chez elle et j'ai la paix jusqu'à demain matin. Mais vrai aussi pourquoi je faisais ça moi de me tournicoter les cheveux, sur mon panier j'y réfléchissais, interloqué, fatigué triste. Pourquoi je faisais ça ?

C'est que j'étais pas là du tout en fait quand je tournicotais mes mèches, je m'expulsais loin, je naviguais dans mes hautes mers, mes grands fonds, j'étais plus là comme le grand-père disparaissait dans ses volutes. J'ai grandi sans moi, et puis de même j'ai vieilli absent, ça m'intéressait pas. Aussi le sentiment nauséeux de n'avoir aucun endroit où respirer, trouver de l'air. C'est peut-être de là, cette période que me vient ce mutisme, cette impression d'être toujours en fraude, cette idée que le seul endroit à peu près peinard c'est la tête. Pour moi tout se mélangeait, s'entrecroisait, une vraie ratatouille. Où que je sois il y avait toujours quelqu'un pour venir me dire ce que j'avais fait ailleurs.

Partout un œil.

Et puis ça va bien je me suis dit, il suffit, m'inventorier l'âme et le cœur sert à rien, toujours les yeux roulent d'eux-mêmes vers le bonheur, d'instinct ils reluquent vers, le bonheur, simple mot, uniquement, chose à pas exister du tout et pourtant on s'y dirige sans cesse comme vers l'unique lumière en montagne les nuits d'hiver. On est con, c'est un fait, on n'y peut rien c'est inscrit dans nos viandes. On fait avec et c'est lourd parfois, alors on reluque vers le bonheur, le plaisir, car on s'habitue immédiat au sublime, pour la merde et les pelures il faut du temps.

Ce soir-là dans mon plume je repensais pas à tout ça, plutôt à la petite fée, ce corps, rien vu de plus beau, de plus gracieux, fine la gamine, et que du muscle, une grâce. Les femmes du cirque sont celles qui ont les plus beaux corps je me disais à l'affût du sommeil, les plus gracieuses je me répétais en tournant mon oreiller tout plat, troquant un coin pour l'autre, cherchant le frais, elles sont belles et muettes surtout je me disais, simplement lumineuses et musicales. Sa vie doit être gaie à cette petite fée je me disais et moi, malgré tout, j'ai bien aimé ce jour.

Autant dire que le cirque pour moi, et ce loin des bigarrures à paillettes, m'envoie encore des confins de l'enfance qui pourtant débordent d'ombres froides et marmoréennes, dans son petit cercle chaud de lumière frémissante comme des poissons ruisselants, des luisances de luminaire, des odeurs de soleil.

Les choix de nos routes, les renoncements, les coups imprévus du sort nous laissent des foyers de déceptions jamais tout à fait morts, des braises de désillusions jamais défuntes qui toujours en sourdine couvent encore sous les cendres du passé, des alandiers d'inquiétudes mal éteints qui nous sèment pour l'avenir comme des métastases de regrets tout le long de ce chemin de halage où notre âme remorque sa tristesse. Et plus cette migration dure, plus on s'enfonce dans les ans et plus la vie nous pénètre les chairs, l'âme et le cœur. Nous sommes de vieux enfants tristes au masque clair devenu sombre avec l'âge qui se donnent des airs, chacun encaissant à sa façon cet excédent de détresse et de répugnance. Moi, à coups de masse on me l'enfonçait l'existence, qu'elle me rentre bien agrippée dans le corps, qu'elle s'y accroche dedans vissée pour que surtout plus ne me glisse au-dehors comme on extirpe une anguille de sa gaine. Il avait pas tort le Gaston, tous on cherche quelque chose, on attend tous quelqu'un qui vient pas et ça nous tue au milieu de nos grimaces, nos bonjours mécaniques et nos poignées de main comme des remparts injustifiés. Aussi alors surtout qu'est-ce qu'on peut s'embrasser dans une vie sans y croire c'est admirable ! Y'en a tant de ces embrassades de principe c'est pas comptable, et là au moment « coucou » il me fait déboulant au Deupièce le grand Awouè avec le clebs dans les jambes urinant à souhait dans des bonds et des houa houa, ça t'épate hein grosse bête que j'sois d'retour hein dis ! ? Moi les mains encore engluées de mes cônes je me les grattais dans le dos sachant pas bien où les ranger, que j'arrivais pas à m'en dépêtrer alors je regardais le grand Awouè comme on sourit dans le noir, c'est-à-dire pour rien en somme, trier la vie un peu, sa présence là d'un coup, mes émotions confuses et ma colle tenace. Lui les bras au ciel il gesticule et gueule et rigole :

« Ben alors quoi hein Roger ! ? tu m'embrasses pas ! ?... hein alors quoi MEEEERRRde ! dis alors oh !... des MILLIERS d'kilomètres j'ai faits ! SI ! l'aut'bout du monde j'étais !... alors ?... SI mon pote !... et tu m'embrasses pas quand j'entre ! ?... bah t'es gonflé !... faut m'embrasser quoi MEEERRRde alORS !... hein, dis, oh ! ?... »

L'embrassant je concevais gentiment que je l'avais totalement oublié son départ au grand Awouè moi si habitué à pas le voir, je dirais j'avais pas remarqué son absence différente des autres tant il passait si peu souvent au Deupièce. Une absence est une absence, la distance y fait pas. Et lui, pressentant le blanc soudain, ce silence de la vie embarrassé, que je m'ahuris bloqué sans rien dire à plus bouger, que juste je le regarde épaté, lui le grand Awouè, moi encadré que j'étais entre la cheminée et *Des Glaneuses* de Millet sur le mur derrière il m'attrape alors comme un hochet en gueulant et me valdingue tête en bas, il rigole autant que je hurle, me secoue comme les autos se tamponnent, j'aurais eu frère et sœur il aurait jonglé, je rebondis dans les airs au milieu de sa rigolade et de mes hurlements, les glaneuses se rapprochent et s'éloignent, le lustre maintenant sous le nez que je lui respire sa poussière accumulée dessus ou personne peut voir que moi dans mes voltiges, retour au sol pour rebondir sur les glaneuses, si près d'elles que si j'avais su lire j'aurais pu déchiffrer la marque des chocolats, l'adresse du marchand et d'un coup il me repose à terre pour m'ausculter le crâne, me palpe et tripote comme elle fait sa frangine la tante Barbara :

« Ben pourquoi qu'y d'vient chauve su'l'd'ssus çui-là ! ?... »

Et se retournant les paumes vers lui avec un air mi-dégoûté mi-surpris :

« Ah bah alors ! ?... pourquoi qu'y colle de partout comme ça, c'est dégueulasse ce truc ! ?... »

C'est que jusqu'à la veille de la fête ma boule perdait ses cônes par paquets, que je recollais, encore et encore, jour après jour de plus en plus désespérément révolté. Chaque soir je la quittais, bien ronde, belle atrocité noiraude et gluante, superbe, et chaque matin je la retrouvais effondrée, ayant fait des petits, que je recollais, encore et encore, toujours. Ce ne fut bientôt plus qu'un tas de glu informe, maculé de toutes sortes de débris inconnus attirés là, tel un aimant, par cette colle dégoulinante et gris sale.

Des latrines où je me délestais à présent je les entendais se gondoler, s'esbaudir de son retour, et moi trônant je réfléchissais, au lustre surtout en fait, sa poussière du dessus me restait collée au-dedans comme un léger mais ferme sentiment de déjà-vu, dans le tourbillon du grand Awouè ça m'avait pincé le cœur de voir passer devant mes yeux cette poussière collée, comme si je connaissais bien cet endroit, là-haut, près du plafond, les hauteurs, tout ça m'était bien familier.

Ensuite je déposai le bilan et y pensais plus de retour avec les autres dans la salle à grailler.

Et puis, il suce pas des glaçons le grand Awouè à table je remarquais, les cadavres s'empilent et ça y va la rigolade. Sur le vieux canapé juste avant qu'il ne surgisse avec ses fringues de routard et ses foulards, sa musette, je repensais encore au cirque de l'autre fois moi, la petite fée lumineuse qui revenait de loin en loin me désespérer la théière et me titiller le crabe, assombrissant de désolation tous mes couloirs plus je recevais de sa lumière, souvenir de plus en plus flou et pourtant de plus en plus douloureux à mesure qu'il s'éloignait. Bientôt me restera juste un petit soleil en pointillé, soleil perdu d'hier, fragile et bref. Mais les gens, les choses, les événements nous débarquent sans prévenir dans notre vie et tout change, tout s'éclaire d'insouciance et de gaieté soudain. Une gerbe de rires il nous déposait sur la table le grand Awouè avec ses cheveux bouclés dans tous les sens et ses longs foulards fins qui lui voltigeaient toujours devant le visage, venant se brûler dans la rue à sa clope au bec, laissant de petits trous bien ronds et parfaitement dessinés, y'avait pas à se gourer sur leurs origines à ceux-là, on savait d'office, c'est les clopes on se disait aussitôt remarqués.

Sa cigarette au bec et grimaçant de sa fumée, le cou dressé tendu sur le côté pour l'éviter, la bouche tordue pour monter le brasier bien haut devant le nez, au-dessus même pour qu'elle pointe vers le ciel sa cigarette, et ses foulards tombant jusqu'à la ceinture voilà comme il était le grand Awouè dans sa jeunesse, sa trentaine flamboyante, ses yeux bleus et ses rigolades. Vrai qu'à l'époque tous le jugeaient esprit libre, sa panoplie passait pour de la nonchalance et du style mais il y allait déjà dans la vie comme dans une cuite en avant. Et même lorsqu'il tombera le grand Awouè quand même il continuera, en aveugle, sur les jantes il continuera plutôt que d'accepter la défaite des ans, ses erreurs de jugement, ses refus de toutes réflexions, de toutes souffrances et ses fuites en débandades. Il continuera comme il nous flibustait là tous, tout le monde dans sa marrade en racontant son voyage, les Indes, la 4L orange et l'oncle Bébert, comme une vague il nous embarquait dans son délire en gesticulant, remplissant tous les verres qu'il trouvait puis debout, hurlant au plafond devenu par là sourd comme une toupie, bramant des gueulantes où tous nous plongions épatés, la tante Barbara mangeant des yeux son frangin dans des esclaffements à plus finir, le grand-père main à se la claquer sur la cuisse genou levé, puis la grand-mère poêle en main se raccrochant à la table, pliée en deux entre ses allers-retours à la cuisine, qu'en pouvait plus de se gondoler à l'écouter vociférer des absurdités son fils.

Et ma mère.

Ma mère bout de table, coin de vie, déjà pressentant les premières dissonances flairait de l'âme que les névrosés du trognon toujours se regroupent par familles de crânes, que les clans d'égotistes sont répertoriés par races d'angoisses et que son peuple de turlutaines personnelles se trouvait pas ici. Elle, minée de l'existence et pas fana du deux temps, le paso doble, avec son côté austère d'oblat dans la cité qui séduisait macache et plaisait pas, lentement entrait en dissidence. Les autres sont une flopée elle devait se dire regardant la tablée exister bruyamment, espèce très répandue les autres, extrêmement diversifiée alors que ceux de sa race il faut bien dire se réduisaient en fin de compte à elle seule. Certain qu'elle devait se dire ça en regardant le Deupièce d'un coup déborder de monde, se surpeupler de seconde en seconde pour devenir surchargé de potes et copines du grand Awouè, faire des couches bientôt il faudrait, des strates tellement y'en a des gens, et ça arrive encore et le grand-père ravi discutant de tous côtés. Même y'a l'oncle Bébert dans un coin j'ai vu. Ça s'est rempli soudain, à une vitesse, personne a rien vu venir que le clébard en sentinelle, c'est la cohue là-dedans avec des bouteilles qui glissent au-dessus des crânes de main en main, y'a plus de place nulle part que sur mon panier, on étouffe et suffoque, c'est trop de bruit et de têtes tout ça, le Deupièce aussi il en peut plus, il se boursoufle et bientôt les dégueule tous sur le palier, au ciné ils ont dit qu'ils allaient et la presse se relâche, on est bientôt plus qu'une poignée dans l'intimité, le grand-père qui en rigole encore répétant ah le con ! le con ! s'essuyant des larmes de marrade, la grand-mère qui se remet lentement de son lino envahi, le clébard qui en a pissé partout, on voit les petites flaques maintenant que c'est vide le Deupièce, tous ils sont repartis avec un peu de lui sur leur bas de pantalon.

Et ma mère.

Ma mère bout de table, coin de vie, oubliée là par la mouvance, le grand Awouè, la tante Barbara.

Elle a pas dû bien dormir non plus ce soir-là, possible elle a cherché le frais comme moi aux quatre coins de l'oreiller, ruminant des ressacs et des peurs, moi de mes lendemains englués, elle de ses jours solitaires noirs et froids. Pourtant on nageait dans le soleil à cette période, on se baladait en habits légers de gaieté même si on n'était pas gai, c'était pas grave quand même on endossait l'uniforme des gens contents des proches vacances.

Car enfin au bout de la semaine était le dernier jour, le samedi matin avec la fête et les parents dans le préau, la musique et le spectacle tous assis sur de petits bancs de bois et moi à zieuter de tous côtés pour pas rencontrer ma maîtresse et ma boule, toute noire. Mon désastre.

Elle discute ma mère en me tenant la main, une dame lui cause et ça me soulage, me repose, surtout j'ai beau lorgner à tout va dans ce préau bondé y'a pas trace de la maîtresse du tout, de ma boule, ni même des petits potes de la classe et ça me détend la cafetière, m'aère la cocotte. Cette boule absurde virait au boulet, réellement, au boulet et chaîne en crépon. Un poids. Aujourd'hui ça va mieux, comme si j'en voyais un peu le bout de cet enfer, le corridor s'éclaire dans le fond mais c'est dire la gueule d'urinoir que je devais arborer les jours d'avant.

Mais là ça va.

En fait elle discute plus ma mère, c'est l'autre qui lui cause éberluée tout près du nez, qui lui répète des « Je voulais vous voir car voyez-vous, entre collègues… » dans des grimaces mourantes avec les yeux fixes et saturés d'émoi des poissons morts, ma mère elle sourit remarquablement figée en me tenant la main. Et plus ça va et plus elle serre. Mais la dame c'est vrai on dirait c'est grave ce qu'elle raconte, dedans ses phrases elle s'y engouffre tout entière et à sa tronche consternée, son ton impliqué immédiat on comprend que ça la bouleverse tout ce dont elle se déleste dans l'oreille de plus en plus crispée, irritée même à mesure de ma mère. Moi je saurais pas dire ni expliquer dans les détails le pourquoi de ma béatitude d'alors, je regardais tout ça comme au cirque, pas du tout concerné par la ronde, mon contentement d'échapper à la boule était si bien pépère et si peu commun chez moi que bizarrement je l'adoptais avec une vitesse et une facilité qui m'épataient. Le doux et le meilleur nous pénètrent toujours sans jamais de difficultés tant on les aime sans peur, déjà ils ont leur chambre de prête, louée à l'année, réservée d'office au cas où. C'est des gens, on en convient, sans cesse on les espère, sans jamais le dire on les attend. C'est le tout vieux tonton de la ferme ne parlant que patois, toujours près de la cheminée dans des tranquillités d'attente à sentir bon le feu de bois jusque dans la vareuse, les cheveux, avec le cœur et les poches uniquement remplis de champignons, de coriandre et de naïveté, de sourires en silence et de châtaignes. Un meuble affectueux auquel on ne se cogne jamais.

Sans doute on devait bien remarquer tout ça dans mon œil flottant, disque alangui, lent jouet de mes flots intérieurs. Pendu à la main de ma mère j'étais jambon à la poutre heureux de se faire lentement fumer. J'attendais rien que le départ moi, qu'on s'en aille et c'est tout, voilà, juste partir sans avoir revu ma boule noire et plus jamais revenir dans ce déprimoir à citron.

Et la dame toujours encore plus énervée dans son effarement se haussait sur la pointe des escarpins pour s'épater d'avantage encore dans le marasme déboussolé de son discours qu'elle voulait aberrant.

« Il prend tout comme une épreuve vous vous rendez compte ! ? absolument tout !... – elle disait les deux mains en avant bien ouvertes en offrande de sa révolte – pour lui quoi que ce soit, tout ce qui est naturel et normal, banal même ça lui devient une épouvante... même les récompenses il les reçoit comme un malheur, une catastrophe !... c'est quand même étrange nan ! ?... ça vous inquiète pas ça ! ?... qu'il conçoive chaque activité, chaque action en termes de pensum, que tout lui soit punition... ça vous tracasse pas ça ! ?... qu'il aime ni jouer dans la cour, ni les sorties, ni la classe, ni parler... même il aime pas sa boule on dirait...

– C'est la vie qu'il n'aime pas... » – lui a tranché ma mère totalement désolée.

Ça m'a fait aveugle rouge et blanc, fort ébloui j'en tintais des acouphènes comprenant qu'il s'agissait de moi, et puis la dame aussi elle s'hirsute dramatique comme un chat giflé, elle conçoit pas que c'est possible et ça la révulse, elle en prend même une respiration énorme mais pas plus, c'est tout, comme ça bloquée la poitrine en l'air gonflée elle reste, horrifiée des mots de ma mère, la bouche en four. Moi, comme on éclaire une cave soudain tout m'apparut flashé, masque bas et bien évident, je la reconnaissais maintenant elle et ses yeux de poisson mort sur le quai, la maîtresse le souffle massicoté, et puis tous les petits potes de la classe en rang figés derrière elle à attendre qu'elle ait fini de se répandre à ma mère, pis de s'offusquer maintenant. Ça me refile dans le thorax un déferlement de petits bouts de moi en explosions cinglantes. Pourquoi je l'ai pas reconnue avant la maîtresse ? Le temps qu'elle y a passé à évider sa colère d'incompréhension pourtant j'aurais bien dû la reconnaître ? Et puis ; de moi, on cause ! je me répétais fasciné. De moi !

Aussitôt ça m'ébranle tout le bastringue et le cœur à la pompe s'y est mis hardi, aussi sec et zou ! allez hop ! tchick-tchack-tchick-tchack il pompait toute blinde, plus que ça follement tchick-tchack-tchick-tchack de plus en plus vite et fort, que j'en devenais tout blanc bidet, et froid, le corps sans plus une goutte de sang, blanc de partout et le cœur rouge, gonflé, grondant silencieux, gardant tout dedans lui et tout le reste et les membres blancs vidés. Une seconde il reste comme ça choqué, prêt à éclater, figés lui et moi. Comme ça une seconde à plus entendre que boum… boum… boum…, ma mère au milieu, la maîtresse et moi cloués comme des cariatides de son dépit, une seconde de boum… boum… boum… et comme un fruit que l'on broie les vannes en désordre furieuses toutes de la pression soudain me giclèrent dans les tuyaux, des flots de sang comme une brûlure m'irriguèrent les canaux de picotements électriques, un flux intense et douloureux m'irradiait à nouveau d'une chaleur glacée. Alors les vertiges ont commencé.

Moi, petit mort-bois, tandis que je vacillais de la carcasse et de l'âme une voix de l'intérieur venait me hurler à l'oreille : j'existe !

Et je tanguais enrubanné rouge et blanc, pataugeais dans le vide, tout mou, envapé d'une fatigue si lourde et brisante. Ma mère me tenant par la main attendait l'écho de sa phrase elle, le rebond qui venait pas. Pourtant elle restait en dépendance de nous la maîtresse, scrutant nos yeux, guettant les mots pas dits, les silences comme des coups nouveaux, haineuse même elle en devenait de pas comprendre, de rencontrer l'innommable à sa porte, ayant hébergé l'intolérable depuis un an sans avoir soupçonné rien, innocente et naïve de l'horreur. Des monstres on était pour elle. Deux monstres horrifiques, l'un qui fait et l'autre qui constate sans pas plus s'épater dans les démesures de la répugnance que j'étais. Deux monstres elle voyait.

Mais nous, on regardait dans ses yeux lentement défiler comme au prompteur le texte de son hébétude, gênés nous y lisions ses repères de convention, ses petites pensées comme il faut, certitudes cucul-béni, héritage parental. Nous contemplions tout ça vaciller : aimer sa mère est une ordonnance ça disait, son papa aussi dans la foulée, la nuit on pionce et qui a la dalle bâfre, tout ça c'est des choses on y revient pas, y faut et c'est tout, comme la vie et notre amour pour, c'est pas à y revenir, si elle nous débecte la vie ça relève alors d'une outrecuidance inusitée. Une totale monstruosité.

Là elle nous déteste si carrément, moi surtout, que l'idée sitôt germée elle imprime en sus de sa haine une vengeance rageuse et me balance, tous phares allumés :

« Je suppose que tu n'as pas envie NON PLUS de venir avec nous chercher ta boule !… hein, c'est ça ! ?… eh ben tu vas QUAND MÊME venir en classe mon p'tit ami !… tu vas venir AVEC NOUS et tu l'auras ta boule !… comme tout l'monde ! c'est moi qui t'le dis !… – puis dans l'élan, regardant ma mère comme un défi – et vous alors ?… hein ? il vous aime vous ! ?…

– Il a pas bien le choix… » – elle lui répond doucement, lourde d'une presque indifférence.

La maîtresse ce genre d'outrance ça lui imprime une révulsion sur ses tabloïds, ça la propulse dans une valse frénétique, l'expulse au cœur d'un tourbillon de nausées, un gouffre qui finit plus de s'obscurcir et de se glacer à force de toujours pas rencontrer de fond. Et nous muets on la regarde basculer un peu en arrière lentement la maîtresse, fléchir de la colonne autant que du citron, comme ça un tantinet en arrière, une herbe sous le vent, et puis soudain elle se ressaisit, on sait pas pourquoi, ni ce qui l'a fait réagir ainsi mais elle se redresse et m'empoigne pour me jeter dans le rang, m'y incruster comme une brême au jeu, et là ma mère il a bien fallu, c'est sûr, elle pouvait pas faire autrement que de me laisser m'éloigner dans ce préau surpeuplé, partir en rang vers ma boule.

Mais lorsque l'on est un imbécile, et ça se précisait, la vie bute sur des complications à chaque recoin de circonstance, aussi montant l'escalier queue-leu-leu elle me demande, la mauvaise :

« Alors ?… ta mère… tu l'aimes ! ?… hein… dis… tu l'aimes ta mère ! ?…

– …

– Tu l'aimes OUI OU NON ! ?…

– Oui ?… – à tout hasard.

– T'en sais rien ! ?… tu sais pas si… ça veut dire que… que… dis, tu l'aimes ta mère ? !… »

La réponse elle l'attend pas et bing ! m'en colle une cinglante, que ça nous résonne aux murs, petit bruit sec et pointu, sans coffre mais rapide comme ses talons sur la céramique du préau, bing ! et dans sa fièvre, dans des engueulements me secoue les épaules, là tout debout dans l'escalier à piétiner la dernière marche :

« Ma-hè NON ! ah ma-hè NON !... j'veux pas !... y faut, y faut !... sinon c'est... horrible... on est trop seul sinon !... »

Les petits potes je suis sûr ils m'auraient bien défendu mais ils étaient vraiment trop petits et surtout éberlués, et moi dans ses ruades à la maîtresse j'arrivais à rien, je respirais plus, tout de double dans les yeux et les épaules en flipper je lui hoquetais juste des borborygmes, je me défendais pas bien en somme.

« Dis qu'tu l'aimes !... MATIN ! DIS-LE !... on doit s'aimer, c'est obligé sinon... sinon... tout l'monde y... tout l'monde ment alors !... ma mère moi je l'aime, mais si Matin !... – elle voulait pas me lâcher les épaules je sais pas pourquoi, me secouait fort – mon père aussi je... – là elle me secoue plus, regarde vaguement dans le rien du tout, je sais plus qui elle est –... ta boule, tu vas la faire !... on y va... faut qu'tu la termines !... comme tout l'monde !... »

Alors elle me re-secoue comme pour me réveiller mais c'était plutôt elle qui somnolait là juste avant je trouvais, moi dormir j'en trouvais pas trop le loisir transbahuté que j'étais depuis quelque temps avant arrière et des beuglements dans les oreilles.

« Bien ronde tu vas la faire ta boule !... achevée faut qu'elle soit... mon père je... il m'a toujours aimée... comme moi... achever tout... »

Ce qu'elle réclamait la maîtresse ainsi hurlante à me secouer la carlingue c'était de l'aspartame, pour sa vie, pas autre chose. De la saccharine pour son cœur, minimum, et puis aussi que j'ai tort moi. Moi qu'avais pourtant rien dit du tout depuis le début, mais visiblement c'était encore trop, tout de ma faute. Comme quoi faut se taire, on change jamais rien à rien de toute façon, la boucler est une sagesse le reste un leurre, l'ouvrir c'est vouloir sauter pardessus notre ombre, la jactance ça revient à semer parmi les épines, on profite jamais de ce qu'on parle. Et franchissant le seuil de la classe tout de suite je l'ai vue, sur ma table, ma boule, en morceaux bien évidemment. Le certain est que j'allais y refiler des bâclures à la maîtresse si elle insistait pour que je la rafistole ma boule, des bâclures si elle arrêtait pas de me siffler des larmoiements aux oreilles, des « mon p'tit pôôpa… » qui voulaient bien dire ce qu'elle semblait pas décidée à comprendre. Alors j'ai ramassé les morceaux et hop dans la poche, tels quels, je vais tout refiler tel quel à ma mère, en kit, elle la reconstruira si ça lui chante moi j'en ai terminé de ma croix. Mais la maîtresse on dirait bien c'est plus qu'un robot, elle avance sans voir et me retourne les poches sans mot dire, aveugle, abrutie me fait tomber la veste et m'asseoir, éparpille tous les cônes décollés sur la table, le gros bout de boule resté encore intact devant moi et me pose le pot de colle à côté. Le message je le reçois fort clair. Les petits potes eux ramassent leur boule qu'est impec et se débinent, on les entend dégouliner l'escalier, jusqu'en bas on les entend, et puis se ruer vers la lumière, les vacances.

Ici, dans le silence, à part ses petits talons qui claquent nerveux, il n'y a plus qu'elle et moi. Moi qui colle et elle qui tourne en rond répétant fatiguée :

« Mon p'tit pôôpa… je l'aime moi enfin mon p'tit pôôpa… sinon c'est trop… y'a plus rien… j'ai raison Matin !… on vit plus sinon… et toi aussi hein ?…

– De ?…

– Mais que tu l'aimes ton p'tit pôôpa… »

Hufff ! Elles me devenaient de plus en plus ardues ses questions à la maîtresse ce me semblait.

« Hein ? dis… tu l'âèèème ton p'tit pôôpa ?…

– Faudrait d'jà êt' sûr du bonhomme… » – je tente sans relever la tête.

Et là soudain elle me regarde comme on découvre, elle en sourit presque, m'ouvre les bras pour me causer comme les vieilles dames aux animaux :

« Oh mon pauv' petit Matin… eh ben alors !… mon pauv' petit !… comme tu dois souffrir !… quelle douleur alors mon pauv' petit !… »

Mais s'enfonçant dans mes yeux elle le voit bien qu'il y en a pas plus que ça de la douleur dedans, que même je colle dépaysé, ailleurs, que je tartine atone, que je suis pas beaucoup là, que j'attends la fin quoi et c'est tout. Ma douleur est pas piquante à moi, elle est lascive, elle a le temps de m'user et le sait. C'est que j'avais des nostalgies moi, des cauchemars secs, des langueurs d'âme, des rêveries tristes, un oreiller que je tournais des heures entières à y chercher le frais aux quatre coins, et puis surtout je crois je savais déjà que mon cockpit, cette usine à ronron me lâcherai probablement plus jamais, comme mon crabe.

« Tu… tu dois être souvent malade alors Matin, hein ?… mon petit… tu es malade des fois, dis ?… hein ?… tu peux le dire voyons… »

Jamais ! Malade ? Moi ? non, jamais, vivre déjà c'était bien assez fatiguant comme ça, douloureux et tout, et puis compliqué, rien que ça de vivre ça me suffisait bien. Même juste exister ombreux j'aurais bien voulu, ça m'aurait suffi, ou encore moins, mais ça existe pas, ou c'est la mort alors, le Gaston, et la mort j'y arrivais pas. Malade non, jamais, la maladie j'aimais pas ça, d'autres l'adorent, sans cesse chez le toubib avec toujours un truc qui va pas dans la tête ou plus bas et puis des médicaments, que ça coûte cher surtout aussi et que ce soit long sinon leur importance en prend un coup dans l'aile, soudain quand tout va mieux sans plus de température ils se sentent d'un coup plus rien du tout. On s'occupe plus d'eux, et moi surtout c'était ça que je voulais, que surtout personne s'occupe de moi, alors moi j'étais jamais malade parce que moi je savais déjà que j'étais un tout petit pas grand-chose, un rien du tout fatigué. Ça me servirait à rien la maladie, ou alors propulsé vedette à plumes et flonflons un jour pour retomber ensuite encore plus petit et presque invisible. Faut quand même survivre dans la vie, un minimum. Juste j'ai souvent mal au ventre, je respire des fois pas bien le cœur trop gros dans une cage, et puis des trous noirs parfois où je tombe, et puis des tristesses, des solitudes, de l'ennui, une envie de pas causer, à personne, et cette bile noire qui me revenait dans la gorge comme une marée folle et déréglée. Mais tout ça c'est pas des maladies. Ou peut-être que je suis alors toujours malade, sans cesse embourbé de déficiences, et c'est peut-être ça la maladie, la normale qu'on laisse aller, qui se guérit jamais. On sait pas. La vie quoi.

Mais la maîtresse ça lui plaît pas bien ma grande expérience du non-bonheur, mon air bonasse habitué aux obscurités animales, que je souffre moins qu'elle en somme, tout ça lui plaît pas alors elle m'hurle :

« Mais achève Matin !… achève !… tout ce temps pour une boule !… tous ces problèmes !… et puis t'aimes quoi ? !… hein, dans la vie, t'aimes quoi ?… »

Comme j'y comprenais plus rien à tous ces actes mi-théâtreux mi-grand-guignol s'enchaînant réglés impec, se déroulant juste là devant moi spectateur coincé qui avait lâché prise depuis loin, dès le préau, c'est dire la distance, si ça faisait du large que j'entravais absolument plus que dalle à qui et à quoi, je disais du coup rien de rien. Mais ainsi prisonnier suite à quelques secondes paralysées j'ai bien fini par trébucher quelques mots, lui répondre le pire, ce qu'il fallait surtout pas, ce qu'il faut vraiment jamais répondre à personne car on gagne jamais rien je sais à dire la vérité :

« Le petit muret ?… »

Mais surtout j'affirme rien, c'est une timide requête de conseil que j'implore, pas confondre, juste une question, avec les yeux je lui demande en fait si ça va, ça, le petit muret, si j'y ai droit, si on peut aimer ce genre de chose, si ce serait pas aussi encore une monstrueuse aberration de ma part que ça, et avec mon regard en saule pleureur décati fond de parc en sus de mon air globuleux j'attends si la réponse est bonne, si j'y ai droit à ça moi le petit muret, je peux l'aimer le petit muret c'est bon ?

Non, à sa bouille qui vire au flasque blême c'est clair que nan, ça va pas. Même ça lui en fout un sacré coup dans la soute. Mais surtout elle pige rien je crois, elle devient pareille à moi, singulièrement pas coordonnée, aussi de nous deux personne comprend plus rien du tout à quoi que ce soit, comme souvent. Et pourtant on continue le blabla comme souvent aussi, pour mieux descendre encore, s'enfoncer dans les abysses et s'y perdre, se trisser en lousdé perdu dans les ombres, l'obscur. Alors sourde comme une cloche en action elle réitère la perfide :

« T'aimes quoi ? !... » – avec de nouveau ses yeux désorbités de poisson à clamser dans la nasse.

Mais holà ! tout doux ! je répète plus moi, silence maintenant et grand mutisme, d'instinct j'ai tout qui se ferme et se bloque. Sous mes cieux troublés quand même je percute sa tactique à la maîtresse, elle fait comme beaucoup et ça me plaît pas. Ses questions sont des pièges, ses actes posés itou, ses attaques sont des défenses. J'ai vraiment rien du tout à y voir là-dedans moi, fantôme je suis pour elle seulement, une bouche, et de plus ouverte ou fermée ça va jamais, ce qui en sort c'est pas ce qu'elle attend et mes silences lui plaisent pas non plus, elle voudrait juste que j'existe pas du tout en fait, comme les incurables maladies. Tout chez moi la révulse qui le fais pourtant pas exprès, le petit Jésus il pourrait le dire s'il était témoin, je veux qu'on m'aime moi, et j'y arrive pas, je sais pas faire et c'est trop pas simple. Les sentiments c'est jamais rien que des ondes falsifiées en somme, des calculs, y'a rien qui se fait tout seul, c'est des ruses et des manipes d'âme à plus finir.

C'est dégueulasse.

Et la maîtresse que ça elle veut, ma non-existence. Mais je suis hélas bien là moi à recoller mes cônes, reconstruire ma boule pour la énième fois, je suis là à pas la regarder la maîtresse, les yeux baissés je bosse dur à réanimer ma créature visqueuse, tête penchée dessus, je l'entends faire des ronds au milieu de la classe avec ses talons mais je la regarde plus, c'est trop compliqué pour moi tout ça, nuque pliée je l'entends qui m'hurle à nouveau en tournant des cercles :

« Mais achève Matin ! achève !... termine cette boule qu'on en finisse !... que-de-problèmes-mais-que-de-problèmes-pour-si-peu !... et ce froid !... oukèmon manteau ? !... mon foulard ? !... faut j'm'habille y fait si froid ici d'un coup... »

Elle était plus là quand j'ai relevé les yeux de ma boule, plus là et partie, je la reverrai plus jamais cette dame-là. Mais pas grave, pas besoin d'elle ni de personne pour la terminer ma boule, suffit de coller.

C'est à y rien comprendre décidément que de la vie et les hommes, tout se trouble et chancelle, de douloureux métronomes on est, tout navigue constamment entre angoisse et lassitude, l'existence c'est comme on pourrait presque dire la piste de certains bals parsemée de petits bouts de cirage jetés là pour que les danseurs, en virevoltant, cirent le parquet malgré eux. C'est à y rien comprendre et on ressemble à ça nous, à continuer sur la lancée sans voir les issues que le sort tend, on glisse sur l'élan, on cire notre cachot de détresse avec des sédiments de peine oubliés là. Et singulier personnage que ce Matin-petit-grouillot je constate, là y repensant à narrer mes fariboles. Un ruminant décérébré, si, un halluciné, mais pas tout seul, légion qu'on est, docile populace de dromadaires somnolant cœur du désert à mâchouiller notre espérance et nos échecs, on rumine un tic bovin, et ni halte ni répit jamais, on va on va et sans réfléchir on fait. Car programmés pour le systématique nous autres, petits piou-pious, si, à des petits poussins nés de la seconde on ressemble, coquille à peine crevée hop picorent picorent, ils savent faire, inscrite en eux la pratique. On obéit nous. Alors idem on est. Si. Le confort du citron nous réclamons, oui, les ordres on adore, le délice d'être enchaînés au bastingage, les emplois du temps bondés d'office on s'y vautre, ça nous allège la calebasse les couloirs, nous rassure la tirelire l'oppression. Ainsi moi bêtement j'ai collé solitaire, seulabre au possible dans la classe j'ai quand même terminé mon cauchemar, ma viscosité noirâtre. Sans plus de raisons du tout, puisque maîtresse évaporée j'ai quand même rendu à ma boule forme aberrante mais achevée. On fait le jeu des autres je dis, sans savoir, on s'imagine libre et volontaire mais on est vraiment maître de rien du tout en fait. Pire même j'ai fait, car tout en rafistolant la bête obscure je me disais qu'il serait peut-être pas plus con de directement faire monter ma mère dans la classe plutôt que de descendre au préau ce monstre de frêle constitution, cette dégueulade à l'équilibre précaire et fragile.

On dit vrai, pour le dressage les hommes valent pas les femmes.

Et je tartinais, tartinais dépité, reconstruisais ma petite horreur cône après cône, petit bout par petit bout réfléchissant à son transport, puisqu'il était évident pour moi que la déplacer serait une erreur.

Supportera jamais le voyage la chérie. Alors à ma mère, regarde ça je lui dirai, tu vois, faut pas s'approcher de trop, la distance elle doit rester toujours raisonnable, avance encore un peu mais c'est tout, TOP ! voilà… regarde, tu vois, des semaines que je me la coltine cette aberrance, jour après jour et je te compte pas les larmes diurnes ni les cauchemars et suées nocturnes, en plus tu sais la colle elle collait vraiment moyen moyen, avance encore un peu mais TOP ! c'est bon, pas plus, tu vois, vas-y, fous-toi-zen bien ras la gueule, plein les mirettes, dans vingt secondes peut-être y'a plus rien, des cônes à rouler de-ci de-là et rien d'autre, elle va se désintégrer ma boule possiblement, m'a déjà fait le coup et pas qu'une, vieux souvenir écœurant il restera et pas plus. Alors tout seul englué je rigolais bien à l'aise, imaginant ma mère ne sachant que dire et faire confrontée à ma sombre monstruosité difforme. Ensemble on la regarderait se dégonfler puis s'affaisser lentement et pareil dégouliner jusqu'au sol comme gelée anglaise. Je m'en pâmais de rigolade tout seul visualisant l'échappée lente de l'invertébrée. Mais pour chaque événement grotesque et malheureux c'était comme ça, j'évoluais toujours de la colère aux larmes, puis le rire, nerveux, et la tristesse. Manège épuisant. Sur le coup pour chaque incident la même ronde au présent, puis l'écho me durait des jours, les mêmes sentiments à se succéder pour un achèvement toujours identique, toujours ne me laisser jamais au finish que tristesse, inexorablement, une tristesse de dégoût comme une queue de comète s'estompant perdue dans ses ondulations, une musique s'éloignant dans le lointain.

Une tristesse essentielle.

Mais l'escalier c'est pas le pire, on y est tout seul et peinard, ça roule à l'aise on se démerde, la boule à pendre au bout de sa ficelle, la ficelle au bout des doigts et le bras tendu bien droit devant à reluquer chaque marche on s'en sort. C'est juste après que ça s'est mis à grincer duraille pour moi, juste en découvrant le préau comble, cette marée humaine à traverser. Car ici, pour nous autres petits gniards vu d'en bas c'est complet vers les cimes, ils sont bouche à bouche en altitude, et pourtant même si c'est plus serré à l'étage au-dessus, plus restreint l'espace vital je dirais presque ça va encore, c'est à peu près potable les relations dans les hauteurs, ils évoluent à coups de masques et manières de politesse, cache-cache de sentiments et de haines. C'est tout déguisé tout ça, on se paume dans les grimaces et camouflage d'âme, ils évacuent élégants tous leurs instincts brutaux vers les sorties latérales, c'est bien pratique mais pousser les dégueulasseries sur le côté ça fait jamais rien qu'à les entasser derrière, ça encombre les coulisses à force, et pourtant c'est quand même moins malaisé que nous leur guignolade. Nous l'étage du dessous, nous hauteur de braguettes, forêt de jambes on s'en tire mal, on fait comme les animaux et c'est un désastre, on a vraiment pas encore foi et loi, aucune retenue, c'est tout dans le crochet au foie nous l'étage en dessous qu'on se tape, du direct nez à culs, nous hauteur de braguettes c'est terminé les noblesses, c'est la guerre, l'arène de l'uppercut, terrible ça, vertigineux de reconnaître premier coup d'œil les loups des brebis, les porcs des vautours. Vous diriez comme au-dessus en somme, mais chez nous c'est lumineux, on sait tout de suite qui est qui et moi ma boule au bout du bras je suis petit vent contraire, simplement. Brise égarée là. Je me débats dans une nuit, fond de puits, cohue de gambettes et je trace, y vais au coupe-coupe si bien étouffant que c'est ici, je fends la foule le cœur battant et l'air buté, j'évite et ruse mais les braguettes m'encerclent, me bouchent les défilés, un paquet de popotins nous bousculent moi et ma boule encore intacte, on se défend mais ça relève du gladiateur pour se le frayer le chemin, et j'accélère en slalom, dévie aux aguets, freine et baisse la tête, stoppe tout à fait et d'un coup je la vois, tout là-bas l'opposé, ma mère, au creux d'une vague je l'aperçois qui m'espère sans me voir me débattre ici, autre bout de ce préau concentré, boursouflé de bipèdes imbibés au mousseux gobelet plastique. Alors sitôt dans un tourbillon de tambours une idée s'impose flagrante ; lui foutre ma boule dans les mains le plus vite possible, lui balancer le monstre comme on joue à la patate chaude, m'en débarrasser à tout jamais, lui refiler illico la bestiole avant son inexorable décomposition. L'idée la voilà. Aussi je repars, petit taureau frondeur, boule en avant regard de tueur, mais des parents là il faut bien le dire il y en a trop, beaucoup trop. Ils sont trop je remarque les parents, deux pour un gamin c'est beaucoup trop, c'est bien plus qu'il n'en faut, et totalement dissipés avec ça je les trouve. C'est qu'ils veulent tout voir, tout voler des yeux et regardent tout, partout, pour une fois que l'école leur est ouverte en grand, accessible comme la Cité interdite ils en profitent et courent partout en dessinant des courbes désordonnées, se glissent dans tous les trous, hantent les couloirs et cages d'escalier, se perdent dans les corridors et chouinent, tempêtent, se lamentent sur le labyrinthe des coursives, et puis surtout veulent tout voir et savoir de leur gniard, de sa petite vie à lui ici, faut qu'ils sachent, et ils farfouillent partout, reluquent victorieux, on les retrouve dans les classes à tripoter la table de leur gamin, que c'en est indécent, ils tripotent avec des mains moites et des yeux de malades, essayent sa chaise, fouillent sa case, mais surtout ce qu'ils recherchent, ce qu'ils traquent c'est la capsule à idées de la maîtresse. Elles en sont assiégées les maîtresses, des idoles honnies, des icônes à détruire, des tyrans fin de règne à descendre du socle, ruades dessus et certaines pleurent même, s'enferment aliénées dans leur classe, s'y bouclent avec des lamentations de bêtes acculées. D'autres rouges éructent avant de s'enfuir par les fenêtres. Fallait vraiment pas les laisser entrer les parents, ils sont là pour le mousseux et conspuer surtout, ils tiennent absolument à critiquer les plans secrets de la pédagogie avancée des maîtresses, maintenant qu'ils sont dans la place, eux qui d'habitude ont droit à rien, rien qu'à se taire et subir, ils se vengent. Et c'est devenu un bordel pas possible l'école, le préau surtout, pour nous vu d'en bas ça ressemble à l'intérieur d'une boîte d'épingles que l'on branle et brimbale frénétique. On voit danser à hauteur de tête par endroits de pauvres boules arc-en-ciel un peu cabossées mais encore éclatantes qui émergent gaiement par-ci par-là, acharnées à survivre, les gnomes en dessous devenus sherpas dans la tourmente de neige. Et moi aussi je lutte gaillard, la défends ma croix, mais on tient pas avec la même fermeté une nappe que l'on secoue dans son jardin ou au balcon du dixième étage, et moi à lutter pour creuser un tunnel tout en préservant ma boule j'en ai le bras blanc, tout mort crispé dessus, tout tendu droit devant et je sens plus rien du tout dedans, il est tout froid. Mais on y est, je l'entraperçois par moments ma mère, au travers du rideau de jambes parfois elle m'apparaît une seconde et s'évanouit comme au théâtre, fin d'acte, puis revient encore, repart et moi je fixe ma trajectoire sur ses apparitions, je la cible sans détour. Alors ma came dans deux trois mètres je vais la lui refourguer que ça va pas traîner, ma patate chaude, brûlante, deux trois mètres et l'enfer sera derrière. Encore rien qu'une dernière petite ligne droite et bientôt délivré du calvaire ne me restera plus rien d'autre qu'un ignoble souvenir sombre et collant à me flotter loin derrière. Mais pouf ! un grand type déboulant de gauche son gobelet en plastique à la main et pouf ! il me balance son genou dans le sterno-cléido-mastoïdien et ça pardonne pas ça. Rétamé je hoquette, danse d'un coup une valse lente, titubante, et ainsi choqué, sous l'impact une moitié entière de ma boule se détache et fuse rapidement vers le sol pour le percuter si violemment qu'il en résulte immédiatement une infinité de petits cônes roulant tous sens, à la seconde piétinés. Presque ça m'a procuré à toute la carcasse comme une espèce de plaisir pas clair, une colère doucereuse, vengeance électrique, injustice rageuse. Que le sang à me gicler dans le bathyscaphe d'un coup j'en ai vu tout rouge avec ma tête à clignoter comme une ampoule et les yeux, soudain blancs, s'opalisant pour me voiler la scène de ce préau comble avec ma mère au bout à m'attendre sans jamais me voir. J'en restais évasif à osciller tintant. Haineux. Légèrement découragé par la vie et ses tournures je tricotais de la théière à me demander si j'allais ramasser ou pas mes petits cônes aplatis, scrabouillés que de mes hauteurs je contemplais abrutis dans les profondeurs du sol. Puis, décidé à me baisser à cause que j'avais été si bien dressé pour le respect de tout y compris des conneries, me baissant et pouf ! comme au catch dis donc, celui que je regardais parfois avec le grand-père en noir et blanc pouf ! comme au catch mais bien rempli de couleurs cette fois un coude inconnu dans ma nuque me souffle la calbombe, que je m'en redresse sonné, mais pour encaisser aussitôt pouf ! dans le stomacal, coup de hanche pointue, et là, bien que déséquilibré arrière, déporté vers l'inconnu j'eus le loisir de contempler tout de même, dernière image d'elle, les débris de ma moitié d'œuvre se faire kidnapper par des pieds en tornade, glisser de talons en semelles jusque sous un des radiateurs agrippés au mur. Ça m'a rien du tout fait, que dalle, on ressent quand on a le temps et moi dans l'élan j'étais encore dans ma déportation arrière pour me retrouver sur le proze et glisser encore plus loin, moi bousculé dribblé d'avant et droite et gauche, glissant comme un palet de grolles en péronés, cognant dans ce flipper à m'en décrocher les drisses, toupie de cul boule en haut, incapable de me raccrocher à aucun mollet ni bas de pantalon, et ainsi traîné sur le fondement de genoux en glissades que ça m'en lustrait impeccable les chromes arrière, et de pied en pied j'en suis arrivé à échouer lamentable sur ceux de ma mère qui, surprise, s'est juste étonnée sceptique face à mon restant de boule encore pendu à la ficelle :

« T'en manque pas un bout des fois ?… »

Que si pardi des bouts il m'en manquait, mais bon, que si déjà j'en avais perdu des morceaux de moi et de tout, mais on prend si vite des habitudes, doublé un certain cap de mal-désespérance on encaisse si aisément, déjà tant loin oubliées derrière les ultimes balises intactes qu'on fait même plus gaffe à rien. La vie et ses désagréments coulent si fluides et réguliers toujours vers encore plus de solitudes forcées au milieu d'étendues désertiques, l'existence implacablement rythmée sans trêves comme tombent et disparaissent les secondes et les vies au fond des horloges que l'on avance navré, terrifié avec encore toujours plus de cervelle et de cœur démunis. On est là pour ça d'ailleurs, perdre des bouts, étudier le manque. Dire merci encore.

Et toi aussi tu lui diras merci à la gardienne elle m'annonce ma mère déjà plus là, moi toujours à terre pourtant où je restais en songement.

« Elle est pas commode la concierge alors on lui donn'ra les pâtes de fruits en la remerciant bien à l'avance pour les plantes de ma classe qu'elle va arroser les deux mois…, et alors toi aussi tu la remercieras bien, d'accord ?… on est bien d'accord ?… toi et moi ensemble tous les deux on lui dira bien merci…, c'est une telle emmerdeuse…, faudra sourire aussi hein d'accord ?… tu vas m'aider ?… déjà qu'elle se plaint que personne lui dit bonjour… elle fait tout pour remarque aussi…, alors là toi tu s'ras bien poli et tout, hein, comme tu sais faire… je sais qu't'en es capable, malgré ton air d'ahuri qu'tu prends toujours pour parler aux gens…, c'est la dernière fois d'ta vie que tu la verras cette dame alors un p'tit effort, d'accord ?… moi j'en ai encore pour longtemps à m'la coltiner…, on est bien d'accord Matin, tu souris et dis merci…, j'ai pas d'autres solutions…, c'est ça ou mes plantes elles crèvent…, et puis elle peut quand même bien rendre service, des plantes elle en a plein partout sa loge et le hall d'entrée…, elle peut bien monter un étage quand même…, alors je lui donne les pâtes de fruits, je sais qu'elle aime, on m'l'a dit, et toi tu dis merci aussi comme moi…, c'est pas la peine qu'on fasse une répétition, t'as compris ?… et va pas m'inventer un tour à toi bien personnel… j'te connais… c'est jamais simple avec toi, même quand ça doit l'être… faut toujours que tu trouves un… »

Alors elle me regarde moi encore assis par terre au milieu de ce peuple débridé au mousseux, elle à un mètre, moi cul au sol mon restant de boule à me pendouiller, elle me regarde et on dirait bien qu'elle a pitié, elle s'attarde en contemplation de moi et c'est vraiment pas souvent, elle reste accrochée dans le temps deux secondes, trois, et puis :

« Va m'attendre dans le hall – elle me dit – sinon j'te retrouv'rai jamais avec tout c'monde, je vais chercher les pâtes de fruits dans ma classe…, toi va dans le hall et touche pas à ses plantes surtout elle en f'rait toute une histoire… tu sais comme elle est mauvaise et tout… »

Ça je le sais qu'elle est pas bonne la bignole, une dragonnade, la langue pointue comme une dague, ses yeux pareils, des pieux. Et là de sa pièce derrière son rideau elle me lorgne moi assis en face sur le banc. Je fais comme si non et je regarde à droite, passé la grande porte de sortie, ses fers forgés, ses vitres, je regarde dehors les trottoirs, les voitures garées là, celles qui passent, la rue. On étouffe ici, une serre, le soleil qui martèle dessus et toutes ces plantes partout à nous bouffer les respirations c'est suffoquant, et puis elle en sus qui me louche derrière son rideau suffoquant le tout. Dedans sa loge je suis jamais entré moi, et puis je le demande pas, mais j'ai déjà vu, ça ressemble au Deupièce en plus chargé, plus gonflé de verroteries, emplumé de breloques en surcharge et bibelots des murailles au plaftard. Mais c'est pas chez elle. Et pourtant ça l'est un peu quand même, elle tente le maxi pour y coller une touche intime et perso mais ça restera jamais rien d'autre qu'une loge, une cahute à pêcheur, la guitoune du troufion. C'est un chez elle à tout le monde, et ça s'étire jusqu'au paillasson, sorte pour elle de petit balcon, petit ponton, rikiki jardinet. Quand elle est plantée dessus à inspecter nos allées-venues, à nous emmerder de mots sales au passage elle laisse toujours sa porte entrouverte derrière elle, toujours, et on sait pas pourquoi d'ailleurs, façon de repli au cas où, peut-être, comme un bernard-l'ermite. Mais tout le monde y zieute ferme, petit coup d'œil en passant, et c'est ça, ce sont tous ces regards qui ont traîné une seconde, volé des images de son intérieur à la pibloque qui fait que ça lui appartient plus vraiment, jour après jour des centaines d'yeux qui s'y faufilent en lousdé, porte entrouverte, pour lui choucrater des visions de son intimité. Elle est plus chez elle.

Car tous les jours faut se l'appuyer la charogne vissée sur son paillasson comme ampoule au plafond, bernique au rocher, tous les jours aux heures de grands passages pouf ! elle s'y plante dessus à regarder le défilé des gnomes, nos petites carcasses plombées. Aussi là c'est flagrant que ça lui active la combustion à la lourdière de nous mater entrer sortir de plus en plus courbés, de plus en plus déprimés, cassés. Elle en orgasme la vacharde de nous voir plier à mesure. Ça lui requinque le bastringue de constater notre misère, la lente progression de notre envasement, notre naufrage, la noyade, nos grands fonds, et comme ça lui chante elle en ferre un dans le banc qui passe, au pif, l'inspiration et le gros rouge aidant elle harponne au jugé dans la colonne désordonnée, flux et reflux, elle posée devant sa guérite, son carrelet pour ablettes. Ablettes on devient nous du coup, boustifaille innocente, car elle joue, la mauvaise, nous essayant un par un à nous engueuler d'abondance et pour rien, elle en godille sévère, et s'enfonçant dans l'année ils deviennent perfides et de mieux en mieux ciblés ses choix à la bignole, elle mitraille à vue maintenant dans la procession, nous reconnaît et alors repère nos fièvres au passage du troupeau. Ce qu'elle recherche et apprécie en connaisseuse c'est les chouineurs, les gueulards d'injustice et hurleurs, ceux qui braillent et tempêtent bouche en four dégoulinant, se rebellent jamais fatigués de pleurs, à bout de cris. C'est ça qu'elle déguste, les ceusses qui disparaissent sous les larmes et sanglots, hoquets de peur, les précieux chez qui sa batterie de phrases cruelles trouve immédiatement un douloureux et fort bruyant retour.

On le sait bien que ça se clôt toujours en pleurnicheries et hurlements nos contacts avec la pibloque, on est au courant, c'est même une règle pas discutable que ça. Faudrait une âme en kevlar pour lui résister à la virago.

Moi elle m'emmerde plus c'est établi, pas que j'ai de l'atout non mais simplement je l'amuse pas, je réponds jamais rien et chouine pas plus, un loukoum. Au début elle m'a hurlé aussi, pareil aux autres, mais comme je restais là pensant loin, que je la contemplais statufié avec autre chose en tête elle a vite cessé, s'ennuyant. Je lui reluquais sa bouche à grimaces, ses traits élastiques, ses cheveux clôturés en grosse boule de chignon monstrueux, j'auscultais le tout bercé de ses cris et je tombais instantané en singulière hébétude.

Ça aurait d'ailleurs pu être une belle femme la lourdière, ça a dû l'être à l'évidence, un demi-siècle de là si les aigreurs, l'ennui et la méchanceté étaient pas venus lentement tout ravager, tout lui grignoter la tronche, lui ternir et grisailler le caberlot et tout lui creuser la façade. Une belle femme que ça a dû être la bignole, avec de la tenue, port de tête fier, une allure droite et figée du siècle d'avant. Mais les frustrations et la bêtise, le gros rouge par là-dessus ça pardonne rien. C'est efficace pour se faire correctement dégueuler. Personne l'aime j'imagine la concierge, tout le monde est comme moi, personne peut la piffer, personne veut se la fader.

Là elle me guette planquée de sa dentelle jaunie, mais elle sortira pas me demander ce que je fous là moi sur mon banc avec mon reste de boule. Je l'intéresse pas, je réponds rien quand elle m'éructe, elle aime ceux qui aboient ou se lamentent et moi peut-être même qu'il m'est arrivé de sourire pendant l'engueulade, et ça elle encaisse guère. Mais ce qu'elle ignore la mauvaise c'est que j'ai moi comme on dit l'esprit de l'escalier. Quelle malaisance vivre ainsi, petit buvard, brûlure à retardement, quel handicap. L'esprit de l'escalier ça touche et fait mal après, au rebond, avec moi il est habile de calculer le temps d'incubation, ce laps invisible et informel où se répercute l'attaque de paroi en paroi interne, qu'elle dégote le bon gong et je sombre, me trucide alors l'écho.

Heureusement elle ignore tout ça la vermine qui me surveille planquée de sa dentelle. Moi sur mon banc. Moi à rien faire que poireauter, attendre je fais juste entouré de ficus et yucca assis les genoux encombrés de mon restant de boule noire. Posé là moi seul petit Papou dans la jungle.

Et puis, angoissé brusquement sans comprendre, lentement, comme venu des lointaines profondeurs s'est mis à m'escalader toute la carlingue un murmure, lentement jusqu'au citron m'est remonté un sourd malaise. Il me semblait là sur mon banc être une petite usine en berne, simplement dans les soutes un grondement malsain, le ressasse des turbines, le bourdonnement de la chaudière. Aussi vu l'infâme tournure que prenait cette confusion j'en avais comme des impatiences, des vibrations. Alors debout, le restant de boule noire au bout de mon bras je tournai des cercles réguliers comme la maîtresse et ses petits talons, aussi comme ces crabes, ceux qui virent toujours du côté de leur grosse pince, que je pouvais plus m'arrêter d'obliquer sans cesse du côté de mon reste de boule à main gauche. Des ronds je dessinais devant la loge de la bignole avec elle derrière sa dentelle à me reluquer la couenne. Faut sortir je voulais lui hurler, faut sortir pour venir m'engueuler, faut me distraire de ce ronflement intérieur, il me fout mal au cœur ce silence glougloutant de chaudron sur le feu.

Mais tous on a ça, je sais, ce remuement lointain des profondeurs de notre fosse intime, cette rumination de vache fébrile, tous on subit dans les moments d'inaction totale ce bruit de fond menaçant, rumeur de soi fade et irritante des neurones incapables d'immobilité. Toujours il revient drainer nos grands fonds ce bruissement grave de ruche en ébullition, il est là, toujours, à sourdre, impossible à stopper. On l'a en nous. Et pouvant tout juste être couvert, là contre c'est l'évitement et le couvercle, la dérobade, c'est la fugue et la bâche, rien autre et pas plus. Alors autant pas y aller de l'illusion, c'est macache, ce ressac insatisfait de l'âme on le retrouve dans tout ce qui nous pèse et nous pousse à la trisse, des cagoinces aux files d'attente, la solitude, les insomnies, le silence, les fins de spectacles, les baignoires et ascenseurs, l'obscurité, tous ces trucs-là faut pas que ça dure des lustres.

Ce ronron nocturne de mégalopole planque partout où ni le geste ni le verbe sont.

Alors je tournais des cercles dans le hall moi, car tout, la vacharde même, plutôt que subir encore ce malaise de désolation jamais complètement étouffé. Je me cadençais la chaloupe en rond, et tourne et tourne, faudrait qu'elle radine ma mère je me disais tournicotant, qu'elle me stoppe dans mes navrements, les petits carrés du sol défilant si vite, mes yeux si lourds, faudrait qu'elle radine. Tout ça déjà je l'avais pressenti le cul sur mon panier derrière la porte ouverte. Je le savais et le fuyais d'instinct, comme les coups.

Et là sans cesse tournoyant, désespéré, d'un coup elle surgit la concierge, mais que la tête, lourde entrouverte, que son museau de taupe pour me siffler heureuse et vacharde :

« Continue !… mais vas-y donc ! continue !… encore !… t'arrête surtout pas p'tit saligaud !… continue encore à faire le con comme un p'tit merdeux !… vas-y !… on va t'garder ici… deux mois !… pfuittt les vacances !… pu rin !… RIN !… t'entends ! ?… tu vas rester ici… enfermé !… continue, vas-y… au gnouf les p'tits merdeux !… »

Et VLAME ! ! elle me la claque au tarin sa lourde !

Là, l'escalier me convenait plus, l'ascenseur illico des pieds au citron, tout s'est imprimé à une vitesse étonnante pour une fois, pas d'incubation, j'ai percuté le message dans un haut-le-cœur, et contemplant mon reste de boule noire le possible était bien qu'ils me gardent vu l'état du passeport. Foutu ! plus jamais sortir, partir, le reste je le chérissais pour ça, le cas où, mais là… J'en drelinguais fameux de la bouillotte qu'on me garde et me cloue là, sa loge, son chez-elle en bonbonnière…

Alors une furieuse poussée chromatique de ma terreur dans les tubulures, de ma révolte même jusqu'à faire exploser la marmite et maîtrisant vraiment plus que dalle me gicla de la goule une gerbe sombre et brûlante, une bile noire dans des hoquets révulsés, que j'en titubais dégueulant aveugle. Une giclure noire à mes pieds, pas loin. Mais je sentais bien que c'était pas fini, j'étais tout dévarié de la cafetière au bide.

Et ce coup-ci elle en sort de sa guitoune la pibloque, surgit complète la mauvaise, plus que la trombine mais le corps entier, s'expulse et franchit gaillardement le paillasson pour m'attraper au collet, comme un lièvre, un clébard, c'est le cocher stoppant la diligence emballée fougueuse, et moi petit bourrin la bouche ouverte langue pendante je continue de me déverser comme un hibou halluciné, j'expulse mes dégueulements à vomir des larmes sombres et partout ça laisse dans tous les coins et les murs, le sol des taches oppressantes et foncées comme des éclaboussures de charbon, vomissures noirâtres. Elle me tient pourtant bien serré au colbac la bignole, hardie aux rênes, mais le poids de moi, le cartable au dos bourré des affaires de l'année je l'entraîne de l'avant, puis on oblique, on déséquilibre dangereusement vers le ficus à onze heures, et plllaaaff dis donc, une tournée au ficus, moucheté plein milieu du feuillage !

« PAS MES PLANTES ! !... – elle m'hurle, horrifiée – saligaud !... pas sur mes plantes ! !... mais arrête petite souillure ! arrête !... mon *Ficus benjamina* !... mais c'est qu'y dégueule !... y dégueule la p'tite ordure !... »

Moi je m'occupais surtout de préserver ma boule qui valdinguait au bout de sa ficelle comme un pendule affolé, je m'occupais guère du reste faut avouer.

Alors elle m'agrippe le falzar arrière, fond de culotte et je tournoie, plane, à bout de bras elle me porte maintenant, danse en même temps pour éviter mon jus noir, sautille pour pas marcher dedans ou que je lui salisse ses pompes, mais moi à valdinguer de la sorte droite et gauche comme un marteau au bout de sa grue à un passage je lui dégobille noir quand même sur les grolles et du coup elle me lâche du mou en piétinant, me libère à moitié, le pantalon seulement, que je reprenne pied, mais toujours étranglé je titube et vacille sans faire exprès jusqu'au yucca du coin, et elle, me retenant comme elle peut balance toute son énergie dans sa voix plutôt que dans ses bras et me beugle :

« PAS LE YUCCA ! PORC !... »

Mais plllaaaf, une bordée au yucca, qu'il en frémit presque on dirait, goutte maintenant, une petite pluie noire qui lui dégouline le long des feuilles, suit le tronc jusqu'à la terre du pot. C'est dégoûtant à regarder on dirait qu'il pleure noir.

C'est comme ça qu'elle a débarqué ma mère pour nous trouver en plein rodéo, la bignole me tenant encore à la bride comme un bourrin, presque à me chevaucher pour que je cesse mes dégueulades, me débourrer moi en pleurs et rouge de l'étranglement, des éclaboussures noirâtres un peu partout autour de nous, plein mes joues et ma blouse aussi, tel quel comme ça ma mère elle nous découvre et ça la panique.

« Dites-lui d'arrêter ! – elle gueulait la lourdière en transe – mais qu'il arrête de dégobiller partout sur mes plantes comme un porc le salopiot !... mais reprenez-le !... voyez pas qu'il... mais reprenez-le vot' dégueulard !... »

Et voyant que ma mère épatée du spectacle bouge pas des masses elle y va de son agilité la concierge, c'est qu'elle est habile autant qu'elle est mauvaise, on sent qu'elle a de la bouteille dans son taf, c'est visible à la façon qu'elle a de me maîtriser comme on dresse un dogue. J'ai beau suffoquer dans l'étranglement je vois et j'entends quand même, je perçois dans mes brumes le petit bruit sec du déclenchement électrique de la grande porte en fer forgé, la gardienne d'une main elle me maîtrise au colbac, de l'autre se bouche le nez à cause de mes vomissures qui commencent sérieux à embaumer le hall et avec le front elle enfonce le bouton, celui qui libère la porte et du pied elle l'ouvre toute grande, je sens l'air chaud du dehors qui me coule au visage, la rue qui se rapproche et soudain je respire enfin, elle m'a lâché le paletot, je respire abondamment sur le seuil en reprenant mes esprits, et soudain PAAAAF ! c'est formidable ! je me sens propulsé en avant que c'est foudroyant, je gicle en bas des cinq marches sur le trottoir en roulé-boulé, ma boule encore là, ce qu'il en reste. Éjecté à la rebuffade dans les roues des bagnoles garées là, le caniveau, la rue.

Le pied au cul de la bignole je m'en séparerai plus jamais je crois, c'est trop tard maintenant pour l'oublier, toujours il me restera collé au proze à me palpiter le falzar comme un cœur jamais las de pomper la honte et la panade.

C'est à bas bruit que nous fîmes l'ascension de la rue des Trois-Bornes, puis Jean-Pierre-Timbaud, en langueur nous remontâmes le courant houleux de ce petit morceau de vie, jusqu'au Deupièce, abêti moi d'avoir tant expulsé via ma terreur d'y rester au bagne, ma mère elle ahurie des manières d'évacuations expéditives et révulsées de son fils.

C'était pourtant pas ma faute j'avais le sentiment moi je dirais presque, à la surprenante elle s'était pointée ma dégueulade, estomaqué moi-même de l'afflux subito, le cubage même, ça doit être qu'on contrôle pas tout visiblement.

À bas bruit nous avancions enlinceulés dans ce jour d'été brillant clair malgré notre noirceur, le ciel comme un filet pesant dessus les toits du quartier. Et là juste elle se décide aux remontrances, mais furtives, aux questions, fâchée dur ma mère doublant la statue de la place :

« Tu m'expliques… ou pas ! ?… »

J'aimais mieux pas, et sans comprendre pourquoi d'ailleurs. La bouche sait se taire bien avant nous. Et puis aussi toujours je les redoutais les explications à donner moi, les justificatifs d'actes, de paroles, d'être même parfois simplement, et surtout à ma mère. On peut rien y dire du tout. Elle fait tant d'efforts de vie, ça coule tellement si peu de source l'existence pour elle qu'on peut vraiment jamais rien y dire, elle supporte pas. Comme elle se force à tout, fait gaffe à tout, toujours, qu'elle cogite la chose, le geste et le mot, se laissant jamais vaguer du melon, droiture franche et régulière, mais souffrant sans cesse de l'avachissement du voisin on peut du coup rien y dire. Elle a réponse à tout et se braque.

J'ai rien moufté.

Je sentais déjà confusément qu'elle avait bien souvent raison cette femme, aussi tort mais quelques rares fois. Ma mère, avec son côté spartiate à l'affût des rigueurs de l'existence me préparait donc à un monde qui n'existait pas.

L'avachissement du bipède n'est pas si vieux, il est du vingtième siècle, et encore pas l'entame, les vieux d'alors se tenaient droit, jamais le grand-père je l'ai vu assis une seule fois sur le canapé de la salle à becter, toujours coudes à table, sa place, assis, sa chaise, et la grand-mère debout toujours.

L'avachissement de la colonne nous déboule de pas loin, quelques décennies, quatre ou cinq pas bézef plus. Il a débarqué avec l'urbanisme en couche l'avachissement, lorsque la ville s'est redressée, le bipède entassé à plus va, empilé sur des trente, cinquante étages, des quartiers entiers sur pied, des blocs debout, ou en barres couchées, allongées comme tombées à plat. Alors la viande a suivi les idées. Plus les tics sont dégueulatoires plus ils s'attrapent vite et avec énorme facilité, grand plaisir même. Et tout de mou d'un coup, le mobilier aussi, on s'est mis à s'enfoncer dans les fauteuils et plumards à plus finir sans jamais en toucher le fond ni retrouver la sortie. Les tout vieux faut pas aujourd'hui qu'ils s'asseyent sur un de nos sofas, ils s'en relèveraient plus. Si vous dépliez le vôtre peut-être vous en retrouverez un de bipède, un tout vieux à vous qu'aurait dégouliné entre les coussins, tout emberlificoté qu'il serait dans les ressorts, comme un plaid. Faut faire gaffe.

L'avachissement n'a qu'une petite cinquantaine d'années, il est né vers la fin des Trente Glorieuses, dans mes eaux pour ainsi dire.

L'avachissement, c'est moi !

« Tu m'expliques pas, alors ! ?... »

Elle est dans ses colères en plein mais j'aimais toujours mieux pas. En trois mots elle va me contrer et ce sera joué, ils sont déjà prêts ses trois petits mots, on pourrait quasiment les voir piétiner dans les starting-blocks, juste derrière ses dents.

D'autant qu'à moi non plus on peut rien me dire, moi, mini-décalco d'elle, y'a jamais rien qu'est au nature non plus chez moi, rien qui passe facilement jamais, faut toujours que je me force pour tout. La vie j'ai remarqué elle est trouble dans mon bocal, c'est vraiment rien qu'un effort de ma part et non pas un réflexe, tout me demande recherche d'élan, un vrai trafic la vie dans mon petit cassis. Et puis c'est que j'ai pas de joie, pas d'entrain à rien, la vie pour moi c'est vraiment rien qu'un immense et désastreux champ d'ombre à traverser. Les greffiers pondent pas des clebs. Tout me semblait si confus et fangeux, tant rongé que j'étais dans mes solitudes, tout envasé dans mes boues moi qui ne manquais certes pas de démangeaisons, ni au cœur, ni au ventre et l'âme à tant me contorsionner du dedans, que déjà je devais ressembler à un petit pommier, de ceux qui ont l'air de danser, les ceusses à golden, petit corps désarticulé, torturé, branches en tous sens, âme épileptique. Alors qu'on me jette au cœur une poignée de moules, pis dans la bouilloire. La moule dit-on sert de filtre, ça vous épure l'eau mieux qu'une pompe, alors qu'on me sème à l'âme une poignée de moules, qu'elles fassent leur taf, clarifient mes rinçures, le jus terne et embrouillé de mon caberlot.

C'est pour tout ça, j'ai pas moufté.

Elle bifurque alors de la pensée, se résigne à jamais rien comprendre des pulsations de son fils, puis me demande en désignant ma sombre bête d'un coup de menton bref et dégoûté d'incompréhension :

« Tu veux vraiment conserver ce… cette… vraiment tu tiens à garder ce… ce… truc ! ?… »

Voyez comme j'étais si totalement cul moi, dressé au respect, encore je me la traînais cette moitié de boule noire maintenant toute cabossée des turbulences de la bignole, encore je me la remorquais dans la rue, la ficelle, le monstre gluant au bout à pendouiller lamentable. Mais c'est que déjà c'était un petit bout de vie ça, de la mienne, et douloureux, tout ça chargé de haine, et puis de larmes, tout ça si gonflé de révolte et de chagrin que j'arrivais plus à m'en défaire. Ça fait chaud de ressentir quelque chose parfois, même dans le répugnant, c'est mieux que le vide, ça donne une sorte de petite présence irritante, ça occupe, une petite mélodie désastreuse qui distrait du monde autour.

Mais il est vrai dans les souvenirs elle est toujours plus vivace la douleur, l'humiliation quand elle est agrémentée d'objets ça veut pas crever, ça se refuse à disparaître si la référence matérielle toujours nous y ramène d'un simple coup d'œil. On bascule alors stupéfait à la seconde dans les répugnances d'hier. C'est abominable comme poignard brûlant, aussitôt des sueurs rentrées nous inondent, des transpirations du squelette nous explosent toute la théière, nous irradiant des tifs aux talons.

Mais je devais le pressentir ça moi déjà car d'un geste large par-dessus l'épaule, loin derrière et sans même me retourner j'ai licencié la bestiole gluante.

C'était assurément pour mieux naviguer vers l'oubli.

Ma mère elle a sûrement dû penser faire idem de ses pâtes de fruits vu sa façon soudaine de les lorgner, mais elle a juste expiré, lasse : « Pour les plantes c'est râpé j'ai l'impression… en septembre je vais bien la commencer l'année moi tiens avec que des cadavres partout… ça va être d'un gai la classe… mais d'un gai !… pas folichon… j'aime mieux même pas y penser tiens !… »

Mais aussi pourquoi elle en prenait pas des fausses de plantes ma mère, ils font ça très bien maintenant j'ai vu, des fleurs en tissu, impec la chose, et propre comme tout, de loin c'est pire que des vraies, du coup on s'approche pour tâter, tripoter, s'assurer de la véracité du faux, ah ben si, oui, dites donc, c'est bien des pas vraies. De plus ils mettent même je viens de découvrir, et c'est touchant de bêtise, des petites billes de colle transparente sur les feuilles, les pétales pour simuler la rosée. Pourquoi elle fait pas ça ? Pourquoi elle en prendrait pas des comme ça de plantes et fleurs ma mère au lieu de…

J'aurais dû rien y dire.

Tous nos ennuis viennent du larynx décidément.

Possible aussi qu'elle attendait plus que ça pour l'explosion :

« Tu t'fous d'moi ! ?… c'est quand même bien d'ta faute si… hein ! ?… non ! ?… bon !… »

Et dans ses yeux tourbillonnèrent les reflets sombres et tourmentés des courbes vagues, fantomatiques des volutes du mépris colérique. Elle me connaissait plus, et le dit.

« Mais qui es-tu ! ?... de qui tu tiens ?... qui t'es ! ?... c'est normal d'être comme ça, là... toujours... en dehors de tout ?... c'est normal ça ?... on dirait qu't'es toujours assis à côté... hein... sur un p'tit banc..., que t'es jamais avec nous..., où t'es d'abord ?... hein ?... t'es où, hein, là en c'moment, ouèsketè ?... t'es là, ici, avec moi à parler d'vant la statue ou bien t'es pas là ?... et puis qui tu es ! ?... »

Moi d'entendre ça, ce message essentiel exprimé de façon si atone, dans une colère blanche sans plus de fougue ni rancœur, d'une vulgarité si simple et naturelle que ça m'en a tout mélancolisé l'intérieur du bathyscaphe, et là je peux dire je le touchais le fond de l'abject, j'étais devenu le monstre de ma mère, le sien personnel, une poignée d'ans entre les mains, déjà.

Et je rechangeais de coin encore, assourdi de ma valdinguante journée en tohu-bohu, écrasé dans le lit des mots de ma mère revenant toujours me travailler la patate, en groupes, un à un, en farandoles à me danser sur l'oreiller que je tournais comme plateau à fromages, changeant de coin, encore, cherchant le frais, et la paix surtout.

Rien y faisait. Ils me dansaient. Tambourinaient douloureusement à mes oreilles et je soufflais, transpirais, étouffant rouge, terrorisé dans le vacarme assourdissant et cruel des paroles maternelles.

Mais c'est aussi qu'elle avait eu pour exprimer ça le regard neutre des animaux, la physionomie plate de ces bêtes familières qui pourtant ne vous remarquent pas plus qu'un meuble, vous fixent innocemment sans humeur et sans but, posent sur vous un regard sans idée, une simple vision de vous avec rien derrière comme on observe somnolent du fond d'une torpeur un petit espace vide, l'œil dépourvu de calcul.

Et malheureux je verbalisais le souvenir de ses yeux, ce vide mais surtout, en nage, me minait le douloureux retour de ses phrases qu'il me semblait décoder dans l'atmosphère de la chambre, sa pénombre, je croyais les entendre surgir ses paroles dans les ronflements du grand-père, là, juste à côté. Lui aussi dans sa relâche nuiteuse il me demandait de décliner mon identité, tapait ma fiche anthropométrique, alors je me tournais vers le mur, mon cosy lustré mais wallou, rien y faisait, encore le grand-père il me ronflait les mots assassins de ma mère.

Les deux joues et les quatre coins devenus brûlants je tournais et retournais l'oreiller si vite qu'il en devenait toupie molle, roulette de tripot et de m'entendre ainsi tournicoter dans mon plume elle se lève et s'approche la grand-mère, m'interroge sur mes remuements nocturnes, alors je lui demande si elle en a du coton, à cause des bruits et des mots en brûlure. Elle comprend pas. Des bouchons je lui réclame à la grand-mère debout près du lit mains croisées sur son petit ventre en pomme, des bouchons pour plus rien entendre des mots coupants qui me descendaient dans le fond pour jouer avec mon crabe, des bouchons pour mes oreilles, celles du cœur.

« Écoute pas les ronflements – elle me dit – moi j'les entends plus depuis l'temps… fais pareil, écoute pas, dors…, demain soir on s'en va, on va faire d'la voiture toute la nuit prochaine, ton grand-père y préfère rouler la nuit, alors dors, tu dormiras pas bien dans la voiture, dors bien cette nuit au moins…

– Ça me tape et me cause dedans…

– T'es rien chiant toi quand même, nan ?… » – et incrédule elle me refile les petits bouchons du grand-père.

Et là, stupeur calme, dans un silence en ronron les mots de ma mère, c'est étrange, disparurent avec les bruits de l'extérieur, bâillonnés, comme si réellement ils ne venaient pas de moi mais bien des ronflements du grand-père, que je les aurais enfermés au-dehors, coincés sur le paillasson de mes tympans.

Ce n'est certainement pas à cause des animaux, leurs nuisances sonores, que l'on inventa les boules Quies, je peux le confirmer. Le contraire m'épaterait fort.

Les hommes, les femmes, tout ce peuple bavard et susceptible me foutait la paix, pas le calme complet encore, et de loin, j'avais maintenant au cerveau une bête toute en souffle qui me cognait. Pour dire, ça ressemble les boules Quies au ventre de sa mère, vraiment à s'y m'éprendre, on perçoit distinctement l'autonomie de son propre cœur et sa vibration régulière nous envahit tout, on l'entend résonner comme un écho lointain, glas dessus les plaines, on s'inquiète même qu'il ne s'arrête, lassé de battre la mesure pour pas grand-chose. Faut surtout pas qu'il réfléchisse on se dit le cœur, surtout pas, il ne verrait alors comme raisons de ses efforts que deux trois allers-retours dans un flot d'ennuis, une interminable patience toute jalonnée de répétitions, des peurs et malheurs en boucle, larmes cycliques. Autant le dire on titube juste de deuil en deuil entre deux douleurs, deux traces d'ennui, voilà, c'est tout, répétitions encore et encore des mêmes tâches insipides, rien d'autre et l'on se félicite même qu'il ne soit qu'un muscle totalement abruti le cœur, mécanique animale sans cerveau ni problèmes de famille, sans boule noire ni crabe, simple pompe sans désœuvrement ni mélancolie. C'est bien goupillé cette affaire quand même, tout à sa place, mécaniques et vibrations d'âme, rien qui dépasse. Et dans mon vacarme intime, du bout du bout de mes profondeurs en mouvements d'où me remontait un bruissement d'existence je me retournais plus calmement déjà, un tantinet apaisé, mais faisant glisser maintenant avec précaution mon oreiller car tout bruit perçu devenait avalanche et grondement. C'est une horreur d'ailleurs, une de plus encore, tympans floués c'est monstrueux ce qu'on se découvre comme cliquetis funestes de l'ossature, comme barouf interne tellement on tremblote de la carlingue sans cesse. Oreilles aveugles on s'entend grincer intra-muros, crisser très nettement des jointures et couiner du fuselage tout entier, craquer des os à chaque mouvement du bazar avec les chairs à l'intérieur juste en raclement où chaque geste nous entame un peu plus, nous lime la carcasse. Et tout ça rogne sur la durée de notre présence à terre, on comprend alors ainsi en s'écoutant frotter des cartilages comment l'on s'use à grincer comme vieux plancher, de quelle manière par froissement on agonise de la charpente, avec quel acharnement la corrosion nous effrite et nous rabote le squelette, puis comment l'on meurt élimé, rongé de l'intérieur par nos viandes en frottement.

On finit poussière, c'est pas qu'une image.

C'est le jusant de l'existence qui nous travaille la grève à rebours, le ressac de nos heures grignotant notre falaise.

On est foutu d'entrée autant dire.

Du coup moi dans cette fête foraine de l'angoisse je tournais mon oreiller avec encore plus de lenteur, ralentissant progressivement la course de cette roue de loterie, son petit tic-tic-tic des clous en freinage, doucement je recherchais encore le frais en me berçant ainsi de coin en coin avec le tic-tic-tic du bastringue à trois sous, la fatigue, mes raclements de squelette et les lointains ronflements atténués du grand-père dans l'obscurité.

Je tournais l'oreiller en somnolence, je le tournais et puis qui ? et quoi ? je le tournais au ralenti comme on sombre, je tournais où ? c'est où ici avec toute cette lumière d'un coup partout ? je tournais en rond dans une pièce close, je tournais de plus en plus vite, apeuré du piège me frappant la bonbonne aux encoignures de la pièce sans porte ni fenêtre, cherchant une issue, poussant les murs blancs, larmoyant de partout, je tournais en larmes me propulsant contre les murs et d'un coup hop ça passe, il s'ouvre en fente le mur et m'expulse, comme ça, il devient tout mou et troué subitement et je le traverse pour atterrir sur le palier, le nôtre. Je le reconnais bien à notre paillasson, les énormes clous du grand-père qui un jour en a eu assez qu'on nous le pique le paillasson alors il l'a cloué, des clous gros comme des yeux, et dorés. C'est il paraît une toute vieille du bout de la quatrième cour tout là-bas dans les profondeurs qui les vole tous, pour les revendre, mais on sait pas où, aux puces peut-être, du coup le nôtre est cloué donc c'est foutu elle pourra plus y toucher. Alors c'est bien notre palier où je suis, évident, je reconnais vraiment tout, jusqu'aux vieilles lattes du plancher. Puis soudain je me jette, comme ça sans cogiter je saute dans l'escalier tête avant, plonge décidé vers l'inter-palier, plane et vole, survole les marches de bois pour m'écraser douloureusement à l'inter, abruti de douleur où pourtant aussitôt debout encore m'élance vers l'étage du dessous, le premier, pour m'y écraser encore plus douloureusement. Que ça me casse tout le corps, l'irrite et le révulse comme une peau retournée. C'est un vol en chute, chaque fois je me relève et m'élance plus hardiment, prenant chaque fois ma respiration durant l'élan pour me crisper dans les airs en prévision de l'écrasement. C'est une telle douleur ! Ainsi d'inter en palier sans jamais de pause, amortissant ma chute de moins en moins bien et me réceptionnant toujours de plus en plus mal en un atterrissage désarticulé de plus en plus douloureux je continue ma descente infinie dans des hurlements de terreur et d'appréhension. Je descends, je tombe, dégringole de palier en palier, étage par étage mais sans jamais arriver en bas, jamais de fin, toujours une sorte de vol en chute dans toujours des souffrances de réception de plus en plus aiguës.

Mais les nuits parfois débouchent sur des clartés mornes.

Au matin, dans une filtrée de jour, moi petit rien, naufragé au cœur de mes ignorances je restais là, pieuté pensif, noyé dans un douloureux lacis de sentiments troubles.

Nous roulions sous un grand ciel noué, sombre vastitude étalée dessus nous, et nous rampant sous l'ombre énorme, ténébreuse d'un gigantesque nuage épais grisâtre, condensé comme tas de viscères, et noir par endroits, pyramide tête en bas, moutonneuse et inquiétante telle une montagne inversée qu'on pouvait presque toucher, lui tripoter la cime qu'elle nous pointait droit vers terre.

J'étais hypnotisé par ça au-dessus lorsqu'il a déboulé le bonhomme.

On roulait nous trois vers la Bretagne pour deux mois, c'est bien long, qu'on s'habitue vite à cette vie-là, une vie sans pratiquement rien qui vous emmerde et vous pèse, sans boule noire, un mal de bide plus discret, l'hibernation du crabe. On s'y habitue si bien qu'on en arrive à penser que là est la vraie vie, que l'autre, l'usine, l'école c'est vraiment rien de plus qu'un extra, parenthèse douloureuse, sorte de petit service militaire. À ça on voit que le taf c'est contre nature, qu'on est véritablement pas faits nous autres pour s'échiner au turbin, ça revient à tripatouiller des entrailles, s'enfiler des tubes dans l'échalote. Tout ça n'est décidément pas sain. On se retrouve comme les ivrognes à se mélanger les idées dans leurs délires éthyliques finissant ainsi par juger l'ivresse comme leur état normal.

Nous roulions le grand-père, la grand-mère à côté sac à main sur les genoux et clébard timbré. Nous roulions vers Kerlabia et je ne savais nullement de quoi il était question, mais plus de cinq cents bornes à s'enquiller, partis tard dans la soirée, vraie expédition, à y passer bien dix bonnes plombes dans la R6, pas croire.

J'ai tout vu ce qui s'est passé, très bien et clair, du début à la fin, première loge, cinq six mètres, mais je l'ai vu, chose étrange, au ralenti.

On l'a contemplé nous bien pépères sur la toute file de droite enjamber la balustrade pour nous filer devant, ça juste avant qu'une auto toute bombe lui balance quelques bars dans le groin. Percuté tant plein fouet qu'il en a décollé à la verticale le zig, et bien droit comme un *i* face au capot, crispé les bras le long du corps. Une quille. Et alors tout ça très très lentement il m'en souvient.

Au retour pieds en avant il en a traversé le pare-brise, éclaté la vitre à sa redescente pour rebondir sur le siège et redécoller toujours bien droit, même chemin crâne avant cette fois pour s'envoler au-dessus de la voiture mais à l'horizontale maintenant, qu'il s'en est retourné face aux cieux, toujours bras longs du corps, mains dans les poches on pouvait dire presque, jambes bien raides et tendues, un instant il volait. Suspendu dans les airs un mètre au-dessus du toit il planait sans bouger, couché immobile comme un déjà mort dans le ciel. Il prenait sa place. Mais pas longtemps l'immobilité, déjà il retombait sur l'asphalte pour glisser dessus plusieurs mètres, bien droit sur le dos, bien aligné avec le flux, en accord avec les pointillés.

Du coup il nous croise.

Et pas fait un geste le bonhomme, ni mouvement ni grimace. Grande habitude il semblait des valses aériennes. Ni cri ni souffle. Même pas de sang.

Et moi j'ai tout vu, très bien, tout très bien dans l'étonnante délicatesse de ces choses cruelles, j'ai tout reluqué de la rambarde à sa dernière glissade, et je vous dis, comme au ralenti, comme voient les mouches, un temps dingue.

On m'enlèvera pas de la trogne que ce type-là était bien en travers de l'autoroute à cause de ma boule que j'avais plus. Je parierais pas mais tout comme. Bien que tout petit gniard quand même je me souviens, tout très bien, et très clair. Ce type qui s'est mis à traverser l'autoroute devant nous pédibus voulait assurément stopper l'automobile du grand-père afin de contrôler mon passeport pour la quille. Et j'en étais d'ailleurs bien embêté puisque balourdée de la veille ma boule, ce qu'il en restait, dessus l'épaule, hop. Mais il m'a rien demandé, il en eut guère le temps faut dire, il fit hop lui aussi pendant que je rêvassais à l'arrière encore tout abruti de ma dernière journée, fin de petite vie, changement de décors et d'époque même. Et puis il a valdingué le type. Bien haut là-haut dans les airs, dans un ciel déjà sombre embourbé de ce nuage massif. Petit ludion le bonhomme.

Après ça il a allumé les phares le grand-père et les débuts de nuit déjà sont arrivés pour tout nettoyer.

Quittant l'autoroute maintenant nous traversions des villages déserts et lugubres sous leurs lampadaires, bleds réduits à leur nationale, unique rue les coupant en deux comme une frontière, colonne vertébrale avec ses maisons d'angles aux façades ténébreuses, si noires quelles en paraissaient endeuillées de leurs irrécupérables crépis brumeux, imprégnés des vapeurs de pots d'échappement jour après jour, année sur année. On comprend sitôt les raisons qui les poussent les habitants à jamais plus ouvrir les volets de la route pour vivre uniquement de l'autre côté, le jardin, d'en avoir condamné la façade noircie. Y'a de ça quelques décennies pourtant on se les arrachait les masures bord de route, standing petits pains, aujourd'hui c'est foutu, fini, trop de trafic les tue, rend maboules les habitants, trop de passage perpétuel, à virer dingo. On attend plus qu'ils clamsent les locataires, les proprios, tout le monde bien persuadé de plus jamais réussir à vendre, on fuit maintenant ce que l'on s'arrachait. On attend un peu que ça s'écroule, et puis tout raser. Qu'il reste plus rien qu'un vrombissement continuel répercuté de mur en mur, des étals de nerfs, des yeux ravagés, un village sans cesse traversé et plus personne pour devenir maboule. On récolte plus rien maintenant dans le moderne, on perd des choses, on devient cinglé plus vite et irrémédiablement. On s'éclate de bizarres façons, comme mon ludion, décollage vertical, glissade et gueule oblique en foie de veau.

Il me revenait le bonhomme fusée, je le revoyais bien raide et droit dans les airs. Je l'avais saumâtre un peu, c'est avouable, il me rebondissait dans le citron violemment, que j'en étais tout nauséeux de kilomètre en kilomètre.

Je m'entortillais donc tout le voyage dans les impitoyables résonances du drame.

On a beau dire, mais les accueils, ça compte.

L'idée on se la fait de prime abord sans réfléchir, mais durable, elle vous percute la rétine et le cœur et c'est joué. Faut après un paquet de temps pour que ça passe, prenne sa position réajustée en soi. Le pot de pisse c'est pour dire je l'ai encore dans l'oreille son éclat bruyant et matinal sur les graviers de la cour. C'est associé à Kerlabia ça, irrémédiable, comme le son métallique du couvercle refermant le pot de chambre. Pour moi tout ça aussitôt fait resurgir de mes profondeurs le visage fané de cette vieille femme aux yeux bleus, aux cheveux blancs.

Mais là, bien vannés du voyage à rouler, nous à peine garés devant la maison dans la cour on l'a vu fondre du ciel, le jet doré, pour nous illuminer le pare-brise comme un soleil fade en gouttelettes éclatées. Aussitôt de la fenêtre du premier elle glisse juste la tête, sans doute que le bruit de la retombée était pas comme à l'habitude, et puis comme ça elle dit, surprise de nous : Ben c'est vous que v'là ?

On a beau dire mais les accueils ça compte.

Elle paraissait là comme jaillie droit de son passé, se plantant à la fenêtre seau à la main pour nous dire qu'hier avait bien existé. Alors je me suis soudain mis à errer dans les régions prolétaires de mon petit cerveau, les délicates, les sensibles, les contrées pauvres mais poétiques, et ça m'a foutu comme une gigue à la glotte de la voir à l'étage. Car j'avais moi déjà, au milieu de mes soumissions, à cet âge, l'extrême mélancolie sourde des choses laissées, des jours enfouis. Aussi je lui devinais moi ce qu'on ne voyait plus, je lui redessinais dans le vide son invisible en allé, son monde perdu. La mère du grand-père c'était frappant mais elle portait bien là, au beau milieu de sa face un jadis clos. Ça lui faisait, ainsi fardée de l'agonie de son monde caduc, comme une autre elle-même, un univers passé en décalage subtil avec ses yeux. Comme on dirait rien plus qu'une doublure lumière, le reste disparu au loin coincé en arrière avec la même couleur de cheveux, la même taille pour uniquement nous régler les éclairages sur sa vie, sa personne, et s'arrêtait la ressemblance. Elle était donc pas seule à nous contempler de l'étage, sa fenêtre, et moi non plus je voyais pas qu'elle, aussi les trams, les becs de gaz, les fiacres et chevaux, les trois-mâts, les vareuses et terre-neuvas, enfin toutes les misères et manies du dix-neuvième siècle finissant de sa jeunesse. La désarmante obsolescence d'un naguère passé, un monde terminé.

Au reste ça nous ensommeille la carne ça, les histoires de ces temps révolus, cette nostalgie grave des siècles achevés, ça nous laisse en plein songe à se demander si des fois c'était pas mieux avant, avant nous, moins compliquée l'existence, moins lourd et méchant tout. On se demande. Mais n'étant nullement de son époque ni même de la mienne il semblait, étranger à tout, j'enfilais mes pâmoisons à rebours et me bornais, ébahi studieux, à contempler Marianne comme on scrute un hier poétique. Étrange Marianne, la peau si ridée, craquelée mais pourtant si douce, petite bonne femme vivant là, seule à Kerlabia, ancienne époque sur pied. Et lorsqu'elle parlait Marianne en balançant pour réfléchir les yeux droite et gauche on aurait vraiment dit qu'elle lisait à l'intérieur de sa tête, qu'elle avait des yeux à l'envers des yeux pour y déchiffrer à mesure son discours inscrit sur un tableau noir suspendu entre ses deux oreilles. C'était hypnotisant de la voir réfléchir. On lui demandait pas souvent du coup mais quand même. C'est qu'à la contempler les questions se posaient, et fermes. Mais fallait pas qu'elle raconte, alors tout croulait, les cinquante centimes le mois, bonniche à Paname, immeuble bourgeois et nid sous les combles avec une demi-journée de repos par mois. Fallait surtout pas qu'elle l'ouvre, qu'elle narre, c'était à banner sa jeunesse. Mes plus belles années elle disait, bonniche à la capitale, sa plus radieuse époque.

Mais pauvre on est con, plus con que tout. On sait pas, c'est le drame. Si réduite notre vie, de borne en borne, petitement on tâtonne dans la pénombre de nos envies puisqu'on a droit vraiment à si peu. On prend juste ce qu'on nous tend et balpeau les choix l'ambroisie pas pour nous. Le plumeau et coups de pied au derche, et les mercis encore. Tout ça bien limité.

Aussi j'ai mis du temps Marianne à la séparer de son pot de pisse, à chaque rencontre aussitôt me refleurissaient au-dedans le son brutal et sec du jet sur les graviers, l'odeur de la cour en plein soleil, les jours d'été, la chaleur. C'est que dans cette pisse et ce geste, coup de poignet pour l'envolée, se trouvait un autre monde, vieux siècle, vues d'hier tout en souvenirs liquides. Et puis aussi faut être honnête mais avant que ne radinent les autres un à un j'eus bien le temps de l'observer cette femme, maintes occasions de la suivre, que je lui collais au train dans tout le pays. Autant dire qu'elle ne décrochait pas des réflexes de son vieux temps passé. Naguère jeune si dépourvue de tout sous ses combles elle y allait aujourd'hui de l'entassement, elle empilait depuis son retour en Bretagne, engrangeait longueur d'an pour la froidure, la vraie, en sus de son hiver à elle tout intime. Et des monceaux, tas partout, chaque coin et recoin bien plein, pyramides de bûches admirablement ordonnées, amas au milli, murs de rondins réguliers, de l'art, vrai turbin d'orfèvre. Elle ramassait, amassait, sciait et hachait pour entasser jour après jour bien au-delà de ses quatre-vingt-dix piges, s'acheminant ainsi de fagot en fagot vers la tombe, de bûche en rondin vers le dernier trou. Son dernier sapin. Marianne sans bois, sans plus de bûches autour, sans monticules impeccables dans tous les coins de la maison et du jardin, c'eût été un crucifix sans petit Jésus, une statue sans pigeons.

Dans la vie, c'est reconnu depuis les ptérodactyles, on se retrouve pas trop con obligé de se découvrir des missions, de s'inventer des devoirs, s'argumenter des rôles, petites raisons d'être là quand même présent, et bien que floues les croisades minimes à nous on accumule toujours au fond de soi des contentements de luttes gagnées, mises en échec de l'adversité. C'est le troufion cœur de sorgue dans sa cahute, le sans-grade, l'inutile solitude plein borgnon gardant Dieu sait quelle minable caserne dans l'obscur trou du cul de l'univers.

Marianne, sa fonction elle se l'était dégotée depuis son retour au pays, ça faisait de ça des années ; entretenir la flamme. Alors elle alimentait de ses escapades le fourneau de la cuisine, aussi nous faisait des flambées tous les soirs pendant les parties de vingt-et-un qu'on en suait devant la cheminée, entendu que la combustion pour elle avait réellement pas un rapport direct avec la température extérieure. Et tirant sa vieille charrette vert pâle je la suivais dans tous les chemins du pays, les bois, on ramassait, chargeait la carriole, puis traversant les prés, passant les ruisseaux on radinait le soir chargé à ras. C'était vraiment s'en donner bien de la peine pour pas crever là, pas canner au bout de son vieil âge, son trop-plein d'années. Vraiment déjà je la trouvais opiniâtre la Marianne, juste occupée à tenir, réduite à pas grand-chose et pourtant teigneuse accrochée à ses bûches, son bois, une huître au rocher de la vie. Mais la vie rend cinglé, c'est bien assez de tout, bombardé journellement heure sur heure nous sonne à la longue, on reste encore avec l'âge comme des cloches à résonner douloureusement des trop répétitives et cruelles désertions de notre existence. Déjà rien qu'au milieu du parcours, devenus cornards du destin, coincés dans la matière nous contemplons affolés immobiles ce long ruban d'avenir déroulé devant. Et comme ils sont longs les probables futurs. À en plus finir. Pas loin d'y croire guère à tout ce chemin possiblement prévu. Et pourtant, une petite part de nous se dit quand même qu'il va peut-être bien falloir se la taper cette route. Peut-être, peut-être pas. Mais au-delà d'un certain âge on patauge ferme dans l'existence, le passé devenu comme un rêve vaseux, on appartient plus à rien ni personne, on discute sur le quai en regardant venir à soi puis s'éloigner tout le nouveau des hommes, l'univers en marche.

Le globe tournait maintenant sans plus rien lui demander du tout.

C'était au demeurant pas plus mal que ça, et Marianne qui entravait vraiment plus que dalle à rien pourtant s'agrippait encore à la civilisation, mais comme elle pouvait, avec tout le reste du monde qui lui naviguait tout là-bas dans le lointain, les vapeurs anciennes de son fond de crâne, sorte de brouillard vague. Elle, bien planquée à Kerlabia, recoin oublié de sphère, voyait lui débouler dessus des petits morceaux de société, des bouts de modernité avec les autos, l'électricité, le bigophone et puis des gens, nous bien sûr. Moi surtout, qu'elle découvrait. On peut lui donner le gras ? elle a dit la première fois à table, je peux lui donner mon gras de jambon ? La grand-mère tiqua dru, le prit mal, ça la choquait le peu de différence qu'elle faisait Marianne entre le clébard et moi. Pourtant à y bien regarder, des différences y'en avait guère à cet âge faut avouer. J'étais juste un peu plus lent que lui, moins pisseux et dégueulasse, moins bruyant, mais tout aussi con.

Il eut le gras lui donc, et moi non.

C'est que j'étais rigolo moi petit, je les faisais se tordre tous, mais la jeunesse, l'enfance, les chants et la marrade c'est terminé, trop de morts autour, trop d'errances, de revers et de défaites, de nuits froides, trop de désillusions.

De plus j'ai bien du mal à détecter le vrai du faux de ma mémoire, je sais plus bien ce qui a vraiment été, parfois je me demande si c'était réellement bien moi l'acteur de mes souvenirs, le petit bonhomme triste et absent.

D'évidence il passe dans le ciel de nos journées, comme dans notre vie, sur notre passé des manières de sombres couvercles, et dans une trouée de ciel noir il me semble la voir ma mère, dans la cuisine. Mais lorsque les souvenirs lointains prennent le flou des rêves morcelés, l'incertain des landes vaporeuses, les visages brouillés, alors tout est perdu, la brume va se dissiper, l'abstrait va se fondre, tout passera lentement du confus à l'effacé, l'oubli pas loin et ce sera fini. Bientôt à la place il n'y aura plus rien. Du doute, un peu, et puis ce sera l'échec.

Les expériences s'il n'en reste pas de traces dans le citron alors balpeau ça vaut.

Il est vrai j'ignore si eux tous s'en souviennent de ces jours passés, ni même aujourd'hui où ils sont, mais moi j'en ai des bribes encore, des petits morceaux d'époque à me remuer tout au fond, des photos d'eux et de moi plein mes rouages. Eux aussi ils devraient s'en souvenir. Car toutes ces vies qui tanguaient douloureusement droite et gauche, redressées sans cesse comme petits coups de baguette à un cerceau, vinrent cet été-là emmêler un peu plus encore leurs influx désespérés sur le littoral, se desquamer l'âme les uns les autres à Kerlabia.

En premier, mais je saurais pas dire comment ça s'est passé, le pourquoi, un jour elle était là ma mère, dans la cuisine, des pâtes de fruits plein les mains et bien emmerdée.

C'est du troc, ce n'est pas un cadeau c'est rien que du troc. Elle achète une sorte de grigri invisible, talisman pour son séjour ici, que la grand-mère lui fasse pas trop la gueule, la rudoie pas sur fond de revanche. Faut pas venir les mains nues chez qui attend. Car la grand-mère était de cette sorte de gens qui, si peu flattés de recevoir une lettre, ne se donnent même pas la peine de la lire mais, au contraire, la déposent dans une boîte, la rangent au fond d'un tiroir en pensant : Voilà qui est bien, na !

Comme un dû.

Les pâtes de fruits on les a vues disparaître dans le grand placard, elles étaient acceptées, fallait ça, demain elles seront mortes, oubliées. VLAN ! que ça a fait, juste après le merci et puis plus rien. Derrière les portes de ce grand placard… un cimetière. Rompu à ce rite depuis des lustres, même déjà au Deupièce, ils y allaient donc tous de leurs présents, ménageant la prêtresse sans envie, adhérant désolés au culte de l'offrande. VLAN ! donc ça a fait en résonance, prouvant ainsi les larges ressources du coffre, l'ampleur de sa soute.

Aussi moi je vacillais à le voir gueule béante ce grand buffet noir, les pâtes de fruits tout au fond, je m'y voyais presqu'aussi moi dans son ventre, peinard à plus bouger, je m'y serais bien claustré dans sa pénombre, j'y étais déjà presque, d'un coup happé dans ce grand buffet sombre au ventre plein, regorgeant depuis bien avant moi de cadeaux maintenant pourris. Ça m'aspirait ce trou d'ombre, il me chuchotait comme à l'oreille des choses à lui toutes personnelles, mais des choses de l'enfance aussi quand même, toutes adaptées à moi, mes défaillances, que la seule place possible serait à l'écart il me disait, loin des clartés, planqué dans ses entrailles, ou les miennes, uniquement là on serait paisible, noyé dans la masse.

Mais si je l'écoutais ce buffet, pour dire le vrai que je comprenais à l'instant, on me demandait donc d'aller m'asseoir au bout de la rangée, après les offrandes et pâtes de fruits, là où je voulais pas en somme, après cent mille autres types tous assis pareils à s'emmerder d'attendre. On me bafouait. Sa gueule d'ombre me criait tais-toi, enfile le troupeau et ferme-la surtout, ton avenir est muet, jamais rien faut espérer ni oser, s'étouffer on doit tous à force de mutisme, naître pour s'asseoir, la norme est un ventre douillet. Tout ça il me chuchotait à l'oreille, se taire, s'asseoir et puis où qu'on soit, contempler par la fenêtre ce désert aride où jamais rien n'arrive. Je lui plongeais dans son abysse, j'étais à lui, comme la plaine est au vent. Et ça s'est mis à tourner en spirale soudain, tous phares éteints, je versais déjà dessus l'abîme lorsqu'une main, ma mère, sur mon épaule me ramena. Dans ses yeux on voit elle me sonde, encore un travers qui la pousse à tiquer, une déviance qui la mine. Elle est malheureuse de moi ma mère, cette pauvre nature que j'ai, petite vie sans boussole qu'elle regarde s'exténuer, mes effarements pitoyables dans mes heures de grande secouée. Je crois déjà elle me confond, me mélange le caractère avec d'autres bonshommes connus d'elle, son père peut-être, son mari aussi, elle embrouille tout et ploie dessous la charge. On lui découvre de ce fait à l'intérieur comme une douleur de moi, insinuante, idée vague de mon marasme, mes envasements et les siens. Ses idées, son regard, tout chez elle au présent a des semblances de fumées vagues, ces exhalaisons blanches, colonnes se refusant de trop monter mais pour mieux s'étaler inquiétantes et nonchalantes sur les bois, les terres hivernales, renâclant à prendre leur essor pour se traîner ras de terre et geler un peu plus encore toute la campagne endormie, collant sur toutes choses comme un fade voile grisâtre. C'est dire l'impact que je lui causais. Et pour que dalle puisqu'on patauge dedans tous à souhait, notre débâcle, tous, avec certains juste camouflant leur désastre mieux que d'autres, l'empanachant, se fardant le masque avec style pour ouvrir leur boutique. L'humanité c'est pas à croire et pourtant idem, notre âme côtoie l'horreur et l'ennui, l'insupportable en est basique, on baigne à l'aise dedans l'intolérable, affalé comme dromadaire endormi au soleil.

Pourtant ma mère elle frémit là de mes landes inconnues, mes contrées masculines, mes exils opposés, ça lui découpe comme des stries de déconfiture sur son espérance. Elle y va de l'universel féminin.

En chaque femme sommeille un homme en souffrance.

Et puis, ainsi lentement guidé dans cette petite nuit, je me sentis glisser vers la lumière. Et tout tomba alors de partout, dans un effroyable silence tout me dégringola de tous côtés, toutes les ombres et suies noires, bâches étouffantes et bistrées, opaques fumées froides, tout de jeté à terre et soudain la chaleur, la lumière au milieu, d'un coup, flamboyant jet d'air lumineux.

J'émergeais comme d'un tunnel.

J'avais rien vu donc, au soleil maintenant, dans la cour, je réalisais, j'avais rien vu. La région, le pays je l'avais pas regardé, magnétisé par les êtres, Marianne, son bois, son époque perdue, et puis la maison, rien, j'avais rien regardé d'autre. Je m'étais servi en quelque sorte juste de mon sonar, mes écoutes sous-marines, pas de mes yeux du tout, je m'étais fié aux ondes du cœur, celles du ventre et puis voilà.

On perd tant de possibles expériences obnubilés que nous sommes par nos ardeurs à fuir notre existence. C'est malheureux.

Mais maintenant fallait y aller.

Je dois dire mes réticences me venaient du dedans, mais pas que, aussi du climat, ses couleurs. Ça n'était pas une journée empreinte de stabilité, le bleu du ciel se détachait fragile et les nuages tenaient pas bien l'horizontale, on les voyait obliquer du bout, aussi chargés de gris au ventre un peu, le blanc pas propre et net, et puis vers le fond ils tombaient de côté les nuages encore plus, ça leur flinguait bâbord ou tribord à ces petits vaisseaux du ciel, ils basculaient de la pointe comme chargés de pluie vers le bout du paysage. Et dans cette fresque lente, ce ciel falot crevé d'un soleil blanc avec ses nuages en déséquilibre tout autour, il n'y avait rien d'établi, absolument rien de fait pour durer.

Je suis parti quand même.

Le front noyé dans la course lente des nuages j'y allais, dare-dare même, boursouflé d'humeurs aériennes, doigts croisés sur les fesses j'y allais. Et c'était facile bizarrement. Singulière impression mais il serait pas exagéré de dire que vraiment elle me transportait la vie, pour ce jour, me poussait à glisser gentille sur ses roulettes. Car le trajet, long pour de courtes jambes, m'insufflait des bouffées d'héroïsme et d'allégresse, vrai je survolais l'asphalte, avec légèreté. Déjà les premières bâtisses de pierre surgissaient énormes et imposantes, j'avais parcouru des immensités, Kerlabia était d'un autre pays, derrière, loin perdu derrière moi qui m'enfonçais dans un inconnu. Et pourtant le petit village de granit à guère plus de deux trois encablures de là me semblait encore loin tout là-bas devant, ramassé au fond du trou. Je descendais continuant de m'enfoncer dans le bourg, dans le pays, dans l'existence. Et soudain fugace image j'avais là le petit muret devant les yeux, le grand-père posé dessus. Je me demandais réellement le pourquoi de cet écran, ce ciné abrupt et sans pelloche, photo de lui juste impérieuse là, dans mes yeux, cliché de ces moments doux. Je savais pas.

C'était que j'avais laissé entrer en moi sans le savoir un quelque chose de nouveau, sentiment tout neuf. J'avais en moi de la joie. Je savais ce que c'était que de flotter du cœur maintenant, le ventre libre et bien déserté.

Pourtant dans mes vapeurs d'ivresse je remarquais, s'éveillait radical un manque, sensation pas connue de moi et pourtant bien là déjà quand même. Je voyais bien que j'étais incapable, ça me remuglait au-dedans mais c'était tout, une absence qui me maltraitait.

Et enfin c'est sorti, mais en saccades, tout de bousculé dans le gosier, j'en avais plein la bouche et le cœur, ça me grouillait dans les entrailles tel un nœud de reptiles, je crachotais des phonèmes inconnus, et puis comme coule un fleuve en bouillon je me suis mis à chanter. Aussi les chansons je peux le dire pour moi il n'y a jamais eu que ça, avec à peine un mètre d'existence et n'en connaissant vraiment encore aucune je les savais pourtant déjà toutes. Et toutes elles me revenaient les chansons, me remontaient du fond, celles de ce type dans la cour du 98, celles de la radio à Draveil sur le frigo, celles du Deupièce, le frigo encore, et puis aussi toutes celles du grand Awouè qu'il hurlait, faux, qu'il sifflait longueur de jour, la tante Barbara et son phono, toutes elles me resurgissaient. Je chantais sans un mot, une note. Mais je chantais. Je chantais car j'étais libre, de partout, le soleil pointait faiblard, j'allais à l'aventure et la route descendait.

Le hameau il est vrai lui je l'avais rien regardé non plus, dix fois traversé mais jamais vu. Il se résumait à pas grand-chose autant dire, une vingtaine de bicoques mal agencées en tuyaux d'orgue pour longer le mur du petit cimetière aux croix de granit, son église au milieu. En somme, du Halte là, l'unique rade tout là-haut sur la nationale ça faisait comme une sorte d'escalier dégoulinant jusqu'à la mer, étageant ses paliers sur deux kilomètres. Le premier c'était Kerlabia, à mi-côte entre la grand-route et le bourg, avec la maison encastrée contre une autre faisant angle, sa petite cour devant et son jardin sur le côté, puis le patelin, ensuite le moulin à eau de Kerjoly près de la rivière qui serpentait dans les bois jusqu'en bas longeant la route, et au final le dernier virage de Kerguen juste avant la longue ligne droite bien à plat, pour enfin Bréhec, la plage avec la mer au bout, les falaises tout autour, et de l'espace, enfin.

Aux premières mini-gouttelettes, si fines qu'il me semblait recevoir des miettes d'eau, qu'il me pleuvait du vermicelle dessus le crâne, j'entrais dans le cimetière.

Et au milieu de toutes les sépultures on pouvait facilement dénicher celle de l'arrière-grand-père Julien, le marin, père du grand-père et ça même sans savoir lire, mon cas, et de loin même, la main en visière, regard panoramique sur tout ce petit peuple allongé on pouvait dire sur la pointe des pieds, affirmatif : le voilà le tombeau familial, c'est lui ! La facilité elle venait de ce que parmi toutes les autres tombes elle se trouvait bien la seule à être totalement dépourvue de crucifix. Rétifs aux curetons la famille, aux béni-oui-oui, aux grenouilles et aux bénitiers. On croyait en l'homme, pas en Dieu. Ça même si l'un à vrai dire empêchait pas l'autre d'ailleurs, c'était comme ça, aux képis aussi obsessionnellement retors.

Moi à me trimballer béat dans le cimetière me survenaient des idées pas communes, tous je les voyais vivre en dessous les morts, tous avec des vies bien banales et grotesques, comme les nôtres en somme, chargées d'inutilité, de peine et d'ennui, et puis aussi flotter au-dessus je les voyais, muets silencieux, comme des ombres, des brins d'air. À croire qu'il n'y aurait que nous en fait à naviguer entre deux eaux, nous les cadavres à roulettes. Enfin, j'étais pas tout seul quoi. Et puis le ciel aussi qui se couvrait soudain, se grisaillait oppressant, crachotant une bruine glacée, j'en rasais du coup déjà les murs de l'église, derrière, j'allais derrière, le long des grosses pierres, je raclais le granit du dos et du cul. Et subito là m'apparut évident qu'il existait le bon Dieu, le petit Jésus aussi et les anges et les morts qui le sont pas vraiment et puis les diables et les contrées jouasses où qu'on va batifoler quand on est mort et plus d'ici. Flagrant, avec ce ciel devenu noir en plein jour, une affirmation de lui pour moi dans cette nuit claire et marron. Mais à vraiment plus le définir alors que sous forme d'œil sombre, un œil unique, immense et impassible.

Ce qu'il y avait surtout mais se précisait fort au fil des jours et des ans, c'était cette impression nette et régulière d'être constamment suivi, de très loin, mais proche à la fois, observé sans cesse et la nuit et le jour par des spectateurs volontaires et bienveillants, intrigués de par ma petite vie, installés totalement pépères dans une grande salle de ciné, même si je savais pas du tout à quoi ça ressemblait n'y ayant jamais foutu les pieds, à me regarder grimacer, me débattre et gesticuler sur l'écran et compatir de mes turbulences d'âme et de quotidien. En sus de ma mère, du petit Jésus et de son papa dont c'était vraisemblablement le boulot. L'impression elle était là et en démordait pas. Un quelqu'un quelque part m'aimait inconsidérément et me suivait. Je saurais pas dire autre. Mais je savais.

J'en restais collé à mes pierres, otage du grain, à regarder couler cette eau fine et régulière. On se méfie jamais assez, on se méfie pas je dis, et vrai pour ce coup-là je faisais gaffe à rien, vraiment, je saurais pas expliquer mieux mais je pantelais balourd contre ce mur, petite torpeur, je fixais abruti cette pluie imperturbable, déprimante qui me zébrait tout l'horizon. Je faisais pas gaffe puisque j'avais déjà les deux pieds dedans, dedans le cimetière, je savais où j'étais, je me méfiais pas puisque j'étais venu là exprès, pour voir les petites maisons des morts. Mais que voulez-vous, on fait pas gaffe assez c'est connu. Coincé là je les voyais pas, elles n'étaient pas loin et pourtant je les voyais pas, déjà dans mon œil depuis le début mais je me regardais l'intérieur, le fond de ma petite âme, et puis enfin je les ai vues. Presque à mes pieds pour ainsi dire, pas loin, là, tout devant. À côté des autres elles étaient, dans un petit coin à l'ombre derrière l'église, rassemblées entre elles, mais sales, recouvertes d'herbes, du tout entretenues, et puis aussi surtout rikikibus, guère grandes plus que moi. Alors ça m'est venu, la compréhension de la chose à moi triste zig pas très fut', l'explication sérieuse. Car moi, avec le QI d'un bulot quand même je réalisais bien, même trop, l'horreur de ce que j'avais là sous le pif. Ils me balançaient des stridences ces vestiges de petites tombes, ces fossiles d'enfants au-dessous la luzerne et les pissenlits, entransé j'en devenais, suant des averses, que j'en transpirais du crâne abondamment, secoué d'un tracsir pas croyable je m'écaillais du cœur, et tous ces souvenirs d'êtres, ces petits moi inconnus me faisaient comme une cravate à me serrer le kiki douloureusement.

Alors tout le ciel soudain se déchaîna, me tomba d'un coup dessus et sans finir jamais, et dedans moi aussi, un vacarme montant, descendant. Il nous croulait dessus un grain énorme, des traits noirs et raides et glacés. Ça ressemblait à cent mille bonniches balourdant du ciel l'eau de leurs cent mille bassines, une cascade sans fin de rinçures, déluge de pots de pisse n'en finissant pas de s'écraser sur moi, sur nous, tous ces morts et moi, l'église et le monde. Insupportables minutes. Et puis coincé toujours, obligé du coup à regarder ces petites tombes en friche, incapable d'achever le moment de moi-même, otage du déluge. Je les sentais vaciller mes petits réglages internes pas au point, pas encore achevés vu mon trop peu d'ans, je le sentais tituber mon potentiomètre, se boursoufler comme une chaudière hors d'âge, à me faire thuut thuut, cocotte-minute. J'en pétais des coutures. Alors immédiat j'ai bien expulsé. Le manque de chiottard y est certes pour beaucoup, mes nougats ont pris, je leur fourguai une sombre giclure à m'en décrasser les pipelines, noirceur opaque et glaireuse. Ça fait du bien après mais qu'est-c'que ça fait mal au passage. Et pourtant ce coup-ci m'en restait encore un quelque chose, ça passait pas, une petite mort qui passait pas, j'en avais encore plein à dégobiller, du qui venait de m'arriver là, livré à l'instant, un peu de vie, de la nouvelle, et ça je savais, ça resterait. Drôle de genèse. J'effleurais du cœur une nouvelle saison d'âme.

Pour m'en décoller de ce mur, cette vision, pour m'en extraire de ce coin, ce cimetière, je longeais le mur de l'église, le plus près possible, et puis je me traînais silencieux comme un crabe au vivier, avec, en moi, je voyais bien, tout d'embrumé, le bide en gargouillis sévères et sonores.

Ça allait pas.

Et puis toujours surtout cette pluie énorme.

Par-delà les croix de granit on pouvait encore voir le gros nuage gris au ventre noir s'éloigner vers l'intérieur des terres, poussé par le noroît. On se rend pas compte des choses mais il nous passe au-dessus des manières de continents, de vrais pays en transit, et dans cette sorte d'accalmie je pantelais à contempler les masures ruisselantes sous des rayons encore faiblards. D'autant que je me souvenais il était pas comme ça lui le grand Awouè, il possédait ce quelque chose en lui que je n'avais pas en moi, que je ne reconnaissais même pas et qui réellement me foutait l'âme à mal, cette myopie du cœur qu'il se trimballait partout, façon de rien vouloir regarder, souffrir le moins qu'il pouvait, ça en esquivant tout d'un petit déhanchement, hop, bêtise ancrée, abrutissement de bête malade. Moi tout me transperçait, goutte de peine et ça se révulsait dans mes catacombes. Lui il emmagasinait que dalle, il grandissait de nulle part, il restait aussi con qu'il pouvait, aussi aveugle et conformiste sous ses foulards voletant tout autour de lui et ses rigolades de mépris. Moi je voyais bien que je grandissais malgré tout, que j'étais de ceux qu'on cherche à faire taire, que dès le début j'en étais, de ces petits grouillots crasseux et morveux qui jamais ne plient tant que pour mieux se redresser, que dans mes transpirations de peur et de dégoût j'y puisais de la force et de la haine, que dans mes suées d'humiliation on m'aurait tout de même pas, et puis surtout que j'avais moi, en moi, pour moi une sorte de petite vérité qui effrayait les fuyards. J'étais de ceux qui voient agonir leur innocence, la race des bafoués. Nous à qui l'on a tout confisqué, tout détruit dès le départ.

Et pourtant quand même je marchais, je continuais, quand même j'avançais toujours, mais avec maintenant, flottant au fond des yeux : le Jolly Roger.

L'ordalie passée donc, je restais éberlué pensif dans un fracas silencieux, là, planté sous la ferronnerie de l'entrée du petit cimetière, là, abstrait sous des cieux noués, organiques. Je vacillais encore, bercé au gré des maisons dégoulinantes, leurs tuiles scintillantes.

La poule qui réfléchit est malade on dit.

Le gros cumulus à forme de moissonneuse-batteuse avec sa façon d'avancer, son allure poussive mais régulière de vieille loco je le regardais s'éloigner sans rancune, même autant dire que celui-là je le connaissais maintenant, je le savais un peu plus que les autres, mais je restais furieux de mes découvertes, que personne ne m'ait prévenu des noires possibilités de l'existence, ces petites morts irrégulières. L'enfance et la mort ça va pas bien ensemble, y'a pas à dire. Je restais furieux de ça.

On pardonne à la nature, pas aux hommes.

Ah, on en sort jamais totalement de nos brumes animales il me semble, on a beau avancer d'âge il en restera bien toujours à tomber de ces voiles abêtissants, d'autres qui se décrocheront jamais. L'enfance déjà, rien que ça, c'est toujours ça de moins à se fader, on y reviendra bien plus tard, et encore, pas dit. Et puis on se refuse tant à en être de ce règne, on veut tant fuir l'animal, ça nous répugne si fort de nous avouer pas différent, et pourtant nous ressemblons goutte d'eau à ces poulets fermiers, faisans d'élevage lâchés en pleine nature, en pleine forêt soudaine, ça les jours de chasse, son ouverture. Animaux apeurés dans un monde sauvage écoutant paniqués les douloureuses résonances de nos migrations intérieures.

Moi je renâclais comme un mulet, à la côte, à la mort, à la vie. D'ailleurs autant pas se leurrer, reconnaître illico la chose, mais lutter contre la vie c'est tout de perdu, le temps, la peine, la sueur et tout le reste. Vrai, littéralement, c'est cracher contre le soleil.

Et je remontais lentement la dure côte maintenant avec de ces voûtes devenues grises au-dessus, et ternes et blanchâtres, et puis partout toujours longer ce même malheureux et désespérant grillage en losange rouillé, tout du long de l'univers. À Draveil j'ai vu il y avait les mêmes. Alors il me semblait voir un piège se refermer, la vie, la sentir me tisser sa toile tout autour de moi et largement en avance sur mes pas et mes années. Des pièges, donc, en somme, des pièges. J'avais bien déjà l'impression sourde d'avancer, comme ça, moi, cahin-caha, de piège en piège, d'attrape-nigaud en magistraux allers-retours, soufflets sonores, de bourre-couillon en baffes cosmiques. J'avançais bien pourtant, comme tous les autres, des nausées lasses dans le cœur et le cœur au bord des lèvres, mes gerbes noires à portée de main. Et qu'elle est longue et dure l'existence lorsque chaque pas coûte. Le malheur ça nous abrutit, la vie embrouille tout, emmêle nos peu de fils d'existence, c'est notoire, elle nous pousse vers le fond puis nous berne et nous tue.

Elle venait pour l'heure de me servir sur un plateau de granit un vrai dégueulis de varan la vie. AH ! alors là, radical, mon petit univers interne en était ainsi bien réduit à un chablis, j'assistais recru d'interrogats, fasciné, terrorisé à une de mes premières fenaisons, moi maintenant emparticulé de la trouille.

Et de mon champ de pagaille ma récolte ne fut que terreurs.

Aussi je réclamais ma viduité douillette d'avant, celle de l'époque d'avant, période lointaine de la descente, de bien avant la côte, l'époque de mes aplats d'il y a cent piges, d'il y a dix siècles. Tout était pourtant si simplement compliqué encore à ce moment-là, si gentiment féroce, tout me semblait si facile à subir, à endurer sans moufter, j'arrivais pas à voir au travers de l'existence, je la reluquais bien pleine face et j'y voyais rien, rien de bien, rien de pire. Et puis soudain ce jour présent ça m'a uppercuté comme une secousse, une déchirure d'un de ces longs draps noirs me faisant couloir tout le long de mon quotidien. J'avais bien voulu jusque-là faire gentiment semblant d'être né, mais là, franchement, ça poussait.

Et puis la pluie qui retombait…

Ma petite âme arable bien agrippée à ses illuminations comme poulpe au rocher venait de se faire nettoyer d'un coup deux, trois hectares de landes intimes.

On en fait de ces ménages dans nos vies de bonniche en attendant notre crevaison, c'est effarant.

Ainsi, incommodé de moi, engoncé dans ma peau, gêné des os je me tapais tout le voyage retour à l'étroit, l'âme tel un vêtement d'emprunt, sèche comme un pendu d'été.

J'arrivai à la maison bien saucé, avec une vraie soif de clébard.

Afin d'avoir le sentiment d'avancer, bien minime, d'exister pour soi un tantinet, y'a pas, les souvenirs faut ça.

Nous voguons, galions de chair et d'os, nous voguons sacs de tripailles aux vents et les souvenirs ça ressemble à de petits naufragés, ballots sensibles pleins de lieux et de dates, remplis de visages, de noms et d'humeurs, tout ça embarqué sur des radeaux largués sitôt vécus, qui se détachent, flottent et dérivent sur notre océan intime, puis s'éloignent de notre actualité ainsi charriés au gré de nos remous jusqu'à terre, nos rivages secrets. Ensuite faut les voir remonter la grève dans notre dos tous ces petits personnages, doucement, docilement pour s'aller creuser une tombe à l'écart, planqués quelque part sur notre continent interne, enfouis au cœur de nos bayous perso. On peut les retrouver si besoin, on sait où ils sont certains.

Et plus on remonte loin plus ils nous paraissent sombres tous ces fantômes du vécu, toutes ces tristes silhouettes devenues confuses et brouillées, en ombres délavées ils mutent les gens de là-bas, des ombres sans sève grouillant comme au fond d'une caverne. Aussi moi j'ai l'impression d'arriver des ténèbres, d'un lointain obscur moi je débarque, un chemin pas enviable pour m'extirper d'une préhistoire, d'une grise mélasse, long trajet vers la lumière et les couleurs que je me suis farci, avec des mirages que j'aurais comme dans la calebasse, des pluies de sentiments taries, des soleils d'âmes fanés, aussi des ancêtres semblables à des taupes errantes plein mes égouts. Et puis voilà que je les réveille mes souvenirs, les secoue rien que pour vous narrer, que je leur trifouille leurs sépultures, explore mes terres intimes à leur recherche comme l'animal sent la piste, je me fouille, j'exhume toutes ces histoires rien que pour vous causer de mes choses, que je m'en remonte à contre val pour en faire des fagots de ce morne ensemble de faits contenant tout ce qui constituait ma vie d'alors, je les lie entre eux, je charge mes falourdes pour vous rapporter ainsi fourbu toutes mes dégueulaisons d'âme.

C'est du boulot faut pas croire.

Et qu'ils soient encore en vie ou non l'importance est ailleurs. La trace est là. Ils appartiennent tous au passé, vivants itou, dessus dessous la terre ils me gesticulent au fond pareils. Tout comme ces mirages de petits moi d'hier, des moi que je saurais possiblement pas reconnaître les croisant aujourd'hui. Mais des petits moi bien charmants, bien meilleurs qu'à présent, totalement éberlués innocents face à tous ces petits bouts impitoyables de vie d'alors.

À l'époque de ce Kerlabia-là, cet été démesuré cruel, j'étais un type bien, cent fois mieux, je transparaissais dans mes souffrances, me répandais à l'intérieur de moi-même comme une glu de peine, pas de filtre, j'encaissais tout pleine bille et me démerdais seulabre. On se heurte aux choses de l'existence avec les armes des parents, l'expérience en moins. Après on digère tout seul, avec ce qu'on a, comme on peut. Aucune digestion ne s'apprend. Les araignées construisent leur toile avec une technique certaine, piège imparable et pourtant pas enseignée des parents. On digère les faillites pareil nous. L'instinct de la digestion des coups bas de la vie, on a ça nous. Ainsi tous les bébés pondent des étrons noirs et comacs, impressionnants, ils encaissent tout fort et clair, restituent de même, la sensibilité débordante. Après vieux on chie blanc, c'est malheureux, des filaments longs, comme si plus grand-chose nous atteignait, d'ailleurs on supporte plus rien, rien que soi et encore, sa chaise et sa fenêtre et on se fout du reste de plus en plus, tout se carapate loin de nous, devient transparent, qu'on leur voit même au travers des gens, l'œil les dépasse, on leur regarde après et on voit peu, on s'éloigne de tout lentement aussi faut dire. C'est comme ça, tout s'éloigne de tout avec le temps.

Au bout de la route on vire peu à peu vers la pâle ficelle. On sait donc où on en est du trajet en jetant un léger coup d'œil au fond du gogue. Ça nous remplace l'astrolabe dans l'existence l'étron.

Et c'est donc vers cette période-là que j'en ai profité pour tomber malade moi, une nuit, un cauchemar et puis une fièvre, un drôle de rêve tout emmêlé, pas agréable et nauséeux qui me remontait le cœur et le refourguait aussi rapidement vers le bas. Une vision onirique bien nette pourtant. Une nuit, peut-être bien même en prolongement de cette journée passée, je saurais pas dire. Mais pas impossible. Et puis avec la fièvre en même temps mais confus j'ai percuté la présence des puces à Kerlabia.

Vrai feu d'artifice que cette nuit-là, j'eus droit à tout.

Il y avait tout au fond de ma nuit cette présence confuse et angoissante qui me jouait du tam-tam sur le cœur, là-bas dans le noir, et je la voyais se déplacer légère de droite et gauche comme un pendule oscillant fou. Mais quelqu'un était là dans la pièce c'est vrai, un réel quelqu'un, ombre ou fantôme, titubation que je lorgnais du coin de l'œil, petite silhouette gracieuse et sombre qui me découpait la nuit comme des tranches fines d'amour, et qui m'aimait, m'aimait... comme je pourrais pas dire et connaissais pas. Ça suintait l'équilibre et ma vie à l'endroit, le perdu d'avant qui me remontait mais pas tout, une ivresse refusant de s'installer. Et elle me souriait la silhouette, me caressait le front de sa fraîche douceur. Oh oui ! existez donc ! existez que je demande et attende plus rien, que je réclame et gueule et beugle plus en vain. Tant d'amour était pas possible, à part le bon Dieu et puis les clébards, ceux qui vous reniflent à la traîne demandant rien d'autre que de suivre, c'était du pas commun. Que même ça m'annulait toutes mes années flasques, me coudpiéaucutait en résilience, m'inondait comme un fleuve tiède et débordant, bien au-delà de mon petit savoir, et j'y reconnaissais plus rien, rien ressemblait à moi connu, la petite fée du cirque dans mes lointains, je valsais dingue d'émotions déflagrantes, sa présence à la silhouette gracieuse ressemblait à une évidence trop surchargée de ressentis. Fallait mourir et plus remonter, mourir en elle et m'irradier de sa présence comme une couche en plus de sa peau à moi. Mais dans un vacarme monstre tout est retombé, une pluie de métal sur le plancher, les autres en bas sourds de mon extase, comme le temps et les choses s'arrêtent, tout à retomber frapadingue et sans plus d'illusions jamais sur la vérité des êtres et de nous autres. On existe si peu.

Et puis ça s'est mis soudain à me fondre dessus, petite bille marron, droit dessus moi, lentement mais avec fermeté, d'une rectitude étonnante, guidée comme sur un fil invisible, boule maintenant, marron toujours, droit dessus moi et enflant. C'est qu'on planait elle et moi, comme ça pour rien suspendus dans le vide sans mouvement, on flottait immobile dans l'air face à face au milieu d'un décor vide et nu, couleur unie, diluée, gris insipide, on planait dans le fade lorsqu'elle s'est mise, la petite boule marron, à me foncer dessus en grossissant. Ça avec une régularité extrême. Et plus la boule gonflait plus mon angoisse grossissait, m'inondait, elle devenue énorme la boule et bien proche, presque contre, dessus moi monstrueuse mélangée à mon cœur. Plus tout ça se dilatait plus moi je rétrécissais. Enfin elle repart, rapetisse, œdème isolé planant, minuscule au loin, que ça m'en foutait comme des impatiences de la voir se contracter si fort, des picotements j'en avais, plein le corps de cette compression énervante, et je gonfle du coup moi alors, elle s'éloignant. Comme de l'élan elle prenait on aurait dit, comme accrochée à un élastique pour me revenir en jokari et regrossir débordante, soufflée. Ça me faisait à chaque fois frôler la suffocation au moment de la bascule, un étouffement opaque lorsqu'elle se trouvait si grosse rivée à moi, arrimée comme une planète collée sur ma face. Et à nouveau elle repart, rétrécie, redevenue encore noyau compressé compact et moi énorme, mais la revoilà de nouveau à me submerger, bouche monstrueuse au dedans sombre.

Ainsi des heures j'ai combattu comme un douloureux yoyo, toutes les heures de ma nuit avec le sentiment confus de la maîtriser la bille, un peu, au milieu des picotements de puce. On peut vraiment dire que je m'ouvrais de partout, des antennes qui m'auraient comme poussé dessus la théière, pile à sensations j'étais devenu, en quelques heures. Je découvrais tout, ça m'entrait de partout. Et que ça pique et mord, j'en avais des soubresauts dans le paddock à pédaler dans la sorgue, je suffoquais en suées littérales, des houps houps que je hoquetais à me débattre grelottant.

Parce que, pas d'électricité, ou depuis peu, mais des puces oui, par contre, des puces, ça y en avait, pardon, le paquet, la baraque en étaient pleine, un élevage, pure race, élevées au grand air même. Nous qu'on passait nos nuits à se faire becter, se réveillait trente fois, bouffés tout crus, on clignotait dans le noir.

La grand-mère c'est vrai faut reconnaître tentait bien de lutter ; produit, poudre et bombe, dans les draps, les matelas, au chalumeau les sommiers, plusieurs fois, rien y faisait. On pigeait pas, la résistance des bestioles. Et puis on a fini par comprendre, souvent faut pas chercher à dache, elles avaient une alliée dans la place les petites ; la Marianne. L'avait la peau si tannée l'aïeule, du cuir, sentait rien, pas dérangée la nuit, du coup pas de produit l'année.

Trois kilos, au bas mot même, elles auraient dû peser les bestioles pour l'importuner conséquemment, mais là, vraiment, trop insignifiantes les bougresses. La défoliation estivale de la grand-mère c'est certain, on dira ce qu'on voudra, pouvait pas lutter contre les dix mois de becquée de la Marianne.

Du coup nous on morflait quand on radinait en juillet.

Comme je dormais toujours pas dans mon sommeil je me demandais si c'était bien normal que tout ça. Parallèlement à mes va-et-vient nocturnes d'avec la petite balle je réfléchissais, en même temps que je le vivais je réfléchissais à si c'était normal ou pas, la bille en élastique, moi grossissant démesuré, les secousses douloureuses et tout ce tohu-bohu. J'avais en moi tant de maladresses, usé déjà tant de certitudes à peine formées que je m'étonnais plus guère de mes basculements, toutes ces distorsions inconnues qui me remontaient à la bouillotte. C'est dire si je faisais pas bien encore le tri dans toutes ces images souffreteuses, toutes ces démesures qui m'encombraient la caisse. Pour moi donc la norme se rétrécissait considérablement de jour en jour je remarquais. Une nuit qui me jouait de l'accordéon me semblait au demeurant pas plus bizarre que de se tartiner au bide un crustacé ou de regarder la grand-mère, plantée devant le poste avec les poings sur les hanches bien occupée à lui cracher dessus. Juste faut me pointer à moi quand c'est raisonnable de fléchir la tête pour dire amen ou de s'offusquer face aux événements. J'en étais à nager ferme dans un jus de boudin. Et puis là aussi je fatiguais de ce combat en pleine nébulosité, tout ce boulot onirique que je me farcissais tout à trac.

Il fallait que quelque chose disparaisse j'aurais voulu, elle ou moi, comme un train s'enfonçant dans un tunnel, j'aurais préféré moi, tant fatigué que j'étais à pas dormir dans mon cauchemar.

Au matin on m'a indiqué consciencieusement que j'étais malade, que j'avais eu la grosse fièvre cette nuit, alors du coup ça m'a calmé. J'ai plus rien déconné des deux trois jours suivants. Je suis resté bien peinard au pucier à m'ausculter mon paysage mental.

Ça me reposait pas plus remarquez bien.

Puis, n'étant par ailleurs tout de même de nature pas trop connarde, j'ai pas excessivement lambiné à comprendre qu'il serait assez bien vu que je me relevasse. Ma mère, la grand-mère toutes les deux elles me l'avaient bien spécifié au petit jour : T'es malade, faut rester au pageot. Et puis ensuite comme je bronchais de moins en moins, que je m'aplatissais au possible sous les couvertures pour bien leur tomber dans leur oubli, que je disparaissais de la chambre et du monde jusqu'à presque virer doucement au quiet, elle m'a dit la grand-mère : Ayé, t'es guéri ménant, faut t'lever, faut y r'tourner voir dehors.

Tout ça pour revivre encore un peu, quelques pas encore à faire dans l'existence comme dans une nuit, des ni habiles ni gaillards de pas, mais comme des avances, un peu, de vie en sourdine. Le vrai courage dites-vous bien il est là, dans les retours, quand faut repiquer au truc, les regains de champ de bataille, le revenu au front, encore. Les premières, les générales comptent en rien, on sait pas, on découvre, le balèze est là, dans la récidive, le deuxième jus, et surtout le énième. Et pour se relever, pour nous tenir juste un peu même rien que debout il y va donc de cette tension nerveuse, les nerfs, tout vient de là. Cette mort planante, les douleurs futures, l'idée simple que tout peut fondre dessus nous dans la seconde, tous les malheurs du monde, les nerfs je dis. Cette mort pas fatiguée de nous attendre, jamais lassée de la traque, cette mort à vingt berges avec la trombine d'une fata morgana, à soixante l'idée d'elle bien moins confuse et glorieuse déjà, perdant au fil de nos saisons, pour nous vieillissants, toute ombre de panache, son allure de lointain mirage.

On y va. On y est. Alors bien réelle et soudain inévitable elle nous apparaît la gamine, à presque en comprendre ses raisons, pas loin même de détecter alentour la supercherie, le mécanisme impitoyable de l'existence, toutes les bouffonneries qu'on s'invente nous autres depuis des lustres pour tenir la distance, que tout titube pas en couilles. Je dis ça entre potes, faut pas s'offusquer. Comment ça fait pour rester debout tout, tenir encore le coup depuis le temps ? Comment ils s'y prennent tous pour nous faire marner comme des bêtes de somme pour trois centimes, la paye symbolique ? je demande, comment ils font ?

Comment tout s'emboîte idéal ?

Tout se tient car la mort existe. Tout n'est plus rien la mort en moins. Retirez-la, enlevez-nous notre fin certifiée alors on verra tout se barrer de traviole, la planète et les belles idées des bonshommes grimaçant dessus, les règles, les lois, les sentiments même, tout cul par-dessus tête. Toutes leurs bardées de convictions sublimes, leurs certitudes rivées ancrées, les conventions, les belles retenues, tout ça d'entraîné loin au large par de funestes baïnes. Tout de fini, foutu, barré.

Je me suis relevé à cause de la mort.

Et puis aussi un peu à cause de la vie, elle qui me défilait dans le rosbif encore plus lentement à l'horizontale. Fadé gentiment d'un petit corps en vibrations, d'une cervelle en tourbillons, je m'épuisais de repos.

Ce qu'on perd comme énergie et comme temps avec toute cette carne jugulée, pur esprit ça irait plus vite, on jouirait de légèreté, moins empêtré qu'on serait dans nos vases, qu'on survolerait la vie avec grâce nous autres, tout on verrait de haut, de loin, pas la trompe collée sur les lazzis de l'existence comme on a. On s'exténuerait bien moins en ratures et dérapages, on se cognerait moins l'enthousiasme dans nos allants dépités.

Pour dire, là, moi les jours d'avant j'avais comme voulu la guincher la vie en fait, lui turbiner la gueule, contourner tous les entortillés du côlon, plus écouter rien ni personne et y aller quoi. Mais ça a pas pris, pas tenu le coup du tout, que je voulais même m'en foutre des ventrées de l'existence, des pintes ras bord à licher sec que je partais pour, j'avais le sac et la gueule et le cœur à bâiller, tout ça d'ouverts béants, prêt à gober l'hostie mignonne de la vie. Et tout à trac voilà que je m'en suis colleté un gros bout là, boum même que ça a fait, du bien râpeux je me suis infusé, du drôlement âcre en fait, et dès le début, pratiquement.

Ça calme.

Ensuite comme j'en avais un peu les foies de la solitude, maintenant que je savais des choses, des choses totalement dépourvues de pitié, des choses comme froides et mortes, des choses aussi affectueuses et rieuses qu'une murène mais que quand même je voulais voir tout ils m'emmenaient, après le cimetière je voulais voir. Partout où je demandais d'aller on m'emmenait, ou alors je suivais, ma mère, le grand-père, Marianne, je suivais, demandais l'auto, le Solex et la petite selle devant, la carriole vert pâle, j'étais de toutes les excursions. Je leur turbinais dans l'orbite à tous, je leur traînassais dans leurs bas-côtés, décollant pas. Ils laissaient faire, un peu forcés.

Peut-être parce que je possédais maintenant une âme à claire-voie, et que tous ils pouvaient y reluquer dedans ma sorte de débâcle. Même que de pas s'en priver ça y allait. Aussi une fois les BA horaires installées chacun s'est fendu de sa minute, se relayant pour m'occuper les membres et la bouilloire.

Le grand-père gentil il m'emmenait à la pêche lui, tout au bout là-bas au pied de la falaise, l'extrême pointe de Lance-Cochà, il m'emmenait afin que je lui pourrisse bien tout son plaisir, son grand plaisir gagné à force de Solex usés, d'années flinguées entre le Deupièce et sa machine. Mais j'étais pas doué, vraiment faut avouer pas du tout, et il a vu ça d'entrée lui. Moi j'ai attendu un peu avant de m'apercevoir. Perdu dans mes grands fonds je remarquais jamais la disparition subite du bouchon, sa manière sèche qu'il avait de s'enfoncer. Pour ainsi dire je baignais les astibloches et c'était tout. Alors soudain moi émergeant comme d'un rêve, en sursaut, m'empressant à l'affaire je tirais dare-dare tous sens, et puis j'emmêlais patiemment, mais gentiment, tout le bastringue. Aussi très vite et d'un accord tacite il me mettait plus rien sur l'hameçon le grand-père, et vers la fin même si mon souvenir est fidèle je crois bien plus d'hameçon du tout et juste beaucoup de plomb, comme pour bien nous simplifier les choses. Ainsi agencées nos parties de pêche nous remplaçaient somptueusement le petit muret en quelque sorte, en plus aéré, la démesure de l'espace, le lieu, la masse océane plein les mirettes.

Et il est à dire en effet oui c'est un beau pays, splendides falaises pavées d'or vert, mélancolie des genêts, solitude des ajoncs, pendants gracieux de cette mer en ciel. De regarder ça m'exténuait, tout ça vraiment trop immense pour de petits yeux. Mais quand même il faut bien se démener au milieu de toutes ses déchirures de crêtes et cieux farouches pour entrevoir son côté majestueux planqué sous ses chialements d'âme à cette lande. Une contrée rude et féroce que l'on doit seul apprendre à aimer durant l'enfance, puis qui vous tatoue pour l'existence d'une manière sauvage.

Parallèlement à ça tous ils se sont mis à me foutre la paix, que même c'en était suspect, là ils me faisaient pas chier ça faut reconnaître, des heures je passais au jardin planqué dans les plus hautes branches du marronnier. Je parlais au vent. J'avais des besoins de causeries. J'allais pas mieux donc, je faisais gaffe à tout et me tenais bien droit.

La moralité nous redéboule dans la théière lorsque tout croule et déconne j'ai constaté, soudain dans le malheur elle nous réajuste le citron comme un costard amidonné, la vertu radinant presta. Mais sitôt passé les noirceurs de l'existence, à la seconde même on redégouline dans l'avachissement, on repique aux dégoûtances.

Après, tout redevient banal et morne.

Alors on déconne.

Aussi, moi, totalement ignorant de ces choses encore, mais un peu rasséréné quand même je suis reparti tout seul, fallait bien. Mais le long des rails, au bout des routes, au fond des rues sont les coups, les impostures, les masques à terre jonchant le sol, et les emmerdes. J'invente nib.

Et puis je m'emmerdais ferme aussi faut dire, que j'en ai informé la grand-mère du fait que je m'emmerdais, je m'ennuie je lui dis.

« Va donc chercher un marteau et tape-toi sur les doigts. »

Fait notoire les fractures ressoudées sont plus résistantes que le reste, mais j'y allais mollo tout de même, les premiers temps j'évitais consciencieusement le petit cimetière de granit, je coupais par les champs, ceux de derrière le jardin, lorsque tout glissait en pente, le petit ruisseau dans le creux puis j'attrapais le bois de Ropartz après la remontée.

Les champs d'ailleurs c'est là que j'ai découvert les corbeaux, ces morceaux d'ombre, ces petites écorchures de nuit opaque, ailées. Le long des labours je les voyais, attendant, plantés sur les piquets des clôtures comme de profondes sentinelles. Je les aimais bien dans mes peurs, ils étaient clairs et pourtant noirs, tout là-haut, plantés immobiles aux cimes des arbres longeant les cultures. On se comprenait avec ces volésons d'encre, ces lambeaux de nuit criards et oppressants qui découpaient de dentelle lugubre la ligne de faîte. Ils m'imprimaient une terreur rétinienne, de vieilles ressouvenances du sordide, le dégoût pas loin. Ils me lançaient dans leurs cris une résonance non reconnue de moi qui pourtant me laissait tremblant jusqu'au noyau. Et je tombais alors dans de furieux accablements d'âme, touchant à un quelque chose de profond et fuyant comme une fin de route sans cesse renouvelée, des adieux toujours repoussés.

Moi qui vous cause là, vous narre mes petites fariboles d'avant, je sais pas d'où ça me vient, ou n'est-ce alors qu'un effet de l'âme, mais il me semble bien avoir comme le sentiment confus d'être allé tôt me balader au fond des choses, d'avoir assisté à une certaine idée de l'horreur un peu, aussi d'en être revenu changé, déserté de moi-même, avec, en sus, un je-sais-pas-quoi d'épuisé en moi tel un continent taciturne, sorte de résistance cannée, une palpitation mélancolique en marche.

Dans le bois de Ropartz, au plus touffu, on pouvait y surprendre un château tout propre, jeune avec sa petite tour au crépi refait. Il avait poussé là, me semblait, profitant de la clairière, une trouée de soleil blanc et bleu, et jaune où il dégageait un halo brumeux et clairet m'hypnotisant. Nimbé de cette auréole laiteuse il distillait alentour comme un cercle en flux et reflux palpitant, plus clair et lumineux encore, qui se perdait aux premiers arbres de la forêt lui servant de couronne. C'était comme si tout le feu rouge délavé du soleil s'était accumulé là, concentré en un puissant rayon divin, dans cette arène éblouie, sur cette bâtisse, tout le feu dompté du ciel, dressé à luire blanc. Il irradiait le château, cognait docile, battait comme un pouls bienveillant et régulier, ronronnant telle une forge douce. Et dedans la cour je les voyais passer les gens d'ici, entrer, ressortir les mains pleines, les bras chargés, ils étaient en vie et ne mourraient jamais, occupés au possible à jouir en pleine lumière, aisés de leur vie. Au travers d'un amas de ronces enchevêtrées je les voyais moi, dans l'ombre, eux là-bas en pleine lumière, aller puis venir dans une clarté radieuse, manger en riant, la table dehors et la nappe scintillante, eux rutilants aussi du cul et des costards, les robes si blanches et irréelles, légers qu'ils étaient tous à se mouvoir gracieux, et moi dans mes ronces comme reste aux aguets un clébard chassé.

Vu qu'ils étaient tous à table maintenant je me trouvais gêné dans mon observation, les voyant moins à cause des arbres, alors pour mieux me repaître de leur vision il m'a fallu obliquer un peu, longer les ronces sur la droite, vers les dépendances, les petites maisons de granit. J'évoluais comme ça en crabe derrière les broussailles sans rien voir d'autre que cette tache blanche qu'ils faisaient tous, je naviguais de biais les yeux harponnés sur leurs habits, leurs chapeaux, leurs froufrous, les ombrelles, rien que du blanc, du rose, leurs gestes libres et élégants. Et tout en godillant de travers sans rien regarder d'où je posais les pieds j'entendais leurs voix, leurs phrases chantantes et leurs rires éclater dans la lumière, exploser au soleil, dans l'air chaud, leurs rires qui allaient gaiement rebondir sur les grosses pierres du château comme des bulles, avant de me venir tinter aux oreilles, limpides.

Arrivé devant le mur de la petite maison de granit je n'entendais bientôt plus, comme en sourdine, que leurs éclats joyeux de voix ainsi que la douce lutte de leurs couverts s'affrontant dans l'arène de l'assiette, ce combat gentillet, cette danse fluette. Et je les savais vivre encore de l'autre côté pourtant, moi aveugle d'eux soudain, continuer leur repas hardiment, mais je ne faisais plus qu'écouter, immobile, concentré de l'ouïe face au mur des dépendances, cherchant une fenêtre dans cette façade, la trouvant bientôt et m'y plongeant tout entier dans son obscurité, ce froid, inquiet soudain de ne plus participer au repas des dieux, alarmé d'une lueur, la traquant dans cette pénombre, n'y distinguant rien d'autre que des ombres, gouffre noir qui ne me faisait plus alors qu'un immense blanc dans ma vie. Je commençais à paniquer presque, m'énervant de cette nuit imposée, lorsque, les doigts agrippés au rebord de la fenêtre, les pieds sur la pointe je vis un trait de jour en diagonale, une autre percée, de cet angle je les retrouvais enfin, je pourfendais la maison d'un coup d'œil, traversais la pièce pour les voir d'une fenêtre l'autre, la nuit au milieu. Je les avais même comme dans un cadre maintenant, ils m'étaient devenus un tableau de maître, œuvre vivante et fraîche.

J'étais avec eux, là-bas, à table, j'y étais si fort il me semblait que je les respirais ces gens, connaissais le grain subtil de leur peau, le fond de leurs prunelles, les battements sensibles de leur cœur blotti que je me trouvais au plus profond de leurs habitudes depuis des vies. Vraiment ils vivaient de tout, et tout participait à leur existence, chaque chose de la Terre ne devait sa présence qu'à ces idoles bienfaitrices, tout, jusqu'au château dans le fond où les draps et couvertures pendant aux fenêtres ouvertes du premier paraissaient comme nombre de langues bariolées.

Non, décidément ils ne mourront pas, la mort chez eux même ne pouvait entrer, increvables à l'excès ils étaient, peut-être même déjà depuis d'innombrables siècles ils existaient là, dans la clarté, seraient toujours là vaporeux et pourtant inébranlables avec leur seuil interdit à la mort, tricarde dès la cour puisque trop de lumières et de joie en tout. Des étrangers au décès ils m'apparaissaient, race des dieux, imperméables aux petits tracas, aux grandes souffrances et quotidien stérile. Ils traversaient la vie en brume matinale, avec tout juste les enfants un peu malades parfois, mais très rarement, de petites toux englouties immédiat sous flot de sirop dans un grand pucier blanc au milieu d'une chambre chauffée peinte à la lumière, et des pâtisseries pour se remettre, après, dans les bras de maman.

Je divaguais de l'extrême, et sans m'en rendre compte ça me faisait mal, j'avais tout ça bien réel dans les yeux, je voyais, le grand lit blanc l'enfant dedans, écrasant paisible sous l'édredon, je détaillais la turne propre et rangée, me baladais dans leur vie, leurs murs, et ça me faisait mal.

D'autant plus qu'en plein soleil, là-bas à table, passé cette petite nuit qui me séparait du bonheur d'eux, une des femmes en riant s'amusait à faire tourner son ombrelle posée légère sur sa fine épaule avec des petits coups de poignet secs et pourtant souples. Ça m'hypnotisait cette drôle de toupie. Que j'en ai même commencé à baver la bouche en four, il me faisait loupe son tournoiement, me rapprochait encore plus de ces petits dieux, le rose clair de sa dentelle n'était plus pour moi qu'un tourbillon, et puis aussi le blanc délicat de ses mitaines, ses gants à trou-trou en filigrane, le lait doux de son fin poignet, tout ça me triturait une douleur insaisissable.

Accroché à mon rebord de granit, ma fenêtre, les pieds dans la jungle je me bavais sur les nougats, et ce tiraillement au ventre que je ne comprenais pas me soulevait la tripaille pour en faire des nœuds. Ce n'était pas le cri de mon crabe, loin de là, lui m'était devenu avec le temps, pourrait-on dire, comme une douleur de fond inséparable de mon petit moi, un soliste plus ou moins discret au fil des jours dans l'orchestre des souffrances.

Agrippé à cette dalle, moi, là, ce rebord qui me gelait les doigts dans l'ombre, cette nuit au milieu, je subissais dans le bedon un cri bien plus douloureux, bien plus aiguisé, un déchirement il me semblait de mes tissus internes, mélange de tristesse et d'isolement qui allait piocher mes larmes encore plus profondément que j'avais jamais connu.

Et là-bas dans ce jour blanc cette spirale rose qui tournait… tournait… tournait…

Que ça m'aspire, me brouille, m'abêtit et mes yeux en lâchent prise, perdent la fenêtre du fond, que me voilà baignant alors d'un coup dans cette encre sans plus d'issue, errant du regard dans cette nuit du milieu sans rien trouver à quoi me raccrocher, juste des cercles vibrants qui s'agrandissent et s'écartent du centre en ondes, comme une pierre jetée dans l'eau étale d'une marre.

Il faisait beau je sais tout autour, un début d'après-midi tout neuf, tout clair et pourtant j'étais à naviguer dans une sorte de nuit, j'évoluais dans le noir de cette pièce et je m'en sortais pas, mes yeux avaient ça d'étrange qu'ils scrutaient le vide des ténèbres comme s'ils me fouillaient méticuleux l'intérieur de mon petit crâne.

L'obscurité c'est connu décuple nos sens, relance nos turbines, sitôt dedans passé trois secondes les images surgissent en bouillon, défilent, se bousculent pour nous envahir la trogne, et puis du coup juste après des sensations émergent, parfois même des idées naissent chez certains. Les pas veinards. On sait pas bien d'où ça déboule tout ce flot d'ailleurs mais c'est là.

Les choses bien cachées en nous vont et viennent tous sens sans que personne jamais contrôle rien, comme moult trains fantômes, on ressemble nous avec notre tête encombrée à une gare de triage surpeuplée d'angoisses aveugles, de sueurs froides et de visions diurnes qui s'entrecroisent sans cesse dès le crépuscule.

Ainsi voyez-vous à tituber des yeux fatigués dans l'encre de la pièce une pensée traversière s'installa pépère en une suée pour me foutre d'autor le feu aux coursives. C'était net et tranchant, précis dans sa férocité, qu'il existait en fait plusieurs sortes de bonshommes sur Terre, c'était ma grande révélation, que les petits dieux étaient bien en y réfléchissant les premiers que je rencontrais de ma vie. À Kerlabia on ressemblait pas du tout à ça nous. Même quand on mangeait dehors dans la cour aux graviers, avec l'odeur sous le soleil qui nous remontait des habitudes matinales de Marianne, eh bien nous on était vraiment différents des emperlousés du château c'était flagrant.

Après ma découverte soudain elle s'est mise à s'éloigner l'ombrelle, dans un tourbillon pâle, elle s'est mise à valser encore plus vite pour reculer jusqu'en bordure d'âme j'avais l'impression, repartir au loin tout là-bas en frontière de vie. Eux tous dans leur félicité permanente ils s'en allaient maintenant rétrécir au fond de mes lignes de fuite. J'étais pas à table avec eux, je le savais, et jamais probablement je mangerais dans leur galtouse.

Ma petite nuit du moment à ça elle me servait donc, à m'expliquer toujours un peu plus encore d'où je venais.

Et je réalisais, dans un roulement soudain je réalisais, pas vraiment toute l'importance du ravin on peut pas dire, mais commençaient tout de même à m'éclairer la calebasse toutes les étendues infinies qui nous poussent à espérer toujours sans jamais croire en rien.

Et ce roulement sourd, vague, aux résonances caverneuses devint cristallin, des bruits de verre alors, des bouteilles, et vides toutes pour rendre ce son-là bien creux et reconnaissable, des bouteilles vides à terre en un tas. Et puis aussi ça avait bougé dans la pièce, à droite vers le mur, un drôle de mouvement triste et calme qui avait laissé dégouliner une bouteille jusqu'à terre. Je la voyais maintenant, se détacher grise sur noir l'ombre pliée d'un homme, un homme assis sur le bord de son lit avec les pieds bien à plat tous les deux sur le sol, je distinguais mal son visage mais je savais pourtant qu'il venait de tomber avec lenteur dans ses mains, ses mains au bout de ses avant-bras les coudes sur les genoux. Qu'il cherchait à s'y cacher dans ses paumes comme dans des mains étrangères, qu'il réclamait une tanière son visage, un nid.

Encore de la fenêtre d'en face je les retrouvais les autres, les emperlousés, je traversais la maison, eux derrière lui dedans, et je lui traversais sa détresse à lui aussi du même coup moi, d'une fenêtre l'autre lui assis au milieu dans l'obscurité la face tombée dans les mains. Je lui transperçais son cœur, sa vie, je pénétrais son existence au moment où juste il venait de laisser rouler une bouteille vide à ses pieds, une bouteille dans un roulement régulier qui avait traversé la pièce pour s'aller mourir contre le tas de frangines vides.

C'est qu'il n'est pas tout jeune ce bonhomme, c'est un ancêtre, il est d'avant, de bien loin derrière, il est du pays de Marianne là que je le devinais dans l'embrasure du jour lui serpentant dessus la face comme une coulée de lave. Ses yeux devenus jaunes dans le soleil déjà nous le renvoient en son temps, sa barbe rare et grise semble une excuse à ses mains tremblantes qui grattent et grattent ses petits poils éparpillés sur ses joues pâles et creuses. À force de m'investir dans l'obscurité il a fini par m'apparaître dans son ensemble le bonhomme, ses habits aussi je les distinguais, ses loques en couches de trous, que tout vraiment lui godaillait de haut en bas, du col élimé aux charentaises éventrées pendantes au bout de son bleu délavé. Comme son âme à ce bonhomme on leur distinguait la trame à ses vêtements. Je le voyais bien maintenant, lui au centre avec du noir tout autour, le soleil même lui surlignant de rouge les contours, un vieillard, et maigre, sombre dans sa jungle, son vieux lit une place en bois contre le mur de pierre, une petite table et une chaise, tout ça de bien pourri, et des bouteilles, vides, partout, éparpillées sur le sol en terre battue, ou en tas contre les murs comme Marianne empilait ses bûches. Toutes ces vieilles bouteilles sans étiquettes avec le verre très épais montaient jusqu'au plaftard. Je voyais tout ce barda d'où j'étais, et juste au-dessus de ma tête passait un rayon du couchant, traversant les vieux carreaux borgnes pour lui imprimer sur le visage des rougeurs mélancoliques.

Mais déjà c'est le soir ? je m'éberluais regardant le soleil se coucher sur sa face, comment ça avait pu ? déjà la presque nuit ? les heures étaient comme tombées dans un puits, sans un bruit. Et puis aussi toujours ce mal de bide qui me tiraillait, qui me distordait tout le bastringue, c'était lui qui me faisait ça, le bonhomme triste en larme assis sur son paddock, lui qui me tourneboulait le cockpit et les soutes.

Et le voilà qui tâtonne, palpe le sol en aveugle la main à terre, il cherche une bouteille, mais pleine, la trouve enfin et se jette dessus tel un rat maigre. Ça lui coule dans le gosier comme un ruisseau limpide, elle n'a pas de pauses sa descente. À mesure que le niveau baisse au goulot je gonfle, c'est à y pas comprendre, vrai, et pourtant c'est bien son vin à lui qui me brûle mon intérieur, me déchire et m'alourdit le bide. Il me déverse au-dedans sa charge d'impuissance et de solitude, je la sens qui me coule, il m'attire vers le bas lui, comme pratiquement tout dans la vie, tout vous recentre au néant à y bien réfléchir, il m'assèche tant il s'imbibe le bonhomme. C'est un fait, pas à dire, il me noie et je sombre.

Alors moi, là, ça me suffisait, quand c'est plein c'est plein, quand la musette dégueule le cœur s'envase. Faut couper là. J'ai tout lâché, tout planté net, je les ai laissés les emperlousés du château, lui ses bouteilles et sa détresse.

Sa détresse mêlée à la lumière saumonée du couchant, lueur déclinante et pourtant brûlante encore et vive comme un brasier, qui faisait sur son visage danser des clartés.

J'ai lâché la fenêtre, cédé ma place, mais ça se bousculait pas derrière moi pour le voir ce bonhomme.

On pouvait ainsi dire que l'unique rayon qui perçait sa fenêtre d'orange et lui tombait ce soir d'été juste sur la face faisait de lui, dans une coulée d'ombre, un animal grimé de peine, une créature maquillée de fatigue et d'éloignement.

Et les emperlousés du château là-bas, eux qui avaient déjà tout fermé leur casbah, les portes et volets, eux qui certainement flottaient derrière leurs murs dans une extase d'être, ils me faisaient bien dégueuler maintenant. Et sans y comprendre rien je suis reparti vaseux, m'enliser encore toujours plus profondément dans mes boues, m'éloigner encore pour me perdre un peu plus loin dans les marais sordides de mon petit moi, Matin petit bonhomme. Affronter toujours en solitaire cette crue lente et continuelle de nos découvertes abêtissantes.

Décidément c'est à plus comprendre rien aux choses de l'existence que de vouloir à toute fin s'harmoniser soi et ses désagréments avec le reste de l'humanité. Il nous apparaît tellement logique que de vivre bien peinard est le bon système. Pourtant ça se renifle à des milles quand les gens, les endroits, l'évolution des choses sont là où ils doivent être, aller où ils doivent. Et là j'étais en phase je savais, en phase avec mon malheur, ma pitié. Je sentais précisément que j'étais bien à ma place dedans ma peur, elle autour. Tout était comme ça devait, je le sentais bien.

Mais c'est qu'il nous échoit de ces noires tristesses lors de nos sombres découvertes, nous tombent dessus le râble de ces abattements d'âme dans nos désillusions qu'on en reste profondément hébété. On peut bien gueuler notre refus quand même s'infiltre en nous lentement toute la saveur du mécompte, c'est pas négociable, avec patience elle nous recouvre, nous imprègne méticuleusement et devient alors comme une couche de désolation venue grossir de peine notre nappe phréatique de dégoûtance. Le tout-à-l'égout on possède, nous, pour les dégueulaisons d'âme. Alors ainsi pénétré, tel un parfum dans un linge, on s'appesantit toujours un peu plus de fatigue et de résignation, des strates au bout du compte ça nous fait, des strates sensibles d'écœurement.

Sur le chemin du retour j'étais comme ça, en plein, le mal au bide en plus, comme ça, comme je viens d'expliquer. J'attrapais déjà des tics de bonniche, j'ordonnais mon vide. Comme j'avais tout de gargouillant dedans, de bien emmêlé, tout brouillé je disposais les chaises pour l'orchestre, je guettais la sarabande, celle qui allait défiler pour m'encombrer le citron. Et j'avançais dans ma nuit, à tâtons, le vieux et ses bouteilles à côté. Vrai, sa vision m'avait tourné les fibres, tout mon petit être s'en était pris un coup, entre eux et moi donc les emperlousés il y avait cette nuit froide et ce type dedans, ce noyé intérieur, comme un rempart.

Furieusement alors des rats envahirent tous mes tuyaux dites donc, d'un coup je me suis senti totalement éloigné d'eux, si loin, nous tous aussi, nous les gueux, le grand-père et compagnie. Nous ne faisions alors donc pas partie des élégants nous autres, des éthérés, des fluidiques. Nous étions de la besogne et du malheur, la basse couche, les grouillots de la planète. Et dans une brèche fugace je me suis vu soudain moi, plus tard, pas demain mais après, je me suis entraperçu avec ce vieux dans son désert nocturne. Je me voyais moi dans des lointains idem à lui, ce perdu des profondeurs. Je me voyais tourner en rond dans le noir, tourner et tourner sans même chercher d'issue, effectuer des cercles vains dans une nuit de l'existence. Alors un poids énorme venu du ciel comme un sombre nuage, un rapace s'écroula sur mes épaules et dans le cœur il me semblait, que ça me faisait vraiment trop, comme si tout s'était concentré dans mon ventre, toute la pesanteur de la Terre avec une force terrible qui me déchirait la tripaille en me tirant les boyaux vers le bas.

J'étais bougrement embêté.

Les yeux tournés vers le dedans à zigzaguer sur le chemin je me demandais vraiment de quelle manière j'allais pouvoir me délester de cette surcharge d'angoisse moi, tellement gonflé du bidon plein de gargouillis que ça me foutait en prime un tracsir dingue, j'avais beau réfléchir rien me venait.

J'augurais mal de l'avenir.

Et puis soudain j'ai trouvé.

Bien malgré moi faut reconnaître elle m'est venue la solution, car je n'ai fait somme toute que suivre l'impulsion de mes tuyaux. Et pas longtemps j'ai pensé résister, tant ça m'apparaissait peu commun, mais dans les choses du corps on maîtrise balpeau faut bien admettre, alors allez zou !… le bénard aux nougats sur le bord du chemin allez ouste !… à la douve l'étron !… Qu'on en cause plus.

Et puis alors là dites donc on peut dire que vraiment sans beaucoup forcer j'ai chié abondamment pour le coup, de copieuses tonnes je constatais de merde que je déversais derrière moi dans le petit fossé, j'avais beau faire fonctionner la guillotine tant et plus il en venait toujours un nouveau de cigare pour passer sa petite tête au guichet. Il me semblait partir moi-même du cul, la turbine à chocolat devenue folle, incontrôlable. J'en avais la rondelle à palpiter et que ça y allait ça y allait, à plus croire que chier a toujours une fin. J'avais peur de me retrouver au bout du compte comme un gant, tout retourné la peau à l'envers, voyager ainsi maintenant au travers de la vie les boyaux à l'air. Je paniquais me délestant.

Juste à ce moment comme pour me distraire peut-on dire de mon anxiété j'ai reçu de la visite, droit sur moi je l'ai vu arriver la petite chenille toute velue, ondulante, le dos plein de petites vaguelettes harmonieuses. Et puis une autre, une troisième encore à la suite, toutes les douze rayées tout du long jaune et noir sous les poils blancs transparents.

De ma station en turc je la regardais s'avancer la gentille colonne droit dessus moi, comme j'étais accroupi pas plus haut qu'un petit chien, cassé en deux le nez pas loin des herbes occupé tout à mon affaire j'étais en bonne position pour l'étudier la petite douzaine en procession. On les aurait dites accrochées l'une à l'autre queue-leu-leu, petits wagonnets, minuscule ruisseau en marche, rikiki rivière. Et puis tchouk-tchouk elles semblaient faire en avançant toutes ensembles, toutes dans l'effort, l'ondulation, tchouk-tchouk le petit tortillard.

Comme elles m'arrivaient dessus tout à fait je pouvais les observer à loisir, ça va pas vite une chenille, elles étaient là entre mes pieds, bloquées par ce qu'elles devaient prendre pour un terril, la première qui réfléchissait à la situation avec juste derrière, patientes, les autres à poireauter. Je dois dire que le spectacle m'empêchait quand même pas de dégazer ardemment, même avec une régularité de machine à guimauve, que je leur bloquais le passage de mes éboulements au maximum de mes possibilités. La première petite chenille d'un coup elle s'est résignée, sûrement à cause de l'importance de l'obstacle, elle a fait ni une ni deux pour battre en retraite, le demi-tour gentiment ondulant, encore le tchouk-tchouk toute vapeur, elles me quittaient donc.

Toujours dans l'action moi je les regardais prendre la direction opposée, pas fâché même de retrouver un tantinet d'intimité pour me déverser.

Mais voyez comme ces petites bestioles sont folâtres tout de même, l'idée pas suivie du tout dans leur rikiki caboche, lorsque la patronne croisa l'arrière-train du wagon de queue elle trouva pas mieux que d'oublier son rôle de meneuse pour suivre hypnotisée docile ce trou de balle qui passait à contre-courant. Ainsi donc immédiatement le cercle se créa, le mouvement perpétuel, chacune des bestioles persuadée de tracer une admirable ligne droite.

Et je les auscultais les chéries, là qu'elles étaient à me tourner sous le nez, je leur voyais le fond de l'œil, aussi même leur manège me rappelait celui de Couronne, le métro, le petit carrousel de la grosse dame qui venait se poser parfois en haut de la rue sur le boulevard de Belleville, ça tournait pareil, régulier avec aussi des ondulations. Le grand-père il me payait des tours après le petit muret des fois. Elles avaient toutes, les petites chenilles, au fond de l'œil un quelque chose de fixe qui semblait lancer alentour des rayons de lumière froide, une fixité de la rétine comme un puits sans fond, une immensité océane. C'est étrange mais j'y distinguais réellement le fracas des vagues venant s'écraser au pied de la falaise du grand-père, là où il va pêcher. Dans le fond de leurs yeux j'y voyais toute la Bretagne, celle de mes si peu d'ans, les ajoncs, les ciels sans fin d'un bleu cruel et profond, les autres autour qui allaient et venaient, traçant de furtives trajectoires dans mon existence ; Marianne, la tante Barbara, le grand Awouè, ma mère, la grand-mère et le grand-père, le clébard aussi. J'étais, dans la pupille des petites bestioles, à l'intérieur du dedans de ma vie. Matriochkas.

Une minuscule brindille a suffi pour qu'elles retrouvent une direction rectiligne. Elles s'éloignaient de moi, moi toujours déversant, leurs petites vagues sur le dos et le tchouk-tchouk vapeur à siffler au-dessus du convoi.

Je les avais en quelque sorte sauvées de la folie.

Et moi aussi j'en sortais de mon cercle, enfin ça s'est calmé, fallait bien, je serais pas là sinon à vous narrer. Mais nettoyer tout ça a pas été possible avec des feuilles de chêne, j'ai continué crotteux sur le chemin du retour tel quel, couvert de fiente, la raie noircie mais le reste aussi, plein les mains et le long des jambes, tout merdeux recouvert barbouillé comme un petit charbonnier, embaumant dur. J'étais pas possible à approcher.

Le grand-père il le sait bien lui tout ça, il répète souvent que même en faisant bien gaffe on s'en met toujours un peu sur les doigts. C'est forcé d'après lui.

Après avoir déposé le bilan malgré ma panade toujours je pensais à ce vieux, sa vie, ses bouteilles surtout. J'en décollais pas de cette vision, elle était là à me suivre sur le sentier, elle me cheminait de concert et pour un paquet de temps encore dans le futur il s'avéra. Ça je peux dire, tout ce qui nous entre par une oreille ne ressort jamais par l'autre, fausse idée. Tout ce qui nous percute la rétine est imprimé, on oublie jamais rien. On se sert pas de tout c'est un fait mais jamais rien ne se perd, ça nous tombe d'office dans la musette tout ce qui nous entre, et peut-être même que ça remontera un jour, à l'identique ou sous une forme vraiment parfois bizarroïdale. Pas reconnaissable et pourtant, ça sera là. Le vieux et ses bouteilles ils allaient me poursuivre durant un temps pas croyable, toujours contents de surgir aux coins de mes solitudes, de me venir faire un brin de causette comme la vieille voisine, la veuve qui se ronge d'isolement. Pas le cul sorti des ronces je vous dis moi.

En somme il fallait naître emperlousé pour y vivre au château, rares les invitations et les mutations parcimonieuses. Cette vie-là nous était fermée, close à qui utilisait la clochette du portail, la bonne route je le savais maintenant était au sortir d'un ventre. Pas trop de moyens sinon de trouver le chemin du pageot blanc, la chambre de lumière et les coulées de sirop. Le vieux lui je ressentais la facilité de son abrutissement, on y allait bien direct et sans efforts vers ses contrées à lui, si vraiment on faisait pas gaffe à tout le sentier s'élargissait peinard avec les années vers son existence à lui, on y glissait comme dans un entonnoir, certain de trouver le trou, l'escale laborieuse tout au bout. Le vieux alors peut-être il raisonne juste avec son ivresse, il raisonne à la normale sur son tapis de bouteilles. La sobriété partant de là elle en devient suspecte, louche même l'inconscience des sobres. Pourtant je la sais moi la piteuse solitude du buveur d'eau. Lui on voit bien c'est trop tard déjà, finira comme ça le vieux, changera plus d'un milli, l'heure est fondue il est poissé à l'extrême.

Ainsi lesté, tout le cockpit engourdi, certainement déjà je recherchais un coin de solitude il me semble, comme une pièce réservée à ça, pour vivre en apnée. Je suis né donc en somme déjà tout cabossé, tout tordu de la pastèque et dès les premiers pas j'ai cherché ça en a l'air immédiatement à marcher vers un univers réconcilié.

Comme si ça suffisait pas de dégueulatoires révélations pour la journée je m'en suis colleté une sévère de soufflée passé la porte, j'avais pas prévenu de mon retour nocturne, ni même d'ailleurs de mon départ faut reconnaître. Je prévenais jamais, ça me prenait et je décarrais. Personne en a jamais fait un plat. La différence j'ai compris ça d'après leurs vagissements c'était la nuit. Ça tombe tard en été. J'ai dit pardon, fallait bien, que j'avais rien du tout vu des heures et même de ce qui s'était passé dedans, sauf j'ai raconté comme ça en vrac un peu le château, le vieux, sa douleur liquide et ses bouteilles, mes idées pas gaies, les petites chenilles et de la merde en plus partout tout autour et dedans ma petite épopée. Et puis aussi en sus de tout ce bastringue que j'embaumais dur, comme ça, seul dans la nuit.

Mais quand même pour l'engueulade je la trouvais saumâtre, c'était bien moi, dame, qu'avais morflé sur le chemin, ça suffisait pas ?

Pardon donc j'ai dit, mais je me sentais tout baboué, comme un peu pas vraiment là ni concerné, je m'en allais en volutes, fatigué beaucoup, des jambes et du carafon qui me jouait du tambour.

Moi ce que je réclamais en fait c'était du soulagement, c'est ça, que tous ils me soulagent de leurs mots, leurs beuglements et leurs idées sur moi et mon avenir. Qu'ils arrêtent de me geindre.

Ce jour donc moi aussi comme absinthé, que je partais de la bouilloire sans m'en rendre compte tant c'était agréable, ça revenais à plus être là, comme au ciné avec les bruits, les langues et les yeux qui s'exténuaient on aurait vraiment dit dans des gesticulations sèches.

Eux ils faisaient ça.

Moi je vaguais.

Mais quel nom as-tu donc mon âme, toi qui me pousses depuis si longtemps à prendre la vie pour une errance nocturne, l'existence pour un ciel clos ?

Ô Seigneur ! retournez-moi au pays de mon enfance, renvoyez-moi aux couleurs d'autrefois, au temps des vieilles bagnoles sur les graviers de la cour, des soirées tous recroquevillés sous l'ampoule, le temps des bûches alignées le long des murs de pierres, l'époque des grands morceaux de bleu, étendues aériennes et celtiques.

Retournez-moi en ce pays-là où je ne serai alors plus qu'un champ de ruine qui rentre dans sa niche.

C'est à ça qu'auront servi nos vies au bout du compte, à ça, aller au fond des impasses, rien que pour voir, et puis s'envoyer un peu de sa nuit interne, se la digérer comme on peut en la dépensant.

Encore aujourd'hui pourtant il me semble ne pas l'avoir épuisée toute ma nuit.

D'autant plus qu'un soir ça me revient après le repas ils ont déboulé tous les quatre et lui aussitôt il gueule, le grand Awouè, d'entrée il gueule, comme on voit rien que de l'obscurité dans la cuisine il gueule, qu'il croyait même au début qu'on n'y était pas en garant la 403 dans la cour.

Sans en rajouter, tartiner tant et plus il faut bien convenir que le grand Awouè gueulait pour tout et tout le temps, des gueulades intempestives noyaient la cuisine, la salle à briffer du Deupièce à chacun de ses transits. Hurlant comme d'autres ricanent, rigolant dans la gueulante il distillait son humour dans de lourds décibels égrillards. Ça me tétanisait d'emblée, me trouait le cœur d'ouïr le gueulard, mon crabe se réveillait, j'en suais, à trembler. C'est que j'avais moi, tout au fond, ce petit bonhomme en peine, déjà triste de tout et de lui. Les gueulantes le déchiraient.

Là il commence tout juste à nous distinguer le grand Awouè, nos silhouettes, alors effaré il demande :

« Qu'est-c'que c'est qu'ce bordel ! ? vous vivez dans l'noir maint'nant ! ?… c'est d'pire en pire alors ! ?… z'êtes tous CINglés dans c'te baraque !… »

Il faut bien avouer que les réflexes nous manquaient à tous et Marianne faisait rien pour qu'on les prenne. L'électricité ils l'avaient fait installer juste de cette année, du tout frais donc, quatre ou cinq mois avant qu'on déboule, elle y avait pas touché Marianne, les bougies lui suffisaient. C'est du coup nous qu'on l'a inaugurée la lumière du plafond. Mais le grand-père, la grand-mère si tant habitués à rien voir dans cette pièce depuis deux trois décennies, le noir de Kerlabia, qu'on se laissait paisiblement envahir chaque soir par l'obscurité avant que quelqu'un ne réagisse. Et puis aussi ça l'aveuglait au début elle disait Marianne, trop brillant, et la consommation, combien encore ça allait coûter ça ? Sûrement trop. Comme tout ce qu'on ramasse pas sur la terre des chemins, au fond des forêts. Trop que ça coûte.

« Holà !... Holà !... – qu'il nous gueule le grand Awouè, sa boîte de chocolats dans la main – ça vous amuse de vivre dans une cave ! ?... la guerre est finie, on peut allumer maint'nant... AH c'est pÔAs vRAI dis donc !... pour un peu on allait direct à Paimpol, à l'hôtel, vu qu'tout était noir de la cour... y'a plus d'couvre-feu hein !... la guerre est torchée !... où l'est l'bouton ! ?... »

Et d'un large moulinet du bras il fait un petit clak sur l'interrupteur, qu'on se retrouve tous baignés d'auras jaunes et blanches, de rouge, la rétine en étoiles bigarrées on clignote, ça nous zèbre l'espace, tous on s'essuie les yeux, l'apocalypse à domicile. Et puis peu à peu dans l'éblouissement on les découvre, les trois autres, derrière le grand Awouè, la tante Barbara, l'oncle Bébert, un pote avec. Eux aussi nous découvrent d'ailleurs, et on ressemble à rien tant c'est misérable ce qu'on renvoie. Ils nous regardent et ce sont des princes, des êtres debout et en vie, des seigneurs en balade sur leurs terres, ils sont là on dirait comme en inspection, ils visitent leurs serfs terrés au fond de leur tanière. On est piteux nous, résidus d'existence, des taupes, des fonds de cour, de campagne, des blêmes on lui semblait au grand Awouè tout particulièrement, des sombres. Ça lui en fout même un rude choc ce que c'est que de nous, et ça se voit, il en vacille ses chocolats au bout des bras, déjà il fuit, la vision, ses parents vilains, ma mère et moi, tous miteux, tout ça de minables et serrés autour de la table, il peut pas supporter l'image obscure de nous, sa famille, ça le blesse lui qu'a des envies d'Oregon, d'espaces infinis et de multitude, ça lui uppercute tout le champ, le mine au sous-sol notre misère réduite, c'est la débandade, il cliquette de tout le bastringue.

Alors, impérieux dégoûté il nous balance sa boîte de chocolats sur la table qui glisse vers la grand-mère au bout, avec précision, et elle l'avale d'un coup dans ses bras, sur son ventre serré, son tablier, avec des oh merci ! merci viens donc là que j't'embrasse et tout de si bons chocolat ça et puis VLAN !… Fond de placard.

Paix à leur âme.

Dire comment ils se sont dépatouillés tous les quatre pour pieuter je saurais pas, se répartir les schlofs, mais au matin il y avait encore tout le monde dans la casbah. Au grenier ça je sais se trouvaient deux grands lits, tout ce que cette immense pièce contenait d'ailleurs, deux grands lits, des poutres, deux petits vasistas et quelques souris. Aussi on les a vus apparaître un à un dans la cuisine les arrivants, gueule en vrac et nippes désaccordées. C'était vraiment pas dans ses habitudes à la tante Barbara de décarrer du plume avant midi et pourtant on l'a regardée franchir la ligne largement en tête, un paquet sous le bras. On a même applaudi de stupéfaction nous autres. Nous qu'on restait à regarder par la fenêtre la pluie tomber d'un ciel bâché, rectiligne et mesurée, gouttes fines et pourtant lourdes. À cette époque la course des nuages n'avait rien à voir avec la pluie, il pleuvait et voilà tout, nuages ou pas. Du moins pour moi.

« Alors mes p'tits chéris… – elle nous lance dans un sourire la tante – ça vous épate pas ça hein ! ?… que j'sois d'bout à c't'heure !… »

Et puis elle nous découvre à la fenêtre, agglutinés Marianne et moi devant la source de lumière pâle. Elle se jette sur moi alors et me serre dans ses bras, me serre encore et me palpe, ça veut dire : là, t'as pas mal ? et là ? et puis me regardant par-dessus l'épaule :

« Non mais r'gardez-moi c'temps ! ?… on dirait qu'y fait nuit !… m'en fous en fait, ça m'dérange pas… le caban, le ciré et j'marche… pas un problème ça la pluie…, c'est juste que c'est si beau la Bretagne avec un peu d'soleil, tout d'suite ça chope une autre gueule, c'est vrai non ?… c'est p'têt' bien pour ça qu'y pleut pas mal par ici, ce s'rait trop beau avec un ciel bleu clair au-d'ssus, on pourrait pas supporter tant de splendeurs, ça nous brûl'rait la rétine… hein ? nan ? croyez pas ?… comme une œuvre d'art, tu l'as toujours sous les yeux tu vois plus rien…, d'ailleurs la Bretagne EST une œuvre d'art, c'est pour ça qu'ils ouvrent pas la trappe plus que ça et qu'on s'coltine si souvent un ciel gris… – là elle me cause à moi tout personnellement – tu crois pas p'tit bonhomme ?… »

J'en sais rien.

J'en sais jamais rien moi de ses questions de la tante Barbara. Je crois que je pense même que c'en est pas des questions, juste des petits morceaux de gaie tendresse qui vous planent un peu au-dessus avant de se poser.

Et puis alors d'un coup elle fixe sa mère, s'élance, son paquet à la main, elle y va droit, crispée dans des enjambées larges. Mais elle a rien terminé du tout la tante Barbara, ni sa course ni son geste, son élan tout net elle l'a stoppé pis bifurqué vers un coin de la cuisine, l'évier. De là elle regarde son frère entrer, la voix du grand Awouè dans l'escalier ça lui a jugulé tout son effet à la tante.

« Pleut toujours dans c'pays ! ?… – il dit en passant le seuil et se baissant pour pas s'emmancher le chambranle de bois – en plus on s'les gèle !… c'est l'été et on s'les gèle !… comprends pas bien moi ? !… – calbutard et pieds nus il se les gratte à l'aise, les cheveux aussi –… pas vrai ça !… vrai pot d'pisse ce bled !… – puis se tournant vers l'ancêtre il l'interpelle –… au fait dis donc Marianne, tu balances toujours ta sauce dans la cour le matin ?… hein, ouais, toujours ?… avec Bébert quand on était mômes on guettait la giclée…, tu l'fais toujours ?… mais c'est dégueulasse ! merde enfin quoi Marianne !… – il grimace de dégoût, les yeux au ciel la bouche ouverte, puis retombe, écœuré, molle résignation – tu m'diras quand même l'heure hein, que j'évite… »

La tante de son coin d'évier elle se marre, elle le boit des yeux son frangin, le grand-père aussi dans son journal il se bidonne, ma mère, la grand-mère tous on a le bastringue secoué même, on est à se gondoler tous efficacement. Alors voyant qu'il tient son public il se plante au milieu de la cuisine le grand Awouè, un peu accroupi le cul en buse, soucieux :

« Holà holà !… dites donc !… – il gueule les yeux au plafond –… en v'là un qui paye plus son loyer là !… allez, hop tiens, expulsé !… »

Et sur ce louffe une déflagration tonitruante, à en décoller les vieilles peintures, une charge sonore pas croyable, le tout en se tordant de rire.

« Ah ? !… tiens ! ! ?… – elle dit la grand-mère en relevant la tête, l'index pointé vers les cieux – v'là qu'y tonne, c'est pas bon ça les coups d'tonnerre, si ça continue aujourd'hui va pleuvoir de la merde… »

Et on repique tous à la gondolance, aussi sec, on est du voyage tous pour la marrade quand elle se radine. J'adore ça moi le cacaprout, bien plus que les histoires de cul. Le cacaprout ça me fait me tortiller à l'excès. J'arrive plus à m'arrêter des fois.

Dans la rigolade alors elle se lance la tante, c'est le moment elle trouve, de quitter son évier :

« Allez tiens Nénette j't'ai apporté ça… – elle dit en lui déposant le paquet délicatement devant elle sur la table – faudra jeter l'vieux, hein, l'est fini, en v'là un bath de tout neuf…

– Ah ben alors dis donc toi hein !… – il gueule le grand Awouè à sa mère – tu peux dire que t'es vernie gâtée toi dis donc hein ! ?… alors !… non mais alors hein !… hier des chocolats, aujourd'hui un sac à main !… et puis un chouette de vrai en plus de ça hein !… elle s'est pas foutue d'toi dis donc ta fille hein ! ?… – en même temps qu'il braille il tire la langue dans des grimaces pas racontables –… dis donc ! ?… t'as dit merci au moins pour un chouette de sac comme ça ! ?… hein ?… dis donc, t'as dit merci ?… j'ai pas entendu !… »

C'est qu'il nous la gueule sa tirade au travers de la pièce debout dans un coin accoudé au frigo, un gros bol de café en main, pieds nus toujours, calbut à fleurs et chemisette.

« Oh ben alors oui oui… – elle répond la grand-mère en se levant vers sa fille – viens que j'te fasse la bise…

– Ça t'plaît ?… – elle lui demande la tante Barbara –… dis-le hein surtout si ça t'plaît pas, dis-le on peut changer, c'est vraiment pas un problème… »

Elle laisse alors passer un moment la grand-mère, elle fait plus que des ah oui si si, ah oui, nan si si dans des hochements de tête mécaniques en tripatouillant le sac dans tous les sens, et puis :

« Tu m'aurais dit… c'est bête… – elle plonge dans le bas du placard, y'a plus que le cul qui dépasse – regarde j'ai déjà çui d'Thadée, quand y sont v'nus y'a deux ans sur la tombe…, et puis encore çui d'l'oncle Milos, le Noël d'avant, à Draveil… »

Elle extirpe et déballe tout, y'a encore les boîtes, le papier de soie, les rubans, les étiquettes même, le prix donc, elle éparpille tout sur la table et plus personne rigole du tout.

« Pis même j'ai encore le mien regarde…, il me fait d'l'usage, regarde…, il est encore bon…, là y'a une poche pour mon porte-monnaie… – le grand Awouè il en fait des grimaces dans son dos, lève les yeux au ciel pis tire la langue et se révulse, pète avec la bouche, fait bien semblant de tout dégueuler sous la table – et là… je peux mettre ma capuche… et là, là regarde tu vois, pour mon carnet d'tickets d'métro…, nan vraiment il est parfait ce sac…, qu'est-c'que j'l'aime alors ce sac…, c'est mon sac…, nan j'vois vraiment pas pourquoi j'en changerais ?… »

Elle dit tout ça sans plus voir du tout personne de nous tout autour d'elle dans la pièce, elle range méticuleusement les deux sacs, dans les boîtes, le papier, les rubans, les étiquettes, elle fait tout ça vraiment très bien, pis replonge dans le placard pour les redisposer bien méticuleusement dans leur nuit.

« Avec le tien ça m'en fait trois d'avance, comme ça…, peut-être même j'aurai pas assez d'mon restant d'vie pour les user tous…, j'suis bien avancée du coup… »

Et ainsi penchée en avant tel un lanceur de disque, tenant par les anses le sac de sa fille au bout du bras comme un panier à salade, un balancier, elle prend alors son élan deux trois fois comme ça avant de te me le balourder dans le gouffre obscur du placard. Allez HOP ZOU ! elle brame, et on l'entend cogner la planche du fond le pauvre vieux, VLAN !

Celui-là on s'est dit il est pas prêt de ressortir, pas demain qu'il reverra la lumière le bougre, l'est allé s'engloutir bien trop loin dans les profondeurs, pas même certain qu'on le revoie un jour. Faudrait des fouilles, un archéologue. Y'en a deux avant lui de toute façon des sacs. La tante et son frangin ils se regardent écœurés total, l'habitude fait pas tout, les enfants, les parents ça ressemble bien à un vieux couple tout de même. Ah, l'attitude de sa mère la tante elle a dû la trouver bien salingue, totalement dans la lignée des années.

Que ça nous a bien plombé l'ambiance cette affaire, on tournait du coup tous en rond comme des chats qui cherchent où placer leur cul. Sauf la grand-mère qui y pompait balpeau.

Les adultes à y regarder bien c'est jamais rien d'autre que des enfants avec quelques centimètres de plus, quelques masques aussi accumulés de-ci de-là, quelques rides. Quelques vertiges aussi de plus. Les adultes c'est rien que de mornes vestiges de l'enfance, pas autre chose.

On a donc tournicoté comme ça un peu sur nous-mêmes, se croisant dans la cuisine sans plus de mots, comme ça, la grand-mère au milieu du silence qui attaquait son tricot. Comme ça, jusqu'à l'arrivée timide de l'oncle Bébert, son tee-shirt bleu pétrole, son bène à grosses côtes et ses Clarks, avec pour la grand-mère comme cadeau une montre.

« AH ben alors là en voilà une bonne idée !… – il gueule hilare le grand Awouè – alors là ça, ça c'est d'l'idée ça Bébert !… une montre !… c'est vrai t'as raison y'a pas l'heure ici… rien !… »

Alors muet il indique du doigt l'horloge du mur juste au-dessus de Marianne, les trois réveils étalés sur toute la longueur du buffet, celui du frigo, l'autre sur la tablette de la fenêtre, la petite montre pendentif accrochée au miroir, une autre montre, debout encore dans son écrin, toute neuve sur une étagère du placard. Il dit rien il pointe, juste comme ça de l'index avec des gestes démesurés, des grimaces de révulsion, un mime on dirait.

On se godille à plus va nous tous, la grand-mère aussi, on se fout de sa gueule mais ça l'amuse quand même, et du coup pâmée ravie elle replonge dans le placard le cul toujours en l'air, elle a déjà celle de Nénette Niquin qu'était venue en vacances avec sa fille, ils avaient loué à Bréhec pour la plage, pis celle de Milos, elle les sort de leur écrin, le papier, rubans étiquette rebelote, étale tout, on y a droit encore.

« Mon pote il t'a offert des fleurs… – il lui gueule le grand Awouè – t'aurais pas un vieux bouquet d'avance qui traîne par hasard d'l'année dernière ?…, même celle d'avant… hein ? nan ?… t'as pas ça ! ?… – réfléchit quelques secondes, se marre pour lui tout seul et lâche – si on suit l'idée on aurait dû t'apporter du pinard !… c'est vrai nan ! ?… tu nous aurais r'ssorti d'vieilles boutanches pas dégueues… au moins on aurait bien picolé, on se s'rait fendu la gueule !… »

On est tous à se taper sur les cuisses, moi aussi qui comprends pas tout je rigole plus que tous. Si faut toujours attendre de piger pour se godiller on doit pas du coup se poiler souvent alors. Et il est à dire que toutes ces grimaces et pantomimes m'amusaient d'abondance à l'âge ou l'on entrave absolument que dalle à rien. C'est qu'ils étaient encore tous potables, troupeau enjoué pleine gloire familiale, tous jeunes et pas morts pour les plus vieux. Leur folie je dois reconnaître demeurait toujours charmeuse, sympathique et relevant même de l'audace. Les jeunots étaient pas encore cinglés sous le petit poids des ans, leur démence passait encore pour de la simple vitalité, leurs dédains superbes une façon élégante d'utiliser la vie, une certaine classe on peut dire. Même si toute sa panoplie au grand Awouè n'était en somme que succès de clocher, deux trois plaisanteries de corbillard, sa lâcheté passait encore pour du style, sorte d'élan d'être. L'âge avait pas eu le temps d'épanouir leur graine de cinglitude aux plus jeunes, levant de timbritude dégueulatoire. Le temps les avait toujours pas dévoilés au monde, on hésitait pour eux entre tous les possibles de l'existence, leur conformisme caché avait pas encore impressionné la péloche de ma sensibilité, aussi la leur, et puis celle du temps. Ils jouaient sans le savoir sur leurs négas et tout allait bien.

Sauf déjà peut-être pour ma mère j'ai déjà dit. Les autres ils incubaient ainsi pépère dans le ventre de l'existence. Aujourd'hui c'est fini, ils sont morts ou démasqués.

Les mauvais ressorts de l'âme tirent une de ces trombines avec les années. Qu'on les reconnaît d'ailleurs à ça même, à leur détérioration précoce et dégueulasse. Ça nous imprime comme un X de dépit haineux sur la face, un X plus ou moins marqué avec les sourcils, la vallée des larmes, son ombre et les deux sillons nasogéniens. Et lorsque les plis d'amertume s'en mêlent… Mais là n'est rien, on a encore l'air comme ça mais le physique est toujours en retard sur le dedans, je n'étais moi déjà plus celui que je projetais comprenez-vous, même à cet âge-là, Matin petit bonhomme. Voyez comme c'est menteur un visage, un corps, trompeur une silhouette.

On peut rêver plus féroce même, une espèce de trajectoire impitoyable d'où l'on découvrirait alors la vérité comme au fond d'un couloir. Si d'après un savant mélange de jeu d'ombres et de miroirs, sous un angle extrêmement précis et pointu, au milli, si positionné ainsi face à une personne on pouvait voir apparaître le vrai visage de l'âme, tout au bout de cette ligne, on en verrait de ces choses, trombines toutes de hideurs monstrueuses. Les louftingues tiendraient pas cinq minutes sur les boulevards. Désertes les rues. Mais comme c'est pas aussi flagrant on la ferme. Pourtant déjà faut voir le nombre de malades qui arpentent gentiment les faubourgs de la société, les bien entamés du melon totalement intégrés, réussissant à merveille, gagnant même des sous, des sommes pas racontables, camouflés indécelables dans les cocktails. Faut voir ça.

Aussi on mesure souvent assez mal l'ignorance des gens. On les regarde et l'on pense, lui là, eux, elle, il a marché sur le même chemin que moi, le mien présent, celui que je me tartine en ce moment, qui m'emberlificote sérieusement. Il sait, on se dit, il connaît déjà tout ça, il a en lui le savoir, la connaissance il la possède. Et puis non, en fait il a traversé toute l'odyssée sans avoir absolument rien vu ni compris du voyage, en myope du cœur et du citron il est passé. Le grand Awouè il a jamais vraiment voyagé, malgré toutes ses errances sur la planète, il a jamais voyagé, il s'est maté la zézette et puis c'est tout. L'endroit importe peu pour l'idiot. Pour fuir sa mère le grand Awouè il était de ce fait plus pressé qu'un lavement, il a mis toute sa vie tant d'ingéniosité et de sueur pour la fuir sa mère, son aliénation, intercaler tant de kilomètres entre elle et lui, fuir aussi la sienne propre de folie qu'il a jamais rien compris à rien.

Il broutera encore que les prés seront cimentés le grand Awouè.

Elle tire aujourd'hui une drôle de binette notre petite troupe d'alors.

Certains sont pas morts, bien possible même, juste éparpillés sur la Boule, le grand Awouè je crois il est toujours pas clamsé là-bas sur sa caillasse, il a plu dessus lui j'entends bien, mais peut-être pas encore canné. La tante Barbara aussi. Mais pas très non plus l'envie de les revoir, ça me ferait l'impression de retrouver de vieux singes, de vieilles rubriques lues et relues cent fois.

On les regarde nous revenir pourtant, à intervalles absolument pas du tout réguliers, le menton qui flanche, les bajoues, oh il décline on pense illico, un œil se plisse, déjà, se ferme, c'est le début. Voilà qu'elles radinent nous dire les vieilles connaissances comment l'on sera nous plus tard si l'on tient aussi mal la rampe qu'eux, fatigués de tout sans même plus avancer, juste de menus pas vers la tombe.

Ça fait ainsi de nous un drôle d'animal mélancolique.

Que ça a pas traîné même, ils étaient arrivés que de la veille au soir tous et lui déjà il s'emmerde au maximum de ses capacités. C'est qu'il s'y serait bien installé illico sur le *Kérist* si ça avait été possible le grand Awouè, mais vraiment trop de choses manquaient encore à bord, fallait attendre. Aussi il se la tripote sa bagnole qu'on peut lire dans sa tête, fuir qu'il y a dedans, si il pouvait. À l'arrière près du coffre ouvert je lui cause et c'est pas ça l'écoute, pas fameuse la réception, je lui cause à lui là-haut et j'ai l'impression forte que mes petits mots ont bien du mal à grimper jusqu'à lui, elles se dispersent mes paroles dirait-on avant de l'atteindre dans ses sommets. Il me déverse ainsi de ses hauteurs des ah bon ? ah ouais ? mais il y a, c'est limpide, vraiment rien qui l'intéresse chez moi en bas. Et du coffre alors il sort un gros engin, extirpe un appareil à musique, c'est pour le grand-père, qu'il puisse écouter ses disques, au Deupièce c'est malaisé. Il souffle tellement c'est lourd l'énorme appareil, il peine sous le poids en traversant la cour aux graviers mais quand même il lâche :

« Et tu fais quoi alors pour te marrer alors Roger, hein ?… »

C'est le ballet incessant de la pensée qui m'y a fait ressouvenir de mes petites chenilles, mes petites chenilles qui sans moi et ma brindille seraient peut-être encore têtes dans culs à tourner. Il me jette alors un œil avec une moue au bout, en rien passionné, grimace, ricane. C'est vrai aussi faut dire je sais pas ce qui m'a pris de causer de mes petites chenilles, à lui, le grand Awouè, surtout à lui, heureusement que le grand-père rôdait pas loin, qu'il m'a expliqué un peu les papillons et tout. Ça m'a un tantinet rehaussé la bouilloire. Mais j'avoue je lui zieutais jamais les yeux au grand Awouè, j'avais en moi cette peur d'être accroché par son regard, d'y être happé pour plonger au fond, de me perdre dans son néant, sombrer dans sa panade, son chaos. Et puis avec lui je me heurtais si fort, et sans m'en rendre compte, à un tel flot de résistances que ça me stoppait d'autor, j'en restais stupéfait, statufié con, et de mes fréquentes immobilisations découlaient inévitablement d'atroces écroulements d'être.

Ce qu'il n'avait pas l'air de se rendre compte le grand Awouè, c'était que lui tombant dans son oubli à lui, puisque hors de sa vue, je continuais pas moins de vivre moi quand même, et pas qu'un peu. J'avais ma petite vie au Deupièce c'est entendu, lui la sienne je sais pas trop où, mais j'existais encore, je turbinais toujours de la cafetière moi, je n'étais pas comme il semblait inconsciemment le penser qu'une minuscule entité négligeable, sorte d'ectoplasme visqueux, rikiki personnage incompréhensible et inintéressant créé de sa vue. Chaque matin moi je redisposais patiemment sur mon petit billot un morceau de mon existence que la vie se chargeait de réduire en minutes et secondes, distribuant ainsi à l'encan des rôles au dégoût, à la rage, au refus et à la peur, deux trois déceptions, flot d'injustices et de révoltes, multiples scories de tristesses mélancoliques.

Ça lui éclairait pas le citron ça je pense.

M'est avis que dans ma brumaille je le détestais déjà, autant pas le cacher, que c'en était déjà de la haine au cœur de mon admiration, mon éblouissement, déjà je savais qu'il n'y aurait jamais de reddition, que ça y était, jamais je ne plierai, que mes tentatives futures de communication, de rapprochement ne feraient en avortant toutes qu'alimenter dans mes souterrains au fil des jours cette détestation de lui, grossir dans mon égout collecteur toujours un peu plus ce fleuve de haine.

On continue comme ça des allers-retours en marmonnant du coffre ouvert à la pièce au sol en damier noir et blanc près de la cuisine, on se coltine des paquets de fils, des disques, des haut-parleurs, d'un coup ça va et ça vient dans cette cour, la casbah vit plein pot, tout le monde qui s'y met à tripatouiller, donner son avis. Que ça rigole en chantant même. Y'a le soleil aussi faut dire qu'a radiné.

Le grand-père il avait déjà fabriqué une petite table en bois dans son atelier au fond du jardin, avec des étagères, des rayonnages pour ses disques, en prévision. L'oncle Bébert il s'attaque aux branchements, ça marche pas, il est pourtant comme une fée de la bidouille mais y'a rien qui sort des haut-parleurs que le grand Awouè est en train de fixer au mur, près du plafond. Y'a beaucoup de monde dans la pièce, la grand-mère aussi elle est là pour voir le bordel qu'on lui met, et puis alors d'un coup comme ça on entend le copain dehors qui se met à hurler, on dirait qu'il va crever sur place, là, dans les secondes. Il braille comme s'il allait exploser subitement le copain.

« J'ai chaud !… j'ai chaud !… – qu'il nous gueule torse nu – j'ai trop chaud !… la chaleur éd'la Bretagne a va m'faire crever !… de l'eau !… un seau d'eau !… de l'eau que diantre !…

– Attends !… – qu'il lui dit le grand Awouè en sautant par la fenêtre – attends voir un peu mon cochon !… tu vas l'avoir ton seau !… »

Il se met alors à tirer l'eau du puits avec force, la poulie elle en couine de godiller de la sorte avec autant de frénésie, le copain lui il gueule toujours à plus va qu'il a chaud tout en se déloquant sur les graviers dans des gestes démesurés.

« Attends un peu espèce de salopard !… ah tu vas l'avoir ta flotte !… – le grand Awouè ça le fait marrer de pouvoir hurler tout en se défonçant sur la corde – ah ! tu la veux tu l'auras ta flotte mon salaud !…

– C'est la canicule !… on va tous cramer !… pitié, de l'eau !… – il continue de bramer le copain presque à poil – pitié pour les braves ! de l'eau !… »

Nous tous on se bidonne d'avance, on attend de voir.

Il en transpire à grosses gouttes le grand Awouè de s'exténuer à gueuler tout en tirant sur la corde, comme un aliéné il se démène et d'un coup le seau de fer apparaît, ras bord il est.

« Viens ici mon cochon !… – il lui gueule à son copain le grand Awouè – radine un peu voir !… allez tiens salopard prends ça… »

Et SPLASCH ça fait, il se ramasse tout en plein milieu du buffet le poteau, tout bien pleine bille et torse.

« Merci Seigneur !... – maintenant il dit tout en dégoulinant sur les graviers les bras au ciel – merci pour cette eau divine !... »

Et il restait là, ruisselant, les yeux fermés, muet bras ballants, tête baissée. Que plus personne disait rien, bougeait, ça a posé comme un blanc, on était tous comme ensommeillés, on regardait les petites étoiles blanches que lançaient les gouttelettes en se détachant de son corps, il ressemblait à un arbre après l'averse. En silence on le regardait perler au soleil et pif... paf... ploc... ça faisait tout autour de lui sur les graviers, lentement, les gouttes tombant de plus en plus espacées. Ploc... ploc... Et puis quand il a relevé la tête pour ouvrir les yeux en disant :

« À qui qu'c'est l'tour ménant ?... »

Alors là on s'est vraiment tous bien réveillés.

Déjà on entend le plouf du seau résonner au fond du puits, déjà la poulie couine, déjà il souffle le grand Awouè en tirant sur la corde, déjà nous tous on est prêts à se trisser dans toutes les directions possibles.

Mais les révélations importantes de notre vie déboulent et jamais ne préviennent, peut-être on aimerait s'asseoir pour les guetter mais elles ne préviennent pas, elles nous flibustent la tête et le cœur, elles jettent l'ancre et mouillent en rade de notre âme pour le restant de nos jours et on a rien à dire.

Trois petites notes de musique pour moi ça a été, un triolet en *mi* mineur s'envolant d'un piano triste, par la fenêtre tendrement, des violons se déversant dans la cour au milieu de nous tous immobiles.

Et puis cette voix !

Ces mots !

La marée je l'ai dans le cœur qui me remonte comme un signe...

Ça me soulevait, me tirait par les épaules, par le cœur cette échappée lente, un ascenseur interne m'élevait les boyaux, le seau du copain c'est moi subitement qui l'avais dans le ventre, la marée, tout ce liquide glacé, brûlant qui me remontait au cœur, au bathyscaphe, j'en avais la louftinguette et les carreaux tout brouillés.

Tous on s'est arrêtés pour écouter cette musique, cette voix qui doucement comme des volutes en ruisseaux inondaient la contrée. C'est le filet du chasseur africain qui venait de me tomber sur le râble, l'araignée, sa toile, je ressentais ça en écoutant ce bonhomme me poétiser sa détresse.

Mais peu me chaut le sentiment d'être piégé, j'ai su en regardant la tante Barbara franchir le seuil de la maison pour s'asseoir sur le banc au soleil et murmurer la chanson qu'il y avait là, pour moi, quelque chose d'étrangement important. Je l'ai su à la manière dont mes soubassements remuglaient, je l'ai su au hurlement de mes combles que c'était obstinément pour moi les chansons, et que n'existerait possiblement jamais rien d'autre.

Et puis ça a été fini.

Elle aurait jamais dû mais le lendemain à la table du midi la grand-mère, toujours en bout près des fourneaux, elle demande :

« C'est qui qu'est allé aux toilettes cette nuit ?… »

Du grenier c'est sûr fallait tout descendre les étages et la traverser tout entière la casbah pour s'y rendre aux latrines, ça faisait une trotte des combles à la forge.

« Ben ouais, c'est moi… – il répond le grand Awoué à l'autre bout de la table – pourquoi ?… l'est où l'problème ?… fallait remplir un formulaire l'avant-veille ?…

– OH ben te fâche pas allons voyons… c'est juste que j'ai entendu quelqu'un qui descendait en pleine nuit et comme j'ai regardé mon réveil et qu'il était quatre heure trente-sept alors j'me suis dit tiens c'est…

– Mais qu'est-c'que c'est qu'ce bordel ! ?… – il se met à gueuler lui déjà debout – On peut même plus aller pisser tranquille dans c'te baraque ! ?… tout l'monde doit être au courant ! ?… faut un laissez-pisser ! ?… mais c'est pOAs vrai ça ! !… t'as qu'à téléphoner à toutes tes copines aussi tant qu't'y es pour les avertir : mon fils l'est allé pisser à quatre heures trente-sept, ça vous épate ça, hein Mame Pierson ! ?… nan ? tu vas pas ameuter tout l'pays ?… mais c'est pOAs vrai ça !… j'aurais apporté mon passeport si qu'j'avais su m'sieur l'brigadier, voulez l'voir la prochaine fois ?… tu vas pas t'installer la nuit en bas d'l'escalier avec ta chaise pis ta p'tite table et ton képi à nous coller des tampons au passage ?… non mais faut être MALAde non mais merde alors quOA !… t'façon les tampons j'les ai tous !… j'peux aller pisser peinard moi !… – là me désignant d'un coup de menton – toi par contre t'en as pas d'passeport toi Simon, non ! ?… ben alors tu peux pas aller pisser, LÀ ! NA ! voilà, c'est comme ça… ou que la journée alors Simon, la nuit tu serres et t'attends !… fais gaffe Roger !… »

Il tourne en rond au milieu de la cuisine avec des gestes les bras en l'air pendant son discours, il rigole tout seul mais ça le fait pas rire pourtant. Du coup il conclut :

« NAN mais MERde quoi faut être cinglée pour nous emmerder avec des conn'ries pareilles ! !… »

La grand-mère elle en pleurait presque de se faire engueuler de la sorte par son fils.

« Mais enfin allons voyons ! ?… pourquoi qu'tu t'énerves comme ça ?… t'as bien l'droit d'aller aux toilettes la nuit quand même allons voyons !… non c'est idiot… c'est pas ça qu'j'ai dit…

– Ben pourtant on dirait bien ! !… t'façon merde tiens moi j'me tire d'cette baraque de MALAdes ! !… j'irai pisser où j'veux la nuit comme ça !… MERDE alors ! !… au Pérou même si j'ai envie ! !… mais MERde quoi à la fin, quoi, MERde ! !… »

Déjà il fait gémir l'escalier, la rampe, à l'escalader comme on grimpe à un arbre. Le balluchon pour la redescente.

Le copain et l'oncle Bébert ils ont bien compris sans une parole qu'ils devaient s'ébranler eux aussi.

La 403 est sortie de la cour et puis ça a été fini.

« Ah ! si suffisait d'les pondre !... mais c'est ben mal goupillé tout ça !... les enfants c'est comme la terre c'pas ?... suffit pas d'planter !...

– Dame oui !... comme le gazon tenez prenez par exemple, quand on l'sème, ben tous les jours après faut arroser, au début... sinon ben... a prend pas !... »

C'était ça qu'elles se racontaient entre copines les deux dames accoudées à une barrière quand je suis passé, près de la croix de mission. Les raisons je les ignore, pourtant je l'ai emportée avec moi cette idée, et tout le long de la balade, que c'était comme chaque chose en somme, au début faut bien s'en occuper, sinon ça retombe, forcément. Elle m'a pas lâché la phrase, l'idée. Jusqu'à l'écureuil quoi.

Le grand Awouè parti, installé à Paimpol sur le *Kérist* avec l'oncle Bébert et le copain, la tante Barbara toujours en vadrouille à crapahuter, Marianne de son côté, le grand-père dans son atelier, la grand-mère qui décarrait jamais de sa cuisine et ma mère occupée comme elle pouvait, restait du coup pas lerche pour la marrade. Je m'emmerdais subit. Je l'ai dit à la grand-mère, ça :

« Je m'ennuie...

– Griffe-toi les jambes, t'auras des bas rouges... »

J'ai pas trouvé mieux que de repartir vers je savais pas où moi. La curiosité. Fallait que je voie.

Dans le bois de Ropartz c'est pas des korrigans, des fées ou des lutins, pourtant j'avais l'âge au poil de ces rencontres, que j'ai trouvés, c'est l'agonie.

Passé le château sommeillait une énorme fosse au plus profond du bois, vraiment gigantesque empreinte d'obus où s'empêtraient racines, souches, branches et feuilles mortes depuis des dizaines et des dizaines d'années probablement. Assis là, n'ayant vraiment rien dans la châtaigne, j'ai attendu sans un bruit les rigolos lutins, les petites fées jolies mais chipies, j'ai poireauté l'après-midi en silence pour tout un peuple bizarroïde qui n'est jamais venu. Aussi, fort mari de cette déconvenue j'ai laissé couler ma petite âme spleenée sur le chemin du retour, le melon encore tout engourdi de cet exil en totale solitude. Le désert, le silence, ce lieu, tout avait bien fini par me faire comme un toit, couvercle à moi pesant où mon petit palpitant commençait à trouver là quelques difficultés à se gonfler de sang. Ici, dans la forêt, tout m'était mort. Les arbres c'est pas vivant, la vie faut que ça remue un minimum pour me donner l'illusion d'un semblant d'activité.

Même lui là il m'apparaissait pas en vie plus que ça, et pourtant je me gourais pas, c'était bien un petit animal. Un petit écureuil même, tout roux couché sur le flanc au milieu du chemin, sa petite tête tournée vers le ciel, sa toute minuscule frimousse qui semblait guetter quelque chose dans la brise. Et puis surtout ses yeux miniatures posés sur moi, moi qui alors osais plus du tout bouger. Mais je crois qu'il ne me voyait plus, qu'il ne me regardait même pas, peut-être ne distinguait-il déjà plus que des sortes de formes ombreuses et mouvantes avec une grande lumière derrière.

Ça s'est d'un coup si fort bousculé dans ma bouilloire que je saurais pas dire l'ordre des idées qui m'ont éclaboussé le dedans, le déferlement d'images douloureuses et de souvenirs qui me giclaient tous sens pendant que je contemplais cette petite bestiole ne remuant déjà presque plus. Juste je voyais apparaître fugace une petite bosse par à-coups dans sa poitrine. Tout ce tableau me semblait si tant fragile et délicat infiniment que ça m'embrouillait la caisse à plein régime, un flux nauséeux de tous côtés m'inondait à une vitesse surprenante sans que je maîtrisasse rien. Un torrent déboulant dans un couloir ça me faisait entre les deux oreilles.

Et son petit cœur, le mien, tout qui tapait, tapait, tapait et jusque dans mon crâne, mes yeux, du sang qui me cognait au plafond.

Lui saignait pas pourtant. Possible il avait loupé une liane pour se retrouver ainsi embérésiné. Mais de là-haut, de la cime des arbres, l'endroit où les rares feuilles se disputent plus le ciel, on la distinguait parfaitement bien la frontière, l'orée du bois et le petit chemin serpentant tout du long, cette bordure insoupçonnée qui pourtant délimitait l'autre versant de la vie, celui où les ombres disparaissent pour éclairer les visages, ce côté vibrant de l'existence où déjà filtrent les premiers rayons de l'achèvement pas évitable. Observé par cette armée de géants impassibles elle devait se remarquer de si haut la paralysie du petit bonhomme, l'avarie de la petite bestiole à ses pieds.

Je le voyais bien qu'il allait me faire le coup du Gaston l'animal, qu'il allait m'effectuer quelques petits houps houps et puis plus rien du tout que du silence et la disparition de cette sorte de présence invisible. Je le voyais bien, on y allait vers, la route dessinait pas un virage.

Je sais, on m'avait dit, les anges accueillent, reçoivent avec d'extrêmes précautions, préparent les lits, les nappes, le festin et puis les vieux copains sont là aussi eux, les partis en avance, les éclaireurs, tous ils vous réconfortent à l'arrivée, vous remontent le moral d'un cran. On me l'avait dit, pas la grand-mère elle détestait les curés, mais des petits potes qui eux allaient au cathé, au patro. Ils savaient eux le secret de ces choses. Moi je resterais sur le chemin après le départ de la bestiole, tout seul je me disais, en ralingue je me retrouverai sur ma route. Ça donnera quoi ? J'allais tourner aigre, virer à l'amer avec toutes ces désolations, ce fardeau, j'en restais perplexe. C'est vrai, faut admettre, la solitude du tourment donne une humeur rocailleuse, mais au fil des jours finit des fois par rendre la vie un peu moins sourde. C'est ce qu'on dit. Les morts tout neufs ils ont les anges, leurs trompettes et les vieux copains, c'est dit, mais moi, qui qui me rembobinerait la bouillotte à moi ?

Fallait en définitive pas y entrer dans la forêt. Au sortir c'est une autre vision du monde qu'on trouvait, une dimension implacable. Et vraiment j'en voulais pas de ça, de ce silence radio, cette déshérence soudaine, cette énigme horrible. Même Conan Doyle il s'en serait pas dépatouillé de celle-ci.

La petite bête je te me l'ai chargée comme on emporte un cochon les jours de foire, sur mon épaule, contre mon cou et je sentais son petit cœur battre doucement, affolé pourtant, de tout petits poum poum gonflaient sa fourrure pour venir me caresser avec tristesse la carotide. J'y retrouvais là une pitié bien douce, clairière à mon âme, licence pour une tendresse déjà résignée.

Alors cavalant ainsi vers Kerlabia ça me tatouait comme le logo brûlant d'une vision bien matérielle de l'existence tout contre moi. Je la touchais du doigt la frontière et elle me terrorisait. Elle, elle et tous ces sentiments mêlés qui me poussaient déjà à monter le campement en marge de l'existence et des hommes, à devenir l'herbe entre les dalles.

Jamais j'avoue j'avais dropé si fort du coup, je soufflais des naseaux pareil un bœuf à sa charrue en le posant sur la table de la cuisine le rouquin, comme on marque un essai un peu. C'est dire le trouble et l'implication, l'énergie que j'y fourrais dans ce sac d'illusions.

Vraiment elles ont été bien gentilles toutes les deux, ma mère et la grand-mère, ennuyées pour moi, effrayées par le dénouement qu'elles pressentaient inéluctable. Bien gentille la grand-mère debout les doigts croisés sur son tablier au bout de la table, son petit ventre rond. Bien gentille mais aussi délicate qu'un protozoaire elle a tout de même commencé par gueuler que c'était pas sa place à la bestiole la table, qu'on y mettait que des bêtes tout à fait mortes, prêtes à se faire becter.

Sa poitrine se soulevait toujours. Mais c'est vrai qu'il saignait, en y regardant mieux, légèrement, une minuscule coulée de sang s'échappait du coin de sa gueule, du sang séché à présent. Fallait bien regarder.

Alors je lui tenais la tête, lui massais la poitrine, mais elles m'ont fait comprendre toutes les deux qu'il allait quand même franchir la frontière, passer de bord, que c'était trop tard, qu'il bougeait déjà presque plus, qu'il avait fermé les yeux au complet maintenant et que l'existence c'est comme ça.

Dans la vie faut jamais que la mort s'en mêle, après son passage on se retrouve plus bien, à des insectes on ressemble, on se traîne aptère, on y va du coup à pattes vers notre destinée.

Juste après je l'ai senti partir, tout doucement, comme s'enfuit l'eau d'un tout petit ruisseau, dans mes mains, entre mes doigts, sa poitrine ne s'est plus soulevée, comme ça, terminé.

Il n'y avait plus personne dedans on aurait dit.

C'était maintenant bien sa place à la bestiole la table.

Donc il y était alors, c'était fait, avec les anges et les vieux copains, effectué le passage, ils se tapaient tous maintenant une sacrée bamboula, immense bectance.

Vraiment d'ici c'était pas spectaculaire. J'avais beau le regarder plein pot le rouquin je trouvais quand même qu'il ne se passait absolument rien.

Moins le souffle, il dort.

Simplement une petite comptine aurait-on dit venait juste de s'éteindre, subitement, tout devenu d'un coup en arrêt, comme ça. Avec le départ du rouquin ça lui avait retiré comme un fond sonore à la cuisine, un ronron doucereux venait de disparaître. Ça faisait grave d'un coup. Cette sorte de bruissement mélodieux qui nous planait au-dessus ressemblait à des notes de musique devenues liquides, et leurs soudaines chutes tonnèrent comme l'impact des rinçures dégringolant les étages, libérant les bassines pour venir exploser sur les pavés des cours, le pot de Marianne.

Le silence d'après avait quelque chose d'une attente. Lui là il devait bien se marrer maintenant. Nous pas. Il nous avait rien légué pour ça, pour la marrade.

Les morts ne laissent pas de pourboire, ou alors une nausée.

Mais j'ai pas trop eu le temps de m'attendrir sur son sort au rouquin, dans la vie on s'appesantit rarement sur le malheur, aussitôt le coup porté que le vent de l'existence nous pousse ailleurs, on y est déjà plus dedans l'ambiance de la désolation, on est sorti des ruines, déjà on se débat avec un autre petit bout de vie, les larmiers encore inondés on se dépêtre comme on peut des orages tout neufs. Jamais on peut démêler bien à loisir les tourments du destin, les poser bien à plat. Jamais on peut souffrir à l'aise et faire vraiment que ça, toujours débarque une main pour nous tendre une faribole. À peine on pleure qu'on est déjà loin en dehors du chagrin. Jamais on ne consomme totalement notre détresse et nos peines, ce collier de tristesse, on les dépasse nos blessures, on les emporte après partout avec nous, comme d'âcres sudations, des exhalaisons sourdes. On fait avec, on continue toujours en se trimballant les souvenirs d'anciennes fêlures comme des rémanences de nos vieilles époques enfouies. Voilà. C'est tout. L'écœurement lui il est continu. C'est un sax omniprésent dans notre nuit.

Afin que surtout je ne m'alourdisse point de morosité en pensant à lui il m'avait laissé un petit souvenir le rouquin, pas ingrat, des sortes de grosses puces, par dizaines, des petits insectes qui me couraient tout partout dans le cou entre l'épaule et les cheveux. La vermine, peut-on dire, qui déjà le bectait cru venait de changer de tôle, vraie débandade, on la voyait trotter tous sens affolée, paniquée sans plus comprendre rien à la suppression de son chantier.

Au moment où ça a commencé de me chatouiller la grand-mère elle s'est mise à hurler que je finirai fort certainement à Sainte-Anne et peut-être même sur l'échafaud, mais là elle osait pas s'avancer, vraiment, c'était pas catégorique, par contre chez les dingos là oui, elle m'y voyait et pariait. Ça donc elle me gueule en plongeant dans le grand placard, s'y enfonçant bien au bout, au plus sombre, bien après les chocolats, tortillant du cul elle dépasse même largement les montres, rampe au tréfonds, au-delà des sacs à main, et enfin là elle ressort, s'extirpe de ses profondeurs en brandissant une bombe.

Alors tout en me déversant sur le crâne vigoureusement une poudre blanche elle se lamente écœurée, comprenant pas une once de mon intimité cérébrale. Et s'acharnant à m'inonder tant et plus elle répète qu'on a pas idée d'être aussi con. Moi dessous j'y vois plus que dalle, j'en avale et tousse, m'étouffe et me débats mais elle gueule en m'agrippant le colbac, me traite encore de couillon de la lune et tout en liquidant le flacon elle me repasse une couche de Sainte-Anne, définitivement, cette fois c'est dit, il ira.

Je disparais entier sous le sucre glace.

La chose a pas été simple mais en tâtonnant de-ci de-là dans ma panade quand même j'ai réussi à choper le macchab qui gisait toujours sur la table. Je m'enfuis alors, tente de marquer un autre essai dans le jardin et puis de me planquer, mon écureuil canné sur le cœur serré, mes locataires enfumés toujours dans leur valse ahurie.

Et dans ma course, le nuage poudreux qui m'enveloppait encore me dessinait une énorme tête hydrocéphale aux contours improbables, laissant flotter derrière moi comme une traînée de cheveux blancs.

Ce qu'il y a d'effrayant avec la mort c'est notre impuissance, cette frustration, et puis la facilité de prendre tout qu'elle a, cette implacable simplicité. Pas de bruit, de tapage bien souvent, retournez un malade et ça y est, il passe. En douce. Que tout alors en devient absurde et moche alentour.

Aussi après sa visite à la mort elle nous entraîne dirait-on dans son sillage, l'impression tout à fait matérielle d'être happé dans une baïne, ces courants qui au large nous aspirent comme on vide un bidet, nous emportent au loin des hommes, en marge de la vie pour quelque temps.

Sous les marronniers, derrière, là-bas près de l'atelier ça me faisait tout bizarre ce macchab sur les bras, à mes pieds. J'avais ça me semblait tout l'intérieur de réveillé, l'horloge bien remontée avec le tic-tac revenu qui me berçait de son balancement résigné. Toute la machinerie qui venait de se remettre en marche lentement me poussait à fonctionner soudain au ralenti avec le geste calme et précis, très clair l'esprit empreint d'une tristesse douceâtre.

La mort ça me portait.

Mais quand même je me demandais bien comment on pouvait accepter ça, la disparition, que rien ne dure et que tout s'en aille, se consume, que rien jamais ne reste. J'ai moi une petite coquetterie, un rien, que jamais rien ne meure. Je crois j'aimerais que jamais rien ne parte en fait, que tous vraiment on reste là, même les pires, les trop cons, même les tout vieux. Même les ennemis faudrait que ça reste, les détestables, ils sont après tout eux aussi témoins de nos époques, acteurs de nos souvenirs comme les autres, on les aime pareil à nos mauvaises habitudes. Ou alors peut-être tous ensemble on s'en irait, comme ça, en même temps. Par vagues. Comme une fournée. Mais jamais un tout seul par-ci par-là. C'est bien cette façon qui me gêne de décimer l'échiquier, faire ça comme on picore. Des charters faudrait.

La mort c'est bien comme l'ivresse en définitive, on vit presque ensemble, un peu quand même, parfois, et puis on meurt vraiment tout seul.

Il est passé le grand Awouè, dans le jardin, il est passé il venait de l'atelier les bras pleins de câbles, de fils électriques, et puis alors, salut Bill, qu'il me lance distrait, ça gaze ? Oh j'ai rien répondu, pas expliqué ni quoi ni rien le cadavre à mes pieds gisant. C'est qu'elle était inscrite vraiment cette assurance en moi, innée, je savais, avec le grand Awouè ne surtout jamais rien baver. Faut croire que même à un âge pas loin de la ligne de départ il y a des ricanements que l'on pressent. Ces choses-là elles nous font du mal sans même exister encore. C'est rien vrai pardi, on fixe nous, tout vibrant de tracsir, l'ombre de leur long museau se profiler à l'horizon avec bien sur le râble toute l'atroce artillerie, elles incubent encore dans une trogne que déjà leur devenir possible nous déchire le ventre. L'idée simple même suffit à nous ratatiner dans notre coque. Et l'on comprend alors que l'ultime parade à la destruction de notre petit personnage, l'armure pour la prolongation de notre show : c'est l'autisme. On met du temps y'a pas à dire mais ça vient, petit à petit on y arrive à dresser notre clapet au silence. Et même si l'on finit couci-couça à se le maîtriser, après un demi-siècle d'entraînement au bâillon des fuites il en arrive encore. De toute façon il attendait rien le grand Awouè, ses jambes sont pas faites pour ça, pour les réponses, trop grandes elles sont. Il passait juste. Et dans sa vie à lui aussi les gens passent, font que ça, comme des ombres, les copains, la famille, les enfants, des ombres, ça passe, y'a rien qui s'accroche en lui. Peut-être même il devait chercher déjà, mais confusément, pour monter le camp et plus jamais le lever un lieu de passage, un no man's land de transit informel où personne ne s'arrête bien longtemps. Ou des comme lui. Une gare, un cirque il devait chercher, une station d'autoroute, une espèce de corridor de surface.

Lui parti, alors dans le crépuscule qui se développait doucement autour du jardin, de la maison et sa petite cour je me suis retrouvé à mon affaire. Elles me chatouillaient bien encore un peu les mini-bestioles, les rescapées de la défoliation, je les sentais même me dégouliner la colonne trottinant sec. Mais, pas rancunier du cadeau empoisonné j'ai voulu l'enterrer le rouquin, quand même, et ici, plein mitard du jardin, sous les deux marronniers, que surtout sa petite tombe on la rate pas.

Ce sont là des choses qui se font.

Si elle avait pu sarcler la grand-mère autour d'elle j'y serais passé moi, l'écume des bagnes. Le grand-père il s'est juste lamenté sur sa baguette.

« Ah ?... bah ? !... ouskelle est ma baguette ? !... – dans l'atelier il répétait ça je l'entendais – oukelle est ?... là, elle était là !... – il faisait des tours et des tours – juste là !... sur l'établi..., c'est quand même fort on part lisbroquer cinq minutes y'a pu rin ! ?... – et puis il m'a vu, sous mes marronniers – t'abuses Matin !... de l'acajou !... pourtant pas l'bois qui manque ici... hein ?... »

Dans le soir, la pénombre il a mis un peu de temps à remarquer l'écureuil à mes pieds. Après il a plus rien moufté, son regard bleu lentement a navigué du macchab à sa baguette entre mes doigts pour se poser enfin sur mes yeux et plus en redécoller du tout. Ça ressemblait à quelqu'un qui ne sait pas quoi dire. Et je m'y noyais dans son bleu, le bleu de cette famille, je m'y perdais. J'y passais les portes pour m'enfoncer toujours plus profondément dans le clair de ce bleu, et j'y étais bien. Même j'y rencontrais le petit serpent dans ce bleu, l'orvet du champ de blé qu'un jour le grand-père traversa. Dans la seconde croyant à une vipère il l'avait tué de son bâton.

À ça maintenant il devait penser le grand-père, à ce réflexe dans la panique, à cette mort par sa faute il devait penser lorsqu'il vira au profondément triste son visage. En tout cas il disait plus rien du tout. Et en silence c'est lui qui s'est tout tapé, la boîte à chaussures, le trou, la croix avec sa baguette d'acajou, sans un mot il s'est tout colleté. Juste à la fin il a dit quand même :

« Faut faire les choses bien… »

C'est vrai, je les fais toujours mal moi.

Il est retourné à son atelier sans plus rien dire, je voyais son ombre devant l'établi mais il bricolait pas, on entendait aucun bruit, même il a pas allumé pourtant on y voyait vraiment plus que dalle. Il faisait rien que de penser dans le noir je crois. Il restait là, regardant par la fenêtre le ciel qui s'étalait devant, la nuit qui tombait, sa campagne immobile sous la blafarde.

La vie c'est vraiment pas grand-chose.

Si j'écoute les petits potes, ceux qui vont au cathé, au patro, on habite au ciel avec le petit Jésus et on vient ici en bas un peu avant de remonter. Pour faire quoi j'ai pas encore trouvé.

On descend bouffer des nouilles en tremblant. Ça doit être ça.

Et je regardais là-bas au loin, passé le talus, de l'autre côté du grand champ, par-delà le ruisseau s'étendre la forêt comme une longue bande sombre sur le ciel bleu nuit.

Toujours rien dans cette petite vie, la route devant s'éclairait pas, toujours rien au bout des petits rails.

Et puis, dans le lointain, là, droit devant au sud, en vapeurs s'éloignait l'horizon, en brume bleutée.

Toujours limbes dans cette existence.

Mais dans mon petit pucier en fer forgé, tout peint en blanc, l'âme à la retourne le soir alors moi la face sur l'oreiller puis tambourinant des deux poings près des oreilles, battant des pieds aussi jbondieud-merdisais à plus va, comme un petit rossignol chantant des obscénités dans sa cage. Toutes alors elles y passaient les insultes à moi connues, pas lerche mais quand même, et puis avec une rage, une haine des autres et de moi, l'ensemble étouffé dans l'oreiller.

Les saisons succèdent aux saisons, les tombes aux tombes.

Je marchais dans un brasier, j'avançais au milieu des flammes, brûlant moi d'un feu lent.

L'été soixante-douze son petit ruban il l'a déroulé comme ça jusqu'en septembre, comme je viens de raconter, j'invente pas lerche simplement je fais le tri un peu dans tous mes souvenirs pétrifiés, en somme je narre au plus juste et vraiment j'affabule rien. La vie c'est ça, tout comme ça, d'une tristesse si désespérante à certains moments que ça déconcerte, laisse songeur abruti torché. Aussi ces packs de nostalgie qui nous remontent, ces bouffées d'avant, ces époques perdues, tous ces gens partis. Car ce sont les gens qui font nos époques, rien d'autre, les décors ne tiennent pas le coup face aux âmes, cessez de voir untel, son époque disparaît, elle n'est plus que souvenirs, elle est passée, ça y est. Tout comme la nostalgie fait le poids des ans.

L'été souvent le bar de la plage à Bréhec lui passait commande à Marianne, des crêpes il m'en souvient, elle s'installait alors dans la forge là où son fils bricolait sur l'établi, elle fourrageait au milieu de ses poêles, sa grosse bouteille de gaz et le petit réchaud posé dessus. À l'eau d'ailleurs elle les faisait ses crêpes, que ça, pas de lait, de la flotte et nib. On était informé à l'odeur nous autres, et de l'autre bout de la maison, du jardin on radinait avec la tante Barbara pour s'empiffrer assis nous deux en étages sur les barreaux de l'échelle. Ça faisait ainsi, durant un petit moment fragile, quatre générations dans la même pièce, moments magiques choucratés en lousdé au minable, à la crasse de l'existence.

Son bénef Marianne elle le cachait dans une grosse boîte en fer, toute rouge, bien en vue sous son lit haut perché. Quand j'entrais dans sa chambre chaque fois ça me faisait penser à un petit animal blotti sur le parquet, veillant sur ses économies.

Mais il n'y a plus rien maintenant, c'est fini, terminé, aux quatre vents les vivants, dessous la terre les ancêtres. Elle est partie Marianne, son bois et ses crêpes, de l'autre côté là-bas, derrière la vie d'ici, un jour. Elle est morte quelque part au loin, je saurais même pas dire où, je sais pas quand, à quel âge ? Ça me fait honte.

Et ce sont des larmes d'impuissance, de frustration, des regrets lorsque l'on pige un peu tard que nous n'avons pas ouvert les yeux assez grands, à certaines périodes de la vie, pour en profiter plus et mieux, s'en foutre plein la gueule comme on remplirait sa musette ras bord pour une longue traversée du désert. Du coup on regrette, on est des cons, taxidermistes de souvenirs, on se lamente sur du raté.

Mais quand plus rien n'est comme avant y'a pas à tortiller pour, faut pas tenter de reconstruire sur des ruines, pas chercher à retrouver ce qu'on a dans le dos, pas s'échiner à vouloir ouvrir une vieille lourde qui n'a plus de clé depuis longtemps. Faut pas chercher à la pousser la porte de la forge en espérant y retrouver l'odeur des crêpes de Marianne, les coups de marteau du grand-père et la tante assise sur un barreau les doigts croisés, c'est pas la peine, j'ai essayé, ça marche pas. Même j'ai bien tenté moi trente ans plus tard de l'ouvrir différemment cette porte, histoire peut-être avec la pensée magique de pénétrer un espace-temps approprié à ma demande, à l'époque. Je faisais ça plusieurs fois de suite, rapide, par à-coups, et puis tout lentement, mille précautions, au millimètre, comme on rechercherait une faille, une certaine page, comme le diamant cherche l'entrée du sillon. Rien y a fait. Toujours que du silence et de la solitude. Jamais j'ai découvert la façon bien spéciale de la manier cette vieille porte de bois pour qu'elle s'ouvre enfin vers une autre dimension, une brèche sur le passé où l'on retrouverait affairés Marianne et ses crêpes, l'odeur, le grand-père penché sur l'établi et l'échelle avec perchée dessus comme une tourterelle la tante Barbara.

J'avais pas la manière faut croire.

On les voyait faut dire plus beaucoup tous les trois, ils l'avaient déserté Kerlabia, vraiment, la vieille 403 noire venait plus déraper alors sur les graviers de la cour. C'était tout calme. Des fois il passait le grand Awouè, c'est vrai faut reconnaître, les deux autres beaucoup moins, presque plus même, lui venait comme ça mais toujours chercher du matos entreposé dans le grenier de la forge. Il passait, comme d'hab', il passait dans notre champ, traversait notre sphère les bras chargés de câbles, de rouleaux de moquette, de planches, d'outils empruntés au grand-père et s'en retournait immédiat turbiner dans les flancs du voilier. Le départ à ce qu'il semblait tarderait maintenant plus, on les verrait lever l'ancre pour une traversée avant, nous, de retomber sur septembre et nos petits rails tout grisâtres. Les trop minus gniards je sais percutent mal ce genre de concept, les départs, tant qu'ils ont la chose encore sous le nez ils s'en font pas, le reste est une idée un peu floue. Ils attendent. Surtout si l'on en cause depuis des mois des au revoir.

Parfois d'un coup de R6 avec le grand-père on leur déboulait sur le quai aux trois gars. Certains matins on se tapait les dix bornes pour Paimpol, sans un mot, souriant tous les deux, pour trouver l'oncle Bébert toujours occupé et les deux autres encore au plume. C'est que ça devait bien les exténuer les soirées à préparer le bateau, ils travaillaient possiblement loin dans la nuit. Et puis l'été les bars ferment tard.

L'oncle Bébert un matin il m'a tout expliqué du *Kérist,* centimètre par centimètre, comme ça durant neuf mètres. J'ai rien retenu mais c'était fort. Il me causait de sa voix lente et je sentais bien que je n'avais nul besoin d'acquiescer, ni même de comprendre, son paisible timbre s'emmêlait au chant du vent dans les haubans et je vaguais sur mon océan interne.

Lui me parlait comme on se confie à un mort. On se comprenait.

Ma mère et la tante Barbara venaient s'intéresser un peu aussi à l'évolution des travaux, alors on se baladait tous les trois dans les rues de Paimpol où l'on rencontrait parfois le gros monsieur qui chante dans la radio sur le frigo du Deupièce. On le croisait avec sa veste de laine beige, lui immense sur les pavés de la rue, mains dans les poches et pipe au vent. C'est la tante Barbara qui l'a reconnu la première fois. Moi je pompais alors que dalle à ce genre de chose, les gens connus de cette époque je les connaissais pas. Je connaissais déjà pas grand monde je trouvais. C'était l'année où Popol nous montrait son cul à l'automne sur les murs de Paris, pour vous situer.

Les trois gars du *Kérist* ils avaient l'air un peu connus aussi, un journaliste local s'était pointé un jour, pondre un article : « Ils veulent rompre avec un mode de vie qui leur pèse, n'avoir plus pour contrainte que les alizés » il écrivait le pisse-copie dans son torche-raie.

On sentait bien d'ailleurs que ça se tirait les préparatifs, que le jour semblait pas loin, qu'on y était au bout de l'entonnoir, la sortie de la chantepleure. D'ailleurs un soir que nous étions tous là à tourner en rond dans la grande cuisine, juste avant le dîner, dans la cour on entend les graviers qui explosent en couinant.

« Ah, ben quoi ! ?… j'viens bouffer quoi, merde !… » – il dit juste.

Et puis il s'installe à table avec un bouquin.

Il venait on aurait dit le grand Awouè passer un peu de temps à Kerlabia, du temps comme forcé, un pensum, ça relevait du devoir de convention, pas vraiment une punition, ni une pénitence, plutôt un dédommagement.

La cuisine était si vaste qu'on y vivait tous en permanence, là qu'on se rassemblait, même j'ai déjà dit la grand-mère en sortait jamais, juste pour le plumard et le retour au Deupièce de septembre.

Très vite il rebondit de sa chaise lui, jette un œil en grimace vers Marianne qui tricote des chaussettes à la faible lueur pâle de la fenêtre, des mailles volées au jour finissant et se met comme nous autres à tourner en rond. Mais plus vite, des cercles moins amples, il dérive lui moins mollement, se farcit de ces virages en épingle, des boucles réduites il nous trace. Nous, tête baissée on erre dans les coins, effectuant des courbes et déliés tels des moinillons décérébrés, pire que des fauves, à de grands malades on ressemble. Des chappédasile. Lui se tourne à l'intérieur, se cogne à son trauma, puis s'empêtre dans la pénombre et alors là vraiment se heurte au fourneau en sortant d'un virage, se brûle ainsi et gueule :

« Pas vrai ça hein ? !... bordel !... on a l'droit d'voir kekchose dans c'te baraque oui ?... on a l'droit d'vivre ! ?... pas b'soin d'attendre le plein borgnon pour se servir du courant quand même, merde !... chaque fois pareil !... chier !... ça t'dérange pas d'pas voir c'que tu tricotes Marianne ?... tu t'en fous !... ah ben vont être belles les chaussettes, tiens !... chapeau !... j'en veux deux !... DEUX paires !... tu m'les mets d'côté, hein, tu s'ras gentille... »

Et clack ! alors, d'un large moulinet du bras il allume. Miracle ! On la retrouve d'un coup la vue, on revit, se remet tous même à parler, à bouger, s'activer, l'humeur remonte à la surface. Le soir, si on la laissait faire la Marianne, agir à sa guise, elle n'allumait que lorsqu'il faisait vraiment nuit noire dans la pièce, qu'on se cognait aux meubles, qu'on y voyait vraiment plus que dalle. Mais elle allait toujours se coucher bien avant ça.

« Tiens, Marianne, v'là dix balles... – qu'il lui dit en lançant la pièce sur la table – j'ai allumé avant minuit...

– Ooh... reprends ta pièce non alors !... fais pas l'nigaud... reprends ta pièce !... – elle lui disait indignée la Marianne – c'est vrai qu'un soir j'ai oublié la lumière de la forge... je reconnais... je sais pas où qu'j'avais la tête ?... sûr'ment pas à mon affaire... qu'elle a brûlé toute la nuit..., eh ben pendant deux s'maines j'ai pas fait d'lumière du tout... pour me punir d'avoir pas la tête à quoi j'fais..., rien allumé du tout pendant quinze jours..., mais là... reprends ta pièce enfin quoi !... à quoi qu'ça rime ça alors voyons ! ?...

– Nan nan, j'ai fauté... j'ai allumé six heures à l'avance..., la prochaine fois j'lirai dans l'noir le plus total, ça m'apprendra..., je m'us'rais les yeux !... t'entends Marianne ? !... je m'Us'rais les yeux plutôt que d'dépenser dix balles de lumière ! !... »

L'ambiance était donc pas à la gondolade, mais comme la panse ronde crée l'indulgence on s'est bien vite tous installés pour la briffe. La gueusaille se réconcilie à la gamelle, dit-on, autour de la patate. Mais aussitôt la grand-mère elle attaque :

« Ah non non !... pas d'melon pour Matin ça donne mal au ventre !... »

Personne a même relevé. J'ai eu mon melon.

« Ah nan nan Matin !... mange pas d'tomate j'aime pas ça !...

– Tu pourrais bien faire un effort !... – elle lui dit la tante Barbara – hein ? pour lui montrer au p'tit bonhomme que c'est pas si dégueulasse que ça les tomates... hein ? nan ?... manges-en un peu quoi, ça t'étouff'ra pas...

– Moi ! ?... – qu'elle vitupère de son bout de table – bouffer ça ! ?... plutôt crever ! là, tout d'bout ! la gueule ouverte !...

– Ouais ben ça va pas t'boucher le... – il enchaîne le grand Awouè – tu peux quand même bien t'les bouffer tes trois rondelles de tomate quoi nan merde à la fin !... tu peux bien bouffer d'la tomate quoi, c'est pas croyable ça ? !...

– Ah nan nan c'est pas la peine j'vais l'dégueuler !... ah si si !... je l'dégobille !... »

Ça se voyait clair qu'il restait fumasse le grand Awouè, à cause du melon mais pas que, les tomates, la lumière aussi, mais le nœud lui était plus profond, à quelques décades elle remontait sa colère, bien enfoui sous les couches de l'enfance son écœurement, des strates de lésions. Sa mère et ses incohérences autant dire qu'il les connaissait. Ils avaient grandi avec sa frangine, la tante, au gré de ses blocages à la grand-mère, ballottés de manies en obstinations. Ils avaient en somme dès le début subi ses limites, ses entraves. La bêtise juste derrière la porte, la folie pas loin après cachée.

Les courses en exemple personne jamais avait le droit de les faire, surtout fallait pas rapporter de la bouffe pour deux semaines, quarante-huit heures et encore. Au jour le jour on devait se les farcir les courses, et pas n'importe quoi selon l'envie acheté n'importe où.

Ce jour-là un sac de pommes de terre et des tranches de jambon, juste ça qu'elle leur avait autorisé à ma mère, à la tante Barbara. Effrontées, quand même elles avaient nourri un peu le frigo, poussant le vice même jusqu'à utiliser le fourneau pour cuire les patates du soir. Fallait oser. Mais personne ne tenait jamais compte de ce que racontait la grand-mère. Au pire elle énervait.

On les a récoltées en robe des champs les pommes de terre dans nos mangeoires, fumantes. La tranche de jambon dessous lui faisait comme un grand tapis rose au liseré blanc à ma patate. Le gras j'y avais droit maintenant, ça se discutait même plus, on revient pas sur les acquis familiaux, je devenais une vraie personne. J'avais mon gras et ma patate dessus, pour moi ça baignait.

Alors la grand-mère a commencé. Dos tourné au fourneau où elle laissait toujours cuire et recuire les steaks des heures sans se retourner jamais, jusqu'à ce qu'ils ressemblent à des pierres ponces, mâchant ce soir-là et remâchant sa patate, de son bout de table elle ruminait inconsciemment son fiel.

Enfin elle avale, mais à grand renfort de grimaces, on dirait une tortue avec cette manière qu'elle prend d'étirer son cou vers le plafond, et puis elle attaque :

« Ouf !... ça passe !... ben mon vieux, c'est sec comme le cul d'un couvreur c'truc-là !... bien cru qu'ça allait m'rester coincé en travers du gosier moi !... vous les avez ach'tées où ces patates ! ?...

– Ben... à Plouha..., nan ?... fallait pas ?... – qu'elle lui répond la tante déjà lasse.

– Chez Mame Evenou ?...

– On a pas fait les présentations, mais... ouais... j'imagine... au coin quoi... face à l'église...

– C'est ça, oui, chez Mame Evenou..., elles sont bonnes d'habitude chez elle... c'est bizarre ça qu'elles soient aussi... pourtant j'les r'connais bien ses patates à Mame Evenou... ce p'tit goût... dommage qu'elles soient si... d'la si bonne patate !... nan, c'est vraiment dommage !... farineuses peut-être... nan ?... dommage, oui, ça étouffe..., trop cuites, nan ?... bien dommage quand même..., enfin, que veux-tu ?... hein ?... j'vais boire !... ça f'ra descendre..., dommage… un vrai étouffe-chrétien ces patates-là…, remarquez j'risque rien moi mais quand même…, ça étouffe… »

Là, il a plus tenu son fils, les bras se sont levés, la bouche s'est ouverte, les cordes étaient sensibles.

« Ah mais tu peux pas arrêter de nous faire chier avec ces patates, oui ou merde ! ?… c'est pas toi qui les as fait cuire, nan ?… bon, et alors ! ?… hein ! ?… tu les bouffes quand même et tu-la-fermes !… tu vas pas nous emmerder tout l'repas avec ces patates quand même, merde !… tu peux pas dire qu'elles sont bonnes, nan ! ?… trop dur ?… tu peux pas ! ?… dire un truc gentil… nan, pas possible ?… faut qu'tu nous emmerdes avec ces patates ! ?…

– Ah bah ? !… mais non, allons voyons !… j'ai juste dit…

– Que tu les trouvais dégueulasses, t'as pas arrêté !…

– Moi ? mais ?… mais non ! ah non, là t'abuses, vraiment !… »

On sait jamais trop avec les bipèdes où se termine le sensible et où commence le croco, on est bien la seule race comédienne, pourtant la grand-mère l'effarement elle nous le singeait à la perfection, un petit Nippon lui aurait dessus hurlé des éructations que ça lui aurait pas moins tourneboulé la nénette. Avec de grands yeux de chouette elle regardait son fils marcher de long en large, se mettre bien face à elle les bras au ciel pour lui aboyer dessus, puis lui tourner le dos toujours dans sa gueulante pour radiner encore les bras au ciel.

« Tu-nous-fais-chier ! NA !… voilà !… mais c'est pas croyable ça !… toutes les deux elles ont eu la gentillesse de faire les courses, et pis la bouffe… faut l'faire quand même, merde !… et toi tout c'que tu trouves à dire c'est d'répéter vingt fois qu'elles sont dégueulasses leurs patates ! merde !… nan mais tu m'vois, moi, répéter pendant trois quarts d'heure : dites donc qu'est-c'qu'elles sont dégueulasses vos patates ! ?… faut être TIMBRÉE pour dire des choses comme ça !… »

Du lustre qui pendouillait son crêpe nous dégoulinait un halo pisseux éclairant nos visages, comme une flamme inversée tombant d'en haut pour laisser le reste de la pièce dans l'obscurité tant l'ampoule était faiblarde. La cuisine alors devenait pas plus grande que la table, se lever c'était se perdre, et on l'a perdue la grand-mère. Des grosses larmes se sont mises à rouler sur ses joues, bien régulières, dévalant la pente comme des billes pour exploser sur son restant de patate, s'imbiber dans son jambon comme dans un buvard. Le temps de rien elle s'enfonçait déjà dans les ténèbres la grand-mère, longeant invisible la table pour s'enfermer dans la pièce au carrelage en damier derrière le grand Awouè.

« Nan… c'est vrai quoi !… – il continuait son fils – on peut même pas bouffer peinard dans c'te baraque, faut qu'elle nous fasse chier trois heures à dire des salop'ries !… déjà qu'on peut pas aller pisser sans qu'tout l'bled soit au courant… chiant ça nan ! ?… quand quelqu'un fait la bouffe tu dis : elles sont bonnes vos patates, c'est tout ! ou alors tu dis rien du tout et puis tu fermes ta gueule, mais tu répètes pas vingt fois qu'les patates sont dégueulasses, tu la boucles ! c'est vrai quoi !… nan ?… »

Dans le silence il se gratte le cou d'une main, du bout des doigts en grimaçant, juste là sous le menton, il fait ça la tête levée, les yeux au plafond. Il oscille on dirait.

« Ouais ouais…, ben ouais quoi…, ouais… pffuu… »

C'est l'écœurement ou la désabusion. Avec ses dix doigts maintenant il se gratte une barbe de quelques nuits, des deux mains. Il pââense. Sa mère à côté enfermée elle pââense elle aussi. Oh ça pense, alors là ça pense, on peut pas dire le contraire, vraiment tous ils pensent, ça pense de partout sur cette planète, tous les coins un penseur. Mais ça réfléchit pas beaucoup.

Et puis comme on se réveille d'un coup il reprend, en sursaut :

« Bon… alors voilà, maint'nant elle est en train d'chialer à côté après nous avoir bien gonflé avec les patates !… c'est… pffffff… elle est folle !… savez qu'dans les westerns elle s'imagine qu'on flingue vraiment les ch'vaux ? !… – il se tourne à moitié sur sa chaise et lui gueule à travers la porte – et les Indiens ? ils les zigouillent aussi tu crois les Peaux-Rouges dans les westerns ? !… et les scalps, dis, c'est des vrais ? !… »

Ses yeux tombent alors sur les patates de son assiette, comme un hasard ça ressemble, peut-être alors il s'intègre en comprenette le minable de tout ce foin.

« Bon, c'est vrai qu'elles sont dégueulasses ces patates, mais enfin quoi meeeerde ! on va pas en faire toute une histoire quand même nan ?… surtout pour trois patates trop cuites, enfin… faut être givrée !… »

Il se relève, va se planter devant la porte close :

« Bon, allez… arrête de pleurer, viens là…, c'est vrai qu'elles sont dégueulasses ces patates !… voilà, t'es contente ! ? on les trouve tous dégueulasses…, et puis les Indiens c'est vrai qu'ils les flinguent, voilà, c'est pour ça qu'y'en a plus beaucoup…, z'avaient pas besoin d'Wounded Knee hein, deux trois westerns et ça y'était, débarrassés des Sioux…, bon allez, viens là maint'nant !… »

Il retourne à sa chaise, les yeux au ciel, avale une bouchée en rigolant, et puis :

« Bon allez viens les bouffer tes patates quoi merde alors !… fais pas la gueule merde quoi y'a ton jambon qui va r'froidir !… allez ! viens bouffer !…, d'accord, OK c'est vrai qu'elles sont trop cuites ces patates, mais viens bouffer quoi méééérrrdalors !… après tu vas dire en plus qu'elles sont g'lées !… »

Pour se l'infuser l'existence je dis faut pas les avoir bien délicates les lombaires, plein de chichis faut lui faire à la vie même, s'incliner bien bas, et souvent, et puis surtout pas moufter. Ça, c'est pas à y revenir. Et surtout là, là que nous y étions tous à tourner en rond sur ce quai au tout petit matin, même Marianne avait lâché son bois et ses chaussettes pour les regarder lever l'ancre sous un ciel plombé. Pas un mot ne se disait, des chuchotis et à peine, c'est que les départs et débuts d'aventures ça tire toujours une drôle de margoulette pas gaie vus du quai. Et je sais pas même si l'envie me serait pas venue de l'accélérer tout ce tintouin pour atterrir déjà sur septembre moi, m'extirper des boues du mois d'août et reprendre la vraie vie. Le mois d'août, ce dimanche de l'année.

Ça se levait un peu derrière nous, après les maisons du quai, le jour, il nous éclairait le dos pour lancer loin devant nos ombres étirées qui allaient toutes plonger dans les eaux du port y perdre la tête.

C'est que depuis le temps qu'on le voyait mouiller toujours à la même place on en était arrivé à se demander s'il flottait réellement le *Kérist,* si c'était toujours bien un bateau et pas une excroissance du ponton. Pourtant il devait s'en taper un fameux de voyage à écouter les chuchotis, ce qui se disait là entre nous, Quimper en premier, puis l'Espagne, le Cap-Vert, on se disait ça sur le quai. À force d'être là des badauds même ont radiné assister au départ, ils demandaient, voulaient savoir, le Brésil après, les Antilles aussi à la fin.

On était tout un tas pour le regarder s'extirper du ponton le *Kérist,* tourner lentement son blase pointu vers la sortie du port et prendre son envol sous le crachin.

On le regardait s'éloigner comme ça le petit voilier, au moteur doucement, passer la jetée pour voguer droit sur la haute mer.

J'étais là pas tout seul sur le quai, pourtant il me semblait que tout ce décor et les personnages, la situation même n'étaient en place tout exprès que pour moi. Cette jetée de granit, ce ciel bas et gris-noir, cette forêt de mâts impassibles plantés de mouettes à leurs cimes tels des corbeaux marins, tout cet univers-là créé rien que pour ma trogne je pensais. Et ce port qui lentement s'endeuillait, nous poussant tous au sérieux, tous ces mâts soudain pliant sous la charge, cette époque qui s'en allait avec le petit sillage qu'il laissait le *Kérist* derrière lui. Ce petit sillon qui me déchirait jusqu'à l'axe.

Des deuils, voilà ce que nous sommes, des deuils sur pattes. On le passe notre temps l'oreille dressée à guetter les glas dans le lointain qui résonnent, nés avec le tourment ne voyant dans les événements de la vie que raisons de l'alimenter.

Sa houache avait maintenant disparu, diluée totale perdue dans les eaux du port. Bientôt nous n'entendions déjà plus que le triste ronron du moteur dans le lointain. Puis plus rien. Ils dépassèrent les dernières balises, donnèrent de la voilure et c'était fini. Alors, devant ses voiles pourpres comme sa cabine, sa coque noire et le pont tout blanc, du quai il m'apparaissait comme une cicatrice gréée de sang le *Kérist*. Avec ce quelque chose à bord d'inachevé ça me faisait mal de regarder s'éloigner cette plaie ouverte et mouvante qui rétrécissait à vue. Et j'entendais le cri, la plainte d'une déchirure.

Ce n'était déjà plus qu'un tout petit point perdu là-bas au milieu de rien.

Tout petit point noir et brûlant.

Et la vie passe dessus tout ça, toujours.

Mais pourtant, je me demandais tout de même bien comment un si petit point pouvait me faire autant mal.

Mais vrai, faut-il donc toujours courir et puis mourir d'une aube à l'autre ?

Ma vie elle avait commencé comme ça aurait jamais dû, et pis continué pas mieux.

À se demander si réellement j'avais bien quitté l'obscur tunnel de la naissance, si je n'étais pas dedans encore à me débattre tant et plus et glisser me cognant la théière de-ci de-là. Elle ressemble à un vieux tram poussif notre existence, vieux tram épuisé soufflant au sommet des côtes mais que rien, ni même explosion ou cataclysme ne stoppera. Il avance, avec ses wagons en escargot, mais jamais ne s'arrête. Il les traverse tous ces projets mort-nés, ces rêves et espoirs en déficience toujours avortés, gifles et injustices, ces doutes, frustrations, humiliations, plâtrées de nouilles, ivresses et dégueulades, toutes ces maladies et souffrances, ces deuils, ces larmes, rages et colères, hurlements, errances et turbulences, toutes ces journées froides à courber sous un ciel clos… tout ça bout de course en petit paquet sur petit fauteuil. Une assise avant le sapin.

Notre vie à tous n'est rien qu'une répétition de réflexes à bien réfléchir, succession de faux pas, on titube du berceau à la tombe. Un mauvais feuilleton nos vies, avec toujours les mêmes gueules autour, mêmes rues devant, mêmes gestes et ruminations, à pas en sortir. Peut-être aussi ça vaut mieux, sitôt ça bouge c'est pour tomber, les équilibres étant si houleux qu'il est toujours fort risqué de se mêler de les tripatouiller, c'est une règle, faut toucher surtout à rien, sitôt que ça vacille un brin c'est pour descendre, toujours, dégringoler au fond du pire. Dans l'existence c'est comme ça, on tombe, on se désillusionne le citron à mesure, c'est tout. Rester stable dans l'ennui même parfois suffit plus, toujours faut y aller un peu de la souffrance et de la peine en plus. L'espoir en moins. Rarement ce qu'on espère faut dire nous échoit, toujours il semble pour le destin que le pas bronche, si mal ficelé le rôti de notre existence avec tous ces événements en désordre, les uns sur les autres, dessus dedans cul par-dessus tête. C'est pas comme on voudrait. C'est ça qui nous fait du mal ; l'anticipation.

Et vraiment je dis ma mère jamais elle aurait dû me laisser vadrouiller droite et gauche comme ça. Enfermé double tour dedans ma turne avec des Mickeys gentils, c'est ça qu'elle aurait dû faire. Autrement ça aurait pu durer perpette, glissade de vie, la bonne pente. Ma mère j'affirme jamais elle aurait dû accepter mes vadrouilles, que je voie un peu tout l'ignoble et la crasse des vies autour. Dedans ma piaule fallait m'enchrister, avec des Mickeys gentils et la fenêtre murée. Pas autre chose il me fallait à cet âge, du gnangnan, car ce qui est vu, entendu c'est de l'imprimé déjà, dedans la musette, jamais ça s'effacera.

Mais m'enfermer ça se pouvait pas, fallait que je sorte pour l'école, et puis de turne j'en avais pas. J'étais pas un petit Bouddha quand même. J'existais là moi, avec mon air couillon et mon crabe, et même si je vivais encore au Deupièce des grands-parents elle nous avait à charge ma mère du coup. Et puis l'élémentaire c'était pas ça, l'école toujours, ce qu'ils avaient soupçonné dans la petite s'avéra parfaitement exact dans la grande. J'étais pas comme y fallait. Ça allait pas. La cata. Déjà passé le porche de l'école Parmentier, au 109, la luminosité baissait d'un quart, s'obscurcissait toute une existence, et fatigué alors de ce jour à vivre je m'auscultais le cœur au fond de mes ténèbres. J'attendais, l'âme terrée dans sa caverne l'extinction de ce jour figé, l'heure de ma libération, le retour des lumières, le soir, avec la nuit.

Les petites filles même ils les avaient parquées de l'autre côté du haut mur dans cette école-là et ça la changeait bien l'ambiance je dois reconnaître, on se tenait moins dans un sens. On était plus calme dans un autre.

J'aurais bien aimé aussi que tous ils arrêtent de me geindre autour des études et de mes échecs queue-leu-leu en dominos. Un moment ils ont bien pensé m'exiler en pension, chez les jésuites, en Suisse, que tous même ils se sont cotisés pour le voyage calculant tous les frais que ça allait engendrer ce genre d'expédition, pas forcément fructueuse faut reconnaître. Et puis ils ont réfléchi.

Ainsi j'ai commencé à m'envoyer dans le bidon de grands verres d'eau toute la journée.

« Laissez-le boire ce p'tit bonhomme… – elle disait toujours la tante Barbara.

– Ben mon vieux ! ?… – s'extasiait la grand-mère – heureusement qu'c'est que d'l'eau !… »

Ça l'impressionnait fort de me voir descendre aussi vite tant de liquide.

En parallèle mes dents se sont mises à pousser dans tous les sens, j'y voyais plus goutte avec mes châsses, à force de les tricoter je perdais mes tifs et virais au sourdingue.

J'accumulais les tares en somme. Je devenais un vrai petit monstre.

Je raconte, mais ça se passait au vingtième siècle toutes ces fariboles, ça date, au quasi-mitan d'un siècle ruiné, exténué déjà avec tout de même comme un furieux soubresaut, fin soixante, une révolte dirigée.

Les premiers temps je reconnais ça a pas changé bézef à mon existence son départ au grand Awouè, vu qu'on avait jamais habité ensemble. Ses passages en coup de vent furent remplacés par des colis, des lettres où il demandait des nouvelles de mes bulletins pas fameux. Je peux pas dire que j'y perdais grand-chose. J'y gagnais rien non plus vous me direz. On s'accommode de tout, on surnage, on s'adapte, c'est pour ça qu'on est toujours là et pas les dinosaures, ils savaient pas eux tricoter des chaussettes comme Marianne, ils savaient pas jouer avec leurs doigts sur un panier d'osier, derrière une porte. C'est pour ça, je sais, ça les a perdus.

Déjà au bout de quelques mois j'avoue son visage s'était effacé au grand Awouè, l'image de ce type n'était bientôt plus qu'un coin gris, encore un peu plus sombre que le reste de mon ciel intérieur déjà bien terne. On me faisait lui écrire, j'aimais pas ça, comme les devoirs, on me poussait, j'obtempérais résigné, sans entrain ni envie, n'en comprenant pas bien l'utilité, ne sachant plus vraiment à qui je m'adressais. Je gribouillais de laborieuses lettres à un type que je ne connaissais pas. Je racontais ma vie à un inconnu.

La traversée quand même lui il nous l'expliquait dans une lettre du Venezuela, trois semaines à bouffer du poisson et chier par-dessus bord agrippé au bastingage. Voilà à quoi il ressemblait leur tour du monde, ça fait une expérience, pas à dire, mais enfin…

Au bout la Martinique où ils se sont séparés tous les trois. Le pote est rentré dare-dare au bercail, le grand Awouè il en a profité pour pas revenir et l'oncle Bébert lui il s'est marié tout là-bas, à l'autre bout du monde, avec une Française qui le tient bien en laisse à ce qu'on m'a rapporté, rivé, la bride bien courte et bien tendue.

À part le grand Awouè j'ai plus jamais revu les deux autres. Le grand Awouè je pouvais pas y couper, il y avait des liens quand même on peut pas dire le contraire. Même si je comprenais c'est vrai pas encore bien lesquels tous autour ils faisaient leur possible pour m'y faire croire à leur existence. Ils avaient dans cette tentative plus de mal avec lui, retors au possible qu'il était.

La tante Barbara elle passait encore des fois au Deupièce pour pioncer, qu'elle arrivait toujours pas à s'en défaire de sa médecine, se débattait avec, un vieux réflexe auquel elle s'agrippait sa médecine. Désarçonnée, de la poussière plein la bouche et les yeux elle lui lâchait pourtant pas la bride à ce cheval au galop qui la traînait depuis toutes ces années comme dans une épaisse fumée. Tous on a un casse-tête chinois dans la bonbonne faut croire.

Avec elle on écoutait le poste de radio toujours allumé en équilibre sur un coin du frigo. Parfois dedans venait chanter le gros type de Paimpol. Je ne comprenais absolument rien à tout ce qu'il racontait dans son charabia distillé avec son épaisse voix monocorde mais toujours de la salle à manger on entendait la grand-mère s'exclamer :

« Oh non alors !… vraiment !… là il y va trop fort !… oh il abuse là non mais !… faudrait lui interdire de chanter à çui-là ! NA !… »

Moi je savais toujours pas qui c'était, mais un que je connaissais bien par contre il venait chanter en bas avec son orgue de Barbarie. Il faisait une à une comme ça toutes les cours à pousser sa goualante. Où est-il mon bistrot du coin ? il chantait et puis d'autres ; *La Java bleue,*

Où sont tous mes amants, La Der des der, Du gris, La Butte rouge, Le Mauvais Garçon, Rue Saint-Vincent, La plus bath des javas. Je me souviens pas de toutes. C'était comment le bistrot du coin déjà ?

> Y en a qui vous parlent de l'Amérique
> Ils ont des visions de cinéma
> Ils vous disent : Quel pays magnifique
> Notre Paris n'est rien auprès d'ça…

Ça me revient, c'est pas d'hier pourtant, le refrain c'était quoi, avec les trémolos ?

> Où est-il mon Moulin d'la place Blanche
> Mon tabac et mon bistrot du coin ?
> Tous les jours pour moi c'était dimanche !
> Où sont-ils les amis, les copains ?
> Où sont-ils tous mes vieux bals musette
> Leurs javas au son d'l'accordéon
> Où sont-ils tous mes r'pas sans galette ?
> Avec un cornet d'frites à deux ronds…

C'est ça.

La grand-mère elle enveloppait des pièces de monnaie dans de petits morceaux de journal et on les lui balançait par la fenêtre. Elle était pas chien avec ces gens-là, c'était même pas réfléchi, un réflexe évident, comme on s'agrippe dans une chute. Elle ouvrait la fenêtre toute grande et ça entrait dans le Deupièce comme de l'air la musique, qu'il en était tout transformé, rafraîchi, une couche de vie toute neuve. On n'était pas les seuls à lui filer la pièce, ça tombait de toutes les fenêtres la monnaie enveloppée, ça faisait presque pas de bruit, juste des petits poc… poc… à ses pieds, tout autour de lui comme d'énormes gouttes.

Y'en a plus des comme ça, les digicodes ça aime pas le peuple, la complainte de la vie. Ça aime rien les digicodes, comme les guillotines.

Si vous saviez ce qu'ils ont fait, les si perfides manières, les tournicotis, si vous saviez les façons utilisées pour expulser les petites gens. Je l'ai vu partir moi le petit peuple, la faune de Paris, j'étais là, onzième, pensez ! J'ai tout vu, je peux tout raconter. À mon débarquement ça faisait déjà près d'un siècle qu'il s'y était attelé Haussmann à les expulser les ouvriers, les petites boutiques d'artisans, un siècle déjà, je dis, pas d'hier, un siècle qu'ils évident méthodiquement le centre, évincent vers les bords les petits boulots des rues comme mouche sur l'assiette. En soixante-dix que ça continuait encore à virer tout ce qui faisait la vie de cette cité, derrière le périph le peuple, zou ! Les sombres boutiques poussiéreuses où l'on trouvait de tout en vrac, ces types courbés que l'on voyait trimer derrière leur vitrine, la petite loupiote jaune, le nez sur l'ouvrage, balayés ! Bureaux ! Augmentation de loyer tout ça ! On mure, on poireaute, on guette le prochain qui pourra plus carmer son terme et on empoche le pâté. Bureaux !

Et que ça va s'étirer comme ça encore quelques décennies d'ici que je vous cause, et puis ce sera fini. Ils auront gagné.

Faut pas se retourner, c'est déjà plus du tout comme on savait, les gens déjà on les connaît plus, ça va vite, on reconnaît rien, les gens c'est comme une vague qui passe au ralenti. La rue Jean-Pierre-Timbaud par cœur je la connais, même d'ici de mon trou je la sais, je vois sa petite place, la statue du *Répit du travailleur,* la pioche en moins, le terrain vague impasse de la Baleine qu'est devenu une maternelle jaune et rose avec son garage tout au fond, et puis le porche du 98, celui du 96, le primeur au milieu, l'école d'en face, les ruelles pavées, Couronnes, le métro sur le boulevard de Belleville, là-haut.

Il nous faut bien des décors quand même pour y traîner nos vies. Mais tout change. On tue les choses et les lieux comme les gens. J'y retourne je reconnaîtrais plus rien. Les lieux du passé on va les chercher à la lanterne. J'y vais pas, je retrouverais plus rien.

Et Bona ce petit pote il est parti où ? Il est devenu quoi Bona qu'on faisait la route ensemble le soir ? Au 96 de la rue il vivait, juste le primeur entre nous, fallait passer sous le premier immeuble et puis s'enfoncer en longeant sur la droite des ateliers tout du long sans étage avec petites briques et verrières grillagées pour le débusquer son escalier. Au terrain vague on y allait aussi avec lui Bona, un peu, des fois, faire les cons. Où il est maintenant ? Et son dab ? qu'il nous bassinait toujours avec, faudra venir voir mon pâêre qu'il nous serinait béat longueur de semaine. C'est parti tout ça, cette petite famille, la mimi sœur de quelques mois, la mère qui m'apparaissait tels un murmure soumis, une tendre résignation. J'y allais souvent chez Bona mais son père je l'avais jamais vu, il finit toujours tard il me disait. Sa mère oui, elle nous faisait coucou de la cuisine, on filait nous dans sa piaule à Bona et jamais elle nous dérangeait. Une fois seulement elle est venue nous voir, pour rien nous dire, elle restait sur le seuil, appuyée au chambranle se tenant le poignet, elle nous regardait et là je l'ai vue vraiment. Une herbe fine, une lande délicate et ordonnée, une jolie petite femme lointaine avec dans les yeux le voilage des peines amères. Elle aurait été même drôlement jolie si elle avait souri, mais ça se terminait toujours en grimaces douloureuses ses sourires à elle. Je pense pas qu'elle travaillait avec ses petits chaussons, elle devait rester là tout le jour dans sa petite robe. Silencieuse elle glissait dans le trois-pièces qui ressemblait à un morceau de vie en suspens si propre et rangé qu'il était. Bien avant le bipède familier c'était l'encaustique qui nous accueillait à l'ouverture de la porte. On pénétrait alors dans le sanctuaire de l'immobilité. Chaque objet, chaque meuble semblait collé pour plus jamais bouger. Les meubles on pouvait les compter même, rien n'était là pour rien, de l'épure ce trois-pièces, personne on aurait dit vivait là, une vitrine spartiate. Même dans sa piaule à Bona c'était au carré, rien jamais y dépassait, et c'était lui qui rangeait tout, il m'expliquait, un maniaque, lui tout seul qui s'appliquait au chef-d'œuvre, qui alignait méticuleux tous ses bibelots, ses jouets, ses livres et ses stylos. Des heures il y passait au rangement. Bona, il avait la patience des fous. Ses cahiers d'écolier ressemblaient à des journaux imprimés, jamais de rature, un pâté, une courbe déviante. Je pensais qu'il les achetait comme ça au Prisu, déjà tout remplis. Par contre dedans tout était faux. C'est qu'il était mauvais avec application Bona. Petit, tout petit et tout maigre, une gueule d'ange et tout blond se foutant toujours dans les pires emmerdements, les magouilles, les punitions, les bastons de récré. Un emmerdeur fini Bona, petit ange névrosé, azimuté du cibouldingue, loufdingue et taré. Il me plaisait bien.

On range en définitive ce qu'on peut, ce à quoi on a accès, son trognon ou ses tiroirs.

Un soir qu'on sortait de l'école il m'avait tellement imbibé le melon avec son dab que j'y suis allé la voir son icône. Il l'aurait trempé dans du formol s'il avait pu. Déjà en attaquant les premières marches il en frétillait que je le rencontre son pââêêre, qu'il faisait du karaté, qu'il était militaire, qu'il turbinait au ministère de la Marine. J'avais pas d'idées moi beaucoup sur tout ce que ça représentait, aucune image à l'avance ne s'affichait du personnage. Je pensais en grimpant le vieil escalier de bois à l'oncle Bébert et son pantalon de velours côtelé, au grand Awouè pieds nus en calbar, ses cheveux en pagaille, leur pote et son seau d'eau du puits. J'alignais les bonshommes que je connaissais histoire de comparaison. Même le grand-père et son Solex, ses outils, sa canadienne j'y pensais aussi.

Le doigt sur la sonnette Bona il me glisse comme une sentence où que y'avait vraiment mais alors là pas du tout à y revenir :

« De toute façon… c'est l'plus fort mon pââêêre…, et en plus… il sait TOUT ! »

Partant de là…

Il n'était qu'au premier étage leur trois-pièces mais elle a envahi toute la cage d'escalier pourtant, jusqu'aux combles même je suis sûr elle a résonné la baffe qu'il s'est récoltée Bona.

On sait pas quoi en faire bien souvent à la station verticale de nos bras, nos mains accrochées au bout, on les croise et les cache, on n'en voudrait plus, on les espère moins longs, possible même à rouler sous nos aisselles, comme des tapis.

À force de pas bouger, serrés nous deux sur le paillasson je me souvenais plus où on en était de la visite. Bona il se tenait la joue et dans le silence et les effluves de térébenthine je me demandais si déjà on prenait congé ou si tout restait encore à vivre.

Non, c'est bien ça, faut y entrer dans l'arène. Alors ça a commencé, comme ça, sans plus aucun mot dans les bouches, en silence on peut presque dire, à l'ancienne. Je m'attendais pas à une valse mais quand même. Alors idem au fils s'abîmant la conscience à exécuter des pages et des pages d'alphabet, le père s'est déchaîné sur sa turne avec application.

Dans un fracas de meubles bouleversés il a tout envoyé balader, tout ce qui existait dans la piaule à Bona. Tout saccagé le bureau rangé méticuleux, les cadres sur les murs, les décorations, tout alors d'arraché avec de grands moulinets des bras. Ça dinguait tous bords les tiroirs, les placards cognant aux murs, rebondissement extra puis tout badaboum à terre. Il faisait des pauses entre ses fureurs sèches le père, des pauses immobiles au milieu de la pagaille pour viser son fils de ses yeux de fou. Et moi alors je le regardais aussi, j'en profitais pour le détailler aussi le zig. J'y voyais pas même beaucoup de ressemblances avec le grand Awouè, l'oncle Bébert. Rien de rien. Nos mondes vraiment se ressemblaient pas avec Bona. C'était même je peux l'avouer la première fois que je voyais une cravate, de près. Et puis ses bagouses énormes qu'il faisait tourner sur ses doigts après chaque petit saccage, qu'il remettait à l'endroit passé l'emportement. Ses pompes cirées, ses cheveux ras, cette gueule au couteau avec planté au milieu le regard clair et perçant des lourds traumas. Ça m'inspirait guère tout ça.

Il s'y remet, on dirait même c'est pour lui un boulot, un job d'été presque. De l'intérim. La petite table de nuit terrée dans son coin il l'avait pas remarquée encore, elle valdingue, il a de la ressource, presque elle effleure le plafond avec un coin. Je reste un peu moi à regarder, que je décroche de la scène, j'en suis à me demander si ce serait pas une traînée cette ombre, si le coin lui aurait quand même pas laissé au plaftard un souvenir du mouvement. Je songe. Quiet presque. Et puis je m'extirpe, le boucan qu'elle a fait en explosant à terre ça m'a bien réveillé, complètement remis dans leur théâtre à tous deux. Je crois je suis plus fatigué déjà que le père. C'est l'habitude qui fait l'endurance on dit, l'émotion ça flingue tout, rapido vous épuise, pompe l'énergie cent à l'heure. On repique au jus. La penderie il la vide totalement, soudain une pluie de fringues, tout en l'air. Je bougeais pas, j'aurais pas su où poser un nougat. Il nous refait une pause, il a toujours pas dit un mot le gus, il regarde son fils contempler les ruines et le message semble-t-il passe en silence. Il s'en réajuste un peu le costard, il a un mouvement du cou glissant sur le côté pour bien réaligner la cravate et le col que je connais, un tic nerveux avec un pli de la bouche que j'ai déjà vu ailleurs. Bizarrement je crois que c'est la tante Barbara qui fait pareil, elle se passe un doigt dans le col roulé de son gros pull et elle tire la langue sur le côté, à chaque fois je me marre, c'est pour faire croire qu'elle s'étrangle, que c'est trop serré. Lui il rigole pas. L'armoire elle était bi, il se jette dessus et alors dans les airs soudain c'est une avalanche de papier, une pluie de photos, un tourbillon qui nous tombe sur le cassis de feuilles et d'images, des bouquins entiers même, aussi ses cahiers d'école, ses livres de classe. On fait gaffe de pas s'en prendre un, ça vole pas dans la stratosphère, plutôt c'est ras des pavés que ça file, nous frôle les tifs. Même je vois passer son paquet de magazines sacrés d'aviation, ce qu'il ne m'avait jamais autorisé à toucher, il me les montrait de loin, les feuilletant surtout pour baver dessus lui. Le père là il s'applique, il est au courant, un par un lentement il les déchire.

C'est fini là je crois. Toute chose a terminé son vol. Plus rien n'est à sa place initiale, chaque meuble et objet maintenant se traînent lamentable aux pieds du père, et pis de nous deux aussi forcément. Mais c'est le silence maintenant qui plane. On entend un peu la mère dans la cuisine avec des tintements délicats de couverts et puis aussi un peu dans le fond là-bas après la cour un reste des bruits de la rue. Je regardais par-dessus les toits le ciel traversé de fumées blanchâtres et j'aurais bien aimé y être moi dehors à me balader peinard. D'un bras il a quand même retourné le matelas et le sommier, les ressorts en ont fait une rigolote de petite musique qui a résonné longtemps dans la pièce tandis que le père du pied regroupait tout ce qui gisait là pour en faire un gros tas au milieu de la turne. Ensuite, et pour bien montrer qu'il avait de la bouteille le pater, un perfectionniste, et ça moi je crois l'idée me serait pas grimpée au melon, il a ouvert la fenêtre, et hop, a saisi une grosse brassée et alors zou !… la cour s'est retrouvée saupoudrée de gros flocons. Il a même rien refermé du tout et d'un revers alors PAF ! une autre il lui en colle à son fils, c'est le retour subito, et de l'autre main il saisit l'ampoule qui pendouillait au bout de son fil là-haut pour d'un coup sec la faire éclater contre le plafond. Là, nous laissant dans la pénombre avec juste la veilleuse de la cour pour éclairer rien que nos visages un peu, en deux trois enjambées il sort de la pièce et sans même tourner la tête il nous lâche par-dessus son épaule un papier, de l'école j'ai reconnu l'imprimé, qu'on a regardé, avec Bona qui se tenait la joue, voltiger au-dessus des décombres comme virevoltent les feuilles en automne.

J'ai on peut dire rien cherché à comprendre du tout moi, rien savoir de rien, le chemin libre je me suis précipité vers la porte de sortie que déjà je lorgne, mais le père du salon il me gueule :

« Machin !… t'emportes chez toi tout c'que tu veux !… c'est plus à lui c'est à toi maint'nant !… Prends !… »

Sa voix on aurait dit une meule au travail, la lame dessus frottant.

« Je fais quoi ?… – je lui chuchote à Bona qui me collait – hein ? oh ? je fais quoi moi ?… »

On aurait dit qu'il dormait.

« Prends les billes… »

Il semblait pas réellement atteint Bona, au terrain vague il aurait fait normalement le con si on y était allé je crois. Les baffes c'est sûr il appréciait pas trop, le reste ça fait pas mal. C'est juste en vérité un peu de perte toute cette histoire, quelques bosses aux bibelots et puis beaucoup de rangement.

Dehors j'ai quand même un peu zieuté les affaires éparpillées partout en bas sur les pavés de la cour, mais j'ai rien osé prendre. Et puis Bona guettait à la fenêtre.

En passant devant le primeur, mon sac de billes énorme sur le ventre, je me disais que si c'était ça avoir un père… peut-être je pouvais alors continuer à fonctionner sans.

Au Deupièce tout de suite j'ai vu, ça allait pas.

Tout pourtant semblait en état, rien avait bougé, la grand-mère elle était toujours debout près de la table une main appuyée dessus et le grand-père son journal étalé devant lui bien comme d'habitude calé près du poêle Godin enveloppé d'un nuage Gauloises. De l'idem aux jours et semaines d'avant et décennies aussi que j'avais pas connus en somme. Une différence pourtant planait là, un quelque chose en plus, un silence peut-être comme une gêne. Et puis que la grand-mère me demande pas d'où je radinais ça me la coupait. Alors un petit sanglot, une plainte étouffée dans les mains, sur le canapé, dans un coin toute petite. La dame je la connaissais.

De la reluquer banner là ça m'a fait comme un poignard au crabe, on se rend pas compte des choses souvent mais quand ça déboule la peine sur un vieux canapé ça cloue. On passe à côté sans rien savoir de tant de tristesses, de désespoirs muets. La dame je la connaissais. La petite famille, le mari et le gamin, c'étaient des Portugais qui vivaient au sixième, là-haut vraiment tout là-haut sous les combles, plus haut on pouvait guère, les pigeons alors. La dame elle était bien gentille, souvent elle causait avec la grand-mère sur le palier pour jamais rien se dire d'ailleurs ou que des choses que vraiment je retenais pas. On aurait bien dit qu'elles expulsaient du vent de leur bouche tant les mots étaient vides. D'ailleurs la grand-mère elle le disait bien : « on a causé » qu'elle disait, ça veut dire que chacun raconte ce qu'il a envie sans jamais rien écouter de l'autre. Sinon on dit « discuter », pas confondre.

La dame en respirations douloureuses nous expliquait que ça faisait pas bézef le mètre carré chacun là-haut sous les toits leur turne, aussi qu'ils gelaient l'hiver et cuisaient l'été sous le zinc, et puis elle racontait aussi la monopolisation de tous les récipients les jours de pluie. De la place y en avait guère, debout à deux déjà c'était trop, ils se répartissaient les déplacements à ce qu'elle nous racontait là sur son bout de canapé. Mais tout ça c'était rien, elle le disait elle-même, les éléments peuvent bien se déchaîner tout autour, en faire tant et si, les conditions tirer des goules pas folichonnes tout ça c'est vraiment balpeau, pas un pet de lapin ça vaut. Même à l'écouter elle était pas loin de bien l'aimer son réduit, son mini-chez-elle.

Votre vie elle se complique vraiment, et de façon totalement pourrie que lorsque les humains se mettent à la tripatouiller, c'est un fait, même les très cons savent ça. On chinoise tant et plus mais cinquante inondations et flots d'incendies valent pas un corbeau. Le drame vraiment ne se réveille que lorsque vous vous retrouvez fiché dans la trogne d'un bipède, vous alors devenu personnage de son petit théâtre personnel, tatoué dans son guignol, votre nom au burin gravé dans sa haine.

Alors seulement le rideau peut se lever.

Ils étaient eux inscrits chez la vieille du cinquième, leur voisine du dessous, leur proprio. Elle les avait immatriculés dans son registre, notés comme une occupation bien précise, une détestation à entretenir jour après jour. Vraiment je sais pas comment on l'a su, comment elles nous sont arrivées aussi précises les indications sur la vieille mais c'était de l'horrible. Lui subsistait encore, dans la dernière ligne droite de sa vie une petite joie bien dégueulasse et perverse qui lui remplissait presque tout son grand vide. Passé une belle existence bien remplie de dégueulasseries elle s'opiniâtrait la bouilloire encore à acheter des plantes vertes pour les faire crever avec grande délicatesse, s'y acharner scrupuleusement. Surtout pas assez elle les arrosait, un tout petit vraiment rien du tout, qu'elles survivent pour les oublier quelque temps, les retrouver desséchées, les arroser alors presque rien pour qu'elles tiennent juste le temps de les laisser dépérir encore. Elle les maintenait ainsi sur la corde, avec cet équilibre pointu jusqu'aux grandes chaleurs du bout de l'année où là elles crevaient tout à fait.

En septembre octobre elle réattaquait sur une nouvelle fournée.

De la cour on la voyait nous, tout là-haut coincée la charogne sur son balcon mini, entourée de moribonds en partance. Son chat plaqué d'une main raide sur l'épaule elle règne impérieuse, l'obligeant à contempler le charnier. Perdue rivée elle dans ses mirages de prestige elle tripote en connaisseuse les feuilles de sa main libre, taille par-ci, arrose d'une demi-gouttelette, renifle et tasse un peu la terre desséchée des pots l'entourant. Lui le greffier il s'emmerde comac, rêve aux gouttières et son cou il le tourne dans toutes les directions, d'en bas on le voit chercher le ciel avec sa petite tête, creuser les reins, s'allonger la colonne pour tenter la fuite mais macache. Elle le retient serré si tenace avec sa main crispée, son regard de mauvaise folle que son envie de trisse vire à la patience, agriffé qu'il est à son gilet.

Avec ses locataires elle tentait de se distraire pareil la teigne, mais les mêmes elle les gardait d'une année sur l'autre, c'est plus résistant qu'un géranium un locataire. Surtout si le blé suit pas. Partout où il y a faiblesse il y a tyrannie, il y a escroquerie.

À chaque léger bruit, un souffle, elle s'acharnait la mauvaise sur le plaftard, les menaçait d'expulsion, leur foutait un odieux tracsir quotidien. Elle en a usé des balais la vieille, combien de fois elle l'a fait repeindre son plafond, mais quand on a une passion on ne compte pas.

Un jour qu'on allait la voir la dame gentille, sur le palier du cinquième en passant on l'a entendue la méchante au téléphone, qu'elle hurlait dans le barlu toute sa hargne, y dégueulait méticuleusement sa bile :

« J'entends bien Maître !... j'entends bien, je n'suis pas encore sénile contrairement à c'qu'elle vous raconte... mais le pavillon j'm'en fous !... vous entendez Maître ! ?... je-m'en-fous !... qu'il croule !... tout c'qui m'intéresse c'est d'lui pourrir la vie ! !... vous comprenez bien Maître ? !... tout c'que j'veux c'est emmerder ma sœur !..., pardon ?... mais je sais bien c'qu'il dit !... faut pas en t'nir compte Maître, vous l'connaissez comme moi, c't'un pleutre... demain il dira l'contraire... faut pas s'y fier... ma sœur a épousé une lopette..., ah, si vous aviez connu mon mari !... alors là oui, voilà, ça, ça c'était un homme !... pas comme ceux d'aujourd'hui qui laissent tout faire à leur femme et changent les couches et donnent les bib'rons... ah non !..., j'en aurais à vous raconter vous savez Maître..., sachez que j'n'ai jamais travaillé... la vie a fait que... mon mari gagnait largement sa vie pour m'entretenir... eh bien chaque matin en partant à son travail, croyez-le Maître, il coupait la chaudière... comprenez ?... nous étions en pavillon à l'époque... ah oui, un homme !..., bien sûr j'avais froid... évidemment... que j'n'avais qu'à m'occuper il disait, l'inaction et la chaleur ramollissent les chairs..., eh bien pas une seconde je n'ai pensé à la rallumer...

jamais !… vous entendez Maître ! ?… pas-une-seconde !… je le respectais !… d'autant qu'il rel'vait toujours le compteur, chaque matin en coupant l'chauffage, que j'aie pas dans l'idée d'tricher…, toujours !… chaque jour que Dieu faisait !… chaque matin pendant quarante ans il a rel'vé l'numéro et coupé la chaudière… ah ça oui !… c'était un homme lui !…, enfin, rev'nons à notre affaire… pour la maison du Touquet elle appartenait à maman, j'en ai l'usufruit, autant qu'elle, et j'peux y mettre un locataire si j'veux, c'est dans l'testament, je vais pas vous apprendre votre métier Maître…, de toute façon elle-ne-m'in-té-re-sse-pas !… j'y mettrai plus jamais les pieds, alors…, j'ai tant à faire ici… mes œuvres, la paroisse, mon intérieur, mes plantations, les locataires à surveiller… une plaie vous savez… ce qu'ils me font vivre !… inimaginable !… ils s'acharnent sur une pauvre femme âgée, seule, je n'ai aucun recours moi, je subis et voilà, me taire, endurer…, passons Maître… »

J'arrivais plus à la décoller la grand-mère, elle voulait savoir, l'oreille presque vissée dans la porte on pouvait même entendre la vieille faire grincer le parquet et jouer nerveusement avec le fil en tire-bouchon du barlu.

« Ce que je veux surtout pour notre affaire c'est que la situation dure !… pas autre chose !… l'in-di-vi-sion !… et ce le plus longtemps possible… tant qu'je vivrai… et que Dieu tout-puissant me prête encore vie longtemps, pour bien l'emmerder !…, elle a besoin d'argent elle ? PARFAIT ! MOI PAS ! j'ai mes loyers, elle n'avait qu'à prévoir, ne pas pondre gniard sur gniard inconsidérément… fallait y penser avant à leurs études… mon mari n'a jamais voulu d'enfants et aujourd'hui je réalise que c'était un homme non seulement plein de bon sens mais également fort clairvoyant…, vous vous rendez compte qu'elle a essayé d'me mettre sous tutelle ! ?… moi ! ?… moi qui ai encore toute ma tête !… moi !… l'impudente !… la petite effrontée !… de dix ans ma cadette qui plus est !…, nous avons contré et je n'vous en remercierai jamais assez Maître… jamais assez… et je n'suis pas une ingrate comme vous avez pu vous en rendre compte… nous avons gagné et gagnerons encore s'il le faut…, mais les années passent Maître et je ne suis plus aussi vaillante qu'avant… m'occuper d'mes plantes devient pour moi un réel supplice…, heureusement j'ai ouï dire que sa santé n'était plus ce qu'elle était… Dieu n'est que bénédiction…, oui, je vous laisse Maître, j'n'ai que trop abusé d'votre temps, je m'en rends bien compte… je file faire mes courses et vérifier mon loto… à bientôt Maître…, oui… oui… à bientôt… »

On s'est pas relâchés sur le palier, on a terminé fissa la grimpe.

Ils se sont mis tous les trois à chuchoter alors, elle nous racontait la gentille madame, limiter au maxi les déplacements, plus poser un orteil sur le parquet et puis surtout coller des petits bouts de caoutchouc partout aux pieds des chaises, la table et les plumards et eux porter des charentaises, glisser sur le feutre. Ça a pas suffi. Les coups de balai résonnaient au moindre grincement, les lettres de menaces au moindre cliquetis. La vieille trouvait ça intenable tant de nuisances, qu'ils devaient forcément le faire exprès, qu'ils devaient y penser ça s'invente pas, cogiter leurs méfaits, complot ourdi. Des professionnels du tintamarre. C'est l'âme qu'ils auraient dû bien se caoutchouter.

Pour les petites infos c'était sur papier, un petit cahier tournait, « Tu rentres à quelle heure demain ? », « C'est qui qui prend le pain ? », ce genre de petits soucis on trouvait au gré des pages de ce carnet de liaison. Pour les discussions ils ont commencé à descendre dans la cour pour vraiment se parler. Les devoirs du gamin c'était plus possible, ils finissaient maintenant toutes leurs journées au café. Le soir, sitôt rentrés ils s'enfonçaient dans le feutre, posaient leur cul, fermaient leur clapet pour se regarder ainsi dans le silence, toute la soirée, tristes et effarés jusqu'à l'heure du dodo.

Il ne m'en remontait plus des vaillances moi à reluquer tout ça autour, Bona et la dame, tous les autres d'avant. J'étais assis il me semblait près d'un estuaire où je voyais débouler en continu les gens et leur fardeau, cette longue file d'exilés venant tous déverser un à un leur balluchon de détresse dans cet océan de larmes. Et de cet exode me venait à l'esprit que ma place serait dans la file avec tout mon barda, mû par l'énergie du désespoir plutôt que sur mon rocher à les voir se dévêtir tous de leurs énergies détruites. Mais faut pas faire la liste avec le temps de tous les problèmes et soucis qui s'ajoutent au tas, les inconvénients qui déboulent et se greffent, embrêmés qu'on est déjà tous à se débattre comme des hiboux dans le filet de l'existence. Faut pas. Faire une liste ça sert vraiment jamais rien qu'à la rallonger.

De plus en plus la dame elle bannait, se descendait toujours dans son puits chagrineux, nous distinguant je crois plus des masses, rien juste son piège elle reluquait, sa vie réduite expliquant dans des sanglots, de grandes respirations et lourds soupirs qu'elle ne voyait pas son mari de la journée, ni son gniard, et que le soir s'ils pouvaient rien se dire, pas raconter au moins leur journée elle voyait pas bien l'intérêt de vivre ensemble. C'était déjà à peu près tout ce qu'ils avaient jamais eu, se causer un peu. Les mots ça aide qu'elle nous disait, même les plus simples.

Et puis d'un coup elle était debout, faut pas déranger elle a dit, faut se tenir, et nous remerciant déjà elle était sur le paillasson.

Tenant la porte, un pied posé sur l'autre elle s'indigne la grand-mère, elle qui nous bombardait la bonbonne du matin au soir ça l'horrifiait ce mutisme obligé, cette tyrannie du silence.

« Et comment que vous les passez vos soirées alors ? !... c'est long le soir...

– Comme ça, comme j'ai dit, assis, on dit rien..., avant, où on vivait avant dans le treizième c'était pas beaucoup plus grand mais au moins on pouvait vivre normal'ment..., parler..., ils aimaient bien jouer mon mari et mon fils... vous savez ce jeu... deviner des personnages, Napoléon, Zorro, le chat d'la concierge... on répond rien que par oui et non aux questions... vous savez... des soirées entières ils y passaient... et puis ils s'énervaient tell'ment ça les prenait..., on riait de ça même..., on riait... »

Elle tombe on dirait dans un petit trou à souvenirs, redémarre plus, nous on voit rien mais elle semble y être elle, repartie là-bas, hier, le treizième.

Et puis elle remonte à la surface :

« Au café c'est pas pareil... y'a des gens..., un poste de radio faut même pas y penser j'imagine..., la télé..., et puis au café n'est-c'pas… ça entraîne… mon mari des fois il résiste pas… – elle baisse alors les yeux, regarde le sol et puis dans un soupir –… en plus on vient d'nous voler not' paillasson…

– Ah ! bah ! alors là ça, moi, nous aussi, trois fois !… – elle s'exclame la grand-mère – mon mari l'a cloué çui-là du coup !… c'est une vieille femme du fond d'la quatrième cour qui les vole, elle les r'vend au marché… ou aux puces… enfin y paraît…, ça, alors là nous aussi, le paillasson on a donné !… »

Elle était contente la grand-mère de se dégoter du commun avec la pauvresse, se retrouver sœurs de paillasson.

Je l'ai vue la dame se remettre à pleurer sa face même brusquement tomber dans ses paumes, je l'ai vue il m'en souvient se relâcher comme un élastique, tous les traits ensemble du visage se défaire, se précipiter tous vers le menton, couler tous vers le bas, et y rester.

Là, toutes les deux elles n'avaient plus rien du tout à se dire, le sac était vide, personne remuait, même le clébard il bougeait pas, et ça me faisait tout bizarre au crabe cette immobilité silencieuse secouée de larmes.

Des pas enfin dans l'escalier l'ont ressuscitée la dame, leur écho sur les murs l'a ébranlée un peu. Alors, lentement, les yeux rivés sur son malheur, elle s'est mise en mouvement, mais à la regarder se détourner de nous il me semblait voir une de ces immenses grues orange sur les chantiers, leurs ballets gracieux et lent. Doucement son regard s'est tourné vers les marches, sa main gauche comme un oiseau déposé sur la vieille rampe de bois l'a agrippée pour la lente remontée au tombeau, sous les toits, au plus haut. Au plus bas de l'âme.

Dans l'entrée sur son lino elle coince en arrêt la grand-mère, songeuse, le malheur elle l'aimait bien chez les autres, les pauvres gens la touchaient, l'injustice. Pire qu'elle ça la requinquait. Et le zig qui venait dans la boîte blablater ses mensonges les jours d'élections avec ses lunettes et son crâne d'œuf elle l'injuriait debout les poings sur les hanches la grand-mère, toute seule dans son tablier, le traitait d'ordure et de pourriture et finissait toujours par cracher sur le poste.

À cette époque elle se doutait pas encore que la famine était déjà une arme.

Bon, qu'elle dit, et on voit bien qu'elle se cherche, bon, qu'elle répète et reste dolente comme ça un peu les doigts croisés sur son petit ventre, elle en maussade du dedans, et puis elle me redécouvre moi là posé sur mon bout de canapé râpé, elle se réveille alors et voit mes billes aux pieds :

« Ousketétais encore fourré toi ?… hein ?… et ça, t'as eu ça où ?… »

Je lui raconte Bona et la gigue.

« Le p'tit tordu là ? le crevard ? !… t'as d'ces fréquentations toi j'te jure alors ! !… tu finiras à Sainte-Anne !… na !… voilà !… »

Pas exclus. Les malades je les aimais déjà bien, les fonds de poubelle, les ravagés ont toujours été mon lot, je les aimante, ils me reluquent, me voient venir, s'accrochent. Je les regarde, c'est pour ça aussi faut dire, le charme des naufragés je leur trouve, le flou des existences foirées, l'odeur âcre du sang coulé.

« À fréquenter les fous ça c'est sûr tu finiras chez eux !… t'y coup'ras pas !… c'est comme les psychiatres ça aussi… faut quand même être bien maboule non tu m'diras pas pour s'en occuper des maboules ! ?… allez hop, même panier tout ça !… les psychiatres c'est des fous !… moi je sais j'pourrais pas !… »

Comme ça encore un moment elle a continué de dégoiser debout les doigts croisés, mais j'écoutais plus guère, béat moi je contemplais cet énorme sac de billes, pas loin des quatre ou cinq kilos il faisait le trésor. Alors ça ! Alors là ! Lentement avec délice je sentais en moi se diffuser la délicate chaleur, épaisse pourtant, cet énorme bonheur qui allait positivement me déborder les contours, mon corps alors trop petit pour stocker cet excédent de fluide bienheureux. Je le voyais déjà me camper dans les marges ce bonheur, demain, les jours après, poireauter bien gentil de pouvoir venir m'irradier la calebasse encore un peu. Enfin de la joie en moi ! Enfin du léger, du sourire, de l'immense ciel ouvert aux bâches éclatées ! Enfin ça y était je savais ! Comprenais tout ! Enfin de l'avenir ! Ça y était !

J'étais plein ! Rempli ! Boursouflé de moi que je m'aimais au-delà ! Et puis alors surtout à rien maintenant faut toucher, même pas au magot, la bouffetance et dodo, demain soir on verra, triturera l'aubaine à souhait. Demain je me pavanerai avec mon nouveau petit moi, personnage tout neuf et brillant.

Je l'ai bien planqué au pied de mon pageot le sac, le petit creux, dans l'ombre de la porte toujours ouverte repliée sur mon plume.

Ce sentiment inconnu je me le réchaufferai demain soir. Le bonheur c'est comme les plats longtemps mijotés, c'est bien meilleur à la deuxième cuisson.

Et pourtant c'est une erreur, l'attente est une erreur, jamais remettre au lendemain, sauf le boulot, jamais repousser pour mieux déguster. Toujours j'affirme il faut gober ce qui vous tombe. Les grands bonheurs et petites joies doivent passer en nous immédiat, faut les tenir, s'y agripper, pas lâcher d'un pouce le bifteck. Demain, après, toujours surgira une entrave à l'exécution, un diable hop d'une boîte, quelque chose ou olibrius pour nous empêcher de jouir bien à l'aise. On se doit de piner sec, la décharge illico. Cent mille petites pourritures viendront nuire au jet sinon. Une fois dans le cornet le déluge peut bien nous fondre dessus c'est râpé, c'est trop tard, on a gagné.

Mais les oiseaux ne chantent pas sous la pluie, ils savent. Quand ça tombe faut la fermer.

Dring ça a fait, la sonnette et son petit timbre grêle ils m'ont réveillé quelques secondes juste avant que me déboule son ombre au pied du lit à me répéter dans un chuchotis empressé : oukaisson ! ?… hein ? oukaisson ! ?…

Il voit rien c'est tout noir dans la piaule mais quand même tâtonne, me tripote les panards. Moi je crois mal, c'est vrai, ça me paraît énorme sa présence, et pourtant je sais bien que c'est lui.

Le grand-père sur son Solex était déjà parti marner, c'était l'heure où la grand-mère préparait les tartines et le gant, le moment où toujours je me réveillais peinard avec la lumière filtrant de la salle à manger, les bruits de la cuisine un peu. Je savais alors que je pouvais rester dans le plume encore mais que ça allait pas tarder la bousculade. Oukaisson ! ?... qu'il continue de me chuchoter l'autre courbé au pied du lit, toujours tâtonnant devant lui. J'indique moi l'ombre, le petit creux, il pioche, une poignée, puis ferme le sac avec un énorme élastique, serre bien l'ouverture au maximum, et des tours et des tours, que ça soit comme scellé.

Jamais même il m'a demandé un jour de lui en apporter des billes, toujours il passait lui le matin au ravitaillement, remettait l'élastique toujours d'une façon perfectionnée, bien personnelle, des fois que l'envie me prenne.

Ma dégoûtance de lui je crois elle a commencé là, s'est installée donc sans un mot. Lui aussi il me détestait je pense. Sans rien dire je n'étais plus qu'une banque en somme.

Au petit muret le grand-père dans son nuage Gauloises, ça va ? il me demande.

Tous les jours je le voyais diminuer le sac, des semaines à le regarder maigrir sans jamais avoir touché du doigt une seule bille. Et Bona, pareil on aurait dit, il me semblait lui rétrécir aussi.

« Ça va Matin ?... – qu'il continue le grand-père – t'en fais une de ces drôles de têtes ces temps-ci..., ça va ?...

– Connu mieux... »

Mais j'entrevoyais amer que j'étais hélas plus à l'aise dans la frustration et le dépit, le costard il m'allait recta, taillé bien au milli pour ma binette, mélodie connue intime le cœur impec. L'habitude sans doute.

La joie, le plaisir, ça donne décidément pas à manger à la tête autant que la tristesse.

Nonobstant Bona je le voyais encore puisqu'on faisait la route tous les deux, mais j'allais plus chez lui du tout, entre nous vraiment c'était plus ça, y'avait comme du froid on peut dire, il y avait les billes.

Ainsi donc moi heureux de rien j'allais hardiment chercher des occasions de tristesse un peu partout alentour, avec Bona, avec Haddad, je courais y retirer mon récépissé de défaite. Je me faisais sourd dans mon malheur moi, liquide, un petit brouillard, on me voyait plus.

Oui, ça fait penser à ça, dès la vie passée elle ressemble déjà plus à rien. Elle s'efface on dirait presque. L'important c'est le présent, l'existence, les générations qui se succèdent. La vie, j'ai cherché, c'est comparable à rien.

Haddad je l'ai rencontré comme ça un matin que ses patates dansaient tous sens sur le trottoir, sautillaient gaiement droite et gauche jusque sous les roues des bagnoles. Ils tenaient un primeur ses parents à Haddad, ça prenait tout l'angle de la rue Jean-Pierre-Timbaud et de la rue Saint-Maur. Leur boutique aux Haddad c'était bien rare, juste au plus fort de certains hivers qu'elle possédât une porte fermée avec une poignée, peut-être deux trois jours par an. Sinon, quand le matin ils l'ouvraient leur boutique les Haddad, ils repliaient comme un accordéon au maximum les panneaux vitrés, qu'elle apparaissait toute nue alors, avec rien que deux fins piliers noirs où toujours pour discuter on s'appuyait contre avec Haddad. D'en face, sur le trottoir, ça nous semblait un tiroir enlevé à ce vieil immeuble d'un étage, l'angle rond tout évidé. Après ce n'était plus qu'un grand comptoir en virage rempli de fruits et légumes courant tout du long du magasin. Il vendait des boîtes de conserve aussi Haddad, du pinard, de l'huile, petite épicerie discrète il nous faisait dans un coin de la boutique.

Rasée la boutique depuis, je suis passé. Y'a vingt ans c'était devenu une boulangerie mais ça a peut-être encore changé depuis. Faudrait voir. Rarement on se rappelle avec précision des choses entrevues du passé, ainsi les lieux, les boutiques changées, transformées se perdent illico dans le souvenir.

On est devenus copains voilà, autour du cageot de patates que je l'aidais à ramasser. On a causé et il savait plein de choses Haddad, sur le cul des filles et tout leur intérieur, les bandes qui traînaient dans le quartier et puis aussi les petites idoles aux chemises bariolées qui venaient des fois se démener dans le poste en poussant leur goualante. C'est vrai j'avais que deux ou trois longes de moins mais l'évidence elle montrait avec une éclatante limpidité que vraiment je connaissais rien à rien moi. Haddad il m'en a appris des choses, sa famille aussi, ses sœurs, tous ils ont participé à me remplir le carafon.

Le cageot plein je lui annonce qu'il me faut trisser, occupé que j'étais à saborder mes études, et là vraiment on peut bien dire qu'il en a été scié Haddad.

« Où tu vas déjà t'as dit ?…

– À l'école ?… – je savais plus trop du coup.

– Hou-laa-laa !… mon pauvre !… bhhhouuufff !… j'ai arrêté y'a longtemps moi ça payait rien !… et puis j'me rapp'lais jamais du tout d'mes journées !… à quoi qu'ça sert alors, hein ?…, à quoi qu'ça sert de vivre un truc si après tu t'en souviens rien ?…, – que je me le trouvais philosophe le gus – bon ben… tu viens après ton bidule et pis tu m'aides…, y'a deux cartons… que ça m'fait qu'un voyage alors comme ça…, après on partage… »

Haddad il avait raison, il mentait, mais il avait raison. Il mentait parce qu'à l'école il y allait je le savais, mais pour le reste il avait raison. Et moi non plus les journées je m'en souvenais pas, jamais rien ne s'affichait d'autre qu'un grand rectangle noir lorsqu'elle me posait la question ma mère sur le déroulement du jour. J'y allais à l'école uniquement il me semblait y déposer le corps, comme on tente de rapporter à la maison sa carcasse en fin de cuite. Juste comme ça me reviennent deux trois journées glanées par-ci par-là jalonnant les décennies.

Une vraiment qui me remonte, pile de cette époque, une restée bien totale inscrite dans la caisse, le jour même d'ailleurs. Aussi peut-être Haddad il m'avait collé dans le citron déjà l'idée de plus y aller à l'école, jamais sans ça je me serais permis de tant me bidonner ce jour. C'est lui, c'est Haddad, son « à quoi qu'ça sert ? » qui me décollait pas, sa petite phrase elle m'avait tranché comme ça d'un coup mes amarres. Devant la Vacharde, à ma table, mon encrier, elle me remuglait encore les tréfonds sa phrase, mon ventre il en faisait de drôles de couinements, tout changeait de place dedans on aurait comme dit, se réajustait, on me déplaçait les idées pareil à des meubles, les disposait nouvellement et l'on entendait geindre leurs pieds raclant mon lino. Bousculé de partout mon crabe il devait plus savoir où se carrer. C'était l'avenir qui s'installait, d'infinies perspectives en moi s'alignaient dans de sonores distorsions. Le ventre c'est un cerveau en tripailles et boyaux, ça réfléchit on dirait pas.

Faut se l'avouer, comme moutons en plaine on se laisse vivre, même l'habitude du tourment nous la chante peinarde l'existence, jusqu'au jour où une parole nous uppercute la pastèque et les flancs. À des phrases entendues un jour des vies entières on s'accroche parfois. Les mots j'affirme ça aide mieux que le copain de Belleville, la tante des Batignoles, ça éclaire les mots tout du long de la vie. Mais ceux qui nous la pourrissent on peut les compter aussi. Étonnant comme les paroles douces ne restent pas en nous, même l'effet du baume de l'époque a disparu dans leur souvenir. Les mots assassins ont par contre eux des ondulations si vives et si longues qu'ils peuvent encore tuer des années après, ruiner des existences. Leur effet parfois jamais ne s'efface. Pour un mot, un jour, on déteste une trombine pas revue depuis moult décennies, possible cannée déjà. Mais ça fait du bien drôlement de haïr, ça occupe. Ça revient, être amoureux, à ça aussi, ça l'occupe parfaitement la théière. Sauf que c'est le contraire.

La Vacharde je l'ai dégueulée pendant un an, après même, et puis vraiment dès le premier jour elle m'a débecté, ce fut du recta dès la prime identification des bobines. Après elle a ouvert la bouche et c'était foutu.

Là, planait dans la pénombre du matin une sorte de nuage blanc sale au milieu de la classe à hauteur de tête. On marinait dedans nous déjà depuis quelques lustres, cette poussière de craie comme un ciel bas, lorsqu'elle a commencé son inspection la Vacharde. Nous mater les cahiers pour y déchirer tout ce qui dépassait ça la faisait reluire. Elle s'y attaque dans le silence et déjà ça vole, décolle, jonche alentour d'elle, recouverte illico de feuilles l'allée, c'est tout blanc, c'est son automne à elle, son hiver, il vient quand elle veut. C'est son petit Noël.

La Vacharde elle aurait pu s'en faire un chouette d'herbier depuis les décennies qu'elle y était collée à son bureau, sa classe. Presque un demi-siècle de martyre, on le sait elle nous l'a dit pour embrayer l'année, c'est sa dernière, elle raccroche, elle part à la campagne élever des choux avec sa collègue et néanmoins amie. Elle nous aime pas. Ça lui grisâtre un peu vers le plafond, en dessous ça relève de la figue atrophiée, autour de la bouche ça plisse surtout, son X à elle semble taillé au burin, ça grimace même du dedans on dirait, toute sa dégueulasserie de racornie sur le noyau. Une horreur. C'est une salope. Elle aime personne. Rien que sa collègue et néanmoins amie, la mauvaise de la classe d'à côté. Elles s'échangent les gamins pour les punitions, se les mélangent, se font des mignardises, des délicatesses de garces. Une œuvre croisée en somme.

La voilà hop ! zou ! qui saute la tranchée, change de rangée, repique à son taf, sa défoliation. Nous toujours à la chute des tuiles on reste coi, rien dire, on poireaute bras croisés, on attend l'envol de nos pâtés, nous pas moufter, la grande migration de printemps. Au final elle ira s'asseoir à son bureau sans un mot, laissera passer quelques secondes dans le silence, comme ça, une mouche, puis dira, immobile, d'un petit ton sec : Cherchez !

Alors nous on se retrouvera tous à quatre pattes dans les allées pour y démêler nos feuilles perso toutes mélangées avec celles des petits potes, tous comme des clébards à effectuer des cercles à genoux sur ce tapis qu'elle aura patiemment tressé la fêlée.

La vie quand ça vous tient ça vous emmerde jusqu'au bout.

Lui c'est un tout neuf avec sa coupe au bol, il en croit pas ses châsses de la cérémonie, je sais pas de quelle couvée il déboule le petit porcinet à casque mais ça le scie, pas sûr même qu'il cause notre langue, je sais pas qui c'est du tout, deux semaines qu'il est là, tout juste, nullement intronisé de par ce fait. Il découvre. Ses parents ont assisté à quelque chose, je sais plus quoi, elle nous en a causé la Vacharde en nous présentant le loukoum, que c'est bien pour ça qu'il est bizarre et cause drôle, rapport aux parents c'est, ils ont été témoins mais j'ai oublié de quoi, témoins d'un type, un prénom étranger, on a même jamais bien compris avec les petits potes mais ça a vraiment pas l'air de se gondoler chez lui, il nous raconte dans son drôle de langage, on dirait du français mais d'une autre époque, à rien il a droit. Et il découvre là, lui, et ça l'estomaque ce rituel, tandis qu'elle lui lorgne les éclats d'obus il retient son souffle le petit bonze, transpire abondamment tout près d'elle penchée sur son œuvre. La première feuille arrachée lui déclenche immédiat de gros roulements d'yeux, il pense, il est plus là, à sa maison il se voit, la table en formica de la cuisine où il va s'esquinter à pas trop faire le con, bien tout recopier avec sa plume, éviter les pâtés. Il est dans le futur déjà au boulot.

Pour le faire revenir elle lui pose une question la Vacharde, qu'il radine avec nous. Une page dans la main, en partance, elle demande quelques explications, son sort il en dépend on le sait tous, le petit gniard aussi, alors il bafouille et s'étrangle, lui bave sur la manche des borborygmes, et ainsi, bouche ouverte, affolé contemple l'envol de ses feuilles une à une, et là qu'il s'y attendait vraiment pas hop ! tout le cahier décolle. Je l'ai vu dans un battement d'ailes me passer grand ouvert au-dessus de la tête, les pages tous sens comme un oiseau plombé, déséquilibré en plein vol. Toute la classe comme ça il a traversé le cahier avec les grands gestes désordonnés du noyé. Une longue courbe par-dessus tous les pupitres pour aller inconscient s'écraser sur le haut d'une des armoires du fond, comateux et désarticulé. On le pensait mort tous, incapable de survie.

Elle est déjà la Vacharde passée à une autre victime que le petit gniard a toujours pas réalisé, il le cherche encore sur la table son cahier, ses deux mains roses et potelées bien à plat, ses doigts comme de petits boudins, les yeux ronds du pigeon, il cherche, ébahi.

Moi alors j'ai commencé de me marrer en dedans à le voir entamer ses recherches sous la table, derrière lui, partout autour et puis sur les lustres, j'ai commencé de me bidonner tout au fond. Il pleurait pas, il pigeait balpeau, on banne quand on sait, faut des raisons.

Son cahier on en voyait juste un petit bout d'oreille qui dépassait là-haut derrière un carton, entre la mappemonde et une pile de livres. On lui indique nous, il aurait jamais soupçonné la distance, le nid, l'altitude. On a vu étinceler alors dans son regard au petit gars une lueur vacillante, il s'en perdait l'équilibre au-dedans, titubait de la calebasse, l'âme éberluée il se crapahutait tout l'intérieur pour tenter d'être moins con que son cerveau, des efforts démesurés il faisait en grimaçant des mâchoires les poings serrés. Baba de ça !

De grosses larmes soudain comme des billes lui ont dévalé ses énormes joues rouges.

Il comprenait avec sa frange mi-front.

Pas véloce le zig pourtant il s'est bougé le tronc, au pied de l'armoire il s'échine mollement, muni d'une rikiki règle il essaye de lui trifouiller le dessus, sautille les bras au ciel et pousse des han ! han ! calamiteux, renifle, bave tant il s'applique, morve, se mouche comme une trompette dans un grand mouchoir blanc, ses initiales au coin, puis blablate tout seul, se lance à lui-même tant il se concentre des encouragements, lâche des « saperlipopette !… » entre deux petits bonds. Il nous a oubliés, il sautille tout seul maintenant avec son défi, son épreuve, il nous voit plus.

« Quelle hérésie !… saperlope !… – voilà qu'il se chuchote – saboter ainsi mon labeur ! ?… »

C'est une godiche au faciès de merde efflanquée, un tas de grumeaux qui ahane désespérément et je me tords moi, me saborde joyeusement. Un immense rire de fou soudain me gicle du gosier comme une flamme, un rire vraiment de bête, j'étais là moi avec précision le chien méchant, l'animal sauvage, le monstre élevé au fond des bois. Debout sur la table je le brandissais avec rage le Jolly Roger, seul étendard viable, bien haut dressé, bout de bras le Jolly Roger, que tous ils le biglent en plein, la Vacharde surtout. Je suis contre ! que ça leur gueule. Vous mentez ! c'est ça que ça leur dit, je sais qu'ils mentent, qu'ils trichent, et la plupart même sans en rien savoir, juste en répétant, s'identifiant. On vit là nous entourés de naufrageurs. Je suis pas de ça moi ! Vous mentez et on vous ment ! Voilà ce que je leur gueule avec mon grand rire méchant ! Je veux pas ressembler à un coup de latte !

Il me coulait ce rire dans le ventre sans plus jamais de palier ni de pause, pareil avec des larmes ça eût été. Il est des robinets à ne jamais ouvrir, la rouille empêche leur fermeture.

« Tais-toi !… – qu'elle m'hurle alors la Vacharde – tais-toi ! ! Matin !… tais-toi ! !… – et puis comme je m'en tape – dehors ! ! dehors Matin ! ! dehors ! !… »

Dans le couloir je me roule, joue l'astibloche sur le sol, les manteaux accrochés je les reluque du dessous, me bidonne si tant frénétique la bouilloire qu'elle me siffle et bourdonne, me désaccorde le clocher, les côtes je me les serre mais je fais quand même un de ces boucans, je résonne, rebondis sur les murs du couloir, on m'entend de partout. Je m'enfonce au cœur d'une spirale, m'y perds. Je m'enfouis.

Porte ouverte toute grande pour me surveiller moi je vois du coup tout de la classe, et ce qu'ils ont l'air tarte les petits potes comme des hiboux céramique ! Diable qu'on peut être con ! C'est abrutissant. On s'en rend pas compte. Notre propre ronflement ne nous réveille pas. Et l'autre qui s'attaque à mon cahier défrichant tout, « … et de trois !… et encore une !… » qu'elle me gueule en ricanant, ça lui papillonne autour partout et je repique, empire même, la vie est une erreur, ça m'apparaît là me bidonnant par terre, une condition la vie, pas autre.

Bouddha avec sa règle, ses petits bonds il en fait choir la mappemonde, dégringoler la Terre, la planète il la décroche, cabosse toute l'Afrique mais épargne la Suisse, et puis son cahier sans faire gaffe enfin il l'effleure, lui frôle sa couverture rose et pfuif, on l'entend qui glisse le long du mur, derrière l'armoire bien au chaud.

À quatre pattes maintenant avec sa règle il racle.

« Oh non c'est pas vrai ! ?... – qu'il se murmure – c'est pas Dieu possible ! ! ?... quelle malchance saperlope ! ! ?... je joue de malchance !... »

De ma place ras de terre il fait bon, c'est frais, et puis entre les pieds des petits potes là-bas je vois son gros cul en l'air qui dodeline des fesses, lui le bras tendu sa règle au bout, une joue comme moi collée au sol il l'entraperçoit son cahier, bien coincé derrière, bloqué par la plinthe, le mur, l'armoire. D'où je suis on dirait vraiment que c'est son trou de balle qui proute des :

« Que diantre, comme c'est malaisé ! ?... – ça fait drôle, c'est elle qui parle, sa rondelle dansante, lui qui racle et ratisse et elle qui marmonne en l'air – Saint Dieu !... quelle pénitence tout de même, quelle croix ! mais quelle croix ! !... »

À force de patience et de bêtise il l'extirpe enfin son cahier la face de brême, mais alors vraiment voyez comme bien cradingue, déchiré moutonneux, cassé de grandes pliures au milieu, des tapons, des toiles d'araignées même lui dégoulinant les coins, une épave. Mais ça lui bouscule pas le melon démesurément, il le brandit aux anges son cahier, se congratule de petits : « Youpi, yop ! !... c'est chouette ça alors !... youpi ya ya ya, youpi yé, youpi taïe taïe !... » – même il chante.

Son rescapé en main il le garde une seconde, une seconde pas plus, sitôt elle lui arrache sans même le regarder la Vacharde, une moue dégoûtée sur la tronche elle contemple la ruine, il est en suspens, alors du bout des doigts elle le lâche droit dans la corbeille, pile sur le mien. Et puis elle en parle plus. Elle se dresse alors sur l'estrade, mais ça lui suffit pas, extrême pointe des pieds, puis du doigt indiquant trois gniards dont moi :

« Vraiment, j'augure mal de l'avenir pour ça..., ça... et ça... »

Elle a été vite réglée toute cette histoire. On s'est tous calmés d'un coup.

Je l'ai finie moi sous son bureau la journée, face aux genoux de la Vacharde, dans sa pénombre et ses odeurs.

Faudrait n'est-ce pas faire une enquête, me descendre dans le fond, chercher bien le pourquoi j'ai blêmi d'un seul coup, la vraie raison donc, utile de démêler ce gisement de sentiments pour comprendre. Mais je l'ai sentie monter la nausée, deux secondes, trois, et puis elle était posée. Après, sous le bureau deux heures j'ai plus fait que descendre tout ce qui me restait d'espoir. C'était fini, tout dégringolé. Blême j'étais.

Le soir Haddad même il l'a remarqué immédiat que j'étais moi tout baboué, de loin il me lorgne et vient alors à ma rencontre du coup.

« Holà ! Holà !… t'as vu comme t'es blanc ! ?… – il arrive il me dit – holà ! une vraie merde de laitier !… vrai, dis donc, un bidet !… t'es malade ?… t'as tout dégobillé ?… alors ça y'est ? c'est fini ? t'y passes ? !… »

Un bidet je crois j'en avais jamais vu, je savais vraiment pas ce que c'était. Je me suis pas vexé. J'ai même pensé que c'était un médicament.

Poings sur les hanches il me regarde Haddad, il m'aime déjà bien avec mon air couillon perdu, mes nippes de petit grouillot et ma façon écœurée de tout recevoir, tout contempler. Il me regarde il réfléchit Haddad.

« Bon !… – et puis il dit – bon… alors tu veux une bonne ou une mauvaise nouvelle ?… hein ?… t'en veux une de quoi ?… t'façon j'en ai qu'une mauvaise alors !… bon, on doit livrer chez l'gueulard !…, remarque pour toi c'est pas une mauvaise nouvelle vu qu'tu connais pas !… ma sœur elle veut plus y'aller…, ça lui fait trop d'peine à cause du bébé elle dit… »

Dès la cour on l'a entendu, que ça nous a glacés, des bébés on en fréquentait pas des masses et pourtant on sentait bien que ça gueulait pas comme ça un bébé à l'ordinaire. Elle lui remontait des entrailles sa gueulante, la force encore d'une lamentation furieuse, faut comprendre, ça lui tirait dans le gosier l'incompréhension d'une douleur trop vive. C'était pas vieux, on arrivait au poil nous, et pourtant on aurait dit une panique presque essoufflée déjà.

On reste sur le palier un peu, là, devant cette porte qui geint, on la regarde sans pouvoir plus se remuer avec nos cartons sur nos bras mous, on écoute ce qui nous déchire le ventre, et la peur aussi, doucement, qui tend la patte. Fort pâlot même qu'il en était Haddad, ça lui rend un visage bizarre, à l'origine il l'était pas du tout pâlot Haddad on peut vraiment pas dire. D'autant qu'une avare clarté tombant blafarde du vasistas nous illuminait comme des morts revenus de là-bas. Quelques secondes et c'est du silence qu'elle nous envoie la lourde, le bébé on préférait je crois la valse lente de ses cris, mais on bouge toujours pas nous deux, on regarde autour. La peinture elle a fait des plaques bien solides et dégringolé du plafond, des murs, il en est tout gris le parquet de cette vieille poudre jaunâtre d'il y a longtemps. Ce sont des bouts entiers de mur, de plâtre qui courent le long des plinthes, dégoulinant de marche en marche jusqu'au trottoir, la rue. Ça ressemble aux traces qu'un serpent monstrueux aurait laissées en s'échappant des combles, se coulant tout du long de la rampe, étage après étage en éraflant de ses écailles les murs au passage.

Il a repris le bébé, on se redresse d'un coup, c'est vrai qu'on pliait un peu nous sous le poids du décor, mais ensemble nos deux nez piquent pour une redescente, on courbe l'échine devant la douleur, on respecte.

La porte est toute cabossée au-dessus de nos têtes on remarque, aussi vers le bas des trous comme des pointes lancent sur nos pieds de minuscules rayons blancs.

Et puis l'escalier nous la crache dans les pattes d'un coup subito ! PAF ! elle était là, sur nous, nos faces. Il en voulait plus l'escalier, elle a giclé du trou d'ombre comme une dégueulade, déjà complètement affolée, son trousseau à la main, des paquets plein les bras.

« C'est quoi ! ?... » – elle s'alarme en tournant la tête de tous les côtés.

Mais elle entend pas la réponse. Ses gros yeux fixes regardent éperdument sa main libre et tremblante cafouiller le trousseau, chercher la serrure en faisant résonner dans la cage le tintement sec de ses clés. Mais ça résiste, elle tambourine alors d'une main et tous ses paquets dégringolent, les médicaments, les boîtes ça roule et s'éparpille sur le palier, les pilules, les bouteilles ça valdingue et se répand autour de nos pieds tandis qu'elle s'énerve à trifouiller la serrure en laissant échapper d'aigus jappements. Dans son dos moi avec Haddad pendant qu'elle s'esquinte à trépigner on se regarde, elle pleure ça nous semble. Et puis juste derrière la lourde maintenant un clébard y va aussi de sa gueulante, se mêle aux harmoniques du bébé, à un douloureux canon ça ressemble.

Un instant suspendu elle arrête ses mouvements la dame, ça bouge plus, son cou, sa tête, son dos, tout le bastringue vient de tomber d'un cran, elle remue plus rien de son corps et reste comme ça penchée, ballante sous le halo du vasistas, elle pleure juste dans le silence, et ça dure, sans un mouvement, le visage devant penché, c'est long. À croire qu'elle se balance sur la pliure, qu'elle se berce. On entend alors derrière la porte le chien s'éloigner, le bébé plus gueuler du tout, que ça nous fait bien étrange tout ce calme après la furie. On y croit guère. Alors, doucement, dans un souffle elle se redresse le tronc, la bonbonne, elle regarde rien que la porte droit devant elle et tourne la clé.

La porte s'ouvre.

On y est.

Dans la manière de révérence qu'elle nous fait la porte en s'ouvrant de toute sa lenteur on se précipite pas nous deux pour investiguer, personne même, la dame itou, pas du tout en terrain conquis on s'imagine, même on préférait avant je crois, et tous, c'est du pas respirable qui pousse du coup pas à la découverte. Il ressemble l'intérieur à un de ces gros nuages gris que l'on voit naviguer balourd dans le ciel. On est en lui. Même la dame elle reste immobile, renâcle aux premiers pas, on la dirait pioncer de lassitude.

Ça se présente comme ça, un long corridor tout nu avec, au bout, une pièce enfumée qui exhale vers nous des volutes rampant au plafond de ce couloir sans aucun ornement. Ça transpire le tracas d'âme.

Aussi là d'un coup alors ça se déclenche, se précipite dans la même image tout ensemble. Un homme on l'a vu passer dans la pièce du fond, le chien jaillir de la fumée en aboyant, que ça en réveille le bébé qui s'y remet de plus belle à hurler ses lamentations. Et le type dans l'autre sens il nous repasse, comme dans une roue de hamster on l'aurait dit marcher, ça faisait drôle.

Alors dans cette immense gueulante, on a décollé. Le couloir avec mes pieds je l'ai senti glisser vers la gauche allez hop ! zou ! ma tête à droite, la pièce du fond aussi, allez, chavire !

On plane, alors, nous, plein cosmos, on flotte dans l'espace, j'ai emmené tout le monde dans les grandes nébuleuses, on vogue tous bien aimablement, on glisse légers sur de douces trajectoires.

Je suis bien.

Le caniche je le regarde au ralenti courir vers nous au plafond du couloir. Mais sont-ce des cloches qui me résonnent le clocher dans toute la carlingue ? C'est des cloches ? Je dingue-dongue si tant comme un sourdingue que je m'en raccroche à Haddad. J'attends l'arrivée du chien, ça va être effroyable, tout va m'imploser. Et puis non. Les manèges quand ça atterrit on en ressort un rien saoul, celui-là n'a fait qu'un tour mais il me joue encore du tambourin à l'oreille tandis que je regarde le petit caniche sautiller après la dame en gueulant. Il en peut plus même de ses ouah-ouah frénétiques le ressort, qu'une mouette serait pas plus jouasse de voir poindre un chalut. Mais ça dure pas, toute fête s'achève, parfois dans la débâcle, il en a trop fait le clébard, sa bamboula le dépasse, lui fait déborder le carafon, exploser la cafetière, sa joie le fauche et il lui tombe raide sur les pieds à la dame. Une palourde d'un coup.

Avec, au fond, les hurlements du bébé on le regardait le clébard se mettre à pédaler sur le flanc dans une course désordonnée, baver dans les convulsions, et puis, sur le dos, se contorsionner violemment. Une poêlée de bloches, pareil. Il court dans l'air le caniche, écume pâle et se fait dessus, un long jet fin de pisse presque blanche lui gicle une petite fontaine verticale, comme au cirque moins la balle. À la retombée ça lui inonde le ventre, lui noie la gueule aussi un peu, asperge en même temps les souliers de la dame qui sautille dans de petits couinements. C'est une foire. Et comme elle veut pas se faire tout dégueulasser les pompes alors elle danse, petits pas hop ! hop ! mais sans jamais quitter des yeux le bout du couloir, la pièce enfumée qui expulse les cris essoufflés du bébé, qui toujours nous refourgue les passages réguliers de ce type, sa cigarette, son regard bas interne et orageux, sa silhouette voûtée rythmant de son pas pressé la chorégraphie familiale, comme un balancier.

On a pas franchi le paillasson nous avec Haddad, la frontière est sensible, on peut encore se carapater. Passé le seuil on se sentirait comme obligé un peu de leur piquer un fragment de leur intimité à tous les quatre, de continuer à s'y enfoncer dans leur boue jusqu'à la fin des haricots.

Comme ça empire les cris du bébé, qu'il entrecoupe maintenant ses gueulades d'une toux sèche, elle reprend alors la dame on dirait les commandes de sa viande et te me balance précis un de ces coups de latte au cul du clébard qu'il s'en réenclenche sur la norme, stoppe recta sa crise, se redresse d'un bond sur ses papattes, éberlué vierge de souvenirs, et tout en s'ébrouant la carcasse repart lentement trottiner vers la pièce en nuage où le type, toujours, décrit des cercles comme un fauve en souffrance.

Ça lui fait trop à la dame toutes ces attractions qu'elle doit s'infuser, quelques secondes glissent où elle s'oublie au-dessus de la flaque, nous refait une pause molle, sa tête tombante, les épaules lasses sur des bras morts. C'est pas qu'elle dort mais ça ressemble.

Là qu'on a le temps un peu je remarque, ça m'avait pas frappé au début cette odeur, d'un coup je vois le grand-père et son Solex, ses bidons, mais c'est pas ça. Une violence pour le tarin ce relent ! Ça m'en tourneboule le citron. C'est infect ! Plutôt la tante Barbara, les hôpitaux, les drôles d'effluves parfois qu'elle rapporte au Deupièce dans ses gros pulls.

La dame a toujours pas remué de la carlingue, on doit frôler la dizaine de secondes et pour un non-affranchi déboulant là c'est elle qui vient de se pisser dessus on dirait bien. C'est elle qui reste, envapée vague, les pieds dans la marre. Ça fait ça.

Et puis elle se revient, se remonte à la surface, récupère les manettes pour plonger hallucinée sur une serpillière traînant là, au fond d'un seau plein à l'entrée de la cuisine, sur notre droite. Et alors, SPLATCHE ! que ça a fait sur le lino quand il les a reçues toutes les deux, elle tombant à genoux dans l'urine et la serpillière imbibée s'étalant. Puis ce sont des han ! han ! frénétiques de peine et d'effort qu'elle nous balance à frotter le sol de ses deux mains, affalée dans la pisse, han ! han ! le cul en l'air, acharnée, les cheveux défaits à tremper dedans.

On en foutait pas une secousse nous avec Haddad faut avouer, on se disputait pas pour l'aider la dame. On se marrait pas non plus remarquez. C'est qu'ils nous pesaient ferme nos cartons, mais on quittait pas le paillasson. Nous on la regardait astiquer telle une machine son lino à quatre pattes, et frotter, frotter en aveugle, de longues mèches pendantes devant les yeux, répandre dans de larges mouvements circulaires la pisse tout autour d'elle, et puis tordre rapide la toile au-dessus du seau pour se remettre à éponger comme un rameur dans la tempête.

Et sa longue robe vert pâle bien étalée en corolle, que l'urine avait plaquée au sol, lui faisait comme un cercle de plus en plus foncé à mesure qu'elle s'imbibait. On l'aurait dite à genoux sur un nénuphar la dame, dérivant au milieu du lac de son éternité en frottant, frottant…

Et puis elle se l'est ramassé son coup de pompe au derche ! Vrai, il n'y avait, c'est certain, absolument plus que ça pour l'extirper de son ménage extasié. Elle se l'ai ramassé avec les cris du bébé de plus en plus rapprochés, sans respiration, sans plus même presque aucun souffle entre.

Alors c'est une bête de somme enfin dételée qui se redresse fougueuse et abrutie, tournant son regard embrumé tous sens, l'oreille dressée et la wassingue pendante toujours dans le prolongement de son bras ballant, effleurant du coin presque le sol pour relâcher sa pisse au goutte à goutte.

Les bébés c'est un fait sont pas comme nous, les pauses qu'ils s'octroient dans leur vie se remarquent guère, on les entend plus et c'est tout, ça se voit pas. Nous, on a les canapés. Mais lui, là, dans ses vapeurs bleutées, il nous fait comme un sursaut avec sa toux qui l'étouffe, ses cris saccadés qui lui sifflent le gosier. La dame ça la gifle alors elle s'élance et d'un geste sec et vengeur, dans une ruade, elle te m'en balance la serpillière derrière qui explose en s'incrustant sur l'arête du chambranle. On est restés gentiment avec Haddad comme deux mouches à la contempler, la serpillière, de notre carpette, glisser avec d'intenses lenteurs vers le lino pour s'y délester d'une flaque grossissante. La dame, soudain frappée du dandinement de l'oie grasse se réajuste maladroitement le chignon qui lui dégoulinait sur le visage et, dans sa course le long du couloir, s'essuie les mains à sa robe comme sur un tablier.

Le paillasson moi j'aurais bien apprécié qu'il nous emporte avec Haddad, qu'il s'anime et gigote et glisse jusqu'au bas des marches, la cour, le dehors, nous dessus. Mais rien ne bouge, juste eux là-bas, elle qui lui court après en hurlant, lui qui tourne de grandes enjambées, sa tête coupant les nuages en tourbillons bleu-gris.

Faudrait pas s'imaginer surtout qu'on se presse avec Haddad pour y arriver au salon, mais quand même on l'a quitté notre lèche-bottes, le seuil est derrière, nous voilà foutus. On était pas obligés mais quand même on y va, et pas du tout pressés, on s'avance avec nos bras plombés, nos cartons, la curiosité quand même nous y dirige, mais on se déplace pas au maximum de nos possibilités. Deux tourteaux on dirait nous. À pas lents du couloir encore on admire leur reprise, les regarde se courser, elle derrière hurlante, les mains en suppliques, les bras mendiants et des grimaces partout sur la bouche, tout ça au milieu des braillades éperdues de l'enfant. Nous n'aurions jamais dû quitter le palier, c'est une erreur. On a freiné faut me croire tant qu'on a pu mais on y est. Voilà. On assiste.

La détresse humaine a moult visages, mais la bêtise se trimballe toujours la même binette. Et, lui tournant, clope au bec, elle après dans des hurlements de bête folle s'évertuant à continuer le cercle avec le chien à la suite croyant à un jeu, ça ressemblait à la parade, celle de juillet, quand on la regarde défiler sous les notes sèches de la fanfare. Comme au cirque avec Haddad on est nous, dans le salon, même à plus se gêner on en arrive, on est entrés, on contemple la farce et on tousse, c'est à pas respirer ici tant ça fume. Le plafond bleu-gris s'entremêle à nos cheveux, on est grand juste ce qu'il faut nous, le plafond on y touche pas, eux par contre le coupent sans cesse de leurs tournicotis, formant des tourbillons de fumée çà et là au gré de leur parcours, elle gueulant ses tirades bien au-dessus. Et on regarde avec Haddad, ça, on admire leur vie de famille d'un petit endroit peinard qu'on s'est dégoté entre le mur et le buffet. Ce qu'elle lui hurle de sa voix en rocaille la dame est pas du tout recevable, ça l'enfouit même, lui décrit à la manière des femmes exaltées sa façon toute personnelle de n'être absolument rien d'autre qu'une merde ratée, un étron qu'il aurait à la place du cerveau. Le type menant la troupe c'est flagrant qu'il sait pas quoi en faire de tout, sa tête il la change de place seconde après seconde comme un boxeur, pour éviter les mots on dirait, et puis ça le voûte cette danse, les cris du gniard, sa femme au derche, que ses longs bras même lui fouettent les hanches dans les virages. C'est pas le film qui lui convient, lui sa vie elle est pas comme ça, dedans y'a les siens de cris, pas les autres. Tel qu'on l'a pondu il est resté. Et il aspire alors encore et encore, tire dessus et la pince, l'écrase, aspire tant sa cigarette qu'elle en devient toute rouge et maigre et fripée, il la mange, la mâche et la crache, passant ainsi à la suivante sans voir où tombe le cadavre que déjà la nouvelle est à moitié morte. Le tapis il en est tout moucheté de ses déchets, partout il a tout cramé, c'en est rempli de petites taches noires le tapis où tous les trois s'agglutinent à tourner leur enfer. La dégueulasserie de l'endroit c'est à pas croire, une grande variété de détritus recouvre le sol, c'est pire que le métro. Aussi des meubles il n'y en a plus, c'est tout par terre fracassé, en tas, mort sur place, tel quel, décimé en brindilles. Pour exécuter leur bizarre farandole ils enjambent les restes, on se retrouve au saut d'obstacles avec Haddad, on admire de notre coin de buffet la technique d'envol, les prouesses, la souplesse du jarret.

En diagonale, dans le coin près de la fenêtre des sacs plastiques entassés là croulent, un amas de poubelles montant vers le plafond en pyramide escalade les murs, dégouline aussi vers le centre de la pièce. Ça remplace la déco et participe à l'odeur.

L'appartement les premiers jours c'est certain a dû recevoir de frêles efforts de décoration, des mignardises même, des détails, manière d'élan de vie nouvelle. L'emménagement ça relève toujours de l'illusion, tout nous redevient possible qu'on se dit. Ces deux-là ont cru laisser derrière leurs erreurs et spleens, le logis d'avant il en déborde de leurs noirceurs, ils lui ont légué accrochés aux parois des cascades de ratures, brouillons d'existences foireuses, tunnels aveugles. Surtout faut plus jamais y radiner là-bas, y refoutre le nez. Ils sont ainsi entrés dans ces nouvelles pièces lavées de leurs souillures, le carafon tout propre et neuf, le trognon récuré au Kärcher.

Elle, c'est elle qui toujours a dû tenter d'élever le désastre, et puis leur vie à deux, trois est passée dessus tout ça. Ne restent plus maintenant aux murs que des images d'avant, des rideaux pendouillants pas jobards, un lustre. Ils ont perdu.

Seul rescapé du naufrage un berceau tout blanc dans le coin à droite avec vue sur la décharge, juste séparé des poubelles par la fenêtre. Un berceau essoufflé de dentelles en pleurs, croulant sous le tulle, étouffé de rubans. Un berceau avec au mur tout autour punaisés des bondieuseries, des petits Jésus en plâtre, en peinture, des icônes de bois, des ex-voto. Disposés sur une petite étagère à hauteur, des cierges, des Vierges en fer et puis en plastique remplies d'eau bénite. Un berceau avec débordant sur le côté une petite main, un petit bras violacé, et puis des cris.

On se penche pas avec Haddad, bien droit on reste, nos cartons, le buffet, on commence juste à transpirer savamment. C'est pas qu'il fasse chaud, c'est la peur, soudain.

Et eux trois, là toujours s'abîmant à tourner sans pose, tout plein de la transe et la danse, l'homme maintenant au cul du clebs, elle coupant un virage pour rattraper son bonhomme, mes petites chenilles je voyais, le souvenir. Et le chien, alors éberlué d'être devant, n'avoir plus personne à suivre gagne un tour en trois coups de pattes lui, pour raccrocher la croupe de la dame. Il s'endiable le circuit, sans queue maintenant ni tête. Eux trois-là sont piqués, mordus de la valse, même le drapeau à damiers pourrait plus les sauver de leur frénésie. C'est l'enfant qui déchire le cycle, hurle par là sa présence, ses cris rapides et courts sont les derniers semble-t-il avant le vide, précédant une autre forme de souffrance, nouveau pays. Elle décroche alors la dame, sacrifie au mouflet son avance, son chrono et l'extirpe de ses dentelles, mais sans jamais pour ça faillir au rythme, mollir sur la cadence, elle te me le plaque d'un geste mécanique contre son épaule et gaillarde obstinée repique à la ronde, le tempo toujours solide mais à la retarde. Ça lui prend quelques secondes mais enfin elle la récupère sa place devant le clébard, au proze du zig. Maintenant il les a tous à sa poursuite. Et tandis qu'ils tournent, beuglant tous les quatre à leur façon, lui et sa cigarette toujours aux lèvres ressemble à une locomotive crachante et fumante, expulsant des escarbilles sur les wagons à la remorque, semant d'abondance cendre et mégots un peu partout sur le tracé. Mais soudain elle le double la dame et le bloque. Il change alors subit ses trajectoires, vire tous les deux pas, débine tous sens comme un ballon se vide d'air, mais chaque fois elle lui coupe ses échappées, les bras pleins de l'enfant, ses gueulades, aussi d'un coup il la pousse et disparaît.

De lui ne reste plus alors pour nous que ses pas rétrécissant dans l'escalier, s'éloignant, la cour, la rue. Il n'existe déjà plus.

Et plus rien ne reste alors que les cris du marmot mêlés aux sanglots de la femme, cherchant une issue, accrochée à son enfant comme à une échelle de corde, le chien derrière, encore tous les trois effectuant des cercles vides dans la fumée.

De la voir ainsi tourner maintenant silencieuse ça nous faisait pire au-dedans que ses braillades hystériques. Mais pas longtemps elle dure la roue libre, bientôt elle plie et flanche la dame, c'est un saule, elle s'affaisse vaincue meurtrie, enfin à même le sol se pose, les genoux, puis glisse sur le côté les jambes dessous elle repliées, elle rempile, réembarque le nénuphar et vogue en elle. Même le gniard il en a fermé son clapet tout baba qu'elle les arrête ses tournicotons, seul le caniche continue autour d'elle sa ronde, rétrécissant les cercles.

Le mouvement ressemble au bruit, quand il cesse ça soulage la tête.

On s'est remis à réfléchir avec Haddad, on pouvait mieux, et l'idée flottante à la surface de notre bulbe c'était la trisse, que ça nous suffisait bien comme histoire, qu'on en voulait plus, que moi je me sentais le plus trouillard de tous.

Et tandis qu'elle sanglotait la dame avec son enfant sur le cœur, agrippé après comme à une bouée, on a posé nos cartons, là, juste là, nos panards, déposé la commande, et nous sommes partis. Mais quand même j'ai tourné la tête dans le couloir, sa peine à la dame je l'entendais trop en moi, j'ai jeté comme ça un dernier petit coup d'œil pour la voir assise par terre au milieu des souvenirs de meubles, tourner le dos à la fenêtre, le visage comme un trou d'ombre avec, derrière les rideaux, une clarté livide venue gentiment les caresser tous les trois, le clébard assis en face d'elle à la regarder, le petit bras pendouillant du bébé sur l'épaule de sa mère. Le bébé il en avait la face tout illuminée de cette lueur grise presque blanche. Jamais j'aurais dû tourner la tête. Il est des images qui restent en nous toujours à déambuler nos tuyaux sans jamais rien perdre de leur puissance douloureuse, sans jamais se délaver ni rétrécir. Elles sont là, on le sait sans les voir, errantes, arpentant nos sentiers pour surgir parfois et planter leur drapeau et nous rebalancer leur show.

Sur le palier toujours éparpillées traînaient les boîtes de médicaments, les pilules et puis les bouteilles de vin au verre étoilé.

Secoués abrutis nous sommes restés un peu dans la cour, comme ça, tremblant à les écouter gémir tous les trois. Nous restions sur les pavés de la cour à regarder la fenêtre, le ciel par-dessus les toits, après le zinc, nous restions je crois bien juste pour assister à la mort d'un jour louche et bas. Aussi on les entendait encore tous les trois, comme en sourdine, leurs plaintes à eux mélangées, cet entrelacs de souffrances, pleurs lents, douleurs montantes, envahissant toute la cour, déchirantes, à lézarder les murs.

Les rues étaient jaunes et les cieux ternes, tout le ciel venait de glisser comme derrière l'horizon pour ne laisser plus qu'une bâche grise et uniforme recouvrant tout le cercle.

Notre chemin on ne l'a pas retrouvé, on s'est perdus pour le retour, c'était pas loin, juste passé le boulevard, on s'est perdus dans les rues, nos pensées, sans un mot. Il est des jours comme ça dans la vie parfois faudrait pouvoir les vivre en pointillé, petit bout par petit bout par-ci par-là éparpillés dans l'existence.

Les choses et les souvenirs, les têtes d'hier disparaissent dans la nuit, s'enfoncent et s'évanouissent lorsque tout s'assombrit. On était plus personne nous deux, on guettait notre piste dans l'ombre, sans rien dire on cherchait qui était qui. On allait bientôt se mettre à vivre comme tout le monde, tenter désespérément de s'occuper la citrouille entre deux rituels pour pas verser dans la panique.

Le soir au Deupièce je dois dire j'ai rien dégobillé du tout. Je me suis tenu. S'il fallait dégueuler toutes les journées vides de joie, gonflées de peur et de détresse, on serait pas gros. Pourtant au plume j'avais comme l'impression de n'avoir certes pas encore émergé de dessous le bureau de la Vacharde, manière de long goulot obscur et douloureux où j'aurais rampé jusqu'à mon pucier. Après ça j'évitais un chouïa les petits potes, je préservais farouche mon singulier. Les autres me réussissaient pas. Mais maintenant il me semblait quand même en avoir assez du cœur et des oreilles pour les entendre hurler le soir les âmes. La dame elle me l'avait affûté le sentiment.

Et je peux pas dire que j'en raffolais.

Je ne saurais dire si réellement je m'évertuais à fuir la souffrance avec maladresse, les baveuses misères et les tracas gluants ou si je leur courais après pour m'y vautrer dedans en plein. Les choses et les gens alentour se contaminent d'eux-mêmes si on y prend pas garde. L'indulgence même s'en va au gré de l'âge et des tournicotis, les gens on les regarde plus pareil, on se dit que leurs pauvres efforts à eux valent pas les nôtres, à force de rencontres et de surdités, de déconvenues et de retour en amertume on arrive plus à se les encaldosser comme avant, se les infuser comme quand on était plus jeune et plus con. Maintenant, le monde, on le sait. Ainsi le pauvre ne fait que subir toute sa vie, il n'a de force que pour souffrir, et puis mentir. Le pauvre n'a d'issue que le mensonge.

Moi je faisais pas exprès faut savoir, j'existais et puis c'est tout. Des gratte-ciel ça nous bombarde mais on avance tout de même sans faire trop gaffe aux snipers de l'existence, on slalome entre les gouttes d'acide de ce quotidien de pas grand-chose. On évite ce qu'on peut et c'est pas lerche, le gros à avaler semblant inéluctable. On encaisse. Mais si le choix m'était donné je ferais pas comme ça moi, du tout, pas comme ça, pas tel que. S'il m'était loisible de choisir je ferais pas caca tous les jours comme ça moi, à heure fixe. Je crois je dégazerais durant les cinq premières années de ma vie, que ça je ferais, chier, et puis manger, que ça, et pendant cinq ans. Dormir aussi, pour en être bien débarrassé de tout ça. Juste se réveiller pour s'empiffrer et couler un bronze, cinq ans, que ça, une bonne fois pour toutes. La retraite en somme de la rondelle, ayant bien exonéré, la clôture définitive de la turbine à chocolat. Plus en parler après jamais.

Elles y ressemblent bien un peu quand même nos existences faut admettre, un calque, comme un parfum de ça avec quelques mignardises autour. On débourre un de ces paquets de temps quand même dans une vie, c'est lamentable. Mais là vraiment je dis rien faire d'autre du tout que bouser, bâfrer puis pioncer. La pilule du cosmonaute me conviendrait assez, me siérait même à merveille. Ensuite nous pourrions alors vraiment nous consacrer la citrouille à des opérations plus élevées sans toujours truffer notre temps de toutes ces contraintes journalières qui nous grignotent un peu chaque fois de notre faible autonomie, nous découpent les jours en rondelles de saucisson, rendant ainsi chaque entreprise vrai turbin de fourmis.

Pour la pine je dis pas, qu'on puisse y aller quand même à loisir puisqu'il nous restera toujours, c'est un fait, une sorte de petite intrigue pour ce qui est de cette affaire-là. Mais les vêtements, un balluchon suffirait bien, comme à l'armée, une pièce pour chacun remplie de son barda d'une vie où l'on irait piocher à mesure dans le stock, et puis le savon, le papier chiottes, tout, cercueil et couronnes itou. Ça, je dis.

Ma mère possiblement elle l'avait déjà bien un peu cette idée-là quand elle me prenait systématiquement deux trois tailles au-dessus. Elle y pensait peut-être quand ça me pendouillait de toutes parts, me jouait de l'accordéon sur les nougats, mes panards démesurés pour mon âge. Un petit clown on aurait dit, sans cou, sans mains et palmé. Au Deupièce ça y allait la poilade, tous, le grand Awouè en tête, et puis la tante, la grand-mère, des fois même le grand-père il lâchait une blague quand c'était vraiment plus fort que lui. Même le clébard il me pissait moins dessus quand je gondolais à l'excès, il me reconnaissait pas, tant impressionné à mes retours d'école par le personnage. Tous ils se convulsaient joyeusement pour mes apparitions, avec des bravos ! et des youpi ! Ma mère elle haussait les épaules, vous verrez elle disait, ça fera de l'usage. Vrai d'ailleurs, elle avait pas tort, à peine deux ans plus tard les frusques elles m'allaient impec, tiré à quatre épingles j'étais, un temps, juste avant la prochaine fournée extravagante.

Même la Vacharde je voyais bien des fois le matin sa grimace naturelle d'accueil s'adoucissait, se diluait un peu dans ses traits, une manière d'ébranlement s'y mélangeait, la surprise du grotesque. Ces jours-là elle y allait du coup mollo avec moi, pensant que j'étais sûrement déjà bien assez fadé comme ça avec mon déguisement. Elle pouvait pas me blairer pourtant, surtout depuis le jour de la marrade folle. Il y avait donc pour elle avec moi un avant et un après. J'étais son petit Jésus. Autant dire que la rigolade elle l'avait pas digérée la Vacharde, ça lui remontait des profondeurs son dégoût de moi, mon air de méfiance, ma façon prononcée de plus du tout me fier à rien.

Et puis un soir pas très loin de la poilade, qu'on s'activait tous à l'heure de la trisse, elle m'a regardé longtemps ranger mes affaires, debout moi, elle à son burlingue, son estrade chérie. Je tire-bouchonnais de partout vraiment trop ce jour-là peut-être, les plis devaient vaguer plus qu'à l'ordinaire sûrement, que j'en clapotais dans mes pompes, ignorant qu'elles eussent un bout.

Le malheur c'est d'émouvoir, ça attire les gens l'émotion, les emmerdes donc.

Elle s'approche alors mignarde, me reluque dans l'iris, se colle presque, on dirait qu'elle cherche dans mes yeux à déchiffrer une écriture codée, qu'elle veut lire dans ma tête. C'est dégoûtant. Sa main sur mon épaule, son haleine dégueulasse, son talon sur mon pied, je la taperais bien si je pouvais. Aussi elle a une drôle d'odeur, c'est comme de la merde personnalisée, c'est son caryotype qui fouette on dirait vraiment. Avec ça, là, ce que je ramasse du tarin moi, vraiment je pourrais lui décrypter les entrailles, je suis devin, elle est pourrie de l'abdomen. Pis alors faut qu'elle me cause cette femme, m'explique des châôses, me parle bien sous la trompe pour ses câlineries, que mon petit et ci et ça, que je comprenne parfaitement l'avenir et les études, le dossier qui va me suivre toute ma vie et puis ma mère institutrice et le futur pas jobard que je me prépare. Les gamins raffolent pas bézef des discours, on le sait, mais encore elle s'approche oups ! presque je suis dans ses bras, je sais alors son talon pointu qui encore s'enfonce, m'escrabouille la grolle de part en part, me bousille les caoutchoucs. Elle maîtrise plus ce qu'elle fait la Vacharde, ses caresses la dépassent, ses mains agissent sans elle. Et puis elle me recause, que ça se gagne la confiance, le mérite des labeurs ingrats, qu'elle me déteste pas tant que ça en fait, elle a vu pire, je la débecte pas complètement, et puis ça cause encore là-haut j'entends, après les nichons mais j'écoute plus nib. Je sais.

Des mots, voilà, des mots, c'est vraiment bien tout ce qu'ils ont dans la bouche tous, des mots. Et puis elle peut y aller c'est pas ma copine, je la dégueule, elle et ses mensonges, sa main dans mes cheveux, ses odeurs, elle gagnera pas. Personne ! Moi je le savais déjà que c'était fini, que pour moi ça avait peut-être même d'ailleurs jamais commencé, que j'étais pas avec eux, que je l'avais moi la lugubre vérité, que mes gourmandises avec le monde elles étaient terminées, torché que j'étais de l'alliance. Qu'une reddition, pour moi, il n'y en aurait pas.

Sous sa berceuse à la banturle, coincé dans le soustingue d'un coup machinal je balance comme ça discret un œil vers le bas, que je sache quand même à quoi ça ressemble une grolle transpercée, que je puisse après raconter comment c'est une tatane clouée au sol. Mais, vraiment, furtif je fais ça, pendant qu'elle me cause, dans son ronron, un dixième, et pourtant rien lui échappe, elle aussi bigle, mate en bas, baisse un peu la tête pour devenir toute blanche. Une seconde alors elle reste ainsi con ahurie la Vacharde, béate de l'impossibilité, effarée complète à reluquer l'événement, blême de connerie elle en reste coincée dites donc ! Ensuite elle fait un grand bond en arrière, émue paniquée titube, qu'elle me bafouille foireuse, se rattrape au burlingue et s'y accroche le souffle en berne, s'excuse en transpiration contemplant le phénomène, ce petit être difforme qui n'a pas du tout bronché sous la torture, qui même la regarde fixement. Et ce coup-ci je le vois bien qu'elle est prête à se jeter sur moi pour le câlin, qu'elle chancelle de l'émotion, que ses bases en anatomie en ont pris un sacré coup, je sais qu'elle voudrait me happer dans sa tendresse, me prendre alors vraiment dans ses bras et me serrer comme un boa, qu'elle a besoin de ça, elle, pour aller moins mal. Un élan elle a, martyre du coup elle me ressent, que j'aurais moi dans la trombine et l'abandon du corps voûté perclus quelque chose d'un Christ en croix. Elle voit ça elle, tout chez moi lui rebalance mon fardeau, pasque l'albatros bafoué sur le pont du navire, c'est moi ! Qu'elle en arrive plus à lâcher des yeux ma tatane qui lentement récupère sa forme de paquebot lourdingue, mon stigmate christique, elle décroche pas, ma non-douleur lui colle au plexus un pieu, tout chez moi lui murmure un petit Jésus persécuté, tout. Sauf mon regard.

Lui gicle alors au visage des milliards de tarentules et mygales, rattlesnakes et chacals, horrifiée de moi elle abonde en pas arrière, me voit méchant, et tout retombe, elle change de bobine soudain, la chaleur de ses joues retourne aux pieds, serpent elle ressuscite, les traits bien rigides et dégueulasses elle recule, carton redevenue. Et sur le mur derrière la Vacharde, tandis qu'elle gesticule braillante, je regardais moi pensif les rais de suie montant sur le mur comme de sombres flammèches, mémoire d'un invisible chauffage. Je m'oubliais dans la noire empreinte qu'un radiateur aujourd'hui disparu avait laissée sur la peinture, près du rideau, sous la fenêtre. Parfois donc alors nous reste un quelque chose après, quand tout est fini ? En plus du souvenir des fois nous restent un bibelot, une trace, une photo passée la disparition. Cela m'émerveillait. Comme une petite étincelle blanche tout au fond d'une galerie minière ça me faisait. Je les aimais bien du coup ces traces de saleté.

Et puis soudain les beuglements ont cessé, ils sont devenus très gros ses yeux et elle s'est alors là plus tenue du tout la Vacharde.

« Mais où êtes-vous Matin ? !... – qu'elle me gueule – où êtes-vous, enfin ! ?... vous faites quoi, là, pendant que je..., vous n'êtes pas là !... vous n'écoutez rien !... vous n'écoutez pas !... »

Elle m'a plus du tout parlé après, elle se causait qu'à elle. On insulte pas les statues je suppose.

À partir de cette date elle s'est mise à me détester catégoriquement, avec grande précision et opiniâtreté, avec empressement même.

Et puis tout devint sombre alors pendant qu'elle me chassait les bras au ciel, toute chose perdit de son éclat, de son relief lorsqu'elle excommuniait le petit monstre. Encore j'entendais ses vagissements avec moi longeant les grands couloirs déserts où vraiment je mollissais pas, ses cris comme des araignées trottinant le long des murs de ces corridors de ténèbres, ces escaliers obscurs et silencieux où je traînassais guère, jusqu'au vieux concierge à gapette j'ai poulopé, la lourde porte et les trottoirs où un début de nuit enveloppait déjà les immeubles et le ciel.

Alors, comme ça, moi, résonnant du clocher j'ai dégringolé les rues gris orangé sous de lourds cieux opprimés qui toujours nous barrent les jours de noir, nous strient l'existence d'heures glaciales. Comme ça hébété j'ai dévalé les rues dans la presque nuit, entraîné dans la facilité des pentes, jusqu'au canal Saint-Martin j'ai dégouliné dare-dare, pour y dégoter un lieu de reposance. Et sur la margelle au bord de l'eau enfin j'ai réussi à le déposer le corps, plus du tout me soucier du travail des guibolles.

Là-haut, dans le couchant, des nuées d'étourneaux venaient au-dessus des immeubles tournoyer dans un pépiement extraordinaire, s'abattre sur les arbres s'y percher, repartir au signal blanc serrés comme banc de poissons, changer leur direction dans des revirements brusques pour lentement étoiler le ciel en silence comme feu d'artifice.

Et du bord de l'eau j'admirais leur manège, extasié de l'harmonie, fabuleux cortège au milli orchestré.

Soudain le ciel d'oiseaux se vide, apportant le silence et la voûte dénuée de mouvement.

Je l'ai vu arriver de tout là-bas sur l'autre berge, émerger de la brume pour franchir le pont de fer. Je savais bien que c'était pour moi, depuis le début que je me l'avais dans le sillon, fallait bien qu'il y ait rencontre. Déjà il me lançait des signes de sur la passerelle, des petits youyous de connivence, de grands sourires comme si on avait rambour. Je répondais balpeau faut avouer, je le regardais sortir de la brume lentement, son haut-de-forme noir au bout du bras pour me faire coucou, des fois que je le rate. Déjà il soufflait fort en redescendant les quelques marches, sa petite canne noire à pommeau doré l'aidait pas beaucoup faut dire, juste elle laissait des petits tac tac chaque fois qu'il descendait d'un cran. Et pouf pouf il arrive sur moi, trottinant, dodu saucissonné dans son vieux costume gris trois pièces, déplie alors son mouchoir avec manières et le pose sur le rebord pour s'installer et puis Houf-pffhouuu-ouuu qu'il lâche en s'asseyant près de moi dans un gros soupir, j'ai couru. Il était bien content de me voir, ses petits yeux verts pétillants me fixaient ravis tandis qu'il se lissait la barbichette poivre et sel comme ses cheveux rares.

« Je m'en serais totalement voulu de vous avoir manqué, mon cher… » – il m'affirme avec un grand sourire.

À le regarder je le trouvais pas aussi vieux que le grand-père, pourtant l'âge avait entamé sur lui sa longue redescente, et puis la fatigue du trot forcé le poussait à s'oublier, les yeux tombés doucement dans l'eau du canal il rêvait, souriant pour lui-même avec l'air satisfait du voyageur assis dans le compartiment. Une petite décharge dans tout le corps nous le ramène, ici, à moi, un sursaut et il s'ébroue, se réajuste le plastron, son petit nœud, se redresse de tout le dedans et d'un geste large et verbeux, son regard planté dans le mien bascule vers l'avant son gibus pour se présenter.

« Regardez Matin, voyez qui je suis… – il incline alors légèrement sa tête en fermant les yeux – je suis votre peine… »

Ainsi j'avais donc, moi, une peine fort distinguée.

Tandis qu'il souriait, lui, le regard vague et fier de son effet, les étourneaux revenaient s'abattre sur un des arbres du canal, pépiant au-dessus de nos têtes formidablement, envahissaient même de leurs frénétiques discussions tout l'espace sonore. Rêveuse ma peine elle se caressait la fine moustache de son pommeau doré, le faisait machinalement aller et venir avec délicatesse sur ses lèvres, écoutant d'une oreille distraite les oiseaux se répondre les uns les autres sans que jamais personne entendît personne dans le brouhaha. Je crois que je serais bien volontiers resté comme ça longtemps moi, la cocotte pleine du cri des oiseaux à regarder vaguement passer l'eau du canal à nos pieds. J'aurais bien continué ainsi calé dans le silence du tumulte, au chaud. Mais elle a voulu causer, ma peine. Ça devenait assourdissant, c'est vrai faut avouer, la tempête qu'ils nous faisaient juste au-dessus de nous, il n'y avait plus que ça dans nos têtes, dans nos oreilles, nos cornées. Elle a ouvert la bouche ma peine, mais pour rien, elle a levé les yeux dans une infime grimace indulgente et de sa canne sur les pavés, sèchement, ont résonné deux petits tac tac qui firent stopper net le vacarme.

« Matin, entendez ce que je dis… »

Et, ce disant, il me planta son regard vert dans ma sombritude.

« Est-ce toujours à soi que l'on veut prouver quelque chose ?… hein ?… réfléchissez… moi je dis que oui, d'autres non, c'est à voir…, vous vous n'en savez peut-être rien, trop jeune vous êtes encore, mais vous savez d'autres choses, notre conscience ne mûrit pas dans tous les domaines à la même vitesse, comprenez ?… enfin, comment dire ?… notre nature propre est une terre fertile ou non à chaque enseignement… tout n'est qu'affaire de gérance en somme…, et puis la vérité hein ? bof, pfouhh… qui en a besoin ?… on dit que c'est ceux que le savoir gêne… ça aussi c'est à voir… »

Il me regardait pas beaucoup en causant je remarquais, ses yeux vaguaient du ciel au canal, suivaient la course des autos mais jamais ne se posaient sur moi.

« Ou peut-être attendez-vous que le monde vous prouve quelque chose ?… vous demandez des comptes à l'univers, non ?… vous ne parlez pas beaucoup… peut-être avez-vous déjà compris certaines choses… hein ?… vous le savez que l'on écrit des missives pour le vent, que l'on parle, crie toujours avec quand même un peu dans l'idée que tout va se perdre, que toutes nos paroles vont tomber dans un grand puits, tous nos mots, nos espoirs dans un énorme trou sans fond, vous le savez ça ?… vous n'êtes pas un idiot, je le saurais… hein ?… toute cette sueur avortée… »

Ça, c'était comme la tante Barbara, il posait des questions mais n'en espérait nulle réponse, il n'attendait vraiment aucun retour de moi, même dans ses silences. C'était parfaitement agréable je dois dire.

« C'est bien douillet non ? quand même, hein ? Matin ? pas à dire, les petits rails, l'ennui, c'est pépère non ?… trouvez pas ?… et puis avançant petits pas dans l'existence plus ça va plus on prend conscience de la pauvreté… décidément c'est minable… nos vies sont minables… je dis et répète, mille fois : minables que de nous !…

nous, obligés chaque matin à nous courber sur les mêmes besognes stériles et imbéciles, dans les mêmes lieux, aux mêmes heures… minable !… et cette accumulation de petites colères journalières, de refus, d'incohérences et de frustrations quotidiennes qui mutent peu à peu au fil des années en furieuse haine rageuse… »

Je n'étais pas bien certain d'entraver le quart de ce qu'il me bâillait là. Son vieux costume poussiéreux, usé de longtemps, ressemblait à l'aïeul de l'autre siècle, la photo dans le cadre au-dessus du lit de Marianne à Kerlabia.

« C'est si peu de choses en somme tout ça, hein, l'existence… un peu d'eau filant douce entre les doigts… – dit-il en effleurant l'onde – c'est le bonhomme qui fait le sensible, joue la corde… c'est le frisson tremblé qui fait le père, l'enfant la mère…, après, le reste, la pierre, la casbah, vraiment rien d'autre qu'un empilement de cailloux… du pas grand-chose donc, quoi, en somme… »

Alors il s'est mis à pleurer bien doucement, avec un sourire et sans vraiment savoir pourquoi je pense, un ensemble, parfois on pleure pour pleurer, à cause de tout. Mais c'en est quand même un de répit, dans cette guerre muette, appréciable, même au milieu des larmes le soulagement est là, on choisit pas ses trêves, faut les prendre quand elles déboulent les trêves, comme les éclaircies, les grands ciels limpides.

« Et puis alors pfuittt… – il fait avec les doigts comme pour lancer de la poudre – les gens partent, les choses meurent, les vies coulent plus loin et c'en est fini d'une époque… mais si !… reste plus rien que le souvenir d'une période qui s'achève, déjà… »

Et tout en blablatant comme ça gentiment, du bout de sa canne il se réajustait les guêtres sur ses petites bottines.

« Autant dire qu'on a pas vraiment de quoi se la faire la gueule quand on songe à l'existence que l'on va se trimballer tous, qui déjà se déroule sous nos pieds…, hein, Matin, croyez pas ?… nan, vraiment nous n'avons pas assez en nous pour jouer à ça, il est si grand en nous le vide, et alentour, on ferait pas mieux de se serrer les coudes plutôt ?… non ?… oh, je dis ça… mais même entre nous, entre peines, je vois… c'est pas ça…, on se snobe… se méfie… »

Songeur il en restait tout triste, il en avait de la peine, c'était son boulot notez.

« Car tout le monde, c'est indéniable, possède une vraie charge de peine, et personne ne sait quoi en faire…, on se la garde cette accumulation de détresses, de peurs, puisque personne n'en veut… chacun déjà se coltinant la sienne propre… et puis, entre nous, la peine des autres, hein, elle nous emmerde, non, avant de nous émouvoir… non ?… alors la nôtre on se la garde et elle nous reste au-dedans, à nos fenêtres, elle sort pas, l'occasion rarement s'en présentant… et même si oui alors elle s'extirpe mal de nos profondeurs, par petits morceaux, et on la joue faux si peu habitués à du vrai ressentir personnel de bout en bout…, c'est que l'on s'imagine notre rôle fort conventionnel, Matin, vous savez… bien comme on nous l'étale en couleurs sur les murs de nos villes, les histoires toutes identiques qu'ils nous font défiler sur nos écrans…, on en fait trop, on sait plus être nature dans la tristesse tant on nous dit comment faut la montrer notre peine… »

Moi, assis là, bourdonnant de la bouilloire à le regarder, l'entendre me débiter le fond de son âme, tout ce que je pouvais retenir c'était que j'avais une vraie peine d'hier, une peine à la Marianne, au Gaston. Je comprenais alors d'où me venait cette cervelle livrée à tous les vents.

« On s'enlise quoi, en somme… si, si Matin !… dans une espèce de glu pas fréquentable, que même ça nous pousse à rien… la vie nous tire vers le bas !… toujours !… oh si ! oh si Matin !… chaque mot de l'autre, ses regards, son verbiage… mais si !… que je te tire et t'attire au sous-sol, toujours, c'est une règle, faut la vivre…, on meurt en vie, Matin, savez-vous ça ?… l'existence même nous freine, nous attrape et nous agrippe pour le fond…, eh oui…, la bêtise, les jouets coûteux que la société nous tend… bien sûr Matin !… le reste n'étant jamais qu'ustensiles pour patienter avant l'aventure ou le trou… mais oui ! si !…, CON est un îlot viable !… Oh que si !… et cent mille petits bibelots y feront jamais rien… il nous faut mourir !… »

Elle y allait de la rabâche ma peine, me secondait bravement dans la ronde infernale de la pensée.

« Je parle, je parle et m'emporte… mais pas d'hier tout ça pensez, hein Matin ?… autant dire que la dégueulasserie a déjà pris son élan depuis des lustres de ça !… hein ?… nan ?… si ?… et puis si l'on se mettait à écouter tout ce qui se baragouine tout autour de nous, s'il nous fallait tenir compte des balivernes, des tentatives de découragement, s'enfermer dans le bien raisonnable, la ligne médiane, on deviendrait illico paralytique de la théière, on vir'rait je dis d'office au grabataire du citron !… mais vrai qu'il y en a marre de ce silence comme une moindre mort…, on s'occupe à des broutilles ? pardi ! on fait comme tout l'monde, on fait comme si, comme-ci comme-ça qu'on va… nos semelles raclent et notre dos on se le courbe… et puis c'est bientôt l'hiver, déjà les araignées rentrent et les mouches meurent… voilà le fil du temps… »

À y réfléchir elle m'avait pas dit d'où elle venait la gentille mignonne, mais il me parlait comme à quelqu'un, et ça faisait bizarre.

« Mais… pour en revenir à ce que j'expliquais au début…, j'ai pas oublié, hein… je perds pas l'fil, j'ai l'air comme ça mais… faut pas s'y fier…, personne n'écoute jamais personne, très peu entendent, vous avez remarqué Matin ?… la plupart attendent juste de pouvoir parler, d'eux, uniquement, et en toute bonne foi… ils attendent juste que vous la fermiez pour enfin pouvoir l'ouvrir, enfin s'y mettre au blabla… mais le leur… »

Durant son verbiage je le regardais bien et je trouvais que j'avais là une peine qui quand même en avait de la tenue. Somme toute je n'étais pas pire affublé que les autres, elle savait se tenir ma peine, elle se répandait pas.

« Et tout ça pour quoi ! ?… hein ? pour quoi ! ?… mourir, eh oui, vous comme les autres…, la mort encore n'évoque rien pour vous mon cher, mais vous y viendrez…, un jour, avant, après, demain peut-être vous vous pos'rez la question de l'heure de votre mort, la date, comme tout le monde, un jour ça arrive, on y pense…, eh bien Matin… – il se tourne et me fixe alors sans plus du tout rigoler – ce jour-là il se trouv'ra une vieille femme à vos côtés… sur… sur une… une île !… hihi je m'amuse, rien de méchant, mais je ne dis pas faux pour autant… vous relèv'rez la tête et ça y sera… vous regarderez droit devant vous… et vous saurez !… »

J'attendais moi, mais c'était fini, les yeux au canal dedans perdus il tanguait, se balançait de-ci de-là mollement, un soleil de bonheur sur le masque.

« À dix-sept ans vous serez immortel… mais ça pass'ra… »

Et telle la reprise d'une fanfare éclata juste au-dessus de nos têtes le raffut des étourneaux, dans l'arbre, l'extraordinaire tintamarre, le bavardage strident, et même ça lui a fait un sacré sursaut dans sa latence à ma peine.

« Vous savez ce qu'ils se racontent ?… – il me souffle malicieux comme on meurt de trahir une promesse – savez pas ?… tous les potins de la Terre !… si si… et puis qu'ils sont heureux d'être en vie, de chaque matin voir le jour revenir, la lumière… ils n'y sont toujours pas habitués vous savez ? vrai, ils s'y font pas…, c'est véridique tout ce que je vous dis mon cher… ils ne savent toujours pas que c'est automatique, ils ne s'y attendent jamais…, par contre, est-ce qu'ils espèrent ?… ça vraiment on n'en sait rien, c'est trop pointu comme question… mais, la Terre, les Boules qui tournent dans le vide, ça, ça les dépasse…, et, franchement, mon cher Matin… vous n'arrivez toujours pas à imaginer que vous valez mieux qu'une nuée d'étourneaux ?… »

Elle est tombée comme ça sa question, sans que je m'attende à rien, et il me regardait de ses yeux piquants sans bouger, bien sévère au fond de sa gravité, il se réfléchissait. En même temps comme ça il hochait la tête droite et gauche, il tentait sans doute de pas être trop méchant, mais il se les est gardés son blabla, sa pensée, il n'y eut rien pour moi. Je le dégoûte pas mais ça ressemble, aussi, pour faire diversion dans son frêle dépit de moi il extirpe son lorgnon de son gilet, machinal, sa montre à gousset au bout de sa chaîne pendouillant et s'applique dans la pénombre à déchiffrer les aiguilles, puis, rapide, quand il percute ça le souffle, il en croit pas ses bésicles.

« BASTE ! !… – il beugle – déjà ! ?… mon omnibus, diantre !… »

Il en saute sur ses petites jambes, son teint couperosé à luire dans la nuit, plie son mouchoir de ses doigts gourds, me salue furtif de son chapeau claque ses yeux dans les miens et poulope poulope le dodu, repasse le pont de fer dans sa course pour se faire happer par la brume sur l'autre rive. Ça a fait derrière lui comme deux bras qui se referment. Et là, à la seconde, vraiment là juste au moment de sa disparition les oiseaux amassés s'envolèrent tous en silence, éparpillés là-haut comme une poignée de billes sur le ciel.

En rentrant au canal j'y retournerais plus je me disais dans la nuit.

Mais qu'est-ce qu'ils lui trouvent tous de si bien à cette vie ! ? c'est vrai ça, qu'est-ce qu'ils ont tous à s'y accrocher comme un poivrot à son zinc ? Et puis qu'est-ce qu'ils ont tous à se donner tant d'importance pour la traquer tel un porc truffier ?

Je n'ai aucune importance moi, aucune, rien, présent ou pas quelle différence ?

Le monde, je dis, gigantesque entreprise d'assassinat.

Et puis il est arrivé d'un coup le froid, la nuit aussi, il n'y avait plus alors que ça dans les rues et les maisons, seulement dans la cour de l'école pis les classes traînait encore un fond de jour. J'allais moi me réchauffer chez les Haddad, leurs gueulantes, les meubles et couteaux qui s'ébranlaient, leurs bastons, les pleurs et le couscous fumant, les boulettes. C'était mon petit théâtre à moi les Haddad, mon cabaret sympathique, mon estaminet où pour trois cageots de patates secoués, quelques cartons à livrer j'avais un dîner-spectacle bien rigolard. Cet hiver-là je les ai découverts les Haddad, la famille je te me l'ai pénétrée jusqu'à la matrice, leurs cris, les bagarres des frangines à s'égosiller pour un peigne édenté, les furieuses, rodéo sur le grand pucier des touffes de cheveux arrachés, pour, dans la seconde, se réconcilier devant une plâtrée de nouilles. Dans le deux-pièces au-dessus du magasin à cinq ils y vivaient, et que des gros. Ils étaient gentils les Haddad avec moi, je leur en faisais de la peine je crois, jamais ils me gueulaient dessus. Chez eux j'étais bien peinard et au chaud devant le gigantesque plat de couscous fumant, les boulettes. Pourtant cette famille n'était qu'un hurlement, que ça se braillait dessus pour des riens de la turne au magasin, au mieux fallait que ça gueule. Les vieilles rancunes imbéciles faisaient magistrales s'allumer les couteaux, voler les chaises et claquer les lourdes. Toute la portée, les deux furies en tête, arrachaient en trépignant de magnifiques lambeaux de papier peint, toute chose giclait par la fenêtre, elle en résonnait de ça la petite cour, leurs aboiements. La crise passée ils descendaient tous ramasser leurs affaires éparpillées sur les pavés de la petite courette. Ils se faisaient des descentes en famille.

Ses deux grandes sœurs à Haddad, grasses de couscous, de beurre qu'elles allaient cueillir à même la main dans le frigo se branlotaient pour un chanteur jour après jour. Elles se pâmaient les deux petites idiotes pour une espèce de singe inculte et poilu qui venait parfois dans le poste bramer sa goualante en chemise à grosses rayures multicolores. Elle nous poussait là sa romance la petite idole tout en faisant ses comptes, jouant avec le fil du micro comme le jardinier chasse derrière lui son tuyau. Sa trombine au petit dieu on la retrouvait placardée sur tous les murs du galetas, ses chemises à paillettes jusqu'au plafond étalées, le recto-verso des portes. Aussi les disques s'éparpillaient sur le plumard avec encore sa binette dessus sous tous les angles, lui faisant comme un patchwork au pageot. Il n'y avait bien, c'est vrai faut le dire, que là, toutes deux agglutinées autour du phono à se réchauffer l'âme, serrées comme près d'un poêle, que régnait dans la casbah une sorte de calme. La paix descendait immédiate sur le réduit tandis que s'élevait la voix du grand cerf. Elles pleuraient alors religieusement, les mains jointes à se tordre les doigts en des frissons extatiques, buvant les paroles des chansonnettes. La plus jeune avait un petit vélo ce me semblait dans la cocotte sur lequel, longueur de jour, elle pédalait gentille tout en nous regardant aller et venir sans piper mot. Il est à dire je l'avais bien trouvée un tantinet déclaftée la gamine dès le début, pas folasse mais atone, contemplative béate, bavant en des rictus niais. Avec l'âge on finit par identifier toute nouvelle rencontre comme un extra-terrestre, il relève vite du phénomène de foire le monde, c'est vrai, plus on perce le mystère moins on y croit, plus dénote tout ce qui s'éloigne de notre personne à nous. La petite là vraiment relevait quand même d'une autre planète, j'ai compris vite, elle se musardait dans la pastèque, l'âme toute paillassonnée d'hébétudes délicates ponctuées de brusques élans de joie et de terribles malheurs, baguenaudant heureuse dans ses dunes, le vent de ses idées frémissant sa mer étale. Ses idées, posées sur une crédence de son cerveau, comme des brumes de vallée s'élançaient lourdement dans son bocal en cortèges mous. Elle nous regardait alors et dans ses yeux de chaton paisible on pouvait distinguer l'ébranlement douloureux de ses pensées telle une locomotive à vapeur engloutie de fumée blanche. Les vocalises du Baudet semblaient lui répandre dans les fibres le même bonheur divin que le chant des moniales aux dévots. Souvent on la retrouvait ainsi bloquée, coincée au ciel du corps et du cerveau en des positions épileptiques. Elle s'abîmait tant dans l'extase la gamine qu'il lui fallait souvent les grandes gifles de l'aînée pour la faire revenir, redescendre de ses lévitations après la voix tue du Brameur. Elle en restait alors hébétée perdue, pliée sur une chaise, immobile inondée, muette pour le reste de ce jour, le regard vide et rassasié. Ça durait pas. Deux jours et ça y'était, le troisième fébrile elle redevenait, et dans ses nerfs instables on prévoyait déjà la prochaine crise, elle s'installait la perfide à l'angle de ses transports, explosion inscrite en elle, sur les parois de son être comme les dazibaos.

Je l'ai su par Haddad ça, un jour, qu'elle était morte leur icône, c'était en avril de l'année passée il m'a dit. Le tremblement que ça leur a fait dans la bicoque, deux jours elles en sont restées sans grailler les deux petites gourdes, deux jours, les nuits, avachies sur le plumard en des lamentations hystériques.

Haddad vraiment ça le faisait bien marrer que je le connaisse pas du tout leur chanteur, même le nom, la trombine, rien me disait.

« Il s'est balancé par la f'nêtre de chez lui, tu t'rends compte ! ?... il avait déjà essayé avant une fois mais il avait raté, le talon d'sa grolle y s'était coincé dans l'fer du balcon, ça l'a sauvé ça, du coup il était tombé sur celui d'en d'sous de balcon... mais là après il est mort la deuxième fois... paraît qu'y sortait plus d'chez lui..., enfin bon, elles vont en prendre un autre de chanteur j'crois... mais elles savent pas, elles cherchent... pour l'instant elles gardent le même hein, tant qu'elles ont pas choisi... et puis les photos ça cache bien les trous, le papier qu'elles ont arraché, alors..., tu sais à mon avis elles pourraient bien prendre n'importe lequel de chanteur hein..., y'en a plein..., de toute façon il leur en faut un... enfin elles savent pas, quoi... elles cherchent... »

J'aurais bien aimé savoir depuis quand on l'avait retiré le radiateur de la classe moi.

La grand-mère les Haddad c'était couci-couça, elle les aimait moyen moyen. Son cinoche elle me le refourguait à chacun de mes retards.

« T'as pas faim ! ?... – qu'elle s'ébahit d'horreur la grand-mère – ben alors ça ! ?... t'étais où ?...

– Chez Haddad...

– Haddad ?... là ?... là, LE Haddad... l'Arabe du coin ?...

– Il est arabe Haddad ?... »

C'était toujours comme ça avec la grand-mère.

« Arabe Haddad ! ?... Arabe ! ?... Algérien marocain tunisien j'en sais rien moi !... on peut jamais savoir avec ces gens-là !... en tout cas il est pas clair... »

Nous on y allait presque plus au petit muret avec le grand-père, il s'essoufflait, ses discours de morale s'évasaient, surtout il pensait ailleurs, la tante Barbara passait de moins en moins aussi, ma mère le matin sans tousser montait l'escalier maintenant, des lettres de quelque part sur la Boule nous arrivaient parfois, du Venezuela avec, on le voyait à l'état, aux pliures, des jours de sac derrière elles. Une saison de nous s'effilochait. Il n'y avait vraiment plus alors que le clébard et moi pour s'acharner plein pot sur chacun son freeway, lui con, continuant invariable obstiné ses pissades de bienvenue, ne souscrivant nullement à notre glissement d'époque qui s'affichait dans l'inexorable, et moi quand même le matin ne mangeant toujours que de la tristesse, de l'angoisse étalée sur mes tartines, un peu de beurre dessus.

On a beau la regarder s'avancer la fin d'une époque, poindre son départ, on a beau faire la pige sur le trottoir d'en face pour assister à la démolition d'un immeuble, ça changera rien à la douleur de l'après, ne plus jamais pouvoir se rendre dans un pays qui n'existe plus.

Souvent j'y repensais à sa frangine désertée à Haddad, ses gros yeux globuleux, ses joues mollasses et son araignée aux lourdes idées. Vrai, j'y repensais. Il me faisait envie son cockpit. Et puis non. Je savais pas. Échanger sa théière avec la babouine me semblait pas si mal, que mes grands vents se calment, que la tempête enfin s'achève pour ne plus entendre ce hurlement continu. Le crabe faut plus en causer, là je savais déjà qu'il n'en était pas un, que les crustacés brouillent pas les bides, déchirent pas les boyaux. Je savais, je l'avais compris ça, que ce n'était que la migraine du ventre. Dans ses combles à elle la Ravie, entre les crises, ça fleurait pas si torve, elle béatait du rictus, sorte de potiron quiet. Jamais c'est vrai faut le dire elle réclamait quelque chose la gamine, elle était là et c'était tout, elle approchait sa chaise pour le gâteau, prisait un coin stratégique pour reluquer les nouvelles bobines des visiteurs, tendait son verre pour le sirop et s'oubliait des heures le nez collé au carreau, la fenêtre, ou l'oreille au phono. Ça me tenterait de la retrouver pis d'y parler, faire des étoiles de ses crises et lui rentrer dans la tête aussi pour contempler sa faune, connaître sa peine, savoir si elle aussi elle en avait une de peine, sa couleur. C'est vrai les gens parfois on les connaît trop tôt, on les sait mal, on les rencontre pas bien, ça fait regretter comme une sorte d'enseignement qu'ils auraient les gens en eux comme sans le faire exprès, le charme du trognon. On aimerait les retrouver parfois tous ces fantômes du passé, les ceusses qui ne sont plus alors que des ombres furtives dans notre cœur, tous ces témoins du temps d'avant, tous ceux qui vinrent un jour traîner leurs mornes bribes d'existence dans nos rigoles. Des fois c'est vrai avec de la tristesse, nous, ramant la solitude de tous ces gens perdus, cette petite troupe on aimerait la reformer pour lui refaire jouer une pièce de l'époque, voir comme ça ce que ça donnerait, se revoir moins lourd, plus éthéré d'expérience, comme ça, voir si on était vraiment aussi con qu'il nous arrive de le penser aujourd'hui. L'envie aussi peut-être qu'elles se rencontrent toutes ces âmes en allées, celles qui s'ignorent, se parlent un peu comme de vieux copains inconnus. La vie à mesure qu'elle avance elle devient vraiment plus que de la souffrance de séparation, un flot de solitude au cœur de toutes ces disparitions.

Aussi, que je les regardais les deux frangines empapaoutées du Brameur, je trouvais ça bien moi d'avoir une idole, ça devait réchauffer je me disais, un petit pote toujours là, même peut-être consoler ça devait aussi. À la boutique de l'existence ça donne un peu de quoi manger à l'église du tous les jours. Se l'avoir continuelle dans la trogne son icône c'est le grand-père caressant du pouce le manche de son couteau dans la poche de son bénard.

À ça, ça devait ressembler.

Et puis un jour on se la tue gentiment sa petite idole, faut bien se résoudre à grandir quand même. À ça elles servent aussi les vedettes, non ?

Je lui voulais sa calebasse à la grosse, c'est dit. Sa mer étale je lui voulais, ses pognes lisses et vidées de lignes, douces et nettes pareilles à ses joues, comme si elles étaient un jour parties au lavage ses lignes de main, dans l'évier, ou sans bruit un soir tombées au sol. Ça lui faisait alors comme une espèce de vie en dehors de nous, une existence à part, hors du parcours. Une vie ne comptant en rien dans le cycle. Chez les cadavres elles disparaissent les lignes deux trois jours passé le décès, une carte routière tout à fait personnelle s'effaçant au terme du voyage. Morte, donc, la gamine, déjà, même toujours vivante. En sus, vrai, se la posséder sa cocotte à la gamine ça permettrait possiblement de mieux se la cogner l'existence les jours où le quotidien a une humeur de pit ou de dog.

Ça sert plus à rien de nous l'étaler en joie et chromo la vie sur tous les murs de la cité, dans les postes, les écrans couleurs, plus personne capte. On y croit plus. Depuis longtemps on le sait, la vie elle-même est un traumatisme. Billevesées la jeunesse à perpette, se traîner jusqu'à bien vieux, prolonger l'existence avec moult moyens, balivernes j'affirme ! La belle affaire tout cela ! Que l'on nous trouve déjà le moyen de la supporter la vie !

Faudrait dégoter ça, après on verrait.

Aussi tout ce qu'ils m'apportaient les gens c'était à y regarder de près vraiment rien que des interférences entre moi et la vie, il me jouait tant de larsen le monde que je m'entendais plus exister. J'avais peur déjà moi d'être l'archer aux yeux bandés, me retourner un jour pour regarder la balle arriver au ralenti, me pencher alors sur mon passé pour me dire ; ainsi donc alors voilà, c'est moi ça ? comme j'étais loin ! Et attendre l'impact.

Je me la voyais frangine la chappédasile, sœur bancroche, familière de la cabosse.

Comme ça suffisait pas pour ma musette en rentrant un soir je l'ai rencontré, lui. De la nuit glissaient un peu partout des néons, l'ombre descendait noire mais les trottoirs luisaient encore des vitrines, alors je l'ai regardé venir, lentement, s'avancer vers moi comme une vieille charrette. Je crois que même sans m'en rendre compte j'ai ralenti le pas pour le contempler, Jésus. Son fauteuil roulant poussé par une vieille madame lui prodiguait gentiment de petits sauts droite et gauche bien régulièrement, bringuebalé qu'il était dans sa carriole mon Jésus. Je te me l'avais sur le trottoir qui m'arrivait pile en face et chaque halo de réverbère l'illuminait d'une clarté orange tombant des cieux à son passage, allongeant avec démesure les ombres de ses membres difformes pour les projeter au sol. Je m'en suis arrêté même complètement d'avancer pour le bien voir me venir ce corps tout biscornu, ses pieds aux chevilles tordues se croisant comme deux pigeons morts. Je la sentais m'escalader cette peur, ce trouble en contemplant sa caboche rebondir, la joue collant parfois l'épaule, cette boule aux cheveux clairsemés qui semblait devoir se décrocher à chaque hoquet du fauteuil pour s'aller venir rouler à mes pieds. J'avais moi alors bien du mal à pas tant fouetter en regardant s'avancer droit dessus moi cette créature déglinguée, ses poignets cassés au bout de ses longs bras collés sur sa poitrine lui faisant comme des pattes de mante religieuse.

Lui, les orbites enfoncées dans le crâne, bouche béante il bavait.

Arrivé à ma hauteur dans ses yeux j'ai reconnu le bleu du grand Awouè, la tante Barbara, mais chez lui d'une glaciale indifférence, l'éclat froid du métal. Les lanières de cuir qui le sanglaient au dossier par le torse me le clouaient comme une chouette sur une porte. Et la vaste clarté plongeant des lampadaires plaquait sur le trottoir son ombre où se mélangeait la chair à l'acier du fauteuil comme un Jésus crucifié.

Jésus il m'en avait parlé un jour le petit pote qui lui allait au cathé, Jésus il a changé la face du monde il m'a dit comme ça contrit. Mais le monde il avait pas bien aimé ça, Jésus. Il a toujours pas digéré le monde, si on en cause encore c'est bien que ça passe pas. Le monde il faut le laisser flottiller pépère, Jésus il le sait maintenant. Il est obèse le monde, c'est pour ça, il ne cherche même plus à dégonfler un chouïa avant l'été.

Et moi, de l'observer ce perclus de l'existence, disloqué tordu de partout, j'enviais pas. Mais, bizarrement, il me faisait pas plus de peine que ça ne trouvant pas une différence évidente entre son corps déboulonné et l'anatomie de mon âme. C'était juste que chez moi ça se remarquait pas d'évidence. Personne me voyait jamais venir. Et pourtant, au-dedans, que de roulis ! C'était que j'hurlais je crois déjà si fort en moi que je ne savais toujours pas qui j'étais en somme. Lentement je virais au cénotaphe, n'entendant plus la vie aboyer mon nom. Telle une meute de loups nous trois, lui là et la babouine, Jésus aussi peut-être, le vrai, d'autres aussi possiblement, on pouvait guère nous dénombrer tant on se marchait dans les traces.

Sa froide et implacable main au monde je me l'avais moi, certifiée impitoyable, bien appliquée hermétique sur la nuque. Dans les étrons de l'agonie il me l'enfonçait ma binette le monde, je peux dire, je connais. Ça a pas ressemblé à rien mais tout comme ma naissance si on réfléchit. Mes parents ils sont comme deux cerceaux perdus, dérivant dans le cosmos avec des arabesques lentes. Deux cerceaux flottant dans l'espace qui, un centième de seconde, se sont superposés exactement. Il me fait l'impression de ça leur coït, la synchronisation extrêmement fine et momentanée de deux cerceaux le temps juste pour moi de jaillir du centre de cette étrange porte éphémère, la traverser juste avant qu'ils ne retournent dériver lentement chacun de leur côté. Moi, l'unique cartouche. Mais quand même j'y suis allé avec plein de bonne volonté dans la vie moi petit béquillard, c'est vrai faut admettre moi moche et bancal, j'y allais quand même. Et pourtant ce que j'étais tarte alors moi tremblotant dans mes braies, pataugeant dans ma boue. Lui le grand Awouè c'en était fini depuis lurette de la bonne volonté, c'était dans son dos tout ça. Il savait.

En fin de compte avec le temps on ne discute plus de rien, on lève plus guère les yeux de l'établi, on observe du coin de l'œil. On se tait.

Moi, déjà, avant qu'on ne me range dans le plumier j'attendais patiemment de quitter ce monde hurlant où froissent comme des linceuls la souffrance et l'ennui usés par l'habitude.
Voilà ce que je faisais moi à cet âge-là, pas vieux.

Mais le ciel n'est ni clair ni honnête à cet âge.

Ça fait des années même qui y sont passées comme ça entre les Haddad et le Deupièce, la Vacharde. Que je vous raconte un peu tout bien dans le désordre des années, le calendar tous sens. Que je vous narre avec grande précision toutes les petites banales et cruelles résignations queue-leu-leu qui font de nous des êtres froids. Je m'en voudrais d'en omettre, négliger ne fût-ce qu'un revers.

Ma mère n'y faisant plus que de brefs passages matin et soir il s'évidait drôlement le Deupièce, on y tournait plus qu'à trois plus le clébard longueur de temps. Les lettres et colis du grand Awouè mettaient des semaines à nous parvenir avec déjà leur contenu obsolète, lumière des étoiles mortes. La tante Barbara on avait beau dire, l'indulgence en bandoulière, mais elle se décidait toujours pas, sa destination lui restait floue, ça se dessinait guère pour sa trajectoire. Elle picorait dans les pas de l'existence la tante.

Ce qui différait aujourd'hui c'était qu'elle passait nous voir de moins en moins souvent la tante et de plus en plus fiévreuse, le PFFOU sur le sofa déglingué nettement atténué, avec toujours des paroles en décombres, des discours plombés à mesure.

« T'es fatiguée ?… – qu'elle lui demandait la grand-mère voyant sa fille affalée sur le vieux canapé.

– Pas tant… » – et ses yeux vaguaient loin.

Alors elle nous dévidait dans un triste souffle halluciné la pelote de ses sombres découvertes journalières.

« Pas tant…, on les gave…, si vous saviez mes p'tits chéris les nuits qu'je passe…, faut pas s'imaginer qu'aux urgences arrivent que des accidentés ou des blessés…, du malheur ! c'est ça qu'on voit débouler comme une vague régulière toutes les nuits… du malheur !

des pauvres gueules assommées d'fatigue, des gamines abruties de désespoir... des hommes, des femmes noyés d'solitude..., des paquets de perditions qui nous déboulent, des océans de naufrages..., sauriez pas imaginer ce qu'ils peuvent inventer pour se créer du désordre..., c'est pas un bistouri qu'ils cherchent tous, du fil à coudre... plutôt c'est une oreille, une caresse... du coton pour leur tête..., mais le temps on l'a pas pour ça, on peut pas, ce s'rait trop long et ça en fait trop des perdus... et on est pas assez..., on les truffe alors du coup...

– Mais de quoi donc ?...

– Ah ! bah ! dis ! de calmants !... de quoi tu croyais ! ?... pas beaucoup plus que l'coiffeur on fait, les barmans même... les putes, tiens, elles font plus et mieux j'parie !... les pompiers aussi..., on fait pas plus que du blabla et les gaver, on les bourre d'analgésiques... ah ! bah ! dis ! on les assomme... BAM !... mais c'est du malheur tout ça... souvent maquillé, d'accord, mais du malheur mes p'tits chéris !... j'vous l'dis... »

À force de fuites et de rigolades, de fêtes en cinoches et livres de poche la tante, passée la trentaine elle percevait dans le derrière de sa tête que tout n'est que tristesse, toujours. Elle démasquait ça la tante Barbara et son cœur d'hirondelle, que les rares moments de plaisir légers ne sont que tristesse déguisée, petits instants ensoleillés, cacahuète que la vie nous jette pour supporter demain. Elle dépistait alors confusément que nous, tous, là, vivions dans un éternel miroir aux alouettes, poursuivant dans l'obscurité un quelque chose n'existant pas ici. À dénuder les fils d'une existence on comprenait que justement c'était bien dans cette espérance naïve que nous puisions de quoi continuer, jour après jour, nos vies ridicules et pitoyables. Nous les roulants effarés, nous, toujours à se grappiller du plaisir, partout, se bourrer de leurres, nous, les cœurs affamés, nous à tenter de boucher tous nos faibles trous pour combler ce grand vide.

Voilà ce qu'on fait, nous, tous... et ainsi tout flotte à la mort.

« Incroyable !... – elle disait, la tante Barbara – incroyable tout c'qu'on peut trouver d'enfoncé dans l'trou du cul des gens !... de tout ils y mettent !... de TOUT !... et ça reste coincé, hein... alors après, pour retirer, ben, AH ! ! !... quel merdier, faut opérer..., je l'savais déjà, mais là... j'en découvre encore... »

Le grand-père de sa place poêle Godin il en bâillait des yeux des révélations de sa fille, ce monde-là il ne le comprenait guère.

« On les gave, les bourre... juste pour qu'ils aient la force de s'en aller... pas plus..., on leur demande quoi en somme ?... hein ? on leur demande quoi ?... de pas rester !... c'est tout et pas plus... de rentrer chez eux, repartir, continuer d'fonctionner... et puis alors coûte que coûte hein !... continuer de tenir leur place, jouer leur rôle... et même mal, c'est tout !..., ta machine à l'usine tu lui demandes autre chose toi ?... »

Le grand-père qu'on le questionne sur ce genre de chose ça le prenait bien abrupt dans son nuage Gauloises, il souriait mais ne pipait mot.

« Ben nous non plus ! et surtout pas d'écrire *La Recherche* !..., mais les autres aussi bien faut savoir hein !... ceux du dehors..., le pays est gorgé, anesthésié de nous je vous dis... sédatisé le pays il est... si ! AH mais si ! assommé !... KNOCK A-OU-TÉ !... c'est clair non ! ?..., et là vraiment je parle mais... juste de ceux qui boulottent encore, vie sociale bordel et tout hein... le genre bien dans la ligne... pas les cloches... je parle juste, tu vois, juste de ceux qui font, hein, tourner la machine, les petits, les sans-grade comme dit l'autre, rien que ça et déjà t'y es, t'as pigé... le reste après c'est fuuuuuuuu... ! »

Elle siffle et c'est bizarre parcqu'elle siffle bien la tante Barbara, elle pourrait c'est vrai, faire des matchs de football, l'arbitrage, gueuler sur les pousseurs de baballe, tout ça quoi, mais vraiment c'est comme moi elle y entrave balpeau à la pelouse.

Le blème, c'est la tristesse, ça lui décolle plus, elle ressemble à une fée la tante Barbara, une fée avec un truc en plus.

« Après, j'veux dire plus loin dans la descente, y'a les pauvres, les pauvres gueules qui s'traînent de boulots merdiques en places de merde !... et y'en a ! plein !... ah si ! ah mais si !... y'en a un pacson infoutu de prendre même un boulot d'merde... des millions sur la planète y'en a, incapables de subir la moindre pression… la plus infime responsabilité…, traîner, voilà, avec un clébard, dans les rues, deux cartons trois couvertures, voilà allez, c'est tout… ça vous dépasse ça hein ! ?… votre monde il est pas là…, et c'est à cause de nous ça, si ! toi Nénette avec tes idées à la con !… si ! faut pas faire ci et dire ça, vivre comme ci et pas comme ça… si !… à cause de toi !… de moi aussi remarque… de tous ceux qui disent faut faire comme ci et pas comme ça… »

On aurait dit c'est vrai de la haine, mais je sais pas, du désarroi aussi, du désordre qui commence sérieux à fouetter de la montée du tracsir.

« Supprimez un peu les médocs comme ça pour voir, hein, comme ça, juste pour voir, rien qu'dans une petite ville, comme ça… hein ?… trois mois !… nan pas plus, trois mois… tu sais quoi ?… y'aura quoi ?… j'te l'dis ? j'enrobe ou pas ?… allez j'enrobe…, nous n'aurons plus alors dans les rues qu'une horde de bêtes furieuses se mordant la queue dans de frénétiques rondes… »

Les urgences, que je me disais moi, ça m'irait pas si mal, me sentirais peut-être pas dépaysé, même à une place possible. Car j'avais beau il me semblait me limer les angles du cœur et des pensées à quoi bon, je ne rentrais jamais dans rien. Parfois, assis sur le canapé-lit de la salle à manger je sombrais dans une tristesse subitement, un désespoir atroce où tout devenait sombre et gris, un présent et un futur enveloppé de ténèbres. Je ruminais alors en descendant encore, toujours un peu plus dans le dégoût de tout, sans raisons, sans savoir, comme les nuages voilent le soleil. Un poids, une ombre, une respiration lourde où pendant des heures je me débattais dans mon crâne lorsque l'obscurité le gagnait. Ça me faisait sur ma vie des paupières se baissant avec extrême lenteur. J'allais alors me cacher sous la table pour pleurer. C'était mes alertes à moi, mes sirènes, mon tocsin, mes bombes de détresse.

La vie est une guerre !

Alors les urgences, mais, même ça, ça allait pas être possible, les urgences, je le savais bien.

Même je crois que la vie avec mézigue elle connaît vraiment jamais qu'une seule chanson : Non ! non ! non ! non ! non ! Et puis voilà.

J'ai quand même rien dit pour les urgences, ça se mine vite une nichée de bipèdes. Et puis moi faut dire pas fana des embrouilles. Juste fallait reluquer la tante Barbara nous dérouler son ruban de désolation les yeux fixes rivés mollement sur les vieilles lattes du parquet et ça y était. On savait.

« L'autre jour que j'faisais la queue à la pharmacie… – elle nous sursaute la tante – deux bonnes femmes discutaient en poireautant, des très bien habillées hein, la grande classe, tailleur et talons, la cinquantaine…, elles s'échangeaient des cocktails de médocs !… sans rire ! sérieux ! tu rigoles ! ?… tu m'crois pas mais… moi l'matin j'prends deux roses disait l'une, ça m'fouette gentiment, j'peux alors faire mes choses, ensuite à midi j'mange, avec du vin, ça m'remonte bien d'la matinée, après j'prends deux jaunes, t'as essayé nan ? ça annule totalement l'coup d'pompe d'après déjeuner…, à seize heures trois roses pour remonter un peu, y'a long jusqu'au soir… alors après dîner deux blancs histoire d'tenir la soirée, le film, peut-être le mari, et puis alors trois bleus pour dormir, c'est impeccable, comme un bébé, et puis deux roses pour le coup d'fouet gentil du matin…

– Oh non ! ?… ha nan !… dis quand même c'est pas croyable ! ?… d'ailleurs j'te crois pas ! là ! na !… – elle s'indignait la grand-mère.

– Tu m'crois pas Nénette ? cinquante piges les bonnes femmes !… supprime les médocs pour voir comme ça… le pays croule, la révolution, the civil war j'te dis !…, tiens, ben y'a qu'à r'garder tout c'que tu prends toi !… retire-leur les médocs et les visites chez l'toubib où ils peuvent papoter tout leur saoul, se répandre sur eux-mêmes à plus soif, qu'est-ce qui va leur rester ? hein ? tant ils y sont habitués… tant ça leur est normal… ils ressortent du toubib avec leur image pour courir à la pharmacie récupérer leur petit cadeau… vers quoi ils vont s'tourner alors, hein ? tant ils sont ancrés dans ce système de dépendance, et puis légale hein ! ?… à quoi ils vont s'raccrocher ? où qu'on va les r'trouver ?… hein ?… où ?… encore plus aux urgences, dans les bars, chez les putes, dans les sectes, partout où traînent des oreilles…, supprimez les médocs vous faites exploser l'pays !… »

Mine de rien elle soufflait fort la tante à s'énerver là gentille sur son canapé.

« De la Terre on est les champions !… c'est à ret'nir ça hein !… de la Boule le gagnant notre pays il est !… des pays riches hein j'entends, je parle que des boursouflés d'bouffe hein…, les autres on s'en tape… »

On l'aurait dit la tante Barbara qu'elle restait en suspens sur le vieux canapé, qu'elle oscillait gravement sans bouger affalée sur les coussins, brouillée de sombres illuminations.

Et puis elle dormait pas là, me jouait plus l'écureuil, on la regardait, nous, là, tous les trois plus le clébard s'extirper mollement du canapé, jeter la lanière en cuir de son vieux sac sur son épaule et nous embrasser.

Ce qu'elle déterrait pendant cette période elle n'en voulait pas, ses ruminations la poussaient ailleurs et ce bien malgré son vouloir, elle renâclait, sa bouillotte arrière refusait tout net, pas loin ça la menait remarquez, pas loin mais au-dessus quand même, vers les dossiers, loin de la chair.

Ça m'avait incroyable tourneboulé la patate avec des tours et détours ses histoires à la tante Barbara, je sentais comme un gros brouillard m'escalader tout le bastringue et me l'imploser de terreurs. J'ai pas dormi, ça tanguait trop. Je haïssais, moi, là, tant le monde que dans les heures mortes de cette nuit, les yeux grands ouverts ça me faisait comme en mer, des grains dans mon être, je guettais mes vagues scélérates qui m'emportaient en des lieux impossibles.

Ô je l'ai dégueulé le monde moi, vomi à l'extrême, et puis tôt, rien y a changé, mort on vit, mort on reste ! Les gens ils vous veulent comme eux ou pas du tout. Après faut vivre et puis crever, mais alors ça là dans une solitude pas ordinaire, une solitude de pauvres de tout, on tripote alors en plein la dèche de l'univers. Le but, en somme, s'envoler au-dessus des barbelés !

Mais il est des folies si tristes et résignées que même la science ne tente rien.

Et puis c'est vrai y repensant faut dire, je m'imaginais moi dans un sas, pas plus, entre mauvais début et sale fin. Un sas, pas autre, coincé perpette à reluquer stupéfait la vie des grands et celle des petits potes sans y être jamais.

Mais vrai ! charogne ! je lui aurais bien soufflé une marche bretonne à la vie moi !

Mais je l'entendais juste trottiner sans bruit derrière moi, la mauvaise, en confidence.

J'avais pas l'heure, je saurais pas dire quand mais déjà l'obscurité s'était déversée dans la chambre, faufilée dans tous les plus petits recoins, avec juste une vague lueur jaune venue des lampadaires, après le premier bâtiment, dans la rue. Et de ce lourd silence d'un coup se mit à serpenter une lamentation, montante et saccadée, nappée de pleurs et supplications. D'autor j'en fus bouleversé, je la croyais cette plainte me remorquer la carlingue de tous ces ans, me remonter des entrailles, ces pleurs des souterrains de mon âme, ses catacombes, ainsi toutes mes peines et colères charriées rageuses par l'égout collecteur venues tristement s'écouler dans la chambre pour se distiller à sa pénombre. Je distinguais mal, vraiment je voyais pas, mais quand même une ombre, là tout près, une forme à genoux courbée, les coudes sur le lit à prier les mains jointes en pleurant les doigts croisés.

« Que ça s'arrête !... mais que ça s'arrête !... une seconde !... juste une seconde !... je demande pas tant !... que ça s'arrête rien qu'une seconde ! nom de Dieu !... »

Le grand-père son fion le travaillait, lui le sage, lui faisait par le bas déguster mignard les délices d'une tête perturbée, bouilloire surchargée de stupeurs, louftinguette explosée d'idées neuves. La tante, derrière elle et sans total s'en douter d'un milli laissait une traînée de douleurs et de tourments entrelardés. La tante Barbara, c'était une fée en larmes.

Des zémos le grand-père il en a eu tout du long du reste de sa vie, par crises, comme on vieillit, comme on meurt, par à-coups.

J'avais moi il me semblait une ordonnance qui ne valait plus rien, la tante si j'avais demandé elle aurait pu m'en pisser une chiée, un sacré paquet d'ordonnances à la chaîne elle aurait pu me griffouiller la tante, à quoi bon ? !

J'ai sombré vaguement au matin, le jour déjà dans la cour, mais je savais plus trop des deux plaintes laquelle m'a accompagné jusqu'à ces quelques minutes de sommeil tangué.

Les nuits blanches ça facilite pas l'ancrage je dois dire, la réalité du jour elle s'en extirpe toute déformée dans la lumière et les contours. Elles se font alors plus crues les clartés autour, les ondes mille fois plus électriques. Aussi ça vous ressuscite dans la cafetière en permanence des éclats de la veille et de cette nuit enluminée. Ça vous lâche plus. On marche alors dans le jour un pied dans le présent, l'autre encore dans les mots de la tante, les gémissements du grand-père et mes exaltations enténébrées.

Il m'a cueilli ainsi Haddad, dans mes blancheurs électriques, mes radiations de bobine, sur le trottoir devant sa boutique, que je passais.

« AH ! OH !… – qu'il me gueule comme ça hilare – mais c'est ma tête d'ampoule ça, là, qui m'radine !… et c'est du pique !… AH mais si que j'te dis !… si ! là, du pique !… si ! que j'y vais !… là ! de suite !… tu viens ?… »

Haddad il était beaucoup plus grand que moi, et puis costaud, pas gros encore mais il y allait.

« Et puis en plus elle est pas morte j'te dis !… alors, tu viens ?…

– Qui qu'est morte ?…

– Mais non, puisqu'elle est pas morte ! justement !…, la vieille… là où qu'on va… tu viens ?… pârâètrâè mâême que c'est une comtâåesse mon châèr, une comtâåèsse de je sais pas d'où…, et puis alors c'coup-ci c'est peinard, elle bouge jamais d'son fauteuil, on dirait qu'elle est morte mais c'est pas vrai, et puis j'ai les clés…

– Y'a un bébé ?… pasque moi les bébés hein… d'puis l'aut'jour…

– Hein ? quoi bébé ? qué bébé ?… à son âge ! ?… AHAHAHA…

– Moi ça m'a pas du tout fait rigoler moi l'bébé d'l'aut' jour… toi si ?… »

Pour une fois Haddad il la ramenait moins sa fraise, son petit sourire faiblard coin de bouche me le disait, les biceps ça vaut pas grand-chose devant cette sorte de peur-là.

« Bon alors, tu viens ?… puisqu'elle est pas morte j'te dis… »

Dès le palier ça reniflait déjà dur faut reconnaître, indéfinissables odeurs bien mélangées. Non non, il me dodeline ému avec la tête Haddad, me confirmant là que tout roule.

« Alors t'as pas peur hein ?… – qu'il me fait blanchâtre – elle te fera pas peur hein ?… elle est toujours à la même place, dans son fauteuil, parle pas, dit rien…, j'crois qu'elle gribouille des conn'ries, mais t'as pas peur ?… hein ?… puisqu'elle est pas morte… »

Il ouvre et ça nous fait comme une claque aux poumons, ça nous la hachure tant la respiration qu'on suffoque, toujours sur le palier. Dedans c'est tout noir et on s'écarte nous de la porte, que l'odeur sorte, comme on éviterait une nuée de chauves-souris.

« C'est toujours comme ça ? !…

– À peu près…, mais… elle est pas…, hein… »

Toujours en me regardant il enfonce sa main dans les ténèbres Haddad, son bras entier disparaît, y en a plus, il nous tâtonne un peu le mur et d'un coup, pouf, c'est le BHV ! J'avais moi alors vraiment jamais rien vu de pareil ! Que ça nous miroite de diamants, il nous illumine jusqu'à l'escalier de mille verroteries le lustre de l'entrée, que j'en restais con stupéfait moi sur le paillasson du gigantesque aveuglement. Je pipais rien mais ça me bafouillait de l'intérieur toutes ces étoiles. Et valsant sous les paillettes on voyait de chaque côté du mini-couloir une enfilade symétrique, comme une allée de château, des souvenirs de plantes vertes. Ne restait vraiment plus que les énormes pots de terre, le tout si sec et réduit, si concentré qu'aisément on pouvait y glisser la main entre la terre et le pot sans rien toucher des deux. Avec Haddad on les regardait pendouiller sous le grand soleil du plafond, noires et rigides ces fantômes de plantes. J'en étais moi simplement à espérer que la vieille leur ressemble pas.

M'avançant ainsi lentement je ressentais, méthodique et implacable, la poésie noire de l'existence, cette façon qu'elle a bien à elle de ne jamais vraiment tout anéantir pour nous laisser toujours un petit quelque chose de simple et rattrapable. On devrait pas avoir le droit de pénétrer ainsi la vie des gens, ça nous dévarie, nous ébranle le citron qu'on en retrouve plus alors la sortie dans ces labyrinthes de nuances et contrastes. Sa vie à soi nous suffit bien, celle des autres devrait toujours rester dans le secret, sinon ça donne des idées, des mauvaises. Quand l'existence vire au silence d'autoroute chaque pas devient un acte posé, je ne trouvais décidément que banqueroute dans le monde et mes cornues. Ma vie elle ressemblait à un vol de corbeaux dans un ciel mort. À moi le pompon.

On s'enfonce avec nos cartons et l'odeur toujours est là bien présente, elle empire même je dirais cette abominable puanteur, que le souffle nous en est coupé, chaque respiration ça nous demande un effort, plus rien de mécanique vraiment, qu'on réfléchit savamment quelques secondes avant la prise d'air même, qu'on s'y prépare avec Haddad, à s'en chercher des combinettes, de toutes petites doses on avale, mais les tarins sont pas amovibles.

Et puis on s'y fait. On est dedans.

Il allume Haddad la pièce et là ce coup-ci ça éclaire rien, minuscule lampe de chevet à l'abat-jour verdâtre et à côté on la voit elle y est dans son fauteuil à dossier démesuré, elle bouge pas, une reine, nous voit pas avec ses grands yeux ouverts.

– J'suis v'nu souvent elle m'a jamais rien dit… – il me chuchote Haddad – des années qu'on vient lui livrer toujours la même chose…, avant c'était ma sœur, la vieille lui parlait, que des saloperies elle lui disait… qu'elle était grosse moche et con… et puis arabe, une vraie salope c'était…, moi elle m'a jamais rien dit, toujours pareil, rien… donc… bon… on pose les cartons et on trisse, comme d'hab'…, elle entend rien de c'qu'on lui raconte… c'est pas la peine… mais elle est pas morte hein…, allez on s'tire… »

D'énormes rideaux noirs pendent devant les fenêtres et toutes les plantes ressemblent à celles de l'entrée, comme lyophilisées, pas le moindre bruit, même ceux de la rue semblent absents de cette triste carrée. Je fais gaffe mais quand même je m'approche, toute maigre elle est la dame et vraiment bien vieille, comme si l'âme et sa vie s'étaient retirées dans les tréfonds de ce corps tout racorni. Aussi la petite loupiote verdâtre lui dessine à la dame comme des cernes bruns et démesurés, à plus voir que ça, et tout le mobilier autour reste dans l'ombre, mais on devine quand même de sombres et monstrueux buffets nous entourant, chaque mur de la pièce encombré. Autour de nous ça croule, le plancher bombe vers le dessous, plie sous les meubles, la surcharge. C'est vrai dedans ça fait château, mais pas un de chez nous. Et de ces tableaux de bonshommes à bobines pas croyables, les déguisements, les tubulures des cadres démesurés. Elle est pas d'ici la dame, je savais déjà pas grand-chose moi mais je reconnaissais vraiment balpeau dans son univers à elle. Même les temps d'avant, les temps de chez nous, je suis sûr que c'était pas aussi tarte, vraiment. Je sais pas d'où qu'elle radine cette créature, elle nous toise on dirait de sa hauteur, son âge, une reine échouée je dis.

« Elle est morte… – presque je lui affirme à Haddad.

– Mais j'en sais rien moi ? !… mais non ! puisque non !…

– Si elle est pas morte elle est con…

– Elle est… mais y… on pose les cartons, elle est pas morte et on s'tire !… »

Mais je décollais pas de cette femme immobile dans sa robe de chambre mauve à dessins en dorures somptueuses, raide dans son fauteuil les yeux ouverts. Haddad il avait raison mine de rien, on savait pas si vraiment il y avait encore quelqu'un dedans, mais là ça nous foutait un de ces tracsirs de pas être sûrs. C'était la Rome antique son caboulot à la vieille, fallait sortir la tête de loup pour tout bien nettoyer dedans, carrément déposer le joint de culasse.

Il commence à s'y faire on dirait à l'ambiance de la turne un peu Haddad, ce deux-pièces orné pas commun, bombé à l'étrange, il fouine aussi lui sans toucher à rien, il ressemble là errant un peu à un tout petit enfant Haddad, un qui serait bien triste, ses yeux qui supplient. Et comme elle y allait toujours pas de son blabla la très vieille, sa causerie se déroulant pas, sa tartine, on s'est alors mis vraiment à fureter réglo, pas qu'on ouvrait les placards mais nos yeux dans la pénombre perdaient rien de son intimité à elle. Sa jeunesse elle nous l'étalait sur des petites bandes de mur, là entre les buffets extravagants, des photos si vieilles, accrochées depuis si longtemps que les coins à vouloir rebiquer en avaient expulsé loin leurs punaises sur le gros tapis. Et tous alors sur les photos ils ont de ces costumes, de ces fourrures, de ces traîneaux avec toute cette neige alentour, les chevaux, ce froid blanc partout.

Ses manières de vie à elle aussi on les devine avec le grand lit de la chambre impeccablement tiré, gigantesque pageot à baldaquin de bois noir, sa tête sculptée énorme à envahir tout l'espace de la turne, et rien absolument de dérangé, tout bien figé. Elle fait morte la dame, Haddad je veux pas le contredire mais elle fait pas la dame comme les gens qui vivent et bougent et pensent à demain, un autre jour, celui d'après, et puis bosser. Sur ses genoux, entre ses mains vides, ses ongles mauves, dort un paquet de feuilles avec le stylo en travers posé.

LETTRE À L'ENFANT

OH géniale et délirante machine que le cerveau humain !

J'avoue n'avoir jamais autant pensé à toi que depuis cette année où le dernier des nôtres s'est éteint. Mes bras depuis lors courent vers toi et ton nom je ne sais, ton image même à moi reste floue, ton âge ? As-tu passé les quatre-vingts ans ? Peut-être es-tu déjà mort ? Tu n'étais alors rien là-bas, qu'es-tu devenu ? Qui es-tu même ?

Tout t'expliquer alors mon amour, tout ! Tout reprendre des grands faubourgs de Saint-Pétersbourg au onzième arrondissement de Paris France ! Tout te dire, mais le puis-je ? M'excuser ? Mais de quoi saint Christ ! ?… et pourquoi donc ? Peut-on reprocher à quelqu'un d'être ce qu'il est ? Oui, s'il ne cherche pas à se corriger lorsque son comportement fait souffrir son entourage. Mais moi, t'ai-je jamais fait souffrir ? Je n'en ai nulle souvenance. La conjoncture de l'époque, notre caste, notre rayonnement, les circonstances de ta venue et Maman, rien ne m'a autorisé à te subir.

Mon chéri, si seulement tu pouvais n'avoir qu'une infime idée de notre resplendissement de l'époque…

Laisse-moi te narrer ma vie.

Je vécus dans un bonheur total, avant les réformes, avec mes frères et sœurs en ce domaine de Saint-Pétersbourg, dans le vaste Empire russe, jusqu'à l'âge de quarante et un ans, et puis… les bolcheviks ! !… Ils nous brusquèrent !… Messieurs les bolcheviks vous nous spoliâtes ! !… Oh combien oui ! de tout notre patrimoine familial, nos privilèges et nos titres, presque notre nom. Ils nous souillèrent !… Oh, certes, ils ne nous firent pas subir les derniers outrages, ni même aucune violence, jamais d'ailleurs nous ne les vîmes, car c'est la volonté de Dieu qui nous fit quitter notre domaine, j'en suis convaincue, les hommes non ! c'est la loi de Dieu qui nous poussa vers la fuite, non la révolution, jamais nous ne voulûmes les gueux au pouvoir. Aussi l'exil, la Suisse, puis la France, chacun de mes frères et sœurs, cousins, oncles éparpillés depuis quarante ans dans ce minuscule pays. Et qu'y faire, sans même un rouble ! ? Adieu alors les savoureux pirojkis de mon enfance, ces délicieux pâtés de viande ou de poisson, mets très recherchés, mets nationaux. Si je t'explique tout cela mon enfant c'est que j'ai totale ignorance de ton advenue, peut-être n'as-tu jamais rien connu des splendeurs de l'aristocratie russe, t'ayant vendu nourrisson à des paysans. Nourrisson oui, mais passé le baptême ! Nous ne sommes pas des monstres tout de même ! Adieu donc tout ce qui fit notre bonheur, notre prestige. Mon lustre de la salle à manger du domaine, où des générations prirent leur repas dessous, reste mon seul vrai témoin, et ces quelques meubles sauvés du chaos, de ma vie là-bas, notre gloire perdue, notre éclat.

Ici ! ? Hé, mais, autant vivre à Paris comme le vulgaire alors ! calquer le moujik, suer sang et eau pour quelques roubles et se bourrer à longueur de jour de ces infects boulkis, s'agglutiner autour du samovar en buvant du sbitène aussi tant que nous y sommes, quitte à tomber dans la populace !

Moi, Ivanovna Khouliérine contrainte à partager le commun du petit !…

Bien sûr… j'aurais pris mari, j'aurais rencontré un homme, ma vie possiblement aurait été tout autre…, mais non, je ne voulais nul enfant, les enfants vous jugent, et puis vous disent que vous allez mourir… Et c'est aussi pour cela que je me suis débarrassée de toi.

Prendre mari… connaître un homme… seulement petit Père souvent abusait de la vodka plus que de raison, mais toujours en cachette, il savait vivre, il connaissait la bienséance… et puis il était si délicat avec moi, si prévenant, si pesant… Mais il est des souvenirs que je répugne à évoquer, car, semblables à certaines fleurs ils perdent leur parfum sitôt exposés à l'air. Oh je sais bien que chez les moujiks lorsqu'un veau arrive on le mène à l'étable, la plèbe n'est pas regardante sur les provenances, la race… mais nous, notre rang l'empêchait, nous étions de souche noble, petit Père barine, propriétaire foncier, ayant même le titre de comte, et nous étions tout de même propriétaires d'une centaine d'âmes…, et puis, de toute façon, au domaine, ça n'aurait pas été possible. Maman ne l'aurait pas toléré ! Elle supportait si peu de la vie. Je fus bien obligée, tu le comprends, dis mon amour, de t'abandonner, pour ton bien n'est-ce pas, je n'avais pas quinze ans. Petit père était si strict sur les convenances. Il ne l'a pas fait exprès, tu penses bien que s'il avait pu t'éviter… Mais comme me disait toujours petit Père : « Ivanovna ! les erreurs n'existent pas, il n'y a que des expériences !… »

Faut admettre j'y pompais goutte, mais ça remontait à derche tout ça, daté suprême, un siècle de ça presque et la comtesse, perdue dans ses apprêts avait quand même faut le reconnaître une vie bourrée d'incidentes. Avec d'infimes délicatesses je lui ai soutiré ses feuillets moi petit fourbe, et puis j'ai pioché, vraiment au hasard, fallait bien, je pouvais pas tout lire. Mais avec ses yeux défunts quand même j'aurais bien cru qu'elle m'en était reconnaissante de mes façons de gentleman, mes manières de femme du monde. Un frémissement j'aurais cru, et puis dare-dare j'ai repiqué au truc.

… Nous profitons mieux des gens et des choses lorsque l'on anticipe leur possible disparition prochaine, mais dans l'insouciance de ma jeunesse je n'y pensais guère. Aussi, lorsque les obligations militaires appelaient et retenaient petit Père dans le Caucase, nous partions en troïka pour un séjour de villégiature avec Maman en Circassie afin d'être plus proches de lui, mais également en Crimée (autant dire chez nous, car l'Ukraine et la Crimée de tout temps furent et resteront russes bien entendu), et je baignais alors continuellement en ces nouveaux lieux dans un bonheur absolu.

Puis, avec l'âge, Maman se mit à clore toutes ses phrases par, mais cette expression russe n'a peut-être nulle équivalence française, ou alors ; « Si Dieu le veut », et c'était mauvais signe. De par ce fait, lorsque l'on a étendu Maman avant la mise en bière plusieurs jours sur la table du salon, la plus belle pièce de la maison, je ne pouvais m'empêcher de revenir la contempler à chaque instant. Son départ fut si catégorique. Quelques mois après, guère plus, où petit Père un soir brisa de rage et de dépits son chachka sur son genou.

Il me semble avoir émergé d'une espèce de fumée lourde et douceâtre vers cette époque. Lorsque l'esprit s'éveille sais-tu mon enfant, lorsque la recherche débute, le fait d'avancer patiemment sur cette route aride et tortueuse de la réflexion, se questionner jour après jour sur le sens de l'existence, tout cela me fait penser à la bicyclette, car il faut, après, toujours, continuer de pédaler, conserver son élan, l'équilibre est à ce prix, ne jamais hésiter une seconde entre ma propre recherche de l'harmonie et les autres. Il faut que tu saches mon bébé que l'on entreprend un voyage dans l'inconnu qui ne s'arrêtera probablement jamais. Si, poussé par les événements de l'existence, nous réveillons la souffrance consciente, sache mon amour qu'elle n'a plus de fin. Nous embarquons alors pour une interminable traversée où le repos du cerveau et du cœur, sur cet océan agité, devient vite une denrée extrêmement rare et convoitée que le destin nous délivre avec parcimonie…

Oh c'est pas que je réfléchissais mais les envies ça vous vient, vous remonte le scaphandre, comme les idées. Et là j'avais bien envie de tout lire, ou même embarquer ses feuillets, sa vie devait être sûrement plus intéressante que la mienne à la comtesse, mais la pensée de m'enfoncer dans l'existence de cet ossuaire m'a soudain filé des pulsations dans les paillettes, ça me faisait pire et c'est dire que de lui souffler ses éconocroques. J'ai avancé de quelques pages et j'ai passé outre.

… Las !… depuis la mort de Maman la vie est un oignon que l'on épluche en pleurant.

Maman n'a pas connu l'exil et c'est tant mieux, cette épreuve l'aurait tuée prématurément, quitter son domaine, son royaume allais-je dire, pour vivre à deux, elle et moi dans ce réduit. Inconcevable !…

« Tu vas pas tout lire quand même ! ? dis, hein !… » – qu'il me chuchote Haddad de son coin d'ombre avec les épaules rentrées.

Par ennui et surtout pour museler sa trouille, timidement et sans aucune conviction, il s'est mis à regarder les photos du mur, sans du tout y porter la main de peur qu'elles ne dégringolassent en poussière d'époque. On aurait dit qu'il avait jamais rien contemplé Haddad de la vie des autres, rien que ses patates et le chanteur bariolé.

… Mais il est bon somme toute de revoir sa famille, cela remet bien les idées en place, vraiment. Nous savons alors qu'il y a pire que soi dans l'humanité, ça vous replace bien tout en ordre, on repart sereine. La famille, il est bien entendu depuis le fond des âges que c'est toujours du pardon, on accepte tout, les coups bas et derrière le dos, tout on pardonne tout, en souriant, on ne veut surtout pas se fâcher, rien n'est grave en famille. Tout, tant qu'il n'est pas question d'argent.
Mais foin d'élucubrations oiseuses sur les proches ! Aujourd'hui est un tournant de ma vie. Aujourd'hui j'ai décidé de vivre mieux, rendre mon intérieur coquet, m'occuper un peu de moi, retrouver ce que j'aime. J'ai bien trop souffert des malfaisances. Surtout depuis le décès de Maman. À son enterrement il y avait tout le monde mais personne ne parlait d'elle. Cela m'a choquée ! Je n'ai rien dit, j'ai souri en les détestant, et puis cela m'est passé en voyant disparaître le cercueil dans la terre.
Là, j'ai retrouvé mon chagrin.
J'avais bien assez de ma peine il me semble. Ensuite, à les observer chacun autour du trou, résignés tous à la corvée, relevant la tête pour interroger le ciel lorsqu'une pluie fine s'est mise à tomber, alors j'ai compris ; les gens de notre famille nous ne les aimons pas vraiment, bien souvent nous les supportons, leur pardonnons beaucoup, parce que l'on s'imagine naïvement et probablement à tort qu'ils font un peu partie de nous, mais ils ne nous séduisent pas, car nous connaissons toutes leurs raisons.
Oh, suis-je mauvaise saint Christ !…

Elle ne bronchait pas la vieille, moi là pas loin collé à lui voler ses secrets, son regard était toujours le même, merlu échoué, à des milliards de kilomètres elle voguait, si elle était vraiment quelque part.

« Tu vas tout lire ! ?… hein dis ?… ohé ?… »

Haddad fallait toujours chaque minute que sa débine me ramène ici, dans la carrée noire, loin des neiges de Russie, tout près de lui, en moi.

« Alors on est tous nés pour une mise à mort ? !… » – je lui dis à Haddad tout encore que j'étais pris dans le fond de ma lecture, mes pensées, ma douloureuse réflexion. Je l'ai plus entendu dites donc, rien alors que le petit clac du loquet de la porte, et sans presque de bruit.

En écartant la lourde tenture bouchant la fenêtre j'ai pu le voir s'enquiller le boulevard Voltaire, il était devenu anonyme Haddad, c'était plus personne ce dos qui s'éloignait parmi les autres dos.

> … Mais vraiment sais-tu, les gens de notre famille ressemblent à toutes les imperfections de notre corps qui nous ont tant fait souffrir dans notre jeunesse mais finissent malgré tout par s'intégrer à notre caractère. Nous les acceptons avec les années, les tolérons, tout en leur gardant quand même une petite rancune pour nous avoir compliqué l'existence. Je vois ma famille comme cette tache de vin sur ma joue…

C'était pas flagrant mais elle y était toujours, creusée par les rides, déformée par les sillons, je pouvais encore la distinguer dans ce visage flétri. Sur les photos ça se voyait mieux. Je me suis éloigné un peu vers le fond de la pièce, je voulais pas qu'elle me sursaute, revienne de chez les morts pour m'engueuler, les vivants me suffisaient. Et puis j'ai sauté des pages, encore, fallait bien, je pouvais précisément pas tout m'engouffrer totalement dans ses misères à la comtesse.

> … Souvent je me suis fâchée, j'ai claqué bien des portes, refusé de les voir, mais je revenais toujours. Pourtant ils ne me manquaient pas,

je vivais très bien sans eux, ma vie était plus paisible sans toutes ces petites histoires de famille. Je dis petites parce que médiocres et sans autre intérêt que d'entrer en communication. Mais pour dire quoi ? Remuer de vieilles rancunes, en inventer de nouvelles, et tout ça avec l'accent de la haine. Que de haine Seigneur ! Que de haine ! !... Faut-il le dire ? mais véritablement cela est bénéfique de revoir la famille, les idées se remettent en place et s'ajustent, on comprend alors mieux pourquoi on déteste. La famille c'est bien, ça rafraîchit la haine. Maman n'était pas dupe non plus, elle en a souffert aussi, toute sa vie. Pourtant elle supportait cette comédie beaucoup mieux que moi, ne les voyant que très rarement, ne les invitant jamais, et passant toutes les réunions de famille dans la serre à s'occuper de ses fleurs. J'ai d'ailleurs en mon âme souvenance de Maman, jadis, raffolant littéralement de tubéreuses, et lorsque leur parfum en se décomposant prenait une odeur de chair humaine, qu'elle envahissait la maison et qu'alors mon cœur se soulevait, Maman était au comble du ravissement. L'extase lui seyait si bien. Elle rayonnait.

Mais reprenons, moi je ne peux pas, j'ai besoin de les savoir sans mauvaises pensées à mon égard, je suis bien incapable d'être indifférente lorsque je me sens détestée...

Certes, s'il m'eût été possible de me méfier dans ma pénombre verdâtre je m'en serais pas privé, ce que j'aurais dû c'était guetter ma dérive des sentiments, mais je m'en suis rendu compte trop tard que son récit à la comtesse il m'avait lentement déchargé dans la voilure tout un arrivage d'accablements, et le peu que j'y comprenais ressemblait guère à des brisures bien ordonnées. Nous barbotons tous dans les marais sous une pluie de crânes. L'aurait bien fallu que je me sursaute, me cravache la caisse de résonance pour y échapper à ma déconfiture, mais ça m'a pas radiné dans la théière ce genre de ruade. Je l'avais donc là où les poules ont l'œuf.

... Finir mes jours ici me torture, un pays où ils ne savent pas le froid, les cieux indéfiniment ternes et gris, cette pluie fine et glacée. Un pays où ils ne savent ni Dieu ni la foi, les chants religieux, les popes, les centimètres de neige amoncelés méthodiquement sur chaque barrière de nos campagnes, et les boues du dégel. Les promenades en troïka avec toujours sur les chemins cet accompagnement de clochettes dans les oreilles. Cela me lamente. Pour un peu j'en reparlerais russe, chose que je me suis interdite voilà presque un demi-siècle. Et puis je n'aime pas la vie, vivre m'est un poids. Je le sais aujourd'hui je n'aime pas vivre, je n'aime en définitive que les souvenirs, bons ou mauvais. J'ai écrit un livre sais-tu mon bébé ? Son titre : « Tout ce que je pense sur les choses que je n'aime pas », sorte de biographie stylisée. J'étais alors fort jeune et ne doutais pas un instant que mes Mémoires une fois édités (sur mon pécule personnel) ne soulevassent un réel tollé admiratif, et de la profession et des pontes, voire même de la populace, véritable choc littéraire et social. Le jour de leur sortie en librairie j'ai fait ouvrir exceptionnellement toutes grandes les grilles du domaine et je me suis installée sur la terrasse dès l'aurore, prête à recevoir une horde de journalistes et d'admirateurs. Rien ! Le lendemain non plus, ni même le jour d'après… ni jamais d'ailleurs. Le choc fut non littéraire mais bien pour moi et mon dégoût de l'humanité date peut-être de cette période. Mon style pourtant était fluide et mes idées universelles, bercée que je fus dès ma prime jeunesse par les beaux livres. Car toute ma famille férue totalement de littérature me légua sa passion, les Grands Auteurs j'entends, les classiques, Tolstoï, Dostoïevski, Tchekhov, non pas ce voyou de Gorki mais Tourgueniev et son bon ami Gustave Flaubert (que la Russie, dès leur amitié, a un peu adopté) ont jalonné ma jeunesse tels d'illustres et fidèles compagnons. L'insuccès de mon œuvre fut une énigme pour le restant de ma vie, d'autant plus que je n'étais nullement semblable à ces individus qui dévorent nombre d'ouvrages et n'en retiennent rien, tout comme on survole un pays en aéroplane pour ne conserver de celui-ci que le souvenir d'un long tapis de nuages uniformes et cotonneux…

La comtesse avec ses nuances de cernes et son regard qui se distillait dans le lointain, l'étrange, ça se voyait qu'elle les vivait ma tête et mon trouble, j'étais donc pas tout seul alors, là dans son chez-elle, sa vie, ses neiges et son mal. J'ai pensé alors elle pleure, et puis je crois pas, elle était après ça. C'était pas qu'elle pleurait j'aurais dit la comtesse, c'était qu'elle suintait sa peine. Avec l'idée de pas mollir dans la turne j'ai filé direct à l'ultime page, le der des der paragraphe, le final grandiose d'une femme passée perdue, d'un siècle dilué.

> … On raconte que, passant près de Rouen, les péniches sur la Seine dans le brouillard des nuits sans lune cherchaient la fenêtre de notre ami Gustave pour se diriger. Aussi je deviendrai à mon tour cette lueur restant allumée dans les nuits de Paris pour guider les âmes en peine. Je resterai ici, tel un phare, dernier gardien d'un temps perdu, je terminerai de vivre ici, à Paris, dans le onzième arrondissement. Mais à combien de verstes de l'Ukraine natale de Gogol, et combien de chez moi ?…

Peinarde pas encore la comtesse, de rien elle reposait, me vibrait toujours dans le blindé, le certingue. Les gens ils ressemblent par certains côtés aux engoulevents, ces oiseaux crépusculaires qui retournent chaque année sur le lieu de leur naissance. Les gens ils vous reviennent dans la nénette sitôt qu'ils possèdent un petit rien particulier, une douleur bien à eux personnelle qui vous hante le caberlot à vous tourner en rond au-dedans, comme une souris dans sa roue, mais sans jamais vous livrer plus que le premier jour.

Pourtant j'aurais bien aimé qu'elle radine de son tréfonds d'âme pour voir un peu ce qu'elle aurait eu à me raconter de ses batailles la comtesse, les détails, dans l'idée que j'avais de l'ébranler du dedans, lui faire bien tout dégringoler son passé, les souvenirs tombant de sa mémoire comme des breloques qu'elle aurait la comtesse bien planquées depuis moult décennies dans les manches de sa pensée. Que je m'en suis mis un peu à la secouer même la vieille, car mine de rien avec sa face en Traou Mad elle me l'apprenait la vie. Rien qu'une succession d'étapes elle me disait, et que même, vue d'ici, elle n'a absolument aucune logique la vie, jamais, rien que des brouillons qu'on a tous d'accrochés dans le dos nous, comme une friture en avril. Je lui ai secoué un peu encore le bras et puis c'était tout. Rien est venu. J'ai au demeurant pas insisté plus que de raison, ils vont me pendouiller si ça continue j'ai pensé. Sur ses genoux comme un gros matou que je te me lui ai tout bien reposé le paquet de feuilles taclées impec, gentleman, et j'ai tout éteint sauf le petit abat-jour près de sa tête pour m'effacer en tirant la porte doucement. Je voulais surtout pas qu'elle arrête d'être morte la dame, Haddad il m'aurait engueulé.

En sortant j'étais vraiment plus rien que vraie merde de babouin avachie et puis tout bien délabré de la caisse, pour rentrer j'ai du coup enfilé les trottoirs religieusement. Éveillé secoué que j'étais de la course je te m'ai enquillé ça comme on se penche sur les fonts baptismaux dans l'espoir de se relever moins trouillard que les autres de l'avenir.

Pour la vie moi j'avais pas la main chaude, ah nan pas ! que non ! mais l'oreille absolue alors là totale, académique oui, je reconnaissais dans le vide, quel que soit le bipède qui la jouait une détresse bémol d'une comédie dièse.

Nos vies, de pâles étendards, et partout sur la mienne à y penser le pavé était mauvais. C'est à croire qu'au magasin de la vie on fait le plein d'enthousiasme tant que la jeunesse nous l'autorise, pour ensuite regarder tout le long de notre âge le sang couler de nos balafres sur les pauvres sentiers du cœur.

D'autant plus que ça commençait à bien faire ce temps macabre avec cette vieille neige bientôt striée de boue, ce ciel bas de fin d'hiver qui se traîne et s'étire avec, sur le chemin du bagne, toujours, çà et là des colonnes de fumées ternes montant des égouts pour croiser cette pluie fine et glacée.

Au fond j'attendais juste que le vent ait fini de lécher le sucre pour que l'été revienne, enfin.

Je narre et c'est un poème, que je bâille et débite à qui veut dans le sensible fables et fariboles, que je tranche au coupe-coupe dans le poétique. Mais tout est poésie lorsque l'on parle de soi. Pourtant la franche débandade que de nous, là, tous, assis chacun sur sa caisse et moi, petit drôle, jeune Quasimodo, soutier errant au milieu d'un peuple incliné dont la douloureuse charge intime se perdait dans l'oubli. Car la pensée des humbles nous est inconnue, l'écriture est pour les riches et non pour les claquedents faut le savoir, leurs traces aux besogneux écrasés sont dans les âmes pas dans les livres, l'histoire nous l'apprend. De leur peine, on ne sait rien.

Mais j'ai mémoire de mes choses moi et ça n'a, je sais, pas un intérêt absolu mais je me souviens. Ma vieille tête qui rechigne parfois elle me dit et je m'y attends jamais, elle me demande ma pauvre citrouille, me lance des messages aux yeux comme des questions, images parfois de rien même ; croisements de routes et coins de boulevards, blocs d'immeubles, des phrases, des regards, des situations, des bouts de route et des cieux sans importance, on garde ou on efface elle semble dire ma bonbonne ? Et tout je garde moi, toujours. Les souvenirs ne prennent de l'importance qu'avec l'âge. Et des souvenirs, j'en ai.

Un qui me revient là du fond de ma tirelire, d'une journée comme toutes les autres boursouflées des mêmes tics et déconnades dans un décor inchangé.

Les midis de la semaine je lui faisais pas trop le coup de la vadrouille à la grand-mère mais le samedi j'y allais de la débine par tout le quartier, je boulevardais et ça l'emmerdait bien que je radine pas dans ses horaires, mais tant de choses l'emmerdaient. Aussi, passé les jérémiades de fin de saisons oisives toujours forcément elle rebasculait dans sa cuisine la grand-mère, toujours j'imagine comme on retombe avec un demi-siècle dans le fuselage au bas de la paroi, au pied de la digue lorsque l'on comprend finalement qu'il est infranchissable l'obstacle et que l'on va canner comme ça, désarçonné, toujours plus décontenancé et pleutre qu'au début. Il nous est loisible alors de comprendre que l'on se pieute tous les soirs en sachant qu'au matin il nous faudra y retourner dans l'artifice, pointer toujours et encore pour la parade, replonger dans le vide du négoce de cette cave à pisse, avec l'âge qui s'en mêle aussi et nous livre cette immense fatigue et son cortège d'inquiétudes et de désappointements. Alors, enfin on sait, d'appréhensions en épreuves, la vie, tout de même est passée.

En des lamentations monocordes de fin de monde elle nous la mettait sur la gazinière à chauffer sa mangeaille, et puis s'en allait nous retrouver de l'autre côté du mur, attendre ainsi que tout soit bien prêt pour refranchir la muraille. Ses plats elle te nous les besognait dans son dos la grand-mère si on peut dire, oser l'image, de la pièce d'à côté elle fourrageait sa bouftance. Toujours je l'ai vue tourner le dos à la gazinière et la poêle sur le feu la boustifaille dedans. Elle retournait alors dans la cuisine quand elle y pensait, voir où que ça en était, de la salle à manger on l'entendait insulter sa bouffe cuisant la grand-mère, les deux poings sur les hanches, puis elle prenait la poêle pour te la balancer sur la table comme un vieux tas de haine. Elle exécutait ses repas comme on débite son intime au comptoir, pasqu'il faut, que l'on se doit au zinc de dégueuler son invisible, sa vie déroulée en phylactère, elle usinait pour le ventre la grand-mère comme les animaux nous regardent autant dire, sans nous voir, identifiant l'ailleurs, à côté de nous, au travers.

Le haricot de mouton elle faisait parfois, nous en mitonnant un chaudron pour tous les soirs nous en refourguer une ventrée. Même que le grand-père un jour il lui a dit qu'il en avait marre.

« Quoi ! ?... – elle lui gueule alors offusquée – hein ! ?... le lundi t'aimes ça nan ?... le mardi aussi et le mercredi t'aimes toujours ça non ?... itou le jeudi !... et puis comme ça d'un coup le vendredi t'aimes pu ça ! ?... »

Les samedis midi c'était foie, juste avant de partir pour Draveil. Elle te me balançait la tranche dans la poêle à midi moins vingt, puisque j'aurais dû être rentré pile. Là, pas là, moins vingt shplaf ! la tranche de foie de porc devenait poêlée. Mais je survenais parfois si longuement après son atterrissage à la tranche que les repas me semblaient colloque à pierre ponce. Le temps après que je m'esquinte dessus elle croisait les bras face à une peinture la grand-mère, dans un soupir s'enfonçait, s'oubliait dans l'artistique, le sublime des couvercles de chocolats, les Glaneuses et Tournesols, aussi les inspirations médusées toutes personnelles du grand Awouè. L'art de son fils il nous la propulsait vers des hauteurs extatiques la grand-mère, ses barbouilles la transportaient béate comme la tante Barbara, le grand-père, les embabouinaient tous sans que personne jamais y comprît rien à ses badigeons au grand Awouè. Ni lui-même non plus.

Un midi que je me trouvais en lutte avec ma chique la tante Barbara elle a déboulé sans s'asseoir pour plonger dans le frigo.

« J'mets un bocal au frais – qu'elle nous chante déjà sur le palier – vous trouvez pas mal dessus mes p'tits chéris, je r'passe ce soir... et puis bon app'... » – aussi elle survole alors en descente l'escalier, la cage.

J'en devenais frétillon de ses passages à la tante, je m'allumais, me tortillais dessus ma chaise, mais j'en lâchais pas ma gamelle pour autant. Brebis qui bêle perd sa goulée. Pas si con. Et puis, ma foi, souvent je me trouvais si embesogné des mâchoires et des yeux, assis que j'étais, jour après jour, devant cette fresque absorbant tout un mur de la salle à manger. Il m'usurpait le clocher cet escargot de plusieurs mètres, son long profil m'investiguait si bien le caberlot que chaque midi je repartais vers mes études totalement vidé de moi. Je me l'encognais là, le gastéropode, pas loin devant avec son aiguille à coudre plantée dans la queue l'empêchant d'avancer, pleines mirettes le colimaçon nez à nez avec un crucifix. Le grand Awouè on pouvait vraiment pas savoir ce qui lui était passé par le cockpit pour s'être un jour exprimé de la sorte. Le ver de terre en écharpe sur un clou au centre de la croix aussi fallait y songer. Mais ce genre de croûte les transportait tous, béate famille.

J'ai je peux dire alors moi jamais penché dans la béatitude, les œuvres d'art pour moi ça a jamais été rien plus que du bruit pas valable dans les yeux, et j'en avais de l'art moi sous les yeux tous les jours de la semaine. J'ai pas moufté pour autant, je gonflais pas. Je miroitais dans le splendide sans y entraver goutte, aux petits poteaux du bagne je racontais nib, j'étais pas fier. L'art, j'y connais rien. Mais je me souviens moi de tous les tableaux du grand Awouè déballés sur les murs dans tout le Deupièce, je pourrais les raconter moi tous tant je marinais dedans à m'enfler les mâchoires sur mes hybrides écuelles. Je les saurais dire moi les têtes coupées, les damiers filants vers l'infini et les yeux crevés, je pourrais les décrire moi tous ces visages sévères, les drapés rouges sur des ambiances médiévales, les mains ouvertes sur les poitrines des gentilshommes et les boutons de roses sur de violets horizons verts. Je les pourrais raconter moi les collerettes, les barbichettes et les épées pommeau d'or. Mais je m'enfalquais tout cet univers sans y promouvoir un iota d'émotion, je recevais mastiquant et c'était tout. La viande elle en devenait sacro-sainte devant cette fresque en petit-gris gigantesque cloué. Je pourrais les dire moi les peintures du grand Awouè, à quoi bon ? Je mâchonnais dans le perdu, l'hier, le fini. Jamais je l'ai vu peintouiller le grand Awouè, dessiner un petit bonhomme rigolo, une blague, c'était déjà du passé tout ce semblant de création. Déjà il avait cessé de plier dans la dramaturgie de mannezingue sa douleur séminale. Des traces j'ai eu moi, de vieilles empreintes, guère plus. Je mouftais du coup pas.

En cette période il attaquait juste l'alphabet se trimballant du Costa Rica au Nicaragua, puis le Guatemala, il faisait des jardins le grand Awouè pour vivre, des vaisselles et nous on recevait des lettres sur du papier fin comme celui des cigarettes, parfois des colis, que je répondais pas beaucoup même. C'est qu'il n'était plus alors qu'un lointain souvenir le grand Awouè, un prénom et j'ai beau vouloir me rappeler je crois jamais je l'ai aimé ce type qui séduisait comme un commercial désinvolte, et la séduction n'est pas l'amour. Même déjà dans ma souvenance il suintait trop la basse folie basique pour qu'une larme de surprise puisse un jour émaner de cet être. Même coiffé avec le loquet de la porte et ses foulards troués virevoltant on le prévoyait trop, déjà, à l'époque, pour s'enliser dans la contemplation. Mais la jeunesse est courtoise on le sait, elle possède ce miracle perfide de présenter notre dégueulasse folie encore sous la trombine des gentilles mignardises de l'âme. Et puis ça passe. Les années comme une spatule divine lentement nous grattent avec minutie la croûte pour nous bien laisser à l'air juste que le crotté du dessous. Reste alors le cradingue des soupentes, le tragique avec la poésie au loin, la fraîche coquetterie partie. Au fil des ans vers la solitude les critères s'accumulent pour. La caque sent toujours le hareng dit-on. C'est qu'on a beau chercher la lumière, on ne baptisera jamais que la poussière et le gentil bouton précède toujours la fleur de notre connerie. Le temps nous réduit, le temps nous encage. Et c'est peut-être bien ça qu'il nous faudrait, une longue vie de chagrin et de carnage afin de comprendre la suivante et enfin devenir qui on est.

Pourtant comme un remugle de l'enfance parfois il me flotte encore un peu dans les coursives ce type qui, noyé dans ses fuites et débandades, affirmait dans de grands gestes vers les cieux sa mère folle timbrée, pour ne la pas voir idiote. Il me traîne dans la charpente comme l'haleine d'un mort, sa mémoire. Peut-être il est toujours en vie le grand Awouè si ça se trouve. On sait pas. Mais on se ressemble pas très avec le grand Awouè, je me bavarde moi, m'écoute le dedans et m'ausculte jour après jour la calbombe et tout l'intérieur des fois que l'existence d'un coup me balance une fameuse bordée de glaviots sur l'occiput. Que je sois prêt.

Je suis d'une lande vert-de-grisée, d'un Finistère où viennent s'ébrouer les chevaux équarris pantelants. J'ai, il me semble, du crédit dans la besogne.

Elle nous est revenue la tante Barbara et son cœur d'hirondelle, au soir, la louftinguette farcie de marrades nous déballer sur la table tout ce que la ville produit d'énigmatique et de splendeurs horrifiques. C'est la grand-mère qui ouvre, chaque fois, et le clebs qui gueule sa pisse. Elle en fait une pause la tante on dirait bien, elle a roulé grillant tous les obstacles des rues de Paris, poulopé sur les trottoirs et sauté les marches mais toujours ça la bloque cette vision d'eux. Faut surtout alors pas s'enfoncer dans la tête des fariboles, elle a rien à leur dire. Personne a jamais rien à dire à personne, on se vacille déjà tellement le dedans que s'il fallait en plus cajoler celui des autres on en finirait pas de se démolir soi. Pour ça les jours nous manquent.

Un infime temps alors, gelé sur le paillasson et puis elle plonge, embrasse sa mère sous les aboiements sauvages, d'un petit pas de danse évite en grimaçant les jets d'urine et s'effondre dans le vieux canapé-lit avec un pfffuuuu méthodique.

« L'est vraiment toujours aussi con c'clébard, une horreur !..., pfffuuuu... j'suis crevé mes p'tits chéris... »

Elle nous les vernissait toujours de rigolades ses apparitions la tante mais pourtant son cœur c'était pas ça, la trentaine passée aidant son intimité elle nous sautait dessus sitôt la porte ouverte, tous les secrets de son petit cœur désappointé montaient lui lézarder le visage de toutes fines rides de détresse. Elle se fissurait la tante de l'intérieur, se voyant pas décoller avec ses sauts de puce dans la capitale, du Deupièce aux chambres de bonne. Elle renâclait à la résoudre l'énigme, à s'intégrer au bastringue et pourtant elle le sentait bien que dans son ciel intime ça montait noir. Aussi dans son œil on voit, à la tante, on en sait son dedans, qu'elle la regarde passer sa mère avec l'assiette de charcuterie à la main et tous les papiers gras qui en débordent, on peut le suivre dans son œil le parcours du sauciflard et des pâtés, les taches graisseuses aussi de tout ça qui va bientôt atterrir en bout de table pour plus du tout s'ébranler avant la fin du gueuleton.

La tante Barbara sa mère c'était pas autant que le grand Awouè mais tout de même elle lui trouvait une fêlure à la cloche, qu'on s'en trouvait tous presque coupables de la subir la grand-mère, mais elle c'était d'une optique purement médicale qu'elle découlait sa culpabilité à la tante. Lorsqu'elle a commencé ses études de médecine tout de suite a déboulé la question dare-dare ; médecin de famille ou pas ? Pas, qu'elle a répondu affirmative la tante.

Ça, c'est jamais passé, ça.

À table je crois c'était pire, ça louvoyait pour pas peser, ça détourne et sillonne le repas d'histoires en contraintes anesthésiées. On s'emporte plus, on raconte. Moi que j'y gagne, je me poile.

Tout juste assise elle se bidonne la tante Barbara, se rit du dedans, elle enquille le repas ainsi, pour pas voir sans doute ce qui la remue des années de ça, elle se marre et ding-dong droite et gauche, pour elle, car elle ne voit rien de l'assiette et de nous, son regard est celui des hommes revenus du front qui fixent, arrêtés en pleine phrase, un invisible point droit devant eux en revoyant les scènes de massacre. Elle se ricane la tante et on comprend alors rien aussi nous avec nos yeux de hiboux desséchés. Mais j'aime bien pourtant moi.

« L'autre jour… – elle attaque – ils avaient fait grimper une infirmière sur un d'ces grands tabourets d'hôpital pour qu'elle règle la grosse lampe au-d'ssus d'la table d'opération…, faut ça, une grosse lampe, qu'on voie quand même un minimum c'qu'on coupe… remarque y'a des fois c'est vrai on y va un peu au pif faut avouer… mais c'est pas bien grave, on s'sert pas d'tout c'qu'on a d'dans…

– Quoi ?… hein ! ?… – la grand-mère ça l'offusque – c'est pas vrai ! ?…

– Bien sûr… y'a plein d'choses en double là-d'dans, si fallait faire attention à tout… on s'en sortirait pas, et puis elles dur'raient un d'mi-siècle les années d'études si fallait vraiment savoir à quoi sert chaque tuyau… hein, j'ai pas raison p'tit bonhomme ?… alors dès qu'on sait pas c'que c'est, zop ! on coupe ! allez couick !…

– Oh !… c'est pas Dieu possible ! ?…

– Si !... poubelle !...

– Hein ! ?... à la poub ! ?... oh non allons voyons !... des bouts de... ! ? et moi qui croyais qu'les docteurs... c'est pas vrai ? !... »

Un instant elle est retombée dans la triste immobilité muette des choses la tante Barbara, elle ressemble à un petit lac qui se vide dans une clarté mourante, avec tout en elle qui se débine par ses rigoles et ses sillons personnels. Elle contemple sa mère qui, dans d'estomaquées grimaces, soufflée de l'énormité des propos de sa fille s'en remet toujours pas, et dans son fin sourire à la tante affleure fugace une ombre de dépit. Qu'il s'est même imprimé une grimace à cette époque sur son visage, un rictus de dégoût qui n'a plus jamais disparu, ne s'est jamais plus dilué dans sa face.

« Enfin bref... tous nous là qu'on était à lui donner des indications à la p'tite infirmière, à droite qu'on lui disait, plus haut, non reviens, stop ! à gauche, plus bas... et la fille s'évertuait tout à fait sérieuse à bien obéir... qu'elle en suait les bras levés..., en fait ils regardaient ses fesses... c'est tout, que ça, ses fesses..., et l'autre là, perchée sur son tabouret s'appliquant fort méticuleusement à orienter la lampe... »

Maintenant c'est elle qui nous fait la chouette éberluée la bouche comme un puits, boum ! d'un coup, elle dit plus rien juste elle s'éberlue, pis s'exclame :

« Mais pourquoi t'as mis ça sur la table ! ?... t'es pas bien Nénette ! ?... tu sais c'que c'est ça ?... »

La grand-mère ça lui inspire pas des splendeurs, il n'y a jamais grand-chose d'original sur notre table à nous, c'est pas caché, elle en contemple sa collection de papiers gras du coup, ses fromages aussi dégoulinant, elle voit pas.

« Mais ça, là, Nénette !... là, ça ! qu'est-c'ça fout là ! ?...

– Mais quoi ? !... – elle demande paniquée la grand-mère – tes fruits au sirop ?... c'est pas pour manger au dessert ? !... »

La tante Barbara elle s'est mise alors à se refiler des grandes claques sur les cuisses en se raccrochant à la table, on y voyait plus qu'une main agrippée, son dos secoué. Moi aussi du coup je godillais furieux sur ma chaise, sans rien savoir pourquoi j'y allais du gosier car faut pas m'en donner dans la poilante moi, je prends alors tant que je peux. La comprenette c'est après, si y'a et c'est pas forcé pour la rigolade. Et bien que tout entier consacré à me tordboyauter je regardais les saccades de ce dos qui me narraient des hontes et des haines insoupçonnées, de lointaines désolations d'âme et des révulsions journalières. On aurait comme dit qu'elle martelait la tante Barbara le sol de sa nausée, qu'ainsi elle annulait à coups de marrade ses parents.

La grand-mère aussitôt elle en ouvre le petit bocal pour renifler, mais il lui apprend rien du tout son flair, juste elle dit :

« C'est sûr que pour quatre, ça fait pas beaucoup… »

Qu'elle en redouble la tante, s'emprunte même des rires sur le futur pour les griller de suite.

« Heulla ! mais faut pas rigoler comme ça, hein ! ?… – elle dit la grand-mère – faut arrêter !… – puis, se tournant vers son mari – eh ben sens donc toi, regarde au lieu d'rien dire, là !… »

Il prend alors le petit bocal le grand-père, le soulève même entre le pouce et l'index, lentement jusqu'à son œil qu'il cligne pour te me le bien étudier, pas longuement, juste le temps pour ce liquide jaunâtre de nous éclore sur la table une sombre étoile mordorée, profonde, et puis :

« C'est des doigts… » – il lâche, un rien troublé.

Que j'en redinguais d'un mur à l'autre tant je bouffonnais ma poilade moi, je me tenais plus et la tante pareil, de dessous la table jaillissait par secousses son rire comme une sirène entrecoupée de râles respiratoires.

« Ah ben ! ?… ben c'est du propre alors !… et moi qu'ai failli en goûter un c't'après-midi ! ?… c'est écœurant !… »

Elle s'indigne la grand-mère et lui il s'étonne, du poids, pas autre, que c'est bien lourd quand même pour quatre ou cinq doigts guère plus.

« Mais c'est lourd… – lui assure la tante Barbara se redressant – nous sommes lourds… »

Elle sourit alors encore un peu, en coin, tout en laissant traîner discrète ses grands yeux bleus sur sa mère incapable d'extraire son regard du petit bocal, elle ricane la tante, à demi, encore légèrement mais on vise bien qu'elle a tourné son ambiance interne, que son humeur vire au cabestan, la latitude de son âme alors empreinte de noyade, et que ça lui révèle dans les yeux une rigidité clinique de praticien incompatible avec le sourire du dessous.

« L'autre jour on a coupé la jambe à un type… eh ben, incroyable comme c'est lourd une jambe !… on s'rend pas compte…, ton bras tu sais pas combien y pèse ?… tu penses que c'est léger, ta jambe aussi…, on s'rend pas compte… puisqu'on les porte…, eh ben c'est drôlement lourd un membre, vous savez ?… nous pesons… »

Radical comme le ton a changé pour la tante, sa respiration même, plus qu'un souffle perdu dans ses visions, ses pensées.

« Et si c'était l'pire encore…, souvent on peut rien couper du tout et c'est bien l'plus douloureux…, la bouteille, hein, par exemple, le tutute… c'est cinq jours de sevrage pour le corps faut l'savoir… après c'est la tête… que cinq jours, tout l'reste faut l'tenir avec sa trogne, tenir avec…, plus rien boire du tout sans l'excuse du corps qui réclame, c'est pas vrai, cinq jours seulement il réclame le corps…, après faut résister avec sa tête… »

Elle en reste pensive et sérieuse la tante Barbara, en relève plus les yeux de la table, le petit bocal posé dessus qui fait plus rigoler personne.

« L'est un ancien mataf, toujours à moitié cuit, toujours aux trois quarts paf comme dit la chanson, connaissez ? nan… bon, eh ben comme les avions lui, se fait ravitailler en vol, passe son temps encore saoul à chercher d'quoi recharger la bulle, que ça y fait !…, et sa femme en pleurs qui m'raconte leur vie assise depuis des heures dans l'couloir…, qu'elle a crevé avec la voiture l'été dernier, à la place de la roue d'secours elle a trouvé des bouteilles… hein, vous m'direz… la vie avec un alcoolique, c'est pas mal aussi, nan… »

Elle sombre, c'est fait, la force du quotidien encore nous la plie, elle qui ne boit qu'avec parcimonie pourtant l'envapé la touche, lui scintille dans le plasma des idées de communes solitudes.

« Le méchant se tient à l'écart des gens…, l'alcoolique des bouteilles… »

Et puis la tante Barbara ce qui lui manquait c'était un bonhomme, elle le disait pas mais subissait, un régulier, et puis des gniards, ça elle le savait, pour tout bien faire comme ils disaient tous dans le poste et sur les murs de la ville, comme sa mère avait réalisé sans le vouloir du tout mais en le ratant. Une famille en somme elle attendait Barbara, comme son frangin y manquait, s'y refusant même, elle aurait alors voulu lui montrer, lui expliquer la vie et les liens qui unissent au grand Awouè, lui dire que voilà c'est comme ça qu'on s'y prend pour se le fabriquer son bonheur. Mais avec son rien qui pointait le poids du vide l'alourdissait, comme si tous ces membres tranchés lui pesaient dessus le dos, lui occupaient le paletot laissant la place à plus rien. Comme une écharpe que ça lui faisait tous ces reliefs d'humains.

Ainsi alors lasse exténuée elle a continué à raconter. Toujours les débuts de ses histoires à la tante Barbara je les aimais bien, j'embarquais joyeusement pour la prise en charge, mais plus elle s'enfonçait dans le récit et plus elles devenaient intolérables ses histoires à la tante. C'est ça le problème, toujours je crois de moi elle cause et ça va plus alors. Toujours dans ses histoires en queue-d'aronde avec tous ces pleurants affligés tentant de raccorder leur nature à la rumeur du monde, entravés dans un désert urbain, je m'y voyais moi embrumé de ronces y colportant d'un jour sur l'autre mes troubles intestinaux, mes deuils secs, sans raison et ma drôle de disposition d'âme.

« Les neuroleptiques c'est en 1952 qu'on les a inventés !... ou découverts, je sais pas comment on dit... en 57 les antidépresseurs..., vous croyez vraiment qu'ça aide tout c'bazar ?... ça anesthésie l'bonhomme le temps qu'y faut, parfois une vie... mais ça règle guère le problème, ça t'fait poireauter au chaud dans la chambre pendant qu'on r'fait les peintures d'la salle à manger..., juste j'ai déjà dit ça permet d'empêcher qu'le pays explose, c'est tout... »

Elle recommence avec son tic la tante Barbara, se passe les lèvres sur les dents, on croit qu'elle sourit mais elle pense.

« C'est terminé vous savez le temps d'hier... hein, les fermes dans les campagnes où l'on se suffisait, où l'on ach'tait que le fer et le sel comme on dit, où l'on mourait dans le lit près d'la ch'minée… fini tout ça, aujourd'hui on s'traîne, tout l'monde va diminuer lentement à l'hôpital…, et c'est trop long d's'affaisser d'la sorte, ils en ont marre, et ils le disent les vieux, j'les vois tous les jours, ils en ont marre, tous… ça les emmerde de durer comme ça sans même pouvoir plus rien faire qu'attendre…, mais si ! certains répètent en pleurant : que c'est long ! mais que c'est long !…, j'invente rien vous savez… d'autant plus qu'elle est pas naturelle cette prolongation… devraient tous être morts depuis longtemps… cette surexistence ils la doivent aux médicaments… uniqu'ment… pas l'envie ni l'espoir qui les tiennent… les médocs, pour le cœur, le foie, le sang, la tension, les reins… tout un échafaudage médicamenteux… »

Elle les regarde ses parents, se demandant de quelle manière ils vont s'en sortir, eux, de la vie, comment ils vont se dépêtrer avec leur entrée en mort.

« On est pas fait pour durer autant, dans ces conditions… d'autant plus qu'y'a des gens qui en ont marre d'puis l'début, alors…, on sait comment la prolonger la vie, ah, la belle affaire !… pour l'endurer tout du long ils ont rien trouvé encore… »

Ça m'a comme qui dirait fait du bien qu'elle dise ça la tante Barbara parce que je pensais idem moi, sauf que je l'avais pas trouvée la formule. C'est que j'étais pas clair en moi.

Comme elle était restée dormir je pouvais l'entendre respirer dans le vieux canapé-lit de la salle à manger, juste derrière le mur, et moi bien raide dans mon pageot, dans la pénombre méditant, je guettais l'écureuil. Il allait bien venir je me disais, maintenant qu'on était copains. Je poireautais donc dans mes réflexions et je ne sais pas si elle faisait bien la tante Barbara de parler ainsi devant moi petit gniard. À l'écouter les choses et les gens possédaient tous un plein baquet d'excuses et de raisons pour se pourrir de l'âme et des boulons, la vie dans sa bouche ressemblant fort à un préjudice avec tout de bien positionné tout le long de l'exode pour n'être que du raté, avec ainsi l'obligation pour nous de durer.

Pour moi autant dire n'en ressortait que du confus de ses navrances à la tante, simplement quand même je remarquais que je n'avais alors jamais rien gagné à être moi, comme beaucoup d'autres, à avancer tout en construisant mes doutes avec toujours cette révolte née de ma fièvre. À la remonte je me voulais moi, mais je n'étais alors déjà plus qu'une eau débordée luttant effarée contre les pentes des ravines.

Mais quand même, va-t-on nous les montrer nos erreurs une fois l'envolée close ? Le pourquoi des efforts vains, ce travail de l'animal attelé pour se hisser la théière farcie de formules inexploitées au-dessus du flot d'inexistences. Est-ce que l'on va nous expliquer chez le petit Jésus et son pater réellement où on a déconné ? J'ai l'impression que je vais remonter dépité moi et sans avoir rien compris à rien.

Et puis vraiment alors tout le mal que l'on se donne pour se maintenir une âme à flot, parmi les autres, une sorte d'âme présentable avec ces matins grêles où l'on a guère envie d'être soi, encore soi, tout seul en soi encore et puis toujours alors continuer à vivre puisqu'il le faut bien, mais comme une bête alors, exténuée de tout, derrière la baie vitrée devinant assourdie la chanson impitoyable du monde.

Je l'entendais bien maintenant le petit écureuil, ce vieux copain des temps d'avant, il avait guère traînassé pour se remettre au boulot le petit animal, lui limer les dents à la tante Barbara assis sur son épaule elle bouche serrée. C'était peut-être bien là, dans ces nuits de râpe, ce rabotage journalier de tout ce qui la meurtrissait qu'elle puisait un peu de quoi continuer la lutte, cette petite résistance de sourdine qui nous la présentait voûtée tordue sous le quotidien mais la laissait au-dedans bien droite, un rien quand même amochée mais toute raide de refus. C'est vrai qu'il pleuvait sur sa vie à la tante Barbara, sur ses rivages d'organdi, son cœur d'hirondelle, alors ses nuits ressemblaient aux chantiers secrets où le monument semble mystérieusement ne jamais pâtir des intempéries de l'âme et résister à l'industrie du temps.

Je l'écoutais ouvrager sa besogne le rouquin et déjà je le trouvais différent, déjà il m'apparaissait plus le même depuis que je l'avais démasqué. Il en va de tout pareil, on descend le fleuve et les contours se perdent et se diluent dans le passé. Écoutant la tante Barbara grincer je regardais les photos de ma tête dont certaines déjà avaient disparu de ma vie.

On nous retire les choses et les gens petit à petit.

Aujourd'hui il n'y a plus rien. C'est du macache la vie, faut pas croire en elle.

Où qu'y sont les robinets des cours où se causaient les femmes ? Où qu'elles sont les vieilles pissotières à l'air libre d'avant, les colonnes Morris et les nuées de pigeons recouvrant les fontaines Wallace d'un bourdonnement furieux ? Où c'est tout ça ? Où qu'y sont les chanteurs des rues poussant leurs goualantes sous nos fenêtres ? Où qu'il est le laisser-aller des arrière-cours, ce coin réservé au désordre ? Hein ? Où qu'à sont toutes ces choses ?

Faudrait enterrer alors toute cette vivace épopée pour plus parler surtout, rien dire, juste un peu de terre par-dessus tout ça et puis surtout qu'on s'éternise pas.

Un autre qui me remonte de souvenir comme ça vers cette période, un qui s'affiche au-dedans tel un rai de lumière sur une photo. Et de l'exact c'est même et du formel, que je me trompe pas, j'ai plus qu'à regarder pour ensuite déverser alors rigoureux ma petite comptine. Voyez un peu ça que je suis mimi hein, comme je vous câline, que je m'en vais fourrager mes tréfonds rien que pour vous raconter aimable mes précieuses fariboles et rencontres. Et on en croise des bipèdes dans une vie faut pas croire, on s'en insuffle dans les bronches du bonshommes et donzelles, que ça nous grouille autour réclamant le mélange, l'étreinte du melon forcée baveuse de ces vampires de l'âme. Souvent même d'ailleurs on les reconnaît du bout du chemin, on les a déjà vus, identifiés, c'est rien que de la redite tout ce bastringue qui tintinnabule à notre rencontre, qui cliquette avec dans l'idée de nous mettre déjà. Alors, à nous l'esquive. C'est que l'univers il en produit tant et plus que forcément il se répète, les fruits pendus aux branches se ressemblent bien un peu, et pourtant des comme ce zig j'en avais pas rencontré encore sur mes petits rails. Cette tristesse-là je la reconnaissais pas. Tout d'un coup dans ma fiole elle s'élargissait ma vie avec lui, s'ouvrait comme une lourde insoupçonnée sur des myriades hallucinatoires, et des strates encore et encore qui m'apparaissaient dans ses boursouflures au mignon.

Épais si peu il n'était pas bien grand le prototype et pesait pas lourd, ainsi donc prenait-il plus de place dans la cour de l'école avec ses foulards et froufrous que sa menue charpente, lui qui ne créchait pas loin mais n'était pas d'ici pour autant. Et il nous causait côôômme çâââ, et puis alors sa môôôman, son pôôôpââ, tout un merdier biscornu dans les conventions prenant chez lui des scintillements de supernova. Il nous hélait de son coin, « holà, holà » qu'il nous faisait sur les pointes la main au ciel à tourner comme une crécelle, il nous mandait en quelque sorte. Nous on s'y rendait groupé, seul fallait pas, et altier il nous déversait alors tout son folklore. Ça nous épatait pas mais on l'écoutait surtout pour le regarder. Lingé impec il entrait en cérémonie le menton levé, ses petits bracelets d'or glissant sur ses bras maigres, ses façons fines, ses foulards voletant tout autour de lui comme de petites libellules silencieuses, et puis cette grosse montre en argent qu'il consultait sans cesse en poussant des « hou-ou, hou-ou » les lèvres pincées comme un prétexte à ses tics de poignet.

« Il est côôômme môôôââ mon pôôôpââ !... » – qu'il nous susurrait avec des mines.

Faut avouer qu'on en avait vraiment alors là jamais vu des comme lui déjà dans le quartier, alors savoir qu'ils étaient deux rien que dans la même famille ça nous poussait vers l'extase.

« Ah bon ? – qu'on lui disait – et alors ?... c'est-à-dire ?...
– Mâééé... vôôôaâyons..., côôômme môôôââ enfin quôôôââ !...
– Et ta môôôman elle aussi elle est côôômme tôôôââ ?...
– Oh non !... man-man est une vrââè fââmme, elle !... »

Véritablement on a jamais bien compris et puis toujours lui il nous congédiait alors d'un geste sec, nous boutait de son royaume, nous répudiait de la main pour ensuite se diriger lascif vers les latrines. Tranchant ainsi sur les minutes précédentes il nous revenait chaque fois lassé rompu, traînant son regard vide et triste et sans fard. Il les exécutait machinalement ses turlutaines de poignet maintenant, tout ça devenu mécanique, puis se tâtant la braguette il retournait à son coinsteau vaincu, du pas usé des vieillards. Il me semblait alors si triste et minoritaire que je ne faisais rien de rien pour l'approcher, ni lui causer même. Notre tête tous les jours déjà qu'on la lui tend au bourreau, j'y tenais moi quand même un peu à ma calebasse malgré qu'elle passait son temps rien qu'à me dézinguer le certingue. Le besoin n'est pas l'envie. Lui me lorgnait méthodique par contre, ça il m'avait bien déjà remarqué le mignard moi dans la cour à vaseliner dans mon chaparral, ma fabrique de nuages et mes désastreuses accointances. On a beau vouloir s'y faire aux hommes, savoir même où elle perche leur folie on y reviendra quand même toujours, mais faut reconnaître ils sont pas fiables, coupables même, et sans crimes dans les lignes, les cartes, coupables avant d'agir. Lui n'était pas de ma classe avec ses longs cheveux, son visage maigre encadré d'anglaises, et puis des mignardises dans ses poignets cassés, des liserés bleutés. Dans la cour juste je le voyais rasant les murs ou appuyé dans un angle c'est tout et je savais bien qu'il me visait, de loin, m'entreprenait même tout en délicatesse mais voilà, je lui soupçonnais des friselis dans le tuyau lorsqu'il me causait. Ah c'est qu'il m'en faisait de ces magnes le précieux avec ses froufrous et ses poignets, ses hou-hou, des humanités même il tentait de me cingler dans l'écorce, mais n'étant pas d'un naturel passionné il me faisait pas plus d'effet que ça l'humanoïde, plutôt affranchi moi, petit besogneux de l'ombre. Lui de son coin guettait sa proie toujours qu'il était à vouloir nous tâter la tige. Faut pas croire que la lopaille à force de déconvenues et de valses éconduites se résigne à la diète et se tasse dans les pulsions, cent fois sur le billot ton chibre tu remettras, et la choute s'endauffait tout ce qui lui coulait à portée, palpant le lot dans des précipitations aveugles, le souffle lourd et le bouche-à-bouche. La prise alors ça ratait pas se débattait chaque fois en hurlant, gesticulait tel un prochain noyé puis se dégageait en frissonnant. Mais jamais dans ses coups de sang l'enviandé il s'en prenait aux petits gniards de sa classe, le renard chasse toujours loin de son terrier. Puis il restait là, seulabre, gonflé du tronc avec au fond des yeux une sorte d'exaspération mêlée de désespoir que donnent les grandes frustrations.

Un jour pourtant j'ai bien voulu qu'il me cause, m'entretienne de ses lubies monstres, alors sa maison de campagne et ses cousines en flanelle et dentelle là-bas pour des dînettes sur le pré, au soleil, à Paris ses canapés aussi, son piano devant la baie vitrée embrassant tout le canal Saint-Martin et puis la farandole des amis de ses parents avec des voyages en aéroplane et des croisières qui lui transperçaient l'ossature. Toutes ces choses à nous inconnues. Je te me l'aurais bien encore acculée ma loute vers l'irrévélé, le profond mais ses yeux d'un coup m'ont fouillé pour me certifier, impérieux :

« Tou âèè donc tââout sâeuul tôôôââ idââm !… » qu'il m'affirme mon Jésus.

J'ai bien cru d'un coup qu'il allait s'y coller lui aussi, me déballer là tout à trac ce qui faisait ma vie alentour avec le Deupièce, le timbré clébard pisseux et mon cosy lustré. Mais il s'est mis torve à parler plus rauque, de son chat, aussi ses doigts bougeaient alors comme s'il l'avait, là, entre les mains, et il s'échauffait le folâtre, ses hou-ou hou-ou devenaient plus fréquents dans sa bouche tordue et son regard gérait mal les tortillons de ses membres parcourus d'impatiences.

Si longtemps que je te me l'avais observé dans son coin je connaissais toutes ses façons de poignet et ses jeux de bracelets, mais jamais encore j'avais découvert à quoi il me faisait penser le je-sais-pas-quoi que je retrouvais toujours dans ses yeux.

Mais voilà qu'il me pousse et s'enfuit mon badin alors que je pensais à lui tout en lui causant.

Je l'ai regardé moi lui qui s'éloignait en des dandinements d'automate survolté.

C'est qu'il m'interloquait mon plaisant, je me le repassais dans la fiole à plus va mais toujours il me glissait, juste ça m'apparaissait net que son rien pareil aux autres lui tatouait dans le cortex une solitude de plus, une bien à lui particulière, une peut-être aussi comme j'avais moi, celle des vieux singes en cage depuis trop longtemps avec leur regard pas bien différent de nous. On allait s'entendre, lui dans l'existence jusqu'au cou et moi tâtant la vie sceptique du bout d'un bâton, comme une charogne. On allait se fondre nous les roulants, nous les soutiers, nous les poux de l'univers bons qu'à valeter, nous les bordurés des délices. On se serait pas cuisiné, chez les riens du tout on ne pose pas de questions. Ah ! j'en aurais bouffé de l'asphalte si j'avais pu, et pédibus encore même pour m'y rendre à son palais, l'entrevoir sa campagne, je l'aurais chassée à coups de fouet mon âme devant moi, qu'elle aille, que l'avenir la prenne et qu'elle me raconte, me l'indique la route de sa merveille. Alors mouche au plafond je serais resté à contempler les bibelots, la famille pharaonique, ses flacons précieux et les particules de poussière qui dans les rayons du soleil devenaient chez lui paillettes d'or.

Mais trois minutes de là et je tombe dessus paraz, que j'y pensais pour ainsi dire plus du tout à mon gommeux et puis paf dites donc ! m'allant lisbroquer je te me le découvre à quatre pattes sur le carrelage des latrines, nu le cul le bénouze aux talons.

M'en voyez marri de l'apparition.

J'ai du coup pas clos le geste de la pousser intégrale la lourde, dans l'entrebâillement je le voyais là-bas qui pleurait dans un puits de jour coulant du toit, sous le hublot du fond avec sa plainte pareille à celle d'un petit chien la papatte au piège. Comme il fallait pas que je bouge d'un carat je respirais plus, je l'observais mon dandy sur trois pattes se tripotant d'une main le biniou qu'il avait bien roide pour ensuite très vite sucer son pouce en reniflant fort en des larmes exaspérées. Vache se trayant il usinait sans relâche de la même main, son pouce, sa trompe, nourrissant régulier le geste, son pouce et puis encore la bébête avec force vitesse d'échange, comme pour se manger les odeurs intimes au cœur de petits cris et de soupirs excédés. Il arrivait décidément pas à ce quoi il tentait mon joli.

Dans les années 1970 on voyait pas des joufflus partout comme ça, on se regardait le sien dans la glace pas convaincu que les copains aient le même, fabriqués pas tous pareils les culs on croyait, un mystère, les fifres encore pire. On ignorait tout mais on se causait. Personne de nous savait dans les affaires de goujon et popotin. On attendait, se disant qu'avec l'âge, peut-être un jour, au milieu des tracas et des transpirations on allait sans doute bien en rencontrer un de proze. Ça venait pas. Nullement qu'elle nous tiraillait la chose c'est vrai, mais quand même un peu ça nous travaillait dans les recoins. Fallait de la patience et quelques occupations pour subir l'attente.

Et puis j'ai bien dû me laisser entrer un peu d'air, ça en a fait grincer la lourde, qu'il s'en redresse offusqué mon galant, sur les genoux toujours mais sans ranger pour autant l'attirail, le zibar toujours en béquille.

Je montrais certes pas mes annales moi mais itou je beuglais dans mes cryptes secrètes comme un mulet qui renâcle au cosmos. On aurait dû s'entendre, montrer son pouf ça crée des liens, il était de ma horde, on pouvait devenir copains.

Et puis ben non, à genoux le fouettard toujours aux vents il s'est mis à m'insulter, rouge des joues au tagada, on savait plus qui était qui, comme un serpent au repos dont on cherche la tête, imaginez, écarlates le dargeot et la bouille, à s'y perdre.

« T'arrêtes hein !... t'arrêtes !... quoi qu't'as pour me r'garder comme çôâ, là ! ?... – il m'éructe le muscadin – t'arrêtes hein !... tu crois qu'c'est facile ? !... hein ? !... t'es heureux tôâ ?... hein, t'es heureux ?...

– Ben nan... pour quoi faire ?... »

Alors j'eus droit à toutes les ordures de sa connaissance, toutes les insultes et grossièretés de la langue, il m'a tout déblatéré dans une explosion, toutes ses boues et saletés d'âme étaient là bien frétillantes pour ma goule, comme on délire en maladie.

Quand ça taraude le besoin d'extraire de vous, les mots, y'a pas mieux, c'est le plus facile après les coups les insultes. Il y en avait même dans sa bouche que vraiment je connaissais pas. Ça me touchait alors moins. Mais j'avais mon blinde subito, lorsqu'il s'agit de se faire miser l'humour alors d'un coup on le perd.

– Chacun mon goût la merde à l'tien !... » – que je lui balance, vachard.

Là, je crois qu'il a voulu se relever pour venir vers moi, mais je sais pas si c'était pour m'agonir de ses petits poings ou me fourguer une langue. Jamais on saura, et je lui ai pas demandé. Gêné du bénard ripa-t-il ? J'ai cru voir, mais pas dans la certitude, il tenta bien alors de se raccrocher au lavabo mais balpeau, chassant des genoux te me le voilà bien à plat étalé comme poulpe en flaque d'urine. Ça devait pas être dans ses habitudes de se vautrer dans ça puisqu'il s'en égosillait de rage :

« Je... je t'âême pôâ tôâ !... t'es... t'es... t'as rien du tout tôâ !... tu m'fais pôâ peur !... je... je t'aurai !... tu... tu crois qu'j'ai d'mandé ça ! ?... c'est... c'est... »

Mais comme peut-être des mots noirs il en avait plus il se redresse alors, en larmes toujours, et dans une prise d'haleine, le grimpant d'une main remonté pour me fondre dessus, il m'hurle :

– Je suis plus méchant que tôôôâ !...

– Possible… – je lui réponds – mais moi je suis plus fou que toi !… »

Et juste j'ai fait comme ça de la main rien qu'un geste pour lui bloquer le buffet. Il s'est alors mis, comme dansent les cosaques, à patiner en arrière bras en croix, que son flottard doucement est descendu lui entraver les nougats. Moi, ému, je me le regardais s'éloigner mon mirliflor, avec extrême lenteur, et enfin glisser pour de bon pis réintégrer sa mare.

Quand on s'y colle avec les humains on les dépasse forcément bien vite tous leurs malins simulacres pour leur dégoter quand même, n'est-ce pas, un petit reliquat d'âme, une mini-excuse à leur saloperie. Aux dieux éclairés je fleurirais une manne de poèmes pour tous les engloutis de l'univers. Même si j'avais possédé quelque chose je sais bien que je l'aurais donné pour que cesse sa morfle au gniard, je l'aurais jeté vers le ciel dans l'idée qu'il ne retombe plus le quoi j'avais, qu'une pluie inversée la porte mon offrande au petit Jésus. Et que des larmes et des cris il n'y en ait plus dans ce tronc.

Pourtant je l'ai pas aidé, tel quel je l'ai laissé, convaincu d'une sourde assurance qu'il était là bien à sa place, impec, et l'inconscient sait tout. Mais saura-t-on jamais dire avec exactitude l'influx qu'elles nous apportent les rencontres ? Vers quelles démences elles nous poussent ? C'est qu'on lui connaît pas de prédateur à la folie, et nous virons lentement à l'half-track, tous. Après, la vie, on l'aborde comme dans un véhicule blindé, semi-chenillé pour les faillites de l'âme.

Mais d'un coup je le voyais plus mon pépère, et puis j'étais plus là, je contemplais éberlué des arbres blancs, pétrifiés les branches en croix autour d'un lac gelé, avec, au loin, au-dessus, dans les brumes grises se perdant, l'angélus.

Aspiré dans une secousse je me suis retrouvé aux latrines, stomaqué d'avoir encore l'animal sous le blaire, dans son jus, se dépêtrant mal des foulards imbibés, du falzar, du liquide, perdu dans ses aspirations folles de vie au-dessus des autres mais incapable de s'extirper du bouillon. Autour de lui, un peu partout sur les murs jaunis, des virgules marron-noir lui faisaient comme une sombre auréole de hiéroglyphes. Je l'ai laissé comme ça, trépignant, en pleurs, à quatre pattes sur le carrelage, ses foulards traînant dans la pisse et le cul à l'air, hurlant à la lune sous un rayon de jour pâle. Et puis là quand même, le voyant s'agripper à ce qu'il pouvait pour s'extraire de l'urine avant de partir je l'ai conseillé :

« T'accroche pas aux murs… t'en as fait des virgules toi aussi, tu sais en quoi elles sont… tu vas tout dégueulasser tes affaires… »

Que voulez-vous je suis un sensible, un prince, une vraie 'tite man-man moi, j'ai la fibre, une nounou.

Comme la cloche venait de sonner ça nous octroyait une poignée de secondes avant la prochaine où faudrait s'ébranler, je suis resté un peu comme ça du coup à le regarder se désengluer. À la troisième cloche tous on était bien alignés attendant que l'on nous aboie de prendre nos distances. Ah ! On les aura prises nos distances ! On les connaîtra les dimensions de nos bras, huit décades de ça qu'on les aura encore bien incrustées dans le profond du trognon nos distances je peux dire !

Soyez donc un peu sensible aux malheurs des autres, écoutez-les, passez-y du temps sur leurs gnangnans, attendrissez-vous un brin vous êtes foutus ! Ils vous tiennent pour terrain conquis, immédiatement, ne s'essuyant même plus l'âme pour vous entrer dans le clocher, tout juste encore s'ils vous entrevoient au travers de leur tempête. Rien on doit leur permettre aux gens, comme les enfants, les bêtes, les tenir bien fermement, bien cadrer les rapports humains pour les aimer dans la fermeté. Mais emmerder personne suffit certes pas, faut aussi qu'ils puissent vous faire chier un minimum les gens, c'est à savoir, sinon ils sont pas contents. Et puis surtout on doit la boucler, mais ça encore ça suffit pas de se taire, faut en plus pas qu'ils sentent qu'on a quelque chose à leur dire, surtout pas qu'ils flairent qu'on les juge. Si j'ouvrais la bouche, je suis bien certain que je reverrais plus jamais personne moi.

Dans la cour il gouttait encore deux trois rangs de là, dégoulinant avec tristesse et lenteur, le flottant plein de grosses taches noires, pleurant il me semblait de partout.

Je me souviens plus qui m'avait raconté ça, le grand-père je crois, la tante Barbara je sais plus, l'histoire de chercheurs greffant à un crabe la pince d'une femelle, et le mâle s'acharnait alors à creuser pour déposer des œufs imaginaires. Mais nous, on aurait pu lui greffer quoi pour qu'il les arrête ses hou-hou ? L'idée n'était point sotte pourtant, mais j'ai renoncé à l'entreprendre, ses parents voyez-vous ils s'y étaient mis à deux pour en faire un dément de mon coquet, moi j'étais tout seul pour lui désactiver la charge, c'était pas égal. J'ai pas relevé le défi, on se causait du coup plus du tout. Il me voyait même plus l'entrouducuté, faisait déjà moins le savantasse, il regardait au loin, comme par-dessus les toits de zinc des immeubles nous entourant, il regardait mais voyait rien, ça se pouvait pas, le ciel s'étalait silencieux bien plus éloigné de nous que c'était possible de voir, je le sais, j'ai bien tenté moult fois de percer. D'ici, on avait droit à rien, même avec les yeux.

Au fil de l'année elles se sont déroulées cahin-caha les sorties dans la cour, dans l'ignorance précise de l'autre même. De loin parfois je le surprenais à me lorgner, mais il me roucoulait plus du jabot, il venait lui en tout cas plus me tripoter du tout la braguette, me sonder le valseur, il savait, j'avais attendu un peu mais je lui accordais maintenant de quoi plus me vouloir. C'est à la fin du bal qu'on paie les musiciens.

L'année d'après je l'ai pas retrouvé, je l'ai d'ailleurs plus jamais revu, il a dû se diluer dans tout le malheur du monde avec ses bracelets et ses hou-hou, disparaître dans les bizarres solitudes de l'humanité. J'ai jamais su son nom, il me manque pas notez, me joue pas du rodéo sur l'hippocampe, je fais rien que me rappeler c'est tout. Mais les vieux ennemis aussi sont des témoins de notre temps passé, ce n'est peut-être rien d'autre qu'un tapage de plus dans le tumulte de la vie mais on y tient tout de même à ces dégueulasses preuves de notre existence. Un visage, c'est vrai, supplémentaire dans la vitrine de la mémoire, une rumination de plus dans l'herbier.

Ce qu'on fait de nous, tout de même !

Il est des matins comme ça on ouvre un œil et c'est déjà torché, à croire que la poisse attendait au pied du lit notre levée de corps pour nous emboîter le pas et plus alors nous lâcher du tout du jour.

En attendant qu'ça sèche, *la si, la sol*…

Le grand-père c'est comme ça qu'il m'a réveillé vers cinq heures du matin, s'égosillant aux latrines juste avant le Solex pour l'usine. Quelque chose de bien avait dû se passer dans la nuit pour qu'il chante déféquant, sinon jamais le grand-père je l'avais entendu pousser la goualante. Le grand Awouè que si, la tante Barbara, eux deux toujours ils chantaient. Lui jamais, et là du pageot je l'entendais hurler tout seul aux gogues :

En attendant qu'ça sèche, il se mit à chanter…

Voilà ce qu'il beuglait le grand-père, l'histoire en somme d'un prisonnier aux cagoinces qui s'apercevait, une fois le bilan posé, que la tôle se trouvait totalement dépourvue de papier.

Il se mi-ta chan-ter !…

Là le grand-père il redouble, à tue-tête :

J'EMMERDE les gendarmes, *la si, la sol*
J'EMMERDE les gendarmes et la maréchaussée
Et-la ma-ré-chaus-sée !…

Il s'y voyait le grand-père, sa situation idem, moi je bougeais nib, m'agrippais aux draps même, pressentant la chute.

> Les gendarmes l'entendirent, *la si, la sol*
> Les gendarmes l'entendirent
> Au gibet le pendirent
> Au gi-bet-le pen-di-rent !…

Elles eurent bien du mérite mes deux tartines à me glisser dans le tuyau avec ce qu'il m'avait laissé dans la trogne le grand-père, ce qu'il nous avait beuglé au petit matin, la fin de l'histoire et ses morales.

> La morale d'cette histoire, *la si, la sol*
> La morale d'cette histoire
> C'est qu'quand vous allez chier
> Munissez-vous d'pa-pier !…

Des gibets, descendant la rue Jean-Pierre-Timbaud pour l'école je me demandais, ils en fabriquent encore ? Depuis le temps qu'elle me le prédisait la grand-mère, ça existe toujours ? Et les piloris, encore on nous y traîne pour y sécher des jours sans fin ?

> La seconde morale, *la si, la sol*
> La seconde morale
> Quand vous êtes emmerdé
> Abstenez-vous d'chanter !…

Toujours dévalant la rue Jean-Pierre-Timbaud je me demandais bien à quoi ça rimait tout ce bazar, à quoi moi je servais, sur Terre l'un entre et l'autre sort, jamais pourtant elle se décourage la nature, sans relâche même après chaque avortement elle recommence son œuvre, elle travaille en aveugle la nature. Moi j'étais présent dans le présent et puis pas plus. Tout ce qui m'était parlé me relevait de l'humanité je voyais, n'était en somme plus louche ni inquiétant. La vie, faut reconnaître, on ne sait pas ce que c'est, ni la mort, on s'en coltine ses peines et ses chagrins, on encaisse comme on peut leurs combinaisons et puis on se marre des fois aussi un peu faut admettre, mais on ne sait rien. Et pourtant, dans le derrière de ma tête, vraiment, je savais tout, déjà.

À dégringoler les trottoirs sans plus pouvoir affaler la toile j'en avais raté l'école dites donc, tellement que je coulais la rue Jean-Pierre-Timbaud avec sur le dos cette solitude de toutes choses que j'en oubliais mes devoirs. Possible que je manque du sens des responsabilités, je sais pas d'où ça me vient. Je m'enfonçais dans ce dégoût de tout sans rien connaître, cette envie de que dalle, juste que ça s'arrête, comme une bête traquée.

Les boueux ils en sont venus à me rattraper dans ma dévalante, j'y vais alors je me suis dit, je le balance mon cartable dans la benne comme un déchet, ma vieille vie. Je le fais ça, hein, allez zou ! le sac broyé pour un saut sur le marchepied qu'ils m'emportent comme un paquet les boueux au bout de la vie, une gare de triage, un train vers l'arrière de l'existence.

Y'a malversation. De la vaillance déjà il m'en restait plus, juste encore un fond de courage rien que pour subir.

J'ai plongé encore des rues plus loin, à la course cette fois, tombant sur le boulevard du Temple sans plus rien voir, moi toujours à la merci de mes vents internes, mon pampero, vivant dans un feu que rien jamais n'éteint. J'ai repiqué à la poulope, en pleine folie maintenant pour débouler sans souffle aucun avenue de la République, le tracsimètre à la soute, face à un rang d'immeubles où toutes issues possibles ne l'étaient plus. Une longue barre de façades me bouchant la vue m'empêchait totalement de fuir encore un peu plus cette angoisse sourcée du réveil. J'ai opté alors vers une pause, là fallait, que je me prenne mon pouls, voir encore si j'en avais un de pouls, que c'était bien lui qui me cognait toujours dans la mature. Et ça faisait du bien de pleurer sur ce banc, de pleurer comme ça, pour pleurer, à cause de tout. Un pet retenu fait un abcès au trou du cul elle dit toujours la grand-mère. Pour les yeux c'est pareil, faut savoir évacuer, se poser. On ne choisit pas ses trêves, les surprendre au vol quand elles déboulent on se doit, comme les éclaircies, les grands ciels limpides. C'est pas avec le pouce que l'on se le tâte le poignet elle me l'avait dit la tante Barbara, deux doigts on prend. Ça cognait dur et pourtant je me sentais pas en vie plus que ça, mais peut-être on l'appelle la vie cette frêle impression, se rendre compte de rien, aller comme on pousse le mulet, vivre, et je vivais pas bézef moi j'avais idée, le minimum.

Sur l'autre banc pas loin ça faisait comme ripaille, la vieille clocharde en haillons somnolait, son sac de graines béant sur les genoux, recouverte de pigeons. Les yeux mi-clos parfois elle piochait dedans pour en jeter une poignée d'un geste court et lent à ses pieds, soupirant lasse déjà de ce jour débutant. Ils ne bougeaient pas les pigeons, que non, indifférents ils lui perchaient sur la tête, les épaules, les genoux, c'était à peine si on la distinguait encore la vieille madame sous les plumes. Et puis autour d'elle toutes ces graines ça donnait au trottoir un petit ton beige clair, comme du sable, une plage. Elle était sur son île la pauvresse. Une île à reconstruire chaque jour. Elle bannait je crois pas mais reniflait. Pourtant l'amour elle l'avait dégoté la vieille, son semblant d'affection, l'intérêt. Aussi je voyais bien les gens autour ils m'aimaient guère moi, la famille ça compte pas. Haddad il suçait dur les bouilles des filles déjà et moi non. Faut avouer que pour me le faire lécher le flacon j'étais aussi loquace qu'un vacherin, j'imitais le bœuf-mode. Et puis je dormais mal, chaque nuit j'y laissais comme un peu de ma peau dans les draps, que j'en sombrais à tant vouloir surnager, même les boules Quies du grand-père elles arrangeaient rien, pire encore, une fois tus les bruits extérieurs je commençais à l'entendre ce type qui me cognait les bas-fonds pour s'extraire. Des coups il me sonnait, des cris venant de mes profondeurs, de sourdes clameurs noyées dans mes boyaux. Inondé de lui j'étais de mes soutes aux combles. Fallait se le falquer le bonhomme, endurer ses crises, sa manière tout à lui de m'embuquer le sternum pour exister. Moi je devais pondre, que je me dégobille l'âme. Même les chansons, les histoires que je racontais au clébard dans l'ombre des coins, derrière les portes ça me suffisait plus. Je me voyais une larve dans le bidon, dans la calebasse même. À pas savoir du tout qui que j'étais.

Elles naissent jaunes à ce qu'on dit les petites coccinelles mignonnes, et sans points ni rien, après faut quelques heures pour qu'elles deviennent qui elles sont. Le tracsif que ça me foutait ! J'ai fermé les yeux, ça valdinguait de toutes parts au-dedans, des tout petits points lumineux qui s'amusaient gaiement à m'irradier tous sens la calbombe.

C'est que notre mal on le supporte et le gère comme on peut, en nous les événements doivent trouver leur place, nos problèmes on les dépasse mais guérit jamais rien, voilà. Pourtant j'ai attendu la fin de mon enfance comme on espère une guérison.

Et puis, à quel âge je vais mourir moi ça me disait dans la bouillotte ? Dans quel état ? Je vieillirai peut-être aussi mal qu'un vieux bout de plastique, on sait pas trop.

L'âme humaine a ses virages qui n'en sont pas, bifurcations prévues longtemps avant dans nos chairs, nos gènes, tout notre parcours faut le savoir déjà gravé sur notre graine.

Lorsqu'on me mettra en bière économisez les clous, je remonterai pas c'est garanti.

La dame aux pigeons c'était la dernière on aurait dit, qu'après ce serait alors bien fini tout ce ramdam, que la rue était déjà vide et comme morte, que la vie ça ressemblerait à ça maintenant, une vieille lubie de femme empigeonnée, que le rien surnagerait les flots de l'existence pour plus nous donner que du vide. J'y étais on peut dire à ce petit néant et je voulais plus jamais les rouvrir mes yeux.

Le ciel au-dessus du banc et partout autour était par endroit si opaque, si noir qu'il nous semblait des fumées sorties d'un coin de l'enfer.

À quel âge je vais mourir ?

La danse folle des phosphènes s'est arrêtée, j'ai relevé la tête, il y avait sur la porte cochère droit devant moi le numéro vingt-huit.

Le plus beau c'est qu'elles se sont d'un coup mises à frétiller les vies autour, la mienne aussi dans la foulée, comme des fins d'époques qui s'annoncent ça faisait, qui s'amoncellent, c'était le réveil, le dégel. On me faisait mariner je croyais, à l'étouffée ils allaient m'avoir.

Et puis non.

Comme je débordais maintenant les contours des meubles accrochés dans la cuisine, et puis largement même, ils ont estimé tous les deux que c'était plus possible, et puis qu'ils avaient bien donné aussi, la musette le grand-père il la déposerait plus par terre devant la porte chaque soir de peur de l'oublier au matin. Elle serait au clou dorénavant puisqu'ils partaient vivre à Kerlabia. La table en formica y'avait déjà lurette qu'on me faisait plus grimper dessus pour le gant, c'est que j'avais poussé de partout moi. Des dents surtout qui se chevauchaient horriblement faute de place sur les mâchoires, et puis je perdais toujours mes cheveux sur le dessus, ma tonsure, que je devenais même sourdingue, à plus y voir non plus, je devenais un gentil petit monstre épuisé. Le Gaston il me l'avait bien dit que j'avais une tête d'ampoule. C'est donc vers cette période que j'ai pris conscience vaillamment de ma hideur.

Mais où alors que j'allais continuer à vivre moi ? Il a bien été question que je sois de la charrette, elle l'a proposé la grand-mère, le grand-père aussi il aurait été bien content, que j'irais à l'école du rikiki village. Ça s'est pas fait. C'est à cause du grand Awoué ça si je suis resté à Paris, il l'a écrit à ma mère : Le laisse pas partir là-bas, si Nénette l'élève ça va être un désastre, faut pas qu'il parte avec elle, elle sait pas élever les enfants, déjà près de dix piges qu'il se la coltine la grand-mère, ça va bien !

Draveil par là même c'était fini, ils allaient vendre et embarquer l'arrière-grand-mère Germaine pour vraiment plus rien laisser comme traces de nous dans la région. On y retournerait plus.

Mais où qu'y sont alors les concours de sauts en longueur et les parties de bouchon ? Où qu'y sont les maraîchers alentour, les jardins ouvriers à perte de vue, hein ? Où c'qu'il est le mâchefer recouvrant toute la terre du jardin ? Où qu'y sont les longs alignements de pavillons Loucheur avec l'infini des façades meulière ?

Où qu'c'est hein tout ça ?

Là, pour aller vivre chez ma mère j'allais rien embarquer, de toute façon c'était presque les vacances j'avais plus besoin de rien. Quand même ça faisait tout qui changeait d'un coup, comme un sursaut de la vie, le dernier hoquet du naufragé juste avant le trou dans l'eau. Mais j'avais si peu d'habitudes que je m'adaptais aux changements sans gros problèmes en fait, ma sécurité elle était en moi, je me la trimballais comme l'escargot. Ils ont d'ailleurs pas été bien lourds mes cartons puisqu'on a rien emporté du tout, ni le pageot ni rien, le cosy lustré, pas même le panier d'osier, on l'a pas bougé. Bien plus tard je l'ai retrouvé le panier, au grenier de Kerlabia juste sous le vasistas au milieu des affaires de navigation du grand Awouè, les mémoires de médecine de la tante et des valises de vêtements. Ça faisait drôle. Le cosy lui je l'ai plus jamais revu nulle part.

Aussi l'avenir dans ses brumes de bayou me faisait pas dégouliner de trouille. Pourtant il s'en murmurait des choses dans les coins, des messes basses derrière le buffet, ça se faisait des magnes, tous, des chuchotis sur mes études, mais ils se donnaient bien de la peine pour que dalle j'estimais, bien des chichis pour dissimuler leurs idées puisque je n'écoutais pas ce qui ne m'intéressait guère.

Travailler, toujours ma mère elle me disait qu'il me fallait. Moi je trouvais que faire, exister tout court me suffisait bien. Jamais j'ai cherché quel métier, dès le début je savais, fixé que j'étais, ce que je voulais faire de ma vie c'était fermer la lourde et plus bouger.

Mais la vie arrimée n'est véritablement possible qu'en milieu aquatique j'avais lu. Alors je lui ai demandé à ma mère un jour qu'elle me tarabustait trop le melon, quelles études faut entreprendre hein pour pas travailler que j'ai dit.

Ma mère je sais pas si vraiment elle avait le pécule pour que j'entreprenne des études assez hautes, que je m'extirpe de la gueusaille, ce sera toujours une énigme. Sûrement que non. Mais de toute façon j'ai jamais rien voulu en ce sens. Le contraire plutôt. La paix de tous et de l'univers en sus je demandais.

Les Portugais sous les combles s'évaporaient lentement, encore une fois elle est venue la femme, blanche de cendre, diluée dans son silence déballer sa petite mort à nous au milieu des cartons.

« On… on fait plus rien, même dans la rue des fois on parle à voix basse sans s'en rendre compte » – qu'elle nous a murmuré.

Je sais pas ce qu'ils sont devenus, on les voyait de moins en moins, puis plus du tout, la femme venait plus se répandre, ils ont disparu sans bouger.

Et puis un soir boum ! Je m'en souviens il faisait nuit sur la petite place devant le 98, tous qu'on était là groupés sous le réverbère, la tante Barbara, le grand-père, la grand-mère, le clébard pisseux et ma mère, tous qu'ils étaient là ricanant avec des yeux qui se parlaient entre eux dans les coins. D'un coup la rue nous l'a propulsé, il est sorti de l'ombre avec ses foulards pour m'engueuler :

« Ben alors Roger !… t'as pas écrit des masses toi dis donc hein ! ?… manques pas d'air, alors que moi j'marnais à l'aut' bout d'la planète toi t'écris pas !… t'es gonflé mon p'tit pote, nan ! ?… »

Alors il m'attrape et je valdingue dans les airs, que je lui plane sous les trous de nez à la statue, il me chatouille en beuglant :

« Hein ? Grosse bête que t'as pas écrit !… tu peux faire la bise quand même non quoi MERde alors nan ! ?… oh fais pas la gueule Bill quoi MERde !… »

Enfin quand j'atterris y'a tout autour qui retombe aussi, plus personne moufte rien, y'a que le clébard encore à nous sauter dessus en balançant de-ci de-là quelques jets de pisse au milieu de ses ouah-ouah. On se regarde et on hésite avec le grand Awouè, la bise ? la poignée de main ? Indécis on sait plus trop. C'est la paluche qu'on se serre dans le doute, ça engage moins. C'est vrai qu'on se connaissait plus, peut-être qu'on s'aime pas ?

C'était bien dit aussi que j'écrivais plus, mais à qui, pourquoi même, et pourtant le regardant, là, gesticuler sur ce trottoir, je m'apercevais qu'en fin de compte je l'avais pas oublié son visage, c'était bien lui, pas de doutes, je l'avais simplement recalé bien loin dans un des tiroirs de ma trogne, comme ces choses dont on ne se sert plus.

Les visages on a beau croire et dire restent en nous gravés, même dans l'oubli. Oh ça change pourtant un visage, on se prend des gueules d'époque, mais la physionomie est toujours là bien planquée sous le travail des décades. On les retrouve quand même au fond d'une grimace les trognons d'âme, un rictus, ça s'en va pas de nos mémoires les visages, ils sommeillent en nous malgré le temps et l'absence, on les retient, juste faut parfois se les réajuster au présent liés qu'ils sont les visages à un pan de notre existence d'hier.

La tante Barbara et son petit cœur d'hirondelle en même temps de ça ils nous ont disparu d'un coup eux aussi. Elle a embarqué tout son matos derrière mon dos que je l'ai crue fâchée, s'est maquée avec un psychiatre qu'il avait rencontré durant son année de voyage le grand Awouè, mais elle ripa si loin qu'on s'est tous demandé. D'abord Rouen, la maison au pied de la tour Jeanne-d'Arc, pis Nice, après pour coller encore plus de kilomètres entre elle et sa mère y'avait l'eau. Elle a pas osé franchir.

Lui il a bidouillé toute la fin du mois de juin le grand Awouè, dormant chez l'un, l'autre. Au début je le voyais pas vraiment plus qu'avant, faut le dire, ça changeait guère.

Il s'est mis à nous mijoter du manouche aussi, nous bricoler là sur le trottoir un mini-bahut pour la migration d'été, que ça l'a même bien occupé le grand Awouè de scier des planches qui se repliaient avec un bout de mousse deux places pour le dodo. Et puis accrocher un jerrycan d'eau, disposer la vaisselle et les meubles à tiroirs. Une vraie petite cahute à roulettes qu'il se construisait, avec des rideaux, un vieux bout de moquette et accrochées aux flancs du fourgon des cartes routières.

Les choses, les gens stagnent pendant des années, qu'on se les imagine immuables, immortels les gens, à se demander si le temps remue encore, et puis tout ça s'évanouit en une seconde. Pour nous, entre les mouvants et les posés c'était vraiment tout un monde qui allait s'évanouir, s'enfoncer dans les mémoires et devenir au mieux plus rien que souvenirs.

Qu'est-ce qui allait nous en rester à nous de toutes ces heures de marrade, ces années de souffrance ? On regarde les êtres s'enfuir, les décors filer vers d'autres mains, pour y gagner quoi ?

Deux trois ridules, une poignée d'engrammes tristes.

Il n'y avait plus alors qu'à se laisser gentiment glisser vers les vacances, trouver une soute pour s'y bien planquer, et puis s'y tenir et puis plus baguenauder sur les avenues surtout. Je l'ai fait pourtant. J'aurais pas dû.

Un soir que je rentrais Haddad je l'ai vu au bout de la rue apparaître se dandinant et ça m'a tout de suite fait du dégoût, pas tant lui mais ce qu'il trimballait dans ses musettes, et immédiat j'ai pensé à ma boule maudite. Y'a toujours un tampon qui manque sur le passeport avant le voyage somme toute, sans cesse repasser sur le billot qu'il nous faut. J'ai même pas pu refuser tant je m'attendris avec force facilité. La sensibilité ça rend l'homme disponible. Mais elle me pèse cette fin d'après-midi qui se traîne, on crapahute avec nos cartons dans tout le quartier, presque faut aller à Bastille, rue de la Roquette, on a pas les mêmes guibolles avec Haddad. On se dit plus rien même, on se tape les trottoirs en silence, on enfile rue sur rue et je vois plus rien. C'est qu'il nous faudra remonter tout le quartier après, et j'y pense déjà à ça moi.

Comme la minuterie marchait pas on s'est enquillé l'escalier à la rampe, les marches au jugé, mais on le sentait bien déjà que l'endroit marinait glauque, que l'odeur de pisse et de moisi nous renvoyait dans le bastringue des haut-le-cœur à plus pouvoir. Ça trompait pas.

Aussi à force d'obscurité on s'habitue, on découvre et c'est bien ça, sous la rampe qui bringuebale toutes les marches sont à la défonce et les murs, par endroit troués nous expulsent une poussière grise venue des plaques de plâtre qui se détachent, nous attaquent dans l'étroite cage. Et personne jamais pour ramasser rien ici, on le sait qu'on est chez les pauvres, les riches ils ont de la pierre. Au premier on bute sur je sais pas quoi, mais ça bouge et gueule, des gens allongés là, entre les ordures et les décombres, on piétine, on bouscule et ça nous insulte, nous crache. C'est la débandade au milieu des gueulantes des gisants et des bouts de murs étalés partout. Qu'on s'agrippe à nos cartons nous. Faut tenir pour gravir.

L'escalade dans les ténèbres elle a duré je peux dire, un temps certain jusqu'au quatrième et des injures à chaque palier, tout en haut quoi on est, sous les combles fallait grimper. Au sommet elle perchait la commande et tout au fond d'un long couloir.

Un bout de lumière jaunâtre nous tombe du vasistas pile dessus nos têtes, on se regarde avec Haddad mais sans rien trouver à se dire, les regards dans la fatigue suffisent, et puis il est crevé Haddad, un peu la trouille aussi, ses yeux me disent, il reçoit plus les choses de la même manière, il les voit on dirait maintenant les choses, surtout depuis la vieille, il a peur que je lui montre encore la détresse où il ne voyait que la vie. Comme pour s'excuser il me glisse en murmure :

« C'est la première fois que j'viens ici…

– J'espère y'en a pas des bébés c'coup-ci hein, pasque moi franch'ment hein les bé… »

J'ai pas le temps de finir que tout croule et s'écroule et gronde et hurle autour de nous, se déchaîne, les murs résonnent du dedans, se crispent, des vibrations dans toute la mâture qu'on se récupère, un fracas de barouf pire que cent mille fanfares, mon âme elle se déchire, l'équilibre trisse, on se raccroche au plâtre. Derrière la porte en plus du boucan un type en souffrance hurle sa douleur.

« Faudrait peut-être aller chercher quelqu'un ?… – il m'hurle Haddad.

– Si c'est pour se faire engueuler… »

On cogne et ça répond pas.

« On s'tire ?... – je demande.

– Et mes cartons ?...

– On les laisse là...

– AH non merde alors !... là c'est moi qui vais m'faire engueuler !... »

Moi je nous trouvais là ben mal emmanchés.

On recogne, à coups de poing cette fois et la porte s'ouvre toute seule, le bruit il en devient effroyable, assourdissant, que j'en ai même quelques difficultés à penser, que tout s'embrouille, je les entends plus les mots de ma tête, on s'avance et c'est pas bien grand, il y a si peu de meubles aussi. On comprend quand même que c'est de la musique ce vacarme même si on s'entend toujours pas respirer, le cœur bat encore on suppose mais on se sait plus vivre.

Et puis comme personne décidément venait on s'est mis alors avec Haddad et nos cartons à s'avancer doucement vers la source du vacarme, ce grincement saturé qui nous étourdissait ne nous laissant dans le coffre que crispations. Mais c'est des mini-pas qu'on faisait, on osait guère, on voulait voir l'engin mais pas plus, surtout alors que rien n'explose. Passé le petit sas d'entrée enfin on découvre le bruyant, on l'aperçoit lui là debout au milieu de la pièce à sautiller sur place en s'acharnant comme un gibbon fou sur sa guitare électrique, grimacer pour le lustre des hurlements sauvages.

J'ai jamais vraiment détaillé le contenu de nos cartons mais aurait traîné dedans un pot de lait qu'il virait beurre d'autor.

D'un coup il stoppe son vacarme et s'écroule à terre le maboule, tombe sur les genoux, plonge sur le stylo pour noter ses choses avec ses longs cheveux noirs touchant le sol qui lui faisaient de chaque côté de la feuille comme des algues sèches sur la grève. Dans la pièce il n'y a rien que lui, juste un tapis et un énorme meuble noir, on a cru au début un buffet mais non, la musique en sortait, et puis après vraiment il n'y a rien.

On dépose et on trisse qu'on devait se cogiter là dans l'interne avec Haddad, mais juste des talons se mettent à claquer dans le silence sur le parquet de la chambre, et elle est très bien habillée la dame, elle nous fait très sérieux avec son âge et son gros chignon, sa jupe droite et toutes ces chaînes en or qui lui strient la poitrine. Une dame du temps d'avant.

« Je ne vous avais pas entendus j'étais dans l'armoire, mon fils est si brouillon lorsqu'il s'agit des choses matérielles… j'ai beau lui laver repasser ranger deux jours après c'est tout chamboulé…, mais… c'est pour quoi ?… »

Enfin elle réalise qu'il y a deux petits couillons de plus dans la pièce.

« C'est l'épicerie… » – qu'il lui glisse Haddad.

On sait pas si elle a entendu avant de tourner les talons, l'autre avec son foulard violet qui lui tombe sur les pompes viens de reprendre, maintenant il s'esquinte à faire couiner gentiment son instrument, c'est un chat qu'on dépèce, nous voilà chez l'équarrisseur, qu'on en a des tremblements glacés avec Haddad.

« D'habitude je vais faire les courses mais mon fils est en pleine création en c'moment…, il devait composer…, je n'pouvais pas m'absenter vous comprenez…

– Composer quoi ?… – que j'ose.

– Ben… sa musique voyons…

– Ah ?… y fait d'la musique ?… »

Elle m'a pas répondu, et puis d'autor elle nous arrache les cartons des bras.

« Bon !… y'a bien tout ?… n'avez pas oublié les citrons j'espère !… il y tient beaucoup !…, j'ai commandé par téléphone, c'est la première fois, j'ai pris l'premier numéro dans l'quartier…, c'est loin ?…

– Ben… un peu ouais… » il lui répond Haddad.

C'est qu'on doit sacrément ressembler à deux hiboux effarés pour qu'elle se mette à nous causer la dame.

« Vous comprenez je n'pouvais pas laisser mon fils dans un tel moment… il ne peut créer que dans l'urgence, c'est sa façon d'faire…, d'habitude je n'fais que m'occuper du linge et les nourrir… mais là…, son œuvre passe avant tout n'est-ce pas…, vous me comprenez ?…, et puis avec une enfant à charge… il n'est pas armé pour ça, c'est un artiste…, et puis il va bientôt être reconnu vous savez ?…

sa carrière va enfin décoller comme on dit… il va bientôt signer chez un label indépendant… c'est c'qu'il lui faut…, quarante ans c'est bien, c'est pas trop jeune, de toute façon la France n'était pas prête pour sa musique… quarante ans c'est parfait, il pourra affronter, et puis je s'rai là… »

Ça sent drôle ici, pas mauvais mais drôle, et comme j'entrave absolument que dalle à ce qu'elle nous raconte la dame je vague, je mollis du scaphandre, ça doit être toute cette fumée bleue dispensant à la pièce son odeur forte qui nous fait nous ressentir bizarrement pas trop mal. On arrive même plus à décaniller, c'est vrai on est mou, on fait plus rien d'autre que regarder bovinement ce type maigrelet grattouiller ses cordes les yeux fermés, son blouson mauve nous renvoyer à chaque mouvement comme de petites étoiles d'argent partout sur les murs et sur nous. On est plein de petites lueurs blanches sur nos fringues avec Haddad, c'est Noël d'un coup. Je crois qu'on va plus jamais bouger tant nos membres pèsent, elle avait raison la tante Barbara c'est d'un lourd tout ce barda, plus jamais je les lèverai mes bras, ils vont rester maintenant à me pendre comme deux tuyaux bourrés de sable. On peut bien quand même se retrouver avec des idées bizarres au-dedans de soi, c'est pas défendu des fois de vaseliner de l'intérieur sans que surtout ça se voie, sans rien bouger du dehors. Et là moi j'y allais. On peut bien les avoir ces pensées, ces images et puis se les garder de par vers soi et puis c'est tout, comme un bocal de serpents à grouiller.

Tout alors d'un coup qui m'apparaissait simple et net. J'étais tout vieux comme le Gaston, que je m'extrayais plus du dedans, vraie statue à pigeons, j'avais alors là bien trop de choses à me regarder dans ma fiole, le cinémascope je me l'avais pour moi tout seul et j'étais si vieux et fatigué que j'en bougeais plus mes membres d'un iota, je m'éberluais du certingue avec mes loques pendantes, transpercé de lumière au son du crincrin envahissant, je mourais de trop d'informations qui me fusaient dans la cocotte. Je mourais de trop de vie à me cloquer le cervelet. Le temps n'en finissait plus, et abruti je restais à contempler cette mouche au plafond faire des carrés et des carrés encore et toujours comme prise dans une boîte invisible.

C'est Haddad en me touchant le bras qui m'a repositionné dans la pièce, c'est lui qui m'a montré que ça remuait derrière l'ampli, mais j'ai vu ses yeux aussi, et lui non plus il parvenait plus à s'arrimer au présent, il valdinguait des pupilles, du dedans, c'était la foire tous azimuts. Mais vrai que ça bougeait, ça remue discret dans l'ombre, c'est un clébard on croit.

« Ah… elle est réveillée l'autre… – elle dit la dame contrariée – va encore falloir la nourrir… »

On voit alors une toute petite tête émerger d'un côté de l'ampli, c'est une toute petite gamine, on se demande avec Haddad si elle sait marcher, que ça nous regarde et comprend rien mais s'en fout, elle dormait la gniarde sur un bout de mousse avec des blousons de couleur pour couvertures. Et puis ses billes obscures lentement se sont mises à nous fixer, mais elle nous regardait la petite d'une façon si étrange, presque sans nous voir, que j'en eus sitôt le ventre en gargouillis salaces, elle nous écarquillait la gamine de ces châsses à vous rendre coupable, elle nous grattait le dedans on aurait comme dit, nous lâchait plus, nous harponnait avec tant de violence de son regard enténébré que j'en ai sué des gouttes de glace. Et tout qui m'apparaissait là simple, ce qui m'avait floué l'espoir ces années durant c'était bien de pas avoir été dedans, gardien des bordures toujours j'étais moi, la vraie vie je lui lançais des grimaces de l'ornière mais la pénétrer je pouvais pas. Autant vouloir débarbouiller un cadavre de sa grimace mortuaire. Un train bondé de larmes j'étais sans cesse à l'arrêt qui regarde passer les gares. Et j'avais beau le visionner le sauvage, se déhancher, jouer de l'extase, plonger à terre noter ses hurlements de babouin, moi derrière le grillage de ma frontière je l'enviais. Les hommes ils trouvent leur place comme ils peuvent, et puis sans réflexion, elle se construit l'idée par-derrière, c'est au cul du crâne qu'il bouillonne le chaudron des plaisirs, ils suivent alors leurs balises et enfilent l'uniforme du non-malheur. Les hommes ils savent malgré eux. Quand ils ont trouvé ils s'y tiennent pardi, le corps a ses insoupçonnés conforts lui aussi.

Elle a décroché de nous la gamine, à quatre pattes derrière l'ampli elle a disparu, on sentait nous déjà une odeur de purée qui envahissait la tôle, et la dalle même qu'on se tenait d'un coup avec Haddad. Il a repiqué au jus le dément avec de larges moulinets du bras sur sa guitare et des beuglements monstrueux tout en sautillant sur place. L'enfer était de retour. C'était plus tenable. Enfin on réussit à s'extirper de cette hébétude, cette hypnose monstrueuse, cette paralysie écrasante et on décanille avec les yeux de l'enfant, évanouie pourtant, toujours plantés dans le dos. Dans la cuisine on a bien vu un peu ses lèvres remuer à la madame mais c'était trop tard, le palier nous appelait, on était plus là.

Nous sommes restés avec Haddad deux trois siècles dans un écrasement noir à regarder par-dessus nos têtes la pâle lueur grisâtre du vasistas. Et je l'ai traversé le vasistas, je l'ai transpercé dans un éclatement de tout ce qui faisait alors moi, je m'excavais, et j'ai survolé dans le soir couchant les toits de zinc de Paris. Et tout qui me scintillait le bathyscaphe, tout le ciel et la Terre et les hommes et le devenir qui s'ajustait régulier méticuleux comme une armée de fantômes à me faire des révérences au garde-à-vous. Tout l'univers en somme qui me tombait dessus, en langue inconnue.

« Bon… ben… mais… quoi tu fous ?… – il me dit Haddad en arrêt à me regarder moi allonger dans le couloir les yeux perdus dans la lumière.

– J'ai vu… j'ai vu… tout le… »

La redescente aussi elle nous a demandé moult efforts de concentration et quelques décennies de patience. Partout on se cognait, et puis des murs surgissaient, les marches elles se dérobaient les petites coquines, on en glissait sur les gravats sous les engueulements des gisants, à s'en raccrocher à la rampe qui filait, une vraie dégringolade nocturne jusqu'à la cour la redescente.

Au retour de par les rues dans une lumière orange de soleil couchant on a bien barjoté faut reconnaître, on se retrouvait plus, le potentiomètre à la déglingue c'était tout de bizarre, comme si tout était pas vrai, tout a bougé en vitesse extrême mais pas nous. Qu'on s'enfonçait dans les trottoirs, bien lentement on marchait nous deux, bien freinés, un poids sur les épaules, on s'est même perdus, on reconnaissait rien, c'était plus les rues d'avant. De par les trottoirs on ne rencontrait plus alors qu'une foule de tristes, et de ces bobines, de ces sérieux, tous tête à bétail dans le labyrinthe des jours.

Et puis ça me faisait un peu honte d'avoir vu tout ça aussi, ces bouts d'intimité, petites parcelles de vie et on avait pas à voir ça nous tant couillons demeurés qu'on était.

Je me disais que de toutes ces courses avec Haddad j'en raconterais aucune, je dirais rien du tout, et à personne, le tout de ces souvenirs dans une serpillière et vlan à la mare, comme des petits chats.

D'ailleurs Haddad je l'ai plus jamais revu après.

Ça faisait plus aucun témoin de tout ça.

Les déménagements ça vous secoue la boussole, vous tourneboule le cockpit et vous plombe le trognon comme un échange de maladie. C'est une partie de nous laissée en arrière, une de plus, un petit pas encore vers la mort au terme des habitudes, un petit pas bien matériel cette fois, bien palpable avec des objets perdus et des murs en allés. Ce sont des plaies de lit qui se réveillent pour vous triturer la coloquinte, vous rappeler le coup de chien encaissé. Revenez dans votre ancien immeuble, écoutez les aboiements, à tous les coups c'est plus la même bête. Et pourtant une petite mélodie fraîche des jours premiers vous persiste le cœur, vous éclaire l'œil et vous égaie la calbombe avant que tout bascule une fois encore dans le dégoût, comme où on était avant, comme où on ira plus tard. Toujours faut que tout ternisse et dégueule autour malgré nous, c'est une règle, tout se dégueulasse impitoyablement.

Ce n'était il est vrai qu'un pas de plus dans ma vie, mais un pas de décès.

Alors je m'y suis installé chez ma mère, il a bien fallu, faut encore vivre, on aura toujours avant de dételer besoin d'un endroit où le soir poser le corps, on y coupera pas.

Encore des petites briques l'immeuble, les mêmes qu'au 98, que l'école, que partout en somme, mais beige clair ce coup-ci. Et c'était loin d'être aussi petit que le Deupièce ça faut reconnaître, avec de larges pièces et de grandes fenêtres où je suis resté derrière à vaguer des yeux, le regard absent sur la petite cour aux arbres fournis. Le quartier même je le connaissais un peu d'avant, le dix-neuvième, la grand-mère elle m'y emmenait par ici des fois prendre l'air sur les hauteurs de Pantin. On attrapait le 75 à République et de la butte pas loin sur un banc on restait à regarder le périph en dessous glisser comme un serpent fluide, serpenter aux contours de la ville.

Maintenant je l'avais tout à moi le périph, tout neuf qu'il était, à peine terminé, je l'entendais gronder derrière les murs, en bas, dans le trou, après la ville.

Le premier matin que je me suis mis à errer consciencieusement dans les pièces j'ai pas eu le temps de bien fouiner que le téléphone sonnait.

« Albert ?... elle est là ta mère ?...

– Elle est à l'école, elle range sa classe...

– Pas grave, elle sait..., bon, pose ton cartable, fais ton sac, deux liquettes trois calbutos ta brosse à dents j'arrive !...

– On s'en va ?...

– C'est ça...

– Pour où ?...

– Par là... bon, j'arrive, allez kénavo les potos ! »

Le grand Awouè toujours il avait de ces façons délicates de présenter les choses et les événements, d'offrir un cadeau qu'il vous balançait dans la trombine, toujours dans le suave il marinait le grand Awouè. Je suis resté quand même encore un peu à la fenêtre regarder encore les arbres en bas que le vent mettait en rumeur. Et puis j'ai fait mon balluchon pour je savais pas où.

Le grand Awouè ce qu'il visait il me l'a dit en route c'était la Yougoslavie pour pêcher des truites en passant par la Suisse. Il m'a dit ça comme un secret place de la République. Il passait toujours par République le grand Awouè pour aller n'importe où, sinon il savait pas. C'était son carrefour du cœur du monde République au grand Awouè, le quartier de son enfance, après même. Et puis comme ça on s'est retrouvés à longer la Seine, moi je sentais là vraiment Paris d'un coup s'éloigner avec une existence qui avait duré certainement ce qu'il avait fallu, je sentais tout qui s'effilochait parderrière comme une épaisse laine douloureuse. Et sous des cieux brun-noir aux lourdeurs orageuses le fleuve bouillonnant charriait à nos côtés de longs serpents d'écume.

Nous avons décroché de la Seine et quitté la ville.

Oh j'ai causé moi au début du voyage, houfflala ! j'ai narré mes pensées même malgré le bruit effroyable du moteur, j'ai déversé religieusement des pelletées de confusions dans un fatras de mots. Et je me passais de bolduc, j'y allais dur, augmenter le débit eût été impossible, pour ça il m'eût fallu plus de bouches. Et puis des questions, toutes celles emmagasinées des années durant.

« C'est vrai que tout est toujours à quelqu'un sur la Terre ?…

– Ah ouais ouais… ben ouais…

– Y'a jamais rien qu'est à personne alors ?…

– Ah nan… nan… ben nan…

– Y paraît aussi que y'a rien qui sert à rien, c'est vrai ça ?…

– Ouais ben… ouais ouais…

– Y'a rien qu'est là pour rien alors ?…

– Ah nan… enfin ouais… ouais… c'est des trucs c'est… faut voir quoi…

– Et la tomate, elle grossit en même temps qu'elle rougit ou elle attend d'avoir fini d'grossir pour se mettre à rougir ?…

– La tomate ?… ah ben ouais… elle rougit quoi… c'est… une tomate ça… faut qu'ça grossisse quoi c'est… voilà quôôââ… hein ? t'as pigé Albert ? !…

– C'que c'est décevant la mort !…

– Ah bah ouais !… pffff… comment t'y vas toi !… ouais ben ouais… c'est sûr que ouais, bon ben ouais… la mort hein bon… »

Ensuite je lui ai causé du Gaston, que je me demandais bien ce qu'ils en avaient fait après ses petits oups oups, et puis de l'écureuil, qu'on aurait vraiment dit que d'un coup il était plus là, même s'il se trouvait toujours étalé sur la toile cirée. Il s'en embrouillait dans ses vitesses.

« Ah ouais ?… »

Au premier arrêt pour le plein j'avais compris, j'ai alors plus rien dit après, pour lui tout ce que j'extirpais de mes profondeurs n'était que glossolalie.

La Yougoslavie pour pêcher des truites ? Bôaf.

Les kilomètres s'entassaient à l'arrière du taxi-brousse, les paysages me défilaient la rétine. J'usais du cul mon siège.

Je le savais bien qu'il me trouvait moche, triste et pas rigolo. J'y pouvais ?

Puis m'examinant mutique à ses côtés il s'y est mis, j'eus alors droit à :

« L'homme…, l'homme Albert, il est fait pour la déconnade… la femme pas !… c'est pas possible d'être copain avec une femme… tu comprends Roger ?… la déconnade c'est avec les mecs… la femme elle est justement faite pour que ça continue, la déconnade, que viennent après encore et encore d'autres hommes pour la déconnade…, t'as pigé Roger ?… c'est pour ça tout c'bordel, faut déconner quôôâââ merde !… c'est en nous…

– Ah ouais ?… »

Dans un routier comme je décoinçais pas des mandibules il attaque ainsi :

« Bon !… et la Suisse Bill !… hein, la Suisse, ça t'botte ça, quand même, nan ?… c'est rigolo la Suisse… les montagnes… »

Et puis je sais pas d'où il l'a sortie, comme on avait que dalle à se raconter et que ça allait durer possiblement il l'a posée sur la table, la grosse liasse de billets pliée en deux dans une petite boîte en bois de cigarillos en disant :

« C'est tout l'blé qu'on a, faut y faire gaffe, et puis faut qu'ça dure un mois… quand y'en a plus on rentre, faut qu'on soit à Kerlabia quand on aura plus un kopeck…, y'a quand même de quoi s'fendre la gueule nan ! ?… ni resto ni hôtel évidemment, y'a tout c'qu'y faut dans l'tape-cul…, et puis on va aller voir un copain, c'est sur la route… près d'Évian, le lac Léman tout ça…, faut quand même passer lui dire bonjour quôôââ merde alors hein Simon ! ?… en plus y tient un resto… »

Je remarquais ça et pourtant c'était pas nouveau ce regard glissant vers les tubulures du plafond, cette fuite sans cesse renouvelée comme un oiseau englué dans de frénétiques battements d'ailes incapable de se poser. Aussi se dévoilait par instant un quelque chose d'épuisé en lui, une tourmente ancrée perdue dans ses yeux bleus tournés vers son intérieur. Les folies douloureuses vous regardent pas autrement. Le savait-il le grand Awouè que la vie est un train fou qui s'enfonce dans la nuit, impitoyablement, avec même rien pour stopper ni personne à qui causer ? Elle n'était pas consciente sa trouille, il le subissait son débinage le grand Awouè dans le grondement incessant de ses neurones. C'est qu'il faudrait quand même pas confondre réflexion et pulsion. Pourtant nul besoin de stéthoscope pour confirmer cette frénétique dégringolade et que l'on vacille tous entre lassitude et angoisse.

Avec dans le lointain droit devant les montagnes qui se dessinaient lentement comme une dentelle sur les cieux, sortaient de terre avec une tranquillité imposante je repensais à mes heures douces et inquiétées sur le canapé du Deupièce, lorsque je m'écoutais battre le cœur avec le stéthoscope de la tante Barbara pour me certifier de mon existence.

Ô que je rentre ! Ô que je les grimpe encore les branches des marronniers de Kerlabia ! Ô que je les retrouve mes corbeaux, sentinelles assoupies, haut perchés dans le champ près du ruisseau ! Ô que tout s'arrête et lui et son Caterpillar ! Ô que me revienne encore le bruit métallique et sourd de mes sanglots sur les brisants ! Ô que m'emporte la malemort ! Ô que je crève et que tout tremble pis explose !

Ce voyage il me disait vraiment rien du tout.

Afin d'endurer me restaient la prière et le six-coups.

Pour ce que l'on en voyait du bout de la route, cette bâtisse en parpaing sans même de crépi par endroits, totalement isolée en haut de la côte avant le virage s'enfonçant dans une forêt de sapins noirs, on pouvait subodorer ainsi, et ça bien avant le seuil, l'odeur d'âme qu'allait dégager la faune s'y déployant. On arrivait mais alors pas du tout à appeler ça un chalet, malgré les sapins alentour elle n'était que grisaille, masure carrée imposante aux petites fenêtres à barreaux, massive et comme repliée dessus elle, en boule, en tas, amas de crépi grisâtre s'éclaircissant vers le bas avec des extensions de parpaings non récentes et pourtant jamais terminées. Ça faisait bar, ça faisait routier même derrière une porte con sous un toit con, plantée unique au milieu d'une ligne droite.

Ça m'a pas chaviré d'emblée.

Derrière la baie vitrée sur le côté on pouvait les concevoir les abonnés, les admirer les assidus installés, agrippés, incrustés au comptoir comme grumeaux dans Maïzena. Et de la meute encore le tôlier c'était pas le pire, Lurelubre, le copain du grand Awouè, le voilà lui là le trognon du bastringue gérant son microclimat au gré de ses colères. Aussi d'entrée il a pas finassé les mots de sa bouche en me découvrant planqué derrière le grand Awouè.

« Ah bah tiens ben, c'est quoi ça ! ?... quoi qui fout là c'gniard ! ?... l'a une drôle de tête dis donc !...

– Ah ouais... – il répond gêné le grand Awouè – ouais ben... ben c'est Albert quoi...

– Pasqu'en plus y s'appelle Albert ! ?... pas vrai ? sans déconner ! ?... c'est vrai qu'y s'appelle Albert ce gniard ?... ben alors là vraiment, l'a pas d'pot lui !... l'a vraiment rien pour lui... va morfler c'gniard-là... garanti...

– Ouais... enfin, Roger quoi... Simon... tu vois ?... hein Bill que tu t'appelles Albert ?... »

Il en est resté perplexe de pas plus d'explication Lurelubre, il a secoué sa trogne détestable juste avec une grimace en plus et m'a plus parlé ni regardé du jour. J'étais devenu un ectoplasme. Pourtant je crois qu'il avait compris Lurelubre, quelque chose venait de résonner sous ses trois cheveux gras, il fronçait, s'enturlupinait de négociations intimes quant à mon sujet, se donnait du mal pour me démêler on aurait dit. Pourtant du mal il s'en donnait pas beaucoup pour le reste, tout chez lui sortait bien naturel, et à le regarder il aurait quand même dû s'en donner un peu on se disait du mal. C'est qu'il était guère plus grand que moi Lurelubre faut avouer, il me parlait d'égal à égal quand il m'engueulait, pas épais non plus, ça le gênait un peu il disait pour agonir le monde, les clients et les trois employés, pour le reste il s'en cognait. Mais si moche le bonhomme qu'à chaque rencontre avec sa face de rat brûlé on s'en retrouvait nauséeux, une mise en abîme ça me faisait moi personnellement, et on s'en retournait toujours comme libéré d'un fardeau avec aussi un drôle de malaise, pour lui, heureux nous de bien repartir avec la nôtre de bobine. Si laid oui, mais plutôt on devinait, y allait de la supposition, lui caché sans cesse derrière ses grosses lunettes aux verres opaques et dégueulasses. De ses yeux même je savais pas en dire la couleur. Lorsqu'il venait se planter devant pour vous postillonner on aurait comme dit un soudeur interrompant sa besogne, le chalumeau pas loin encore allumé au bout du bras. En tout cas il était pas poli le monsieur. Et puis aussi comme une cocotte-minute toujours Lurelubre, à bout sans cesse avec pourtant un rien d'effondré dans le rictus. Néanmoins à le regarder fonctionner les sentiments semblaient pas lui affluer la pastèque, il aimait on aurait dit Lurelubre rien de rien, même sa gargote il en causait comme d'un monstre gourmand et tyrannique infestée d'ennemis qu'il devait jour après jour affronter pis dompter.

« S'EMPIFFRER !... – il gueulait – sont là qu'pour ça !... s'empiffrer pis picoler !... et qu'ils viennent pas m'parler d'cuites sèches ceux-là hein... au chalut pélagique ils les draguent leurs ivresses... des boursouflés ! des imbibés !... »

Le grand Awouè il lui faisait remarquer dans une marrade que c'était tout de même bien le but et la raison d'être de son bouiboui.

« POSSIBLE !... mais ils pourraient faire ça avec un tant soit peu d'élégance !... décoller à la verticale, vers les hauteurs, les grandes turbulences de l'âme... le radieux !..., au lieu d'ça ils se traînent, ils serpentent, creusent et s'enlisent dans leurs ridicules petits moi comme des taupes, des lombrics, se perdent dans leurs propres gal'ries... et qui qui s'les enquille dans leurs répugnantes bavations ?... c'est BIBI !... c'est MÉZIGOSSE !..., nan moi c'qu'y m'faudrait en définitive c'est une sorte d'échappée, j'demande pas les génies du siècle au zinc mais si au moins ils pouvaient s'taire, se tenir, pas bavasser comme ils font avec des mots gras et des rires convaincus..., enfin être moins cons quoi..., mais ça... c'est du pas possible... »

Et le séjour alors glissa dans le morne avec une étonnante rapidité.

Elles prennent leurs places les habitudes comme les objets, posé c'est posé, on remarque peu les combinaisons qu'elles déploient les habitudes pour faire tourner les heures et les jours comme une toupie bien huilée. Après c'est trop tard, tout est expédié. Pour dire le grand Awouè il m'a disparu dès le prime matin, je te me l'ai retrouvé qu'au soir pour le repas, et puis plus du tout les jours d'après. Lurelubre il nous avait installé nos pageots sous les combles, des lits de camp qu'il tenait de sa mère, on pionçait là avec les souris et les hiboux, sorte de réduit strié de poutres énormes nous barrant sans cesse la vue et le passage. Le grand Awouè je me souviens pas m'être endormi un soir avec lui, je comptais les gros parpaings grisâtres et je m'enquillais le tracsir dans cette carrée où semblaient monter pour se condenser tous les craquements et grincements de la maison.

Aussi dès le premier matin ils m'ont affecté à la petite vaisselle du bar, quand même celle de la cuisine ils ont pas osé, les marmites étaient si grosses que je pouvais pas les soulever, ils ont bien tenté au début mais je risquais trop de verser dedans à gratter le fond. Que je bosse d'accord, mais si c'était pour plus me retrouver jamais ils ont pensé que ça valait pas le coup. Et là, de mon petit évier lavant les verres et les tasses je pouvais ainsi te me le déguster l'autochtone, m'en foutre plein les mirettes de leurs trognes en cratères, la fraise centrale, et plein mes escalopes de leurs rires fusant de par la salle. Un délice l'homme.

Décidément il est une façon bien étrange et singulière que de ne considérer la vie, l'existence même, juste comme une suite décousue de moments stériles. C'est qu'ils attendaient là on aurait dit les habitués de la salle cimentés au zinc que leur cloche ait sonné. Ils s'endaufaient le quotidien avec la prescience du non-devenir des animaux en quarantaine. Ils engloutissaient là, sous les yeux dégoûtés de Lurelubre, l'amas flasque de leurs jours, ils litronaient religieusement leurs envies et leurs espoirs et tout ça qui leur retombait sur la nuque à la faire ployer encore un peu plus dans leur funèbre sarabande.

Ah ils tentaient, ça faut reconnaître ils tentaient, tout pour ils faisaient, leur sept possibles, la dive boutanche, elle qui réglerait tout, enrichirait tout, vaincrait tout. Et puis tout capotait impitoyablement chaque fin d'après-midi, de soirée, la vie reprenant du réalisme pour les recadrer encore et encore dans leur existence. Par contre ah ! de l'amour ! de l'héroïsme ! ils voulaient en dénicher partout, c'est effarant, de la générosité, de la sagesse même, et à tous les coins d'âme, carrefour de paroles, bouleversement d'actions, ils avaient tout fait, partout et repartaient chaque soir au bord des larmes.

Vous voulez que je vous dise pourquoi on pleure ? Parce qu'il n'y a rien, et que la fin s'enchaîne au début.

Des gamelles lui le grand Awouè en cuisine il en avait guère pour s'occuper la journée entière à les récurer, le temps lui manquait pas, aussi dès qu'il pouvait je te me le récupérais au comptoir, dilué au troupeau à siffler ballon sur ballon jusqu'au kil en carmant des bordées. Il les adorait tous ces zigs encravatés au blancass et passait des heures à se marrader de leurs histoires. Un qu'il dégustait pardessus les autres c'était le plus loquace, lui qui nous déversait de sa voix forte sur le zinc toute sa vie et les extras. L'accouchement de madame dix fois je l'ai entendu.

« Et qu'elle gueulait la vache ! mais gueulait !... avant j'croyais y'avait qu'les bêtes vraiment pour gueuler comme ça !... pis qu'elle dégueulait en même temps et moi debout comme un con à côté à lui t'nir la bassine pour qu'elle dégobille ses boyaux entr' deux gueulantes !... ah dis donc ! ah ouais alors ! le plus beau jour d'ma vie la naissance de ma gosse !... ça, pas à dire !... et qu'elle beuglait mémère, à pleins poumons, une truie qu'on égorge !... à un moment même j'y ai collé les clés d'la bagnole dans la bouche… qu'elle morde… pis qu'elle arrête surtout de gueuler ! qu'elle la ferme, qu'on respire un peu, se repose… mais j'lui ai pas laissé trop longtemps, j'les ai r'tirées vite, pas con, des fois qu'elle les avale, z'auriez vu ce four qu'elle ouvrait pour lancer ses barrissements !… et la sage-femme qui lui criait en sueur : mais poussez madame ! poussez donc, vous faites que hurler mais vous poussez pas !… tu parles, t'façon elle fait jamais c'qu'on lui d'mande alors…, j'te dis, une vraie chieuse Mémère !… tu pouvais toujours courir pour qu'elle pousse tiens !… ah ! voulait pas l'cracher son morpion !… se s'rait pas décroché tout seul çui-là aussi hein, pas d'danger !… et l'lardon là, à peine sorti, après des heures et des heures de dégobillages entrecoupés d'meuglements, eh ben à peine sortie qu'elle s'y met aussi à bramer la moutarde dis donc !… immédiat ! on voyait bien d'entrée qu'c'était une fille, l'une arrête et l'autre attaque… ah le bordel dans la carrée !… on savait plus qui gueulait pour quoi et après qui !…, vous vous marrez tas d'cons mais sur le coup ben…, on a raison d'dire : cinq minutes de plaisir, neuf mois d'attente, des heures d'enfer et des années d'emmerdements !… pasqu'elle nous aura bien fait chier elle aussi la gamine… et que c'est pas fini… une vraie chieuse, comme sa mère…, enfin bref, voilà quoi… j'm'étais pris une de ces cuites tellement j'étais content qu'l'affaire soit torchée… hein patron, tu t'souviens ?…

– Nan.

– Quoi nan ?… ah, bah, c'était ici pourtant !…

– Ouais ben c'tait p't'ête ici mais si tu crois qu'j'ai pas d'autres aspirations dans l'existence que d'm'infuser toutes les conn'ries de tous les affalés du melon qui viennent végéter dans c'bobinard tu t'fous l'doigt dans l'cul jusqu'à la clavicule nord…

– Toujours délicat toi hein patron ?…, enfin bref quoi… juste après, pour me r'mettre on est partis en Grèce… on a r'filé l'mouflet à sa mère, j'voulais pus l'voir… et hop, quinze jours en Grèce… on a même loué un âne… quatre jours on a passé avec un âne…

– T'as pas dû être trop dépaysé…, mais tu causes grec toi maint'nant ?…

– Ah non… moi non… l'âne oui, mais moi non…, bon, allez, faut qu'je file… j'ai payé patron, j'me souviens plus ?…

– Ouais… toi oui, tu peux partir la tête haute…, j'en dirai pas autant d'toute la troupe… »

Il les détestait Lurelubre tous ces bavasseux assoiffés, cette horde d'imbibés grouillant autour de lui, il les abhorrait si ouvertement et depuis si longtemps déjà et avec des gueulantes si vachardes que la fine équipe absorbait tout goulûment par habitude. Pas qu'il boutanchait moins Lurelubre, que non, mais pour lui le tutute se devait d'avoir du style, et eux n'en avaient guère. Il les abreuvait d'injures avec un tel acharnement sur leurs façons peu délicates de recevoir les turbulences du voyage qu'ils en étaient pas loin de prendre des notes pour s'améliorer. Certains devaient même réviser à la maison.

« La gnôle… ce me pense… – il leur gueulait Lurelubre de derrière son comptoir – ça fait remonter à la surface, on sait alors vraiment ce qui est !… l'engourdissement dans lequel on stagne, les fausses routes, les ruses des autres pour survivre, le renoncement… tout ça on pige !… c'est une respiration de lucidité la gnôle !… pas un passe-temps d'oubli ou d'marrade, tas d'cons !… JAMAIS tu ne prévois la sorte de cuite que tu prendras !… »

Il respectait rien ni personne Lurelubre, attaquait tout et vomissait le reste, allant ainsi de procès en procès se disperser en pleine quérulence. Il ressemblait à ces vieilles meules que ne peut entamer aucun acier mais qui vous aiguisent l'âme impitoyablement, implacablement. Il n'y avait au réel que sa mère à Lurelubre peut-être qui aurait pu lui ébranler sa nappe phréatique, mais il lui en voulait tellement de lui qu'il ne lui adressait jamais la parole. Et puis sa mère pour tout dire elle était là sans y être beaucoup à ce qu'il me racontait, yoyotait du carafon avec autant de conscience qu'un tube à essai. Aussi comme il me disait à chaque rencontre qu'il pouvait pas me blairer Lurelubre ça me faisait drôle car, bizarrerie de l'espèce, je te me le récupérais toujours dans mon secteur à m'engueuler, moi qui le fuyais.

« T'es comme mes couilles toi hein, dis… hein crotte de nez ?… toujours entre mes jambes… mais muet, tu dis jamais rien toi hein ?…

tu sais parler ?… t'en as une de langue ?… tu sais comment y marche ce truc rose ?… on dirait pas… faut l'remuer si tu veux qu'y s'passe kekchose, hein foutriquet !… que les sons sortent, pis les mots, les idées… t'façon t'es trop con !… t'as peur d'oser, tu respectes trop tout c'merdier !… tu culpabilises… du coup tu t'aplatis comme une vieille merde…, t'as l'surmoi qui t'envahit trop la boutique face de porridge !… »

Le surmoi la tante Barbara elle me l'avait expliqué ça aussi un jour, c'est lui elle m'a dit le surmoi qui te fait t'arrêter au feu rouge et pas piquer dans le porte-monnaie de la grand-mère, et que chez moi il était extrêmement développé le surmoi, et que vraiment c'était pas de bol, on arrive à rien si on respecte les lois, si on écoute ses freins internes, si on tient compte des remords et tout ça.

« Tu les laves pas tes lunettes ?… – quand même je tente.

– Bor-del-de-dieu-de-nom-de-dieu-d'bor-del-de-mer-de ! mais v'là qu'y cause çui-là ménant ! ?… j'en crois pas mes esgourdes !… môôôsieur se met à faire des phrases !… môôôsieur utilise le vocabulaire !… pis qu'y pose des questions !… môôôsieur se lance dans la rhétorique ménant !… c't'à vous scier l'cul !… ben merde alors ! ?… t'as vidé combien d'gorgeons pour réussir c'miracle ? !… faut prév'nir quand tu fais des prouesses d'éloquence, tu veux qu'j'finisse avec une pile à la place du palpitant ?… c'est ça qu'tu veux ? mais dis-le !… deux trois godets et môôôsieur se perd en dialectique !… môôôsieur fréquente les hautes sphères du langage !… môôôsieur veut nous faire la thèse et l'antithèse de la synthèse, non mais rêvé-je ! ?… m'esbaudis-je !… môôôsieur tutoie les anges !… va pas nous pondre un chié bouquin aussi non plus, hein ? !… tanktiè…

– Et pour tes lunettes tu…

– Holà ! holà ! douc'ment pépère !… là moi j'crie : casse-cou !… j't'ai dit d'oser p'tit con, hein, pas d'venir me les briser, pas confondre !… tu t'prends pour qui à v'nir me peler l'jonc là d'vant mes chers trous du cul du zinc hein ? !…

– Ben tes lunettes… tu les laves pas pour regarder les…

– JAMAIS !

– T'y vois rien du coup ?…

– QUE DALLE !

– Ben comment tu fais alors ? !…

– Pour ?…

– Ben pour tout… pour vivre…

– Les aveugles y font comment ?…

– Je sais pas ?…

– Y font au-tre-ment ! môôôssieur ducon !… y font comme y peuvent, voilà !…

– Ça doit pas être facile ?…

– Bon, puisque visiblement t'as décidé d'me faire chier… eh ben si, justement môôôsieur pip'lette… ma vie elle est dev'nue beaucoup plus simple quand j'ai arrêté d'les laver mes lunettes !… ah ! ça t'la coupe ça hein ! ?… avant j'me tracassais pour tout, maintenant j'me permets tout…, j'peux dire n'importe quoi à n'importe qui, puisque j'y vois que dalle, ni les visages et surtout pas les yeux… c'est à s'les prendre et à s'les mordre, hein ! ?… si t'entendais tout c'que j'balance !… et comme j'suis tout p'tit et tout maigre et moche personne ose me taper d'ssus…, avant j'restais tétanisé quand on m'causait, ben comme toi tiens duschnock, j'pouvais pas m'empêcher d'regarder la bouche qui remuait, les yeux et j'arrivais pas à faire tout ça et réfléchir en même temps et pis aussi répondre… j'étais un vrai con !… maintenant j'arrive à parler… je côôâse môôâ aussi môôôsieur le beau parleur, j'suis d'la jactance…, avec mes lunettes sales j'ai découvert la liberté… t'es scié hein p'tit bouchon d'chiotte !… au téléphone, tu balances toujours plus que d'visu, nan ?… tu sais c'que c'est qu'un téléphone quand même nan ?… tu m'regardes avec ton air con alors j'sais plus moi du coup… enfin moi c'est comme si j'passais ma vie au barlu… t'as pigé ?… »

Comme je m'interloquais niaisement il a pris une grande respiration exténuée.

« Bon… mais, c'est moi qui raconte mal ou c'est toi qu'es con comme un balai ?… faut savoir ?… »

Et puis un soir du bout de la semaine de vaisselle, que je fuyais dans notre grenier la dégueulasse clique, je te me le retrouve le grand Awouè trifouillant dans son sac à chercher je sais pas quoi, et voilà qu'il tombe sur une lettre cachetée de la banque oubliée là.

« Oh putain le découvert !… j'ai plus une thune Roger !… ce soir faudra picoler sec hein !

– Ça fait gagner d'l'argent de boire ?…

– Nan, ça c'est sûr que nan… mais une fois beurré le découvert tu t'en tapes !… remarque tu m'diras ça r'vient après, mais bon… ça fait une pause quôôââ… »

J'en ai profité que je le tenais pour lui tâter un peu le trognon au grand Awouè, et la Suisse alors que je lui dis, les truites tout ça, la Yougoslavie ?

« Ah ouais… la Suisse…, ben ouais ouais… mais tu vois y nous nourrit Lurelubre quand même, c'est pas rien, trouves-en des types comme ça qui t'hébergent aussi gentiment… mais merde quoi ça s'respecte ça nan ? !… c'est ça alors les jeunes de maint'nant ? ! hein ?… prendre et rien donner ?… tu manques pas d'air toi Simon !… MERDE QUOI !… un peu d'respect quand même !…, mais on va y'aller, ouais ouais… allez, deux trois jours encore et pis on va y'aller en… heu… hein… en Yougo…, t'es pas bien ici hein Roger ?… on est pas bien ?… quôôââ alors merde !… on reste deux jours, pas plus, juré ! trois… hein ? histoire de bien s'marrer quoi avant de… enfin de…, après on est libre, on fait c'qu'on veut… tu vois c'est… »

La phrase pas torchée je l'entendais déjà dans l'escalier courir travailler à son affaire.

Moi j'ai pas bougé, ma dose du jour je l'avais, je suis resté tout seul là-haut à écouter de mon pageot l'aboi des chiens dans le lointain.

Mais du coup, ayant maintenant une vague idée de l'avenir, après mon service du lendemain je me mis à prospecter le coin. Comme il n'y avait qu'une route désertique au milieu de rien traçant dans les sapins, excepté en contrebas de l'estaminet, entouré de joncs un petit ruisseau qui serpentait entre de gros rochers, je suis pas allé bien loin. Là que j'y usais mon temps moi, là, au ruisseau, et avec les caries, ce mal naissant et lancinant, j'ai réalisé que je vivais toujours les mâchoires serrées. On dit le vide comme on le ressent. C'est si délicat la détresse, c'est fin, on navigue alors dans le raffiné loin des grossièretés de la joie.

Aussi le grand Awouè il a commencé de me faire honte, toujours que je le voyais intronisé au zinc avec la fine équipe à se déborder la fiole. Du mimétisme il nous faisait, se fondant si parfaitement dans la bande lui aussi qu'il y allait de ses blagues et bons mots. Les buvards l'écoutaient avec vénération et lui alors se déployait. En groupe l'humain se lâche, c'est vrai, la difficulté c'est le nombre.

« À moi, à moi !... coutez, écoutez ça..., alors voilà c'est un type un jour dans son jardin qui bêche ses légumes et d'un coup dis donc BING ! v'là qu'y tombe sur une vieille lampe à huile... le soir chez lui il la nettoie et en la frottant PAF dis donc y'a un génie qui radine..., il lui dit bon, puisque tu m'as libéré t'as droit d'faire un vœu..., le type y réfléchit pis y dit ; ben voilà, j'ai toujours rêvé d'aller en Amérique, mais j'ai peur en avion et j'ai l'mal de mer, alors si tu pouvais m'construire une autoroute que j'puisse y'aller avec ma voit..., houlà ! holà ! qu'il gueule le génie, douc'ment les basses, tu t'rends compte un peu du boulot là ! ?... hein ?... génie OK, pas forçat, trop compliqué, aut'chose..., bon y dit le type, alors voilà... y'a ça aussi... j'ai toujours rêvé de voir dans le cerveau d'une femme, j'ai toujours voulu savoir à quoi ça pensait une femme, son cerveau, comment ça marche, c'qu'y'a d'dans, et pis aussi le... bon ! bon ! bon ! il lui dit le génie, ton autoroute tu la veux comment ? trois voies, quatre voies, des péages, des restoroutes ?... »

Et la honte moi que je m'engorgeais devant mon petit évier, sans compter que la bulle à ras soudain lui prenait au grand Awouè souvenance de moi, qu'il pointait alors ses projos sur mon petit évier pour bien leur démontrer à tous, interloqué lui-même, que je lui ressemble aussi peu. Mais l'alchimie du vivant reste obscure, il est incalculable l'humain, il reste incompréhensible et multiple, les cimetières sont remplis d'énigmes s'enfonçant au cœur du vaste ciel d'une nuit épaisse et profonde.

Esquiver je pouvais guère, autant louffer en lousdé dans l'ascenseur, et puis il avait pas tort, mais en me faisant honte d'un coup il arrêtait de me faire peur. Il pouvait bien me les gueuler ses harangues le grand Awouè elles me sifflaient largement au-dessus de la cocotte maintenant, il m'était devenu plus rien qu'un petit vide avec du n'importe quoi dans la bouche et les synapses, occupé qu'il était sans cesse à jamais regarder où il fallait.

Moi je savais où regarder, quoi voir et me souvenir, je m'affûtais au-dessus de mon petit évier avec mon torchon, je m'aiguisais du dedans. Je le savais moi ce qu'il y avait de beau dans ce bouge, la seule chose possédant une valeur extrême, et je m'y engloutissais tout entier jour après jour.

Là-bas, dans un coin de la salle, sur une petite table de bois exposée à la vente comme une vitrine me fascinait une pyramide de pots de miel sur une nappe fleurie. Là que je m'égarais l'œil moi, m'y explosais la rétine de longues journées durant, toutes ces heures fades et salissantes à laver mes verres et mes tasses. Le soleil, au travers de la fenêtre, venait à toute heure l'illuminer patiemment étage par étage. Le matin c'était obscur encore, tout de terne et désolé jusqu'à la base de la pyramide où le miel s'éclairait alors en remontant les étages dans l'après-midi. Le soir c'était le mieux, quand ses rayons lui percutaient le sommet pour lancer de longues traînées claires et brillantes sur le carrelage et les murs. Ça me rappelait Kerlabia, ses ajoncs et me plongeait toujours dans une douloureuse extase. On repartait alors pour une nuit chargée d'ombres furtives dans les gueulements entêtés, en dessous, des verticaux du zinc.

Personne jamais n'avait remarqué ça, ici, les gerbes dorées du soleil dans le miel éclaboussant le parterre. Assuré, personne.

Et c'était avec le gros type du miel justement qu'il s'amusait le plus le grand Awouè, à celui qui commande paye son canon ils jouaient tous les deux, et ça y'allait, jamais je l'avais vu aussi impliqué le grand Awouè, concentré sur l'enjeu. Lui il se besognait au pinard le gros type du miel, se vissait là au zinc vers les débuts d'après-midi une fois ses compteurs relevés qu'il disait dans un rire gras et n'en décollait qu'à la nuit après moult cigarettes et autant de vinasse. Comme sa bedaine l'éloignait du comptoir plus que les autres il se retrouvait donc toujours un peu en retrait du rang, mais gueulait ses balourdises tout autant. Et je me demandais comment une telle personne aussi grossière pouvait bien, même malgré elle, me faire ressentir tant de choses aussi douces et violentes avec sa création.

Un jour même je l'ai croisé sortant des latrines, et une fois dedans je connaissais le bonhomme. Les entrailles parlent mieux que le bec. Un coup d'œil à la pupille au sortir du chiotte, bien lui happer le museau et le regard, un coup de narine à l'intérieur et l'on pénètre totalement les tréfonds de l'inconnu mieux que vingt ans de vie commune. On sait alors que l'homme est une feinte. On eût dit après coup, à le voir réintégrer sa place, sentir monter alors dans la pièce, enfler l'exhalaison de son crâne comme un remugle sourd boursouflé de poisons infâmes et nonchalants.

Il y en avait une autre d'éponge que j'avais bien identifiée aussi, un petit sec en bleu, toujours positionné dans le virage, sans cesse à se tortiller comme un ludion et puis rien dire, rien regarder que le vide, juste il possédait une manière brutale et féroce de commander ses Picon pis de se les siffler sans jamais vouloir rien d'autre que le plein. Passé la dizaine de recharges, la jauge bien entamée il s'éveillait, se tenait plus et nous dégueulait alors sur le comptoir, comme on crache, toutes ses interrogations et meurtrissures sans jamais prendre la peine de savoir si quelqu'un l'écoutait. Enraciné là, au coude du zinc, il y allait de sa parlotte oiseuse ne s'adressant jamais qu'à Lurelubre en l'appelant patron, comme tout le monde. Mais il ouvrait toujours de grands yeux étonnés lorsque l'autre d'un ton vache lui répondait. Il était à peine là le type du virage on aurait dit, se racontant d'une façon si obtuse que l'on se demandait vraiment s'il ne s'égosillait pas tout seul, des fois, en pleine rue.

« L'aut' jour patron que j'venais ici m'en est arrivée une bonne !… l'aut' jour que j'tournais là, en bas, pour venir ici j'me suis fait engueuler par un négroïde !…

– Tu veux sans doute dire une personne de couleur ?… – immédiat il le rectifie Lurelubre.

– Il me gueule : hey ducon, tu peux pas pousser ta caisse à gauche, qu'on puisse passer !… oh putain ! j'ai tout plaqué là, tout, la bagnole, les klaxons qui gueulaient d'partout et j'y dis…

– T'avais déjà ta charge hein… t'es gonflé toi… tu veux faire couler la baraque en v'nant ici déjà plein ?… c'est ça qu'tu veux, dépôt d'bilan et chomdu ? !… »

Alors là il nous en écarquille de ces châsses le bleu sec, on dirait qu'il vient d'entendre comme un écho de lui, par là, une voix perdue dans ses hauteurs. Qu'il s'en reste un rien chose, mais récupère le fil quand même.

« J'y dis : Monsieur, lorsque l'on possède comme vous une telle face de cirage la bienséance veut que l'on s'incline devant mon teint d'ivoire !… j'y'ai dit ça !… moi…

– J'me d'mande bien comment j't'autorise encore à franchir le seuil toi ?…

– Eh ben il est descendu d'bagnole lui aussi le négro et tu m'crois si tu veux patron mais y m'a craché à la gueule !…

– Saperlipopette !… quel malotru !…

– Tu trouves hein toi aussi patron nan ? !… si c'est pas du racisme ça ! ?… çui-là dès que j'peux j'y baise sa femme !… c'est dit !… voilà !…

– Mais tu vas la fermer ta grande gueule dis, hein ! ?… on dirait une bouche d'égout !… t'es comme les chiens d'campagne toi, hein dis, t'aboies d'loin !… non mais jvatemenfoutruncoudanlburnous moi à çui-là !… allez ferme-la ta gueule, ta femme elle se fait piner dans les joncs, hein… ceux d'en d'ssous là, près du ruisseau… hein trou du cul !… faut la comprendre aussi, t'as que d'la gueule, t'es même pas foutu d'baiser un pamplemousse !… »

Je le connaissais bien moi le coin, le petit ruisseau, pas que je mettais en doute les paroles de Lurelubre mais j'y passais du temps en bas avec les grenouilles et les têtards, et jamais j'avais vu personne à patauger dans les joncs.

Il en a monté rouge le petit sec, a passé commande, repiqué au jus et on l'a plus entendu moufter du jour.

« Z'ont grossi nan tous les deux ?… nan, trouves pas ?… d'puis la dernière fois… z'ont grossi nan ?…

– Bahin forcément… elle l'engraisse il l'engrosse… du coup peuvent pas maigrir…

– Après l'heure c'est plus l'heure elle me lance, gonflée nan ! ?… l'avait qu'à être là à l'heure aussi, elle est marrante elle !… moi j'y'étais, elle pas… et après elle vient m'dire…

– Tu vois j'me demandais là qu'on en cause mais… les types à moto quand y t'doublent tu sais y tendent la jambe… ça veut dire quoi ?…

– Elle le tient par le ventre ça c'est sûr…

– L'aut' jour comme ça tout à trac elle me dit : "Bouh ! j'peux plus l'voir ce tapis !… faut qu'on en change…" … complèt'ment con !…

– Ça veut dire merci ou j't'emmerde ?… merci d'm'avoir laissé passer ou j't'emmerde tu vois j'vais plus vite que toi avec ma moto à la con ?…

– Lui quand il a bien mangé ben il est content, c'est humain nan ?… du coup ben il la baise… fatal…

– Elle a qu'à pas l'regarder l'tapis merde quoi !…

– Pasque d'un aut' côté moi j'me suis pas rangé pour le laisser passer… pourquoi y m'dirait merci ?… y double, point barre !…

– J'dis pas qu'il l'engrosse à chaque fois nan mais… bon…

– J'le r'garde pas moi l'tapis, jamais, j'en ai absolument rien à foutre de c'con d'tapis…

– Tu l'sais ça toi ?… merci ou j't'emmerde ?…

– La deuxième…

– Oh putain je l'savais !… les enculés !…

– Ben oui quoi… y'a trois cent soixante-cinq nuits quand même dans une année…

– C'est mes pieds qui l'regardent le tapis et mes panards ils en ont pas des yeux…

– La prochaine fois qu'j'en vois un derrière j'me fous exprès en plein milieu d'la route…

– Et pendant c'temps-là ben lui… y grossit… à force de bouffer…

– Et pis “tu m'parles jamais” elle me dit… bahin, évidemment… quand j'y cause elle comprend rien…

– Là y pourra m'dire j't'emmerde avec sa jambe !…

– Ou alors elle s'en va… enfin j'veux dire avec ses yeux… j'vois bien elle écoute plus…

– Elle s'en fout…

– Possible… mais si c'est juste un fond sonore qu'elle veut alors qu'elle allume la radio et arrête de m'peler l'jonc…

– Après l'tapis ça va être quoi encore qu'elle pourra plus voir ?… le clébard ?…

– Toi peut-être…

– Fais gaffe quand même, souvent les motos y sont plusieurs…

– Ben oui j'suis pas con…

– Et pis y sont pas fins… pas comme les camionneurs…

– Alors du coup ben moi j'dis plus rien… puisqu'elle s'en tape…, nan j'dis pas êt' pd, rien à voir… mais on est pas fait pour vivre avec les femmes, c'est évident… faut vivre avec c'qu'on connaît… moi j'suis un mec, un mec je sais c'que c'est… une femme j'en sais rien… ben ouais, trop différent… alors les femmes avec les femmes et nous entre nous…, nan ?… tu penses pas ?… »

Ah je peux dire j'en aurai passé du temps avec Lurelubre derrière le bar à ouïr toutes les défécations verbales de l'espèce, moi les yeux hauteur de comptoir lui à servir, moi laver, lui essuyer ce que d'autres encore avaient sali dans ces journées lourdes et identiques.

« Tu devrais pas faire ça…

– De ?…

– Comme tu fais, là… hein face de poulpe…

– De ?…

– Les écouter tous comme ça, là comme tu fais, regarder tout partout, tendre l'oreille, tu vas virer dingo d'office petit con… lave ta vaisselle, ferme tes oreilles et pense à aut'chose… écoute la radio tiens… concentre-toi sur la radio… »

J'ai jamais posé la question mais je me demandais bien comment il faisait Lurelubre pour l'allumer chaque matin, pis l'éteindre au soir le petit poste de radio là-haut sur l'étagère, tout là-haut encore après les bouteilles renversées à bec doseur qui distillait longueur de jour sa musique et ses chansons dans le brouhaha de la salle.

« C'est con c'qu'y chante, lui…

– Moins con que c'qu'y racontent, eux… j'préfère mille fois entendre une chanson con qu'les immondices de la salle et du zinc… au moins les chansons même si c'est con y'a un minimum de boulot pour concentrer la chose… pis ça dure que trois minutes…

– Mais après y'en a une autre… aussi con… c'est des chansons rachitiques ça…

– Pas forcé… pis y'a toujours un p'tit espoir… alors qu'avec eux…, si tu savais tout c'que j'peux entendre de ma place, ici… et toujours les mêmes phrases qui r'viennent… les mêmes expressions… la lumière des étoiles mortes gnagnagna l'abondance engendre toujours le gaspillage, qui rencontre son double en meurt, à l'heure de sa mort sa vie défile et gnagnagnagnagnagna…, pu-tain !… si tu savais toutes les conn'ries et lieux communs qu'j'entends ici !… l'anarchie c'est l'ordre sans le pouvoir, y'a pas d'génies inconnus…

– Y'a aussi quand on démonte les objets pour voir c'qu'y'a d'dans, les frigos, le grille-pain, les montres… ça veut dire qu'on sait pas comment on fait les bébés…

– Nan ça c'est trop compliqué pour eux mais… tout c'qui ne nous tue pas nous grandit par exemple… et y'en a d'autres… et encore et encore… toujours… tous les jours… c'est bien simple c'est toujours la même journée qui r'commence… avec les mêmes acteurs, les mêmes dialogues… putain !… comme si j'allais jamais mourir… »

Deux trois coudées de là j'entendais bout de zinc le gros type du miel et le grand Awouè se déployer en des frasques verbales sonores et liquides, verbiage à eux quasi dévolu sans jamais menacer de tarir. Il la sentait pointer Lurelubre la demande, sentait venir l'invite mais juste il grommelait rageur entre ses dents des putain !… mais pu-tain !…

« Tu vas voir qu'y va nous inviter chez lui l'gros !… mais pu-tain !… ah y s'entendent bien tous les deux hein !… si c'est ça on y va qu'tous les trois, j'emmène pas Machine… pasque l'gros du miel y cherche toujours à m'inviter chez lui et j'refuse tant qu'je peux… déjà donné, merci, et pas qu'une… ça m'déprime trop, c'est une énigme pour moi ce type, enfin leur couple surtout… pis Machine elle peut pas l'blairer l'gros, y s'sont jamais rencontrés, il est au courant de rien lui pour Machine et moi mais elle le connaît elle, de réputation… par contre elle aime bien sa femme…, nan vraiment ce couple… une énigme…, et pis Machine qui commence à m'seriner avec un gniard… on commence par un et puis…

– Et puis deux…

– T'es moins con qu't'en as l'air toi hein p'tite boule de pus ?… tu m'diras la réplique était pas bien compliquée…

– Pasque t'en veux pas toi des enfants ?…

– Pour qu'ils aient ta tronche ?… merci bien…, pour qu'ils viennent me faire chier à la quinzaine comme quoi j'suis ceci et cela, comme ci et pas comme ça, flot d'reproches à mon encontre les p'tits morveux pour après faire très exactement pareil… c'est impressionnant comme ils persistent à reproduire telles des chouettes hallucinées c'qu'ils ont r'proché à leurs vieux, affligeant… t'as r'marqué ?… nan t'es rien trop con toi hein torche-cul… j'sais même pas pourquoi j'te cause ?… à croire qu'on innove peu, on sait pas, ça nous d'mande trop d'efforts et d'imagination…, mais elle en démord pas l'autre, elle me tanne… »

Il en avait donc une de copine en fait Lurelubre, il était pas pd du tout contrairement à ce que présupposait le grand Awouè, mais la fréquentait peu parce qu'elle demandait trop à ses yeux.

« Elle me serine l'autre pour pondre… nan mais tu m'vois moi avec des gniards ! ?… sans rire… moi… hein tête de con… pasqu'elle insiste la gorette… elle y tient, a ça dans l'tronc pis la trogne, en démord pas… nan mais franch'ment ! ?… j'me vois d'ici à faire comme tout l'monde moi du coup… le grand j'l'appell'rai "arrête" et la p'tite sœur "pousse-toi"… hein tête de gland… franch'ment… nan mais tu m'vois avec des gniards moi franch'ment ?… »

J'entendais pas eux ce qu'ils se racontaient mais il s'en tapait sur les cuisses de rigolade le grand Awouè au bout du comptoir discutant avec le gros type du miel.

« Pas moins qu'un autre. »

Il a stoppé son bagou Lurelubre, même sa continuelle grimace de dégoût en a filtré une seconde de surprise et il me restait muet attendri, même s'il me fallait deviner ça au travers du gras des lunettes je savais bien qu'il s'y attendait pas à ma rétorque.

« T'es toujours aussi con mais tu t'révèles toi hein couille de rat…, des gniards ?… merci bien… pour faire un cinglé d'plus non merci… pasque y'en a des timbrés sur la Terre, tu l'sais ça ?… qu'on les remarque même plus tant y'en a, des cinoques infiltrés, qu'on fait avec eux tout comme si tout était normal…

– Ah bon ?…

– Ben ouais !… qu'on a même été obligé gueule d'asperge d'en inventer des mots pour toutes les folies sages de la société, qu'elles passent mieux, y'en a tellement des gens comme ça, fallait conventionner, on fait en somme que poser des mots sur des travers, des maladies de l'âme… je sais pas moi, on a qu'l'embarras du choix… tiens les curés par exemple, faut-y êt'con alors ! des malades ! avec leur robe à causer avec leur copain que personne a jamais vu, les nonnes aussi, les chirurgiens qui vous trifouillent les boyaux, l'armée UNE ! DEUX ! UNE ! DEUX ! les acteurs, ah putain les acteurs ! fous-toi ici, dis ça, fais ça, cours dans la forêt, arrête, reviens, recommence, fais PAN PAN… les mères pondeuses qui pondent et pondent et pondent pour penser à rien d'autre, les historiens qui fuient dans l'passé, les collectionneurs, les comptables… et y'en a d'autres des maboules, des fêlés… y'en a et y'en a !… j'les ai pas tous en tête, pis j'en découvre tous les jours… et j'parle même pas des tyrans qui exterminent des populations entières, eux c'est hors concours, nan juste les qu'on dit normaux tout en sachant bien qu'ils sont totalement déréglés… comme les… les… les tombeurs tiens, séducteurs, faut quand même être bien malade pour courir après les femmes à c'point-là, nan ?… une, deux… trois… après t'as compris, pas la peine de…, les boursicoteurs aussi, sont pas mal ceux-là, pis ceux qu'amassent du blé et du blé et du blé…, les écrivains… hein, les écrivains ! ?… tu vas pas m'dire… faut êt' largement bien siphonné pour passer des heures et des heures et des jours des années assis à gribouiller des conn'ries, nan ?… faut êt' malade !… y fait que chier par le crâne en fait l'écrivain, tout c'qu'y fait… nan ?… tu crois pas ?…

– Je sais pas…

– Mais si…, alors on a inventé des mots, comme des masques, on a tout regroupé tout ça en corporations comme pour justifier légitimer rendre respectable même parfois des vices et perversions vraiment trop fréquents et répandus… voilà…, et toi t'es quoi p'tit con ?… hum ?…

– Je sais pas ?…

– Ben t'es rien du tout alors ?… enfin pas encore, c'est pas plus mal, mais ça viendra…

– J'f'rais bien l'école de majordome…

– Pffff… hihihi… t'es con…

– Z'ont un beau costume…

– Ça y sont bien sapés pas à dire, pompes cirées et tout… mais tu manges avant, ou après, et sûr'ment pas l'même rata qu't'as servi aux emperlousés… pis t'es d'bout tout l'temps…, bref t'en sais rien… t'as l'temps remarque, t'es pas plus haut qu'trois bites à g'noux…, tu raffoles pas des mignardises toi hein tête de sboub ça s'voit… plutôt spartiate, austère le gamin… tu trouv'ras bien ta place va, comme tous les incrustés du zinc… comme tout l'monde… même clochard c'est une place après tout… pas folichon d'accord mais… et pis moi franch'ment j'me f'rais chier dans la rue toute la journée, glander, faire la manche… t'as r'marqué qu'ils ont des horaires eux aussi les clochards ?… si, j'ai vu ça… y sont t'nus à rien pourtant, pas d'patron, de pointeuse, eh ben quand même toujours aux mêmes heures ils se lèvent et s'en vont, pis reviennent pareil… faut êt' con quand même nan ?…, donc t'en sais rien, mais tu trouv'ras, on d'vient tous quelque chose, forcément, puisqu'on existe, à défaut d'quelqu'un… en espérant qu'tu d'viennes pas un monstre… pasque y'en a aussi hein, des monstres, des ordures finies, des vrais cinglés recherchés par les flics à enfermer… mais les autres aussi, les qu'ont l'droit tant qu'ça s'ébruite pas trop… tu l'sais pas ça toi hein face de hareng mais en URSS les athlètes féminines elles sont fécondées avant les épreuves olympiques, c'est un cousin qui m'a raconté ça, il le sait pasque… enfin bref, un voyage là-bas, y bosse dans l'milieu du sport, haut niveau… elles sont fécondées les filles pour avoir un meilleur taux d'oxygène dans l'sang… t'rends compte ?… pis après la médaille elles subissent une IVG… mais ça s'trouve c'est des conn'ries tout ça, possible c'est les Ricains qu'ont fait courir le bruit hein… the cold war… mais ça s'trouve c'est vrai…, enfin bref c'est dégueulasse !… c'est vraiment dégueulasse !… l'espèce humaine c'est une véritable salop'rie !…, pourquoi tu m'regardes avec un air con dans ta face de raie ?… tu sais pas c'que c'est une IVG ?… Interruption volontaire de grossesse… on tue l'fœtus quoi…, mais y'en a d'autres des horreurs sur la planète, j'les connais pas toutes et heureus'ment… sont fortiches pour tout c'qui est vice et dégueulasserie… au Viêtnam tiens, z'ont réussi à faire pleuvoir juste au-d'ssus d'l'enn'mi, pas fortiche ça ! ?… putain d'Ricains !… du j'sais pas trop quoi dans les nuages y z'ont foutu… “iodure d'argent”, va savoir c'que c'est ?… un déluge en tout cas sur les autochtones… embourbés les Vietnamiens, femmes et enfants… et allez, au jus !…, t'écoutes plus trombine de cul ?…

– Si… mais… elle fait quoi la dame là ?… pis des fois elle cause mais on entend jamais rien…

– Elle surveille le gros verre à absinthe, là, sur le comptoir… un souv'nir du vieux… pis ça la fascine pasqu'au soleil y brille… »

Posée dessus un petit banc avec les mains bien à plat sur les genoux et en voyant encore moins que moi de la salle et des clients, une petite vieille toute desséchée dans un coin derrière le bar bougeait pas d'un pet de lapin jour après jour, et ni des yeux ni du reste. Ses lèvres tremblaient parfois, mais dans un souffle, un rien, un filet pas plus et tout se perdait toujours dans la rumeur de la salle.

« Elle a dit un truc là, nan ?…
– Mouais…
– Et c'est quoi ?… »

Alors toujours j'avais droit à l'invariable, l'inéluctable réponse, comme une sentence de mépris :

« Des conn'ries… »

Mais il comprenait lui ce qu'elle chuchotait Lurelubre, c'était forcé, n'en disait rien mais il savait.

Moi j'ai déduit c'était madame sa mère à Lurelubre avec la même face de rat mal nourri, grugé, grillé dès la naissance, sinon quoi qu'elle foutrait là blottie contre le perco telle une paysanne des temps enfouis avec son tablier, son fichu comme coincée dans la cheminée entre le mur et les chenets ? Ah c'était pas Virna Lisi je peux le dire cette minuscule bonne femme toute racornie sur son trognon à l'air pas si bon que ça, âgée, fort âgée mais ne l'étant guère d'après ses dires à Lurelubre. Sans cesse réveillée par la machine à café elle sursautait dans sa somnolence tout bout de champ mais n'en décollait pas pourtant. Et puis j'ai compris, c'est pour ça Lurelubre il proposait toujours un café, comme ça, d'entrée, à chaque client, et même après qu'ils étaient bien installés, comme ça, pour rien, toujours, le patron régalait.

« Un p'tit café ?…
– Non merci…
– C'est pour moi…
– Ah, alors… »

Des jours que je lui passais devant moi sans entrevoir pleinement qu'une vie palpitait sous le gros pull, dans son coin près du perco, avec ses longs cheveux ni gris ni blancs mais parcourus d'écœurants reflets en traînées de pisse tout du long de sa queue-de-cheval.

« Pourquoi elle reste là toute la journée tous les jours ?…
– Pour le verre j't'ai dit… pis pour me faire chier probablement… »

Chaque soir à la nuit venue elle se levait, de ses pas menus, incertains se dirigeait vers la porte avec l'air d'hésiter, semblant réfléchir dans un combat intérieur, et sans la franchir jamais s'en retournait à sa place pour retomber vaincue dans une sorte de rêverie maussade.

Elle n'était pas dans l'existence et sa disparition ce me semblait ne lui aurait affligé aucun trou à Lurelubre, il la méprisait un peu quand même il faut bien le dire, d'une espèce d'indifférence de l'habitude. Une inconnue pour lui sa mère à Lurelubre.

« C'est vrai qu'il est bizarre ce verre… m'enfin bon…

– Pour l'absinthe t'ai dit déjà, t'écoutes rien cul d'Inuit ?… la bulle dans l'pied, là, à la naissance de la jambe, elle communique avec le récipient par un p'tit trou, c'est pour la dose exacte d'absinthe… après tu poses la cuillère à absinthe bien à plat sur le verre, c'est plat et trouée une cuillère a absinthe, tu poses un sucre dessus et t'arroses d'eau lent'ment pour la couper et la sucrer ton absinthe… t'as pigé ?…

– Pourquoi y brille ?…

– Putain !… on va causer d'ce verre à la con toute l'après-midi ! ?…

– Ben nan mais… on a commencé, alors… j'aim'rais bien savoir aussi c'qu'elle raconte la dame quand elle cause, c'est vrai pourquoi elle…

– Il est en ouraline ce con d'verre, ça contient d'l'uranium, c'est radioactif tête de con… mais ça vaut du blé y paraît… tous les artémisophiles sont des amateurs d'ouraline…

– … ?

– Quoi ?… ouraline ?…

– Ouais et pis l'autre…

– Artémisophiles ?… c'est des collectionneurs d'antiquités liées à l'absinthe… et l'ouraline ça remonte à l'Antiquité, on en a r'trouvé dans des vitraux… j't'ai dit mais t'écoutes pas, y'a de l'uranium dans l'verre, c'est une technique quoi… j't'épate hein tête de cul ?… sous une lumière ultraviolette ça prend des couleurs intenses, fluorescentes, du bleu au marron, beaucoup d'verts et d'jaunes aussi… on dirait une lampe qui s'allume, que ça vit, palpite, au soleil on l'dirait doté d'une lumière interne…, on peut parler d'aut'chose ménant ?… ou d'rien du tout même ce s'rait pas plus mal… »

Ça faisait bizarre quand même de voir une telle chose ici parce que le formica était roi chez Lurelubre, même les tabourets de bar, on croyait c'est du bois, c'en était pas. Formica. Rusé.

« C'est vrai qu'y brille, c'est rigolo mais… bouais… ça vaut quand même pas la pyramide de miel au coucher du soleil…

– Évident… et puis au moins le miel il affole pas les compteurs Geiger lui… pasqu'approche un d'ces appareils dessus un peu et alors là tu vas comprendre, c'est du… ah ben putain ça y'est !… il l'a invité ! t'as vu ?… et on est du voyage, forcé !… putain !…, bon ben… on est d'sortie couillon d'la lune… là tu vas pouvoir les ouvrir toutes grandes tes esgourdes et tes châsses… si t'es pas trop con t'y comprendras rien… mais ça t'f'ra dégueuler… une énigme j'te dis ce couple… séparément y'a rien d'bizarre, c'est les deux ensemble qui… tu verras…, allez finis ta plonge gueule de raie et va t'saper… pas qu'ça m'enchante mais… j'ai bien peur… on est d'virée… »

Lurelubre alors tout de suite il l'a dit qu'il était guère chaud, et du tout même, quand il lui en a parlé du repas chez le gros type du miel le grand Awouè. Il connaissait déjà Lurelubre, et parfaitement même, me l'avait bien dit, ça lui explosait pas la boussole cette escapade, vraiment pas, sauf qu'il a pas réellement expliqué pourquoi. Et tout le trajet il a grommelé en conduisant et sans du tout regarder la route, il renâclait, que ça lui a passé sa noirceur juste à l'arrivée, devant la petite maison de pierre au bout d'un chemin caillouteux, plantée là dans un grand pré entourée de végétation et puis rien que l'horizon tout là-bas devant. Moi c'est tout ça aussi qui m'a attendri mais surtout en plus cette gentille lumière jaune-orange qui lui sortait paisiblement des fenêtres. Je le voyais pas du tout habiter ce genre d'endroit le gros type du miel moi, c'est pourtant bien lui qui l'a ouverte la porte, avec toujours son gros ventre que l'on apercevait bien avant lui, sa face rougeaude et luisante, un verre à la main la clope au groin. Le grand Awouè il s'est engouffré dedans la masure ravi et Lurelubre il m'a poussé devant en me traitant de « grelinchon », voilà bien une insulte que je connaissais pas, mais pour une fois son ton détonnait le sarcasme vain. Il s'amollissait Lurelubre ce me semblait.

Alors passé les fins voilages colorés tombant des poutres je me mis aussitôt à plus pouvoir respirer, j'en avais un carillon incessant qui me battait le clocher, que je m'en pleurais du dedans. À mesure que je la regardais je sentais des millions de petits voyants s'allumer tout au fond de moi, des capteurs fous me tinter, les potards à fond et des fumigènes tous sens qui venaient m'embuer tout doucettement le bocal.

« C'est ma louloute… » – il nous dit le gros.

Il devait parler d'elle, installée à la manière des sirènes jambes repliées sur de gros coussins. Et moi j'y voyais des rochers, des embruns de fleurs lui pleuvant sa chevelure dorée. J'eus alors le sentiment extrême et violent de pénétrer une éternité, qu'il n'y aurait plus d'après, que c'était fini pour moi, moi plus comme avant, le même en pire une fièvre en plus, indécollable.

Aussi je dis nous avons des cibles en nous qui se meuvent comme à la foire, le balancier de l'horloge, pareil au casse-pipes et bing ça résonne quand ça fait mouche en son centre, alors quand cette petite lumière m'apparut comme une brise je savais déjà que ma cosse était brisée, qu'une sorte de gangue sur mon cœur venait d'éclater. Et que je préférais avant, avec mes cibles vierges.

Lorsqu'elle s'est levée pour nous accueillir j'ai quand même remarqué qu'elle me dépassait pas de beaucoup, que ses petits pieds nus surgissant à chaque pas de dessous sa robe étaient certainement même plus fins et menus que les miens. Et puis elle a parlé.

J'entendais pas les mots, rien qu'un petit filet doux et mélodieux qui me parvenait directement au cœur, et ça me faisait bien de la souffrance cette petite mélodie au bout de ses yeux aigue-marine, d'un bleu minéral et limpide mais douloureux. Oh il se déchaînait mon crabe, me pinçait les tuyaux, mais je restais niais face à ces couleurs, cette brûlure, cette palpitation. Sous l'orage je baignais dans sa clarté.

De ses petits bras fins elle a fouillé un peu dans un gros panier, en sortir un ruban qu'elle s'est noué dans les cheveux avec ses petits doigts blancs, un peu au hasard je crois, comme ça, garnir une mèche. Moi ma bouche elle a quand même réussi à demander les toilettes à ma pulsation, mais j'entendais toujours pas ses mots, j'écoutais le sang me battre.

« J'y montre… – il a dit Lurelubre – l'est tellement godiche possible va même pas la r'trouver sa bite… t'en as une au fait ?… t'es sûr ?… avance, c'est dans l'couloir… »

Devant la porte des latrines Lurelubre il m'attrape fort le bras, que je le regarde bien dans ses lunettes crasseuses et opaques, qu'il puisse bien me glapir une gueulante :

« Qu'est-c'tu t'imaginais p'tit con ! ?... tu croyais quoi ? !... la voilà sa femme !... ça t'la coupe hein !... t'es un rien soufflé là hein ! ?... elle a pas vingt ans et lui presque l'triple... c'est rien qu'une grosse merde avachie ce type, un rien du tout... l'est jamais là qu'pour parader, c't'une chiure !... c'est elle qui fait tout... TOUT j'te dis !... les dessus-d'lit, la couture, le miel et j'parle pas du quotidien..., lui j'me l'récupère tous les après-midi au comptoir, vient voir si j'ai vendu des pots d'miel et y picole... un vrai minable j'te dis !... alors toi t'as tout compris là hein avec tes yeux d'hareng saur ! ?... trou du cul va !... en plus sa famille à la p'tite a d'l'argent, beaucoup même, ils ont une fabrique de j'sais plus trop quoi dans l'coin, et puis des appartements qu'ils louent en ville... t'as pigé jean-foutre ?... t'as compris ménant pourquoi c'est à rien y comprendre et tout dégueuler après ?... »

Là il retombe Lurelubre, me lâche le bras, j'ai même cru qu'il s'était mis à genoux mais non, seulement ses traits virant vers ses pompes, sa lassitude.

« Remarque... moi non plus j'y comprends rien à c'te putain d'association vérolée... l'est même pas méchant avec elle j'suis sûr, j'crois qu'ils se parlent pas... des informations juste ils échangent... pas plus... il la voit pas..., c'est tout d'même aberrant qu'le sort donne des rôles capitaux à des imbéciles... ça t'effleure pas l'cosinus ça hein ?..., me regarde pas comme ça..., allez va pisser... et perds pas ta bite hein ?... qu'elle tombe pas dans l'trou... »

Sur le trône hébété j'ai bien tenté de me prendre le pouls, me tester la vie, mais le sang toujours me montait si fort que j'en déraillais. Oh oui j'étais bien en vie, mais d'une façon si dégueulasse que j'en déconnais de partout, et puis des tas de petites lueurs me tournaient comme au manège tout autour de la théière. Ce sont mes tremblements qui m'ont fait balancer par le cul tout un dégueulis de crasse et de trouille. Aussi j'avais peur qu'ils l'entendent, les autres, de là-bas, mon ventre hurler ses déchirures. Faudrait pas vivre, et puis vieillir, faudrait toujours rester con, ça ferait moins de mal et de désagréments.

De ma planque je les entendais déjà bien rigoler, valser les bouchons, tout un tohu-bohu que j'aurais bien aimé pouvoir déjà pousser dans le passé.

Près de la cheminé, sans feu ce soir d'été, les abat-jour filtraient une douce lumière dorée, deux chatons jouaient entre les gros coussins, une vieille machine à coudre dans un coin, submergée de tissus bigarrés attendait ses petites mains blanches pour l'assemblage. Par la fenêtre ouverte, dans le pré, les ruches parsemaient l'horizon comme de petites maisons à lutins. Elle, au milieu du salon, toute blonde et menue, mignonne de partout sur sa chaise illuminait l'espace de son petit sourire timide et fragile, presque effacé, rayonnante comme au cœur d'une mandorle. Lorsqu'elle croisait les jambes, le bas si léger de sa robe fleurie prenait du retard sur le mouvement et ressemblait alors, pour quelques secondes, à une petite vaguelette, juste avant de redescendre lui caresser les chevilles.

Alors le miel c'était elle ?

Je sais avoir passé tout le repas en immersion totale, mon sonar se repérant à sa voix, mais dans mon effondrement tout de même apparaissaient devant mes yeux, avec une extrême lenteur, de grosses taches grises çà et là sur les murs, d'autres noires, salissant ainsi les poutres et les meubles de cette pièce. Et j'entrapercevais le gros derrière mes vapeurs reposer son verre sur la table toujours en le faisant claquer avec force et bruits de bouche, j'entendais le rire du grand Awouè même qui me parvenait en pointillé. Pour dire, tout m'échappait, se disloquait dans une brume assourdissante. Et puis il se levait le gros, montrait du doigt l'horizon, par là-bas, au travers de la fenêtre derrière les ruches, toute la vallée qui s'étendait, il pointait son gros doigt en postillonnant rouge, puis retombait sur sa chaise pour se jeter sur la bouteille avec ses yeux vitreux et des mots malades.

Ah il pouvait bien me gueuler mon crabe et se débattre, me pincer les boyaux et mordre la tripaille, me ravager tout l'intérieur c'était du rien du tout, rien de rien je dis ! C'est moi qui lui torturais la tronche ! Que je lui balançais de ces vagues de haine dévastatrices, de ces bordées si cruelles et féroces que j'ai fini par plus me le sentir au bide, plus rien dedans qu'un feu éclatant, une énergie de démon, d'animal sauvage rendu fou de douleur.

Et comme la soirée tournait salace, Lurelubre, lui aussi sourdingue à toute cette débine, il en a filé un grand coup dans l'atmosphère qui planait déjà électrique au-dessus de la tablée, virer au cabestan il l'a faite la discussion. Et s'adressant au grand Awouè il lui dit :

« Tu sais qu'elle fait de très jolies choses de ses mains ?… si ça t'intéresse…

– M'intéresse ? !… quoi ? !… – il répétait éberlué le grand Awouè – que je qui ?… qui m'intéresse de quoi ? !…

– Des choses, qu'elle vend… le miel… les couvertures, des…

– Ah ouais !… OK, ah ouais d'accord !… mais TOUT m'intéresse quand ça vient d'une jolie fille !… hein Simon ?… – qu'il se récupère le grand Awouè – mais j'achète moi ! j'achète !… combien, combien ?… hein qu'on achète nous Roger ?… »

Déjà il sortait les billets de sa poche, les étalait sur la table, faisait tinter la monnaie de sa veste. Le gros c'était fini entendait plus, ses yeux sont tombés sur son verre pour y rester happés par le rouge andrinople du pinard, parlait plus, était loin. Écouter l'intéressait pas.

Elle s'est levée alors la petite, bien surprise du retournement, qu'on s'occupe d'elle, et que d'elle, puis revenue avec un gros paquet de couvertures pour tout déposer sur la table en écartant les assiettes et les bouteilles. Le repas attendra.

Bien entamé déjà par sa descente de rouquin le grand Awouè savait plus comment nous abreuver de son prêche. En voyant arriver les couvertures ça lui est revenu.

« Nan ! ?… c'pas vrai !… Marianne elle en f'sait des pareils !… oh c'est pôôâ vrai !… des mois elle y passait d'ssus, un boulot dingue !… mais si, j'vous l'dis !… à c'niveau-là c'est plus d'la couture, c'est d'l'art !… mais si ! ma grand-mère !…, ça s'fait encore ces trucs-là ! ?… les mêmes c'était, trente-six couleurs, quarante tissus différents !… alors ça c'est du boulot !… j'en veux plein !… les plus grandes !… combien c'est, combien c'est ? !… c'est tout ! ?… mais nan ! ça vaut bien plus !... Roger, t'en veux pas une pour ton plumard à Paris ?... mais si, allez choisis !... une autre, pour le tape-cul, on va s'les peler la nuit... – et puis il se penche un peu vers moi, me joindre l'oreille – tu prends les plus chères Simon, fais pas l'con, les plus chères, le prix est dans un coin..., hou là là ! – il se redresse – FAN-TAS-TIQUE !... une pour ta mère aussi Roger... nan, pas celle-là, trop p'tite... ah mais très très belle aussi hein, mais nous on veut les grandes, on est comme ça !... là, la grande bleue là, mets d'côté Simon, qu'on si r'trouve... et d'trois !... une pour la grand-mère aussi, qu'elle me fasse pas chier si j'arrive les mains vides, elle aime pas ça les mains vides, l'en f'ra jamais rien mais c'est comme ça, que veux-tu, l'âââge, placard direct... mais bon..., et une pour Marianne aussi, ça va la scier !... bon, combien qu'y'en a ?... cinq ?... combien ça fait ?... c'est tout ? !... ah NAN NAN !... tiens, v'là l'double, et encore j'te vole !... – et paf il rebalance une liasse – bon, et la table, combien ?... vous la vendez pas ?... t'façon elle rentrerait pas dans l'camion... pis après j'saurais pas quoi en foutre alors... »

Les bouteilles sont revenues, comme d'elles-mêmes, attirées par les ondes, les plats aussi, toute une nourriture que j'avais bien du mal à identifier dans mes nébuleuses. Et je me l'avais en face la petite chérie, sa mignonne tête un peu penchée elle bien droite sur sa chaise, et je la regardais manger du bout des lèvres, enfoncer à peine la fourchette entre ses petites dents, de rikiki morceaux qu'elle mâchait à peine et longuement sans que jamais rien ne bouge de son visage, semblant même ne jamais avaler. Je la contemplais, me la détaillais, pour plus tard, en garder un peu, même les petites rides de son front je voulais m'en souvenir, le charmant canevas que ça lui dessinait furtivement, et puis les fins bracelets d'argent de ses poignets qui me causaient, tintaient, me jouaient une petite mélodie sèche et raffinée. J'aurais bien voulu courir dans le pré avec elle et ses petits pieds nus, jouer autour des ruches en regardant le lointain et lui cueillir des brassées de bouquets champêtres.

Le gros, avachi comme un primate sur lui-même, le menton baissé dans son assiette, s'obstinait à trier de ses doigts aux ongles noirs ce qu'il allait manger de ce qu'il n'aimait pas. Peut-être il aurait bien voulu faire pareil avec l'existence, entasser sur le bord, accumuler un petit tas sur le côté de tout ce qu'il ne voulait pas vivre. Et il s'y est remis à sa pollution, ses idées fixes, qu'il s'en est pris à Lurelubre on sait pas pourquoi.

« T'es tout seul toi hein patron ?… comment tu fais pour… ha ha ha… hein ?… pourtant pas les femmes qui manquent dans la région hein ?… ça t'manque pas ?… l'hygiène quoi quand même… nan ?… hein ?… »

Lurelubre le grand Awouè il m'en avait parlé pendant le voyage, jamais il lui avait connu de copine, doit être pd sinon j'vois pas il disait. Donc je pouvais bien déduire qu'il me détestait pas cordialement Lurelubre puisqu'il m'avait confié ce que peu savaient.

« Le nombre de femmes seules dans les campagnes, i-ni-ma-gi-na-ble !… ou pas seules d'ailleurs, ça change rien… elles en veulent… là, partout dans la vallée… »

Et ce disant il montrait, le bras tendu à décrire des arabesques au-dessus de la table, la fourchette encore en main, avec des petits morceaux de nourriture qui allaient se coller un peu partout sur le sol et les meubles, des bouts surgissant de sa préhistoire à lui.

« Tu verrais ça patron !… quand j'fais la tournée pour mon miel… dans les fermes, les pavillons, les restos… partout… elles attendent que ça… accrochées à ma braguette !… pas croyable !… mais ATTENTION !… PAS TOUCHE hein !… sérieux le gars !… c'est qu'j'ai ma Toutoune moi hein !…

– Et le tréponème pâle aussi, tu connais ?…

– Nan j'sais pas… y vient au bistrot des fois ?… »

Il lui passe alors la main sur la tête, lui caresser un peu les cheveux à sa Toutoune, mais sans penser du tout à son geste, comme on tapote un clébard, flatte un bourrin.

« Et pourtant y'a des fois, pas l'envie qui m'en manque, hein !… mais pas touche !… hein ma Toutoune ?… – lui prenant le menton il lui relève la tête pour lui palper la joue – AH !… – il nous gueule – qu'j'y pense… après j'vais oublier… recta…, écoute patron, on a une grande nouv…, au fait, j'peux t'app'ler par ton prénom ici, hein, t'es pas en service, ha ha ha…

– Nan, pour toi j'serai toujours le patron…

– Ben merde alors comme t'y vas ? !… v'là qu'tu m'as coupé mon effet dis donc !… enfin bon puisque t'as tes sensibilités, hein, ça s'respecte…, bon, ben on a une grande nouvelle avec Toutoune, on…

– Par contre elle tu peux l'appeler par son prénom… elle en a un très joli de prénom… tu l'utilises jamais… t'es vraiment rien qu'un sac à pinard…

– Quoi… Luciole ?… joli ?… un insecte…

– Luminescent… comme une petite lueur… dans notre nuit… »

Il me jette alors un coup d'œil le gros, mais vraiment, furtif, et puis :

« Parle jamais çui-là ?… mange rien non plus ?… remarque c'est pratique… pis c'est mieux… les p'tits neveux à Toutoune qu'est-c'qu'y peuvent êt' chiants alors !… pouhlala !… faut toujours qu'y m'emmerdent quand on va dans sa famille à ma Toutoune, me poussent toujours à bout les gamins… me forcent à gueuler… hein ma Toutoune, l'enfer… de vrais vicieux ces gamins !…

– J'vois pas où est l'vice à tirer sur la corde pour faire sonner la cloche ?… – il lui assène Lurelubre.

– Ouais ben j'espère qu'y s'ra pas pareil le… oups ! j'ai gaffé !… tout moi ça…, hein ma Toutoune qu'ça va pas être un chieur çui qu'tu vas nous pondre ?… »

Puis il s'est remis à trier son assiette, c'était bien tout ce qu'il avait à en dire. Ses doigts parlaient mieux.

Lurelubre, pour la première fois, je l'ai pas senti si vachard que ça, de ses mains, à plat sur la table, il s'est mis consciencieux à écraser lentement toutes les petites boulettes de mie qu'il avait confectionnées avec patience durant tout le repas. Nous, on regardait le gros qui dans une manière de silence immobile nous planant au-dessus grimaçait dans son assiette, dévoilant ainsi le douloureux combat qu'il se livrait seulabre en grommelant sur la bouffe sans un son.

Il en a posé ses lunettes Lurelubre, juste, il est resté alors, comme ça, empreint du regard vide et fixe de ceux qui observent impuissants le travail d'une vie disparaître lentement.

Lorsqu'il a relevé son front j'ai vu passer dans le noir de ses yeux des éclairs de souffrance digérée. Les yeux ça ment jamais, ils y arrivent pas. Et plus rien ne remuait dans la pièce, seulement les volutes du grand Awouè qui s'étiraient doucement sur toute la longueur de la table, une cigarette posée, oubliée là.

De retour sur ses gros coussins la mignonne tripotait ses petits pieds nus sans y penser, la tête fléchie, le regard perdu vers ses délicates phalanges qui jouaient sans elle avec ses orteils. Nous allions donc partir en la laissant ainsi, sur son rocher, ses embruns, et j'allais me la garder comme une photo pour le restant de mes jours. Mais je remarquais tout de même, sur ses mèches en soleil, son petit menton pointu, ses pommettes, comme des reflets, des brillances. Voilà qu'il me la gravait maintenant l'inepte, toute luisante de sa graisse, dans mon souvenir.

C'est qu'elle me faisait tout bizarre cette piaule maintenant, jamais ses poutres comme un quadrillage de nos jours ne m'avaient entravé tant que là, je les trouvais pas si moches les parpaings avant. Ça m'a fait comme une montée subite et dans un abîme de désolation j'ai dégueulé plein régime une bile noire et ténébreuse dans un coin.

« Ben mon salaud ! !... – qu'il s'extasiait dans mon dos le grand Awouè – t'as pourtant rien mangé comme il l'a dit l'gros !... »

Écœuré il en est aussitôt redescendu se terminer à la liche avec les derniers échoués du zinc, c'était, il trouvait, bien trop tôt pour le dodo. Ça faisait longtemps que j'avais pas dégobillé comme ça, c'est un signe, que voulez-vous lorsqu'il y a trop de grâce et de légèreté concentrées dans une pièce ça finit toujours par faire mal. Et toute la nuit j'ai senti comme une présence, une ombre furtive et transparente autour de moi, un brouillard blanchâtre et pourtant sombre, tout près, observateur, immobile parfois, muet toujours. Je pouvais voir à travers, un il y en avait, que je le surprenais parfois du coin de l'œil.

Au matin le grand Awouè était déjà plus là, ou il n'était peut-être jamais remonté de la nuit. Moi je suis pas descendu, peinard au duvet, du pageot et sans même bouger la tête je suis resté abruti à regarder le ciel au travers de la fenêtre, les nuages tout propres me défiler lentement. J'en voulais plus de rien. Ça sert à quoi ? Nous naviguons tous sous pavillon couvert, nos activités paraissent du dehors toutes fleuries de conscience et d'intérêts mais ce n'est jamais rien que besogne animale, une longue et souffreteuse patience. On foisonne de douleurs, de perditions, et de ces retours à la normale après la dernière danse, ces éblouissements entrevus, passés, ces visions d'âmes comme des ciels déchirés, ces soleils intérieurs, ce froid dans la fournaise.

Sont-ce des bonheurs ou des douleurs ?

C'est de l'art.

Et je ne le haïssais même pas le gros, il ne m'était absolument rien.

Alchimie surprenante de ces êtres que l'on sait ordures mais que l'on arrive tout de même pas à détester.

C'était elle qui me faisait pleurer.

Et personne sous les poutres et parpaings pour me le récolter ce chagrin.

En Amazonie les papillons vont boire les larmes des tortues il m'avait un jour expliqué Lurelubre.

J'avais même pas ça moi, pire qu'une tortue à la con j'étais.

Nous déambulons, attelés dans l'inexplicable traînant notre sarcophage dans l'hiver, et nulle utilité à se débattre, il nous faut la gober notre fatalité, obéir à nos émotions et subir le dégoût de soi. On a beau se les fermer les yeux, changer de route, replonger dans les inepties de notre quotidien le mal est fait, la chose nous a touchés, c'est en nous maintenant, et on se souvient. Moi j'avais le désastreux sentiment de repartir vers mes vastes noirceurs pour m'engloutir dans mes poisons avec un chagrin ralenti.

Sous des cieux inchangés je m'enfonçais dans le brouillard de mes jours.

Et bizarrement le lendemain il me foutait la paix Lurelubre, me regardait même pas dans le ronron du comptoir à essuyer ses verres, ranger les tasses, n'écoutant je le voyais bien du tout ce qu'ils bavassaient tous, et ni la radio, rien que lui il auscultait derrière ses lunettes crasseuses. J'en ai profité, je suis roublard, qu'il descendait chercher une caisse de mousseux pour alors m'approcher un tantinet de la vieille, tenter de lui déchiffrer son souffle, ce qu'elle exhalait maussade jour après jour sur son petit banc ras de terre, ce qu'elle expulsait faiblement comme une idée fixe et pour personne.

« Vous dites quoi ?… – je lui chuchote.

– Il pratique l'onanisme dans les lieux d'aisance…

– Hein ?…

– Il pratique l'onanisme dans les lieux d'aisance…

– Mais qui ça ?…

– Si !… tout seul !…

– Pousse-toi tranche de cul que j'pose, ça pèse… alors ayé, t'as pigé c'qu'elle raconte ?…

– Mouais…

– Et c'est quoi ?…

– Des conn'ries…

– Pardi…, mais les autres aussi là tout autour racontent pas mieux… des décérébrés…, connais-tu donc petit olibrius à tête d'opossum le plus grand fléau de notre planète ?… le sais-tu ?… ce qui pourrit et dégueulasse tout ?… le sais-tu ?… tu sais pas ?… cherche… c'est-y les arbres ?… c'est-y les poissons ?… les meuh-meuh ?… hein, c'est-y les meuh-meuh ?…

– Nan…

– Alors c'est ?… c'est ?…

– L'homme ?…

– Bravo boule de fiente !… et quoi chez l'homme est la cause de toute cette merde ?… cherche…, c'est ?… c'est ?…

– La bouche…

– Hein ?… pourquoi la bouche ?…

– Pasqu'elle cause…

– Effectivement… c'pas con… mais AVANT la bouche… c'est le… ? le… ? – et toc-toc il me faisait du doigt Lurelubre sur sa tempe toc-toc – c'est lui qui fout l'bordel et fait tout déconner… le cerveau…

– Salut la compagnie… alors patron c'tait bien les Seychelles ?…

– Hein, ouais…, les Seychelles ! ?… qu'est-c'qui m'baragouine çui-là ! ?… pourquoi qu'y m'cause des… ! ?

– Mais si patron… tu r'viens bien des Seychelles nan ?… tu sais les gros cailloux tout ronds…

– Mais quoi j's'rais allé m'faire chier aux Seychelles moi tête de fion ! ?… toi tu radines de Connardland ça c'est sûr !…, bon… un café ?…

– Heu nan… plutôt un Fernet-Bran…

– C'est pour moi…

– Dans c'cas… mais t'oublies pas mon Fernet-Branca alors après hein patron ?…

– J'disais quoi ?…

– Le cerveau…

– R'vient pas des Seychelles le patron ?... ah ben j'croyais... autant pour moi...

– Oui... pasque si tu réfléchis bien... avec ton cerveau d'ailleurs... t'en a un au moins ?... des fois j'me d'mande..., mais tu fais quoi là face de mélasse ! ?...

– Ben j'écoute la chanson... tu m'as dit concentre-toi sur la rad...

– Mais PAS quand j'te cause tête de nœud !... t'es pas croyable toi, hein ?... elle est con en plus c'te chanson..., bon... écoute... puisque visiblement t'as pas envie de t'élever dans les hautes sphères philosophiques... eh ben moi j'ai aucune envie d'reparler d'la soirée... après tout c'est leur vie nan ?... à mes yeux c'est un désastre, une hérésie mais bon... hein ?... j'y peux quoi moi ?... y'en a sûr'ment des milliards comme ça sur la planète... alors hein ?..., tiens, tous ceux qui traînent ici, la salle, le comptoir... y'a un espoir toi tu crois avec toute cette merde à pattes ?... nan y'en a pas... te l'dis... demain, après-d'main y s'ront touj... mais qu'est-c'tu fous encore le nez en l'air ?...

– Écoute... »

Ça montait, ça montait, elle montait la musique et son tatatata tatatata et tandis qu'il grimpait toujours pour englober tout le tatatata j'ai senti passer soudain comme un frisson animal, au-dessus, un fluide pénétrant l'assemblée, ça continuait le tatatata, c'est vrai, on aurait dit que tout allait exploser. Y sommes-nous alors ? Y sommes-nous ?

Nous y sommes.

> Non, rien de rien
> Non je ne regrette rien...

Et dans la salle de place en place mais le long du comptoir aussi comme des sucres alignés tous ils en ont relevé leurs vieilles trognes amochées, discourant toujours pourtant de leurs inepties, mais de fiole en fiole comme un chien à l'arrêt une préoccupation serpentait pour envahir tout, une préoccupation lointaine dans une sorte de silence non encore établi parmi cette populace.

C'est payé, balayé, oublié,
Je me fous du passé…

Mais de moins en moins les palabres, au goutte à goutte elles s'amenuisaient les bavasses, l'un comprenant que l'autre en face ne l'écoutait plus, et puis un autre, et encore, de moins en moins, et puis plus du tout.

Alors le vrai silence se fit.

Avec mes souvenirs
J'ai allumé le feu
Mes chagrins, mes plaisirs
Je n'ai plus besoin d'eux.
Balayées les amours
Avec leurs trémolos
Balayées pour toujours
Je repars à zéro…

Qu'on s'en est regardés avec Lurelubre bien épatés lui et moi de plus entendre rien que la chanson, la chanson au-dessus de tous ces yeux rivés dans chacun son intérieur, tous de par la salle et le zinc à se surprendre d'être en vie même on aurait cru, qu'ils s'étaient mis à ressentir, et sans y comprendre rien c'était flagrant mais chaque cible était mouchée.

Ni le bien qu'on m'a fait, ni le mal
Tout ça m'est bien égal
Non, rien de rien,
Non, je ne regrette rien…

À quoi pouvaient-ils bien penser tous à se taire là comme ils faisaient ? À quoi donc ils pensaient cons et basiques comme je les connaissais ?

À rien, j'en ai conclu, à rien, à vraiment rien du tout, et que justement même se trouvait possiblement là toute l'utilité de l'artistique.

Cette mise en branle soudaine d'un moteur auxiliaire comme une prise d'otage.

Une pause dans l'univers des existences.

> Car ma vie, car mes joies
> Aujourd'hui, ça commence avec toi…

Ils en restaient tous sonnés baba la musique en allée, la voix tue, comme s'ils rechignaient chacun à s'y remettre à ses divagations, qu'ils renâclaient au jus sans plus d'idée pour s'abstraire, le retour les assommait, et sans regain pour reprendre la parade on voyait là nous deux comme une troupe d'effarés incapables de réintégrer la revue, fatigués même de l'épate.

« Ah… – qu'il me dit Lurelubre mais sans y croire vraiment – y'a p't'ête un espoir alors… le doute est permis…, mais juste ça alors, hein… le doute… pas plus… »

Et le ronron reprit.

Encore un matin où déjà il avait décanillé de son lit de camp le grand Awouè, ou peut-être n'y était-il même jamais monté. La chose était à voir mais je m'en cognais fort là que je regardais la fenêtre sur la montagne, de mon page, le ciel au-dessus des sapins, quelques nuages. Il pouvait bien vadrouiller jour et nuit à sa guise l'habitude de l'absence nous joue des tours et de par ce fait la présence même en devient suspecte. C'est malheureux. Je regardais le ciel par la fenêtre, musardais çà et là dans les souvenirs des jours vécus en ces lieux avec les incrustés du zinc, le repas chez le gros, Lurelubre, les jours passés derrière le comptoir avec lui et tout ça me refourguait dans la patate comme un triste état de morfle languide. Et puis je l'entendais de mon duvet Lurelubre en bas dans la salle se défouler sur sa petite troupe avec des hurlements de bête martyrisée.

« Hé patron, une recharge…

– Pas ton chien !

– S'tepl'…

– Comprends pas !…

– Oh là là !… s'il-te-plaît…, ça va comme ça ?…

– À la bonne heure… la prochaine fois retire le "oh là là"… »

Il la dressait sa meute Lurelubre, tentait bien aussi de l'éduquer en se défoulant par là même, mais les tenait. À quoi bon je trouvais ?

Dans leur tumulte, en bas, il m'a bien semblé les entendre tous les deux, Lurelubre et le grand Awouè s'engueuler largement, du double qu'ils se servaient entre copains.

Je perdais mes yeux dans les sapins, au travers de la fenêtre qui battait sous la brise, lorsqu'il est venu me dire rigolard que l'on partait.

« Fais ton sac on ripe Albert… alors, hein, t'es content grosse bête ? !… »

C'était tout, l'escalier l'avait déjà repris.

J'ai quand même tenté une petite descente, pas dans l'idée d'une vaisselle, je m'en sentais totalement déchargé maintenant, ni de grailler, je descendais juste pour moins y'aller du ruminant. La compagnie des imbéciles aussi parfois soulage. Mais à peine j'arrivais dans la salle que déjà je retrouvais tout l'aréopage au grand complet, tous les professionnels du tutute et glandouille. Et pas même le temps de rien que le petit bleu sec, sa charge atteinte, se redressait pour y aller de sa lallation.

« Tous les matins quand j'bossais en ville tu vas pas m'croire patron eh ben j'trouvais toujours un nain sur mon ch'min… fort, ça, nan ? !…

– Tu veux sans doute dire une personne de petite taille…

– À la maison j'en avais trois des frères et deux des sœurs !… alors c'est dire si j'les connais bien moi les enfants !…

– Le rapport ?…

– Cinq qu'on était de gniards à la maison ! CINQ !…

– Trois et deux plus toi ça fait six… trois et trois six chez moi… chez toi j'sais pas vu ta charge mais chez moi ça fait si…

– Ah ça y'est ! tu sais mieux compter qu'tout l'monde toi maint'nant patron !…

– Faut croire… ou alors on utilise pas les mêmes chiffres…

– Ouais, ben tous les matins j'retrouvais c'putain d'nain sur mon ch'min, et toujours le même hein, devant l'même bistrot où que j'passais d'vant pour aller bosser… c'est des trucs ça t'fout pas les j'tons toi patron ? !…

– Nan… mais vas-y continue… je sens qu'tu vas m'passionner… comme à ton habitude…

– Eh ben un jour plus rien dis donc ! envolé mon nain, un matin personne !… j'ai gueulé !…

– … ?

– Ah ben ouais quoi !… m'y étais attaché moi à mon nain du matin… c'est humain quoi nan ! ?… du coup que j'rentre dans l'troquet et tout à mon affaire j'harangue : ou qu'il est passé mon nain du matin ! ?... putain j'ai gueulé t'aurais dû voir !...

– T'as fait quoi ? !...

– Mon nain du matin il est où ? ! que j'leur gueule... c'est vrai c'est pas des choses qui s'font ça nan de r'tirer son nain à un homme !... t'aurais fait quoi toi patron ?... hein ?... t'aurais gueulé toi pareil... ben si...

– Nan là franch'ment... je sais pas...

– Mais si t'aurais gueulé pareil toi !... tu gueules tout l'temps... c'est vrai t'es toujours en train d'gueuler toi patron... et là comme par hasard pour mon nain t'aurais rien dit ? !... hein ? COMME PAR HASARD ! !... ah ben mon salaud !..., enfin bref... y m'ont répondu je sais pu, des conn'ries, on aurait vraiment dit qu'y comprenaient rien à mon histoire tous ces cons..., mais j'le voyais plus du tout mon nain moi du coup, en plus qu'il a fallu qu'je change de boulot, donc je passais plus par le même chemin..., eh ben patron tu m'croiras p'têt' pas mais... ben y m'manquait moi mon nain du matin... c'est vrai... c'est con à dire mais on s'y attache à son nain...

– Ta personne de petite taille...

– Z'auraient quand même bien pu m'en r'mettre un d'nain nan, pour mon trajet du matin... c'est vrai c'est pas des choses qu'y s'font ça...

– Tu t'imaginais quand même pas tête de con qu'y z'allaient t'suivre pour te déposer un putain d'nain pile-poil où qu'tu passes le matin pour aller bosser quand même nan ! ?... et puis qui ça "ils" d'ailleurs ?...

– ON R'TIRE PAS SON NAIN À UN HOMME !... – et de la main PAF sur le comptoir, bien souligner ce qu'il raconte – c'est ça que j'dis moi !... oh ben merde alors, un cafard ! ?... t'as vu patron ? j'viens d'écraser un putain d'caf...

– Pasque tu croyais vraiment qu'y z'allaient choisir un autre troquet sur ta nouvelle route pour te déposer ton putain d'nain du matin pour que tu puisses le voir en allant bosser ?... vraiment tu croyais ça ?... nan ?... vraiment ?... quand tu m'regardes avec cet air con on dirait bien qu'tu l'penses...

– Ben…

– Un nain rien qu'pour toi ?…

– Ramasse ton putain d'cafard au lieu de dire du mal de mon nain patron !… l'est vraiment dégueulasse ta cantine… quand on voit c'qu'on y bouffe on comprend mieux c'qu'on chie… y'a pas d'miracle…

– Les cafards… – il s'indigne Lurelubre – c'est riche en protéines pauvre con !… et ça résiste à tout !…

– Ben çui-là l'a pas résisté à ma paluche !…

– Ça résiste au micro-ondes, à la congélation et même au nucléaire !… hein triple con ! et ils pourraient pas résister à ta conne d'pogne ? !… après Hiroshima, con basique, c'est les premiers à être sortis des cendres ! t'entends-t-y gueule d'éponge ? LES PREMIERS !… bien avant les scorpions !…

– Ouais ben… mon nain aussi y résiste à tout, pasqu'un jour… mais longtemps après hein, il était là dis donc, à la même place, un matin, mon nain… mais j'avais r'pris l'même chemin qu'avant aussi faut dire, c'est sûr que ça aide pour retrouver ses habitudes de reprendre ses… ben ses habitudes quoi…, enfin bref, il était là quoi, mon nain… eh ben tu sais c'que j'ai pensé illico en l'voyant ?…

– Je sens qu'ça va être sidéral…

– Ah bah tiens chouette ils m'ont r'mis mon nain !… c'est ça qu'j'ai pensé patron…

– Mais qui ça "ils" trou du cul ! ?…

– Ben, ceux qui m'lavaient r'tiré tiens !…

– Pardi…

– En arrivant à sa hauteur j'y'ai dit, avec un p'tit sourire entendu, tu vois avec dans l'œil une sorte de connivence : Alors, hein, dis mon grand, c'est-y pas mieux comme ça, nan ?…, pasque c'est sûr qu'il avait dû en souffrir lui aussi…

– Et il t'a répondu quoi ?

– Que dalle !… il a pris un air con… comme si y pompait rien… ça m'a déçu !…, franch'ment moi les nains j'les comprends pas ! ?… nan c'est vrai, c'est rien qu'un ingrat ce nain, après tout l'souci que j'm'étais fait pour lui pendant son absence…, tu dois être plus heureux avec tes cafards…, en plus mon nain il avait un pied-bot, alors t'as qu'à voir…, nan c'est vrai les cafards c'est p'tête pas si con qu'ça après tout…

– Savent même prendre l'avion…

– Nan ! ?… c'pas vrai ! ?… avec le billet et tout ? !… les réservations ! ?…

– Mais pau-vre-con ! ?… sous une valise, accrochés, ou sous une chaussure… »

Toute cette discussion l'avait bien fléchi vers le zinc le petit bleu sec, il se redresse alors, solennel, la main sur le cœur :

« La vache !… les cafards c'est pas des cons !… patron, j'suis désolé d'en avoir tué un tout à l'heure… c'était p'être une maman en plus ?…

– Pas grave, même si la mère meurt le premier jour l'œuf va quand même éclore le vingt et unième, c'est pas beau ça ?… et quarante bébés vont venir trottiner sur le comptoir !…

– Et comment qu'ça s'fait qu't'es aussi calé sur les cafards toi, hein, dis patron ?…

– À force de les fréquenter…

– Ben moi qu'a fréquenté un nain j'y comprends toujours rien aux nains… que dalle j'y pige aux nains !… sauf que c'est rien qu'des ingrats…

– Les cafards pour moi c'est intime…

– Bon !… – qu'il dit le petit sec en faisant claquer sa langue et toquer son verre sur le comptoir – c'est pas tout ça mais… moi… ce soir… faut absolument qu'je baise !… y'a pas à y rev'nir !… »

Alors il y va de la ricane et des clins d'œil aux assoiffés, des petits coups de menton, il les veut en connivence, se rengorge, réfléchit en même temps, se scrute le carafon.

« Patron !… j'peux téléphoner ?…

– Si tu raques…

– J'vais app'ler Anne-So… bien deux ans que j'l'ai pas niquée celle-là… le bonheur que ça va lui faire mon coup d'fil !… pis que j'la… enfin bon…, y'a des fois j'm'adore, pas à dire… pour peu j'en chial'rais tiens…, allô… ouais… Anne-So ?… c'est moi ouais…

ben moi aussi j'suis hyper-content d't'entendre… ben ouais… ben tu penses… ah ben tu m'étonnes que ça fait longtemps !… une paye ouais !… ouais… ben ouais… j'peux passer c'soir ?… eh ben super…, t'habites toujours vers l'Aspara ?… ouais, c'est ça, au Champfleuri… – et cachant le récepteur de la main – c'est ma route, pour ça, économie d'essence…, eh ben pas d'problème… ça roule pour six heures…, ben sinon… rien… ah ouais tu… ah c'est bien ça… hum… hum… oh ben moi tu sais hein… toujours pareil… le turbin quoi, la quincaillerie et l'week-end la pêche, la routine quoi…, hein ?… la quinca… ben oui, j'en tiens une de quinc…, hein ?… ah ben nan… nan c'est pas Francis, nan…, ah nan plus nan…, nan c'est… c'est MOI… c'est J.P. !… ouais !… super hein ? !… quoi ?… ben je sais pas moi heu… taille moyenne… sympa… bien fait d'ma personne… toujours tiré à quatre ép…, ben merde la vache, elle a raccroché dis donc !… c'est ballot ça !… elle a dû m'prendre pour un autre, y'a pas…

– T'es un champion toi, hein ?… et pis tout dans la distinction, hein… on dirait pas à t'voir comme ça que t'es un raffiné…, tu piges pourquoi j'préfère les cafards ménant ?… t'as percuté ?… nan ?… toujours pas ?… – et se tournant à demi il m'aperçoit là – ah bah tiens !… quand on parle de… t'es là boule de pus ?… alors, vous partez ?… c'est mieux, deux s'maines à t'avoir dans les pattes… et puis t'es crevé !… ça s'voit bien, tu tiens pas l'coup à la vaisselle du bar…, pourtant pas foudroyant comme boulot…, et toi t'es crevé…

– NAN !… – que je lui rétorque d'office, pasque c'est vrai qu'on peut pas toujours laisser tout dire – c'est l'ennui qui exténue, le reste c'est du flan !…

– Ben v'là qu'y m'engueule lui ménant ! ?… ben merde alors ! ?… t'apprends vite didon, hein p'tite tranche de cul !… mam'selle se rebiffe !… v'là qu'elle nous est toute renfrognère dites donc les gars !… hein ma godiche, qu'est-c't'as ?… tu t'es cassé un ongle ?… t'as pété un talon pour être toute chiffonnée comme ça ? mam'selle est dans un tel état d'nerfs, bouhlala !… tu veux une médaille pour ça ?… – il tâte ses poches – ben j'en ai pas sur moi c'est con hein dis !… alors t'as tout compris toi, hein ?… c'est ça ?... eh ben SACHE môôôsieur ducon qu'on sait jamais rien !... et pis t'imagine surtout pas connaître quelqu'un sur cette Terre hein, on connaît jamais rien ni personne ni que dalle !...

– T'aimes bien les chats toi !... » – que je lui affirme.

Totalement brusque il m'entraîne soudain par le colbac jusque dehors, près de la route, et là, sous un soleil implacable, dans le hurlement des camions en travaux et les moteurs il me gueule :

« Ah ouais ? !... j'aime les chats, moi ! ?... et sur quelles conn'ries tu t'bases tronche de polype pour me dire ça ?... »

Je regardais juste après Lurelubre l'énorme rouleau de la machine qui étalait son goudron, ça faisait pour sécher comme le bruit de la pluie, augmentant ainsi la fournaise par une chaleur montante.

« J'te cause trou du cul !... sur quoi qu'tu t'bases ?... en plus il écoute même plus ! ?...

– Y'en a partout des chats ici...

– Eh ben nan !... justement j'peux pas les blairer moi les greffiers, j'trouve ça con et méprisant un chat !... seulement... »

Il m'a fait drôle là Lurelubre à se dandiner dans sa tête, à plus pouvoir s'arrêter de se dire mais en le faisant quand même puisque pour lui, en somme, j'étais pas dangereux.

« Un jour j'en ai récupéré huit, là, dans la cour derrière, une chatte du coin qu'avait dû... bref, huit dans la cour, une putain d'portée, des bébés, mais vraiment tout neufs hein, de la nuit..., j'les ai foutus dans un sac aussi sec, creusé un trou et zou, rebouché, terminé... kestu voulais qu'je fasse de tous ces putains d'chats ?... et pis... »

J'aurais bien aimé les voir ses yeux à Lurelubre ce coup-ci, avancer un peu plus encore dans son crâne, lui faire un petit inventaire de son âme.

« Et pis... ben, hein, qu'est-c'tu veux... j'la voyais la chatte là, les chercher, chercher, tourner dans la cour... pis les trouver... et alors là ça m'a fait... trop long à expliquer, mais j'vais quand même tout t'raconter trou d'balle puisque t'as encore décidé d'me les briser même juste avant d'partir... et pis j'ai pas envie qu'tu t'en ailles avec des conn'ries plein la tête..., elle s'est mise à creuser la mère, avec ses p'tites pattes, là, creuser en miaulant... t'aurais entendu ses cris, on aurait dit un bébé… l'horreur !… des phrases même qu'elle faisait on aurait comme dit, pareil, des mots presque…, j'partais du coup pour aller l'aider moi, j'sais pas pourquoi d'ailleurs, pasque j'suis trop con sans doute, quand elle s'est sauvée… très bien j'me dis, débarrassé, elle a abandonné…, ben non en fait, elle est r'venue avec le clébard du voisin, un gros baveux complèt'ment abruti qui passe son temps à roupiller ou aboyer pour des conn'ries, et elle l'a fait creuser à sa place dis donc la garce !… ça t'scie pas l'cul ça ducon ? !… et il a tout déterré l'clébard, arraché la corde avec ses dents !…, après avoir vu ça… comment tu voulais qu'je…, t'as pigé p'tit con ?… NAN, j'aime pas les chats !… mais là… bon…, tu t'regardes dans la glace des fois quand t'es bourré ?…

– Que ?… je ?…

– Moi j'le fais… et j'm'y vois l'âme…, tu m'croiras si tu veux mais… elle est pas aussi horrible que l'extérieur… et même tout c'que j'raconte comme saloperies elles sont pas forcément vraies, j'les pense pas toutes… et l'autre là, le Jésus, ce que dit la bouche c'est ce qui déborde du cœur il aurait dit, d'après saint Luc, les Évangiles… c'est pas vrai ! faux ! con !… pasque justement avec la bouche tu peux tricher, raconter n'importe quoi, tout maquiller… alors moi quand j'ai ma charge j'me r'garde dans l'miroir, pointe mes tares, cette gueule de monstre, je m'ausculte l'âme… et j'y vois tout dedans… l'enfance, les copains partis, les vieux rêves qui attendent encore… et c'est là qu'tu t'aperçois que même s'usent les rêves…, ils sont plus pareils ceux qu'j'ai pour moi maint'nant… »

Et il continuait Lurelubre, dans le vacarme des moteurs, avec l'énorme rouleau compresseur qui en finissait plus de repasser juste derrière lui, plus grand que lui, monstrueux, dans le brasier qui nous enveloppait, nous tombant du dessus, nous montant de la route il continuait, dégoulinant :

« J'crois même que j'en ai plus du tout des rêves moi… torchées toutes ces conn'ries !… ça t'sert vraiment rien qu'à t'faire patienter les rêves, pis à perdre ton temps au bout du compte…, toi t'en as hein trou du cul ?… des râââêêves… môôôsieur râââêêve… t'es dans ton truc toi hein ?… petit con !… écoute-moi bien… tu sais pourquoi les femmes veulent des enfants ?… c'est pasqu'elles sont infoutues d's'imaginer qu'ils vont grandir, pas toujours rester bébés, qu'ils vont les envoyer s'faire foutre et partir !… voilà pourquoi elles pondent et pondent et pondent !… et tu sais pourquoi les hommes ils en veulent pas des mouflets ?… exactement pour les mêmes raisons !… c'est dégueulasse tout c'merdier !… et c'est tout comme ça !… à la ville à côté y'a des emplac'ments pour se garer qui sont payants, alors qu'ils étaient interdits l'mois d'avant, hein, va comprendre ! ?… »

Sur le côté vers la droite je le voyais le grand Awouè charger les sacs dans le camion au milieu d'un tourbillon de poussière, ça se précipitait le départ, déjà il me faisait des signes, que je coupe court au discours.

« La vie c'est une chiennerie, faudrait pas s'en occuper, laisser filer… tous les serveurs te l'diront, pour le transporter le verre faut pas l'regarder, sinon t'en fous partout… la vie c'est pareil !… le goudron, là, qu'ils étalent, tu vas pas m'dire… une voiture toutes les six heures… ça sert à quoi ! ?… que les soiffards qui viennent ici… pasqu'ici, il n'y a rien !… que moi…, eh ben tu sais pourquoi là d'un coup ils se réveillent à regoudronner la route ! ?… tu l'sais pas ?… le-Tour-de-Fran-ce ! !… petit con !… y va passer là !… alors là ils t'en foutent un coup pour trois vélocipédistes !… bande de cons !… il est venu le maire, ici, me causer… le pourquoi du comment… l'av'nir, le tourisme, il se gonflait dans ses plumes ce con, plein la bouche il en avait d'sa politique…, c'est pas compliqué la politique hein, z'en font tout un plat mais… suffit d'pas êt' trop con, c'est tout… si tu luttes pour la liberté t'as perdu… tous ceux qui ont lutté pour la liberté ont péri… parce que c'est ni l'égalité ni la liberté qu'les gens réclament… c'est la sécurité… qu'on leur retire leur liberté ça va ronchonner, leurs plaisirs ça va gueuler… mais c'qui fait les révolutions c'est l'manque de bouffe, l'histoire l'a prouvé…, ils demandent quoi tous en fait ?… bouffe et sécurité… c'est tout !… donc, tu leur donnes ça, juste ça et t'as gagné…, et l'aut' con là qui vient m'chier dans les bottes avec son grand plan de ceci, de cela… j'en veux pas des touristes moi !… son grand plan d'urbanisme, son désenclavement !… pauvre con !… et si j'ai envie MOI d'être enclavé ?… l'droit nan ? !… pas subir la meute des rote et pète !… tout l'troupeau qui vient visiter l'coin après la bouffe du midi !… »

Il klaxonne maintenant le grand Awouè, des grands gestes qu'il m'articule dans l'habitacle, ça va m'être une gueulerie de plus. C'est vrai, depuis deux semaines je naviguais d'engueulades en gueulantes. Sauf, celles de Lurelubre elles étaient remplies je trouvais, j'en ressortais toujours avec quand même un petit quelque chose d'intrigant, un petit souvenir qu'il me laissait à chaque fois Lurelubre, après le bourdonnement de ses cloches.

« Et toi poil de cul… tu r'gardes des fois autour de toi, hein, les gens, comment ils s'en dépêtrent de leur corps, de leur vie, des autres ?… t'es… t'es dans ton truc toi hein avec ta bouille en grumeaux à pas savoir quoi en foutre de tout… hein ?… face de mélasse !… »

Moi encore je la revoyais, Luciole, charmant petit animal blessé, enfouie dans ses coussins, employée à éviter par de petits mouvements de tête les énormes bulles noires flottant tout autour d'elle, l'éclaboussant de souillures lorsqu'elles éclataient près de son visage.

Décidément ça devenait de plus en délicat de s'extirper d'hier.

Et puis je ressentais, là, moi, que du fond d'un lit, par moments, j'aurais pu exterminer toute la race humaine froidement et sans aucun remords. Mais descendez dans la rue, serrez-leur la main, et tout est bouleversé. Car ce sont tous ces petits riens, les simples mots de tous les jours, les menus services rendus, les petites brouilles, aimables gestes inattendus, petites blessures d'âme involontaires qui donnent à la réalité ce parfum inimitable qu'il faut vivre pour connaître, nous redonnant l'espoir minime pour continuer, nous poussant presque à l'indulgence, mais qui nous perd, au bout du compte.

« Allez barre-toi tête de con, y'a l'autre qui trépigne dans son camion… barre-toi d'ici, va voir ailleurs… ici c'est… tu sais pas c'qu'il a sorti l'autre jour le gros ?… Uranus c'est dans la constellation du trou d'balle… pfff… connard !…, et sinon, hein, ça t'a scié hein que j'te cite les Évangiles hein p'tit con ?… hahaha… vas-y barre-toi… tu sais où m'trouver si… un jour… je sais pas…

j'm'envoie pas des drys chez Maxim's hein, j'refile pas dix sacs au chasseur, j'm'exténue comme les autres, le rivage j'le vois plus guère, j'erre en plaine rase… comme tout l'monde… comme tu f'ras…, et pis fais gaffe à l'autre là – il me dit désignant le camion de ses lunettes opaques de crasse – comme copain c'est impec… après, pour le reste, je saurais pas trop dire…, allez barre-toi… j'ai ta vaisselle à m'taper… fainéant… »

Je le regardais Lurelubre, encore, une dernière fois, cette trombine de ragondin mouillé, se taire, contempler son restaurant avec des soupirs pis gueuler :

« Marre d'embuquer tous ces capitulards !…, faudrait bien sulfater tout c'merdier pis y foutre le feu à c'claque !… TABULA RASA !… j'vois pas autre chose pour en sortir !… ça… et pis m'tirer où qu'y'a encore des sauvages !… des vrais… voilà !… »

Après j'ai plus entendu rien de ce qu'il racontait Lurelubre, le camion m'a happé et c'en était fini d'ici. Juste en me retournant je le voyais encore à faire des cercles dans la poussière, et des cercles et des cercles, et puis cracher sur le goudron fumant.

Pas dérivé bien loin, nan, ça, on peut pas dire et bien peu de kilomètres effectués pour s'immobiliser droit devant le casino d'Évian, deux mètres de son entrée superbe, en meringue, deux mètres, le parking avec derrière nous le lac Léman à s'étaler, s'étendre à qui mieux mieux vers ses rives que l'on voyait là-bas faire un cercle approximatif. Et comme le jour tenait encore bon nous nous baladâmes alors un tantinet de par la ville, comme ça de trottoir en trottoir au gré de nos envies comme deux traînards sans but vraiment et sans vraiment rien se raconter. Moi tout m'était saoulerie, je pouvais plus, les rues qui s'en allaient trop loin devant et toutes ces voitures, ces moteurs, tous ces codes à retrouver, j'en tiraillais du certingue, de tout il y en avait trop partout qui filait trop vite. À un feu même je n'eus point le temps de traverser, dévarié comme j'étais, que le vert s'affichait. À ça j'ai percuté soudain que j'étais en train de m'atrophier là-haut dans la montagne, virais maboule chez Lurelubre entouré de cette troupe déclaftée avec sa mère comme un effacement d'elle-même. Aussi je regardais dans un effarement délicieux le grand Awouè s'éloigner sur le trottoir d'en face, et de le voir disparaître dans une ville inconnue je pouvais vraiment pas dire que ça me chagrinait. J'ai même pas tenté de l'appeler, je le voyais disparaître dans la foule, moi figé, lui s'enfonçant rapide comme dans une vase humaine. J'en avais ma charge du singe et de ses grimaces, ses mots pas vaillants et son mode de destruction. Si mes pieds avaient atteint les pédales je l'aurais tué puis je m'en serais retourné bien soulagé. Peut-être il aurait même pas dit non tellement ça devait pas être évident de naviguer dans ses dégueulasses transhumances, mais il en demandait pas tant. Et puis j'ai regardé le flux s'arrêter, un groupe traverser sans même être capable d'en faire autant, et pour marcher vers où ? Elle était pas si mauvaise cette place à m'hébéter sur le passage de la vie, tous ces gens qui savaient où aller, y'aurait pas eu ce soleil à me matraquer la calbombe j'y serais bien resté. Avec une chaise peut-être.

D'un coup il était là devant à me secouer.

« Ben alors Simon, qu'est-c'tu fous ! ?... t'as plus d'jambes ?... et pis qu'est-c't'as à transpirer comme ça ?... t'as pas d'short ?... hein, dans ton sac ?... un short ?... et pis c'est quoi c'gros pull que tu t'trimballes ?... c'est pas un pull ça !... ça pique comme de la laine de verre... tu t'en sers pour isoler les combles mais c'est pas un pull ça... »

Je me demandais bien ce qu'il avait ce type à me causer comme si on se connaissait, lurette moi que je lui demandais plus rien ni que dalle à lui, ou peut-être juste qu'il arrête son cirque, ses discours aux phrases en démolition ajustées rien que sur moi et le monde. Ça devenait trop malaisé de le subir le grand Awouè. On s'est remis à déambuler comme ça, toujours en silence, acheter des nouilles et du jambon, mais simplement on attendait le soir je crois, et c'était tout. En plus ça allait pas le grand Awouè, il me causait guère et me foutait la paix, plus du tout à m'engueuler, il se souvenait de ma mini-présence comme d'un petit clignotant, pas toujours là j'étais pour lui, un peu, et puis plus du tout, encore un peu, pour les nouilles, ma tranche. Il me chiait plus dans les bottes. Un amour. Il y a des gens on les préférerait presque quand ils vont mal.

On se les ai mangées les nouilles, devant le casino avec chacun sa galtouse, fait chauffer la tambouille sur le bitume, là devant, ingérer la tranche porte ouverte et jambes pendantes. Un vrai petit paradis au milieu des badauds, le lac à droite le casino à gauche, deux mètres.

Et enfin le soir vint, sans rien se parler, mais alors rien de rien du tout. Avec l'allumage des lampadaires et les illuminations de l'emmeringué bâtiment ça a commencé on aurait dit de le grattouiller, le travailler sur le trottoir le grand Awouè. Il en a farfouillé un peu dans le camion, mis une chemise sans dessins, des chaussures, un peu d'après-rasage sans rasage et je l'ai regardé s'engouffrer dans l'allée du casino. Il a pas eu loin à faire vous me direz, deux mètres pas plus. La vie est bien faite quand même.

Il est des êtres dont l'absence soulage, faut reconnaître, c'est une douleur qui s'efface, un mal qui s'éloigne. On se retrouve seulement avec tout ce qui fait soi et sans pollution alors, plus que du personnel avec quoi on arrive quand même tant bien que mal toujours à se dépatouiller comme on peut, la force de l'habitude, mieux qu'avec le soi des autres qu'ils essayent obstinément de nous en refourguer un bout dans nos sacoches de leur mal à eux, ils tentent, sur notre dos, et ça nous fait alors de l'étranger malheureux au-dedans, comme une teinte inconnue que l'on a bien du boulot à se la diluer avec la nôtre. La déconfiture des gens ça nous met des taches sur nos croûtes, gâte nos enluminures. On en revient toujours au même, ce qui vient des autres, c'est pas négociable.

Le casino attirait au soir tombé avec ses petites lumières comme une couronne illuminée à sa meringue toute une faune joyeuse que je voyais arriver en file comme un fleuve regroupe ses affluents. On le remarquait bien à leur nuque à tous que c'étaient pas les mêmes, ils ployaient pas sous l'attelage d'un morne quotidien ceux-là, ils portaient clair sur leur face la légèreté de leur existence où tout transpirait la facilité. Ils vivaient comme si la mort n'existait pas. Même à République je les aurais identifiés, leur démarche aérienne, le bruit sec et court des talons des femmes, leurs rires enfantins, jusqu'à leurs gestes de désinvolture distinguée s'envolant de leurs manches. Ils étincelaient dans l'obscur.

J'avais donc rien à perdre à pas les voir, égaré que j'étais au possible, tout du coup j'ai bouclé, portes et rideaux, pageot et dodo et puis voilà.

Malgré le soleil qui avait martelé la tôle toute la journée je grelottais quand même sous les couches, les couvertures de Luciole. Je restais là à trembler dans ma boîte sous les lumières du casino filtrant les rideaux. Je me sentais comme un vieil arbre dont on coupe les branches une à une au fil des années dans un fracas de tonnerre au milieu des fumées bleues. Je les sentais partir mes branchages, je les entendais tomber tout près au cœur de mes tremblements, que je les comptais pour m'endormir. Une vraie débinade. Et somnolant con ça s'est mis d'un coup à bringuebaler tous sens dans les lueurs jaunes et rouges du casino, droite et gauche il chahutait le camion dans des grincements féroces. Et dans un bruit de ferraille rageuse la porte coulissante s'ouvrit béante. Je regardais alors cette silhouette chanceler sur le seuil, prenant toute l'embrasure, sachant plus comment faire pour lever la jambe et entrer. Son pied bute et sa tête cogne pour s'affaler sur moi, en travers, s'engueulant tout seul. Il s'est mis à farfouiller dans le coin, pénombre aidante il trouvait pas, respirait comme une bête et me causant sans que j'entrave que dalle à ses mots. La boîte il voulait, les cigares il me disait, je mouftais pas. La porte s'est refermée, il avait dû trouver.

Je les entendais autour aller et venir les heureux de tout, se discuter pleine poire et bien se marrer avec grande distinction. La nuit leur faisait pas peur.

Dodo.

Pas bien longtemps il m'a semblé.

Ça s'est précipité furieusement et d'un coup, tout en même temps, la porte, le moteur, des klaxons qui volaient, des virages et lui qui rigole, j'en chahutais dans le plumard de cette danse, les verres à tinter, toute la vaisselle en l'air, puis au sol, et enfin une ligne droite. La ville était derrière. La route alors défila indéfiniment, que je la sentais me passer sous le corps, il n'y avait plus que du noir et les phares lancés loin devant. Puis un chemin de terre scabreux avec le camion à rebondir et hoqueter, la voix enfin tue du moteur, les phares morts, plus que le silence et la nuit. Se dessapant vaguement il se pieute et ronfle d'office, pas de berceuse.

Dodo.

Pas bien longtemps encore.

Que ça s'est mis à crépiter sur le toit d'une façon brusque et infernale, une vraie boîte de conserve le camion, on ressemblait nous à deux extasiés dans les ténèbres, des effarés sous un milliard de petits marteaux se déchaînant sur la tôle, des tambourinaires, c'était toute l'Afrique qui nous dévalait des cieux. Et dans le vacarme assourdissant des mitraillettes en rage on arrivait même plus à se causer tant la fureur résonnait de partout, cent mille petits tambours sur nos têtes à tonner des coups sans respirations. En calbutte il se lève, démarre et c'était reparti. Là, vraiment, on s'en est enfilé des virages, à plus va, mes nouilles et ma tranche elles m'en yoyotaient dans le tronc, ça n'en finissait plus de monter et monter, et virer, tournicoter avec lui qui gueulait au volant avec toujours le ramdam dessus nos têtes :

« Putain d'temps !… d'la grêle en juillet ! ?… z'ont tout détraqué avec leurs conn'ries !… »

À la Libération il a neigé le 1er mai elle dit toujours la grand-mère, alors…

Tout s'est calmé peu à peu pendant la redescente, jusqu'au silence de la vallée.

Dodo.

Au plume encore et juste en poussant avec le bras il ouvre le battant arrière et le soleil aussitôt vient se mélanger aux motifs de la couverture. C'est un pré alentour.

« Voilà, Simon, – il me montre – c'est celle-là, eh ben derrière cette montagne y fait un temps d'chiotte, c'est là-bas qu'on était cette nuit…, et ici… ben… c'est la Suisse quôôâà… »

Je sais pas si lui aussi mais il y avait dans la carlingue comme une non-envie d'évacuer le pageot, et puis, pour aller vers quoi ? Même en alignant les kilomètres c'est étrange j'avais l'impression de pas bouger d'un milli, de petits cercles stériles qu'on effectuait tous les deux, on empilait des anneaux sur un bâton.

L'horizontal c'est bien, mais ça vous remugle on a l'impression plus que le mouvement, debout ça allait guère mieux sauf que pour lisbroquer c'est quand même plus aisé. Comme on a choisi chacun pour aller pisser un coin opposé de la prairie j'entendais mal ce qu'il marmonnait de l'autre bout. J'ai traînassé alors un peu comme ça dans l'herbe la tête levée avec lui là-bas qui farfouillait dans le camion. Je voulais plus y retourner.

« Ben ouais quoi… on aurait p'têt pu ach'ter du chocolat avec les nouilles hier nan ?… hein, du chocolat ?… t'en manges le matin nan ?… ah bah, en poudre évidemment… pis du lait aussi on aurait dû prendre… ouais du pain aussi ouais… du beurre… »

Il se la grattait la tête en ouvrant les placards, que ça le désolait tout ce vide dans le désert, cette vie passée au Kärcher, nos échanges d'informations noyés dans son déni.

« En fait pour déjeuner, à part les bols… même pas d'café… t'as pas la dalle Roger ?… ça tombe bien… »

Ça m'avait on aurait dit tout rincé au-dedans la grêle, comme au sortir d'un terrier, aussi les montagnes autour avec leurs bonnets blancs, le grand pré, tout ce bleu au-dessus, je demandais plus rien. Surtout qu'il me le pourrisse pas le temps.

« Fais voir un peu combien y'a dans la boîte ?… holà !… la vache !… c'est tout ! ?… »

Et il stagnait interloqué les yeux vissés sur le désastre.

« Va falloir écourter sacrément la prom'nade alors !… aller se faire nourrir par la grand-mère… hein Bill ?… et vive Kerlabia !… »

Il en décollait pas de son fond de boîte, jouant incrédule avec les pauvres billets restants, aussi les souvenirs lui remontaient lentement de ses profondeurs jusqu'au citron, toutes les couleurs qui lui défilaient sur la trombinette, mais surtout du blanc. Il voulait pas se décider à y croire.

Enfin on y va de la graillance, enfin j'ouvrais la bouche pour autre chose que de l'air, mais je disais rien.

Il me déboule alors à la table pour m'engueuler :

« Bordel de Dieu Roger, t'es pas encore allé voir ? !… mais cours !… un palais !… jamais vu un truc pareil !… Velázquez !… mieux, une clinique !… de l'art !… jamais vu ça !… une beauté !… à faire mal aux yeux !… c'est bien simple j'ai poussé la porte j'en suis resté comme un con !… ébloui tellement ça brille !… j'arrivais plus à ouvrir les yeux dis donc !… aveuglé le gars !… deux ronds d'flan !…, mais cours bordel de Dieu !… cours !… reste pas sur ton cul !… lâche ta tartine !… faut voir ça !… tiens, prends l'appareil photo !… »

Ça n'avait pourtant rien du BHV ici, non que ça reniflait Lurelubre mais quand même, m'extasier je pouvais pas. On avait rien choisi du tout nous, le premier, la dalle tiraillante c'est la route qui menait, un bled, une auberge. On voulait la briffe, pas autre, et vite.

Ce qui m'a le plus épaté découvrant les latrines c'est pas ce que j'y ai trouvé, plutôt tout ce qu'il n'y avait pas. Je les ai cherchés pourtant les graffitis, les inévitables HBM et l'heure du rencard, les étrons débordants, le papier à tout boucher avec l'urine par flaques sous les nougats tout bien inondés. Et mes virgules, où qu'elles sont ?

À se demander si les Suisses faisaient encore caca ? Possible ils avaient trouvé un système pour arrêter.

« Alors Simon ?… hein ?… c'était comment ?…

– Tout blanc…

– Tu l'as dit !… mais un blanc !… pas comme chez nous… à deux doigts d'lui d'mander au garçon d'nous servir le p'tit déj' là-bas… »

Et ses yeux se perdent alors au plafond, les bras au ciel il gueule :

« AH… voir les chiottards helvètes… et puis… mourir !… »

Un jour, nous y sommes restés dans ce pays, j'aurai bien traîné un peu moi, mais non, fallait tracer, bouffer du ruban, enfiler les bornes. L'asphalte ça n'attend pas.

Comme je décoinçais toujours que le minimum syndical il en a sorti un bouquin de sa portière pour me dire :

« Bon, maint'nant Bill tu la boucles et t'écoutes !… »

Le livre bloqué entre son pare-soleil et le rétro, de montagne en montagne, il entame :

> Comme je descendais des Fleuves impassibles,
> Je ne me sentis plus guidé par les haleurs :
> Des Peaux-Rouges criards les avaient pris pour cibles
> Les ayant cloués nus aux poteaux de couleurs.

« Répète Roger !… »

C'est que je pouvais pas, ils me changeaient trop ces mots-là de ceux de ma langue, je savais pas faire, la bouche en four je m'éberluais, les choses que l'on découvre sont si proches parfois de tout bouleverser en nous et ça sans même y entraver balpeau que l'on ose y croire, peine qu'on a du coup à s'y jeter. C'est la crainte de l'après, la rive qui s'éloigne et l'autre non encore dessinée. Là je voyais bien, tout que ça me tordait au-dedans, c'était le triolet de Kerlabia qui remontait, la petite trapéziste, mes corbeaux, Luciole.

> J'étais insoucieux de tous les équipages,
> Porteur de blés flamands ou de cotons anglais.
> Quand avec mes haleurs ont fini ces tapages
> Les Fleuves m'ont laissé descendre où je voulais.

Se dressent alors devant nous subitement des seuils que nous ne sommes jamais sûrs de vouloir franchir. Et pourtant je m'y engouffrais dans celui-là et c'est moi qui exige :

« Encore !… »

> Et la Mère, fermant le livre du devoir,
> S'en allait satisfaite et très fière, sans voir,
> Dans les yeux bleus et sous le front plein d'éminences
> L'âme de son enfant livrée aux répugnances.

Ah ! enfin on avançait ! Enfin mes blessures hystériques se trouvaient un halo ! Enfin je dessaoulais ! Enfin le havre était là ! Et je m'emballais, j'étais le feu de prairie poussé par le vent, j'étais l'hélianthe qui enfin savait où se tourner, j'aurais tout fait pour que jamais cette voix ne se taise. J'aurais fait les gogues dans un asile, tiré des rails dans un tripot et que sais-je ?

> À sept ans, il faisait des romans, sur la vie…

Ô que je les dégueule tous avec leurs manières de survie basses, leurs caresses de hasard et toutes leurs boutiques à chromos ! Depuis longtemps déjà m'étais venue une doutance, je le savais qu'ils me mentaient, tous !

« Encore ! – que je lui hurle.

– Ah ouais ok d'accord…

– Nan !… pas ces mots-là !… ceux du livre !…
– Ah ouais ouais, bon… ok alors heu bon… »

> Seigneur, quand froide est la prairie,
> Quand, dans les hameaux abattus,
> Les longs angélus se sont tus…
> Sur la nature défleurie
> Faites s'abattre des grands cieux
> Les chers corbeaux délicieux.

Ah, mes corbeaux ! Je comprenais pas ce que c'était tout ce qu'il me déblatérait le volant entre les mains et la route en dessous nous zigzaguant la contrée, mais ça me lavait, me le retirait le cilice. Ah, j'en étais sûr que ça existait. Je sais pas s'il a bien fait mais je sais qu'il aurait jamais dû. Lui, lui plus que momie se dépêtrant mal de ses bandelettes, un rien qui surnage. L'enfant est indulgent. Et pourtant je le regardais lui à côté, s'embrouiller dans ses vitesses, les virages en épingle, son volant et le livre à choir dans les tournants. Certaines personnes n'ont d'intérêt vraiment que par leurs savoirs, leurs relations, elles-mêmes ne sont qu'un carrefour, un sac.

> Par milliers, sur les champs de France,
> Où dorment des morts d'avant-hier,
> Tournoyez, n'est-ce pas l'hiver,
> Pour que chaque passant repense !
> Sois donc le crieur du devoir,
> Ô notre funèbre oiseau noir !

Les jours alors se sont éloignés, la berceuse même se tut, je pourchassais maintenant le fond de l'alambic, des arabesques aux nuées d'extases immobiles, je naviguais enfin vers un prieuré. Les vitres du camion dorénavant teintées de mille paillettes opaques, je contemplais les paysages me défiler sans plus ressentir rien d'eux derrière cette pellicule grisâtre. J'allais dans mes landes radieuses où je m'autorisais enfin le déroulement de mes aveugles images. Je voguais moi aussi dans mes déficiences, mon inaptitude à ce monde et je m'y trouvais bien. De ce fait l'Italie me transperça la rétine sans que j'en retienne rien, nos pieds d'ailleurs n'en ayant pas touché le sol. Mais subito lui m'abreuva de palabre, aussi les mots de sa bouche n'étant plus ceux du livre ni même les siens ça me dévariait l'oreille, je ressemblais à un bidet où l'eau ne fait jamais que passer, tout me coulait dans les esgourdes sans m'entretenir le citron. Il y allait petitement, me tâtonnait le sentiment je voyais bien, me frisottait les bordures à point pour me refourguer sa mélasse, mais je regardais cet Abribus désert sur le bord de la route sans remiser aucune fourniture en magasin. Des kilomètres de là sa glu n'étant toujours pas épuisée elle se déversait encore mielleusement, et je revoyais avec obstination cet Abribus et son affiche en palmier sur banc de sable clair. J'avais moi clos les écoutilles ce me semblait, sans écouter je voulais plus rien entendre. Le monde m'en était sourd.

Au regard du passé on peut quand même se demander pourquoi des images anodines, totalement dénuées du moindre intérêt nous reviennent de si loin pour nous réveiller la théière et nous hanter impitoyablement ; un arbre, un croisement, un immeuble, un bout de route. Elles sont pourtant bien en nous gravées, précises et si nettes, ces banales visions d'hier accompagnées souvent d'une petite nausée. À croire que toutes ces reliques imbéciles n'ont pour fonction que de nous masquer l'instant pour nous apporter comme un filtre sur l'écran noir de la souffrance. Elle nous est bien entrée au-dedans l'information, nous la possédons, mais au final c'est le cliché sous nos yeux au moment du choc que l'on retient. Un objet courant mais bien moins douloureux que la véritable révélation du naufrage.

Alors, d'un coup, l'Abribus au cœur, ça s'est mis à suinter noir aux parois de ma voûte.

> Noirs de loupes, grêlés, les yeux cerclés de bagues
> Vertes, leurs doigts boulus crispés à leurs fémurs
> Le sinciput plaqué de hargnosités vagues
> Comme les floraisons lépreuses des vieux murs ;

Et la Yougoslavie, enfin, s'ouvrait maintenant devant nous.

Quelques kilomètres après la frontière ils ont commencé d'apparaître sur le bord de la route, espacés, puis par petits groupes comme une écharpe qui s'effiloche, des enfants sales et gesticulants sur le passage des voitures à nous tendre de grosses pierres au bout de leurs bras tendus.

Il voulait voir ça le grand Awouè, le pourquoi de leur haine, ça me disait rien à moi de recevoir un caillou, il a stoppé quand même. Que ça s'est mis à s'agglutiner immédiat tout autour, ça nous tambourinait la tôle, un aimant nous, et des cris, à pas sortir. On est descendus quand même, maintenant qu'on était arrêtés, mais il m'a pas fallu bézef de temps pour plus du tout voir rien du paysage, même le ciel que je le cherchais moi, plus près ils pouvaient guère, à me souffler leur haleine bizarre dans le nez, leur odeur forte de liberté. Qu'ils m'en accrochaient les fringues à tirer dessus que je les regarde, je respirais plus.

Le grand Awouè il surplombait tout ça, visionnant la mêlée du ciel, rigolant ce qu'il pouvait, mais ça les calmait pas. Enfin on a percuté le bazar avec leurs grosses pierres bougeant les pattes le ventre au ciel, que j'en avais deux qui déjà me griffaient les joues dans la bérézina de leurs gestes en débandade de noyés cherchant une accroche.

« T'en veux pas une de tortue Albert ?... » – qu'il me demande en pleine marrade le grand Awouè.

Partout le sol en était recouvert, tout autour de nos pieds qui nageaient sur le dos, et puis plein leurs mains aussi à les brandir, nous les faire renifler pour bien s'assurer de la came. Les gamins se regardaient jamais entre eux je remarquais, le groupe était compact, du même élan ils y allaient pour nous gratter tous avec leur cou vers nous tendus, nous choucrater un bout de notre pécule. Les tortues je les voyais plus moi, essoufflé sous l'arche de leurs bras en offrande, je regardais fasciné les gros trous de leurs pulls tachés de blanc, partant en ficelle qui laissaient voir la peau brunie sous ce soleil à l'étouffée, au cœur de ce désert, leurs pieds nus aussi avec leurs ongles noirs et cassés. Comme des étrangetés que ça me laissait dans le cœur et au bout des doigts de les regarder tous ces enfants sales, haillonnés de restes, se repassant on pouvait jurer les habits de génération en génération.

« Bon, arrête un peu tes grimaces et d'gesticuler p'tit gars… combien t'en veux d'ta bestiole ?… » – il lui demande le grand Awouè au moins gniard.

Trois, trois il nous montrait avec ses doigts en hurlant de l'incompréhensible.

« Nan nan ! pas celle-là, elle est toute petite… on en veut une grosse, une balèze, qu'elle tienne le coup… comme celle-là tiens !… combien tu la vends la grosse-là ?… ouais, voilà, celle-là, combien tu veux ?… »

Quatre alors, quatre il nous montrait le plus grand avec ses doigts, quatre, quatre, comme ça, pas moins, quatre il en voulait des billets, qu'il lui prenait l'argent directement dans la main, se payait lui-même avec des cris de singe aux yeux avides.

« Ah ben y s'fait pas chier lui !… pour une tortue qu'il a ramassée dans un champ !… l'a pas dû s'fouler beaucoup pour lui courir après !… j'suis sûr on fait dix mètres on en trouve trente des bestiaux comme ça !… bon, allez, tiens, prends ton fric p'tit voleur, mais tu nous files la grosse, qu'on y gagne quand même niveau poids… des fois qu'on la bouffe… »

Il leur fait alors le geste, aux gamins, qu'on va se la becter, se l'enfiler ce soir au dîner, ça les calme, ils ouvrent des yeux tout ronds, se regardent, et puis nous font des grimaces de dégoûtés.

C'était pas de la mandoline qu'ils me jouaient eux tous, du tam-tam plutôt et grosses caisses, avec des milliards d'années en kilomètres qui me les séparaient, eux de moi, moi le petit élagué contraint à la lycanthropie par les mots du livre, moi qui naissais enfin de l'athanor pour ne survivre après que grâce aux cryptogrammes des morts. Eux et leurs vieilles tortues aux faces préhistoriques, ces têtes qu'elles se coltinent, à aimer la sienne, une gueule de bébé dinosaure, avec eux de même. On ressemble toujours à ce que l'on fait. Oh comme je les enviais ces gamins sales aux cerveaux bridés, leurs pieds furtifs aux plantes claires que je voyais s'évanouir en galopades furieuses dans la plaine avec nos billets brandis et leurs cris de victoires assassines. Je me la voulais cette horde d'ancêtres fous qui dévalait la contrée remuant la poussière comme les chevaux d'avant.

« Bon… ben… Roger…, demain on rentre, ce soir on finit les nouilles et pis… ben… direction la grand-mère hein… qu'elle nous remplisse… »

Et les espaces désertiques bientôt reprirent du volume, à rouler, la bête pionçant sur mes genoux avec sa vieille caboche des saisons lointaines. J'espère bien que je vieillirai pas autant moi, avec une charge de souvenirs pas vivable aux creux des flancs. On devrait jamais se retourner, grandir il nous faudrait, toute sa vie, pas vieillir, juste grandir pour bien crever, con et meurtri.

> Ces vieillards ont toujours fait tresse avec leurs sièges,
> Sentant les soleils vifs percaliser leur peau,
> Ou, les yeux à la vitre où se fanent les neiges,
> Tremblant du tremblement douloureux du crapaud.

Lorsque nous échouâmes dans ce petit port avec notre tortue et la boîte de cigarillos pratiquement vide, nous parqués bien à l'écart, je compris alors face à l'Adriatique moi que jamais nous n'irions plus loin nous deux.

Et moi j'étais fatigué.

Je le savais bien ce qu'on avait perdu en route, du que l'on retrouve jamais sur le rebrousse-pas, que peut-être il n'y avait d'ailleurs jamais eu. Je le savais moi ça. C'est une pensée lugubre s'installant, un parasite de la mémoire à jamais incrusté. Des pensées comme ça vous traînent. On y était. Donner plus lui revenait pas. J'ai rien dit. Pas d'idée carcérale, j'étais semblait-il libre, pas lui non plus pour me dire non, je dessaoulais décidément pas. Des balises non plus il m'en refourguait nulle, il allait, lui au pas, moi dans le gouffre. Il allait, mais en crevait.

On est pas comme il faudrait, on sait même pas qui on est, on se connaît pas, faut des soixante, des quatre-vingt-dix piges pour s'entrevoir et encore, on sait rien de nous, des bricoles et un peu de vent par-dessus. On y arrivera jamais. On est tous perdus, mais on fait quand même, faut bien, après soi y a plus rien, de l'incompétence et quelques envies.

Déjà les ombres se dessinaient de manières électriques sur les trottoirs et nous regardions, là-bas, les lumières de l'unique rue s'allumer une à une devant la mer. C'est l'animation réanimée soudain qui nous a poussés en fait, et puis la fuite de soi, lui de moi, de l'idem pour moi petit gniard. Les autres des fois ça nous sauve de l'intimité.

Y a pas eu le fond de nouilles du coup, ratissés pour ratissés on a opéré grandiose, dégoté un resto, il a toujours abordé la dèche dans ses grandes largeurs le grand Awouè.

Et pis demain ben on rentre.

Et nous regardions gentiment mais sans un mot les lampions au-dessus de nous accrochés aux maisons avec les deux distributeurs de glaces à chaque extrémité de cette rue. On faisait vraiment que ça, regarder au-dessus, pour une fois, au-dessus, mais dans le noir.

De là à espérer une impossible place, me délivrer de lui sans rien connaître aucunement de tous les simulacres de l'âme des gens revenait à tenter de distiller sa propre existence dans celle des autres. C'est pas possible, j'ai voulu, mais c'est pas possible. Des cherchants que nous sommes, et les pâles lueurs des menues paroles entrevues n'y feront jamais rien. Nous sommes là pour ça, chercher. Ayant moi il me semblait, là, sur l'instant, ouvert toutes les portes à moi possibles, j'attendais de mon bricard qu'il daigne m'indiquer la formule de mes lourdes.

La moins chère nous prîmes comme gargote, la moins chère mais du pinard quand même. Alors, avec d'ici les chalutiers que nous regardions se dandiner lentement sur l'eau du port, avec comme un parfum de conclusion, le fond même de notre impasse mais le début d'une nouvelle époque en surimpression de l'ancienne point encore achevée, amer fondu enchaîné, aucun répit, jamais. Nous sommes tous fous dans notre tristesse et n'en connaissons pas les degrés, ni de l'un ni de l'autre. Elle ressemblait pas ma vie aux petits potes de l'école, leur balluchon à tous paraissaient pas idem. Lui me ratissait pas les feuilles de ma pelouse le grand Awouè.

Même le petit Simon, que j'en ai pas encore causé de lui, avec sa mère repassant résignée au devoir, et dans l'ombre, ses torchons, avec le père je sais pas où, même lui me semblait pas aussi ratatiné du vécu comme je me voyais. Il attendait, lui, le petit Simon, il espérait, dans l'ombre aussi, je sais pas même quoi et lui non plus, son père, possible quelque chose d'autre que cette pièce obscure chargée de sa mère dans un coin à repasser son existence avec pas même un soupir.

Nous sommes tous de par cette planète des petits enfants terrorisés qui appellent leur mère dans la nuit, et la mère qui ne vient pas.

Parfois quand même il nous faudrait pouvoir tout arrêter, descendre de là, quand trop lourde est la charge du mulet, le pas trop lent, à la renâcle, les rêves trop vivants dans leurs souffrances. Faudrait pouvoir se débrancher, effacer nos manières souterraines de désolation et puis désactiver cette remembrance des lointains jours noirs. Partout que je mêlais mon ossature je me retrouvais pas, et mon espoir s'évaporait dans les impitoyables flux d'une marée nauséabonde. Un étron j'étais. Un vrai, bon pour l'égout.

On s'est jetés sur la bouffe, à dire qu'on avait quand même une sacrée putain de dalle à la briffe, et ventre vide n'a pas d'oseille.

Passé la graille les tubulures du plafond se remirent à le fasciner extrême, toujours avec force obstination, mais pourtant il s'est décidé, comme ça, pour lâcher entre deux godets :

« Bientôt j'aurai du blé Roger, pis du sable et la mer… terminé Paris, le métro et… »

Le reste se perdit dans la vinasse et les décorations du plafonnier. Mais de ses fragments d'informations m'étaient transbahutés dans la théière quand même quelques miasmes de conflagration, un fret dégueulasse. On se ferme parfois bien longtemps avant de comprendre.

Et puis on s'y est recollé à la rue, on s'en souvenait plus de ce que l'on faisait là je crois bien, rouler tout ce temps pour nous à marcher comme se traînent les reptiles, et pourtant on y allait, l'unique rue nous défilait le certingue comme un arrêt de l'univers. J'en voulais plus moi de l'univers, pour ce qu'il m'apportait, même les vieux il en veut plus lui, il se répète l'univers, c'est bien tout ce qu'il sait faire, de la redite.

Le grand Awouè il savait plus quoi en faire lui de son silence, qu'il s'en curait les dents avec, la langue dans les trous comme ça, que ça faisait des petits tchik tchik tout le long du chemin, et puis les mains croisées dans le dos à regarder les lampions accrochés aux balcons et l'idée ainsi de me refourguer une glace devant le distributeur, au bout de la rue avec le camion dans le fond, au bout du quai qui se perdait dans l'ombre à demi. On voulait pas y retourner au camion déjà.

Aussi avec ma glace je m'en allais moi tel le pluvier, cet oiseau échassier qui avance feignant l'aile brisée pour une diversion du prédateur, l'attirant ainsi loin du nid pour d'un coup d'aile s'envoler au loin, subito inaccessible. Et comme de l'interne que j'en claudiquais de ses mots voilés au grand Awouè, lui qui me laissait vaguer à l'arrière, osant du coup plus m'alourdir la sacoche, soucieux de pas trop d'emmerdes lui et guère de résurgence du passé, du balancé. C'est qu'il s'en relevait pas de la moindre remontée, pas de houle il lui fallait sur son océan de marasme. Oh j'ai rien dit moi, mon clapet resta coi, stoïque même jusqu'au distributeur suivant avec le fond de la rue juste après, et la nuit, où je reçus, sans un mot, une recharge, l'enseigne du glacier juste pointée du menton. Il me l'avait bien dit Lurelubre, si tu veux virer un type du bar faut toujours lui retirer discrètement son verre quelques minutes avant, quand il est vide, que rien sous sa pogne ne traîne, histoire de se le pas ramasser en pleine tronche le verre. Et il me la jouait ainsi le grand Awouè, bien salingue et vicelarde, ma haine il tentait de me l'étouffer au glaçage, il m'anesthésiait le sentiment l'enflure, me noyait le cervelet dans les glaçons et le sucre. Et je me faisais la contenance d'un grand lys poussé à l'ombre des latrines, une eau dormante, pas croupissante car marchant toujours, prête à l'ébullition, même si plus courte la chaîne devenait de jour en jour. Je partirai de lui, je le savais, me manquait juste encore la taille des jambes, mais je partirai. Il faut parfois insérer des kilomètres entre, pour éviter une fâcherie ouverte, écoper alors juste d'un oubli nonchalant.

Encore je l'entendais me marmonner à l'arrière, me jargonner sa plainte, il pouvait bien me causer toutes ses choses qu'il voulait l'empaffé je décrochais pas du câble, au pire je ricanais mes aises, lui causais de rictus, m'enluminais de hargne, j'avais pas que ça à foutre moi de l'ouïr me serpenter ses idées d'avant, ses tartiflettes, j'écoutais pas. J'édifiais moi, musant, au lieu de me construire, une muraille de repli, une œuvre lente d'asile prolongé, un rideau noir et sourd, un écran aveugle pour plus aucune pénétration de rien. Oh, je les perdais je le savais bien toutes mes facultés naturelles, c'était pas de la mauvaise volonté, mes déficiences prenaient le pas, un arriéré j'étais, et le savais. Le débile pointait sa trogne déjà. Et de ma fatigue se dressaient ainsi mes répugnances, que je m'entourais moi de défenses avancées, comme un obstacle intérieur que je me dressais, prisonnier alors moi d'une force occulte et tout ce que je pouvais projeter vers l'extérieur n'était qu'une pluie d'erreurs et de rejets.

Nous voguions donc incertains, mais impitoyablement, vers les temps prédits.

À la cinquième bordée je réclamais plus rien que le camion, surtout des nougats s'effarant de tant d'usure, le bidon à l'agonie même. Le camion, juste, ma planche et puis que ça.

Il faisait encore si chaud dans la tôle que c'en était pas tenable la suffocation, fallait survivre à l'étuve, la porte coulissante ouverte qu'on respirait quand même pas dans cet autoclave, pourtant on s'est pieutés, heureux nous du plumard et fort exténués de la vadrouille. Dans la pénombre il s'est mis à fumer lui, sur le dos, et une étrange odeur s'est vite répandue dans notre petite maison à roulettes, d'où nous pouvions, allongés, voir encore la mer, lui contempler ses paillettes d'argent godiller sous la lune et ouïr pas loin une petite musique nous arriver en pointillé du dernier restaurant ouvert.

Moi je la regardais songeur cette fumée bleu-vert m'inspirer des volutes, descendre vers nous, me repasser sous le nez doucement et droite et gauche, avant d'être aspirée par l'ouverture de la porte pour s'enfuir et disparaître. Alors lentement je me suis senti partir moi aussi avec elle, monter en hélices et puis redescendre, flotter dans la boîte, longer ses parois métalliques pour rester en suspens, quelques centimètres au-dessus du matelas, léger.

Plus rien n'avait d'importance par moments, puis la seconde d'après les conséquences de chacun de mes actes, mes paroles, tout des autres prenaient une gravité considérable, chaque geste devenait une question de vie ou de mort. Et lui me causait pas mais il parlait, moi qui allais m'endormir tiraillé entre l'aisance, la désinvolture que donne la distance avec toute chose et la peur panique que procurent les grands choix vitaux de l'existence, quand je fus aspiré moi aussi comme la fumée vers la porte. Je m'extirpais du séchoir lentement, m'en extrayais la substance, comme un fluide. J'étais dehors, volant nu en spirales sous la lune, la mer à scintiller au-dessous, le camion tout là-bas petit comme un jouet, et pourtant lui encore dedans que je l'entendais psalmodier dans le cosmos :

> Et les assis, genoux aux dents, verts pianistes
> Les dix doigts sous leur siège aux rumeurs de tambour
> S'écoutent clapoter des barcarolles tristes,
> Et leurs caboches vont dans des roulis d'amour.

Ce me souvient, là moi planant sous la lune pleine, mais le soir souvent, tard, que je dormais déjà depuis lurette j'allais voleter pareil autour du lustre de la salle à manger du 98, lui renifler sa poussière du dessus avec vraiment le nez collé sur lui, attiré comme un hanneton, lui tourner autour en apesanteur hypnotisé par sa brillance. Et je regardais le grand-père en dessous attablé devant le catch de minuit moi en suspension flottant nuageux. Il me voyait pas lui, pour moi c'était normal ces volésons nocturnes. Jamais pourtant j'ai compris comment c'était possible, mais cela était. Et ainsi béat au-dessus du port, transpercé du vent de nuit je n'étais plus alors qu'un jour de plus et puis voilà dans une lande où plus personne n'arrivait à vomir. Mais soudain, après une grande respiration pour ne pas mourir là une explosion m'irradia la goupille et je me retrouvais disloqué, puzzle éparpillé dans ma voilure au-dessus de la mer, dans la nuit, et plus rien n'était ce qu'il avait toujours été. C'est le désordre qui pousse à réfléchir. Mes lointains se perdaient dans une joie sombre, s'éloignaient mes transports de convention, mes émois calibrés. J'errais seul sous une pluie douce de rayons fauves qui jaunissaient la mer dans l'embrasure de la porte, ourlant le mourant d'une luisance d'incendie. J'y étais. Les mots bouleversés du livre je les avais. Je m'exaltais dans une atmosphère éblouissante, enfin je me décageais comme on meurt. Et je me croyais mort moi, mais à côté de moi, et pourtant ça me grouillait au fond si fort.

On ressemble à du gruyère, des éponges nous, boursouflés de vides impossibles à combler malgré nos tentatives d'imbibation. Toujours la vie nous presse, ne nous laissant au bout du jour qu'un nombre incalculable de trous. C'est une purge la vie. Et Dieu, j'ai su à cette seconde qu'il m'avait abandonné, là, dans la ferraille, j'avais alors plus envie de rien, ni de parler même, ni de quoi, et je savais maintenant que jamais personne ne viendrait, que je n'avais nul endroit même où poser ma tête ni où conduire mes pas.

Et l'autre en bas que j'entendais déclamer pour la tôle :

OOOOOh ! ne les faites pas LEVER ! C'est le naufrage…
Ils surgissent, grondant comme des chats giflés,
Ouvrant lentement leurs omoplates, ÔÔÔÔÔÔÔ RAGE !
Tout leur pantalon bouffe à leurs reins boursoufflééééééés.

Puis il toussa, alors j'étais revenu dans l'étranglement, et dans les moisissures de mon encéphale le bleu si clair de ses yeux, qui pourtant jamais ne me regardaient, me laissait tout de même une instance désagréable, comme s'ils n'avaient rien à faire dans cette âme, me répandaient une sombre lumière, l'impact du vivant, comme lorsque l'on se sent trop souillé pour que même l'eau ne puisse nous laver jamais plus, et que l'on voudrait se frotter ainsi la face et tout le reste pour s'en sortir. Il me travaillait donc au sous-sol de mes idées le grand Awouè, m'insufflait du binaire et je n'en voulais pas, me bourlinguait le vasistas de mes pensées pour ainsi m'extasier de ses absences, m'interdire toute résolution de mes stratagèmes pour surnager la vie. De l'onirique il me chantait, et rien pour m'apaiser. Sans même le savoir il besognait dur pour y réchapper. C'est l'absence qui le sauvait, empêchant l'échafaudage de ma construction.

Je crois que s'il en avait fait quelque chose de ses absences je l'aurais moins détesté.

L'Homme faudrait pas lui laisser la possibilité d'être ce qu'il est, jamais on devrait lui donner les moyens de se révéler. Avec du blé en plus c'est la cata. Et dans mon oppression que je l'entendais la tortue en dessous, elle qui gratte et racle sans relâche de ses vieilles pattes, à terre, entre les sacs, à se forcer un passage dans le noir, se déplacer lentement, par à-coups, poussant nos effets, grimper dessus pour retomber, aller en aveugle son chemin le long des parois faire grincer la tôle. Le bazar qu'elle nous faisait.

Moi, franchement, si j'avais pu, j'aurais bien fermé les volets jusqu'à la fin de ma croissance pour laisser la pluie me ruisseler sur le crâne et puis plus rien dire. Je serais resté là, dans ce district lumineux de l'âme, à me débrailler dans mon ébahissement, guettant les égouttures de mon crâne. Un pédiluve mon cerveau il ressemblait je dis, avec chacun à venir s'y nettoyer les nougats sans se soucier des rinçures.

À la fin je crois ne me restera plus qu'une grande lassitude.

Et puis un dégoût final.

> Puis ils ont une main invisible qui tue :
> Au retour, leur regard filtre ce venin noir
> Qui charge l'œil souffrant de la chienne battue
> Et vous suez, pris dans un atroce entonnoir.

Fait reconnu les douaniers de sortie de pays sont détestables, les autres indifférents.

Et puis on causait plus guère nous deux, même si on s'était jamais répandu vraiment dans le sublime, le délicat, il se flairait dur le malaise. Car enfin, son raté à soi on disserte pas dessus. En plus fallait rouler ménant, plus se les paradisier les paysages mais rouler, se rentrer bien vite, le blé manquant duraille pour remplir trois ventres on devait choisir, nous ou le camion, de l'essence pis des nouilles, du jambon. C'est qu'on pouvait plus tout, fallait rouler. Aussi, là, je dois reconnaître, on a réellement fait que ça. Trois jours, et dans une manière de brumaille à ne plus distinguer rien que le bout du chemin. Et puis les routes importent peu, ce sont les destinations voyez-vous qui nous foutent dedans, faut les ignorer les buts, alors toutes les routes se valent. C'est l'avenir qui nous bouffe.

En retraversant toutes ces contrées dans l'autre sens j'avais moi le gris sentiment d'assister à un achèvement, concentré de vie, un petit rattrapage de temps perdu qui ne se renouvellera peut-être plus jamais.

Qu'elle est drôle cette planète, comme on se sent perclus à moisir sur les étals de l'univers pour se la dénicher son issue. Qu'il est long le retour pour son pays interne. La vérité des choses nous apparaît comme on se gratte parfois, sans demander rien. Et j'étais ce me semblait né loin de chez moi, comme ces pigeons lâchés sur un autre continent. Je ne faisais alors que ça moi, dénicher les morceaux à moi pour y retourner, le reconstruire mon pays, rentrer à la maison, le retrouver dans le tourment depuis la naissance. Mais comme il doit être doux de se tenir toujours à la surface de soi-même, à l'orée de son âme. Lurelubre, pasque j'y repensais à lui des fois, que je l'aimais bien en fait même s'il me rudoyait, au moins il me voyait, il me l'avait dit un soir, bien beurré, nos descentes dans les profondeurs de notre âme on peut pas les choisir, les programmer non plus qu'il me disait. Il avait raison, les refuser même j'ai vu après c'est pas possible. On bigle rien. Les yeux il disait Lurelubre tu les ouvres et déjà t'es tout au fond. Il était pas con Lurelubre, que cinglé, mais finaud, comme la tante Barbara, et puis on se les traîne nos douleurs il disait, avec grande patience, habitué qu'on est aux souterrains. Prenez un nourrisson élevé dans une cave, il trouvera ça très bien ce pitit bibi tout pitit, connaissant que ça, aimant ce qu'il voit. Et puis aussi il en parlait Lurelubre de cette solitude déguisée en gesticulation de pantin désarticulé, nous donc sur ces routes empourprées de détresses où l'on distingue à peine au travers du brouillard ces ruines de sentiments après les fossés de l'existence. Tout ça il me l'a déblatéré Lurelubre un soir qu'il était bien sec.

Le bruit incessant du moteur me faisait penser à une machine à laver, me nettoyant dans le silence des mots, où je me délestais d'une époque encore, dans mes champs d'épandage. Je possédais plus rien, même la tortue on l'avait perdue, on perdait tout.

Véritablement nous ne nous sommes posés qu'un soir, toutes frontières passées, dans un grand pré pour dormir et grailler près d'un bois. Obstinée à la fugue elle faisait rien qu'à se carapater la tortue, aussi on lui a collé sur le dos une bougie, qu'elle baguenaude dans la nuit tombante. Et là, près du camion à manger les nouilles, on regardait ce faisceau lumineux s'éloigner dans les hautes herbes, plonger dans l'obscurité, se diriger lentement vers la forêt, déchirant les arbres, au milieu du champ, et le ciel d'encre de cette nuit sans lune.

C'était bien étrange comme vision, cette petite lumière zigzaguant et trébuchant dans le noir. À nous ressembler avec force détails, un humain dans la vie.

À la fin du repas on restait toujours posé, à la contempler décrire des cercles, tanguer droite et gauche tel un mât dans la tempête, mais avancer toujours, sans logique.

Nous aussi on roulait dans la nuit, avec fureur, grand acharnement, on peut dire qu'on les a vus défiler la ligne blanche et les pointillés, tout d'avalé dans les phares et nous à regarder que ça des heures et des heures et sans un mot jamais. Et puis d'un coup j'ai tout retrouvé, comme un clébard dans la cabine j'étais à tout reconnaître et le ciel et le vent, les odeurs, les couleurs même et cette drôle de teinte orangée que prenait le goudron pourtant noir sous cette lueur du soir. Je jappais.

Peu à peu la flamme s'est mise à baisser lentement, à diminuer dans de petits soubresauts tout là-bas, l'autre bout du pré, pour s'éteindre tout à fait et disparaître dans l'obscurité naissante. Les arbres soudain, à la moitié même de leur hauteur s'enfonçaient déjà dans les ténèbres du haut de la nuit. Et la forêt tout entière ne ressemblait plus maintenant qu'à un monstrueux champ de croix qu'un géant aurait fauché. La tortue on l'a pas cherchée.

Comme la délivrance approchait nous on s'était remis à causer, un peu, des souvenirs qu'on avait d'ici, de cette lande décoiffée par le vent du large, imbibée du crachin, de ses falaises rongées par la mer, grignotées par les déferlantes venant s'y fracasser impitoyablement, infiniment. Puis le moteur s'est mis à toussoter, à brouter dans des sursauts de dégueulements funèbres pour caler tout à fait à deux kilomètres à peine de Kerlabia. Ça nous l'a coupé le sifflet. Alors sans plus un mot, en roue libre dans le grand silence revenu, lentement comme on plane nous nous sommes laissés glisser, culs serrés, jusqu'à la grande descente du garde-barrière où, l'emmanchant, nous respirâmes enfin.

Et le camion s'avachit sans un bruit sur les graviers de la cour.

Une poignée de minutes jetées sur la table de la cuisine et ça y était, de la pièce au damier noir et blanc je l'entendais qui gueulait sur sa mère le grand Awouè, lui arracher le blé de son retour à Paris.

« Mais tu vas l'cracher ton sale fric bordel de merde !... »

C'était ça qu'il lui hurlait. Eh ben dis donc, qu'est-ce qu'elle s'est pris dans les niflettes ce jour-là la grand-mère, qu'elle en pleurait dans son tablier à carreaux.

De mon damier je trouvais que j'ava du mérite moi, l'avais ben travaillé tout le mois pour le supporter le grand Awouè, et pis le voyage, toute cette route, que j'en avais avalé de la poussière. J'pouvais ben me reposer non. Que j'aura dû êt' pensionné moi pour toute cette peine à l'endure sur le trimard.

La porte a claqué, il avait gagné, je le voyais de la fenêtre remplir le réservoir d'un vieux bidon déniché dans la grange. Le grand-père à pêcher sur la falaise, Marianne à ramasser du bois avec sa carriole, il avait finement manœuvré le grand Awouè. Jamais il avait fait grand cas des détails lui, c'est admis. Moi je la balbutiais mon existence, la titubais. C'est la matière qui rend fou malade.

Je suis retourné dans la cuisine où la grand-mère pleurait sur une chaise, et tout en observant détaché par l'autre fenêtre le camion s'éloigner dans la côte du Halte là je me suis retourné pour me regarder dans le grand miroir. J'ai mieux compris alors les cris de la grand-mère en me voyant apparaître sur le seuil à notre arrivée, son énorme « C'est pas Dieu possible ! ? », sa stupéfaction de moi. Un singe, j'ai vu, dans la glace, un être affaissé balançant de côté, noir et hirsute, à deux doigts qu'un zig me lance une corde et un pneu.

Mais pourtant j'ai rien dit, rien raconté de tout. Ce qui se passe en mer doit rester en mer.

Il allait pourtant bien falloir l'user cette vie.

> Mais, vrai, j'ai trop pleuré ! Les aubes sont navrantes.
> Toute lune est atroce et tout soleil amer :
> L'âcre amour m'a gonflé de torpeurs enivrantes.
> Ô que ma quille éclate ! Ô que j'aille à la mer !

De ce fait Kerlabia m'est apparu comme un sas épuisé, une paix meurtrie avant la reprise du harnais, qui, d'ailleurs, n'était pas forcément moins lourd en vacances. Je retrouvais alors ce pays déchiré, fleuri d'hortensias jalonnant les allées, ses quatre saisons en une journée, son ciel sans fin d'un bleu jamais vu ailleurs. Enfin je musardais peinard ! Sauf la plage que j'avais pas le droit, et puis c'était trop loin.

Les hortensias c'est vrai faut admettre on prend jamais le temps de les regarder, partout qu'ils sont. Là, moi, le temps je l'avais, et dans ces arbrisseaux paniculés je m'oubliais, me perdais en balades sous les ombrages de leurs fleurs en ombelles, m'extasiais infiniment dans leurs corolles à toujours quatre ou cinq pétales. Un monde. Et de ces inflorescences bleues ! et du rose ! du blanc ! du violet ! moi bien au fond là j'y voyais tout ce que la Bretagne ne disait pas.

Je l'ai relevée ma tête des hortensias, retrouvé la vue pour réintégrer le présent, alors soudain tout en bas de la côte je l'ai reconnue. Mais si aplatie, tellement changée, toute sèche et vidée. Sans sa carriole vert pâle qu'elle tirait derrière, la Marianne, jamais je l'aurais remise je crois. Et pourtant si, et j'en pouvais plus bouger de ce travail du temps sur le trognon.

Bien que balayé sans cesse sur la trame et sans m'inspirer du dessous j'avais quand même bien du mal à me sortir du caisson que la vie en somme n'était rien d'autre qu'une porte avec derrière une pièce vide où tout un tas de balles rebondissait tous sens et sans raisons. Après faut les attraper les balles, et puis les concevoir gentilles, ce qu'elles ne sont pas les mutines. Je me souviens petit des autres et des bêtes qui faisaient alors là vraiment rien qu'à m'exciter dans la tristesse et puis survivre. À pas s'y retrouver. J'ai picoré dans les plats moi, de la cuisine et grand-mère à la carriole de Marianne et les pêcheries du grand-père, nos balades sur la falaise. Et pourtant, moi, je me souviens. Je l'ai, moi, la mémoire de ces jours. Ces flâneries sur la jetée avec le grand-père à écouter le cri désespéré des sardines frémissantes au retour des chaluts, ce petit être délicat et sensible, mourant à l'air en quelques secondes. Une souris que ça laissait dans l'oreille comme plainte, une souris, son petit cri. La rupture de sa vessie natatoire, il me l'a dit le grand-père. Que ça me chamboulait tout le melon, le citron, le bedon, deux doigts d'y aller du dégobillage. Pareil les araignées de mer sur le sol de la cuisine juste avant la bassine d'eau bouillante, tournées sur le dos aussi faisaient entendre un cri bizarre, pas déchiffrable, de porte qui grince. Je l'ai le souvenir, j'ai pas perdu, cet été-là j'en ai picoré dans les plats, et de tous, au cœur d'une manière d'ébahissement, un tourbillon de vertige, une hébétude craintive. Je découvrais il me semblait tout ce que je connaissais depuis toujours.

Et puis y'avait Mado qui chantait à Bréhec sur les petits tréteaux de bois, la plage derrière et puis la mer. Tout Théodore elle nous a narré en goualante ; *La Paimpolaise, Lilas blanc, Fleur de blé noir, La Dernière Bûche, Goélands et goélettes*… je décollais pas. J'y voyais rien de ma hauteur que des culs mais j'étais pas plus con qu'un autre pour entendre, même le mât d'artimon ça me disait rien, l'entrepont, mais quel bonheur en pays breton. Le pauvre gars toujours qu'elle répétait, je me disais alors qu'elle me connaissait et que oui c'était pour moi qu'elle chantait, mais qu'elle voulait pas le dire, pour pas me gêner, la délicatesse de cette femme. C'était godiche aussi ce qu'elle racontait la Mado dans ses couplets, mais chantait si bien, même *Le Mouchoir rouge de Cholet* me semblait divin avec les sanglots qu'elle nous fourguait dans le timbre. Et puis elle a lâché Botrel pour m'extasier de Budet. Alors, dans le ciel, parmi les mouettes et le blanc des nuages, le bleu, j'ai entendu ça :

Ils reviennent encore à l'heure des marées
S'asseoir sur le muret le long de la jetée,
Ils regardent encore au-delà de Bréhat
Respirant le parfum du vent qui les appelle.
Mais s'il est révolu le temps des terre-neuvas
La race des marins, chez nous, ne s'en va pas.

C'était bien étrange tout ce que je pouvais pleurer, que ça me coulait des yeux comme une rivière naturelle, un fleuve de peine. Le grand-père il en ouvrait de ces châsses à me voir ainsi me répandre.

Loguivy-de-la-Mer, Loguivy-de-la-Mer
Tu regardes mourir les derniers vrais marins
Loguivy-de-la-Mer, au fond de ton vieux port
S'entassent les carcasses des bateaux déjà morts.

Moi je voyais au loin de ces petits bateaux couchés sur le flanc et je me sentais pas autre, le ventre au déclin, le cœur enlisé, à guetter la marée de vie qui ne montait pas.

Ils ont connu le temps où la voile était reine.
Ils parlent des haubans, des focs et des misaines.
De tout ce qui a fait le charme de leur vie
Et qu'ils emporteront avec eux dans l'oubli.
Mais s'il est révolu le temps des cap-horniers
Il reste encore chez nous d'la graine d'aventurier…

Et ce mur, dans la grange, le mur de la grange, les pierres et la terre, il m'est gravé dans la théière, ses morceaux de granit et les joints de terre rouge.

Bien qu'ayant tout de même depuis le temps dépassé les braguettes je n'y voyais toujours rien au centre de tous ces gens attroupés. Je contemplais alors le vol des mouettes qui tournoyaient au-dessus de nous. Rien que le ballet silencieux des mouettes avec cette voix qui chantait en pleurant vers le ciel.

Je n'ai jamais su dire ce que disent leurs yeux
Perdus dans ces visages burinés par le vent.
Ces beaux visages d'hommes, ces visages de vieux
Qui savent encore sourire et dire à nos vingt ans,
« Remettez vos cabans et rompez les amarres
Allez-y de l'avant et tenez bon la barre. »

Lorsqu'en voiture on revenait de balade en suivant un tracteur avec sa charrette remplie de choux-fleurs, fallait surtout pas le doubler pour en récupérer un des fois qu'il chût.

Loguivy-de-la-mer, Loguivy-de-la-mer
Tu regardes mourir tes derniers vrais marins
Loguivy-de-la-mer, Loguivy-de-la-mer
S'entassent les carcasses des bateaux déjà morts.

J'en arrivais plus à m'arrêter de pleurer, le grand-père du coup il m'a emmené, je crois bien qu'il repensait à mon noir dégobillage du Deupièce quand il a dit, effaré :

« Ben mon vieux !… faut qu'ça sorte, hein, chez toi ! ?… »

Mais ça me déchirait de beauté, la Mado et l'accordéon d'Ernest, j'y pouvais rien, ça m'inondait le bastringue, et la tête, le cœur, l'âme, me frémissait toute la charpente.

Mais quand même j'ai traîné un peu avec la Marianne parce qu'elle savait des coins et pis que la cuisine ça allait bien. Elle connaissait aussi toutes les vieilles du village la Marianne, et même celles qui ne l'étaient pas encore. La Guiguite par exemple, que nous allions trouver pour rien, elle voulait savoir Marianne si tout allait bien. C'était donc que ça allait pas forcément je me disais. Elle habitait la Guiguite sa maison c'était bizarre on l'aurait dite comme prise à moitié dans la roche, la petite cuisine sombre en premier et puis tout de suite à une caverne ça ressemblait. Sa maison à Guiguite Guillomard elle était juste avant la pente, la dernière du petit pâté, juste après le petit cimetière et pile avant la descente qui dégoulinait en serpentin sur deux kilomètres jusqu'à la mer. Elle existait là avec sa fille minuscule, toutes deux coincées dans le granit et sans mari ni papa. Les joues de sa fille à la Guiguite ressemblaient on aurait dit comme à deux énormes cerises collées sur sa tête ronde. Bien menue qu'elle était la petite, et frêle de partout donc sauf des joues, quatre ans pas plus, et le regard noir et fixe qu'ont les malheureux. Il leur courait dessus des histoires obscures à toutes les deux, de femme seule empêtrée d'une gamine dont elle ne savait que faire la Guiguite, ayant déjà bien du tourment à se dépêtrer du flou de son existence. On passait là quelques minutes, dans la pénombre de la cuisine où nous l'écoutions dociles narrer ses petites combines pour récupérer des vêtements et de quoi manger, un peu, la gamine toujours en tablier encombrée de ses deux énormes cerises, telle une bosse.

Le soir, à la nuit, j'allais le voir ce vieux mur de la grange, que je le palpais le mignon, lui trouvais sans le savoir un quelque chose de déchirant, de féroce dans l'usure, le rejet du temps. Ils sont pas comme nous les murs à gesticuler pour nib, à se rengorger de réussites stériles, à s'évertuer de tristesse, ils sont là et s'imprègnent doucement de nos vies à nous jusqu'à en faire partie. Qu'un trou y vienne et ça fait mal, voir l'autre côté, le travers, c'est plus un mur, c'est pas pareil, c'est plus rien du tout alors que de l'air. Jamais un mot de trop les murs, des oreilles, du sensible. Ils sont comme ça.

Aussi avec la Marianne et sa carriole vert pâle on allait voir cette madame, une toute vieille copine d'elle qui vivait seulabre dans une vieille masure de granit du bas de notre côte, la première sur la droite juste avant l'entrée du village. On lui apportait sa tranche de jambon et des restes de viande pour son chat à la madame comme elle faisait Marianne l'année tous les mardis. C'était convenu. Elle résistait là on savait pas comment depuis le suicide de son mari fossoyeur, dans cette maison en retrait un peu et perpendiculaire à la route avec un jardin de hautes herbes qui se déroulait devant, s'étalait de longueur tout en ronces et broussailles derrière d'autres maisons encore qui elles débutaient alors là vraiment le village.

En même temps que nous le facteur déboule aussi lui, qui vient lui porter son mandat. De la route juste on l'a vu entrer, des cris après ça a fait que ça, des hurlements et des injures que je comprenais pas et le mandat a volé par la fenêtre. Il a même rien demandé le facteur, pas ramassé, juste un petit salut pour nous et c'était fini, déjà le ronron chaotique de son moteur s'amenuisait dans le lointain. Alors on s'est avancés.

De face la lourde maison granitique, imposante, ressemblait du coup à un cabanon de fond de jardin avec ses volets penchés, ses carreaux brisés de l'étage et ses rideaux déchirés pendouillant bien accordés à l'oblique de la gouttière et à la végétation qui sur les ardoises commençait. Elle appelle, Marianne, et vive une main glisse comme un ressort dans l'embrasure de la porte, tout le bras, pour lui arracher son paquet et faire claquer la lourde. Là, je l'ai vu, l'écriteau de la porte. Il y était encore, des années de ça pourtant qu'il l'avait planté de deux couteaux. Elle ressemblait maintenant la pancarte, toute délavée, cornée par le temps, les pluies, à un oiseau les ailes crucifiées.

Après avoir creusé une fosse
je suis monté à l'échelle
et je m'accroche à la croix
et celle-ci s'est lâchée
et me tombe sur la tête.
C'est un signe.
Faut pas me déranger.
Je m'est suicidé.

Et le paquet de Marianne vola par la fenêtre, le jambon et tout, comme le reste, le mandat de sa pension avec des injures et même des mots que je comprenais toujours pas, le sens oui mais pas ce qu'ils venaient foutre dans la phrase, le tout avec des hurlements et des insultes pas croyables. C'était mon premier mardi, j'étais pas habitué encore.

À force de palabre, grand renfort de mignardises enfin elle arrive Marianne à nous l'extirper de son ombre la vieille, mais bien lentement, avec des reculs, des méfiances, et timide affolée, éblouie par le soleil enfin elle nous titube dans les hautes herbes comme une furie. Alors, des chaussons à la goule c'est crasseux et avachi, c'est des couches et des couches de vieux tissus en pendouille, des laines mortes, du jamais c'est convaincu dissocié de l'épiderme, une double peau, que ça remuglait sec. Et pourtant il y avait quand même bien des parties d'elle que la vieille chouchoutait, le chignon avec ses petits peignes de fer qu'elle avait construit impeccable jusque dans son armature, comme de mini-sursauts dans la vie des gens, un souci de l'autre, un tic sûrement de sa jeunesse à elle. Et pourtant ça faisait un grand bout de d'là.

Que je serais bien entré moi, connaître un peu l'état de son intimité à la vieille madame, ses manières de survie, mais déjà elle nous entraînait larmoyante vers la route, nous dire des choses en douce qu'on supposait, des confidences, des secrets et chuchotis que sûrement elle voulait pas que la maison entende. Chez les morts c'est comme ça, on se cause pas dedans, tout à l'extérieur des murs, pas sous le toit, des fois qu'il soit encore là le fantôme à se traîner l'âme dans nos errances. On la suit alors mais pas loin, lui embraye le pas jusqu'au milieu de la route, c'est tout, plein mitard, et là elle se fige la vieille pour ce coup-ci banner alors vraiment, la bouche grande ouverte comme les petits enfants, tout en nous baragouinant son langage pas défini. Marianne on aurait dit qu'elle arrivait quand même à lui parler un peu, pénétrer sa langue, mais moi j'entravais encore absolument que dalle à son patois. Et comme il voulait toujours pas se tarir son débit à la dame, ses sanglots, Marianne elle en profite pour l'inspecter en douce, lui déchiffrer des parties d'elle, et ce qui l'intrigue c'est le reste de ses jambes qui dépasse à sa copine, juste après la fin du tablier. Ses tibias étaient si noirs et grisâtres que ses bas ressemblaient à de vieux tatouages passés, si veineuse la peau qu'on l'aurait dite striée de petits serpentins bleuâtres.

Pendant qu'elle larmoyait de l'incompris cette femme Marianne elle se penche pour la tâter, lui palper mollets et péronés. De bas il n'y en a pas, rien que la peau, et puis non, un mélange, qu'elle en retire un petit bout qui pendouille mais qui vient pas tout. Elle en bafouille de sa découverte :

« Ben !… mais ! ?… c'est quoi ça ! ?… qu'est-c'que c'est ? !… du journal ?…

– C'est l'froid !… – qu'elle s'insurge l'autre.

– Mais faut pas faire ça !… ben non !… y fait chaud là !… faut pas vous mettre du journal autour comme ça !…

– C't'hiver l'a fait froid !…

– Mais là fait chaud !… faut r'tirer ça voyons… c'est pas propre !… »

Et durant tout ça Marianne accroupie tendait la main vers sa copine qui reculait comme on danse. Il fallait bien admettre qu'il était fort ardu de distinguer la peau du papier, les veines de l'encre tant le mélange était parfait, tant sa couenne avait englouti depuis l'hiver les nouvelles de décembre. C'était de l'incrusté, du fondu, de l'infusé, un reste dilué des froidures. Aussi plus rien, la discussion pour elle c'était fini, disparu même le souvenir de nous, silence et que ça, juste un rictus de désagrément sur son visage venait maintenant lui déformer la bouche et tout lui contrarier la face. Et là, au milieu de la route, les yeux perdus au-dessus de ma tête elle se met à évacuer son urine, là, tout d'bout, la route et nous autour, s'inondant les jambes et les chaussons.

« Ah… bah… elle fait pipi ! ?… – que j'informe Marianne.

– Mais non !… – qu'elle me rechigne.

– Ah, bah… si… là elle pisse !…

– NAN !… »

Si faut rien dire. Les vieux ont droit à de ces choses.

Soudain la revoilà qui radine sa colère à la vieille, nous gueule dessus, nous invective nous deux et le ciel, comme ça, dans le vent, les bras levés. Il en redevenait incompréhensible son dialecte, et poussant des gueulades, les bras en l'air elle s'enfuit, toute gouttante, essuyée par les hautes herbes et après on a plus su rien, sa porte a claqué.

On dit que l'univers n'a pas de centre, et qu'il grossit, que les étoiles contrairement à ce que dit l'œil sont blanches, bleues, jaunes, orangées, rouges. La belle affaire. Il faut de la place pour les fous, c'est tout, y'a pas à y revenir et leurs étoiles elles peuvent bin avoir n'importe quelles couleurs on s'en tape.

Mais quoi qui va en rester dans les têtes de cette vieille, de Guiguite et sa fille à cerises, de Marianne même, de moi ? Déjà tout s'en va au loin, s'affaiblit et s'effiloche. On s'en ira tous comme ça, le souvenir par petits bouts, et puis plus rien, l'échec. Possible même bien soulagé de partir.

La peine que ça me faisait tout ça, ces rencontres coincées dans leur vide, mais j'étais bien content quand même d'en avoir de la peine, pour tout ça et pour rien, ça voulait bien dire que j'étais encore vivant. Si on pouvait se les additionner toutes les peines qu'on a eues pour les autres ça ferait toujours plus que celles qu'on a pour soi.

Encore une, puis deux fois du même cirque et je l'ai plus jamais revue la dame aux journaux. C'est que Marianne elle a dû dormir à l'hôpital se faire opérer de j'ai pas compris quoi. C'était risqué vu son âge, vaut mieux pas les ouvrir les vieux coffres c'est certain, avec la rouille des fois on les referme plus. Durant son absence à la Marianne, la grand-mère elle s'est déchaînée dessus son dos, une aubaine qu'elle y trouvait. Tous les noms y sont passés, croire qu'elle la détestait en silence depuis lurette sa belle-mère. Aussi diplomate qu'un ado elle y allait de la débine, s'extasiait de racontrances la vache, qu'elle la chargeait de tout, lui bénissait ses rameaux tant et plus, l'accusait même de tous les décès du village la banturle. Une vraie déferlante de haine. Tout était de sa faute à la pauvre vieille, même les guêpes qui envahissaient régulièrement le petit cimetière de granit lui échouaient sur le râble. Je sais pas comment elle se débrouillait Marianne pour attirer toutes ces guêpes, comment elle arrivait à faire canner tous les vieux du bled sans jamais leur causer mais pour la grand-mère elle en démordait pas, tous les fléaux venaient d'elle. Morte elle la voulait. Moi, je me mêlais guère des affaires des morts je reconnais, les vivants je leur en voulais pas encore assez je crois. Vraiment la grand-mère elle vous refroidissait la soupape à dégoiser plein tube comme ça sur une encore plus vieille qu'elle. Moi ça m'allait pas, une nausée me fouettait de l'écouter, des vertiges m'assaillaient avec ma tête qui filait en arrière. Je trouvais qu'il n'y avait pas besoin.

Surtout quand on descendait à la plage. Toujours on tombait forcément sur la même dame vissée devant sa porte.

« Ça va ?... – qu'elle nous lançait la venimeuse.

– Oui oui – sans ralentir la grand-mère elle répondait.

– Ben alors ?... ben voyons ?... ben v'nez voir m'âme... heu...

– Oui oui mais là j'emmène le petit à la pl...

– Bah enfin, v'nez là quoi ! ?... v'nez là m'âme... m'âme... b'enfin ! ?... bin v'nez là quoi enfin ! béh alors ! ?... »

Il est vrai qu'elle tiquait léger la grand-mère quand même, rechignait à se répandre, depuis son Onzième où elle régnait causer lui disait moins, les péquenauds la rebutaient. Mais l'autre la travaillait si dru de ses insistances qu'elle finissait toujours par succomber. À renâcler à la médisance on crée des inimitiés, c'était son avis. Sans compter le gros paquet de merde que l'on se garde au trognon qui finira bien un jour par virer, le renfermer c'est mauvais, ça faisande, les émotions faut surtout pas les stocker, c'est le cancer qui pointe. Écluser qu'on doit quand la musette est ras bord. Aussi elle y allait joyeusement la grand-mère, le plus dur c'est le début, comme tout, faut se lancer.

« Elle est CON !... – se lâchait la grand-mère sur Marianne – mais elle est con pouvez pas imaginer Mame Lepape c'est rien d'le dire !... une conn'rie même qu'est pas comme nous !... et mauvaise !... mais con surtout... savez qu'elle est infoutue de se servir du téléphone ! ?... pas être bien malin quand même nan ! ?... vous m'direz pas !... un an bientôt ça va faire qu'on l'a !... et il est beau, tout gris, en galalithe, il marche très bien, puisqu'on l'app'lait de Paris... qu'elle répondait même, pas toujours remarquez... fallait sacrément insister pour qu'elle décroche... pour elle de répondre c'était comme de tomber dans l'vide, un trou noir qu'elle nous disait... enfin bref toute l'année elle nous a certifié qu'il marchait pas !... et puis butée avec ça !... y marchait très bien puisqu'on l'app'lait !...

– Peut-être qu'elle savait pas comment...

– TOUT, qu'on lui a expliqué !... TOUT !... l'autre jour on l'a obligée à s'en servir, devant nous !... eh ben c'est vrai que ça sonnait bizarre dans l'écouteur..., on comprenait pas avec mon mari...

– Peut-être qu'elle décrochait pas avant d'faire le numé...

– NAN !... plus con encore !... ELLE FAISAIT PAS LES ZÉROS DU NUMÉRO ! ! !... c'te gourde !... pasque pour elle zéro c'est rien du tout !... ça compte pas !... franch'ment ! z'allez pas m'dire, nan ! ?... AH ! qu'elle vienne plus avec sa bouche me dire à moi quoi faire de mes mains dans MA maison, hein !... enfin quoi ! c'est pas d'la merde à boire quand même nan ! ?... »

Et je regardais goutter à mes pieds les secondes et minutes de plage perdues où j'allais enfin retrouver les mouettes et leurs cris à se moquer.

Enfin on se la terminait notre course, à y'était que je pouvais enfin me les contempler les mouettes à se marrer au-dessus de nos têtes. Les goélands pleurent, ils raillent à ce qu'on dit, et les mouettes se marrent. Je restais là, les yeux au ciel à les regarder planer comme des vautours, attendre qu'une se décroche. Certaines passaient leur vie en mer, revenant rien que pour pondre et manger, comme moi en somme qui n'allais vers les autres qu'en tout dernier recours. Lorsque j'en voyais une prendre son envol pour filer droit sur le large je m'y voyais, et je pensais aux sondes spatiales partant dans l'espace sans espoir de retour.

On raconte qu'elles se sont piquées de la terre maintenant les mouettes, ont commencé par les décharges, fines les guêpes, pis les villes pour l'abri des toits et les trésors des poubelles. On en retrouve aujourd'hui même jusqu'à Paris qu'elles ont comme manie de remonter les fleuves. Et puis le grand-père il m'avait fait remarquer un jour, accroupi pour la hauteur de mes yeux, la petite tache sombre qui leur déboulait sur le crâne, qui allait virer noire, pis grossir jusqu'à leur recouvrir tout le scaphandre pour les protéger du froid. C'était alors le début de l'hiver que ça voulait dire.

Et je passais l'après-midi sur l'estran la tête au ciel à les regarder me dessiner des cercles tout là-haut, comme des croix au-dessus de nous à planer sur nos âmes.

Les mouettes, les corbeaux, et puis les pigeons, ce sont mes oiseaux à moi.

La grand-mère ça lui disait rien et pourtant elle fut du voyage, tout en maugréant son vieux sac à main sur les genoux.

Je l'aimais bien moi la route pour Paimpol, c'était comme de s'abstraire de tout, que j'en connaissais les virages et les maisons, les patelins, le ciel qui surgissait des talus par-dessus les haies. C'était une route vide de quotidien, sans terre ni passé, utile à se purger l'âme de toutes les phrases inutiles.

On l'a trouvée Marianne dodelinante, tout habillée bien, le chignon parfait pis l'air buté assise en travers de son lit les pieds ballants, comme un pendu. On aurait vraiment dit qu'elle pleurait. Et puis sans bouger elle s'est mise boréale à nous parler du Julien, mort en soixante, leurs accordailles, de son boulot à elle comme bonniche à Paris chez les bourgeois, et puis enfin qu'elle voulait se remarier. Julien il était de 1886, ça faisait loin, qu'elle en avait trouvé un autre de bonhomme, au village, qu'il était d'accord, et puis que… le grand-père l'a pas laissé finir. Il s'est mis à l'engueuler copieux, qu'on se remariait pas à quatre-vingts ans il lui a dit, qu'il allait lui piquer tous ses sous le bonhomme et puis nous la dévarier pour le peu qu'il lui restait sans rien faire d'autre qu'à lui boire tout son pécule. Alors elle s'est mise à répéter en pleurant :

« Siwazh ! Ar vreton zo leun a velkoni… »

Aussi l'hôpital il lui convenait pas du tout à Marianne, elle évoluait dans un air confiné que viciait l'inquiétude des ans. Même elle se croyait frappée d'une diathèse, parce qu'une chouette l'autre nuit était venue frapper trois coups d'aile à la vitre de sa fenêtre. Elle le savait bien qu'elle était à un âge où l'on ne plante plus un arbre pour soi. Et songeant au passé elle se voyait semblable à une mère rendue folle de douleur berçant en pleurant le cadavre de son enfant. Et elle recommençait avec son *« Siwazh !… Siwazh ar vreton… »*, elle en finissait plus sa sortie d'hôpital. Moi ça me tourneboulait toute la théière de la voir ainsi nous dégouliner son siècle et les creux de son âme la Marianne dans un décor si cruellement froid et totalement déchargé de son personnage.

Pourtant elle refusait obstinément de décaniller en serrant son sac tout contre son ventre, elle voulait voir le chirurgien, le sien, elle attendait l'homme qui lui avait trifouillé tout l'intérieur de son bastringue. Les palabres du grand-père y faisaient rien, les négociations, elle s'accrochait aux barreaux de fer du plumard et répétait sa demande les yeux froncés vers le sol. Personne y comprenait rien. Avec les gens on sait jamais que leur devanture, ce qu'ils veulent bien lâcher au-dehors, ils ont beau se planter devant vous avec leur charge de simagrées jour après jour les gens, le caché le restera bien au fond de leurs minauderies. Parfois au gré des années on finit quand même par reconnaître deux trois bibelots dans leurs mines, sur leur étal, mais guère plus. Une vitrine les gens. Et ce qu'elle n'arrivait pas à comprendre Marianne c'était que le bruissement de sa musique à elle n'était plus celui de son enfance. Imbécilement elle s'imaginait qu'il lui fallait survivre alors que tout autour avait basculé impitoyablement et que s'égrenait son passé au ciel des orages. Même avec la grand-mère ses rapports avaient changé, sans paroles ni gestes, doucement, par-derrière. Les choses se pourrissent parfois à simples coups de silence.

Enfin le grand-père il a réussi à nous en dégoter un de toubib qui traînait dans le couloir, mais on a jamais su si c'était bien le bon, ni même s'il était vraiment chirurgien, mais ça a suffi, de toute façon elle s'en souvenait plus Marianne de sa bobine, peut-être même qu'elle l'avait jamais vue. Celle-là lui convenait de bobine. Elle lui a refilé un pourliche et elle était contente du devoir accompli. Enfin on a pu partir. Elle aussi s'en est allée la blouse blanche, une pièce de cinq francs dans la main et sans rien comprendre de la tractation j'en suis bien certain. C'était pas grave. Les pauvres, des fois, y'a pas à beaucoup leur permettre pour qu'ils s'installent, l'idée même suffit de leur réussite à les rendre moins revêches au fourbi de l'existence. Faudrait le savoir ça, pis s'en souvenir.

J'y suis quand même retourné une dernière fois le regarder mon mur avant de prendre le train pour Paris. Toucher le granit, cette pierre qui donne l'impression de fondre sous le vent et la pluie. Voilà enfin quelque chose que je verrai toute ma vie je me disais, ça bougera pas, un mur c'est l'infini des choses je me disais, tout le reste c'est vraiment rien que ce qui fait danser les arbres. Voilà. Il me marquera pour l'éternité la réalité passée de ce que nous fûmes.

Les choses humaines je les pénétrais pas encore très bien faut avouer.

Sur le quai même j'ai rien dit, parler aux autres ça revenait à exploser, m'étoiler le cerveau pour me perdre en eux et disparaître, plonger dans un cosmos ténébreux, comme elle disait Marianne pour le téléphone. Elle pleurait pourtant la grand-mère, mais j'ai rien su quoi lui raconter. Ce qui la minait surtout c'était qu'elle y retournerait plus jamais à la capitale elle, et puis le savait, que c'en était bien fini pour elle de la ville et du Prisu. Le seul regret que je lui aie jamais connu à la grand-mère. Et je savais vraiment pas quoi parler sur ce quai. Y'a jamais rien à dire si on y pense. La première fois que je prenais le train, seul ou pas, moi j'en étais là et le tracsir me prenait. Ça s'est mis à s'ébranler, lentement, avec des soubresauts, ils ont marché alors un peu à côté de mon wagon, je voyais moi ses larmes à la grand-mère dans les convulsions de la micheline et je souriais même pas, je pouvais même pas en dire des mercis, ma tête toujours partait un peu plus loin, ailleurs, mais pas là, pas comme y fallait, j'étais plus déjà dans la vie du moment.

Aussi c'était que je voulais pas y retourner moi à la capitale, pour ce qui m'y attendait, pour ce qui m'attendait partout et encore bien ficelé dans le futur, comme un gigot de haine et de dépression.

Encore un peu d'eux, leurs bras levés, deux trois chariots de fer à traîner sur le quai, des spasmes et puis c'était fini, on était parti, voilà qu'on roulait, plus rien alors maintenant que la campagne et des hantises pour le lendemain.

Marianne elle avait bien raison quand elle répétait sur son lit d'hôpital : Hélas ! Le Breton est plein de mélancolie.

C'est comme ça que ça marche, pour tout le monde, ils disent tous pareil, ils avancent avec une courbure à l'âme et le vont répétant.

Même là y repensant je vois toujours pas ce que j'aurais pu y dire à la grand-mère en larmes.

Je dois être méchant y'a pas.

Que j'y retournais donc à Désérance puisqu'on tortille pas avec son destin ni avec soi. J'y retournais toujours avec le même petit personnage cloué par deux mois d'errance, inchangé nullement et sans cesse endeuillé il me semblait, avec juste quelques kilomètres et des trombines de plus dans l'araignée, des tas de gens conjoncturés avec tous un quelque chose dans l'âme de détraqué. Tout n'est que maladie alors et plus rien d'autre à faire que d'attendre le Big Crunch et puis protester toujours et encore. Pas d'envie du tout d'accord, mais de la bonne volonté quand même.

Que ça s'est mis à être plus pareil derrière la vitre, tout avec moins d'espace entre et plus terne, que des petits pavillons Loucheur avec des rues bien droites partout et des jardins rikiki où l'on a pas envie d'aller avec pourtant des familles plantées dedans. Et puis d'un coup à devenir tout gris et sombre autour, que ça allait moins vite même, le paysage partout était différent, les vaches je les voyais plus et les arbres avaient disparu, les prés, que des murs alors d'un coup, des rails tout partout autour et des fils à strier le ciel tous sens. Elle a duré cette lenteur, ça n'en finissait plus de s'arrêter.

Ma mère elle me l'avait dit, le train y peut pas aller plus loin, y'a comme un mur au bout, y peut pas.

On y était alors.

Si les retours de longs voyages ressemblent tant à de petites amnésies c'est qu'ils nous laissent éberlués, un rien songeurs, mais déjà on réintègre un vieux décor trop familier la tête encore pleine des nouveautés vécues, quittées puis perdues. Pourtant plane en ces lieux coutumiers comme le sentiment désagréable de s'y sentir totalement étranger. Ils ont continué d'exister sans nous ça veut dire, que l'on se surprend même à rechercher des marques de nous, faut qu'on tâtonne un peu, tout ça pour reprendre sa minable petite place, retrouver les manies et innombrables gestes stériles mais inévitables. Après cette ivresse déjà passée nos idées d'avant reviennent toutes seules lentement et si peu modifiées. Confortées. Reste plus qu'à subir effondré la révélation, qu'on avait bien raison, et sur la ligne entière encore. Toutes les bassesses que l'on ne faisait que pressentir confusément hier ne sont plus aujourd'hui qu'impitoyables constatations. Notre existence elle vaut pas grand-chose, elle est toute plate et vide et morne. On le craignait, exact que ça s'avère. Lamentable. Les voyages lui ont juste un peu gonflé les voiles à cette existence de rien, et puis tout retombe. On va et vient toujours sur les mêmes rails, comme des trains, on n'en sort pas. Vraiment on se coltine toujours le même cerveau, les mêmes couloirs et les mêmes tranchées.

Mais je retrouvais rien moi, le Deupièce étant liquidé toutes les rues d'avant s'en allaient toujours maintenant vers l'équarrisseur. On en reviendra le scalp à la main. Je réalisais soudain que la route n'avait plus jamais cessé de défiler sous mes nougats, un voyage sans fin, n'être alors jamais rentré, toujours maintenant errant.

Je dois dire que l'envie m'était un peu passée d'aller au-devant des découvertes. Ça m'est revenu après puis reparti. Comme une valse donc. Dès lors que ça frémit c'est pour tomber dans le désagrément, qu'on en arrive même à prier pour qu'il ne se passe rien. Mais les idées impatientes vous tarabustent tant l'équation que ça en devient gênant à la longue. On évite et renâcle mais replonge quand même parce que c'est toujours mieux que l'ennui des choses et des gens.

Cette année-là toute une bande d'âmes fracturées que j'ai découverte au collège m'a bien fait comprendre que nous allions tous mal, nous de la Terre et peut-être même de Vénus et Jupiter et de toutes les autres planètes dont les noms m'échappent parce que je les connais point. Faut pas creuser indéfiniment pour la dégoter la différence entre les deux espèces. Juste, les uns le savent et les autres pas.

Très vite alors et dès septembre elle m'est revenue la bougeotte, le curieux du monde autour, puis l'habitude de passer le prendre chaque matin avant les cours Taïeb elle s'est installée comme une couleuvre au jardin. Comme on se love, sans à-coups. Les gens c'est toujours expérimental d'aller les constater chez eux, s'enfoncer suave dans leur terrier, c'est déjà un peu de leur trognon, car d'un être à l'autre parfois les ravins sont infinis. Je m'y traînais donc tous les matins le chercher, rue de la Folie-Méricourt, au 108, c'était près de République, le boulevard Jules-Ferry où je descendais du 75, qu'il était encore chaque fois au plume Taïeb avec au départ des yeux de hibou paniqué à jamais rien comprendre du pourquoi j'étais là déjà. Comme il dormait souvent à moitié sapé encore de la veille son lever était vite plié, il recopiait mes devoirs à genoux par terre et on y allait au chagrin.

Pendant qu'il s'échinait ainsi Taïeb, le nez au parquet, je pouvais pas m'empêcher de la reluquer sa piaule, ce vide dans l'espace où rien n'existait à part son vieux lit de fer, une table de nuit en bois dont le tiroir coincé de biais croulait et, à l'autre coin de l'immense pièce, du pareil pour une sœur que j'ai nul souvenir d'avoir vue jamais. Ainsi à chaque fois je savais pas où poser mon cul lorsque je poireautais. Mais pour ma distraction quand même des cris me parvenaient gentiment, répercutés de mur en mur des profondeurs désertées, vierges de tout mobilier où l'ensemble de la famille s'ébranlait en cœur subitement pour la salle de bains où la baignoire était noire de crasse, et le turbin. Ils me revenaient clairs et puissants leurs cris, freinés par aucun meuble, étouffés par nul tableau, et les rebonds de leurs beuglements s'amplifiaient comme un écho brouillé par une douzaine de voix entremêlées qui chacune défendait ses raisons d'être là, dans la démesure de ces lieux où les recoins étaient innombrables. Et des balcons, des couloirs, mais le tout bien sale avec les murs qui se lézardaient sous la peinture à cloquer et les plafonds qui nous pleuvaient une poussière blanche chaque fois que l'on faisait trop les cons à sauter de la cheminée sur son plume. Je n'ai d'ailleurs jamais su dire qui de qui braillait le plus fort dans cette foire, ni ce qu'ils racontaient tous, incapable que j'étais de poser un timbre sur des lèvres, une bouche sur une physionomie et un nom sur un visage. Ils étaient trop à déambuler fugaces droite et gauche dans ces longs couloirs. Fallait que ça gueule, le voilà le secret, excédé chacun de n'être pas entendu mais sans jamais se déplacer pour se mieux faire comprendre. Sa famille à Taïeb elle se résumait pour moi rien qu'à des formes filantes devant la porte toujours grande ouverte de sa chambre. Des ombres et des cris. Une gueulerie, encore.

Faudrait pas me pousser beaucoup pour que je la garde ma certitude que hurler toujours c'est pas savoir faire autre, c'est le théâtre au foyer, pis gratis encore. À les surprendre dans leur creux ils gueulaient tous ceux que j'ai connus vers cette époque, jamais fatigués, coupables de rien, heureux même de l'effort accompli. Les Taïeb ils déversaient leurs gueulades comme on va aux latrines, c'était dans leur nature, gravé dans l'ADN. Il n'y avait bien que lui Taïeb qui gueulait rien du tout d'ailleurs, ses coups il les faisait en douce, dans les souterrains toujours il les accomplissait, mais naturellement, des barrières dans la tête il n'en avait pas. Et c'était bien ça qui me plaisait, moi qui en regorgeais pour qu'on me lance pas des pierres.

Et dès le pied de l'escalier je les entendais parfois, du hall même, un brouhaha ourlé de phrases hystériques en un mélange de dialecte à eux et de mots à moi. De la cour, l'été, les hautes fenêtres grandes ouvertes nous déversaient sur les pavés toute leur intimité en couinements, comme des bêtes criardes, et m'apprenaient ainsi que l'appartement était comble. Je gueulais donc moi aussi et l'attendais en bas. Et toujours je poireautais longuement il me semblait, le loisir alors d'observer cette poignée de petits mômes toujours dans la cour à rien faire d'autre que traîner, ou accroupis statufiés sur leurs pattes arrière les bras ballants entre les cuisses. Nullement intimidés par mon prestige naturel ils me dévisageaient en effrontés, mais comme absents, n'étant rien d'autre pour eux qu'un nuage, pas plus, une ombre, un soupirail. À des petits ouistitis ils me faisaient penser, l'air aussi con et les yeux noirs de billes jamais fixes, éberlués toujours avec la tête à coulisser sans arrêt. Leur manquait juste la queue, les habits en plus. Mais ça loquetait, dépenaillait sur les pavés avec rien à leur taille jamais. Une vraie portée de singes le regard sombre et brillant sous la frange, mais déjà vieux.

Parfois, le soir, même, avant de prendre le bus j'allais jusqu'à chez lui Taïeb, qu'il pose son sac. Je l'attendais alors en bas dans la cour et puis on partait faire les couillons dans la rue, d'autres rues encore, des squares, partout où qu'on pouvait jusqu'à la nuit. Encore sous la pluie, les orages, les cieux chaotiques toujours ils étaient là mes petits singes, trempés tremblants mais hors de tout à fureter dans ce rectangle d'humanité. Leur vie elle se déroulait là-dedans, ils en sortaient pas on aurait dit, la rue leur était inconnue, le grand porche se déversant dans la ville jamais ils ne le franchissaient. Des animaux continuant à tourner en rond dans leur cage la porte grande ouverte avec encore et toujours un même rectangle de ciel par-dessus aux dimensions identiques. Ils se demandaient parfois d'où pouvaient bien venir les nuages, pourquoi la pluie ? Même entre eux lorsqu'ils se causaient je comprenais alors là rien de rien à leur langage, des grognements, des cris et puis des rires sauvages, jamais de pleurs. Je les apercevais encore à la nuit se faufiler entre les autos garées comme un collier à la cour tout le long des trottoirs, et puis sauter les caniveaux parmi les ouvriers qui ne les remarquaient plus. Je les regardais s'accrocher aux branches du bosquet au milieu, grimper en hurlant sur ces arbres frêles et malades qui persistaient à survivre malgré tout sur une terre poussiéreuse sans plus d'herbe dessus. Et tout comme les ouvriers, les habitants, tout le peuple qui passait chaque jour ici Taïeb il ne les voyait pas non plus mes petits ouistitis, les frôlant plusieurs fois par jour comme il s'accrochait à la vieille rampe en bois de l'escalier sans y faire attention. Rien il voyait de la vie Taiëb, même pas les filles, que ses déconnades et son brouillard interne. C'était comme lui demander un avis à Taïeb que se mettre à regarder les choses et les espèces. Un Abadakor Taïeb. Dedans lui il n'y avait rien à ce qu'il semblait, son cerveau pourtant de taille normale je supposais ne contenait à première vue rien de plus que sa chambre, le minimum pour fonctionner dans l'existence. Taïeb, autant le dire franco puisqu'on est entre copains, c'était tout son entourage qui m'intriguait, et puis tout ce qu'il refusait de voir. Il fallait le pratiquer un peu son caractère à Taïeb quand même pour y déceler ses énigmes, comme ces statues de généraux à cheval que l'on trouve sur les places et qui nous semblent toutes pareilles. C'est une erreur pourtant, car la signification des pattes est une merveille, des tablatures secrètes. Deux pattes en l'air le bonhomme dessus est mort dans la bataille, un seul antérieur soulevé il est mort de blessures au combat et les quatre sabots sur le socle le gus est mort peinard chez lui. Fallait y penser à ce genre de raffinement. Tout ça pour se faire conchier par tous les pigeons du coin.

Taïeb, par ses yeux, on sentait parfois s'infiltrer une charge invisible qui lui échouait régulièrement sur les épaules, le voûtant pour le reste du jour. Que ça lui resurgissait sur le râble sans que je comprenne jamais pourquoi, il pliait d'un coup, c'était le vent de sa tête qui lui apportait sournois les idées noires de son chahut intérieur. Même les ateliers, les entrepôts et les vieux hangars qui scellaient implacablement l'enceinte de la cour il ne les voyait pas. Je l'aimais bien moi ce lieu sinistre et pourtant plein à grouiller d'histoires et de gueulades, mais dans tout ce fatras étrangement ce qui me fascinait comme une angoisse c'était, tout là-bas au fond de ce village, une fenêtre sans carreaux du premier étage dont le mur au-dessus était si noir que ça lui dessinait des cheveux à la fenêtre. Des cheveux bien dressés dessus son crâne comme une mèche rebelle, une traînée d'une noirceur profonde montant si loin au-dessus qu'elle ressemblait à une ombre, un souvenir de flamme.

Taïeb quand il est redescendu je lui en ai causé des babouins errant là, eux que je voyais taper sur un vieux pigeon comateux avec une tige, dans le caniveau.

« Vont pas à l'école ?…

– M'en tape…

– Z'abitent où ?…

– Là, par là-bas… j'crois… là même j'crois… »

Et d'un doigt désinvolte il me montrait la fenêtre du premier d'où s'échappait maintenant une épaisse fumée noire.

« Y'a l'feu ! ?

– Nan… j'crois pas… c'est comme ça… des fois…

– C'est chez vous la fumée ? » – que je leur demande à mes petits ouistitis, eux qui jouaient en tas, toujours dans des hauts cris à martyriser le pigeon haletant.

Mais comme éclate une poignée de moineaux effrayés ils se carapatent en hurlant, et chacun une direction, les entrepôts, les ateliers, derrière les voitures, plus rien, le silence d'un coup, la cour était vidée d'eux. Nous on restait avec Taïeb à la regarder s'élever lentement vers le ciel la fumée, bien droite dans cette fin de journée sans vent. On restait juste à pas se parler, les yeux perdus dans cette colonne noire en mouvement qui continuait à obscurcir toujours un peu plus le mur au-dessus et le ciel aussi. Comme je voyais qu'il y arrivait toujours pas à canner le pigeon, que la vie le tenait, qu'il en voulait donc encore de l'existence, que même le gris d'ici lui suffisait toujours pas et que les intempéries du corps non plus l'avaient pas rassasié des forfaitures de la dégradation je me l'ai délicatement ramassé le pigeon, du bout de l'aile, pour le déposer ailleurs, dans la rue, un autre caniveau, qu'il puisse au moins crever peinard, si il pouvait. J'ai mes délicatesses.

Mais s'il faut en discutailler autant le dire tout net sans tortiller du cul ni du groin, cette manière qu'ils ont tous de s'accrocher à cette merde est une énigme. Les péripéties du cœur leur valent rien, qu'on en reveut des insanités, du double encore, et joyeusement. On ressemble à ces scarabées poussant leur boule de fiente pour en manger encore de la vie, les déflagrations méthodiques du temps, s'en foutre à ras de la merde, cette poussière de momie. On meurt donc d'inattention. C'est affligeant.

La vie, un brouillon d'existence. Un tapuscrit.

Cela fit que l'obscure saison envahit nos fioles et la ville sans qu'on y fasse trop gaffe, boursouflés d'interrogats que nous étions tous, bien occupé chacun à se les démêler nos fils entre les nouvelles bobines et toutes les stratégies à débusquer pour y survivre, plus l'ennui, ce fonds de commerce inévitable de l'existence. Mais les petits cocons blancs des araignées qui préparaient la relève on les voyait partout accrochés, déjà elles rentraient les araignées, comme les nuits d'orage, et les mouches se faisaient de plus en plus rares. Y'avait pas à se gourer, on y était à l'entame de l'hiver. Mais les froidures ont persisté plus fortes encore de jour en jour et ça c'est venu d'un coup, et ça a tenu. Chaque matin, pour prendre le 75, je m'absentais hypnotique médusé devant l'église où je regardais moi précisément ces statues gueules ouvertes et la glace, versant immobile des gargouilles une bave transparente et cristallisée. Des minutes je restais en dessous bille aux vents à m'imprégner là-haut de ce temps suspendu, cette catastrophe que jamais je n'ai vu tomber, avec, au milieu, ce Christ figé, sa barbichette rallongée par la glace.

Et cela aussi c'est beaucoup de silence.

C'était bien ça que je cherchais, un grand silence et que tout s'arrête.

Comme plus personne ni sa mère ni la tante Barbara avait plus aucune nouvelle de lui on a tous pensé qu'il était mort, et puis non. En Bretagne la grand-mère un jour elle a reçu comme ça une énorme gerbe de fleurs pour la fête des Mères. Ça voulait bien dire que non. C'est à cette période-là nous tous, même disséminés dans le pays, qu'on s'en est douté allez savoir pourquoi que des Amériques il nous en avait rapporté une cocotte. Pourquoi était-elle restée dans l'ombre depuis son retour l'énigme reste entière, certainement coincée au fond du sac la mignonne, il osait peut-être guère aussi lui, la franchise fut jamais son fort. Ainsi quand il débarqua porte Brunet pour m'emmener au cinéma je lui reluquais sa mine comme un prélat fixe le ciel de peur que toutes leurs fariboles soient vraies. Je fus toujours, du plus loin qu'il m'en souvienne, fort méfiant avec le grand Awouè, pareil à César devant les cadeaux de Brutus, ses sourires même, jusqu'aux silences.

Porte d'Italie j'avais déjà raison.

« Bon… – qu'il me dit se garant le moteur allumé en double file – j'passe prendre une copine… là, au troquet…, tu comprends elle se fait chier alors… hein Roger… elle va v'nir au cinoche avec nous… »

Ça me semblait fort peu clair et pourtant tout s'élançait limpide vers l'avenir.

C'était une grande, toute blonde jusqu'aux fesses, gracile de partout mais la face ravagée par un accident d'auto, une Française, à peu près aussi ouverte à première vue qu'une vendeuse dans une librairie catholique.

À peine installée sur la banquette arrière dans mon dos je l'entends qui affirme :

« Les enfants ça doit monter à l'arrière normalement…

– Écrase… » – qu'il lui répond.

Elle a plus dit un mot jusqu'après le cinéma.

Il est à dire que mes souvenirs sont fort brumeux sur la chose, le film s'éloigne et ne reviendra plus. Pour le peu qu'il m'en souvienne j'ai la mémoire d'un homme allant d'errance en errance à travers la Suisse, titubant de maladresses en déconvenues. Et surtout la marée que ça m'a fait, par le bidon que ça a commencé pour m'envahir ensuite tout le cockpit à une vitesse peu connue et tout en entravant mais alors que dalle au bonhomme et ses histoires. Mais bientôt je ne voyais plus qu'une bile noire au fond du gogue et puis voilà, voilà tout, que ça, mes vieilles dégueulades incontrôlées qui me remontaient avec au bout cette noirceur jamais retrouvée ailleurs, ou, s'y rapprochant de loin en loin, les ailes des corbeaux de Kerlabia. Le bagne c'était donc bien pour ma bigne, rien à y redire, toute la pellicule me le criait. Que ça me grimpait sans pause toute la charpente avec méthode comme un développement mathématique impitoyable jusqu'à me foutre le tracsir. Lorsqu'ils se sont mis à chanter tous autour des tables dans leur baraque de chantier alors moi j'ai débordé, une guitare, un harmonica, j'en bannais si fort devant le grotesque, la perdition sous les fard et déguisement qu'il m'en a grimacé en coin de bouche le grand Awouè tout contre moi.

« Ça va Roger ?… »

J'ai répondu rien, le Nino il me fourguait une nausée, sans rien comprendre à rien sa moustache, son costume gris, sa cravate rose et le rejet qu'ils avaient les autres tous pour lui ça me tremblait. Je soupçonnais. Dans l'existence c'est pas compliqué faut être pas délicat, rien réclamer, subir plus que choisir, se non plaindre, les plaintes attirent la poisse, pis la bérézina. La vie c'est vraiment rien qu'une suite de bras d'honneur le majeur au bout, je le voyais bien là sur tout l'écran qui me l'étalait. Pas d'illusions surtout, pour nulle déception ainsi. Et tout ça qui me poussait, ce pauvre zig toujours à côté de tout, dansotant sur la frontière comme brasero les nuits d'orage.

Je ne sais ce qui me pousse de repenser à tout ça, vous causer de lui et ses petits potes ? Mais pareil aux âmes rêveuses j'avais il me semble, dans mon officine précieuse, la mélancolie de mes regrets. Le bien douloureux dans la vie c'est l'ignorance du pourquoi de la déroute, ne rien déchiffrer de sa nausée, et puis survivre encore, dans la purée, ramper sous la mitraille sachant que la fin ne sera pas au bout de ce sentier, simple écart sur le chemin, qu'il nous faudra encore y repiquer pour subir l'horrible avec le fret sur le râble, toujours le même, et encore, y revenir invariablement comme sur les quais de gare, se retourner jamais pour bien continuer d'avancer avec, aux flancs, la découverte que c'est bien fini, que ça recommencera plus comme avant, comme l'époque des ti-culs, que l'existence d'un coup elle ressemble, et pas bien vieux nous, à un terminal, déjà. Mais demander à qui ? Et quoi ? On doit tous trouver son chemin vers la sortie tout seul. Et puis cet entonnoir sur l'écran avec dedans cette chute qui se précipitait. Et l'écran je l'ai plus vu, le film, les couleurs, tous ces émigrés italiens travaillant dans les Grisons, tout qu'a disparu subito, je regardais simplement monter en moi un ciel ténébreux chargé comme à la foire de graisse et de vulgaire. On répugne à la question d'où qu'on va bien pouvoir encore se la trouver l'imagination et la force et le vouloir pour continuer cette marche dont le but nous échappe toujours. Elle ressemble bien l'existence aux sillons moutonneux que laissent les avions dans un ciel vide, on sait pas d'où qu'ils viennent les sillages, ni où qu'ils vont les avions. On les voit, c'est tout, laisser une trace. Et tout s'est précipité alors dans mes hébétudes torturées lorsqu'ils se sont réveillés dans un poulailler couverts de plumes.

Il était loin dans ses arrières son beau costume gris au Nino, sa moustache, la face rasée du jour, sa cravate, plus rien qu'il lui restait de sa superbe, il pliait, les copains itou, le rejet les avait eus. Même leurs regards effarés copiaient celui des poules autour, ils comprenaient là qu'ils venaient de perdre tout ce qu'ils espéraient posséder un jour dans l'avenir. De la volaille qu'ils étaient devenus maintenant à œuvrer dans cette ferme, un poulailler de bois et de grillage pour turne. Qu'ils en revenaient pas eux-mêmes de leur chute. Des pouilleux, des vilains grillagés tous à tremper leurs yeux dans le ruisseau pas loin à couler, faisant briller ses galets sous un soleil strié par le feuillage.

Ô l'indigestion suprême ! Ô le dégobillage pas loin, de contempler ces affreux éberlués au grillage ! Ô le ravalement que ça me causait au-dedans, le dégoût limpide !

Et elles sont arrivées.

De jeunes et belles personnes, torses nus, toutes blondes et blonds, gracieux, heureux de lumières et de liberté montant à cru des chevaux ruisselants, tous à se patauger dans l'auréole. Les trompettes alors éclatèrent de partout signifiant une ouverture mordorée après les grisailles, par-delà les nuages. Une aurore, avec des nus, des tableaux, des peintures. L'écran soudain s'est étoilé, ils étaient là ! Dans un rugissement doux ils étaient là, dedans la salle, ou moi j'y étais dedans le film, nan, ils étaient là, bien dedans la salle, le ruisseau et la forêt. Plus rien alors de l'écran ni des gens, juste les chevaux à batifoler dans le cours d'eau sous mes pieds. Plus de sièges, de pièce, de l'air et du soleil, une pluie de clarté sous les ombrages et l'éclaboussure des sabots dans l'onde comme des embruns sur mon visage. Tout le sous-bois était là avec ses chaudes couleurs d'or, et ces filles, les seins des filles au soleil, leurs jupes fleuries pieds nus dans la rivière, leurs longues mèches blondes comme des fouets, leurs nattes, toutes à se balancer dans les luisances au rythme des montures jouant à s'ébrouer, inondées de paillettes d'argent et d'infinis soleils dans les gouttes. Leurs rires, leurs dents au ciel, ça me vibrait, ô la belle chanson, la petite mélodie sensible et palpitante qui me prenait au cœur directement. Des nuées d'orchidées aux couleurs électriques nous pleuvaient des branchages. J'en ai touché une, de ces filles, au passage, sa peau, son épaule, c'était d'un lisse, une douceur solaire.

Les belles personnes c'est plus que les avoir qu'on voudrait, plus encore d'en être aimé, les manger même suffirait pas. Ce qu'on voudrait c'est être elles, dans leurs corps, au-dedans de leur peau, l'enfiler comme une combinaison, y être. Et puis jouir de ça.

Le mal que ça me faisait de regarder.

Puis comme on souffle la calbombe, nous plongeant ainsi dans l'obscurité les monstres ont resurgi avec leurs doigts crispés passés au travers des mailles du grillage. Et puis leurs yeux de fous à contempler la beauté, leurs cheveux emplumés, leurs dents sales comme une barrière à leurs bouches d'envie grandes ouvertes et le ravin de pitié entre les deux mondes.

Ce qui m'a forcé à la gicle c'est leurs rugissements soudains, cette manière dénaturée de souffrance et d'ironie qu'ils avaient devant les belles personnes à imiter le cri du coq le cou tendu, comme des loups. Au cinémascope qu'ils étaient eux aussi dans leur poulailler, les mêmes, on fondait tous de haine et d'incapacité. Ne montrez jamais l'Olympe aux éventés. Ça les tue.

Impossible alors de raccorder les fils, comme une glissade j'ai tout balancé ma sauce noire et gluante, une formidable gerbe est venue éclabousser la nuque de la dame devant. Tout, et sombre et chaude, qu'elle avait beau se la frotter sa nuque, ses cheveux avec son mouchoir rien partait, tout la brûlait pis grouillait comme bien vivant dessus elle. Des hystéries en chaîne alors, des épouvantes les bras hauts devant l'écran revenu, une débandade comme à la guerre, la peur. Pis des lumières partout dans la salle. Enfin j'étais sur le trottoir et la nuit déjà nous prenait. J'ai pas le souvenir des commentaires du grand Awouè, que ses yeux de chouette sur les miens et une voiture. Mais à l'arrière ce coup-ci.

Après la tempête c'est pas forcément le calme, comme on se le dit, les choses et les événements ne s'alignent pas gentils et réguliers pareils aux dominos et le dommage est là.

C'était en ça bizarre qu'à travers mon alarme le chemin pour chez lui me semblait étrangement familier, que je croyais même le reconnaître du fond de mon engourdissement sans bien savoir si les rues de Paris se ressemblaient toutes ou si je les savais d'avant. Que ça s'identifiait bien quand même d'un coup à la rue Jean-Pierre-Timbaud tout le bazar autour, aussi la petite place y était, la statue blanchâtre du type qui se repose. Souci du détail je me suis dit.

Devant la grille du 98 ça me saignait de pas vouloir comprendre. Ce ne fut plus alors qu'un long couloir sombre jusqu'à la lourde, où, poussée, j'ai rien reconnu du comme avant. Le voyage continuait bien. Ils habitaient donc là le grand Awouè et la créature ? J'ai vaguement lâché un œil alentour mais j'étais aveugle et morne. J'ai juste réclamé un plumard, pioncer. Que ça.

Pourtant ça demandait une explique.

Mais la soirée m'avait trop plombé, aucun sommeil, nulle torpeur, je voguais dans la demi-teinte des pâles lueurs jaunâtres de la cour qui me dessinaient au plafond des auréoles fantastiques et des stries d'ombres parallèles, comme une grille affaiblie. Et toute la pièce qui vacillait, tombait, revenait, comme dans un bateau que j'étais à naviguer dans un délire. Impossible d'en ressortir de la cage. Aussi je me demandais bien pourquoi on m'avait mis à dormir dans la salle à manger ? Pourquoi donc n'y avais-je plus droit à mon plume au cosy lustré dans la chambre des grands-parents moi ? Ils étaient là pourtant, je les entendais à côté grogner pis souffler comme des bêtes. Quand même le calme il m'est descendu, avec les vieux meubles, les auréoles du plafond et le lustre même qui me regardait vaciller, moi qui, les nuits de planeur venais si souvent lui renifler sa poussière, examiner sa teinte orangée avec l'ampoule jaunâtre du globe et le grand-père en dessous à suivre le catch de minuit.

J'étais de retour.

Et les glaneuses qui s'en mêlaient, revenaient sans cesse me mélanger tout mon passé, comme si enfin je comprenais le couvercle de la boîte de chocolats. Pareil aux phrases entendues dès la toute petite enfance qui soudain prennent bien des années plus tard un sens. Ça, elles me tenaient ces trois femmes sans visage que j'avais toujours vues au mur, depuis le début plantées comme blé dans un champ, toujours obligées de ramasser, cassées en deux, les restes d'une riche récolte que je voyais sécher là-bas au fond du tableau, elles toujours courbées comme pour une besogne sans fin. Avec aussi, prête à fondre derrière elles pour picorer les restes des restes une nuée d'oiseaux planant dans les cieux bouleversés. Elle m'était féroce cette peinture de nous faut reconnaître.

Donc, même avant moi je me disais, le monde il était pas jobard. Pour l'aimer fallait être patron, y'avait pas à tortiller.

La frayeur alors m'est remontée. Je suis le pire de ce monde je me répétais grelottant avec les deux autres juste derrière le mur à pousser des cris de bêtes et des soupirs. Toute ma vie se réduisait soudain à de la repasse, une négociation perpétuelle ma vie, comme bloqué à perpette en page liminaire moi. Je regrettais bien Kerlabia et les deux marronniers du jardin, les coteaux bleuis par le soir et mes vastes rêveries sur la falaise à m'engloutir devant les lointains bleuâtres. Et les paroles du grand-père me revenaient tinter au cervelet, ses yeux bleus sur moi désolés de mes tristesses, ses avions de papier qu'il mettait un temps infini à plier tous sens, son haleine qu'il soufflait toujours deux fois sur la pointe avant de l'envoyer à l'autre bout de la pièce avec moi courant après en pestant, et tout ce temps qu'il perdait à me bricoler des jouets à son établi qui me lassaient d'incompréhension et sa manière vaporeuse qu'il avait de m'expliquer les choses de l'existence avec toujours le souci de me faire croire que ce n'était pas important.

Ne me sont restés pourtant que ses mots à lui, ceux de ma mère aussi. Un peu de la tante Barbara. Rien du grand Awouè.

Faut leur remplir leur musette aux petits gniards et pas s'occuper de la suite, avoir c'est toujours mieux que pas et s'ils sont pas trop cons feront le tri. Mais si la légende est vraie, on raconte que les aigles prenaient un soin particulier à mettre des agates dans leurs nids afin de préserver les petits de la morsure des serpents. Petit gniard on croit ce qu'on voit, ce qu'on entend et tout vous foudroie. Parfois de très anciennes paroles sauvent, ou tuent.

Puis, comme j'avais toujours connu dans mes jeunes insomnies, les réverbères de la cour, l'heure venue, s'éteignirent un à un pour me supprimer les auréoles gracieuses et ne me dessiner ainsi pour le reste de la nuit qu'un plafond strié d'ombres et de lueurs. J'ai pas mis longtemps à comprendre ce que c'était que ces avancées blanches et ces rayures sombres, un peu juste avant que ça tombe. Des caillebotis que j'avais au-dessus du nez, avec moi en dessous mis en croix dans une fosse à lisier. Incapable de mouvement je me suis mis à réfléchir de ce qu'il pouvait bien y avoir au-dessus d'eux. Des poules ! Que ça m'est venu évident, des poules qui allaient chier. Ça a pas traîné, de bon cœur elles m'ont déversé ce qu'elles devaient, que j'en étais tout barbouillé, inondé, je pataugeais dedans, recrachais les yeux fermés pour subir le moins. Et les cochons derrière le mur ont repiqué au rut. Alors une réelle pluie de merde intarissable s'est abattue sur moi, l'ouverture d'une manne céleste avec, dans la chambre à côté, comme fond sonore, le chant des deux porcs à grogner. Je suis le pire de ce monde que ça m'éclairait dans la fiole comme une résonance glacée, le pire de ce monde que me voilà. Un deuil de moi ça me faisait, comme une illumination, une messe avec même, pour dernière pensée avant de sombrer, englouti de merde ; comme elle est longue et terne et douloureuse l'agonie.

Elle ressemblait à l'intérieur d'un kiwi cette grande affiche punaisée sur le mur bien en face de mon plumard, un kiwi coupé en deux avec rien que du marron et du gris. Mais c'était pas ça, j'ai laissé tomber puisque je connaissais pas. La clarté du réveil ça je la savais, la disposition des murs et leur couleur, le conduit de cheminée, les lumières d'angle qui venaient doucement pointer les mêmes endroits précis du tapis aux motifs décolorés où j'allais pleurer jadis sans raison, aussi la rumeur de la rue passée la première cour je la connaissais, et puis le ronron des machines à coudre des ateliers sous les verrières grillagées au fond du trou. Tout ça m'était inscrit au-dedans. Mais plus de tapis, plus de buffet immense aux multiples bibelots et le bronze du chien à l'affût. C'était bien dans la salle à manger que j'avais pioncé, mais plus de large table au grand-père à journal et fumée de Gauloises, disparues même du mur les *Glaneuses* de Millet, mon petit siège en rotin face à l'énorme télé, dans le coin, avec ses trois boutons et sa clé. Même le poêle Godin il était plus là.

Comme on dit : la fête passée, adieu le saint.

Mais avec les ornements disparus et les accessoires toujours connus enfuis, je constatais l'évaporation d'un pan insoupçonné de mon existence, comme on ampute un iceberg. Et je contemplais dans une espèce de terreur l'évanouissement d'un des derniers témoins de mon enfance. Mi-réveillé, mi-comateux, soudain je réalisais que, le bouclier des choses supprimé, puis celui bientôt des anciens, je devenais alors le prochain sur la liste à tomber dans cette grande gueule béante affamée.

C'est là qu'il s'est mis à chanter.

> Dans l'azur en prison vautré sous la mémoire
> Maldoror d'une main et Sade dans le froc
> Je suis en or galvanoplaste et je m'égare
> Sous la tête diamant d'un phonographe tooooooc…

Je la connaissais bien la chanson, elle me remuait déjà comme tout ce qu'il chantait le vieux monsieur, et pourtant j'y découvrais, comme dans tout ce qui existe, un quelque chose de stérile et d'inévitable. Oh, il pouvait bien chanter le grand Awouè, rien y changera je me disais le corps à vibrer de tremblements, il peut bien chanter il y aura toujours ce putain de glas qui résonne dans le lointain, répercuté comme un écho de deuil en deuil et qui se rapproche.

Qu'il en est sorti de la chambre le grand Awouè, c'était qu'il l'avait fini son couplet et qu'il connaissait pas la suite, il en est sorti mais à poil, et tout de suite du pouce il me montre le kiwi avec une grimace de bouche ouverte et des yeux de billes à toupie.

« T'as vu ça, hein, Bill ?… c'est là qu'je vais !… »

Après il est parti pisser.

J'ai bien regardé alors autour de moi, avec alors tout mon temps, et puis j'ai bien continué de claquer des dents dans ma peau. Une planche sur deux tréteaux de bois pour bureau et une table basse. Nan, c'était bien fini le temps d'avant.

Alors on se demande si un nouveau décor apporte plus au cœur de bouleversements douloureux que la perte des âmes. Quoi donc nous pousserait le plus précisément vers la souffrance de la perte, faudrait voir. Des inconnus bien installés dans un univers familier avec les mêmes attitudes, de semblables habitudes, ou les vrais dans un ailleurs étranger ?

Passé lisbroque il repique, toujours à poil face au kiwi, il s'en remettait pas.

« Neuf kilomètres de long !... AH !... ça t'scie ça nan ! ?... six de large !... vingt-cinq bornes pour en faire le tour de c'caillou !... on est combien d'ssus ? mille cinq cents ? mille cinq cents pékins... un gros village quoi !... sauf que pour en sortir, macache !... »

Ses mains légères sont parties vers le haut, une évaporation lointaine qui voulait aussi peut-être dire que pour s'y rendre... macache itou. Mais je l'ai bien regardé du coup sa bâtarde d'affiche, et nan c'était bien pas un kiwi, non point, avec en gros marqué dessus « Océan Pacifique » c'était pas un kiwi. Nan de nan.

« Tubuai !... ah !... hein ?... kesta à dire à ça Roger ? !... t'es scié hein ! ?... Tubuai que ça s'appelle !... – et là il me souligne du doigt le mot – Tu-bu-ai !... c'est marqué là !... mais on prononce Tou-bou-AYE !... c'est comme ça cherche pas Simon !... »

Comme j'émanais sans y prendre garde une impassibilité limpide, un œil creux il insiste.

« Putain bordel !... t'as pas l'air de t'rendre compte Albert !... à côté d'Tahiti !... y'a quoi ? six cents bornes... en avion c'est que dalle !... des cocotiers, des bananiers Roger !... pis l'lagon Simon ! turquoise !... des requins aussi... tu t'rends compte ?... des requins !... »

Moi je connaissais ni l'un ni l'autre, alors, même de nom, ça m'a pas extasié le melon plus qu'il faut. Et comme je stagnais toujours telle une palourde il continue, toujours à poil.

« Septembre !... à la rentrée quoi... ouais celle-là !... coopération, d'la co-o-pé-ra-tion qu'y disent, z'appellent ça... ouais enfin bon faut voir quôôôâââ !... une classe d'ados... bon..., trois ans... après on verra..., mais tu viendras nous voir hein Albert ?... hein ?... ben super quoi ouais !... bon, y'a deux avions par semaine, des p'tits coucous, pis un bateau par mois... c'est sûr que... hein ? c'est pôâs... enfin on s'démerd'ra... »

Je suis resté encore un peu comme ça au plumard bien convaincu de rien, il a toujours été si fier de faire son sac, mais le temps que j'essaye de réfléchir à son île, son départ encore, je revoyais cet abribus en Italie, allez savoir pourquoi ? Et les hirsutes me revenaient. Ils me tarabustaient les damnés, les déchus, les galeux, aussi collants que des mariachis. Et toujours elle m'est restée cette vision de moi derrière le grillage accroché avec les monstres, nous les pesants, nous les maudits, les outlaws, nous à regarder les belles personnes. Jamais j'en ai décollé de ce grillage, encore agrippé depuis. Elle me remonte toujours cette image avec deux planches de bois pourries bas et haut de l'écran me renvoyant un cadre dans le cadre et ces têtes derrière le grillage à contempler hébétées les belles personnes. Elle s'infiltre et résonne comme ces villages prisonniers sous la glace dont on entend encore sonner les cloches le dimanche.

Comme les Gitans je poursuivrais la route, sous la protection de Notre-Dame de Partout.

Mais il attendait le grand Awouè, à poil devant sa carte, il attendait quelque chose que je n'ai jamais su lui donner. Son île ? fichtre, il pouvait bien se la carrer dans l'oignon, et profond, et qu'il me narre pas des retours et visites de lui en métropole, me raconte pas salamalecs et billevesées, on le sait, sur les îles les oiseaux souvent ont les ailes atrophiées, les mouches aptères. Aussi, comme aucun son de moi venait emplir la pièce, il a fini par conclure.

« Alors ? !… hein ?… c'pas chouette ça ! ?…, bon, Roger, sam'di prochain… on s'fait un cinoche ? !… »

Nous si on veut que ça infuse faut se le voir et le graver, se bien documenter pis sans cesse ressasser, sinon reste rien. Comme ils nous y laissaient libres à la bibliothèque du collège une heure par semaine j'ai cherché dans un gros livre et alors bien vu ce que c'était, même que le petit point oscillait timide entre tête d'épingle et chiure de mouche mais que, surtout, plus loin d'ici… y'avait pas. Je trouvais comme toujours qu'il l'avait joué lourde et grossière le grand Awouè, autant dire une casemate eût pas été plus inaccessible. Tubuai c'est fort simple ça ressemblait à la mort, un petit point noir dans le bleu de notre existence qui grossit à mesure qu'on vieillit. Petit gniard faut avouer qu'elle relève de l'illusion la mort, l'immortalité nous est plus convaincante, mais elle nous grossit paisible dans la sorbonne et elle se rapproche cette idée vague des débuts de nous finissant, on y peut rien, voilà toujours qu'on s'intéresse aux choses et aux êtres qui nous échouent sous le tarin. Mais lui grossissait pas le petit point sur la carte, juste dans ma tête. C'était donc ça Tubuai alors, que ça ? et sur la mappemonde ça paraissait bien pire encore de ridicule.

Ainsi désœuvré, feuilletant distrait écœuré les pages du gros livre m'est soudain apparu un horizon monstrueux. Que ça m'a fait tout comme on tombe dans les rêves, une longue chute sans palier qui n'en finissait plus de descendre et s'assombrir avec une angoisse qui me terrorisait abondamment sans jamais vouloir s'arrêter. Ils étaient bien attentionnés les gens du gros livre, mais ma photo je l'aurais non voulue dedans. Pas sujet à parano mais flétri d'obsessions je me regardais sans comprendre que les visions internes de nous ne correspondent pas au réel du tous les jours. Pas que je voyais ça dans la glace, ni qu'ils me percevaient tous ainsi mais moi parfaitement je me savais pareil aux images du livre. J'en respirais plus bien, descendais encore, et encore et toujours, m'enfonçais dans ces momies dépecées, ces fœtus sur tige comme de petits soldats difformes. Et je me demandais bien comment ils avaient réussi ces gens du passé à photographier une image de mon âme ? Il était fort ce Fragonard, je le connaissais pas moi Honoré, mais pourtant mort depuis longtemps il arrivait encore à me saisir, me suivre des années durant. Que même d'un coup c'était trop, j'en avais déjà presque le dégobillage à la gorge, ça me montait. Puis, comme un obstiné vorace, perdu loin dans le puits de ses fantômes j'ai surgi à la surface, noyé presque avec un grand besoin d'air et de repères immédiats. Me débattant du livre et des momies, leurs bras comme des chaînes à mon cou pour m'entraîner vers leurs grands fonds, au pauvre gus à ma table j'ai gueulé :

« L'EST QUELLE HEURE ! ?...

– MOINS VINGT !... – qu'il m'hurle lui aussi, extirpé de sa torpeur.

– Mais d'quelle heure ?...

– Ben de trois...

– Ah bon... mais quel jour on est ?...

– Mardi... – et je voyais bien que déjà il me consultait la prunelle comme on fait pour les grands malades dont on se méfie.

– Mardi ?... et le mois, c'est quoi ?...

– Ben... Novembre... – l'âme je me la savais dans la charpente, mais si assise sur la chaise à côté de moi je crois qu'il l'aurait pas mieux vue.

– C'est tout ?... que novembre ! ?... mais... et l'année... c'est laquelle déjà ?... »

Là, il a même pas répondu. Ses deux billes m'examinaient intriguées dans un mélange de terreur et de respect paniqué.

Mais c'est comme ça que je l'ai rencontré Gaby.

Et des morts le soir me revenaient encore, éparpillés stériles, boursouflés de haine, bien dépolis par les ans, surnageant ma vie comme un vol de corbeaux lent dans mon ciel obscurci d'écorchés que je ne connaissais pas. De ça je lui en ai guère causé, j'avais déjà bien du mal à parler des morts, si en plus ce n'était pas les miens… Même dans le passage du bouillon rue du Faubourg-Montmartre j'ai rien causé. J'attendais flétri dans la file la dalle au bide que ça avance. Au grand Awouè je lui parlais plus de rien. C'était lui qui chargeait toujours face à mes yeux noirs au venin obstiné.

« Regarde ça Bill !… lève la tête, t'as vu ?… monument historique !… ça t'épate ça hein ! ?… nan, il l'est pas encore en fait, mais ça viendra Roger, moi j'te l'dis, un jour ils y viendront, forcément !… vont te me classer tout ça tu vas voir…, et encore t'es pas entré… attends un peu d'voir cette merveille !… même le passage ils vont l'classer, pas que l'resto… tout ici est œuvre d'art !… écoute ça Roger ; mille quatre cents repas par jour !… par JOUR !… t'en fais autant ! ?… ben nan !…, 1896 la création… presque cent ans et fermé, écoute bien Raymond, trois jours !… en presque cent ans, QUE trois jours !… ça c'est du boulot !… hein… pendant qu'tu glandes à l'école, eux ils bossent !… oui môôôsieur !… un bouillon parisien… qu'y s'ra bientôt à ch'val sur trois siècles… bientôt… »

La file elle bougeait pas d'un millimètre, j'en prenais mal à l'écouter me baragouiner son cours, avec la cocotte derrière à bouchonner de la tronche. Rien qui avançait et les tables dedans qui se libéraient nib. Leur temps ils le prenaient les zigs installés. Le froid aussi que ça me faisait à pas bouger dehors.

« Le bouillon parisien Roger !… c'est quoi ?… évidemment t'en sais rien !… t'apprends quoi à l'école, hein ? !… pourquoi t'y vas ?… hein ?… t'y vas pourquoi ?… si pas foutu d'savoir c'que c'est qu'un bouillon ! faut êt' con alors !… un bouillon môôôsieur c'est de la viande et des légumes ! LÀ ! NA !… qu'avant on l'bouffait tout d'bout, au zinc, sur le marbre !… tu pourras l'dire à ta maîtresse, moi je sais quoi c'est qu'un bouillon m'dame !… répète !… c'est quoi ?…

– Viande et légumes, mais on va rentrer quand ?… faut attendre qu'elle soit toute vide la salle ?… j'ai faim, pis m'asseoir j'voudrais bien… pis j'suis g'lé !…

– Ouais ouais, super… un bouillon c'est quoi ?… »

Je me faisais penser à un canard avec le grand Awouè, le coin-coin du canard, on le sait guère, mais il n'a pas d'écho.

« Et quand tu s'ras d'dans ouv' tes yeux Albert hein !… et sois poli avec le serveur, t'as pigé Roger ?… merci monsieur, tout ça quoi… t'as des variantes aussi, merci beaucoup monsieur, vous êt' très gentil, z'êt' bien aimable… me fais pas honte, z'ont un boulot pas marrant… c'est aut' chose que c'que tu branles à l'école !… y bossent eux !… »

Enfin ça se dégèle, enfin on atteint la porte à tambour, enfin il le ferme son clapet à merde.

Comme j'avais pas bézef de comparaisons, vu que le resto j'y allais pas des masses je n'ai pas fourni une extase démesurée. Aussi la faim brouille les découvertes.

« Mais regarde bordel !… ouv' tes yeux !… t'as d'jà vu ça ?… t'as vu la salle ?… lève la tête, regarde la verrière… t'as vu la hauteur ?… regarde les lustres, les boules… tu verras jamais ça ailleurs…, le neuvième c'est l'arrondissement des princes !… t'as pigé Roger ?… »

Une gare, pour moi, ça faisait, son hall, c'était grand pas à dire mais même avec toutes ces glaces partout ça valait pas le BHV. Enfin on se pose, enfin on va briffer, je tenais plus, enfin une table avec le menu imprimé sur la nappe.

« Œuf mayo Roger, cherche pas c'est ça, l'œuf dur mayo et le steak frites, réfléchis pas, c'est l'mieux !… »

Et je le regardais une fois encore, assis en face, relever les manches de son pull à même la peau, se gratter du bout des doigts l'espace entre le menton et la glotte en grimaçant, la tête levée mais les yeux pourtant toujours fixés sur l'horizon. Puis il s'ébroue comme un bourrin revenant d'une longue cavalcade dans la pampa, secoue des doigts ses cheveux bouclés afin qu'ils explosent en pagaille, comme une respiration, se cure les dents pour rien et le bleu aveugle de son regard tombe flou sur moi. Puis sur le ballon de rouge qu'il vient de redécouvrir, et buvant cette fois son bleu s'envole pour s'accrocher aux boules des lustres, la verrière même, le ciel de la nuit après, et redescendre avec le verre vide pour se poser délicatement sur la table.

« Tiens, ferme-la un peu… regarde, t'as vu ?… là, les meubles à tiroirs tout le long, là… t'as vu ?… tu sais c'que c'est ?… à quoi ça sert ?… tiens, mange ça, le plat du pauvre, de la moutarde sur du pain, ça coûte que dalle et ça fait attendre, astuce… alors, les meubles ?… hein ?… tu m'désoles tiens !… »

Je l'ai bien désolé tout le monde vous le dira, depuis le début et toujours le grand Awouè.

Ma mère aussi faut être franc je l'ai désolée jusqu'à la lie. Lui me voyait technocrate, ou banquier, ou ministre à être moche et triste et sans rigolade ni envies jamais avec lui. Elle, elle savait tout à fait que je ne serais jamais rien du tout, n'aimant pas ce que j'étais, tout ce que je pouvais dire et faire et me sachant déjà naviguer loin de la norme. Chacun désole qui il peut à sa façon, on fait tous ce qu'on peut. Mais c'en était à se demander pourquoi donc qu'on m'avait gardé puisqu'on brûle bien les vignes qui ne donnent plus de vin. Bon père je sais pas si je le serai, c'est à voir, mais mauvais fils alors oui je le fus.

« Avant, puisqu'y faut tout t'dire, les habitués… mais là j'te parle d'y'a longtemps… remarque peut-être ça marche encore ?… ben les habitués ils y rangeaient leur serviette Albert… AH ! ?… c'pas fort ça ! ?… mange ta moutarde…, tiens regarde ça aussi, là, le garçon… çui qui passe… là, le Rondin… mais regarde !… t'as vu ?… regarde les poches… combien y'en a ?… plein !… c'est le Rondin !… petit gilet noir avec plein de poches partout… et le tablier blanc pardessus…, ah, y s'pointe… bon, œuf dur mayo steak frites pour tout l'monde ?… parfait !… voilà monsieur, vous êtes très gentil… »

Fallait lui reconnaître ça de bien à la cocotte c'est qu'elle me faisait pas chier, on peut pas lui retirer ça, mais quand même, sa présence, quel poids dans l'assiette. La moue obstinée elle nous tissait une accumulation de silences que le grand Awouè le soir rentré devait sûrement moissonner. Et l'autre qui m'en faisait tout un plat de sa cantine. Après tout, si on va par là, un harmonica, ce n'est qu'une lamelle qui vibre, pas autre.

On briffe alors tous les trois et la boucle enfin et tout y passe, du pain à la moutarde, le pot entier, la carafe de pinard itou, qu'il se la rince religieusement, avec méthode même, façonnée extrême la petite, délicate, pis commande une recharge qu'il entreprend idem consciencieux. Et il surnage quiet l'assistance maintenant, nous distille ses bons mots comme des hosties, bénit même la planète et son sang, le verre bien haut levé au bout du bras et nous bénit aussi dans la foulée. Nous qui mouftons rien. Le bidon comble moi aussi j'étais à proximité de me sentir pas trop mal, que ça entamait de me la faire relever la bobine pour enfin la détailler sa cantine. Et il est vrai que l'on aurait bien dit que ça brillait doré de partout, qu'ils avaient allumé la rampe, que même les gens autour semblaient tous chargés d'une luminosité d'ailleurs, qu'ils en ressortaient comme plus vrais et dentelés de reliefs, bien plus que ceux du tout-les-jours, la rue, ce théâtre furtif. Ça m'en était même inquiétant cette possibilité de se sentir aussi peinard dans cette compression humaine, qu'ils auraient tous pu se lever d'un coup pour m'agonir tous du doigt que j'aurais pas filé sous la table. Je commençais même à lui reconnaître des instincts au grand Awouè, une idée vague et animale de ce qui aide à l'oubli. C'est qu'il y avait dans ce brouhaha-là comme un silence étonnant, un ronron de quiétude avec chacun de fixé sur son ventre et sa vie, agrippés tous à leurs œillères dans cette résolution sourde et obstinée de leur importance, feindre définitivement la réelle valeur de leur âme et de leur mort. Et c'était ça que je réclamais aussi moi, une illusion d'importance.

Mais les lumières de la conscience s'éteignent toujours quand le rideau de la comédie se lève, on a pas fini de réfléchir et comprendre qu'il nous faut entrer dans le spectacle, et Guignol apparaît.

« Mais ouais Roger !… la vie elle est là, c'est ici qu'ça s'passe bordel !… regarde, la vie, les gens… mêêêrde quôôôaâââ !… ouv' tes yeux quoi bordel !…

– Tu parles comme si tu savais…

– Ah ouais ?… – qu'il désempare mollement avec son bleu maladif –… tu trouves Simon ?… ah ouais ?… tu crois ?… »

Et dans son regard je voyais bien que son ciel avait tourné, que la deuxième carafe y suffirait plus du tout pour son numéro jusqu'au plumard, qu'il déjà furtif envoyait ses turquoises vers le rondin, le nôtre, pour la petite sœur. Bien lesté de la bulle ses vitreux tournaient pâles, se bernaient d'un coulis aigue-marine aux nuances chagrineuses, résignées. C'en était fini de la cantine, de ses archives et de la soirée en presque famille, l'ombre de sa nuit était là.

C'est la pigmentation qui fausse tout et fourvoie nos émotions, nous pousse à l'indulgence pour les êtres plantés devant nous à répéter leur technique de louvoiement et de survie. Leur binette nous est soudain charitable d'un peu de grâce et d'harmonie qui font mal, nous renvoie brusquement vers nos envies, nos échecs et la nôtre de bobine qui se replie sans cesse dans une lande brumeuse et dévastée. Mais s'ils influent tant sur notre verdict d'eux c'est que nous plaçons à tort dans leur âme le plaisir et la douceur des sentiments que leur physique nous inspire. On en espère l'écho, et le résultat nous navre. Le masque c'est vraiment rien qu'une salope. À vieille mule, frein doré.

Mais aux soupirs d'exaspération feutrés de la cocotte mes transactions internes pour le réhabiliter ont largement filé en berne. C'était pas qu'elle s'insurgeait la petite teigne, juste une désapprobation sourde et silencieuse, une exhalaison de principe pour bien lui signifier qu'elle attendait autre chose. Et de très loin il me semblait entendre monter de mes profondeurs une batterie sèche et régulière, envahissante comme les battoirs autour d'un lavoir. Aussi des cœurs de femmes à tempêter harmonieux dans une cathédrale, un sax même dans le fond à rugir de hargne ses hurlements, le tout qui me cinglait obstiné la bouilloire et le sang qui me la propulsait en arrière, la bouche ouverte, comme une extase.

« Bôôôââh ouais Roger… mais t'as raison… mais ouais j'suis qu'une mêêêrde !… »

Et de l'écouter gémir encore, se lamenter mièvre ça me faisait comme quand on pisse et que ça brûle. J'en avais de ces envolées qui me fusaient plein le cockpit, des furieuses me tractant rouge, des douloureuses, l'apocalypse du melon. Fallait que j'hurle et frappe et tue. Pas loin même de sauter la table pour le trancher, le vider de son sac de merde, le dépecer avec un plaisir infini, le vidanger de sa fiente avec le couteau que je venais juste de découvrir dans ma main. Et je hurlais des yeux, les yeux sur la nappe reniflant démesuré. Mais je stoppais là, le couteau pointé, les vaisseaux chargés cognant à le regarder puis attendre, tapi, les jarrets en suspens prêts au bond. Et lui reste alors un peu encore les yeux flous chargés en noyade sur son ballon de rouge qu'il fait tourner machinal par le socle, et tourne et retourne encore grimaçant, la carafe pas loin, pis sans rien exprimer de la face, comme ça perdu en lui, son regard bleu fragile sur la nappe en papier, convaincu de rien et triste du reste, l'échec, croyant être gentil, lâche, dans sa nébuleuse :

« Bon alors quoi Roger merde, hein ?… – qu'il me targue – tu veux faire quoi quand tu s'ras grand, hein ?… c'est vrai quoi tu dis jamais rien… parles pas… t'es là avec tes yeux… merde quoi !… plus tard… hein ?… comme métier… t'as bien une 'tite idée oui non merde ! ?… »

Mais les boum-boum me revenaient, la batterie ses coups frappés, moi la mâchoire serrée, le couteau. La mâchoire ça trompe pas, elle sait pas mentir, c'est le troisième cerveau après le ventre.

« Hum ?… quoi alors ?… hein ?… pharmacien ?… toubib comme la tante Barbara ?… notaire ?… hein ?… ma-thé-ma-ti-cien !… hum ?… t'aimes bien les math ?… nan ?… pas d'pot…, alors quoi ?… hein, quoi ?… ingénieur ?… tu m'diras peut quand même pas y'avoir qu'des ingénieurs sur la Terre, hein ?… ben nan… faut bien qu'y'en ait qui bossent !… eh ben réponds fils de con… hahaha !… elle est bonne celle-là hein Albert ? !… – en levant son verre –… et toi alors du coup tu réponds quoi quand j'dis fils de con ?… hein ?… t'as compris ?… toi tu… »

Mais juste avant de bondir, parce que je les avais moi toujours et amplifiés les chœurs de femmes et le sax à m'hurler dans une cathédrale avec l'écho, qu'elles s'y mettaient d'ailleurs toutes, la batterie sèche et le binaire au certingue, je les avais moi, que j'en démordais pas, j'ai hurlé :

« MÉCHANT ET FOU ! »

Puis j'ai survolé la table pour l'égorger.

Ensuite il a griffonné l'addition sur la nappe en papier face à mon silence que je lui excavais de mes profondeurs avec une majesté papale. En somme tout le monde y avait perdu quelque chose dans cette soirée, des particules d'espérance, des illusions fanées, une longue dégringolade comme un nouveau refus obstiné. Personne savait bien quoi, un quelque chose vaporeux, une idée de ce que l'on ne connaît pas, un peu comme les dinosaures qui n'ont jamais connu les fleurs, ni même l'herbe, rien que des forêts et des fougères immenses, géantes. Mais je réalisais alors que je n'étais plus le bon petit yes man qui poireautait candide avant le repas dans le passage. On a beau se remémorer la symphonie des êtres qui ont foiré les instants du passé on en arrive bien souvent à s'avouer que toutes les raisons qui ont poussé à faire naufrager les minutes de l'ensemble ne sont peut-être pas toutes de notre faute. On a résisté un peu faut reconnaître, bien serré les dents pis raboté les angles, mais les humains présents nous y ont bien souvent poussé grandement vers la Bérézina. Je suis pas si monstre. Et l'on s'aperçoit quand même, navré, que les individus qui traversent nos vies maintes fois nous parlent de choses sans absolument savoir ce qu'elles sont réellement. On en arrive à les regarder comme des quartiers de viande sur pattes qui se donnent des airs, et si fatigués soient-ils la rage d'exister les tient, et l'on supplie le petit Jésus de nous délivrer gracieusement de ces exaltés boiteux qui ont tout réussi, de la fortune à la conscience.

Mais le grand Awouè la fortune il l'avait pas, et trouvait même qu'elle était pas chère sa cantine, qu'ici c'était pour les pauvres et qu'on y mangeait bien. Et puis la note tombait juste d'après le Rondin, et ça lui suffisait au grand Awouè pour se lever, repousser la chaise, la bien ranger comme il faut sous la table et chanter pour lui-même, en sourdine ;

« J'ai vécu, j'ai bien cuvé… »

Moi j'ai rien dégobillé du tout le soir au Deupièce, mais je préférais avant. L'île au mur valait pas les *Glaneuses*, et puis le nuage de fumée bleue du grand-père il me manquait, le tablier de la grand-mère et le clébard pisseux. Ça valait ce que ça valait au moins j'avais pas tous ces mots mourants dans la ventraille, des sentiments ternes, cette recherche d'oubli et les deux cochons à me grogner dans le mur. Que ça y'allait, fallait les ouïr renifler leur gueulante, leurs cris et soupirs. Probablement pour se faire pardonner. La soirée, faut avouer, elle avait pas été jobarde. Lorsque les âmes buttent les unes contre les autres ça les éloigne, leur racornit le trognon et l'on voit s'avancer au loin le dégoût plutôt que les épousailles. Mais je ralinguais tant depuis des lustres que même la fatigue ne m'assommait plus assez pour la pionce. Je revoyais le grand-père et la grand-mère dans la salle à manger, chacun à sa place. On peut pas s'empêcher de penser à ceux d'avant, les tout vieux qui ont marché avant nous sur le sentier, qui l'ont creusé ce chemin, et bien morflé c'est assuré. Même y'a pas à remonter loin, les autres on les connaît pas, mais on imagine. Rien que ceux-là, ceux de nous, le grand-père et le moteur du Solex que j'entendais tous les matins traverser la cour et la petite loupiote de la grand-mère dans la cuisine qui venait éclairer le bout de mon lit. On a beau les entrevoir ceux d'hier, on saura jamais réellement tout ce qu'ils ont vécu, leur somme de fatigue et de douleur. Les souvenirs c'est rien d'autre que de vieilles photos dont on aurait perdu le négatif.

Ça allait me tenir et plus me lâcher de la nuit ce genre d'idée, c'était parti pour.

Au moins on avait évité le cinéma.

On y retourne à la bête, la rue, les autres, on y revient comme seul refuge acceptable, une bulle, chacun entouré de miroirs renvoyant sa propre image aux passants, on y retourne encore mais avec un surplus de méchanceté, de désintérêt pour les hommes, un octroi de vice, de tristesse déçue et hargneuse. Bien que sa folie ne soit pas la mienne Taïeb j'allais des fois encore chez lui, l'hiver à nous raturer la citrouille, égarés sans motif nous errions dans les rues près de République constatant les dégâts, ces grandes percées du Second Empire, ces grandes artères pour éviter la construction de barricades, répression d'émeutes. Ô les manœuvres ! Ô les douteuses ! les perfides ! C'était la deuxième vague pour le petit peuple, ses ouvriers, les artisans, la deuxième révolution depuis Haussmann pour les évincer vers la périphérie, la commune de Charonne, le vingtième d'aujourd'hui. Elles se sont perdues au loin les petites gens, puis ont disparu du centre complètement, tout y est passé avec leurs boutiques aux faiblardes vitrines comme des trous d'ombre devenues à côtoyer les enluminures des grands magasins et les clignotants du luxe. On voyait déjà qu'elle changeait la ville, s'élevait pour mieux nous entasser en couche grouillante avec de moins en moins d'espace perdu, sa division en appartements et l'abaissement des plafonds. À la taille des fenêtres même on pouvait dater les immeubles, juger sa richesse à la décoration, ses balcons, les cariatides aux personnages entiers ou juste le buste pour les habitations moindres. Et si Taïeb il est pas devenu trop con ou mort il doit s'en souvenir de tous ces immeubles haussmanniens visités derrière le dos des bignoles, toujours nous à fureter les portes bâtardes ouvertes, du gros tapis rouge uni, bien épais, à motifs parfois qui s'enfonçait sous les pieds, épousant calibré les marches une à une sous des tringles dorées, ce gros tapis riche qui montait en serpentin et laissait à chaque palier supposer derrière les grosses portes brunes et cuivrées des vies sourdes, douillettes et protégées d'où rien ne filtrait jamais. Le gros tapis qui toujours s'arrêtait pour laisser continuer tout nu l'escalier vers le labyrinthe étroit sous les combles, ce dédale sombre des chambres de bonnes recroquevillées sous les toits. Alors tout se déchaînait, la vie en gueulante réapparaissait pour nous exploser au museau, qu'on en redemandait avec Taïeb, arpentant ces fins couloirs où des êtres muselés au-dehors s'élançaient dans des tirades boursouflées d'orgueil et de détresses ignorées. Nous restions là, musardant de porte en porte afin de recueillir les élucubrations de tous ces petits dieux asphyxiés. En somme, plus on montait dans les étages plus on retombait dans la rue. En pire, s'imaginant imbus, protégés par les fines cloisons de plâtre, les minces portes ajourées ils nous prodiguaient impunément tout le contenu gangrené de leurs honteuses rancœurs comme s'ils étaient devant nous sur le palier. Chez Taïeb des madames à supporter les balcons il n'y en avait pas du tout, ni de tapis jamais dans l'escalier. Vers chez lui même Taïeb la ville elle en prenait un coup déjà, s'étiolait ferme pour plus tard, ça démolissait comac pour après, le temps venu des rues levées, les rues debout, des tours et des Babel avec le ciel à le chercher plus loin encore. Et nous restions nauséeux fascinés à contempler les restes d'appartements dévoilés, ces petites tranches de vie en plein air, cette réalité soudain exposée, on les voyait alors les reliefs du temps passé, les coupes, les papiers peints avec encore les traces plus claires pour l'emplacement de l'armoire, les étagères, les placards, l'évier même. Nous restions comme deux pétrifiés absurdes devant ces strates d'existence accrochées là-haut, à flanc d'immeuble avec ces pierres d'attente, ces moignons bruts pour le raccordement de l'édifice prochain.

Ce qu'on faisait avec Taïeb aussi pour se poiler dès qu'on pouvait c'était de s'envoyer dans les oreilles de l'eau glacée avec une vieille poire à lavement trouvée dans une poubelle. Haddad il aimait guère ça les pertes de contrôle, c'était un délicat Haddad sous le muscle, une chochotte pour sa bonbonne mais Taïeb il était jamais contre. On cassait la glace des caniveaux et direct au tympan l'eau gelée, droit dessus, on valdinguait alors, et d'office, la rue se barrait droite, remontait gauche, se soulevait devant pour faire un tour par-dessus le ciel, ça nous déportait tous côtés comme des vertiges en pire et pas contrôlables. On se marrait bien avec notre poire à lavement.

Au terme de nos effarements nous revenions encore près des arbres morts du milieu de sa cour à Taïeb, entourés de pavés, cerclés d'ateliers avec cette poignée de petits gueux accroupis, les bras ballants raides entres les genoux à l'allure sauvage et l'œil animal. Nous traînions là, avec toujours cette fumée noire s'échappant d'une des fenêtres ouvertes du fond de la cour. Et je m'abîmais fasciné à la découvrir encore cette portée de petits farouches perdus dans leur âpreté hagarde. Il est vrai qu'on les voyait mieux là, tous qu'ils étaient entassés sous le halo, blottis en tas contre la fonte du réverbère. Ils en devenaient jaunes les petits gniards, leurs traits alors se précisaient sous leurs cheveux noirs et cendrés partant droite et gauche en mèches comme de petits bâtons. Ça les creusait leurs traits la lumière, masque de plâtre gris et usé déjà. Ils persistaient, comme creusées au fusain leurs rides de petits vieux, vifs mais terrorisés dans leur barbarie, leur violence. Noircies leurs lignes déjà présentes par le manque de graillance et l'excès de veilles trop longues et renouvelées. Ainsi grimés avec cette lueur tombée d'en haut qui les écrasait le froid les gagnait point ce me semblait, perdus dans leurs attentes, chargées d'idées que je ne connaissais pas. L'hiver nous abîmait nous avec Taïeb à grelotter soumis, mais j'ai mes idées fixes moi, un maniaque, faut que je leur cause à ces gniards, connaître un peu de leur trognon. Je les entreprends alors gaillardement, je finasse guère :

« Z'habitez où ?… j'aim'rais bien voir chez vous…

– Rrrcooa ?… » – il me répond le plus grand.

Les autres ont pas levé la tête, mais ils écoutent, ça se remarque nettement à leurs gestes devenus plus lents.

« Montre-moi où qu't'habites…

– Rrrcooa ?… »

Il résiste, une force d'inertie effarante, et puis cette bêtise dans l'œil, cette fixité, ça me fout le tracsir. Faut donc y aller hardi pour lui secouer le bastringue.

« POLICE ! » – que je lui gueule.

Bien rodés pour la trisse ils décanillent sans une hésitation, à la seconde, tous là-bas vers le fond de la cour, la fumée noire. On les suit en cavalant dans un réduit, un trou noir puis un escalier en colimaçon branlant, que ça nous résonne dans la tirelire ce boucan effroyable de nous tous là-dedans à escalader la bestiole qui gesticule tous sens sous nos pas. On se cogne même à y voir macache, on ripe et s'accroche, eux sont déjà dans le couloir à disparaître dans des hurlements désordonnés. Un autre couloir étroit, sombre comme un boyau, une porte qui claque… raté ! Mais on reste encore un peu quand même devant la lourde à reprendre notre souffle et se bidonner. Taïeb il en était bizarre de ça, ou peut-être il drelinguait déjà d'autre chose qu'il n'avouait pas. Dans son rire frénétique quand même on reniflait bien une charge de haine qui lui pointait des yeux. On se poilait encore et comme on allait s'en retourner la porte s'ouvre et gongue du chambranle pour nous expulser une silhouette toute désaccordée, tordue voûtée, les mains flottant ras du sol, pourvues de phalanges démesurées à frôler le parquet. L'ombre même nous dessine sur le seuil une masse ténébreuse d'où ni la tête ni les jambes ne nous apparaissent. Voilà tout le Neandertal qui nous débarquait sur le palier. Un hirsute en longue barbe et flammèches tombantes, des yeux mi-clos enfoncés bien profonds sous les arcades que l'on devinait sous une chevelure emmêlée lui flattant les omoplates. Rescapé d'un ancien naufrage le zig, des fringues en pendeloques et si laminées crasseuses qu'elles lui faisaient corps avec une élégance déconcertante.

« Lplice ? !… – il nous demande interdit.

– Pas vu… – je lui réponds médusé de lui.

– LE VA-GIN !… – alors il se met à gueuler sans plus nous voir et se redressant de toute sa taille – LE VA-GIN !…

– Y sont là les gamins ?… » – je lui demande quand même, tant qu'on y est.

Comme il s'écarte de la porte avec un geste vague pour indiquer l'intérieur on en déduit qu'il autorise, qu'il s'en tape, on ose alors, le laissant tourner sur le palier à hurler tue-tête toujours la même chose. Le dedans c'est obscur, ça ténèbre au summum, qu'on en reste un tantinet baba nous deux avec Taïeb. Il en soupçonnait pas, petit gus, les recoins dégueulasses de sa cour lui, que ça pue même sévère, correcte l'odeur, même avec la fenêtre grande ouverte comme une extension du dehors. Et il s'agitait là un grand vent du nord qui pesait sur les matelas disposés en cercle au milieu de la pièce, tous autour d'une grande bassine de fer remplie de cendres où mouraient des braises orangées, avec, au plafond juste au-dessus, une énorme tache noire qui s'étoilait jusqu'à presque rejoindre les murs où la même noirceur envahissait toute la surface d'un papier peint oublié. Des couvertures chiffonnées en tas comblaient çà et là des trous entre les lattes manquantes du parquet. Sur les murs recouverts de suie, avec les doigts, ils avaient tracé sur toute l'étendue des dessins hideux et tordus qui poussaient bizarrement à faire oublier les grandes flammes sombres rampantes jusqu'au plafond comme un souvenir d'incendie. Nous restions avec Taïeb, hébétés nous deux, comme des ombres au centre du chaos, à contempler cette fresque naïve où se mélangeaient des animaux, des sexes, des bonshommes et des voitures mais totalement dépourvue de femmes, de nature et de mots.

« LE VA-GIN !… »

Qu'il nous était revenu l'autre avec sa gueulade, le doigt levé, impérieux et ses loques parsemées de dégueulasseries.

« LE VA-GIN !… » – toujours il nous beuglait d'une voix brusque mais aiguë avec le visage fermé sérieux des grands discours importants.

Et de sa braguette ouverte, béante, il en extirpe alors sa queue pour se branler au-dessus de la grande bassine avec ses ongles noirs et si longs qu'ils se recourbent sur sa paume comme des griffes. Les yeux au plafond il se besogne en hurlant mais abandonne vite, du regard il cherche quelque chose dans la pièce, que aussi nous on lorgne forcément avec lui tous sens. Et sous l'évier on la découvre la petite meute terrée, accroupis tous, enchevêtrés les uns aux autres avec leurs pupilles fauves à nous espionner sans moufter. Au plus grand toujours je m'attaque, rien que ses yeux à lui je regarde, et à genoux je lui demande :

« Elle est où votre maman ?… »

Mais c'est du rien qui en ressort, faut qu'il réfléchisse le bambin, qu'il se rassemble, trie la peur de sa rage. Et puis, dans un soupir de méfiance haineuse, il me crache :

« Pppas !…

– Tu sais pas ou t'en as pas ?…

– Pppas !… »

On était pas sûr avec Taïeb qu'ils sachent vraiment ce que c'était, ni même que ça existe. Ils nous regardaient tous du fond de leur cachette, s'agrippant comme ils pouvaient les uns aux autres, devenant à mesure de plus en plus petits on aurait dit, apeurés cette fois et puis PAF ! dites donc, qu'ils se pissent tous dessus pratiquement synchro, des taches foncées alors apparaissent les unes après les autres, en cascade, répercutées de falzar en falzar.

« LE VA-GIN !… – qu'il s'y remet Crusoé en tournant dans la pièce les yeux au sol – LE VA-GIN !… »

Plié en deux il se dandine, presque le nez au parquet, les bras comme des balanciers il furète puis s'énerve, hurle encore, ressasse et finit par arracher quelques lattes qu'il jette dans la bassine. Possiblement qu'on venait de découvrir où qu'ils étaient passés tous les meubles. À la clarté des flammes qui lui montaient jusqu'à la poitrine on pouvait un peu mieux lui deviner le visage sous la barbe, ses joues rentrées, creusées, d'une maigreur et puis un œil fermé, l'autre fixe et grand ouvert. Il rigole au ciel en se frottant les paluches au-dessus du brasier, se bidonne en débile sa bouche édentée à s'ouvrir tant qu'elle peut sous son œil devenu brillant fourbe.

« Z'allez pas à l'école ?… – que je m'acharne toujours à genoux la bonbonne coincée sous l'évier.

– Pppas !…

– LE VA-GIN !… »

L'autre il en ressort son turlututu, bien raide ce coup-ci, réchauffé, illuminé d'un feu de Dieu et se remet à bouchonner tout en gueulant alors là encore plus frénétique.

« Tu sais c'que c'est une éco… ?

– LE VA-GIN !… » – qu'il hurlait l'autre tout à sa pognade.

– Une école, tu sais c'que c'est ?…

– Pppas !…

– LE VA-GIN !… »

Ça devenait ardu de se concentrer sur les gniards, le sensible, les amadouer, décrypter un peu leurs signes, leurs jeux ternes de regards avec l'autre à se pogner au-dessus des flammes dans des beuglements désespérés. Je lâchais quand même pas.

« Vous pouvez sortir d'en d'ssous, hein… on va pas vous bouf…

– LE VA-GIN !…

– On vous bouff'ra pas…

– Pppas !… »

Et les voilà tous d'un coup à sucer leur pouce en regardant les flammes qui montaient à effleurer le plafond derrière mon dos.

« C'est vot… »

– LE VA-GIN !… AAAAAH… LE VA-GIN !… – qu'il se tenait plus le palucheur en pleine frénésie.

– C'est vot' père ?…

– iiiiiiiii !…

– Et alors elle est où vot' maman ?…

– Pppas !

– LE VA-GIN !… AAAH… LE VA-GIN !… »

Subito ça crépitait drôle son feu d'un coup, Taïeb il s'occupait plus du tout des petits gniards, droit planté il regardait le type qui venait juste de se vider le biniou dans les flammes avec de petites étincelles bleues dans la bassine, et des vertes, des blanches, il en avait encore plein les mains, des gouttes toujours s'échappaient de ses doigts avant qu'il s'essuie sur le bénouze, le flageolet piquant du nez.

Comme ça charbonnait duraille dans la case on avait peine à distinguer qui et quoi, les images se floutaient avec un picotement de la rétine désastreux. Lui rechargeait le bassinou en prévision certainement d'une décharge future, mais assouvi soucieux il se planta avec des soupirs devant la fenêtre ouverte à renifler, les mains croisées derrière son dos laissant le feu exhaler une fumée noire et opaque qui mettait un certain temps à dégoter le chemin de la trouée d'air.

Avec l'arrêt de ses gueulantes il me semblait moi continuer dans un temps arrêté sans plus aucun mouvement ni rien à entendre que le ronron méthodique des ateliers en dessous.

Même je me le trouvais subitement plus aussi ringue le Deupièce, propret à souhait, mon panier d'osier derrière la porte ouverte et les Gauloises du grand-père. Un petit pape que j'avais été moi dans mon jeune temps. Oh, que j'y serais bien retourné alors, comme on se rend attendri chez la tante de Clichy-la Garenne lui susurrer des douceurs après le mépris, qu'elle n'a d'ailleurs jamais soupçonné, accumulé dans son profond.

Les souvenirs, en voilà une horreur. C'est un pays qui n'existe plus que pour soi, en soi, chacun le sien, même s'y rendre avec le certingue c'est comme ouvrir les yeux sous l'eau. Ça revient à pas bézef les souvenirs, on les a, ils nous caracolent dans l'intime mais on peut en user de rien. On les a, voilà tout. Et merde à la vie. C'est la pensée de certaines choses qui procure encore le peu de plaisir qu'il nous reste plus on se rapproche du cimetière, inutile même d'y toucher ni de s'y rendre, leur existence suffit, car Dieu que c'est dur de se trouver des tentations. C'est le petit pont de bois tout craquant et vermoulu où l'on ne va plus jamais, au bout du chemin on le sait exister, ça nous suffit. Mais des gens sont venus on nous a dit, ils ont tout cassé, emporté les restes et il n'y a plus rien, on l'a appris, cette fois c'est fini. Vraiment on y'allait plus jamais le voir le petit pont de bois, on ira plus maintenant. Mais l'annonce de sa disparition vient de nous supprimer un plaisir, irrémédiablement, nous tuer un souvenir, et c'est bien le pire. Déjà que certains sont pas bien vivaces. Nous restera quoi d'important ?

Cloué dans mes pâmoisons d'hier, mes réflexions poussées j'avais encore pas fait la constatation du nuage obscur qui envahissait la turne. On se voit plus, à suffoquer, c'en est devenu intenable tout à trac, que ça tousse et chouine et renifle. Lui nous montre toujours son dos tordu, soupirant face à la fenêtre en des grognements entrecoupés de paroles obscures avec la colonne d'un brun opaque qui s'évade en lui passant juste au-dessus de la tête. J'avais bien beau chercher partout dans la piaule, fouiller les émanations, strier le brouillard Taïeb il en était plus là. Ça m'en a refroidi le cockpit cette brutale solitude, comme si je découvrais enfin la situation dans laquelle je marinais, le décor m'entourant. Et dessous l'évier, pouce en bouche, les petits moujingues écrasaient moelleux, en grappe dans de minuscules ronflements sortis de leurs toutes petites narines, et toussaient parfois dans leur sommeil comme on le fait en maladie. Oh, que je dis, ce n'était alors plus du tout les petits merdeux sauvageons, les chiards effrontés sans jamais rien pour leur museler la retenue. La léthargie leur avait ainsi supprimé les sillons lourds comme des grimaces de vieillards furieux. Schloffer les ramenait à la civilisation, nous les rendait limpides, doucement redevenus des enfants comme les autres. Dans leur physionomie des songes nous ne retrouvions de leur naïveté meurtrie que des reliefs de méfiance, à croire que leurs peurs et la rage simplement animaient leurs plis, chargeaient leurs regards de suppliques monstrueuses. De leur rudesse ne restait plus rien que la crasse alors, comme si le repos leur avait débarbouillé l'âme. Le sommeil comme la neige purifie.

Je me l'appuyais ainsi donc tout seul le maboule, puisque la conscience se raréfiait considérablement dans cette chtar, notre espace brumeux. Et leurs dessins sur le mur, innombrables et difformes au-dessus de leurs têtes nous déversaient la complète histoire de l'humanité. On y retourne à la bête, elle nous remonte sitôt qu'on lâche un brin la parade, cette vitrine de la pastèque. Même entamé du certingue j'en avais bien du mal à détacher mon regard de toutes ces petites auréoles brunes qu'ils m'exposaient de leur entrecuisse comme un tatouage familial.

Moi aussi j'ai décroché, j'en avais mon blinde, il m'a bien fallu m'ébranler lentement. Sonné, j'ai décarré en lousdoc pour rejoindre Taïeb dans la cour qui lançait des pierres par-dessus les toits ondulés des hangars. Des pierres qui s'effaçaient dans la nuit mais dont le choc en retombant nous prouvait bien qu'elles avaient quand même eu comme une sorte de réalité entre ses mains.

De retour des ténèbres nous ne causions pas. Encore un moment réfugiés sous le lampadaire on attendait que quelque chose se passe, ou cesse. Un quelque chose de l'intérieur qui ne voulait plus s'arrêter de hurler, avec, chacun, désirant l'évaporation de l'autre, sans que personne ait la force ni le courage d'entamer la séparation. Je le voulais mort Taïeb avec ses yeux qui me cherchaient, me scrutant l'identification de ma peur, qu'il n'ait même jamais existé. Les compères de nos bouleversements internes nous gênent après la cause passée, comme un remords ne trouvant sa disparition qu'avec celle de son témoin. Je le voulais loin pour ainsi poser un doute sur l'existence de mes terreurs. Mais s'éloigner de cette clarté morne orangée qui dessinait sur les pavés un cercle vague et brouillé on ne le pouvait pas. Dans les étages on entendait encore sa famille hurler juste au-dessus de nos têtes, inonder la cour de leurs aboiements, avec, en face, le barbu qui reprenait ses barrissements furieux. Vers qui aller on savait plus. Nous restions alors quand même sur les pavés avec la ville autour à regarder cette épaisse colonne de fumée noire monter pour se diluer dans la nuit. Ce qu'il y avait derrière maintenant on le savait, et ça changeait tout notre horizon.

Mais comme il fallait bien s'orienter vers un quelque part, les faubourgs nous convenaient suffisamment pour s'aller mourir dans le flux en dessous des lumières par morceaux dans la nuit. Ça n'était que le besoin de perdre une heure pâle sans plus se causer ni rien, ni du regard ni des pas, pour plus se vouloir du tout. On en revenait donc nous deux à ces gens qui n'ont rien à se dire, ne se connaissant pas. Il avait beau marcher à mes côtés Taïeb, enchaîner les rues sans un mot, je me sentais m'engluer toujours un peu plus à mesure que nous nous rapprochions des réverbères concentrés, la foule, les éclairages des Magasins réunis, obliquer impitoyablement vers la séparation définitive. Il en devenait plus rien sans jamais avoir été grand-chose pour moi Taïeb, je me posais nulle question, j'allais, comme une honte, une proie, de lumière en lumière, chargé de cet inconnu que je savais par cœur mais qui ne m'était rien. C'est qu'il existe des êtres comme des ponts transbordeurs que l'on utilise pour franchir une période mais que l'on quitte et oublie avec autant d'indifférence qu'un échangeur. Ils ne servent qu'à ça d'ailleurs, outil plus que bougre, collaborant malgré eux à notre essor d'âme, semblables à des interludes dans lesquels on peut cogiter pépère avec le cerveau postérieur, des leviers bien concrets pour le labeur intime, la trime incessante du dedans, comme les bars, les puzzles ou les mots croisés. Mais on se les trimballe en se demandant bien un peu quelle bribe de notre légende on tricote avec, ce qu'ils nous apportent comme fragment de nous tous ces êtres interchangeables, pourquoi on se retrouve encore à les suivre ou se les drainer dans notre sillage. Leur bouffonnerie nous intrigue c'est indéniable, leur folie nous fascine et l'on reste là toujours pour les écouter divaguer du trognon, on se les regarde branler du chou et ainsi nous répandre leur âme confuse en rinçures. Notre disparition ne leur fouillera même pas l'araignée sur le coup, ils vont s'en retourner à leur candeur déprimée sans entrevoir nullement qu'ils ont dételé un bref épisode, poursuivant indemnes leur chronique avec notre binette comme échantillon d'un jour, un mois, un an mais qui ne leur servira de rien et qui bientôt va leur filer en évaporation de la terrine. Peut-être qu'ils se demanderont parfois, comme un sursaut de l'après nous, le pourquoi de notre effacement, mais sans jamais nous en tenir pour responsable ni même déchiffrer le théâtre auquel ils ont collaboré malgré eux. On les regardera nous s'éloigner puis se dissoudre après le dernier réverbère en feu et ce sera tout. Une ombre de plus à se dissiper dans notre mémoire. C'est à admettre qu'une fois notre besogne intérieure effectuée, le lest de nos débris évacué ils ne nous laisseront pas plus d'empreinte au melon qu'une vache pour un train. Aux sources de nos terreurs il y a les autres, le voilà le nœud.

À République pour remonter toute la rue du faubourg du Temple et puis la rue de Belleville dès que j'ai pu le 75 avec sa livrée vert et crème je me la suis accrochée comme une obsession avec mes rouages tout à fait englués, des pulsations même plein ma lucidité. Que j'en suis resté jobard, fossilisé engourdi avec toute l'humanité qui me résonnait le clocher sur la plate-forme arrière. Je voulais certes pas entrer dedans le bus, je voulais plus jamais entrer dans rien ni voir personne, je me savais poreux, perméable à toute souffrance, surtout celle des autres. Ça m'aurait bien apaisé quand même que le globe s'arrête pour que je descende de ça. Ô le pitoyable les yeux ouverts, les visions du dedans sont donc pire que le mal souffert, et ce jour m'avait comme rogné des lamelles d'âme. Mais le poinçonneur a fait bien gentiment tintinnabuler sa tinette et tout s'est ébranlé dans ma nuit. Ainsi perdu dans la maigre cadence de ce roulis bringuebalant je croyais voir voleter à l'arrière de l'autobus mes squames d'innocence, peler mes cellules mortes en écailles. Je les contemplais abruti dans le tangage prendre leur envol, s'éloigner puis flotter gaiement au milieu de la rue comme nombre de petits papillons noirs frétillants qui paraissaient savoir où aller comme on se rentre à la maison. Et je m'exfoliais de l'âme, du trognon, que j'en ressortais plus de cette chambre enfumée, de ces petits animaux blottis sous l'évier qui par moments semblaient pleurer en dormant. Et dans le balancement chaotique le peu d'anglais appris cette année me revenait pour ne former jamais que les mêmes phrases aux mots rares, toujours les mêmes : Today nothing ! Nobody home ! Que j'en pouvais plus m'arrêter de cogiter, un monde en battement je m'avais dans l'interne où mes remords se mélangeaient à mes angoisses. Une puce à la muette ça me fourguait. Les autres c'est toujours rien qu'une idée que l'on se fait de soi et tout jamais brille comme on le pense. Qu'il n'y ait plus personne je me disais, plus rien que le poinçonneur et sa gentille tinette à chanter tinguetingue pour chaque départ et que jamais plus le bus stoppe, maintenant qu'on était parti. Ne plus rien dire alors, se la fermer son embouchure et pis subir la desquamation en regardant éclore et s'épanouir cette petite mort en bastringue comme une fête à Neuneu qui voit s'arrêter un à un ses manèges, disparaître ses badauds et s'éteindre ses loupiotes.

De la plate-forme arrière Taïeb je l'ai vu s'en retourner saumâtre, marcher comme on se cache, encore un peu de lui dans les teintes rouges et jaunes des vitrines, les clignotis des Magasins réunis, avec Noël qui pointait déjà. Je l'ai regardé lentement contourner les étals à vêtements, se rajuster le veston sur la nuque et puis c'en était fini de lui. Après le coin il a disparu dans la nuit. Taïeb il a dû rentrer chez lui. Je sais pas. Je l'ai revu encore les jours d'après et ceux d'après encore durant l'année mais on se parlait plus beaucoup tous les deux. J'ai faut avouer nullement réclamé de rabiot, Taïeb il était pas de ma nuance, turbinait pas dans l'industrie de ma peine, j'ai pas cherché à le renouer.

Il est vrai que je n'ai pas de bonnes façons.

Et dans le ballottement de ma plate-forme arrière, dans le vent et dans la nuit, sous les lumières qui pour moi s'amenuisaient à mesure de rue en rue tandis que je remontais la ville, bercé par l'ondoiement, j'ai compris que l'on ne me voyait plus.

C'est à cette époque que ça a commencé.

Il était pas mal cet appartement, soulevait pas des tonnes de boucan on y était bien peinard avec ma mère, malgré les rats qui tombaient du plafond à cause de la sécheresse de soixante-seize les faisant remonter à la surface, des rats gros comme des chats, aussi les blattes qui traversaient les murs de long en large. On y était bien peinard, sans jamais rien entendre des voisins ni de la rue trop loin et en cul-de-sac, le monde tournait ailleurs, et puis j'avais une chambre avec une porte. Une grande fenêtre aussi qui s'ouvrait sur une cour, un jardin où personne jamais ne passait et le périph après.

C'est à cette époque que ça a commencé, chaque fois que j'atterrissais aux latrines je tombais en m'élevant. Comme un décérébré je stagnais sur le trône la nuque bloquée en arrière, les acouphènes plein potard, la bouche ouverte hurlant de grandes goulées d'air les yeux au ciel à me répéter, une main sur le front comme un rempart : Que rien ne s'en aille !… Que rien ne s'en aille !… Passé une poignée de minutes je retombais, laminé, sans plus savoir rien du temps filé ni du lieu autour, à m'ausculter les mains une à une des fois qu'un bout de cerveau y serait resté collé. J'en avais si peu il me semblait. Dans mes extases je montais, décollais, m'envolais vers les cieux argentés, m'y plaisais, y restais à baguenauder candide entre les pâquerettes et le colza du bon Dieu avec les nuages qui coulaient toute part essoufflé moi en haut de la colline. Je ressortais parfois sans avoir pissé ni même chié.

J'en causais guère aux petits potes, ni aux cinglés de la petite bande, pas qu'ils m'auraient pas cru, on en était plus là depuis longtemps, mais les coins à champignons c'est des trucs perso. Philion,

Gaby, le petit Simon ils folâtraient gentiment dans leur désordre avec le point commun de refuser, chacun à sa manière, toute autorité, toute structure imposée, quelle qu'en soit l'émanation. Philion surtout qui lançait toujours en avant ses grosses mâchoires sous des yeux noirs de billes folles comme pour accompagner les postillons qu'il propulsait lors de ses gueulades effrénées. Dans son visage en rectangle les coins de ses lèvres tombants lui dessinaient comme une grimace qu'il portait toujours et surtout lorsqu'il s'animait. On pouvait guère le trouver beau. Avec ça qu'il se colletait les cheveux très courts, mais ça lui faisait pourtant comme une touffe d'épis sur le haut du crâne, un paillasson fou. Lui supportait beaucoup moins que nous autres, à résister en silence. Lui, avec sa tête désertée je le voyais semblable à ces galions fantômes continuant de voguer sur toutes les mers sans plus aucun équipage à bord. Baignant dans un jus d'inertie effrayant il s'en relevait pas de l'ignorance de ses parents. Il leur en voulait tant à ses parents Philion, sa mère de faire des ménages, son père de bosser à l'usine, il les détestait si impitoyablement d'être ça, de leur petit néant, à le punaiser dans une inculture qui le révoltait, que souvent il voulait les tuer. C'est des drôles de souvenirs qui me remontent, le voir encore parler à son père, ce bonhomme limité, obtus aux idées bonasses et finir toutes ses phrases avec des « pov'con » en chuchotis ou des « connard » afin de me démontrer avec précision le mépris qu'il lui portait. Comme il parlait très vite Philion, et en bavant, crachant ses mots sans les détacher le père y entendait goutte et ne s'apercevait pas de ce que son fils lui refourguait. Y'avait pas de quoi en arriver là je trouvais. Même il en avait changé son nom, son prénom pour ceux d'une petite idole déjantée d'Amérique dont il avait entendu vaguement parler, sans jamais avoir écouté une seule de ses chansons et dont il se faisait une image des plus imprécises. Fallait tous qu'on l'appelle comme ça, qu'on se goure pas, il y tenait, s'y raccrochait, jusque sur ses cahiers de classe, ses copies il le notait. Plus personne y comprenait rien, même nous on savait plus bien à qui qu'on s'adressait du coup. Tout s'embrouillait. Mais faut reconnaître qu'il m'apparaissait en noir et blanc Philion, avec ses pantalons bien trop courts sur ses longues jambes et ses pulls d'après-guerre qui laissaient filer largement ses avant-bras dans une danse frénétique, comme s'il tentait de faire sécher au vent ses larges mains aux doigts longs et osseux. Maigre, plus nerveux que musclé il éclatait pour un rien, lâchant sa fureur en explosion avec un plaisir qui le ravissait. Une fois apaisé il se bidonnait en nous racontant. Philion, c'était un drôle sous pression. En classe tout y passait par la fenêtre, des poignées de craies aux poubelles, les chaises même, tout qu'on retrouvait le soir brisé sur le trottoir, sur les toits des voitures, les pare-brise. On peut dire alors qu'on se gondolait bien extrêmement à cette époque. Même les dossiers, les livres, les cahiers des profs valdinguaient furieusement quand lors d'une de ses crises il balayait le bureau de son long bras dans des hurlements d'injustice. Personne pouvait jamais rien lui dire. Il payait le Philion, faut admettre. C'était qu'il évoluait dans un étouffement de tout son être Philion, littéralement, toute sa tête à suffoquer, ne prenant de l'oxygène que dans ses hurlantes, ses crises folles qui le poussaient à saccager tout ce qui lui tombait sous les paluches. Nous autres on s'en méfiait pas de lui, ça nous faisait un cinéma, jamais il s'en est pris à nous, ni même à un tout petit, un animal, jamais on l'a vu se battre, s'embrouiller avec un gniard, sa brutalité elle allait toujours vers les adultes, et les choses. Il piquait droit dessus Philion et débloquait. Ses cibles il les connaissait et les utilisait, jamais à se gourer, chaque chose à sa place avec lui. C'est comme une poire à lavement, on sait bien à quoi elle sert, où faut la mettre, même si avec Taïeb on l'utilisait autrement on était pas cons. Philion, dans sa tourmente, il pointait juste. C'était un tendre, il nous aimait, et nous le disait souvent. Qu'on pouvait même l'engueuler il en restait con, un flan. Et puis aussi il voulait savoir surtout, s'échapper pour découvrir, nous posait alors un tas de questions éparpillées tous sens, s'intriguait même de nos vies, nos parents, le peu qu'on avait en théière, notre turne il voulait voir, comparer. Alors il découvrait avec nous beaucoup de ce qui lui manquait et réclamait comme une bête giflée.

Une fois même c'est vrai j'avoue que je te lui en ai causé de mes baguenaudages aux latrines, j'ai tenté, vu qu'hardiment il pédalait dans une sorte de semoule divine depuis l'embryon lui, engueulant même le placenta, je le trouvais donc potable au propos, la fine écoute. Un thésard de la débloque Philion. Que je lui narre alors mes envolées fameuses, les régions visitées, jusqu'à la formule même que je lui explique.

« C'est sûr que ça fait du bien d'chier…

– Mais non… j'm'envole que j'te dis… j'me r'trouve dans des pays fantastiquement beaux, et calmes et…

– Hum… c'est la pogne alors…

– Mais non plus !… c'est DIEU ! j'te dis !…

– Qu'est-c'qui vient fout' là-d'dans çui-là ! ?… quand on s'pogne c'est pas lui qui…

– C'que t'es con !… je m'envole j'te dis !… comme heu… un truc qui vole… et j'arrive chez Dieu !… c'pas compliqué quoi !…

– T'es mort alors !…

– D'après toi ?…

– Ben nan… puisque…, et comment tu sais qu'c'est chez lui ?…

– Ça peut être que ça…

– Et tu l'as vu ?…

– Nan…

– Ah d'accord !… tu vas chez lui quand il est pas là !… t'es rien gonflé toi bendidon !…

– Tu crois qu'je choisis p't'être ! ?… qu'y'a une sonnette à l'entrée ?… y'a même pas d'porte !… et puis quand tu rentres chez toi l'soir tes parents y sont pas toujours là…

– Ben heureus'ment !… t'imagines un peu si déjà dès qu'je radine y sont là pour me les br…

– Ben voilà quoi… j'monte et…

– Tu crois qu'y va t'punir ?

– De ?…

– Ben d'te pointer chez lui comme ça… surtout si l'est pas là…, t'es drôl'ment gonflé quand même !… j'te savais pas comme ça… tu m'choques…

– T'es aussi con qu'les autres alors toi ! ?… j'fais pas exprès, c'est comme ça…, j'me r'trouve là-haut et voilà…

– Ça peut être n'importe où alors… si y'a personne…

– C'pas une chambre de bonne en tout cas !…

– AH !… ben puisque t'en causes moi aussi j'vais monter… j'y travaille… j'vais tell'ment les faire chier mes parents qu'ça va marcher…, marre du canapé d'la salle à manger !… »

Ce qu'il reluquait Philion c'était une des petites piaules tout en haut de son immeuble dont il ne descendrait que pour grailler, là-haut, sous les toits, totalement peinard. Et je lui faisais bien confiance à Philion pour leur pourrir la vie dans un temps fort limité. Cet été il y serait, parié.

J'ai plus parlé de mes expéditions ni à lui ni à personne, il est des combines faut pas trop insister pour le partage, mais j'ai continué mes visites au sublime sans jamais bien comprendre où j'allais ni comment.

Et je l'ai vu, le bon Dieu, une fois, de mes latrines, je l'ai vu. M'a même causé. Cette fois-là je suis monté si directement que les nuages me gênaient, je m'envolais comme on plane, de bleu en bleu, estourbi fasciné, que j'en écartais les gros cumulus avec mes mains pour mieux voir après, et le bleu me semblait chasser le blanc. Le bleu d'après aussi je l'ai écarté, comme on déchire une étoffe, j'ai passé la tête, c'était tout doux, et clair, et limpide, et je l'ai vu. Je regardais le bon Dieu. Je m'y attendais pas des masses. Il n'avait pas de barbe blanche comme le papa Noël, ni de siège ni de cheveux blancs. Il n'avait rien. Je regardais une grande lumière blanche qui était bien gentille avec moi, m'aimait bien, comme une vieille mamie en moins con, pas du tout gnangnan ni cucul catho, une grande lumière blanche en forme de chapeau, une boule étirée droite et gauche. Je peux bien vous le dire à vous, on est copains, les autres me croiraient pas, le bon Dieu il ressemble à un chapeau de lumière. Dieu est un chapeau de femme allongé, violet foncé au centre et s'éclaircissant de plus en plus vers le bord qui est blanc. Et je la trouvais si douce cette lumière, si familière, qu'elle me savait, que j'étais pas aussi pourri que tous le pensaient, ni moche ni déboussolé, me plaignait même de mon marasme, une main invisible sur mon épaule pour m'expliquer sans une parole que tout avait une fin, sauf lui, chez lui, que mon petit être grisâtre et crucifié n'était qu'un personnage, et qu'un jour il prendrait fin pour un nouveau costume. Du coup j'ai demandé, pour une fois que je le tenais. Vrai aussi qu'il est exaspérant le bon Dieu à jamais nous la montrer sa bobine, jamais rien causer, depuis le temps qu'on se triture avec lui pourrait bien trancher un peu, qu'on arrête de se demander qui est qui dans ce bastringue. J'ai demandé alors, l'ai posé ma question, la seule qui m'illuminait le certingue au moment sans réfléchir, j'ai demandé :

« Est-c'que c'est vrai ?… »

J'en tremblais intimidé de mon culot, que j'ose, même les maîtresses je leur ai jamais causé, ni les profs, d'ailleurs que je causais pratiquement à plus personne.

« Est-c'que c'est vrai ?… »

Et il m'a répondu le bon Dieu, pas bégueule, il me l'a donnée la réponse, et d'une voix simple, et douce, même amusée, il m'a chuchoté :

« Oui…, c'est vrai… »

Il ne m'a pas dit d'où je venais, d'une immense solitude c'est indéniable, d'un hurlement épouvantable répercuté de loin en loin dans le dédale des couloirs de ma tête. Comme j'ai eu le temps de rien j'ai pas regretté beaucoup. Après cette rencontre les latrines me suffisaient.

Au chagrin les jours suivants tous les petits potes il me semblait les observer de mes lointains, gesticulants sur mes petits écrans de contrôle, ils n'étaient plus alors du tout comme les mois d'avant les Gaby, les Philion, les Simon, ils me devenaient stériles d'essoufflement dans la colère et la tristesse, des poissons se cognant à la vitre encore et encore la prenant pour de l'eau. Surtout Philion et Gaby, moins le petit Simon qui s'enfonçait vaillamment dans sa détresse poussive d'enfant mal assuré dans un monde illimité qui ne lui offrait rien qu'une mère à repasser ses affaires dans le silence et la pénombre d'une salle à manger oppressante de candeur et d'un amour immobile. Il était si peu méchant qu'on le disait bête le petit Simon et dans sa détresse rageuse il me faisait penser à un petit couloir, une pièce en second jour avec une autre entre lui et la fenêtre, comme séparé de la vie par un irrémédiable frein le poussant toujours vers la courbure, la fausse résignation que l'on devinait dans le noir de ses yeux en soleil levant, cette opacité fixe qui trahit les âmes déterminées mais empêtrées de chaînes, muselées simplement par les paroles des adultes et lasses du mensonge rabâché des parents. Une cocotte-minute le petit Simon, mais dans le tact et la bonne éducation.

Il nous était entré dans le quotidien comme une brume, un nuage, sorte de petite vapeur insidieuse, chose vivante mais inerte dont on ne s'occupe pas mais nous ferait surprise si elle disparaissait, comme notre ombre. Nous ne nous étions jamais étonné de sa présence d'ailleurs, qu'il ait pénétré le groupe, quand ? comment ? Un jour il fut là et le resta. Au gré des journées, de mois en mois il s'était inséré avec douceur, était devenu « petit Simon », un être silencieux n'alimentant jamais notre fièvre mais toujours en demande de nous sans réellement l'exprimer. Il n'y eut nulle adaptation, aucune intronisation, on se souvenait de rien et on y a jamais pensé d'ailleurs. Un clébard eût produit plus d'effet, et laissé plus de traces. Et même si on ne s'occupait jamais de lui, ni n'en causait, pourtant il nous manquait dans ses absences, étant souvent malade, comme un objet dont jamais on ne se sert mais qui prouve par son éclipse une utilité passive. Il n'était pourtant pas timide le petit Simon, ses choses il les sortait de son buffet, nous les exposait, mais d'un débit saccadé, net, comme on fusille un condamné. Aussi c'était pas souvent, et toujours on restait alors un peu coi nous autres, quelques secondes, silencieux entre nous, sachant pas répondre, puis nous reprenions nos histoires.

Lorsqu'il fermait bien les yeux il nous racontait les pouces à clouer les orbites il y voyait rien comme nous autres, on comparait, lui que du noir. Faut attendre qu'on lui disait, poireauter un peu les pouces au fond et le jaune va venir, les soleils en tourbillons, les flammes, l'orangé, ça va venir, on comprend pas pourquoi toi t'aurais que du noir. Il l'avait.

Sa disparition nous aurait bien affectés quand même, deux trois jours, qu'on en aurait causé, exprimant ainsi tout ce que nous n'avions jamais dit sur lui, et puis il serait entré dans nos mémoires comme une ancienne boutique dont le patron aurait changé, la vitrine aussi, et puis on se serait plus souvenu de celle d'avant. Le petit Simon c'était une impuissance subtile, une morne résolution qui se gorgeait tant qu'il pouvait de notre fausse liberté. Sa présence s'égarait en volutes, on l'oubliait, en lui les heures passaient grises il nous disait, ce qui n'était déjà pas si mal je trouvais, sorte de progrès, moi qui coulais noir.

Il nous demeurait pourtant inconnu le petit Simon. C'était une étincelle qui disparaissait au fond d'un puits, on le voyait tomber, s'enfoncer dans les ténèbres.

Un jour il m'a dit de venir pour tripoter son cochon d'Inde qu'était si rigolo, que ça le changerait, que sa mère elle était pas contre, enfin toutes sortes d'excuses au désir, l'appel, pour pas me faire une demande établie. J'ai rien répondu, j'ai marché. Comme on causait et que le 75 s'en allait loin derrière il était content, et moi curieux. Ce qui m'a fasciné, de la rue à son deux-pièces, l'escalier, les gens croisés dedans, c'était la cohésion de l'ensemble, comme s'ils s'étaient tous regroupés là, les silencieux, les pliés, toute une humanité souriant triste, les effacés, la rue morne et déserte aux ombres fuyantes avec lenteur, les voitures immobiles, les dos voûtés mais rigides et sans âge, tous semblables, des choses aux gens. Des petits Chinois on aurait comme dit.

Sa mère en ouvrant même a pas fait de bruit sur le parquet, comme si elle avait attendu assise derrière la porte. D'ailleurs il y en avait une de chaise, sous les portemanteaux. Et ni le loquet, ni les gonds ni elle n'ont moufté pour nous laisser le passage. Nous flottions dans les révérences et le feutré. Mais je suis quand même resté un peu dans ses yeux à elle, la savoir sans y causer, lui entrer dans la vase de son esprit, l'identifier pour un tantinet savoir l'âme de l'appartement, la vie d'ici, et petit Simon.

C'est qu'elle n'était pas laide sa mère au petit Simon avec ses traits simples au sourire figé, mais elle ne se débarrassait pas de cette traînée de grisaille qui pesait même sur les moindres choses exposées en ces lieux. Elle était d'une beauté de rigueur, d'un attrait insipide cachant un feu éteint et sans braise. Même ici les objets semblaient morts, les bibelots, posés là une fois pour toutes, l'étrange chandelier les bras ouverts aux multiples bougeoirs, une chambre forte exclue du monde c'était son deux-pièces au petit Simon, jusqu'au temps qui ici ne semblait jamais pénétrer. Brune et menue tel un piquet, ne mangeant jamais que de la salade et des yaourts, les mêmes yeux noirs que son fils, un chignon parfait comme une pomme sur la nuque serré dans un petit filet noir, elle paraissait sentir sans comprendre avec une faculté d'oubli qui me fascinait. À sa façon quiète de savoir si son goûter lui avait suffi sans demander si c'était bon, sa manière androïde de s'informer si le retour de l'école s'était bien passé, si la nuit ne l'avait pas trop effrayé on sentait qu'aucune pensée jamais ne s'allumait en elle, à part une sorte d'inquiétude trouble pour son fils qui ressemblait plus à une fatigue du cœur qu'à une réelle préoccupation. Elle devait prier quand son fils avait froid. Et lui, excédé, morne et sans un mot, habitué sans doute, ne répondait rien. Il n'était pas difficile pourtant le petit Simon, comme enfant, courbé à tout, bon élève sans plus mais en guerre contre lui-même sourdement, contre les ténèbres de sa mère et ainsi le monde entier. Dans la cour lui ne causait guère, nous collait toujours mais sans jamais participer aux divagations, aux fariboles, notre refus, notre colère. Il était présent toujours, comme un meuble, se contentant de sourire illuminé lorsqu'il comprenait une bribe de notre folie. Il cherchait un intérêt, un souffle, une énergie qu'il voyait en nous même si elle découlait plus du désespoir que de l'envie. On le tenait hors de l'eau sans y toucher, sans rien connaître de sa personne. Des saint-bernards qu'on était nous, et sans le faire exprès.

Se contentant d'un haussement d'épaule et d'un demi-soupir de son fils pour détecter le déroulement de sa journée, sans voir la haine qui s'accumulait en lui, elle s'est remise à repasser près de la fenêtre pour pas allumer encore. Noël tendait la patte, la nuit pointait vers cinq heures mais le réverbère de la rue lui suffisait pour glisser encore et encore le fer sur le linge, la table. Et c'était indéfinissable de la regarder bouger le bras sans qu'aucun son n'émane de ses mouvements, un silence totalement insolite et inquiétant qui me poussait à me croire sourd. Mais j'en aurais bien voulu moi de cette tendresse-là, de cette passion simple pour les faits sans importance, j'aurais rien répondu non plus je pense, mais son intérêt pour les choses des pauvres gens m'aurait je crois soulagé un peu de mes formules de survie.

Alors seulement petit Simon m'a présenté.

Elle a juste souri avec un mouvement neutre du menton vers la droite, comme un tic, nous communiquant par là sans un mot qu'elle ne demandait pas d'explication, et qu'elle était contente. Mais comme on obliquait naturel vers la piaule, l'unique, là où Simon dormait avec ses objets et les placards dégueulant boursouflés de choses ne lui appartenant pas, elle nous a signifié d'une phrase plaintive qu'elle nous préférait là, dans la salle à manger, avec elle.

« Ben… et l'cochon alors ? !… – il a supplié petit Simon.

– Simon chéri… je te vois si peu… »

On s'est donc installés sur le divan, qui lui servait de lit aussi à elle, et sans rien se dire que des phrases mortes nous l'avons regardée en silence repasser un à un les vêtements de son fils qui arrivait chaque jour à l'école changé des combles aux soubassements, tout en l'écoutant parler de sa journée à la maison, sans visite et sans autres distractions que les bruits de la rue.

Déjà il supposait des choses sur sa mère le petit Simon, qu'elle tournait pas rond, il nous le disait, l'escalier même, l'immeuble où il ne croisait jamais d'étranger, qu'il connaissait les pas de chacun, les locataires avaient tous plus aucun secret pour lui, que même les intonations, les horaires c'était du par cœur, qu'il savait pas grand-chose de l'existence mais que là, l'immeuble, il le savait. Et ça lui foutait le tracsir.

Mais qui qui tourne rond ?… qu'on lui répondait. On savait pas quoi dire. Nous étions bien plus loin que lui dans la folie, chacun à notre façon. Il débutait lui. Mais il flairait tout de même le bizarre, chaque matin quand elle l'inspectait debout lui sur la table de la salle à manger, tout fringué prêt, chaque pli, chaque reflet, les fringues, des pompes aux tifs, quand elle lui parlait de Dieu sans qu'il ait rien demandé, des femmes aussi qu'il pouvait rencontrer sur les trottoirs, celles qui tournaient dans le quartier, quand elle chronométrait ses retours d'école, quand déjà elle le soupçonnait de la paluche et qu'elle surgissait dans sa piaule pour le surprendre. Aussi sa manière à elle de parler de la vie comme d'une boîte vide, un coffre scellé, d'obtenir de lui des craintes instantanées du monde lorsqu'il émergeait de l'immeuble, une peur des trottoirs et un refus de tout ce qui ne venait pas d'elle. Et l'observant j'avais bien du mal à me l'imaginer autrement, autrement que là, guindée rigide, claquemurée en elle. Il en existe des êtres ainsi, tout raides qu'ils sont que même couchés, abandonnés dans le sommeil on y arrive pas à se les visionner. On se dit qu'ils doivent dormir tels quels, comme ça, debout et tout habillés sans jamais une seconde de relâchement. Mais la madame, elle avait bien dû être jeune aussi, comme tous, petite fille même. Il racontait le petit Simon qu'elle venait d'un village lointain où l'on nourrissait les rats pour qu'ils n'attaquent pas les enfants. Ça leur devenaient comme des chats, les rats aux gens de là-bas, avec chacun sa gamelle. Le pays il ne s'en souvenait plus, s'en tapait même, et voulait l'oublier. Il subodorait fiévreux les prémices d'un radical changement, la fin d'une isolation pour une bien pire, les débuts d'une ouverture vers une prison dégueulasse, le tout dans les douleurs naturelles aux grands bouleversements. Petit Simon, il surnageait dans la peur.

Elle nous a fait comme un sursaut la mère, perdue qu'elle flottait dans son sourire mécanique, comme si elle revenait de loin pour lui dire une chose très importante avant de repartir pour un long voyage :

« Il te faut te préserver sais-tu Simon chéri !… explicite-le à ton ami… c'est primordial de se protéger !… liminaire oserai-je dire… » – dans un petit ricanement rien que pour elle.

Comme elle voulait en faire un lettré elle ne lui parlait que de façon obscure, n'employant que des mots qui chez moi n'éveillaient aucune résonance. Elle en barbouillait les murs, le frigo, les meubles et portes de placards de petits papiers avec le mot savant et sa signification. Il m'a pas expliqué petit Simon, lui a pas même répondu. Elle, sa phrase déroulée, avait déjà repris la route vers son dedans. Mais c'était pourtant bien ce que nous faisions tous nous autres de se protéger, chacun sa manière, par le refus et la colère, le mutisme, les gueulades, on se protégeait nous les Philion, les Gaby, les Taïeb, les Haddad on savait faire que ça, et puis subir.

Comme il faisait cette fois tout à fait noir dans la pièce et qu'elle voulait le déguster encore son fils, s'en délecter savamment, elle en a allumé une toute petite lampe près de nous qui n'éclairait que nos mains mais laissait deviner tout autour le calme effrayant de l'endroit. C'était mieux elle trouvait, cosy elle a dit, et par une surenchère de mignardises sa bouche sous ses yeux au milieu d'un visage clownesque nous a déversé une aurore inquiétante :

« C'est ton anniversaire Simon chéri à la lune prochaine, sais-tu ?... hein ?... tu exultes ?... je te compartimenterai une poche de friandises pour l'école... je les choisirai hein... ce sera mieux..., et... »

Là, je l'ai senti remuer le petit Simon, tiquer sur le divan, et il lui a dit froidement :

« Les bonbons c'est fini... on est plus à la matern...

– Si si !... des bonbons, c'est mieux !... c'est toujours délectable... et puis ça confère toujours de l'agrément à l'hypogastre... hein, Simon chéri... demande à ton ami..., et tu en dispenseras à toutes tes relations hein..., ne conserve rien de par vers toi surtout... tu m'obligerais..., si tu en ingurgites c'est que tu n'es pas généreux..., et si vraiment tu en as trop envie demande-toi si tu aimerais que Dieu soit là pour t'observer... et tu obtiendras ta réponse..., suis-je assez explicite Simon chéri ?... »

Les effluves de son bénitier me parvenaient même jusqu'au divan, et déjà je me voyais palmipède chez les capucins croulant sous toute cette eau bénite qui me tombait du ciel.

« Hein ?... tu penseras à tes congénères Simon chéri... »

Des amis il n'en avait pas, trois ou quatre malades avec qui il traînait dans la cour, des bouts de rues, et qui ne le regardaient pas. On en faisait pas des efforts aussi, faut admettre.

Il a plus rien répondu.

Et moi, soudain, à ce moment, j'ai même cru que j'étais mort, là, sur le canapé, que j'avais fondu, que je me distillais dans la mollesse du divan pénétré de l'atmosphère, et qu'il me serait alors là totalement impossible d'en resurgir, de m'extirper des coussins, que j'allais disparaître là, dans le silence et la nuit. Que ça y était.

Mais comme il devait faire déjà un peu tard elle a relevé la tête, le regard incrusté droit dans le mur au-dessus de nous, tout en laissant aller sa main avec un sourire de sphinx, pour soupirer :

« Enfin… j'avis'rai…, bon… nonobstant… quid de ton entretien avec madame la psychologue ?…

– Ça va – qu'il a juste sifflé, vaincu.

– J'en subodore l'opposé…, mais qu'importe, elle me fera un compte rendu intelligible la semaine prochaine…, lui as-tu exposé ton dernier rêve au moins ?…

– Ben ouais…

– Ton espace onirique t'appartient, c'est ton jardin secret et je le conçois fort bien mais… accepterais-tu de nous le narrer, Simon chéri ?… »

Alors là je gloussais, me pouffais du dedans, à hurler de rire, le piège énorme, je m'hilarais personnellement, y'avait guère plus gros. Faut jamais raconter ses rêves, elle me l'a dit la tante Barbara, c'est tout comme si qu'on t'ouvrait le melon, la braguette, faut jamais raconter ses rêves, ça vous écarquille le trognon à tous les vents, c'est la porte entrouverte de la bignole, la face marquée du soûlard, une âme sous les projos. Pas si con.

Et j'en étais là de mes réflexions à me gausser de l'interne comme le ravi de la crèche quand la voix du petit Simon m'a rempli les oreilles. J'ai tourné la tête et la sienne, un peu de travers, déviée vers le mur et reposant vaporeuse sur un coussin a entamé avec un timbre neutre et endormi, d'un ton morne, saccadé :

« Ben ouais… heu…, alors heu…, bon ben heu… ouais y'avait toi mais pas pareille… et y'avait un grand trou noir entre nous deux… ou un ravin j'sais pas…, et pis tu m'causais mais j'comprenais pas tout, comme si t'avais la tête sous l'eau… mais c'était comme si tu m'disais d'venir… avec des gestes…, bon ben moi j'viens, hein…

du coup… pis j'tombe hein… mais… longtemps… longtemps… et dans l'noir…, j'avais peur…, j'essayais d'rester droit…, et pis t'es là qu'tu tombes aussi toi… mais… comme si tu tombais pas… comme les dessins animés où l'bonhomme y continue d'faire des trucs en tombant…

– La syntaxe, Simon chéri, la syntaxe !… c'est primordial !…

– Ouais ouais… et toi tu tombais pas mais… tu descendais quand même…, alors avec le vent ta robe elle se soulève, la bleue, et j'vois tes jambes, ta culotte…, t'avais pas peur et tu causais… tu disais qu'c'était normal de descendre, et dans l'noir, que fallait y'aller, toujours descendre dans l'noir et surtout jamais monter vers le blanc… le noir, toujours, et en bas… – il en redresse sa tête – j'avais peur !… je savais qu't'avais tort !…

– Mais… c'est un cauch'mar ça mon Simon chéri… tu sais tu n'es pas obligé de…

– Oh nan nan… ça va… j'ai eu pire… »

Elle aurait bien aimé qu'il la boucle son fils, son Simon chéri, qu'il bifurque gentiment et que tout redevienne en ordre, on aurait peut-être même eu droit au cochon, mais j'étais là, moi, à m'avachir tant et plus sur le divan, j'étais pas si con à écouter, elle le savait. Faut pas réclamer ce qu'on pressent derrière le voile, les boîtes elles sont pas toutes vides. Mais plus encore elle semblait fort curieuse du mal qu'elle lui faisait, jour après jour, le public lui importait peu, fallait qu'elle jauge. Lui il repique au coussin redevenu mou du bulbe et s'y remet :

« Et pis ben d'un coup on arrête de tomber et c'est tout gris… mais j'ai toujours peur… et pis que du silence toujours et partout, et du gris… comme un brouillard…, ensuite y'a des rues mais personne dedans… un désert gris…, le brouillard alors il s'en va et par terre sur la rue et les trottoirs y'a tout un tas d'cadavres éparpillés, tout nus, et puis des grosses serrures aussi par terre entre les morts à poil…, moi j'ai peur et j'ai une grosse chemise marron où qu'on attache les manches dans l'dos, ça m'gratte et j'ai très chaud… et pis j'ai peur… toi t'es là aussi, dans la rue, qu'est dev'nue toute sombre et t'as des yeux comme une folle…, t'es arrivée chez toi…, alors un type se pointe mais il a pas d'visage, il est sympa mais y m'aime pas… je l'connais mais j'sais pas qui c'est…, peut-être celui qui m'cause tout l'temps dans l'escalier avec des questions ?… j'sais pas…, et qui rigole et s'moque… mais qui veut savoir quand même des trucs sur moi… et sur toi…, j'sais pas… »

Ça s'ébranle alors et se crispe près du fer, dodeline après le direct, s'en raccroche à la crédence pas loin, se rajuste le masque comme elle peut et bafouille :

« Mais… Simon chéri… as-tu une idée, même vague, de ce qu'il représente pour toi ce… enfin cet homme ?… qui il est pour toi ?…

– J'sais pôas…, mais lui il sait tout… ça !… c'est l'roi… ou encore plus…, et toi tu pars avec lui…, et tu m'dis qu'y faut qu'j'attende là, au milieu des morts à poil et des serrures…, j'ai peur là, mais vraiment… et pis c'est comme si j'avais pas l'temps… qu'y fallait que j'me grouille… même pour rien faire d'autre que d'attendre… faut qu'j'me grouille…, j'ai pas l'temps, jamais, même si j'fais jamais rien…, faut toujours que j'me dépêche pour le peu qu'je fais alors…, et pis des gens arrivent, j'sais pas, trois ou quatre, avec des chapeaux rigolos et des habits avec des couleurs partout…, des…, j'sais pas… qui c'est… ces types…, ils se marrent tout l'temps…, des fous p't'être…, j'ai peur… mais pas comme d'hab… là j'ai peur de c'que j'vais… »

La voilà qui lâche la crédence pour le fer, repasse mécanique, l'impression qu'elle donne c'est de pas écouter, ou distraitement, comme une radio perdue dans la cuisine. On se goure.

« Avant j'ai peur de c'que j'connais… pasque j'connais…, là j'ai peur de… comme si j'ratais kekchose…, de c'que j'vais… avec eux…, c'qui va s'passer…, comme si z'allaient… »

Elle ressemble à une chienne couinant derrière une porte avec la peur effroyable qu'on ne l'ouvre, la lumière alors, les anges et leurs trompettes, les champs de clarté à perte de vue. La fin.

« M'expliquer des… comme m'ouvrir une heu… où y'aurait des…, comme s'ils effaçaient tout le…, toute la m… »

Ça fait lurette qu'elle le lui repasse son bénouze crème au petit Simon, qu'il va et vient le fer sans jamais changer d'endroit, la même jambe encore avec le regard fixe pointant à côté de la table, le tapis.

« Bref heu… enfin bon ils m'voient pas eux, mais j'les suis quand même… et pis j'me marre avec, mais alors là que j'me marre dis donc !… pourtant j'comprends rien à c'qu'ils disent… on cause pas la même langue… et même entre eux ils… chacun cause une langue différente… et pourtant on s'comprend quand même un peu tous… et j'me marre !… mais je me marre putain !… ah ouais ouais ouais !… c'est des fous…, comme heu… des grands malades tu vois…, bah tiens lui il est d'dans là, j'l'ai r'connu… – et dans un sursaut du doigt il me pointe – les autres j'sais pas, mais Matin oui, certain, l'est d'dans… et on s'bidonne comme jamais avec lui… »

Il fait une pause alors et s'écoute, s'étudie le bide tel un poulet malade au milieu de la cour à tourner la tête dans tous les sens avec des yeux rivés, il s'imprègne de son discours comme un linge que l'on teinte. Puis resurgit.

« J'suis heureux !… »

Il en cause comme une découverte, en reste quiet, que ça nous fait une éclipse, elle et moi, une osmose, opposée.

« Après tu r'viens, toute seule et t'es contente, t'as un paquet…, les mecs ils ont disparu…, j'ai repeur…, alors on reste là au milieu des cadavres à poil et des serrures… on remonte pas… comme si on était arrivé… que ben voilà… heu… c'était là… chez nous. »

Je me dissolvais tant que je pouvais dans les plis du canapé moi, m'enfouissais, qu'il me mange le divan, les silences de fin d'histoire c'est malaisé, ça confère au néant, la neige du poste. Je baissais la tête pour pas recevoir les éclairs du bon Dieu, la mère et la foudre de ses yeux, qu'elle me chasse, auditeur mal opportun, cancrelat indésirable. Je redoutais la fumée noire du Vatican, déjà son regard fronçait à sa mère, pour la première fois elle me visionnait, m'a même détaillé comme on opère et découpe, à son air je devenais moi héros des saturnales, celui qui se mouche dans les nappes. Mais lui s'est pas choqué le petit Simon pour un pet, te m'a rectifié l'ambiance en deux mots, pas démonté :

« Ça allait ?… »

Le fer bouge plus depuis des lustres, le temps s'immobilise, il repique :

« Ça allait ?… le rêve… ça allait ?… »

Ça la réveille de son abrutissement, le poids, la tempête qu'elle tente de maîtriser, un petit jouet à piles elle est devenue, une mécanique avec des ratées.

« C'était… fort bien… narré… Simon… chéri…, quoique d'une voix un peu… monocorde…, et le choix des mots… était… pour le moins… trivial…, mais… Simon chéri… en as-tu… retiré quelques… enseignements… de ce…

– Ah putain oui alors ! !… » – qu'il s'illumine et gueule.

Elle lui a pas demandé de développer mais sa main crispée sur le fer s'est remise en mouvement avec extrême lenteur, force difficultés, son regard globulant sur le mur au-dessus de nos têtes avec une moue de dégoût qui la dépassait à décrypter nos interstices nauséeux sur fond de ténèbres. Qu'elle se surpasse alors un peu, son fer, la main dessus crispée, la réinscription sauvage de l'ordre rectiligne, le tout comme y faut, tout ce que je n'entravais pas, elle surnage, l'effort, la noyade perdue, l'équilibre retrouvé de la ballerine établie, l'oscillement récupéré ; la maîtrise :

« But heu… my dear Simon… it's very interesting… but now… Simon chéri… it's late you don't know ?… don't forget your homework now… »

Moi je la trouvais aussi crédible qu'un commercial honnête.

« J'ai l'temps… » – il boucane.

Mais toujours avec ses yeux de chouette interloquée d'une résistance, sa voix douce et mielleuse de chatte avec ses lèvres fines et sans cesse pincées sur un sourire crispé elle reprend d'un ton suave mais ferme :

« Simon chéri… je te somme !… »

M'en fallait pas plus moi.

Sur le palier ça ressemblait à rien nous deux, ç'avait pas d'allure, les gens faut les prendre en concordance sinon ils riment à rien. Et comme on trouvait dans le fond plus bézef à se dire et que je voulais qu'il commence le petit Simon, qu'il embraye en somme, on a regardé un peu par la fenêtre de l'escalier sa rue qui s'en allait toute droite avec au bout la petite place et ses lumières, sa fontaine.

On a attendu que le type au chien tourne à l'angle et disparaisse pour se regarder. Comme ça durait le silence et qu'il semblait congelé le petit Simon j'espérais qu'il revienne le clébard, qu'on le mate encore un temps, mais non, c'est qu'il avait dû aller pisser vers les fontaines, l'idée que ça donne de contempler l'eau. Alors j'ai rien trouvé d'autre à dire que :

« C'était vraiment bien, hein..., j'ai pas vu ton cochon mais... ta mère elle est vraiment gentille... hein... c'était vraiment bien... et puis elle cause drôlement bien didon... j'ai pas pigé tous les mots mais...

– Arrête !... – il me sursaute hurlant le doigt en flingue – arrête !... – et puis, plus calme mais comme essoufflé d'une course, laminé – mais pourquoi t'as rien dit aussi ?...

– Boaf... c'est qu'y'a souvent j'ai pas envie d'parler... et pis des fois j'ai pas du tout envie d'parler..., et encore moins d'écouter...

– Ben t'as été servi là !... m'enfin, merci hein... et pis tu racontes pas hein ? rien... »

Raconter quoi ? Pour moi il n'y avait mais alors là vraiment rien à en dire, j'avais même pas vu son cochon, ni sa turne, mais une chose me tarabustait le melon :

« Ton rêve... c'est un vrai ?...

– Ben ouais... pas l'dernier j'm'en souviens plus..., mais ouais... j'l'ai fait çui-là... souvent..., la psy elle m'a dit que les rêves c'est ça qu'on pense mais qu'on en sait rien..., alors la nuit ta tête elle te dit c'que tu penses dans la journée... des trucs heu... que tu l'sais mais que... t'en sais rien... tuâs ?... ta tête elle t'explique c'que tu penses... mais pas comme dans la vie..., c'est... j'sais pôâs... comme si elle piochait au hasard dans les idées d'ta tête et qu'elle mélange tout... tuâs ?...

– Mais pourquoi t'as pas inventé ? !... raconté n'importe quelle conn'rie ?...

– Pour qu'elle sache ! »

La minuterie était à bout, elle a fait chtong et pis le noir, juste la fenêtre avec la rue et le type qui revenait avec son clébard. Ça allait pour moi.

Et m'en retournant de par les rues jusqu'à République je réalisais que de sa turne au petit Simon je n'en avais pas vu les murs, juste un rond de lumière fade au centre de la pièce.

Mais au-dehors, dans la nuit, avant d'attraper le 75 j'ai dû m'asseoir sur un banc, je voyais déjà poindre l'apocalypse, que tout était fini, et l'espoir et la vie, que la misère de l'âme allait tout englober ce soir, brusquement, l'horrible misère de l'existence, que c'en était bien râpé de tout et de moi, tous perdus dans un isolement affreux, tous les êtres de la Terre et la planète avec, tout englouti dans le néant comme une immense chasse d'eau, tout de perdu dans le tourbillon d'une solitude noire et silencieuse.

Je mourrai sur mon banc.

C'est qu'il existe des endroits où les êtres qui y vivent ont tant imprimé l'atmosphère de leurs principes secrets, leur mystère intérieur, tant insufflé aux murs leur aliénation qu'un tout vous percute le derme et le cervelet, vous incruste comme un mirage, qu'ils vous imprègnent de leur maladie d'âme les êtres, comme le cri cassant du corbeau planant au-dessus de notre tête dans un ciel pourtant limpide.

L'avenir du petit Simon, pour nous, il était fort simple, on le voyait mort, suicidé, à dépérir de jour en jour. Une longe de là et ça y était.

Pourtant je l'enviais petit Simon, me sentant imparfait, il n'était pas comme nous autres lui, moi dénaturé, moitié d'être, je le voyais complet lui, élevé dans une molle ambiance, empreinte de femme, un androgyne.

Le 75 a radiné avec ses lumières et sa gentille tinette. Une fois encore je suis resté sur la plate-forme arrière, respirer le vent. L'oubli des minutes d'avant.

Mais j'ai bien du mal à m'en souvenir aujourd'hui de sa rue au petit Simon, où elle se situait dans le onzième, le nom qu'elle portait, elle n'en avait peut-être pas.

C'était pourtant vrai qu'elle causait joliment sa mère au petit Simon, faut bien le reconnaître. Seulement le grand-père il m'avait prévenu un jour, faut se méfier des gens qui causent bien, c'est souvent les mêmes qui t'envoient des écritures. Et quand tu reçois une écriture, bien souvent, c'est pour te prendre quelque chose, même si tu l'as pas.

Mais j'avais raison moi, son rêve au petit Simon il aurait jamais dû raconter le vrai, ça l'a perdu. Des conneries toujours faut balancer.

Car tout décline, tout s'obscurcit et tout s'éloigne.

Il n'y a pas à dire, on ne comprend rien dans l'existence si on ne se consume pas.

De toute manière on s'apercevait bien qu'elles nous menaient à l'impasse toutes nos marottes généalogiques, nos lubies tribales, qu'il nous fallait dépoussiérer tout ce fourbi comme les essuie-glaces chassaient les gouttes devant nos yeux, le port après, l'horizon. Le patrimoine génétique y pas croire encore c'était de l'acharnement, qu'on aurait bien aimé lutter contre, nier le lignage et se voir neuf mais au bout d'un geste, une intonation, un rictus il venait se planter devant nous impitoyable l'album ADN, nous ramenait sans cesse aux pâquerettes, retenait la ficelle du ballon d'hélium. C'était bien à cause de tout ça le silence de nous deux à regarder depuis dix minutes la pluie tomber sur les voiliers à quai, les mâts comme de lents métronomes et l'éclaircie que l'on devinait poindre au large. On renâclait au devoir nous à rien piper sous le grain, et puis dans les ports faut être sérieux, j'ai appris ça.

Il s'est réveillé dans un soupir le grand Awouè, une grimace de dégoût, à se gratter le menton du bout des doigts pour m'expirer, en me collant une pièce dans la main :

« Bon, ben… c'est toi qui t'y colles Roger…

– Hein ! ?… ah ben que dalle ouais !… pourquoi moi ? !…

– Elle est d'ton côté la cabine…

– La belle affaire !…

– Allez quoi mééérde !… et qu'elle nous fasse pas chier avec les draps et qu'y'a rien à bouffer hein !… on ira au resto… et si elle nous emmerde trop on s'tire !… c't'une emmerdeuse, j'la connais…, bah, tiens dis donc Roger, regarde ça un peu, y pleut plus dis donc !…, y'a même du soleil qui radine… AH, alors ça si c'est pas du bol peut-être ! ? tu m'diras pas !… profites-en Bill, t'as trois minutes avant qu'y fasse nuit…, c'est vrai il est presque cinq heures… »

Et claquant la portière je l'ai entendu marmonner :

« Parles d'un pays !… »

On a beau prendre sur soi, se dégoter des formules, s'inventer des mobiles, on pataugera toujours dans quelque chose avec l'existence, on peut rien y faire, c'est son but qu'on dirait à l'existence de nous gadouiller le falzar.

« Allô ?

– C'est Matin…

– AH ! tu t'souviens qu't'as une grand-mère ! ? ben mon vieux c'est pas trop tôt !… c'est moi qui t'ai él'vé quand même hein dis ! tu t'en souviens ?… alors t'es en vacances ? t'as des nouvelles du grand ? ta mère va bien ? vous me téléphonez jamais, elle est contente de sa classe ? ici il a pas fait beau, enfin si, au début du mois, après ça s'est un peu gâté, mais y'a personne ici, c'est d'un triste, à la télé ils avaient prévu d'la pluie, il a juste fait gris, mais c'est des salauds ils disent que du mal de la Bretagne à la météo, pas étonnant qu'les touristes viennent plus, c'est des ordures les présentateurs…, et toi ? t'as r'çu ma lettre ? l'argent pour Noël ? dépense pas tout, tu pourrais bien me répondre, une carte c'est pas long à écrire, tu sais écrire ? j'ai reçu ta carte, ça fait longtemps, on n'écrit pas "Salut" à sa grand-mère pour commencer une carte, on écrit "Bonjour", faut me respecter, tu parlerais pas comme ça à ton grand-père, tu lui dirais jamais "salut" à lui, hein ? enfin…, Marianne t'a tricoté des chaussettes, elle ramasse toujours du bois, y'en a partout, elle en a même volé dans l'jardin d'Mame Pierson, on a pas idée quand même ! dans son jardin ! ça a fait toute une histoire, mais elle veut rien entendre, elle me fait la gueule…, ah non, vraiment, elle est pas facile crois-moi !… et toi, tu pourrais bien v'nir me voir un peu…, mon fils aussi remarque…, il est en France tu sais ? vous pourriez bien passer quand même, ta tante Barbara c'est pareil, leur mère ils s'en foutent, que veux-tu j'les ai pas bien él'vés c'est ma faute, ils m'aiment pas, c'est la vie…, comme la fille à Guiguite, elle veut plus voir sa mère, elle est fâchée, on m'a pas dit pourquoi, une histoire d'ivrogne encore, c'est qu'elles picolent toutes les deux tu d'vrais voir ça, même la gamine ! c'est honteux !… ça, elles crachent pas su'l gorgeon !… bon alors, tu viens quand ? essaye de l'pousser à v'nir, je sais bien qu'il s'ennuie ici, deux trois jours c'est son maximum mais quand même, c'est pas long la route et puis il conduit vite, y'a l'autoroute maint'nant, j'vous paierai le péage, t'es en vacances, et lui il est où ? encore chez des copains, il a toujours des gens à voir, y m'a même pas téléphoné pour me dire qu'il était en France c'est Barbara qui m'l'a écrit, elle appelle jamais elle non plus tu m'diras…, une fille fait pas ça à sa mère enfin quoi !… bon, et lui, tu l'as vu toi ? tu sais où il est ?…

– Ben… ouais…

– Ah !… t'es avec lui ?

– Mouais…

– Ah bon ! très bien, pourquoi tu l'disais pas ! ? dis-lui que j'ui paierai l'péage, y peut bien venir voir sa mère quand même non ?…

– Ben justement ouais…

– Ah ! vous allez v'nir ! ?… mais quand alors ! ?…

– Ben… là…

– Aujourd'hui ! ?… mais quand ! ?… fait bientôt nuit ! ?…

– Ben ouais… mais… en fait…

– Vous allez rouler d'nuit ! ?… oh j'aime pas ça !… vous allez arriver dans la nuit faudra que j'me relève, j'vais quand même pas vous attendre et à quelle heure vous pensez arriver ? faut bien six ou sept heures pour venir, roulez pas comme des fous, dis-lui de pas rouler trop vite et que j'ui paierai l'péage, vous partez quand ?…

– Ben… ouais… là, quoi…

– Hein ! ?… mais c'est quand là ? !…

– Ben… là…

– Vous êtes sur la route déjà ! ?…

– On peut dire ça ouais…

– Mais vous êtes où ! ?…

– …

– Allô ? !… allô ! ?… j't'entends plus !… oh v'là qu'on a été coupé !… mais oukisson ? ! Ou-ki-sson ? !…

– Ben ouais heu…

– AH ! t'es encore là !… bon vous êtes où alors ?…

– Ben… là…

– Mais où là ! ?… c'que t'es pénible !…

– À Paimpol, mais…

– HEIN ! ! ?… mais c'est pas possible ça ! fallait l'dire avant ! ?… et tu m'laisses parler toi et tu dis rien ! ?…

– Ben ouais mais… toi aussi comme t'arrêtes pas d'caus…

– Mais y'a rien qu'est prêt !… les lits sont pas faits j'ai pas d'traversins les d'ssus-d'lit sont au sale, y'a rien à manger j'fais les courses le mardi avec Mame Lecompte, ah non vraiment vous êtes pas rigolos tous les deux, c'est bien lui ça d'débarquer à l'improviste, il a toujours fait comme ça, il est trop impatient, quand on dit qu'on va faire une balade il est déjà dans la voiture à faire tourner l'moteur et personne est prêt, il a toujours fait ça !… à Paimpol ! ? vous êtes déjà arrivés alors ! ?… vous êtes même passés d'vant la maison ! ?… pourquoi qu'vous vous êtes pas arrêtés alors ? !… ah non vraiment, hein, c'est pas drôle, j'y comprends rien !… pourquoi vous faites dix kilomètres de plus alors que… et il va crier qu'y'a rien à manger, il est drôle lui !… bon ben arrivez qu'est-c'tu veux que j'te dise ! ?… »

J'en avais les cymbales des jouets mécaniques en réintégrant le cockpit.

« T'en as mis un temps, qu'est-c'qu'elle t'a dit ?…

– Elle va nous payer l'péage…

– Elle est complètement folle !… et sinon ?…

– Y'a rien qu'est prêt…

– Et c'est parti !…

– Pis y'a rien à bouffer pasqu'elle fait ses courses le mar…

– AH elle va pas commencer à nous emmerder avec ses conn'ries, hein !… si c'est ça j'me casse, on rentre à Paris, elle est vraiment trop chiante ! tu vas voir qu'elle va nous faire chier tout l'séjour ! si c'est ça demain on s'tire ! merde quoi !… à la fin !… elle est complètement givrée c'te pauv' vieille !… qu'elle fasse pas chier hein sinon on s'tire !… »

En démarrant quand même il s'attendrit, se repasse du sensible à la théière :

« Bon, attends… on va lui prendre des fleurs…, peut-être on aura une chance qu'elle les balance pas dans l'placard…, pis un paquet d'gâteaux, toujours ça qu'on aura à bouffer… »

Déjà sur les graviers de la cour elle se tenait dans la lueur des phares, déjà elle croisait les mains sur son tablier à rayures, déjà elle sanglotait le menton ballant. Déjà on étouffait.

« Ben on est pas sortis d'là Roger !… même pas encore éteint l'moteur qu'elle… pouuuh… va nous faire chier j'te l'avais dit !… une emmerdeuse… l'est timbrée !… »

Je ne sais si on pensait pareil avec le grand Awouè dans son refus de couper le contact, mais de la voir ainsi la grand-mère, jaune éblouie, bras écartés pour nous accueillir, je ne pouvais m'empêcher de contempler fasciné cette ombre que les phares déployaient derrière elle, dessinant une croix immense sur toute la façade de la maison. Et dans le silence revenu on sentait bien l'épaisseur de toutes nos maladies à planer dans cette nuit.

Comme elle nous saute au cou en pleurant on pige rien à tout ce qu'elle nous baragouine la grand-mère, bouffant ses larmes à nous étreindre en cafouillant des sanglots, nous agrippant d'embrassades, serrés contre elle on s'en bloque d'autor la respiration dessous ses grosses larmes qui lui dévalent les joues, avec, tout en bas mordant nos pompes, les hurlements du clébard nous sautillant des jets de pisse aux falzars.

Certains péages sont plus douloureux que d'autres.

« Mais laisse-les entrer, MERDE !… » – qu'il lui beugle de la cuisine le grand-père.

On s'extirpe, évince les jérémiades, ces vagues d'impuissance, on refoule les sentiments baveux, l'apnée dure qu'un temps. Et lui faisait plus de quartier depuis lurette le grand Awouè, s'en dégage lui gueulant sa timbritude, la propulse dedans et nous libère ainsi le passage pour embrasser Marianne et le grand-père qui se bidonne d'être content. Qu'on y serait encore sur les graviers entre les larmes et la pisse, c'est indéniable.

Elle reste un peu dans son mouchoir la grand-mère, sur le seuil à se récupérer le masque, sécher la fibre pour nous emboîter le pas vers la lumière. Et pénétrant ainsi dans la cuisine il nous semblait tomber dans son inframonde avec l'unique ampoule jaunâtre qui pendouillait du plafond, la nappe repliée en vaguelettes aux trois quarts de la table, les papiers gras du pâté, les assiettes sur la toile cirée, la poêle sur le fourneau à cuire et recuire les tranches de foie de porc et l'immobilité apparente des aiguilles de ses huit réveils étalés tout du long du long buffet avec nous en photo, un napperon sous chaque cadre. Foutus qu'on était.

Il tortille pas le grand Awouè, tergiverse rien et lui balance tout sur la table, gâteaux et bouquet en vrac au milieu des couverts et lâche, sans même regarder sa mère :

« Tiens… c'est des trucs pour toi… et… – fais pas chier, il voulait dire, mais se l'est gardé.

– Oh ben alors !… jette pas ça comme ça allons voyons !… un beau bouquet pareil !… – elle s'extasie la grand-mère – j'vas l'mettre dans un vase…

– Ben j'préfère ouais… – tout en s'attablant avec son blouson.

– Bah ! ?… kestufè ?… retire ton blouson allons voyons !… – elle lui dit – on dirait qu't'es d'passage…

– Mais j'suis d'passage… on est tous de passage sur cette Terre… un p'tit tour et hop… à partir d'aujourd'hui j'retire plus jamais mon blouson, comme ça j's'rai prêt pour le départ…

– Bouh c'que t'es bête toi alors !… »

Elle s'attaque ensuite aux gâteaux, d'un coup d'ongle éventre négligemment l'emballage, croque du bout des dents puis rejette la madeleine dans le paquet en le repoussant, dégoûtée :

« Bhouuu c'que c'est pas bon ça !… bhaaa !… un vrai étouffe-chrétien !… beurk !… »

Il tique même plus le grand Awouè, il sait. Notre tranquillité il l'achète, la marchande depuis des années avec ses offrandes, et dès l'arrivée, comme avec des petits Papous, comme on paierait sa bordée à un zig agrippé au zinc pour qu'il nous lâche.

Tranquillité d'ailleurs toute relative puisque jamais sa langue ne s'arrêtait de nous déverser des toxines, ces replis de l'âme, des singeries d'animal fielleux et des historiques familiaux dégoûtants, à plus savoir au bout du jour qui on était ni pourquoi on existait encore à errer sur la Boule. Jamais à se taire la grand-mère, toujours empourprés d'un fond sonore comme un brouillard au clocher nous, la cuisine même en devenait un énorme déversoir à merde que l'on fuyait tous dès les neuf heures du matin pour éviter les souillures de la grand-mère. On se retrouvait au déjeuner où inévitable elle lançait, pour conclure, goguenarde :

« Encore un qu'les boches auront pas !… – puis, soucieuse –… bon, c'est pas tout ça, mais qu'est-c'qu'on va manger c'soir ! ?… »

Prenant la tangente chacun se cherchait des illusions ailleurs pour tenter d'échapper à cette fatalité collective, la laissant seule dans la cuisine à ruminer ses poisons. Marianne se vadrouillait la carcasse de par les chemins de terre avec sa carriole vert pâle, le grand-père se cachait dans les recoins des falaises avec sa ligne sans jamais rien rapporter, ou enfumait son atelier, courbé sur l'établi, et nous deux tantôt l'un, l'autre ou loin. L'auto.

On y aura marché sur cette plage au creux des jours éteints, grelotter dans le vent avec sa brume où toute couleur se mêlait, et la mer et le môle, les falaises, le ciel et la grève, à plier sous le crachin grisaillant tout le cercle et sans jamais rencontrer personne ni se causer du tout. Et puis écrire Rimbaud sur le sable en énorme, au bâton, en sillons profonds pour les autres planètes entre deux marées. On entretenait notre abrutissement à coups d'auto, on vadrouillait notre hébétude de Paimpol à Plouha, Loguivy, se la croyant moins lourde dans le mouvement. C'est qu'on avait beau se la secouer tous sens la bouillotte on naviguait toujours dans une somnolence écrasante, rien y faisait, on décollait pas de nos brumes intimes. Mais les soirées jumelles s'étiraient pire encore, tous les cinq aplatis sous l'ampoule résonnant des tic-tac innombrables et du babil incessant de la grand-mère, Marianne et son tricot, le journal du grand-père, ses volutes. Et lorsqu'elle nous demandait encore ce qu'on allait bien pouvoir manger demain midi, et le soir, le grand Awouè il se levait en gueulant :

« BON !… Albert !… hein ! ?… alors ?… va falloir… hein ! ?… allez zou !… »

L'auto.

Ainsi nous nous farcîmes tous les fest-noz des environs, les messes de minuit, les soirées dominos, les expositions poteries et les concerts de harpes, de flûtes traversières assis sur des bancs à vaciller transis sous les candélabres des abbayes glaciales. J'en oublie, c'est excusable. Mais à chacune de nos fuites pour de fines soirées palpitantes toujours je lançais de la cour un regard sur la fenêtre de la cuisine derrière laquelle tricotait Marianne sans un mot, pliée sur son ouvrage, n'en relevant jamais les yeux. On savait bien qu'elle y serait encore à notre retour, comme tous les soirs, à défendre sa place, son coin de fenêtre, se couchant toujours la dernière de peur que sa bru ne la lui vole sa fenêtre. On se demandait bien comment ? Mais ça la tenait. Sans doute qu'elle devait flairer déjà les sournoises machinations de la grand-mère, les stratagèmes perfides pour lui piquer son petit bout de route, la foutre dehors.

Et c'est le grand Awouè sous son tricot qui l'a trouvée un soir qu'on rentrait tard la lettre et que pour une fois la cuisine était vide.

« Tiens, écoute ça Bill… Marianne qui écrit à la Sécu… ouïs la prose un peu… c'est pôâs du Rimbaud…, plutôt c'est du… »

Mais déchiffrant les pattes de mouche ses yeux alors narquois prirent une teinte soucieuse à mesure qu'il avançait et tout le reste du visage s'accorda aux sentiments, à la pitié qui chez lui se terrait jamais bien loin.

« Du… »

Qu'il en restait pensif, de mot en mot, la phrase d'après, une autre encore sans plus pouvoir en resurgir de la lettre debout dans la cuisine près de la fenêtre avec la nuit derrière et le silence de la campagne autour. Plus que les tic-tac à exister encore.

« Ah ouais… quand même…, écoute ça Roger, j'te la r'fais, j'ai lu qu'le début mais ça promet…, "Mesdames Messieurs, ayant été hospitalisée pour de très graves fractures des deux coudes"..., tu t'souviens Roger ? c'est quand elle s'était emmêlé les pieds dans les hautes herbes avec un fagot dans les bras, c't'andouille avait pas voulu l'lâcher, c'est les coudes qu'avaient pris..., "j'ai reçu à l'époque une lettre de vous à laquelle je manquais d'entendement. J'ai répondu que j'étais dure au mal, même si j'ai une épaule et une clavicule qui me faisaient très mal, de plus en plus. Je n'avais pas le choix vivant avec un de mes fils et ma bru. Du moment qu'il n'y avait pas de sang, je n'avais pas à me faire hospitaliser. Le choc a été terrible, j'ai des témoins. Je me soignais avec de l'aspirine pour les douleurs et de l'argile verte pour les cheveux"... qu'est-c'que ça vient fout' là-d'dans ça les ch'veux ?... elle est cinglée la pauv' vieille..., "rien n'y a fait. J'ai été serrée au niveau du bassin aussi et du cou beaucoup. Je ne suis pas du genre à me plaindre. Mais je retrouve à mon retour encore deux ou trois courriers de vous. J'avoue que je suis très fatiguée, peut-être affaiblie et brouillée par cette épreuve douloureuse, mais vu mes 96 ans bientôt je ne comprends pas grand-chose à vos explications. Où est le bon temps où je recevais les feuilles de remboursement une par une et avec mon cahier où tout était noté je n'avais aucune peine à comprendre ?... J'ai sous les yeux la consultation du 22 mai. J'ai donné 74 F. Remboursé 32. Ensuite, participation forfaitaire : du 14 février (2 fois), du 11 avril (9 fois), du 22 mai (1 fois), du 28 novembre (3 fois)... J'ai reçu hier 29 décembre un remboursement payé par chèque de 46 F ; visite du phlébologue pour un ulcère variqueux le 26 novembre, payé 78 F : remboursé 31 F. Là, je m'en excuse, j'aurais dû vous avertir je "traînais" cet ulcère (3 mois) sans doute mal soigné par le docteur Queyroi. J'ai beaucoup souffert avant de me résigner à changer à cause du docteur Queyroi qui a essayé de me tuer de par les médicaments"..., t'entends ça Roger ! ?... elle y va pas d'main morte la vieille... manque pas d'air !..., "Par contre, je tiens à vous le dire, je n'ai jamais douté de votre honnêteté. J'ai toujours eu confiance en vous bien que n'y comprenant pas tout à vos calculs. Je ne comprends pas ces comptes réclamés six mois après alors qu'au remboursement ce n'est jamais la somme exacte. Et je ne vous 'épargne' pas beaucoup, car j'ai une très mauvaise santé ? Et les gros ennuis ne m'ont pas fait de cadeaux non plus ?"… pourquoi elle met des points d'interrogation partout comme ça ?… "Maladies, accidents, un possible départ"… un départ ? !… ça c'est sûr que Nénette elle veut la fout' dehors, c'est pas un secret… et où qu'a va aller ? pas chez Pierrot quand même ?… l'est con comme la lune !… pour ça qu'on l'appelle Pierrot p't'êt'… c'est un rien du tout, à cinq dans une caravane… c'est vers Melun j'crois… m'enfin bon…, « perte d'un gendre de quarante ans… » ah ouais ?… j'sais pas où qu'elle est allée l'pêcher çui-là ?… p't'êt du côté du Julien ?…, "l'arrivée d'une chaudière…" alors là j'vois pas c'que la chaudière vient fout' là-d'dans ?… pour une fois qu'on s'les gèle plus dans c'te baraque… ah si !… t'as pigé Roger ?…

– Son bois…

– "L'arrivée d'une chaudière d'où ma désœuvration, les nuisances dues à l'arrivée d'un de mes fils à la retraite et de sa femme de par ma vie chamboulée, un arrière-petit-fils attardé"…, ça c'est pour toi Bill… plein ton panier…, "et la perte encore plus cruelle de mon mari de ça des années (après soixante-deux ans de mariage) me laissant seule malade et désemparée, ne m'étant jamais remariée de par l'opposition de mon fils"…, elle leur raconte de ces trucs à la Sécu elle didon ! ?… leur cause plus qu'à sa famille !…, « sur le décompte du Crédit agricole du 13 octobre je trouve un remboursement de"… qu'est-c'qu'elle est près d'ses sous la Marianne dis donc ! ?… c'est vrai qu'elle doit pas en avoir des masses de blé… en plus si elle va à Melun, va tout lui piquer l'Pierrot… »

Il s'arrête alors pour lever les yeux au plafond, pis sur moi.

« T'es attardé toi ?…

– Ben j'sais pas… y'a des fois j'me…

– Bôâh non… c'est vrai qu't'es pas très… m'enfin bon d'là à… bon, t'es pas… quand même pas au point de… elle doit penser pareil de moi…

– Mais elle l'a pas dit… »

Et je me demandais bien de quelle manière il était agencé son cerveau à la Marianne, ses visions du monde, comment qu'elle le percevait le siècle, le sien passé. Mais quand même je m'en suis tapé une débarque de ses idées de moi. On soupçonne pas le quart de leurs jugements aux êtres, leur trognon nous esbaudit toujours, qu'elle devait sûrement m'imaginer bouffer ma gamelle de nouilles assis en tailleur dans une yourte, héros monstre des showsides. À cette époque, pour moi encore, les choses et les gens étaient ce qu'ils semblaient être. Pas autre.

« "De 624,72 F... à quoi correspond cette grosse somme ?... Comment voulez-vous que je m'y retrouve ? Impossible pour moi ?... Tantôt, je reçois un chèque, tantôt la somme est versée au Crédit agricole ? Auriez-vous l'amabilité de m'éclairer un peu mieux sur ce système de remboursement ? Que voulez-vous que je note sur mon cahier ?"... elle y tient à son cahier, hein ?... "Envoyez-moi les remboursements plus souvent ? Depuis des années de tout payer – faites le nécessaire pour que je sois normalement à la loi moderne afin de vivre un peu en paix, sans jamais savoir ce qui va arriver pour donner de l'argent même sans en avoir. Excusez-moi pour ce long courrier. Tant que je garde un peu de clarté je voudrais comprendre un peu mieux ?"... mais qu'est-c'qu'elle a à en coller partout des points d'interrogation comme ça là ? !... "Je vous remercie je suis très fatiguée et j'ai bien besoin de changer mes lunettes, j'y vois de moins en moins – ma tête va mal, je m'excuse de vous demander de vous occuper de moi le plus vite possible car j'en ai besoin à tout moment. Veuillez accepter" nanananananana... ben mon salaud !... on croirait pas hein à la voir comme ça toute rabougrie sur sa chaise, hein ?... surtout toi qu'as jamais connu qu'la p'tite vieille... si t'avais vu un peu la femme que c'était... une sacrée !... »

Il est vrai qu'à la contempler toute nouée flétrie sur sa chaise, obstinée à le défendre son coin de fenêtre on pouvait guère s'imaginer autre chose qu'une petite vieille ratatinée sur son tricot. Il aurait fallu en faire de ces drôles d'efforts pour lui deviner son passé à la Marianne, son visage d'avant le petit chignon blanc, ses yeux bleus entourés de rides et l'air qu'elle avait tout le temps dans sa bobine de musaraigne, cette affectation faussement résignée de ne jamais être là. On peut jamais deviner les personnages qu'ils ont été les gens avant d'être celui qui vous cause maintenant. Rien que la binette déjà, rien que ça on saurait guère se la représenter des y'a trente ans, cinquante ans de là. Alors le trognon, les machinations, le drame de l'existence géré à la va-comme-j'te-pousse, les retournements ébahis, la dérive des sentiments et l'accumulation de désillusions et de peines, tout ça n'est plus rien qu'une image floutée au fond de l'eau.

Mais dans sa brouillerie de fond d'âge elle la percevait confusément ma déglingue la Marianne, son œil me perçait la surface, elle voyait juste et présumait du reste. Et même si je me la soupçonnais, de l'entendre prononcer ma déglingue ça me la posait. Bizarrement ça m'allait mieux. On préfère souvent la lumière à l'ombre, même si les brûlures sont plus vives, elles existent, et nous aussi du coup. On en est bien certain alors. On en démordra pas mais le cerveau c'est rien qu'une bouche qui se mastique les idées de soi. Une fois avalé, c'est plié. La Sécu, elle m'a sauvé.

Mais Marianne elle allait plus bien du tout, c'était l'envie de sa tête qui lui effilochait la raison d'exister, le reste à suivre. Que c'en était plus comme avant, plus rien. Pas qu'elle devenait folle la Marianne, ni bourrée d'obsessions, mais depuis l'été passé déjà on la reniflait la différence, quatre cinq mois de là et ça y était, juste on la sentait avec plus rien dedans, ni teigne et hargne mais avec des secousses de lucidité parfois, comme des sillons d'écume ternes lui fouettant par endroits les remparts de sa pensée tel un ressac furieux. On la regardait ainsi virer au vide, l'indifférence de tout ce qui fait l'existence autour, les journées toutes pareilles, ses sous, son bois, le tricot et sa fenêtre ça la tenait plus sur pied. C'est qu'elle avait en elle comme une écluse méthodique qui la vidait de son uniforme, sa volonté encore de continuer la mascarade, les efforts inconscients et sa tenue d'être, tout qui lui filait dans ses égouts. Pourtant elle marchait encore, fallait qu'elle sorte, elle pouvait pas pleurer tranquille dans cette baraque avec la grand-mère vissée dans la cuisine à jamais clore sa boîte à salive. Qu'elle en arpentait toujours le pays sans cesse Marianne, mais plus que pour des fadaises, titubant de guignoleries en balivernes. Un jour allant déposer de vieilles chutes de laine sur toutes les tombes du petit cimetière, l'autre ramenant sa carriole bourrée de minuscules cailloux qu'elle mélangea aux graviers de la cour, allant même jusqu'à prendre sa grosse boîte en fer remplie de boutons pour l'aller cacher entre les pierres d'un mur le long d'une route, un peu plus haut à la sortie du village. Et puis elle pissait de plus en plus souvent sur les routes, tout d'bout, mais vidait plus son pot jamais par contre, c'était un signe. Ça valait. Aussi elle mangeait plus comme les deux autres, se contentait des restes à peine réchauffés. Quand elles changent les habitudes ça nous réveille, nous déconfit le citron sur l'existence comme une lucarne qu'on ouvre jamais. Faut le savoir.

Aussi parlant de moins en moins, déjà pas lerche avant elle causait plus que pour des services, qui eux-mêmes se raréfiaient, et les rares paroles expirées nous surprenaient toujours par son timbre usé. Nous découvrîmes alors que la voix vieillissait aussi et que c'en était bien fini d'elle, de ses fagots, de ses rondins empilés méthodique comme une œuvre et de ses chaussettes. On lui a vu ainsi apparaître doucement tout l'envers de son caractère. Elle s'en allait Marianne, dégazait sa vie des années avant de mourir pour de bon. Vers la fin de la vieillesse, tout au bout de l'âge ce sont nos petites guerres intimes qui nous maintiennent en vie, petits défis, petites haines personnelles, illusions même. On vieillit par à-coups, comme on trébuche, tombe d'un cran, de petites luttes en espérances déçues, petits plaisirs interdits, un de plus, de moins enlevé par le toubib, refusé encore, la fin d'une attente, d'une quête et c'est terminé. Souvent tout s'écroule d'un coup, on décline par cahot, dix piges en six mois. Tout ça est minable et petit, on meurt sans vraies raisons, d'usure c'est sûr, mais de se laisser aller surtout vers l'abîme, c'est tout. On gagne un combat mesquin, on le perd, les branches du voisin débordent et nous salopent tout notre chez-nous, enfin coupées hop, descendu d'un cran, petit soubresaut vers le trou. On lâche un barreau, puis l'autre. Voilà, c'est fait, on s'en rapproche. Il y a comme ça des pentes que l'on sait ne jamais avoir à remonter. L'existence c'est vraiment rien qu'une suite de chutes en cascade. Et Dieu qu'elles sont rares les morts naturelles.

Marianne on peut dire qu'elle est morte de voir débouler les radiateurs et la chaudière. Maintenant qu'on avait bien trop chaud partout et le jour et la nuit à suer sous les draps elle bizarrement grelottait chaque seconde. C'était mal tombé aussi faut reconnaître, au moment juste où elle avait plus une place de libre pour une seule petite brindille, tout partout plein à ras, maison, grange et forge, même le jardin comble le long des haies, des murs alignés sous les bâches, à l'instant même où elle avait fait le plein pour l'hiver, qu'elle allait pouvoir un peu se reposer sur ses chaussettes, se concentrer sur sa fenêtre où elle ne jetait que de rares coups d'œil, le petit bout de route, la montée du village, au moment où elle s'installait devant, le camion de livraison Nédellec et fils entrait dans la cour.

Qu'elle en est restée trahie, écœurée de désœuvrement. Elle voyait plus du coup sa vie que semblable à ces pluies immobiles et régulières qui vous tombent droites comme un rideau et ne semblent jamais avoir de fin, ne jamais assécher le ciel.

Voilà comment elle est partie Marianne, par petites secousses vers le bas. De mois en mois. Devenue couleur muraille avec son air triste et buté qu'ont les chats torves elle s'est racornie sur sa chaise comme une datte plein cagnard. La chaudière fut son brigadier à elle en somme, son gros bâton venu lui étaler sa peine au couteau et puis surtout lui cogner ses trois coups d'ouverture pour sa dernière pièce. La vie décidément est un coup bas.

Et le grand Awouè, dans les méandres de ces ruines chambardées, au cœur de cette violence sèche, arpentant la journée cette contrée lunaire quand même il a tenu jusqu'au réveillon, sans même disséquer la fêlure. Mais pas plus. Même lui qui nous l'a concocté le repas, s'est fadé les viviers, Loguivy-de-la-Mer, les tourteaux, les araignées, les huîtres, le pinard et du saumon même. Qu'elle en faisait une de ces drôles de bouilles la Marianne en le découpant son saumon, du bout des dents, la fourchette à peine dedans et puis des grimaces et des yeux à rouler.

« Quoi ! ?… y'a quoi ! ?… – il a fini par lui dire le grand Awouè assis en face –… pas bon ? !…

– C'est pas ça mais…

– Ben quoi ! ?…

– Il en a quand même un d'ces drôles de goûts c'jambon…

– Et les crabes ! ?… tu vas en bouffer dis des crabes ! ?… tu sais c'que ç'est ? !… et les huîtres ?… t'en as d'jà vu hein dis ! ?…

– Oh non non non… ça va trop m'faire…, mais allez-y vous… j'ai c'qu'y m'faut…

– T'es un rien emmerdante toi aussi, hein ?…

– Vous occupez pas d'moi, allez-y, allez-y… mangez… mangez…, j'ai mon affaire… »

Et planquée dans un recoin obscur du frigo elle nous sort une demi-bouchée à la reine, coupée bien droite verticale, toute racornie dans un bol.

« Ah !… alors là, chapeau !… – qu'il lui fait le grand Awouè en applaudissant – madame est une jouisseuse !… madame se vautre dans la luxure !… pas à dire !…

– Allez, donnez-moi ça… – elle lui dit la grand-mère en tendant le bras – j'vas vous la réchauffer, quand même…

– Oh non non, vous embêtez pas pour moi… »

Et comme nous la regardions, intrigués, parcourir toute la cuisine à pas menus, le grand Awouè, de ses beuglements l'encourageait rigolard :

« Quoi qu'à va bien pouvoir nous pondre ! ?… où qu'à va réussir à nous l'fout' son bol ! ?… hein dis Marianne ?… quoi qu'tu vas dégoter comme idâéée pour nous réjouir ?… AH BINGO !… alors là, un sans-faute !… BRA-VO !… une vieille moitié d'bouchée à la reine toute pourrie réchauffée su'l'radiateur !… alors ÇA c'en est un chouette de réveillon !… pas à dire !… c'est du bath !… t'es une sacrée fêtarde toi hein dis Marianne !… c'est un dîner-spectacle ce soir ma parole !… c'est cabaret !… »

Et puis soudain tout l'écœure, un tourbillon de dégoût qui lui tombe de l'ampoule s'abat sur lui, l'indigestion l'engloutit pour resurgir dans ses yeux en troubles vapeurs allergiques, le regard fixe de lassitude rien que pour lui. Il pousse alors son assiette, vide son verre d'un trait le regard sur l'ampoule et lâche :

« Bon… pas tout ça mais… y'a la route…

– Hein ! ?… – qu'elle s'insurge la grand-mère – z'allez pas rouler d'nuit quand même allons voyons !… ça s'fait pas !… pas ménant z'allez partir quand même allons voyons ! ?… et l'dessert que t'as ach'té ?… NON !… ça s'fait pas d'partir le soir à la nuit comme ça !… qu'on a pas idée d'faire des choses pareilles !… »

Il répondait pas le grand Awouè, son blouson enfilé il me tendait le mien en faisant tinter les clés de la voiture dans sa poche. Elle nous plaque la grand-mère dans l'entrée alors, les bras devant et déjà on sent que la valse du menton s'installe, que les larmes s'embouteillent dans les starting-blocks.

« Mais MERDE !… – le grand-père on l'entend gueuler de la cuisine – laisse-le partir enfin quoi !… il a peut-être des choses à faire !…

– Voilà ouais c'est ça ouais… des trucs perso… » – il ricane le grand Awouè en la poussant.

Nous sommes entrés dans la nuit comme on s'échappe de la mitraille extérieure sous des vents glacés. À notre suite toujours, en chaussons, une lame de tristesse comme une décharge lui rompt les vannes et elle déborde la grand-mère, se déverse enfin tant qu'elle peut et elle banne et elle geint, nous agrippe, nous enlace et nous serre et nous brasse, le menton dansant la tremblote avec ses larmes dans la nuit, nous trois sur les graviers de la cour avec le clébard qui lui déchirait en grognant et pissant des lambeaux de jupons dépassant de son tablier. Comme on s'extirpe et court vers la voiture elle brandit un billet et nous agrippe, vibrante :

« J'avais dit que j'vous l'paierais l'péage…

– Hein ?… quel péage ? !… – il répond le grand Awouè sans même la regarder, la poignée en main – mais j'm'y arrête pas moi aux péages… quand j'en vois un j'accélère !… hein Bill qu'on s'arrête pas nous quand on est lancés !…

– Ah ouiouioui on roule nous !…

– C'que vous êtes bêtes tous les deux alors !... tout l'monde y s'arrête aux péages allons voyons...

– Nous non !... JAMAIS !... et si on m'demande mes papiers j'leur file du PQ aux flics, j'suis comme ça moi !... hein Roger ?...

– Oui oui, tout l'rouleau...

– Mais puisque j'avais dit que j'vous l'paierais !... prenez l'argent comme ça vous... »

La suite est restée dehors à se perdre dans la nuit, étouffée par le cockpit, les portières en bâillon. Et comme elle lui cogne à la vitre il a bien été obligé d'ouvrir le grand Awouè, mais un rien, une fente juste.

« Quoi ?...

– Tenez, prenez, puisque j'avais dit... »

Elle glisse alors son billet qui lui tombe juste sur les genoux au grand Awouè, comme une lettre, pour rebondir sur les miens.

« Tiens Roger, ça t'fr'a du blé... pas tout perdu... »

Mais elle arrêtait plus de nous tourner autour, les mains en tortures imbriquées l'une dans l'autre, ses yeux de naufragé, ses carences affectives dénaturées avec ses paroles comme une boucle sans fin perdues cette fois tout à fait dans le ronron du moteur. Résignée enfin elle retourne se mettre en place bien devant la maison pour nous bien regarder disparaître à reculons. Elle resurgit encore dans l'éblouissement soudain des phares, aveuglée jaunie, son ombre alors devenue gigantesque sur la façade de granit.

Et ça me peinait fort de la regarder cette femme s'éloigner sans un mouvement, son tablier à carreaux les jupons déchirés pendouillant sur les graviers, son petit ventre rond comme une pomme, ses chaussons imbibés de pisse et ses larmes qui n'arrêtaient plus de lui strier la face comme des coulées de billes. Je la voyais reculer dans notre marche arrière et déjà ils me semblaient disparaître mes souvenirs d'elle, le Deupièce, mes années d'avant coincé derrière la porte, mon panier, comme si toute cette existence avec elle pâlissait au loin pour s'enfoncer dans ma nuit, comme la maison là devant, cette fenêtre avec Marianne derrière penchée sur son tricot.

Sitôt changé de lieux, de personnes autour et le reste suit, la tête avec, tout disparaît. On devrait pas bouger du tout, rester assis pour se les bien garder les souvenirs, les images et bobines des êtres dans le melon. C'est bien compliqué aussi, toujours on nous pousse à faire, s'agiter pour des nèfles, jamais on nous oublie dans la marche des générations. Faudra s'y faire mais plus importe rien quand l'âge d'être enfin nous taraude, c'est un besoin, on tuerait père et mère pour pas se la perdre sa boussole, dévier de sa carte.

Le temps ça tue tout.

La petite montée que l'on voyait de la fenêtre de Marianne elle comptait pas, c'était encore un peu de Kerlabia, la grand-mère, fallait passer le stop, le bar du Halte là, fallait attendre toujours la route d'en haut pour qu'il existe vraiment le départ, que commence le voyage, le retour, la libération et qu'elle diminue son ombre à la grand-mère.

« Pfffoulala !… – il expulse le grand Awouè – elle est complèt'ment givrée la pauv' vieille !… de pire en pire !… »

Toujours il a fait pfffoulala quand il la quittait sa mère le grand Awouè, et toujours avec des grimaces de dégoût, une répulsion de tout le corps. Sans doute pour se la bien ancrer dans l'araignée sa débandade, les raisons de sa fuite et son exil.

Il a continué alors un peu comme ça dessus elle quelques minutes encore pour enfin plus rien dire du tout, deux trois bornes, pis reprendre sur son futur à lui. Mais ça m'allait plus, toutes les histoires sont trop longues, du ressasse, j'en ai coupé le contact pour m'avachir sur le siège avant, la tête contre la vitre à regarder le haut des arbres s'enfuir dans la lueur des phares puis disparaître derrière nous. J'écoutais, étendu dans le noir, mon sang battre dans mon crâne comme une usine lance en sourdine de grands coups sourds et réguliers dans le lointain. Ainsi je ne l'entendais plus me raconter ses projets en partance, des bribes simplement d'île, d'Amérique, de moi aussi dedans un peu partout mais sans retenir rien. Je savais qu'il allait falloir y aller, là-bas, partout et suivre des chemins, des routes sans jamais les choisir.

Et l'auto m'affréta ainsi avec d'endeuillés frissons, entre agonie et pionce pépère, jusqu'aux petites loupiotes blafardes des tunnels du périphérique que j'ai regardées sans un battement défiler, laissant la ville se réinstaller dans ma trogne avec ces lueurs orangées. Mais rien n'avait changé au-dedans, jamais rien ne disparaît, rien ne ressort jamais du caisson, ni les mornes découvertes ni les papillons noirs. Tout ce que j'avais perdu en discernement je me l'étais gagné en vertige. Totale bévue que ma vie. Les départs, les variations, les fins d'époque et les déconnades me glissaient sur la fibre pour me cristalliser dans la mélancolie des vieux temps immobiles. Possiblement j'avançais donc comme tous les autres dans la nuit, tous les blafards, les perclus, les élagués, tous les hagards et les soutiers, ainsi donc le temps me coulait dessus sans jamais m'apprendre rien pour assourdir le naufrage.

Il y a tant de choses que l'on ne peut dire à personne.

La sinistre découverte de tous ces êtres familiers dont on ne se souciait guère, que l'on ne regardait jamais à force de les connaître, depuis l'orée même, nous plonge alors dans les méandres gigantesques et insoupçonnés de l'univers. La brume autour de leur visage, de leur existence a disparu, démasqués, éventés qu'ils nous sont, et leur véritable trognon nous gicle à la face. Les raisons de leurs gestes, leurs blablas et leurs choix s'illuminent brusquement de raisons désastreuses. Amoureux froids que nous étions, ébahis conneaux, le parquet, les meubles et bibelots, tout nous apparaît d'une seconde l'autre balourd et tout à fait mort, plus rien n'est posé là pour rien, l'abominable réalité se distingue de l'ivresse, dégrisés soudain. On tombera encore plus bas c'est évident, après, un peu plus loin encore sur la route, toujours perdus dans nos venelles, embourbés dans les menus tracas du quotidien à mourir de nausées, renfrognés sauvage aux grandes idées philosophiques, on descendra encore, c'est le trajet, enfiévré, on remontera pas je le dis. Passé les masques radinera leur folie.

Et je le savais bien que c'en était fini de l'enfance, qu'on m'avait foutu dehors et refermé la porte et que le voyage allait vraiment commencer.

Un matin en regardant ce type sur le quai du métro, un jour de grande mêlée c'est ainsi que ça m'est venu, comme une clarté subite il m'irradia le bocal ce type en costume et mallette, la nuque raide et le cheveu ras, statufié dans la cohue, foudroyé dans sa course à laisser défiler les rames encore et encore, le regard statique halluciné perdu entre les rails avec sa physionomie neutre sans plus aucun dessin sur le visage, les oreilles pleines simplement du crissement aigu des essieux se mêlant aux grands vents de son crâne.

Mais les gnous sont pas différents lorsqu'ils restent tremblants, tétanisés à l'arrière, de-ci de-là clairsemés après avoir frôlé de peu le piétinement du troupeau dans la grande migration.

Maintenant je les identifiais les naufragés, ils m'envoyaient des balises lumineuses et c'était pas de leur causer même, non point, l'œil suffisait, de partout ils me germaient, dans les wagons du métro, sur les quais, dans les couloirs, assis défaits aux terrasses, inondant les trottoirs, les avenues, plein les voitures et les boulevards. Il y en avait tant et tant de ces hiboux refroidis que mes yeux peinaient à distinguer les autres, et puis tous les visages ils prenaient, tous les déguisements, mais le regard seul restait identique. Aveuglés par leur tourmente les autres ne leur semblent plus que des miroirs qu'ils fixent de leurs yeux vides de poissons morts, le regard perdu dans l'invisible. Des endoloris jetés dans la foule, camouflés, comme ces bâtisses gorgées de termites, anodines du chemin et pourtant déjà gangrenées. Certains même semblaient avoir perçu dès la matrice toute l'ironie du baltringue, digéré les flonflons de l'existence dès l'amorce mais sans avoir rien trouvé encore pour pallier les dégâts, la perte. D'autres se sont mis à grelotter subito, d'une seconde l'autre, où patiemment, un peu plus d'année en année, comme une sourdine du désastre toujours en activité mais parcimoniant ses irruptions. Les épousailles et les marmots, le turbin, le blé, les plaisirs et réussites brouillant un peu le message ils ont commencé l'exode, ne sont plus ballottés de joies en peines, ils glissent maintenant dans leurs brumailles l'appétimètre désespérément plat, cherchant une issue, une escale, des pauses dans le tumulte, une raison d'être ici à grouiller sur la Boule. Ce sont de vieux chimpanzés sans force lovés au creux des siècles hivernaux. Du remuement de la société ils n'en perçoivent plus que son écho, la vie leur devient une étape, survivre, un réflexe de plus. Ils ressemblent à ces oiseaux marins toujours à la recherche d'un rivage, à ces galets noirs que les marées sans cesse usent et charrient inlassablement d'un bout à l'autre de la plage, sans logique. Ils fonctionnent les naufragés, mais comme des mécaniques lancées, libérées du machiniste, actifs sans foi, à la remorque du business et confusément ils savent. Tout revient toujours, le trimard n'a pas de fin. Saisis, déchirés dans leur transhumance, ce ne sont plus que des chalands fantômes se croisant dans leur nuit. Je me les voyais partout maintenant, jusque dans la cour avec les petits potes qui me tombèrent dessus terrassés, un à un, dans des gueulantes de révolte. Philion avec son carré de mâchoire comme s'il allait mordre un bout du ciel, bavant, postillonnant à me foncer pleine bille.

« L'HORREUR ! l'hor-reur !... deux s'maines avec eux !... lui qu'avait pris des jours pour Noël en plus !... l'horreur !... l'aut' soir j'ai failli l'tuer !... trop qu'il m'a fait chier mon père !... l'horreur, j'en pouvais plus, j'te dis l'aut' jour... j'ai failli l'tuer !... »

– Bentavèka...

– Hein ! ?... – qu'il respire exténué – que ?... je ?... ne ?...

– Comme ça c'était fait.

– AH ! BAH ! TIENS !... l'idée bonne !... – qu'il hurle au milieu de la cour – il est bien lui ! ?...

– Quoi ?... hein ?... kessia ?... kessia ?... – il demande Gaby en arrivant.

– Y veut qu'j'tue mon vieux lui !...

– C'est toi qu'arrêtes pas d'en causer...

– Mais toi tu m'dis d'le faire !... »

Il en restait planté Philion, comme un coq, les mains sur les hanches à éructer des « hèck ! hèck ! » en secouant la tête, éberlué des idées limpides que je lui insufflais.

« Moi c'est ma belle-mère que j'aurais bien tuée !... – il s'insère Gaby – elle a arraché tous les posters de ma piaule, tous les chanteurs... et puis déchiré hein, tout par terre, des p'tits bouts..., comme quoi c'est à cause d'eux si j'fous rien..., faut êt' con !... à cause d'eux que j'suis comme ça...

– Comme ça, comment ? – ça m'intriguait.

– Ben comme ça quoi... comme je suis...

– Ah ?... et t'es comment ?...

– Ben quoi j'suis comment ?... j'en sais rien moi, j'suis d'dans... j'suis comme vous...

– Un jour ça va arriver… – il reprend Philion, songeur – j'vais l'tuer, sans faire exprès, me connais…, y m'rend dingue avec ses questions… ses p'tites réflexions à la con !… pour qui qu'y s'prend ?… »

Philion je l'ai toujours pensé trop bête pour être malheureux vraiment, la rage folle chez lui surnageait toujours au-dessus de tous les sentiments, les idées même.

« Que j'l'étrangle… pas exclu…, un jour qu'y m'pousse à bout… des fois j'sais plus c'que j'fais… ça m'cogne dans la tête et pis… »

Il avait pas terminé son meurtre Philion que le petit Simon traversait la cour toute blinde en brandissant une feuille, affolé.

« Houllllllah !… – qu'il nous dit Gaby – l'a quelqu'un à tuer lui aussi ?…

– C'est quoi c'te merde ! ?… – il nous harangue d'autor, essoufflé rouge, en nous tendant la feuille – c'est quoi ça ? !… hein ?… ça veut dire quoi ?…

– C'est un toubib… – je lui dis en lisant le début.

– Je l'sais !… mais ça veut dire quoi ?… et psychomachin ?… névrotruc là ?… mais de quoi y cause ? !… »

Vrai que tous on y pompait goutte, lire et relire, à trois, ça nous venait pas.

CENTRE MÉDICO-PSYCHOPÉDAGOGIQUE

Demande d'entente préalable

Mon cher confrère,
Je vous prie de bien vouloir accorder la prise en charge en psychothérapie pour Simon qui présente un trouble névrotique avec désinvestissement des apprentissages scolaires, dont la dimension réactionnelle est importante puisque ce symptôme est consécutif au début de ses cauchemars récurrents.
Cela a fait resurgir des angoisses archaïques non réglées et émerger une fragilité sur le plan narcissique et la question de ses identifications.

« Alors ?... – qu'il s'impatiente l'autre – ça veut dire quoi c'te conn'rie ?... vous pigez d'quoi elle cause la lettre ? !... »

Non, rien on comprenait, juste on sentait que pour lui c'était pas bien bon, que même ça pouvait nous arriver d'ailleurs à nous autres pareil, un jour, comme ça, une lettre. La poste faut toujours se méfier, les lettres c'est comme des petits bouts de haine prémédités, qui prennent leur temps, font des détours pour bien nous attaquer par l'arrière.

« Hein ?... alors ?... ça veut dire quoi ?... c'est bien mon nom là nan ! ?... c'est bien d'moi qu'on cause ! ?... »

Ça on pouvait pas lui dire le contraire.

« C'est à cause de ton rêve... – je me lance – fallait inventer j't'ai dit... un rêve bien gentil, que tu pisses bleu par exemple..., que la maîtresse c'est ta mère... et encore ça j'suis pas sûr, mais que t'arrives à poil en cours, ou en pyjama et que t'aimes pas ça, que t'es tout perdu... un rêve comme tout l'monde quoi... pas tes histoires compliquées où même toi t'y comprends que dalle..., pasque lui l'toubib il a tout pigé, tout qu'il a traduit..., les parents faut toujours les laisser croire ce qu'ils pensent de toi, là au moins ils s'imaginent comprendre..., faut pas leur fourrer dans l'melon tes idées à toi... sinon ils réfléchissent... alors t'es foutu...

– Mais késkivamfère ! ?... hein ?... késkivamfére ! ?...

– Lui rien, il écrit à un pote... c'est l'autre qui va t'faire chier..., tu l'as trouvé où ça ?...

– Sur la table de la cuisine... c'matin... »

Il a vu les petits signaux qu'on s'envoyait tous les trois face à lui.

« Qu'elle l'a fait exprès ?... »

Il nous l'a remballée sa bafouille, bien repliée dans la poche et on l'a plus entendu le petit Simon, il redevenait une ombre, un petit brouillard pour se diriger vers les classes.

Certains marmots on les voit ruminer leur enfance comme un état qui ne leur convient guère, qu'ils endurent même les adultes et leurs empreintes, l'agencement de leur petite vie comme un bagnard supporte les matons sachant bien qu'ils doivent s'y plier à cette organisation en attendant la quille. Ces futés gniards-là ont sans le savoir un petit quelque chose non identifié qui leur titille le melon, leur tarabuste les journées comme s'ils percevaient obscurément déjà qu'elle ne leur sera que passagère l'enfance, et que le plus long de leur temps se déroulera bien autrement. C'est qu'ils sont ailleurs déjà, plus loin sur l'existence, se désolant longueur de jour dans ce stage imbécile qui ne leur sera d'aucune utilité une fois clos. Les shorts et la gym, la flûte à bec, la piscine, les bastons, le pyjama, la dépendance à une organisation supérieure, ils flairent déjà que cette condition-là est une épreuve, qu'elle leur est totalement étrangère, qu'ils se l'encognent plus ou moins patiemment mais qu'elle ne leur sera jamais familière. Délivrés de ce passage c'est l'amnésie, l'enfant confiné en eux ne leur servira plus jamais à rien, ils l'oublieront l'enfance, en gommeront même ses traces, jamais elle n'aura existé, comme on se dépêche d'effacer le souvenir d'une période obligée, la traversée d'un fleuve glacé.

Petit Simon et sa folle mère, il percutait soudain le piège lui, sa durée, que tout se rétrécissait autour de sa vie, se resserrait impitoyablement et qu'il avait encore bien trop de temps à se l'enquiller le bastringue avant de s'extraire de cette machination.

Moi je me demandais si l'enfance m'avait autant fait souffrir qu'elle m'avait emmerdé.

En le regardant s'éloigner, une pliure sur la nuque plus marquée, le dos las quand même je lui gueule :

« Et t'oublie pas hein… tu pisses bleu !… »

Et tandis que la sirène nous ordonne il m'emboîte Gaby, comme qui dirait qu'il m'avait quelque chose à fourguer, sans doute m'estimant propice aux divagations il m'entreprend, me débite alors ses grandes manœuvres d'échappée nocturne Gaby tout en avançant vers le bâtiment. Il m'expose son idée d'escapade en pleine sorgue comme une martingale longuement méditée, mûrie imparable, que du feu ils y verraient tous, les dabs et daronnes, impossible à déceler l'embrouille d'après lui, chacun prétextant roupiller chez l'autre la couverture valait.

S'ils reniflaient le pompon les géniteurs ils l'estimeraient saumâtre, une évidence, du double qu'on allait décrocher tous les deux.

On a passé outre.
Faut bien vivre.

Comme il fallait qu'il bouge lui aussi, qu'il s'extirpe Gaby, fuie son bercail, alors souvent lui qui venait pour qu'on arpente le dix-neuvième tous sens, les endroits reculés surtout, les parcs où l'on sautait la grille, les chantiers, les hangars, les usines désaffectées, comme ça que ça a commencé nos vadrouilles, sans savoir où à marcher dans la nuit mais toujours d'accord sur l'endroit, s'y perdre dedans la nuit et nous y trouver bien, la pluie n'y faisant rien. On discutait avec les clochards dans les terrains vagues, dans les souterrains aux abords du périphérique, les caves, les entrepôts abandonnés, leurs vies nous intriguaient comme ces gens qui ne semblent jamais attendre personne.

Et dans tous ces univers de planète morte je le regardais Gaby, te me le découvrais avec sa face de boxer remplie de boutons, le cheveu rare et brun séparé tout bien d'une raie sur le côté, ses fringues toujours à la mode et ses yeux marron sans cesse à l'affût du plaisir, en recherche, se noyant de gadgets. On était pas les mêmes, du tout, mais il avait tout pigé Gaby dans son brouillard, et sans rien comprendre. Ce qu'il cherchait c'était la maladie, se perdre dans l'ivresse des sentiments, il courait après mais la trouvait si peu la maladie, l'entrevoyait mais c'était leurre. Aussi ça faisait peine de le regarder se débattre pour tomber amoureux et y parvenir toujours de façons si étranges et fausses, obstinées. Ses peines d'amour Gaby il les cajolait, leur faisait le plein d'essence pour avoir bien la calbombe occupée à autre chose que nos tous les jours. Mais nous étions avec Gaby si bien largués sur le globe, si paumés dans notre aliénation ordinaire que l'on nourrissait une tristesse à venir sans même en comprendre les prémices. Nous engrangions pour l'instant, de jour en jour se remplissaient nos soutes de containers multi-peines. Les nuits dont on rêvait sont arrivées si tard dans l'existence que leur poids n'était plus rien sur notre naufrage. On le savait bien déjà qu'il n'existait pas le bonheur, qu'ils l'avaient inventé le mot depuis des millénaires de génération en génération pour qu'on ne se suicide pas tous à quinze ans. Et puis à cette époque nous naïfs encore on croyait au travail, que le boulot gagnait sur le capital. C'était une erreur, déjà. En cours pourtant on en foutait pas une rame, on se disait que plus tard on s'y mettrait, quand y faudra, pour le blé, que le turbin il pouvait bien attendre vu que pressés de s'y mettre nous ne l'étions guère.

Un que l'on aimait bien d'endroit c'était l'église surtout, avec son clocher séparé, là que nous allions souvent. Elle avait poussé sur les hauteurs d'un désert de collines en terre battue comme d'énormes marches tout autour, coincée dans un immense terrain vague entre le périphérique et le boulevard Sérurier tel un vaisseau d'ailleurs posé en attente, observateur silencieux des créatures d'ici. Ça n'était plus Paris. Comme elle était murée de gros parpaings l'église nous escaladions le clocher aux airs de fusée qui ne sonnait jamais, n'appelait jamais personne, et grâce à ses pierres dépassant qui lui faisaient sur toute sa hauteur, le double de l'église, comme des écailles aux prises faciles nous accédions au sommet. Assis là-haut nous regardions, adossés à la croix dans la nuit et le vent, s'étaler à nos pieds jusqu'à l'horizon toutes les lumières orangées de Paris, celles de Pantin, s'élever dans le lointain les fumées perdues des usines de la Seine-Saint-Denis. Dans le ronron du périphérique nous suivions ébahis le passage sans cesse renouvelé des feux rouges arrière des poids lourds croisant le jaune des autos et, comme saouls, nous restions ainsi toute la nuit à décortiquer nos vies, parler un peu de cette existence qui semblait pas nous apprécier plus que ça, les yeux rivés sur ces hordes de chiens sauvages quittant les banlieues au matin pour envahir la ville et saccager les poubelles.

Mais un soir de grosse pluie et que ça nous suffisait plus le clocher l'a fallu qu'on entre dedans l'église. Qu'on lui fait le tour alors, deux, trois fois collés aux murs pour se protéger des rafales mais c'est inviolable, des parpaings devant toutes les ouvertures, qu'on en reste dépités du coup à grelotter sous la corniche sans plus rien se dire à regarder cette pluie droite tombant d'un ciel uni blanc sale. Et pour la première fois il me semblait découvrir ce que l'on arpentait depuis des semaines. On se croyait sur le dos d'une tortue, avec d'autres étalées un peu partout autour. C'était comme un cimetière sans croix ni tombeau mais la terre quand même bourrée de cadavres en dessous avec une nuit grisâtre au-dessus et les lumières qui ne commençaient qu'à quelques encablures.

Comme elle redouble la saucée faut qu'on trisse, s'infiltre absolument chez le petit Jésus, y'a pas, on saute une grille et s'engouffre par une fenêtre cassée. Ce n'est plus l'église là, un petit bâtiment collé sur l'arrière que nous n'avions jamais vu puisqu'il ne ressemblait à rien. On navigue au jugé dans cette pièce, si bien qu'on en oublie tout le reste, tout ce qui fait autour la vie d'ici, tant perdus que nous sommes dans le silence et l'obscurité. On en bouge plus d'un arpion, sans savoir pourquoi on poireaute, on ose pas un geste. Enfin, lentement les lueurs diffuses dans le lointain viennent un peu diluer les ténèbres, on s'habitue aussi et distingue mais mal les ombres de quelques meubles, une table tout près, un lit dans le fond recouvert de chiffons, à nos pieds un bordel monstre et tout partout sur les murs des taches plus claires. Dans le fatras ça se précise, on distingue avec lenteur une porte en face, deux chaises contre un mur, un buffet éventré mais tout ça écroulé, rongé du poids des ans, qu'on devine un peu l'ensemble, le triste décor, que les murs en suintent et dégoulinent dans cette faible lueur blanchâtre orangée. Y'a tout qu'est crevé ici, la vieille cafetière à chaussette, deux tasses en fer, un petit réchaud croulant sous la crasse et les éclaboussures d'anciennes popotes mais surtout moult boîtes de conserve rouillées, gueules ouvertes éparpillées sur le sol, en tas aussi. Gaby alors il me tapote le bras, m'en montre une toute neuve de boîte qui brille sous la blafarde avec des restes encore dedans, et une pyramide aussi qu'il me désigne hilare du menton, impeccable de structure, gentil chamboule-tout sur une étagère qu'attendait que nous pour valdinguer. Mais je lui indique alors sans un mot le plumard et dans un rayon de lune deux yeux, rien que deux yeux comme deux fentes l'une debout sur l'autre au ras du matelas qui nous fixent ahuris.

« Alors ça y'est ? !… c'est pour maint'nant ? !… » – qu'ils nous bafouillent les yeux en se redressant sur le coude.

Le curé, je me dis, qu'il l'ont oublié dedans l'église en la murant.

Son ombre elle en a bien du mal pour s'asseoir sur le plume, elle tangue les jambes pendantes, s'ébroue comme une bête, se les passe et repasse les mains sur la trombine, on voit qu'il comprend rien de rien à nous, c'est que du bafouillis qui lui sort du gosier.

« Attendez j'vais ranger un peu…, c'est Édith qui va être contente…, j'ai rien cassé…, j'ai tout gardé pendant…, ça va la… après tout c'temps… elle va pas l'croire…, c'est pour là alors ? maint'nant ?… mais vous êtes que deux ?… z'arrivent quand les autres ?… attendez attendez j'allume…, elle y croyait plus Édith… moi je l'savais… toujours j'y ai cru… tout va pouvoir enfin commencer… ça pouvait pas être autrement… la foi faut la garder…, où qu'elles sont les allumettes ?… Édith a toujours vacillé…, mais pourquoi qu'vous venez la nuit ?… c'est l'matin, c'est ça ?… ça urge hein ?… depuis toutes ces années… alors ça y'est !… j'ai tout gardé hein !… des fois c'était pas facile avec tous ces rôdeurs…, alors, ça commence quand ?… elles arrivent quand les machines, les bulldozers ?…

– Ben… ouais… ouais…, mais… ça commence quoi ?… – il se lance Gaby.

– Les travaux !… la réouverture, la réhabilitation voilà, c'est parti…, l'archevêque de Paris pendant la guerre il a fait un vœu, le cardinal Suhard, si Paris est pas bombardé il ferait construire une basilique ici…, la Vierge Marie elle…, c'est grâce à Marie tout ça…, Marie médiatrice… tout c'qui arrive…, z'êtes trop jeunes mais pendant la guerre… c'est Marie qui a sauvé Paris… bien sûr… c'est grâce à son intercession que Paris a été épargné d'la destruction pendant la guerre… la deuxième…, mais où elles sont les allumettes ?… Hitler y voulait tout détruire… c'est grâce à Marie… c'est SACRÉ ici !… c'est un sanctuaire MARIAL !… on attend avec Édith… pour se marier… elle doit surveiller aussi, un appartement elle m'a dit qu'elle avait pris, pas loin, pour voir si les travaux commençaient…, de chez elle on peut voir l'église y paraît…, ça va toute la chambouler ça, la déboussoler que tout s'passe si vite, arrive d'un coup comme ça…, la réhabilitation, le mariage, les enfants qu'on aurait dû… qu'on devait… après tout c'temps…, mais z'êtes que deux ?… AH ! les v'là… bon, la bougie maint'nant… »

Avec la petite flamme fugace de l'allumette déjà on a cru apercevoir, mais dans la lueur grandissante de la mèche tout s'est avéré, on s'attendait pas à ça. Nan, c'est pas le curé.

L'âge on aurait pas trop su dire, définir le siècle d'où qu'il nous arrivait celui-là, mais c'était pas la peine d'avoir inventé la coloscopie pour comprendre que son espérance de vie elle se limitait à pas bézef, heureux déjà s'il passe l'hiver, presque on lui faisait le décompte de ses journées, les minutes. Son bougeoir à la main il vacille, se reprend au sommier mais son regard chavire, il est si maigre aussi on dirait presque qu'il n'existe pas. Il se tâte un peu partout alors, scrute le plafond, les murs recouverts d'affiches de la Sainte Vierge, et revient sur nous.

« Alors… z'êtes venus voir c'qu'y'avait à faire… c'est ça ?… l'ampleur…, les autres viendront après…, mais z'êtes bien jeunes pour…, enfin, j'vais vous montrer…, c'est pour ça qu'vous êtes que deux…, venez… venez au sous-sol… j'vais vous montrer la chapelle…, attendez juste que je… que… – et dans ses efforts pour se lever son visage se creusait encore, ses joues disparaissaient presque dans le fond de sa bouche –… auriez-vous l'amabilité de… juste pour que je puisse… »

On l'aide avec Gaby, c'est qu'on pouvait plus supporter toutes ces grimaces qu'il nous lançait dans le petit cercle de lumière, mais il est si maigre qu'on a peur de le casser, aussi ça cogne ardu, on en titube de l'odeur, tout doucettement on y va, presque on lui palpe tout son intérieur, tout le pauvre bazar qui lui reste au-dedans, des os on en a plein les doigts, son cœur nous palpite on dirait au creux de nos mains. La machine est longue à s'y remettre, il titube un peu son bougeoir au bout de son bras en tremblote mais enfin il trottine jusqu'à la porte, on le suit nous avec sa vitesse de croisière dans un dédale de couloirs, d'escaliers qu'il entreprend une main sur la rampe, tâtant de la pointe du pied chaque marche tout en nous causant toujours. Et sa voix aiguë chevrotante semblait suivre la danse folle de la flamme, toujours prête à vouloir s'éteindre sous un coup de vent, mourant toujours en fin de phrase.

« J'ai tout vu faire… tous les travaux d'l'époque, la construction… j'pourrai vous dire… si vous cherchez un conseiller…, c'était en quarante-quatre, juste après la Libération… dix ans ça a pris… M. Vidal l'architecte… un monsieur très bien… très… il savait très bien construire… Henri…

– Faudrait lui dire, nan ?… – il me chuchote Gaby dans l'escalier.

– Lui dire quoi ?…

– Baha !… pfff… – et il me roulait de ces yeux éberlués au plafond – bahen… qu'on est pas des…

– Ça devait être cette église pour les futurs quartiers résidentiels des ouvriers voyez…, c'est qu'on la voulait nous cette église !… une basilique VOTIVE !… on l'aura attendue on peut dire avec Édith…, et voilà la chapelle… admirez…

– On va pas l'laisser comme ça ?… va pas continuer toute sa vie à…

– Quelle vie ?…

– Quand les travaux ont commencé on était content pouvez pas imaginer…, même si ses parents étaient pas très chauds pour… comprenez ?… une jeune fille de son rang… avec un ouvrier…, enfin…, Édith elle a dit c'est ici que j'veux m'marier !… ici, elle a dit… pas ailleurs !… elle a été construite pour moi cette église…, c'est MON église elle disait…, et puis… et puis tout a capoté… »

Comme il parlait plus et s'éloignait en tanguant précaire avec son regard tombé dans le flou sous le poids de la litanie des années perdues, parti là-bas pour allumer des cierges un peu partout dans la chapelle, on en a profité avec Gaby pour s'en coller plein les mirettes.

« C'est pour la bonne cause, hein… – il nous dit quand même sans se retourner – croyez pas qu'j'en gaspille comme ça toutes les nuits… faut bien qu'vous puissiez vous rendre compte, hein… les travaux… »

Et dans les faibles halos naissant un à un s'extirpe alors du néant avec lenteur une immensité. Au sol un damier blanc et brun recouvre toute la surface avec, au centre, d'énormes carreaux en travers, imbriqués les uns dans les autres de trois couleurs et d'autres encore comme des flèches vers le chœur. Allant par trois des vitraux longilignes s'élancent vers le ciel pour se perdre dans l'obscurité. Mais tout ça engoncé de gravats, de planches, de plâtre, de chaises en fer dépareillées emmêlées les unes aux autres comme des cadavres les quatre fers en l'air. On l'entend un peu encore, tout au bout, continuer de sa voix aigre et geignante ses lamentations avec le souffle usé.

« On a pris du retard du coup avec Édith… notre horloge biologique…, l'a fallu qu'ils…, juste alors quand on allait… pfff… le destin quand même…, nan ?… voyez pas ?… z'êtes trop jeunes c'est pour ça… il a toujours existé pour vous…, vraiment, z'avez pas idée ?… vous devinez pas ?… »

Il sort de l'obscurité soudain, surgit de son trou d'ombre pour nous foncer droit dessus avec sa barbe grise et ses yeux rougis, vitreux.

« Le pé-ri-phé-ri-que !… c'est lui !… ça a tout réduit à néant notre bonheur à venir… nos espoirs…, elle a commencé en cinquante-six sa construction… jusqu'en soixante-treize… le vingt-cinq avril même, je sais, qu'ils l'ont terminé le périphérique…, des cendres notre bonheur…, à l'époque c'était une ceinture verte qu'ils devaient faire, avec des parcs, des jardins, des… mais non…, ils ont construit cette espèce de barrière sordide qui a tout coupé en deux… avec de ces nuisances !… le bruit, la pollution…, du coup plus personne est venu ici, dans cette église… elle s'est retrouvée perdue, isolée au milieu de rien… quel gâchis !… ils l'ont murée alors… terminé de nous !… nos enfants qu'on aurait dû… »

Au milieu de la désolation et des soupirs quand même on perçoit un petit relent d'amertume, soupçon de rancœur.

« Vous allez me rétorquer… des églises y'en a d'autres…

– Ben oui… – fallait bien que je m'implique.

– Mais Édith elle voulait que celle-là…, vous m'direz aussi que l'périphérique y s'est pas construit en un jour…

– Ben non…

– En quinze ans on aurait eu l'temps, nan ?… ben nan !… avec Édith y'avait toujours quelque chose…, ses études qu'elle voulait finir…, elle est bien plus jeune que moi…, qu'elle a jamais terminées d'ailleurs…, elle en a commencé d'autres… elle a touché à tout sans jamais rien finir, au bout du compte elle a rien appris…, son père qui m'réclamait un travail sûr…, après il a fallu trouver un logement…, y'a rien qui lui plaisait jamais à Édith, tous les deux ou trois mois elle rev'nait d'ses voyages et ça allait jamais…, moi je cherchais pendant c'temps-là, en plus du boulot, le soir…, et puis la maladie d'sa mère…, pis moi qu'ai perdu mon travail…, sa sœur qui faisait rien qu'à m'débiner… elle lui mettait dans la tête tout un tas de…, après y'a eu c'garçon qu'elle avait rencontré à… enfin bon, et puis un autre… je sais plus… et puis encore…, jusqu'à la robe de mariée qu'était jamais à sa conv'nance…, tout ça prenait du temps, des mois, des années…, même la mort de leur chien ça a encore retardé le…, et puis ils ont muré l'église… puisque plus personne y venait…, mais l'existence est ainsi, je suppose…, regardez autour de vous, sortez des villes… rien n'est droit dans la nature… toute chose suit des brisures, des courbes, même harmonieuses, la ligne droite n'existe pas…, pourquoi en serait-il autrement de nous ?… on maîtrise si peu de choses.

– On a tous si peu de talent… »

Lorsqu'il a relevé les yeux pour les poser dessus les miens, surpris, j'eus un frémissement, il avait compris ce que c'était que de nous, mais il a regardé un à un les cierges qu'il avait allumés, disséminés de place en place tout autour de nous, on pensait qu'il allait mourir là tant son souffle virait à la précipitation, qu'il s'en écroulerait sous le poids du passé, l'attente. Mais son regard se promenait encore, de flamme en flamme comme sur une apparition de son autrefois, pour finir comme exténué de la balade sur son bougeoir qu'il tenait devant lui.

« Moi je suis là depuis… fallait bien que quelqu'un s'en occupe de cette église nan ?… depuis… je me suis installé ici en… mille… neuf cent… soixante heu… – et il se tapotait le crâne pour décrocher le souvenir qui venait pas –… dix… onze… je sais plus…, c'est spartiate je reconnais, y'a pas l'eau, l'électricité…, si vous saviez depuis combien d'années je me suis pas rasé… ni même que je me suis vu dans une…, y'en a pas ici des glaces… et puis dehors, pour le temps que j'y passe…, mais j'ai tout gardé, hein… pouvez constater messieurs… oui oui j'vais ranger… faut pas vous inquiéter… demain tout sera… AH !… vous l'entendez ? !… écoutez… »

On tendait l'oreille avec Gaby mais l'écho de sa voix rebondissait encore sur les dalles, on avait beau, rien nous venait.

« D'ici on l'entend bien…, alors ?… hein ?… le périphérique !… comme un chat qui ronronne…, depuis le début toutes les enceintes de Paris elles ont disparu… toutes… ils en ont fait des portes, des places… tenez, cette église, elle a été construite sur d'anciennes fortifications…, mais là… faudrait l'enterrer le périphérique j'vois qu'ça… le mettre sous la terre, le recouvrir… comme un mort… mais qui vivrait toujours en d'sous… comme une taupe…, AH ! tenez… tenez – il se réveille – venez voir venez voir… tant qu'j'y pense… »

Et il se remet à trottiner vers l'autre bout, sort des lumières sa flamme devant lui comme un petit cœur à pomper les ténèbres.

« Bon, ben, là, faut… – il repique Gaby – c'est absurde !… j'vais… faut pas l'laisser dans son cinoche…, son Édith elle avait pas l'air très…, ça s'trouve l'est cannée depuis des… faut l'rétablir dans la…

– Si j'pionçais pépère au chaud, j'aim'rais pas bien qu'on m'secoue…

– Ah merde !… on parle pas d'toi !…

– Qu'en sais-tu ?…

– Venez là… messieurs… venez là… »

Suspendu dans les airs tout en haut il nous faisait de grandes gesticulations désespérées pour que surtout on l'oublie pas, son bougeoir éclairant sa face perdue.

« Houllla !… – il s'esbarnoufle Gaby – comment il a fait pour… il vole ?…

– Y'a un escalier, c'que t'es con… »

Et le bougeoir au bout du bras, tendu penché tant qu'il pouvait, s'acharnant à éclairer la voûte, sa langue pendante au coin, bavant, il chancelait droite et gauche dans des efforts démesurés.

– Va bien réussir à s'casser la gueule… – il s'inquiète Gaby.

– Ça s'rait plié comme ça…

– Ben et nous ! ?… on fait quoi après, nous, si y…

– Tu penses qu'à toi…

– Venez voir, venez voir…, prenez l'escalier, là, sur votre droite… venez que j'vous montre… »

Et de là-haut, de ce balcon en rotonde juste au-dessus de la porte principale, nous pouvions admirer le cercle de lumière qu'il nous avait fabriqué dans la chapelle, ces petites lueurs qui n'en faisaient plus qu'une où flottaient comme des fantômes les vestiges de l'église.

« Gadez !… gadez !… voyez cette merveille ?… »

Il nous montre, bras tendu désignant le ciel, on devine, sa bougie aide pas beaucoup, on veut pas le froisser.

« Faudra pas y toucher, hein ?… attendez… j'vais essayer de… c'est malaisé… faudrait une lampe… »

Et il soufflait, se démenait dans des grimaces de damné, poussant, gémissant bleui par le froid.

« Si je monte sur la chaise alors je pourrais… en me penchant plus… peut-être que vous pourrez…

– Nan nan !… – il lui dit Gaby en l'agrippant par la manche – on vous croit… y'a une… un… truc… au plafond…, on f'ra rien…

– Ça nan, on f'ra rien…

– Bon… ben… y'a marqué PAX sur la voûte, en très gros…, vous savez, y'a des choses, parfois, faut pas y toucher…, elles sont bien comme elles sont…

– Tout à fait… ce s'rait pire d'y toucher des fois…

– De quoi on parle là ?… – il se désole Gaby.

– Bèhé… de la voûte, voyons !… maintenant suivez-moi… j'ai une idée à vous exposer… »

Il nous entraînait déjà dans l'escalier, son souffle comme une chaudière, ses tremblements révulsés qui lui donnaient l'ombre d'un dément, vieux singe courbé dans la descente le ventre creux aux pensées assises. Il nous montre alors une vieille porte vitrée, comme celles des bignoles, qu'on se voit dedans avec Gaby, le reflet, que ça m'en refile aussi sec une nausée de nous constater nous deux couillons, l'horreur du moment, la situation avec lui sur le bord, s'effaçant pour mieux nous éclairer.

« Tenez… c'est rien qu'une idée, juste ça, mais… là, par exemple…, on voit mal et j'ai pas la clé… mais… on pourrait y enseigner l'catéchisme nan dans cette salle, le jeudi après-midi… z'ont pas école les enfants le jeudi après-midi, hein ?…

– C'est l'mercredi… – je lui rectifie.

– Ah tiens ! ?… enfin qu'importe…, donc voyez ?… d'autres qui joueraient sur le parvis…, enfin… j'imagine que c'est pas vous qui décidez…

– Nan… – je dis en regardant Gaby – nous on décide rien… »

Mais ce petit salopard voulait rien lâcher, il se déporte sur la droite, c'est Robin Hood, fait mine de s'intéresser, entraîne le vieux dans sa danse, deux pas de côté, se hausse même pour mieux se rendre compte, inspecter le dedans par-dessus le rideau, voir si ça conviendrait à des gniards et le vieux le suit, son bougeoir en avant. Qu'on s'y retrouve alors tous les trois dans le reflet, la bougie. Cette fois on y était.

« AH, mais ! ?… vous êtes trois ! ?… votre patron vous a rejoints ?… vous avez trouvé un bougeoir monsieur ?… »

Il se retourne le vieux, c'est un poli, et reste con devant nous deux, l'absence. Il pivote alors sceptique, se plante devant la vitre pour se bien observer, remue le bras, fait monter descendre la flamme, se retourne encore pour nous faire face mais c'est plus nous qu'il regarde. Il en chaloupe duraille le pépère, l'œil perdu dans ses vapeurs il en reste figé sur les dalles, puis son bras faiblit, la bougie penche un peu et il se remet dans ses bafouillis :

« Alors c'est fini ? !… déjà ! ?… c'est déjà fini, de tout !… mais le… comment c'est possible que ?… que tout s'arrête comme ça ? !…, mais alors… Édith aussi alors elle est devenue vi… »

Les ombres autour, que les cierges faisaient danser, paraissaient même à l'écoute, des petits cœurs à palpiter, des yeux partout à le regarder s'éloigner, le pas traînant, faire glisser ses vieux chaussons tout en pleurant sa peine, les bras ballants aux mains vides, la cire suivant la pente jusqu'au sol.

« Est-il possible que… que tout s'arrête… sans… prév'nir…, qu'on nous r'tire tout… d'un coup, tout…, les projets, le rôle qu'on tient… jusqu'au… chemin sur lequel on marche…, rien n'est vrai alors ! ?… on est rien du tout !… on nous laisse croire… juste…, c'est du théâtre et on en sait rien… un mirage…, on nous dupe… quelle horreur !… »

Et chaque nouveau sanglot lui semblait une compréhension nouvelle de la disparition d'un avenir, comme s'il pleurait un mort, un seuil encore en dessous vers l'irrémédiable couperet de l'existence, avec le souvenir toujours d'un ratage impitoyable que rien n'effacera jamais, ni les nuits ni l'approche du jour. Il s'enfonçait, plié double, bafouillant, chargé bien plus, répétant comme un murmure :

« Un décor… rien qu'un décor… »

Et je regardais les gouttes de cire tomber sur le damier, lui avançant toujours, se traînant au ralenti sans savoir où, faisant pleurer la bougie comme une piste vers le chagrin. Mais il s'éloignait encore, le vieux, sonné, entraîné toujours par ses pas, le dos secoué de sanglots muets, dirigé par rien jusqu'à ce que les ténèbres l'avalent pour de bon, là-bas, encore plus au fond, puis qu'on entende rebondir le bougeoir sur les dalles.

« Heureux connard !… » – je lui assène à Gaby.

Mais longuement il nous fallut attendre un lambeau de vie, faire bien attention aux déplacements, guetter les respirations et les pleurs, mais aucun écho ne nous parvenait plus de ce trou d'ombre, là-bas, l'autre bout de la salle. À se demander s'il nous reviendrait, même s'il avait jamais existé tant le silence et l'obscurité soudain nous avaient brutalement clos la séance. Mais propulsé par on sait pas quoi il nous surgit, fonçant droit de son pas mort, muet, le visage pourtant renversé, changé comme un masque. Nous comprîmes alors que le peu de sève qui lui restait au dedans était parti, que sa mécanique folle maintenant allait le porter jusqu'au trou, qu'il les avait tous posés ses bagages et son appétit et que le convoi l'emmènerait vers sa nuit.

Quand on les regarde passer les trains, ces wagons bourrés de bobines posées sur des troncs aux fenêtres, qui vous défilent si vite dans la rétine qu'on en perd l'équilibre à vouloir les détailler toutes, on se demande combien, dans la cargaison, ne sont plus que des fantômes. Combien il s'en trouve de ces êtres aux éclisses rouillées, aux gares toutes identiques et dont la destination importe peu.

Mais comme rien lui sortait et qu'il cherchait quelque chose des yeux sans vraiment y croire on osait pas nous avec Gaby le réenclencher, on le laissait divaguer du regard comme une poule en attente, le sifflet coupé, l'œuf qui vient pas. On appréhendait faut le dire la rencontre, qui qu'on allait bien se récolter comme bonhomme ? c'est idem de retrouver un soldat revenant du front. Il lui passait sur la binette tant de nuages, tant de variations, de changements, comme un nourrisson dont on peut lire, seconde par seconde, tous les bouleversements intestinaux sur la face, que son menton en vibrait sans cesse, refusant de servir, les paroles embouteillées, la guerre au cervelet, la tempête des sentiments. Et le pauvre vieux secouait la tête comme s'il refusait telle ou telle option, triait ses pensées, bloquait celle-là, tentait de frayer un passage pour la désirée, luttait en grimaces douloureuses de toute sa faible énergie pour sortir indemne de la souffrance mais sans pouvoir maîtriser le flot d'informations contradictoires qui lui déferlaient dans la boutique, de crépitation en pétarades, jusqu'à l'explosion ultime. Et nous nous l'imaginions perdu, errant sans fin dans le labyrinthe de son univers interne, épuisé hagard, pliant de jour en jour à tituber vers le centre, se cognant aux souvenirs embroussaillés de réalité, allant toujours, vacillant et sans émerger jamais de son mélange, s'éloignant résolu comme un nageur que l'on ne reverra jamais plus.

Ainsi, malgré le tintement de mes grelots que j'entendais me résonner au bathyscaphe toute volée, des pelures de curiosité me gribouillaient encore des questionnements sur les parois de ma terrine. Ça intrigue les produits de séismes, y'a pas. Comment il allait faire le vieux pour se la combiner sa macédoine, se l'arranger pépère, dormir encore, quel alliage il allait nous polir de sa mixture, tout cet amas d'idées fixes, momifiées, d'inventions et de souvenirs floutés, ses naïves interprétations, comment il allait s'en dépêtrer, ciseler bien propre tout ce fourbis qui se chipotait le bilan depuis toutes ces années dans des odeurs de bayou au fond de son bocal. J'en avais plus que le nez moi pour la respiration.

Et dans le silence retrouvé la crispation de ses traits s'envola pour laisser place doucement à une immense fatigue.

« C'est perfide de faire un vœu, nan… croyez pas ?…

– Que ?… – on s'affole nous beaux couillons.

– L'os du poulet…

– Le ?…

– L'arc-en-ciel… l'étoile filante…, faudrait pas qu'on s'avise de venir y fouiner dans nos vœux…, un vrai dépotoir qu'on y découvrirait…, pas le même vœu que madame, assurément… ou sans rapport avec les intérêts communs… »

Oh, on se gardait bien maintenant de rétorquer, de participer ni même de comprendre avec Gaby, nous le laissions déverser son flux avec l'idée immédiate de trisser dare-dare.

« C'est pour ça qu'on a inventé qu'ils soient secrets les vœux… comprenez ?… pour gêner personne…, l'inadéquation… »

C'était pas qu'elles faiblissaient les bougies, mais au travers des vitraux enfin une lueur grisâtre venait dissoudre comme un voile glacial l'ambiance de la chapelle.

« Mais là… pour le coup… avec Édith… on peut bien être sûr qu'on aurait fait le même…, c'était évident qu'on allait pas la laisser à l'abandon éternellement cette église… une telle splendeur…, savez qu'un film a été tourné ici ?… en cinquante-six… quelques scènes hein, pas tout… mais avec des vedettes…, bon, alors… ça commence quand le…

– Le ?… – il lui murmure Gaby à reculons, attaquant l'escalier.

– Que j'en parle à Édith… qu'on prépare un peu tous les… pour le…, savez pas trop ?… ces jours-ci quand même ?…

– Voualà… » – je lui bredouille en rejoignant Gaby sur les marches.

Et il nous serrait les mains en pleurant, remerciait tout le monde, le petit Jésus et sa maman, même nous avec nos airs couillons et notre idée fixe de caleter.

On s'engouffre alors nous dans le boyau avec lui toujours en bas pour nous seriner sa rengaine les bras ballants l'œil animal droit devant lui. Mais dans cette nouvelle clarté pâle on le découvrait enfin, cette lumière comme une fin d'ivresse où le jour fait retomber toutes les paillettes, jonchant le sol après la java folle, regroupés déjà par la danse des balais, un tour de clé au tiroir à falbalas. Il en ressortait blanchi le vieux, lavé du fard de la nuit, plus maigre et desséché encore, les guenilles avachies, le bénouze, la chemise, le gilet, tout d'impitoyablement épuisé. Aussi le nouveau ton sec qu'il prenait maintenant pour nous grimer son attente pliait par ses inflexions mornes et désertées vers l'automate. Nous n'avions plus, il me semblait, qu'une doublure mécanique sous les yeux, un figurant distrait au pied de l'escalier interprétant son rôle sans foi, nous bradant sa tirade en attendant la pause. Ça revenait en quelques heures au déroulement d'une vie, l'entière existence d'un être qu'on aurait, en une nuit, vu défiler, jusqu'au refroidissement des dernières années. C'est que toutes ces actions exécutées sans peine au temps de la jeunesse, toutes nos simagrées qui n'en sont pas encore, demandent avec l'âge des efforts de comédiens appliqués. On s'y habitue à la mort du naturel, lorsque les rôles se font pointus, les compositions de plus en plus complexes, nous réclamant encore plus d'énergie dans le dégoût, faut se travailler les répliques et le masque, on doit y passer, jusqu'aux tics que l'on déverse encore et encore, on en démord pas.

« Et bien des choses à votre patron, hein, l'est plus très jeune pour diriger une telle entreprise, je vous attends alors, c'est dit, je laisserai des bougies la nuit, hein, au cas où, que vous ayez un peu d'lumière quand même, pour commencer, hein, si je suis… »

C'est l'éternelle équivoque, la rabâchée complainte des êtres, l'unique mini-lucarne au loin douce tamisée, nos idées à nous diluées de mots, l'un cause et l'autre acquiesce, puis se reprend, faut répéter, comprendre à moitié.

Au bout du compte plus personne entrave que dalle à rien.

Que j'en ai redescendu les marches pour entrer moi aussi dans la lumière froide et livide, persuadé que le rideau venait de s'abattre sur cette nuit, dévoilant ainsi tout l'envers de la confusion, le néga de mes idées. Plus rien ne se raccordait donc.

« Si vous êtes quoi ?… »

Mais il était déjà reparti vers la salle de catéchisme, voûté bien plus, immobile sans nuque, la tête presque disparue derrière son dos, et sans même se retourner ni un mouvement il m'a bien semblé entendre sa voix devenue plus grave me bredouiller d'un ton sec :

« Rentrez faire vos devoirs les enfants. »

Une grande clarté blanche s'élevant avec douceur éclairait en face toute la raie ondulée de l'horizon, projetant de l'église, derrière le boulevard, une silhouette dégoulinante de haut-fourneau. Et du parc collant mon immeuble, de ses hauteurs, nous la regardions encore ruisseler en clapotis secs, rincée de la nuit, calme et rassemblée comme un sphinx épuisé d'efforts. Par-delà les vitraux toujours d'infimes foyers palpitaient rouge-orange, scintillant une magistrale déconfiture, à ponctuer des lambeaux d'infortunes. Je tanguais, ballotté comme des nouilles chinoises au fond du bol, vaguement indifférent aux tracasseries et fausses routes des êtres, mais étrangement fasciné par leurs méandres. Pourtant j'y serais bien retourné moi, j'y serais bien resté avec ce vieux à lui dorloter ses mirages jusqu'au trou, et puis prendre sa place. Et je me demandais, regardant ces petites lueurs dansoter, si ce n'était pas lui que j'entendais hurler, là-bas, muré dedans, cette plainte continue qui ne semblait pouvoir s'éteindre. Et tous les cris de bêtes captives paraissaient s'élever de cette ménagerie mystique comme montent au ciel des nuées de suppliques en fumées douloureuses, tout un monde d'infinies douleurs avalées, déchirant les nuages pour s'aller tambouriner au plafond des cieux. Les grands fauves et pachydermes exaspérés d'une trop longue captivité couvent une folie meurtrière qu'ils dissimuleront des années durant, secrètement, sans jamais laisser rien paraître de la rage qu'ils déchaîneront furieusement un jour, pour rien, contre leur dresseur, leur gardien. Le lendemain, tristes et comme retombés d'une ivresse, ils chercheront partout leur victime, ne se souvenant de rien. Et je croyais l'entendre encore ce hurlement lâché enfin, voir un long ruban de plaintes gémissant au sommet du clocher comme une oriflamme à flotter dans le vent. Mais la distance était trop grande, les autos sur le boulevard se faisaient plus nombreuses, assourdissant tout, et puis Gaby qui n'entendait rien.

« C'est lamentable !… quelle pitié !… »

Sa voix brusquement m'extirpa de mes profondeurs comme on retire un presque noyé de l'onde.

« À quoi y sert ! ?… pourquoi ça vit encore ça ? !… c'est inutile !… qu'est-c'qu'y fait d'sa vie cuilà ?… rien…

– Pour une fois que quelqu'un avait réussi à s'échapper…

– S'échapper d'quoi ?…

– De soi…

– Ben moi j'ai aut'chose à foutre que d'poireauter dans une église murée !… j'ai des grandes choses à faire moi !…

– Sans déc'…

– Le ci-né-ma !…

– Diantre…

– J'veux faire du cinéma !… c'est une évidence pour moi !… c'est ma passion !…

– Tu veux coller ta binette sous les projos ?… tout l'monde s'en tape du cinéma… à part ceux qui empochent… et puis c'est quoi l'cinéma ?…

– C'est mieux que la vie !…

– Alors je crois qu'on dit pareil…

– On dit p'têt' pareil mais moi j'dis pas ça du tout !… ton copain y débloque plein régime, c'est n'importe quoi…, le cinéma ça veut dire quelque chose… ça aide tout l'monde le cinéma, ça fait rêver les gens…, j'veux faire des grandes choses moi… j'suis prêt à tout… faut y'aller au coupe-coupe dans la vie, si tu finasses t'es foutu… lui ça veut rien dire du tout sa vie…

– Assurément oui… tout veut toujours dire quelque chose…

– Ah ouais ! ?… et faire caca ça veut dire quoi ?… hein ?… ça veut juste dire faire CA-CA, voilà !…

– Évidement non… chier d'la merde ça n'a l'air de rien, le faire ou pas pouvoir, beaucoup tous les jours où rien pendant des s'maines… ça veut bien dire quelque chose, faudrait pas croire…, un jour y f'ront des livres… t'entends ! ?… y'en a qui vont écrire des bouquins pour t'expliquer à toi qu'es con comme un ballon c'que ça veut dire comment tu chies !...

– Ça ça arriv'ra quand ils mettront d'la merde en tube !...

– C'est déjà fait ça...

– Ils ont déjà mis d'la... dans des... ? !

– Suffit d'écouter les chansons qui passent à la radio...

– Ventre-saint-gris qu'elle est bonne celle-là !...

– Du cinéma... hein ?...

– C'est vital... y'a des rôles je sais y'a qu'moi pour les jouer... s'ront écrits pour moi...

– T'es l'élu... hein... c'est ça ?...

– C'est ça !... un peu..., j'vais laisser tomber tout c'qui s'rapporte pas à la comédie, le foot, les filles, les études, la déconnade...

– Gaffe !... tu vas y perdre des parties d'ton corps...

– Connerie !...

– Suffit d'regarder l'évolution des espèces... on s'adapte..., t'as des bras et des jambes faut les utiliser... tu t'en sers pas t'en auras plus..., un tronc avec une grosse tête, c'est comme ça qu'on va finir... tous... à plus rien foutre...

– Le cinéma c'est pas que d'la réflexion...

– J'imagine... vu l'tas d'imbéciles qui gesticulent sur les écrans... doit pas être bien compliqué..., te faudra des bras quand même, pour les l'ver au ciel... après tu fais deux trois grimaces et l'générique peut radiner... »

– Connard !...

– D'autant plus qu'elles s'atrophient les parties du cerveau en relation avec les membres qu'on utilise plus... et pis elles meurent... puisqu'on les exerce plus..., une grosse tête vide sur un tronc flasque... c'est à ça qu'on va r'sembler bientôt... toi l'premier avec ton cinoche...

– ARRÊTE !... »

De lourds nuages bruns emplissaient tout notre champ, comme s'ils reflétaient cette terre chauve autour de l'église, on les regardait s'avancer les nuages, oppressants, jusque dessus nous, fermant le ciel pour mieux nous ternir le moral. Et Gaby s'en allait loin sur l'horizon poser le bout de ses yeux, les poumons gonflés d'enthousiasme et le regard dur des vainqueurs, embrassant toute la banlieue qui s'enfuyait avec les trains, grisâtre et figée.

« Faut qu'je joue !... tu comprends ! ?... j'ai plein d'choses en moi qu'y faut qu'elles sortent... sinon j'étouffe... et y'a qu'le cinéma pour faire sortir tout ça...

– T'en fais pas assez du cinéma tous les jours, hein, dis ?... y t'suffit pas l'rôle qu'on s'infuse chaque minute... et à vie !... l'a bien dit l'vieux... c'est du théâtre tout ça, hein... – et je lui montrais l'étendue morne qui se déployait devant nous, la plaine, les immeubles, les routes qui serpentaient – tout ça qui nous entoure tous les jours..., du théâtre, pas plus..., un jour on t'reprendra ton costume de scène, ton personnage... la pièce sera finie...

– Pasque t'écoutes les maboules toi ! ?...

– Pas moins qu'les autres... »

Ça se remarquait facilement qu'il se dérapait dans la caisse Gaby, que je lui réduisais sans pitié sa grande vision de l'existence, que ses yeux maintenant ne traînaient plus que sur les dos de tortues, l'église.

« Mais une fois qu'c'est fini alors la pièce ?... hein..., y s'passe quoi ?... y font quoi les acteurs ?...

– Qu'est-c'tu fais toi après la journée ?... j'en sais rien moi..., quand l'rideau tombe... sais pas..., y rentrent chez eux..., comme tout l'monde...

– Et après ?...

– Pouhlala !... et après, qu'est-c'j'en sais ?... doivent préparer une autre pièce... avec de nouveaux personnages, dans des décors pas pareils, une autre histoire... d'autres comédiens..., voilà quoi... »

– Et après ?...

– Oh chié !... quand c'est au point, tous les actes écrits... tout préparé impec, ben... y r'montent sur scène et puis merde... »

Il en avait des ratés qui lui striaient la pupille Gaby, jamais il avait vu les choses de la vie d'une façon si minable qu'il devait penser, il en chancelait du bastringue, le regard maintenant à ses pieds il refusait tout le bloc, rien de tout ça il voulait pour les grands événements de son avenir glorieux.

« Ça veut dire qu'y'aurait pas qu'une seule…, mais on va s'en taper combien alors des… vies ?…

– Pasque tu crois vraiment que tout ça n'est que ça ?… »

Et je lui montrais le paysage qui se dépliait de plus en plus avec le jour, les traînées liquides tourbillonnant au-dessus, les menus brins d'herbe à nos pompes, les maisons grises jalonnant les rues vides, les autos sur le boulevard, le périph, comme s'il s'agissait toujours des mêmes depuis la veille, les jours d'avant, encore les mêmes à tourner tourner autour de Paris sans plus pouvoir s'arrêter, en sortir du trafic.

Mais comme je voulais qu'on reste copains, je lui dis :

« Ça s'trouve j'invente…

– Voilà, c'est ça… t'inventes. »

Et sa fièvre d'un coup tomba dans un soupir de soulagement, ses yeux repartis à gambader sur la plaine, les deux jambes bien plantées il se récupère.

« Sinon, tu pourrais pas lui causer toi à Myriam ?…

– Qui c'est ça encore ?…

– La brune qu'est avec nous en espagnol…

– C'te gourde…

– Peut-être… mais elle est belle…

– Ça lui pass'ra…

– Ben moi ça m'pass'ra pas !… je sens qu'c'est la bonne…

– Comme celle d'avant… pis l'autre encore…

– Nan nan… c'coup-ci… là, c'est… j'te jure…

– Pourquoi moi ?…

– T'es aussi nul qu'elle en espagnol… ça crée des rapprochements…

– Connard…

– T'as pas d'humour Matin…

– Nan, aucun… l'humour c'est bien si t'aimes rire sinon tu trouves ça con…

– Alors… t'y causes ?…

– Non pas…

– Allez, j'te parie qu'si tu l'fras…

– On va pas l'jouer à chifoumi non plus…

– Félon !... quand j'f'rai des films et qu'j'péterai d'thune tu viendras m'demander des services... eh ben tu pourras t'les accrocher !...

– L'argent rend pas moins con... les lunettes apprennent pas à lire..., même si ça aide bien ça a rien à voir...

– Salaud !...

– Face de poulpe !... »

Nous en étions là de notre suave discussion lorsque je sentis m'escalader comme une bouffée oppressante une chaleur dégueulasse à me régurgiter sensiblement la calebasse. Nous avions besoin de quelque chose, d'autre chose mais nous ne savions pas réellement quoi. Certains savent très bien ce dont ils ont besoin. Ça n'était pas notre cas. Peut-être d'un ailleurs, sa cage elle a pas besoin d'avoir de murs, rien que le ciel au-dessus toujours le même suffit pour ça, vous poser dans l'oubli comme on enfonce un clou, comme on éteint la lampe avant la pionce. Voilà je me disais, faudrait qu'on aille voir ailleurs, après ici, passé République. Faut lui faire prendre l'air à son âme, c'est vrai, l'aérer largement, comme on secoue un tapis à la fenêtre. Faudrait voir comment aussi ? Mais parfois y'a pas à se préoccuper, l'idée lancée les choses vont, viennent et s'organisent d'elles-mêmes dans une sorte de manière de confusion avant même qu'on ne les ait digérées soi-même, et refuser viendrait même pas nous tarabuster la patate tant elles nous déblayent le sentier comme un chasse-neige.

« T'façon elle m'a dit qu'on s'verrait un sam'di..., faire j'sais pas quoi, des trucs..., mais c'est jamais possible... y'a toujours kekchose avec elle..., du coup j'passe mon temps dans ma piaule à attendre son coup d'fil...

– Elle se fout d'ta gueule...

– Hérésie !... et pour c'que t'y connais..., t'as p'têt' raison... j'sais pas...

– Tu veux dire que t'aurais tort ?...

– Pas pousser..., mais ça va changer... avec le voyage on va enfin pouvoir passer du temps ensemble... comme ça on...

– Quel voyage ?...

– Elle a pas rempli des papiers ta mère ?…

– Possible…

– T'es jamais au courant de rien toi… c'est extraordinaire !…, mais tu cherches quoi, toi, avec ton air de toujours aller t'asseoir à côté d'tout ?…

– Une maison… un retour d'exil…, quelque chose qui apaise… »

Il écoutait assidûment Gaby, poussant loin devant lui ses deux gros yeux attendris, mais ça l'empêchait pas de rien entraver à mes doutes.

« On dirait qu'y'a jamais rien pour toi… qu'tu veux jamais rien…

– C'est parce que j'y crois pas…

– À quoi ?…

– À tout ça… toute cette activité, les papas, les mamans, la réussite, les immeubles, le temps, la vieillesse, l'enfance, l'amour, les années qui s'épuisent…

– Oh regarde… t'as vu ?… – il me dit, n'écoutant plus – y neige !… »

On a fini par s'ébranler quand même, sortir du parc, retrouver les rues, les trottoirs, chercher le métro. Mais je n'y allais plus qu'à peine, pas loin déjà de renoncer à la parade, idem, l'idée je la sentais là, tapie tout près. Nous avons marché comme ça, lentement, chacun dans son jus, muets chacun à se tourner dans sa guérite, et j'ai regardé Gaby s'engouffrer dessous la rue.

Il n'avait, je m'en suis rendu compte bien plus tard, aucune idée sur lui-même ni les autres, c'était blanc ou noir, aucun entendement pour la distance ni pour les relations qu'il aurait pu tisser avec l'universel. Son cercle désordonné se résumait aux plaisirs, n'acceptant pas qu'ils lui soient refusés, habitué à jouir, plaçant çà et là de petites joies aveugles et souffrant sans comprendre entre deux tentatives de bonheur. Certain de tout mais ne sachant rien, il avançait de guides en maîtres, se cherchant toujours un nouveau petit dieu qui parlerait le dernier. Mais tout ceci n'avait aucune importance, sa prodigieuse capacité à s'adapter instantanément à n'importe quelle déconnade valait pour le reste, et c'était bien ça pour moi qui comptait.

Comme un grand soleil glacé semblait me tourner autour et plus me lâcher j'ai continué un peu, marchant pour rien, pensant trop, incapable de trier tout ce qui me polluait la bouillotte.

Puis je suis monté, une toupie dingue au module, traînouiller place des Fêtes sans rien voir du marché. J'allais, hébété dans ses étals, embrumé de sentiments contraires, repensant à ces petites lueurs, là-bas, ce vieux dans une église murée qui se rêvait gréé d'une femme, tous deux les bras liés sortant de l'ombre enfin. Peut-être aussi j'inventais tout ça moi, le coup des pièces de théâtre successives, avant le boyau noir j'avoue avoir peu de souvenirs, mais il y avait un avant, un ailleurs, quelque part, me restent des images vagues, des réminiscences, des impressions et sensations confuses

J'allais, regardant juste devant moi une nuée de pigeons qu'une petite fille à bicyclette envole.

Et nous avons continué ainsi des années avec Gaby, tant qu'on pouvait, dès que la vie s'y prêtait, les jours devenaient sombres mais les nuits s'éclairaient. Oublieux des années lointaines nous traînions boulevard du Crime, ne sachant rien de son passé ni du cinéma où nous franchissions les nuits à voir et revoir les mêmes films de rock, les concerts en Amérique de groupes à nous inconnus, roupiller entre, au chaud. On a tout vu, et moult fois, ainsi les nuits passaient douces dans ce tumulte de musique et d'images qu'on s'envoyait dans le melon pour cinq francs. Il n'était pas loin de République ce rikiki ciné, cet ancien jeu de paume, dans le troisième et avec ses deux étages en balcon, tout recouverts les sièges et les murs de velours rouge, les cimaises et tubulures dorées, sa grande peinture au plafond de ciel bleu ça faisait théââââtre. Et c'en était un avant, le dernier même du boulevard du Temple, le seul à rester debout après les modifications haussmanniennes. Et ce qui l'a sauvé on peut dire c'est vraiment rien que le bol, pas autre. Il a tout envoyé valdinguer le côté est du quartier Haussmann en 1862, ça le tenait, mais pour des raisons pratiques et de sous-sol le côté pair fut le seul à y passer. Plus aucun théâtre debout. C'est son impair qui l'a sauvé en somme le Déjazet. Et encore, juste avant nous, en soixante-seize, le supermarché pointait sa trogne. À l'époque où on y allait passer nos nuits avec Gaby on ne tuait plus personne sur le boulevard du Crime, pas même sur les planches, puisqu'il n'y en avait plus de théâtre. Mais qui s'en souvient encore de toutes ces époques perdues, des *Enfants du paradis*, de Virginie Déjazet, du comte d'Artois même ? Pourtant, chaque nuit où nous y étions toujours un type, que l'on a jamais vu, chantait la même strophe entre les films. Toujours dans le silence de changement de bobine avec Gaby on entendait sa voix sortir de l'ombre, s'élever des hauteurs du deuxième étage, le paradis :

La seule promenade qu'a du prix
La seule dont je suis épris
La seule où j'm'en donne, où je ris
C'est l'boul'vard du Temple à Paris

On mettait parfois l'hiver le feu aux poubelles dans les rues de la nuit pour se réchauffer autour, et on s'éloignait pour admirer le rouge-orange des flammes qui se tortillait dans le froid comme une langue à venir lécher la nuit. On collectionnait aussi les bouchons de réservoir, des rues et des rues on se tapait, des dizaines de voitures, des soirées au poste aussi à poireauter sur un banc avec les menottes, les cognes plus emmerdés encore avec notre butin étalé sur la table.

Même chez lui j'y allais parfois chez Gaby, il habitait pas loin du collège, dans la rue Amelot, le numéro je l'ai plus mais ils ont dû certainement tout détruire, c'était juste au-dessus d'une petite épicerie, au premier. Un vrai appartement celui-là, et bien propre et clair et suave, pour une fois que c'était pas un deux-pièces, je montais en grade. Parquet ciré, un piano pour sa demi-sœur, une contrebasse pour la belle-mère et des placards en veux-tu en voilà, trois chambres et salon, de belles pièces bien rectangulaires, parfaitement baignées de lumière. Sauf sa piaule à Gaby. Lui n'avait droit à rien de tout ça, sombre puisque donnant sur la rue du côté, petite où aucun mur n'était droit. Il se récoltait les culs de placards Gaby, et de ce fait sa turne ressemblait alors à une pièce de puzzle tarabiscotée. Je crois qu'il s'en tapait, il avait une porte et c'était tout ce qui l'intéressait, pour pouvoir la fermer.

Et des rues et des rues, d'autres encore, les couloirs et les rames du métro, les rencontres d'inconnus pour un instant, on arpentait la ville au hasard, du soir au matin, se perdait dans les arrière-cours, se faisait inviter à toutes les fêtes que l'on repérait du trottoir, ces appartements bourrés de tordus et de zic.

Oh, ça, on y a fait les cons nous deux avec Gaby on peut le dire sur le grand tapis roulant de l'existence, qu'on te me l'a bien dézingué de partout, on s'est bien marrés aussi faut admettre. Nous vivions les jours sans penser à rien, pas plus loin que le soir, la nuit, demain et puis voilà. On était dans l'action, ça, littéralement. Gaby il voulait les honneurs lui, à défaut d'amour, il voulait le soleil factice et les sucettes, il a continué sans rien voir de l'achèvement. Moi j'ai tournicoté dans un souci d'inquiétude, que je m'en suis mis à réfléchir, et bien malgré moi, au jour d'après ce jour, et beaucoup plus loin encore après, jusqu'au fond de la vie. Je la pensais déjà comme un clébard sur le chemin ma vie, des va-et-vient incessants de la mort au présent, puis d'aujourd'hui à la vieillesse.

J'ai réalisé ainsi qu'il ne s'arrêterait jamais le tapis roulant, que c'était trop tard, une fois dessus on filait vers la dissolution, le final round. Plus rien a été du tout et je suis passé ainsi à côté de la noce.

Pouah !

Mais il n'était pas trop désagréable ce petit voyage inattendu, cette extraction soudaine de l'ossuaire de nos vies, le gros bateau, les vagues à clapoter dessous, et plus la France s'en allait plus tout le reste s'éloignait avec. Je l'avais laissé là-bas ce petit personnage hébété de fatigue et de peurs, sur le quai dans le gris du ciel, à poireauter sous la bruine. C'était ça je me disais alors qu'il m'aurait fallu, encore un autre exil, un ailleurs inconnu de tous pour être bien certain de plus rencontrer jamais un vieux témoin du passé, plus personne pour me brandir le petit couillon, pour pas qu'ils me reviennent les fantômes de là-bas.

Mais l'eau, dans le creux des mains, on la retient pas longtemps, elle file et va croupir à nos pieds, toute chose portée sur les vagues du temps se contamine et vire malsaine faut le savoir. Et puis il y aura toujours dans notre nuit comme des petites lucioles à venir nous tirer la manche des souvenirs, des trombines ancrées qui surgiront bien des années plus tard, et tout sera foutu alors, tout à refaire. Ça me tenterait fort pourtant de les retrouver, d'aller les voir pis de leur causer, tous ces mirages perdus là-bas dans les brumes d'hier, ces routes oubliées où certaines nuits les coyotes venaient parfois au petit matin nous balancer des gavottes. J'y retournerais bien voir ce qu'ils sont devenus tous les copains enfouis, les petits potes de la jeunesse, tous ceux qui étaient aussi conneaux que moi à s'agripper sur le sentier des jours. À des centaines de kilomètres je l'ai revu, une fois, après, des années de là Philion, comme ça, et rien sur lui n'avait changé, la trogne se perdait encore autour de sa mâchoire et ses tics dingues illuminaient toujours son verbiage, rien de tassé même, le frapadingue grandiose et identique.

Les grands malades ont un moteur qui défie le temps, et tête de fou ne blanchit pas.

Mais la France décidément ne voulait pas s'en aller tout à fait encore, ou si lentement, refusait obstinément à se dissiper dans la grisaille, s'accrochait aux nuages lourds et bas, resurgissait au détour d'une vague, et je restais hypnotisé à me perdre sur l'étrave, la voir monter, descendre pour exploser l'écume sans que la terre du devant n'apparaisse. Elle se refusait la lande promise, comme tout ce que j'attendais, je voyais disparaître tant de choses dans ma vie sans les remplacer jamais qu'il m'en venait à douter de l'échange. Il faudrait que quelqu'un arrive, je patienterai jusqu'à ce que quelqu'un vienne et que tout change, et les rôles et l'histoire. Moi, on me ligotera les mains, moi mort dans le trou on me mettra la tête entre les jambes et une pierre dans les mâchoires, comme les vampires, et ce sera fini. Je resterai bien peinard à merdouayer dans ma tombe en mâchouillant mon linceul et puis voilà. J'attendrai.

Et j'en étais là moi, courbé sous les embruns sur ce pont métallique à pleurer au bassinet quand il s'est mis à me gueuler derrière.

« AH ! MATIN !… regarde !… mais regarde !… – il hurlait Philion les bras en croix, la cigarette entre les dents, une bière en main à dévisager la brumaille dans laquelle on s'enfonçait – regarde ça un peu !… regarde devant Matin !… c'est fini derrière !… et tiens !… tiens !… »

Avec de grands gestes il lançait de somptueux bras d'honneur à la France, faisant gicler à chaque fois un peu de bière sur le pont.

« Tiens, prends ça !… tas d'enculés !… enculés va !… c'est fini toute cette merde !… torché !… regarde devant Matin… il est là-bas notre av'nir !… droit d'vant !… on est LIBRES !… »

Et il riait diablement, lâchait plus de fumée que le steamer et consommait plus de gas-oil aussi en liquidant sa bouteille d'un grand coup de glotte pour la balancer loin dans les vagues.

On y resterait bien, même dans le froid, empaqueté dans le vent, l'enfance ça nous tient, on s'engouffre éperdu dans toutes les menues ouvertures possibles, on attrape tous les jouets qu'on nous tend, on les happe, avidement, deux doigts de plus en décoller de l'enfance, maintenant qu'elle s'achevait pour de bon. Philion, sa clope au bec, sa bière à me déclamer l'avenir radiant qu'il voyait poindre après le nez du bateau voulait éperdument s'en délester de l'enfance lui. Mais devant il n'y avait toujours rien. J'allais pas lui en tartiner mastoc à lui aussi sur ses belles espérances, qu'on allait forcément bien devoir y retourner un jour, la retraverser cette drôle de mer toute grise et retrouver tout ce que l'on conchiait assidûment aujourd'hui. Des copains il m'en fallait quand même, merde quoi !

On est rentrés.

Lorsque nous avons poussé la lourde porte vitrée un air chaud et vibrant est venu tout de suite nous glisser dessus comme une langue, une bouffée de folie hargneuse qui planait déjà dans le salon, bien installée semblait-il depuis l'embarquement.

La bringue avait commencé.

Je savais pas les reconnaître les petits potes, c'était plus les marmots ternes et résignés de l'école, avachis serrés hilares maintenant sur les longues banquettes d'un violet pétant qui décrivaient des demi-cercles çà et là dans cette grande salle à moquette vert criard, ils se bidonnaient tous furieux comme je les avais jamais vus. Agglutinés au bar ils se payaient des paquets de cigarettes, des bières et hurlaient au plafond une fiesta dingue. Et ça rentrait, sortait, fallait qu'ils voient tout du rafiot, une ronde infernale de torses bombés, de regards fiers, défiant le monde pour survivre encore un peu avant que la vie ne les coince dans le labyrinthe, comme des rats. Petit Simon même claudiquait après la troupe, épaté de tout ce luxe foireux, haussant la tête pour y être aussi dans le tourbillon, dans toutes ces nouveautés qui lui déboulaient dans l'œil parmi lesquelles il ne savait faire le tri.

Gaby, déjà enfumé comac et saoul potable se collait en désespéré à Machine, enlacés tout deux sur les banquettes, lui dans l'extase de pouvoir enfin la retenir, la malaxer tout en lui débitant des sornettes de promesses éternelles. Jamais je l'ai prise la peine de les mémoriser tous les prénoms de ses copines, c'est pas poli, mais ça passait si vite, il les perdait avec la même facilité qu'il les attrapait. Pourtant cette valse triste lui marquait tout de même le cervelet, bien que sa capacité à rebondir fût impressionnante.

Tous s'engouffraient dans un bonheur attendu, chacun y allant de ses petites réparations d'âme, un long soulagement s'étirait de nos banquettes jusqu'à la table un peu à l'écart des professeurs. Même Mlle Fisher qui nous apprenait l'anglais tous les mardis et les jeudis se retrouvait entortillée dans la mouvance électrique du bien-être. C'est qu'elle n'était point laide Mlle Fisher avec son corps fin et ses petits yeux noirs brillants, sa large bouche admirablement dessinée, ses longs cheveux bruns qu'elle relevait en chignons alambiqués pour lui sculpter de chaque côté de la tête comme des ailes de cygne prêt à s'envoler, tout en laissant quelques interminables mèches venir lui fouetter les fesses quand elle déambulait entre les tables. Mais elle avait dans son air, son port de tête, sa démarche et ses manières précieuses, effarouchées, un quelque chose de distingué qui annulait lentement la régularité de son visage, la rehaussant d'une froideur hautaine qui la séparait involontairement, et sans que jamais rien ne soit officiel, toujours un tantinet de ses collègues. Vieille fille pourtant jeune elle ressemblait avec ses talons, ses chemisiers blancs qu'elle laissait souvent ouverts un peu et ses jupes droites à ces gens qui nous apparaissent toujours coincés derrière une vitre lorsqu'ils tentent de communiquer, nous suppliant une ouverture de leur regard triste et interloqué malgré eux. Elle nous faisait de l'humour des fois, mais qui n'amusait qu'elle et jamais on a osé, même Philion, se déchaîner dans ses cours comme on le faisait partout ailleurs. Nous avions peur de la casser Mlle Fisher, qu'elle ne s'effondre en milliards de petits bouts de cristal que personne aurait su jamais recoller dans le bon ordre tant elle nous semblait une énigme délicate. Et puis tous ces silences qu'elle laissait échapper parfois, coupant une phrase, ses yeux au lointain, avant de revenir parmi nous et de reprendre méthodique nous inquiétaient fort, nous laissant imaginer qu'il ne lui en aurait pas fallu beaucoup pour virer en une seconde tout à fait folle à un de ses retours. Mais là, autour de cette table ronde ils avaient l'air de bien s'entendre tous, une connivence silencieuse et calme les soudait. Ils n'étaient qu'une poignée mais sans se causer plus qu'il ne faut ils en restaient satisfaits, leur verre en main, souriant à la grisaille que l'on distinguait encore derrière les grandes baies vitrées aux coins arrondis. En somme nous avions tous des raisons de ne pas aimer chez nous. À les observer de notre coin ils nous avaient l'air si reposés, soulagés enfin comme au sortir d'une épreuve. Pourtant ça ne faisait que commencer.

J'y suis quand même allé la trouver Mlle Fisher malgré qu'elle ressemble à ces îles parfaitement inabordables que l'on croit voir reculer sur les flots.

« Yes… yes but, no… no… Maytine… – ses yeux se voilaient sous ses paupières et son sourire fatigué mais quiet m'amusait bien – no… in… in English now… al… always in… in English… »

Et ses intonations montaient, descendaient, se perdaient en montagne russe sans qu'elle ne maîtrisât plus rien de son gosier.

« Yes… mais je sais pas comment on dit whisky en anglais ?… »

Ils se sont tous bien gondolés mais je l'ai pas eue ma réponse.

« Complique pas tout Matin… – il me dit Philion – donne ton blé au grand là-bas, çui qu'a l'air con, c'est lui qui commande pour nous…, quand il en aura marre on en prendra un autre… »

On se passait la bouteille tous, incrustés dans les banquettes et la vie doucement se fit moindre, une charge d'espoir me remontait des soubassements pour m'illuminer les combles tandis que la désespérante lourdeur des êtres et de l'existence s'évaporait en petites étincelles nébuleuses. Quelques lampées encore, deux trois étincelles en fleur d'artifice et une énergie furieuse m'irradièrent le châssis et la caisse. On était debout. Nous avons mis dans un de ces grands sacs de marin toutes nos tares communes, notre haine, nos ravages personnels, les pères, ces foirades convenues, les mères, ces usines à culpabilité, tout bien ficelé dans le sac et balourdé loin par-dessus bord. Nous étions prêts.

Dehors tout avait changé, une grande clarté aveuglante tombait du ciel, l'eau scintillait et le vent, la pluie tourbillonnaient dans de longs éclairs blancs. Le bateau bondissait de vague en vague, nous aspergeant au fond des creux, remontait vers le ciel pour ne jamais retomber, mais retombait loin devant, nous aspergeant encore d'un immense rideau d'écume. Je n'étais plus alors le rat de la soute. Je jouissais moi aussi. Et je ne sais d'où venait cette musique sauvage mais les riffs de guitare, le martèlement incessant de la batterie folle me cognaient si fort au caisson que je pensais exploser sur chaque coup de cymbale. Et la mer se déchaînait, furieuse et double, hurlait tant que nous, basculant nos viandes droite et gauche, comme des sacs, nous faisant valdinguer dans une rumba dingue où nous titubions tous les quatre dans les coursives, se cognant dans le rouf en se bidonnant avec fureur, croisant des matelots qui nous ramassaient en riant. Et le tangage devenait énorme, le roulis cadencé nous embarquait si loin de nous-mêmes que nous ne savions plus ce que nous foutions là, sur ce rafiot, à quatre pattes, à rouler sur le pont comme des tonneaux et à voguer vers quoi ? Mais toutes mes douleurs s'envolaient, j'étais en accord avec l'univers, un accord si parfait, si naturel avec l'existence.

Avec la gnôle je dansais bien au chaud dans le ventre d'un dragon.

Et Gaby beuglait ses rires comme un damné, petit Simon cherchait entre deux marrades une respiration qui le fuyait, Philion y allait encore de ses bras d'honneur, mais plus vigoureux et debout sur la rambarde gueulait tant qu'il pouvait, sa mâchoire au ciel :

« J'ENCULE LA TERRE ENTIÈRE !... »

La deuxième bouteille c'est Gaby qui nous l'a carmée, maintenant avachis tous en caleçon, trempés sur les banquettes d'un violet encore plus vif il nous semblait, les fringues à sécher un peu partout étalées sur les chauffages et la bringue toujours à valser dans la salle autour. On entendait parfois au milieu des éclats et des gueulades le petit rire en notes de musique de Mlle Fisher qui survolait par à-coups la fiesta.

« Et Machine ?... – je lui demande à Gaby au bout d'un moment.

– Avec ses copines... j'l'a verrai plus tard on est dans la même famille..., t'façon elle... »

Il nous aurait fallu stopper un peu la gondole pour qu'il la termine sa phrase Gaby, se redresser un peu la théière, mais ça on pouvait plus, c'était trop tard. Tous bien déboulonnés, au pic de la bordée, la louftinguette en sursis, on l'écoutait débloquer, péter un à un tous ses fusibles Gaby, se lancer debout au milieu avec son calbut rayé dans des tirades de demeuré, sur ses multiples copines, des croustillades sur Machine et les provocations monstrueuses qu'il accumulait le week-end chez sa mère. De l'entendre ainsi dégoiser des immondices à la chaîne Gaby, on aurait dit qu'il avait plus de bites que les autres lui, et qu'il se torchait régulièrement dans le saint suaire. On raffinait plus du tout à ce stade de la traversée, on avait enfourché le Gulf Stream, toutes nos amarres étaient brûlées depuis longtemps, on devenait aussi fins qu'une râpe à bois. C'est alors qu'ils ont attaqué un concours de limbo, juste derrière nos banquettes, les filles à se cambrer en transe, les gars à la barre. Et on frappait tous dans nos mains comme des possédés en scandant des hululements à plus va quand derrière les grandes baies vitrées on a commencé à voir apparaître la côte, se dessiner un peu après les maisons, puis le port.

L'Angleterre on s'est dit.

Il a fallu se rhabiller.

À peine débarqués ils nous ont éloignés immédiatement des lumières de la ville qu'on voyait pas loin pour nous parquer dans un somptueux no man's land entouré de réverbères, comme des miradors, où très vite la nuit sortit de la brumaille pour tout recouvrir comme un drap opaque. Lentement des réverbères apparut une lueur orange de fin du monde qui vint maquiller près de deux cents têtes de bétail à cuver entre les flaques avec des faces de citrouille. De notre base on pouvait encore distinguer le port avec de longs câbles à crochets que lançaient des grues comme de fantastiques pêcheurs métalliques en attente, on le voyait toujours notre bateau près des réservoirs alignés juste après les hangars et une forte lumière blanche, isolée de l'autre côté du port. Assis sur nos valises on regardait s'en aller un à un les petits potes, dans des voitures, des camions, adoptés au goutte à goutte, on se faisait des signes même si plus personne savait encore qui était qui sous cette lueur de cimetière. Avec le retour de la pluie ça s'est un peu précipité le manège, les couples radinaient de partout et dans une mêlée plus compacte, un distingué bordel on s'est plus retrouvés qu'une poignée dans les phares avec Mlle Fisher à plier sous une pluie fine et rectiligne. Il avait pas l'air vraiment bien sec ce pays. Et puis Philion est parti, avec Simon dans une drôle d'auto que je n'avais jamais vue en France. Ensuite j'ai regardé une autre voiture s'éloigner avec Gaby et Machine entrelacés sur le siège arrière. Nous n'étions plus alors que tous les deux avec Mlle Fisher et le petit claquement sec de ses talons à piétiner sous son parapluie comme un gros champignon au pied maigre.

« Well… so… – elle me dit avec sa mini-valise à carreaux dans l'autre main – nous voilà tout seuls…, vous n'avez pas peur au moins ?…

– Peur de ?…

– Je suis là vous savez… vous êtes avec moi… »

Et ses gentils talons à claquer sur le sol trempé décrivaient avec douceur autour de moi des cercles de plus en plus serrés, un rétrécissement savoureux de l'espace duquel je n'avais absolument pas envie de sortir.

« Venez donc sous le parapluie – elle minaude – tenez, prenez-le, que je vous tienne le bras… ce sera plus convenable ainsi… »

Comme il plongeait plus que d'ordinaire tout autour de nous son parapluie, que les gouttes en glissant le long jusqu'à terre fabriquaient un rideau, nous étions semblables à deux fleurs sous un globe aveugle coupées de tout, et je sentais monter de son corps l'odeur délicate de sa chair mêlée à son parfum léger. Toujours bien envapé de gnôle j'en bringuebalais raide du caisson et de la tige. D'autant que je me l'avais tout près son petit minois raffiné, quelques centimètres, je pouvais admirer ce petit nez droit, ses petits yeux noirs crépusculaires et pourtant remplis d'éclats fixés sur la lumière blanche de là-bas, ses minuscules narines, ses joues presque creuses et pourtant lisses et cette unique ride, cette fine pliure sèche, comme une gracieuse cicatrice vivant au coin de ses lèvres. Et posant mes yeux en oblique sur les siens qui restaient droit devant, tous mes indices d'elle me remontaient au bocal, tous mes souvenirs depuis le début de l'année comme de petits morceaux de puzzle, mais il n'y en avait pas tant. Sa minuscule voiture avec son intérieur immaculé, désertée de vie sans jamais rien qui traînait sur les sièges, les coups d'œil étonnés de ses collègues dans son dos, ses paroles qui ne laissaient jamais rien deviner sur sa vie, et sa classe. Car elle était la seule de l'établissement Mlle Fisher à ne pas bouger, toujours garder la même, avec son bureau vide et sa plante verte sur un coin qu'elle ne pensait jamais à arroser. On l'aidait nous à la ranimer sa plantouille qui dégoulinait grêle jusqu'à ramper sur l'estrade. Aussi ses courtes mais fréquentes absences pour son dos qui la faisait souffrir et l'immobilisaient au plume. Après ça il n'y avait plus rien. Pourtant je le savais bien ce qui chez elle nous figeait tous, outre sa jeunesse que ses manières éthérées annulaient, c'était sa façon de nous causer. Elle n'en avait qu'une. Et sans déclinaison possible elle s'adressait à tous comme dans un rêve avec un sourire figé aux traits immobiles où chaque parole ne faisait rien bouger du visage. Ses collègues, la directrice, le concierge, les dames de service et ses élèves, elle parlait avec le regard qui ne dépassait jamais quelques centimètres devant elle et sans jamais rencontrer celui de son interlocuteur, même en le regardant, comme s'il n'y avait personne, ou toujours la même présence. Comme un aveugle.

Et la gnôle me tapait fort encore, j'en vaselinais agréablement dans un songe où tout m'apparaissait bien plus irréel encore qu'à l'ordinaire. Que je m'attendais à voir disparaître tout le décor d'une seconde à l'autre comme des peintures sur un rideau qui se lève. Tous les bâtiments et les grues, les énormes bateaux de fer, le port et la mer, tout à décoller ensemble, prendre leur envol minuté pour ne plus rien laisser dans la nuit que Mlle Fisher et son parapluie, ma terrine en feu d'artifice et les petits talons de ses escarpins comme deux épines de rose plantées entres les flaques.

Mais son regard immuable en poupée de faïence, la rigidité de ses muscles fins et ses pensées que je sentais impassibles à tout me laissaient voir que nul, même en la secouant, même en l'injuriant, la mordant, la battant, même en la mangeant jamais ne pourrait lui atteindre le sensible, lui réveiller la fibre. Elle resterait toujours et quoi qu'il lui arrive coincée derrière sa vitre Mlle Fisher, sans creux ni bosse, sans évolution avec son âme figée de statue lointaine.

« Ne vous inquiétez pas – elle a fini par me dire – il ne va certainement plus tarder à venir maintenant… »

– Qui ça ?… – j'ai demandé.

– Mais… Mr Kolitch voyons…

– C'est qui ?…

– Mais… enfin… la famille chez qui vous… »

Enfin elle vacillait, enfin elle plongea ses yeux dans les miens pour y perdre pied, se rattrapant à mes cheveux, mais chaque fois que son regard s'allongeait dans le mien je sentais ses doigts me serrer un peu plus encore le bras, qu'elle en titubait.

Elle a plus rien su dire Mlle Fisher, une petite toux sèche est venue la ramener en elle.

Et nous sommes restés ainsi, avec sa main dessous mon bras où je sentais ses doigts me serrer le pli, sans plus parler ni bouger sous le parapluie, juste elle qui passait d'un pied sur l'autre pour se reposer les jambes en pointillé, avec les gouttes sur le sol qui reflétaient les veilleuses comme un champ d'étoiles orange dans la nuit tout autour de nous.

Quand même elle a tenté :

« Ils sont très heureux de vous recevoir chez eux, vous savez… ils vous attendent… »

Moi, je n'attendais personne.

J'étais bien.

Elle l'a vertement tancé Mlle Fisher pour son retard, lui en a refourgué plein la nénette, en anglais, de son regard fixe et luisant, te me le lâchait plus, encore et encore, expulsant des paroles à la suite sans jamais de pause, une respiration, et son débit monocorde le foudroyait. Mais je pense aussi qu'elle était contrariée en fin de compte de son arrivée.

Le bonhomme lui restait planté devant nous à se faire rincer sous l'averse sans même le remarquer, abasourdi, répondait non de la tête en même temps que oui, s'excusait en bafouillis dans des oui non avec sa trogne qui valdinguait dans tous les sens. Il pliait malheureux, convaincu de son péché, la regardait confondu, pris de vertiges les mains croisées sur sa poitrine. Enfin elle se tut. On attendait avec le bonhomme, et lui se décidait pas, il voulait être bien sûr qu'elle n'allait pas lui en retartiner la bouillotte, se protégeait de la salve. Mais elle avait terminé.

À demain elle m'a dit, bonne soirée en me regardant monter dans la voiture, pas persuadée plus que ça Mlle Fisher.

Et je la connaissais pas non plus son auto à lui, la soupçonnais même d'être unique avec sa carrosserie comme des cubes assemblés, son moteur si assourdissant tel un tracteur qu'il nous faisait rebondir sur les sièges, floutait le volant d'intenses vibrations nous obligeant à hurler pour se faire comprendre. Mais il en tricotait des efforts le bonhomme pour m'entretenir, prenait sur lui, s'abîmait dans des articulations monstres afin de m'aiguiser la comprenette, avec des mimiques, des gestes, qu'il en suait. Et je m'exténuais moi de réflexions denses, tentais de me consolider la théière tout en regardant défiler une suite de pavillons identiques qui surgissaient un à un dans les phares, extirpé une seconde de la nuit, toujours le même, à croire au surplace, et je cherchais toutes les connexions possibles, esgourdais tant et plus mais sans parvenir à trancher. Était-ce à cause de moi qui, si tant chamboulé de mon état de par la gnôle, avait perdu le peu que je savais de cette langue, ou lui qui foirait tout son vocabulaire, mais l'anglais qu'il me servait au-dessus du moteur ne correspondait en rien à celui de Mlle Fisher. Perplexe je lui déversais des yes et no totalement au pif, l'air inspiré, respectueux, et mes réponses à ce qu'il me semblait être des questions ne paraissaient pas le surprendre démesurément. Mais possiblement notre relation s'établissait sur des bases totalement faussées.

Comme je devais me tourner pour lui beugler mes yesséno j'en profitais à chaque fois pour le décrypter à l'aise, lui trombiner le fascicule par petites touches successives.

Ses cheveux gris aux mèches jaune pisseux délavées qu'ont les vieux, ne l'étant pas pourtant, lui touchaient presque les épaules parsemées de minuscules miettes blanches. Non rasé, de petits poils gris et blancs lui dessinaient sur tout le bas du visage un masque de cire terne qu'il devait certainement retirer pour dormir. Habillé en diagonale de deux trois serpillières avachies, l'air préoccupé il courbait sur la route le regard vide et apeuré qu'ont les fuyards. Je te me l'avais encore récolté le pompon. J'attendais la cerise. Elle a pas traîné.

Sans que je comprisse à quoi il l'avait reconnue il en a choisi une de maison, et coup de bol incroyable c'était la bonne.

Il m'a d'abord exhumé une toute vieille à moitié allongée sur moult coussins, pour la tête, les coudes et les pieds, momifiée dans un vertigineux fauteuil qui m'a regardé sans un mot en ricanant d'un air torve comme si j'étais tombé dans son piège. Puis de l'escalier a surgi une femme fort maigre et cernée à l'excès en peignoir qui traînait par le bras derrière elle une petite brunette en la faisant dégringoler les marches dans des hurlements de possédée. J'espérais qu'il n'en reste pas encore accroché à l'étage, un bébé par exemple, écrasant mollement dans son lit-cage. Pas fana des bébés moi. Et puis non, ça semblait terminé, rien bougeait plus que eux quatre à beugler.

Je l'avais ma famille.

Et tous ils s'y sont mis, de la gniarde à l'aïeule, tous à me débiter dans des gueulements croisés un anglais inconnu. J'ai persisté moi dans mes yesséno, mais tout le monde engueulait tout le monde, se rejetant la faute comme une patate chaude, ils ont toujours pas tiqué du coup. Mais ce qu'il me semblait tout de même entrevoir au milieu du chaos, et malgré ma fiole qui glissait toujours suprême et douceâtre dans une vrille fulgurante, c'était bien la cause de ce drame. La toute vieille. Tous, régulièrement ils la montraient du doigt pendant qu'elle ricanait apaisée, les yeux en feu.

J'avais moi une effroyable dalle, et lorsque le ventre crie les mots viennent.

« We don't eat ?... » – j'ai demandé.

Ça a fait silence d'un coup, te me leur a châtré le sifflet comme une panne, m'ont regardé avec des yeux de chouette paniquée et tous se sont mis alors à te me cavaler dans chaque coin de la maison avec un mutisme inquiétant. Lui m'a enlevé la valise des mains pour disparaître dans l'escalier tandis que la toute vieille me retirait ma veste, la petite me poussait déjà vers la table où sa mère déposait un plateau, sorte de bout de plastique en alvéoles remplies de choses éparses que je n'ai jamais pu identifier.

J'ai relevé la tête, ils avaient tous disparu.

Gentleman de nature j'ai poireauté dans cette paix subite, des fois qu'ils me radinent en sarabande avec leur bout de plastique pour reprendre la foire autour du repas où ils l'avaient laissé avant la pause. Mais il semblait bien définitif cet arrêt brusque, maintenant ne me parvenait de la maison ni bruit ni souffle. J'ai briffé la tortore sans plus du tout me poser de question. Mais le vert clair du salon m'attirait l'œil avec ses énormes carrés bleus, même chez Taïeb ils auraient pas eu le courage. Et puis cette petite télé allumée sans paroles avec ce gros type à remuer des lèvres sans arrêt m'intriguait fort. Je l'aurais bien monté moi le son, un tout petit peu, voir si son anglais à lui se rapprochait du mien. J'ai pas osé bouger.

Mais soudain tout me coinçait, que j'en avais la glotte en rébellion, plus rien passait et les gros carrés bleus avaient tous l'air de me scruter la bouille, curieux de voir comment j'allais m'en dépatouiller de ma soif. C'est que j'avais rien bu depuis l'engnôlement moi. J'en suffoquais de tout le bastringue.

« Please… – je leur couinais de ma chaise – please… »

Mais ça bougeait plus dans la casbah, ça frémissait de nulle part. Peut-être ils s'étaient bâchés. J'ai bien regardé partout sur la table, des fois qu'une petite clochette y traîne, le signal, que je sois tombé chez des aristocrates, des maniérés, des fin de race, mais non.

« Please… – j'en grinçais des jointures – plea-i-i-se… »

J'aurais dû mieux écouter ce qu'il me baragouinait dans la voiture l'autre, mieux ajuster mes yesséno, il m'a peut-être demandé si je buvais, j'ai dit non. C'est ballot.

Je la traverse alors la pièce, j'ose, puisque ça urge, pourfend les carrés bleus résolu à la rafistoler fissa ma bévue, pousse la première lourde qui se présente et POUF !… te me leur tombe dessus.

Ils sont là dans le noir, tous les quatre agglutinés autour d'une minuscule table en formica, serrés comme une portée de singes à s'empiffrer dans la cuisine sans un bruit. Et cette trouée de lumière brusque leur perfore la rétine, ils en clignotent, effarés, se redressent le buffet la bouche ouverte, sidérés de moi.

« Drinking !… » – je leur assène.

Qu'ils s'en écarquillent encore plus, s'interloquent. Sciés qu'ils sont.

Elle m'apporte alors la femme une miniature, rikiki tasse, un jouet de la petite sans doute, c'est la dînette qui s'installe. La graille expédiée tout subitement s'est mis à tourbillonner dans la turne, tous les meubles et la télé se mélangeaient au vert de la tapisserie, aux gros carrés bleus, je valdinguais en sucette, vacillais de la boussole sur ma chaise. Et me les revoilà qui radinent, queue-leu-leu réjouis, bien lestés pour la nuit et réconciliés de la goule. Mais fort enchristé de la soupière moi et vidé du jour j'avais quand même bien repéré qu'ils se clopaient une ventrée les cochons, boulottaient en lousdoc, et pas du plastique, de la fine, en abondance, une drôle de gnafrée. Ils pouvaient bien sourire béats, tout ce qu'ils avaient gueuletonné le permettait.

Mais j'avais mon blinde moi, je jugeais plus que de traviole et tout me suffisait.

« Sleep… sleep… – je savais plus dire que ça – sleep… now… »

Il me montre une porte à l'étage le bonhomme, un plumard, PLAF !

L'anglais ils savaient peut-être pas le causer, mais au moins ils le comprenaient.

Ça me faisait un souci de moins.

« Behind the door !… behind the door !… » – qu'elle me beugle.

Et j'ai jamais rien pu lui en tirer d'autre.

Où qu'il est ton père je lui demande à la petite, hein, ton daddy, l'est barré où ?

« Behind the door !… »

Elle veut pas ouvrir, je vois juste son museau buté dans l'embrasure, elle tient la poignée, un petit coup d'œil quand même dans sa piaule par-dessus sa tête, c'est un saisissement. J'insiste pas. Comme je réintègre la mienne de turne je la contemple maintenant pour ce qu'elle est, un cagibi sans fenêtre, à se demander même quelles manigances suprêmes ils ont bien pu opérer pour l'y insérer le pageot, la place est là pour rien. Elle ressemble ma turne à l'intérieur de ma fiole. Faudrait pouvoir se débarbouiller le cerveau des fois, le sortir et le faire tremper. Le papier peint ils avaient peut-être plus la place, ni l'ampoule du plafond, ça suinte le long des murs comme des décorations. En dessous c'est bien pire, je découvre, tout le corps bleui d'avoir valdingué sur le rafiot, et des coupures, rien qu'à respirer ça me tire, marcher devient une souffrance. La gnôle ça esquinte, je le savais, entendu ça répété par la grand-mère des années, mais à cette vitesse c'est prodigieux. J'en reste sidéré à les compter mes blessures, mes hématomes gros comme des poings d'enfant. Pas longtemps, nos piaules se font face et je l'entends se faire égorger la petite, se débattre sous les coups, sa tête contre les murs, respirer comme un tubard qu'on lapide. Les responsabilités me viennent. J'y retourne. C'est grand ouvert ce coup-ci, elle bricole dans un coin face au mur en relevant parfois sa trombinette butée pour lancer au plafond des cris de bêtes furieuses, avant de retomber dans ses occupations. Ça passe pas on dirait. Et elle balourde loin derrière elle sans regarder tout ce qui lui tombe sous la paluche, et ça rebondit sur un amas de jouets, une pyramide de mélange au milieu de la pièce qui grimpe presqu'à toucher le plafond, un monticule de tout qui dégouline jusqu'aux murs. Elle est pas contente.

« Alone ?... – je lui demande.

– Yes !... behind the door !... »

Et elle se met à engueuler la table à repasser, les seaux, les balais, l'aspirateur, tout un attirail de ménage entassé dans sa piaule, des bouts de meubles, des cartons, un escabeau. Elle les engueule et fait tout crouler de ses petits bras, s'attaque à son plume, te me le fout cul par-dessus tête, la commode et les tiroirs valdinguent. Elle ressemble à un porte-clé dans son pyjama rose, mais elle a du coffre la mignarde, et une sacrée force dans la colère de ses petits bras. Rouge elle en ressort de ses exercices rageurs. C'est ça qui m'a réveillé ce matin, le ramdam qu'elle m'a joué aux aurores, ses barrissements de folle et les jouets qu'elle balançait contre les murs. Vraiment elle est pas contente la gniardesse.

Je ne me suis pas hasardé à lui demander l'heure, même si on arrivait à peu près à se comprendre, mais j'aurais certainement déjà plus dû être là.

Je la découvre la maison, je découvre tout, je me souviens de pas grand-chose, même les parents je saurais pas les reconnaître. La toute vieille est au salon à comater, mais on dirait plus la même, avachie dans son formidable fauteuil et coussins on la croirait morte aujourd'hui, les yeux plombés sous sa choucroute en chignon vertigineux me voient à peine sans plus du tout ricaner. Elle plie. Je trisse, la laissant regarder le plafond en soupirant.

« Tu les as vus un peu leurs robinets ! ?... »

Petit Simon il me demande ça extasié tandis qu'on marche en troupeau désaccordé dans les rues noires de la ville.

« Chez Gaby y m'a dit z'ont les mêmes... tu sais avec des petites boules au bout des... et leur lavabo !... t'as vu ça un peu ! ?...

– Nan, j'ai pas vu la salle de bains... je sais même pas si z'en ont une...

– Comment tu t'es lavé c'matin ?…

– J'ai dormi tout habillé…

– AH !… toi aussi !… » – il me gueule Philion derrière.

Mais ils s'enlisent pas dans ces bêtes considérations, tous les trois depuis mon arrivée tardive ils se faisaient des chuchotis, ils reprennent. Je devinais dans leurs messes basses qu'ils préparaient une échappée nocturne pour demain soir. Mais je leur demande moi à quoi elles ressemblent leurs familles à eux, comment qu'ils sont, même en gros.

« C'est des putains d'rosbifs !… » – il m'hurle Gaby, agrippé devant à Machine.

J'insiste.

« Mais quoi ils parlent quoi ! ?… – il s'énerve Philion – des putains d'rosbifs on t'dit !… et pis si tu crois qu'j'écoute !… rien à taper d'c'qu'ils peuvent dire !… j'suis libre moi !… t'as compris ça ! ?… LI-BRE !… »

Ils avaient donc tous autre chose en tête que les délices de la langue.

« Mais… et pour manger… on va faire comment ?… – il s'inquiète petit Simon – c'est vachement bon hein c'qu'on mange chez eux…, ça s'rait dommage de… et si on y'allait après l'repas ?… nan ?…

– Moi ça n'me dérange mais alors pas du tout – je leur dis – de manger en ville… et eux non plus j'imagine…

– C'est moi qui paye – il lâche Gaby – on s'fait un dîner aux chandelles, hein, bébé ?…

– On verra… » – qu'elle lui lance d'un air las.

Du blé il en a toujours eu Gaby, et bien plus que nous, et longtemps on s'est demandé comment il se débrouillait, d'où qu'elle pouvait bien lui tomber toute cette fraîche, cette manne céleste. Ses manières, son jargon, ses idées, tout sonnait comme chez nous, son père travaillait dans un bureau, on voyait vraiment pas d'où qu'il la décrochait toute cette oseille. Mais il en avait le cochon. La partageait aussi faut reconnaître.

Ils nous ont trimballés en car près d'une plombe et ça m'a pas déplu, la campagne monotone courbait sous les averses et petit Simon est venu s'installer à côté, les yeux brillants comme je l'avais jamais vu. Il ressemblait à une plante découvrant la pluie. Moi j'en aurais bien repris encore une autre goulée de peinardise, mais Simon est de cette sorte de gens dont la présence ne trouble pas la solitude. On croirait s'entretenir avec une brise.

N'inaugurant jamais la parole, comme il faisait toujours, je le savais attendre mon bon vouloir. Qui ne venait pas. Mais ses yeux quémandaient si fort, quand même je lui demande :

« Ils parlent anglais les tiens ?...

– Ben oui...

– Et leur anglais tu l'comprends ?...

– À peu près... pourquoi, y'en a plusieurs des langues anglaises ?...

– Y'a celle des miens...

– C'est p't'ête pas des Anglais ?...

– Et vous mangez comment ?...

– Autour d'une table...

– Tous en même temps ?...

– On fait pas des roul'ments, nan... »

Et j'ai soudain reconnu les ailes de cygne qui dépassaient du dossier juste devant moi.

« Il a tout cassé Philion hier soir, dans la chambre – il me chuchote alors Simon – z'ont pas voulu qu'il ressorte après manger..., il est quand même un peu...

– Malade ?...

– Vif... Philion, nan ?...

– Ils lui ont pas fourni à ta famille la camisole qu'allait avec ?...

– Ça s'fait pas quand même, nan... de tout casser chez des inconnus..., surtout si c'est pas chez toi... et pis en plus que tu les connais pas...

– Faut pas être trop attaché à ses bibelots quand on l'héberge... »

Il se bidonnait en sourdine petit Simon, même si ça lui pesait bien un peu de partager une folie étrangère. Il reprend, encore plus bas :

« Il me fout la trouille... tu verrais ses yeux quand y..., tu peux rire..., imagine un peu la soirée dans la chambre avec lui qui fait des ronds et des ronds et qui tourne et tourne en hurlant...

– Tomber avec lui c'est pas c'qui pouvait t'arriver d'mieux…
– Demain soir on sort… ça m'soulage dans un sens…
– C'est quoi la technique envisagée ?…
– On rentre pas…
– Ça simplifie…
– On est sûr de pouvoir comme ça…, c'est l'retour qui va être…
– Pittoresque ?…
– Ça m'fout la trouille rien qu'd'imaginer la scène…
– Z'avez intérêt à bien maîtriser la langue… »

Ses yeux brillaient au petit Simon, il regardait le paysage avec un drôle de sourire, une peur mêlée d'envie.

« Ça m'ennuie un peu aussi pour le repas… de l'rater…, tu crois qu'ils vont nous nourrir encore après ?… »

Il nous fallut visiter un château, un bon gros château avec des pierres de l'époque, des ruelles autour à l'ancienne. C'était un vrai. Nous n'étions plus dans ce siècle, ça nous faisait une escale. Au milieu des chandeliers et des hallebardes il m'agrippe le bras Philion, soucieux.

« Comment elle est ta famille à toi ?… – il s'inquiète.

– C'est des putains d'rosbifs… quoique… ils arrivent peut-être de la campagne… ils ont un drôle de patois que j'arrive pas à…
– Nous c'est l'horreur !… l'HOR-REUR !…
– Que t'as tout cassé m'a dit Simon…
– ÉVIDEMMENT !… déjà qu'ils nous ont fait chier tout l'repas ces enculés avec leurs questions à la con !… après ils…
– Tu comprends c'qu'ils racontent ?…
– Si tu crois qu'j'écoute !… Simon qui répond… s'débrouille pas mal… tout l'repas il a t'nu… chapeau !…
– Vous mangez tous ensemble ?…
– Après ils voulaient encore qu'on s'tape un d'leur putain d'jeu d'merde là !… le cul su'l tapis orange autour d'la table basse… merde quoi !… qu'ils voulaient m'forcer à boire du thé, CHIER !… et boire la pisse aussi y faut ? ! j'leur ai dit !… j'en pouvais plus !…
– Que t'as tout cassé…

– Pas encore là…, j'arrivais à m'tenir… mais j'sentais bien que…, fallait mimer des trucs dans leur jeu… dessiner pour s'faire comprendre… j'sais pas quoi… merde !… j'en pouvais plus !… j'ai dit qu'j'allais faire un tour… "out", c'est ça ?…

– Outside…

– Il a tout fermé à clé l'autre enculé d'sa mère !… call the police qu'y m'disait tête de con… pour qui qu'y s'prend ! ?…

– Que t'as tout envoyé valdinguer dans la piaule…

– Le d'ssus du buffet aussi y'est passé j'crois, avant qu'je monte…, Simon m'a raconté…, paraît aussi j'ai insulté l'type…

– T'as animé la soirée…

– Ouais mais en français, hein…, que la bonne femme pleurait en ramassant ses bricoles, ses trucs là du buffet…, j'sais pas… j'me souviens plus bien… hier soir on était pas très…

– À refaire…

– Évidemment…, demain soir…, là j'vais attendre qu'ça s'tasse un peu…

– Tu vas être doux comme un p'tit toutou…

– Faudrait tenter, ouais… d'autant plus que…

– Moui ?…

– Paraît qu'j'y'ai foutu su' la gueule…

– … ! ?

– Un coup seul'ment…

– En français ?…

– Simon m'a dit…, que les gamins hurlaient… la femme en pleurs… pfff… »

Un mouvement s'est fait pour le changement de salle, et comme il regardait ses pieds avec un air con j'ai pas jugé utile de le barbouiller de morale. D'énormes rideaux noirs se dépliaient des plafonds, enveloppant les armures et les meubles de bois noir aux sculptures compliquées.

« Ouais… doux comme un p'tit toutou…, si qu'y m'font pas trop chier…

– T'es rien gonflé quand même… de supporter que dalle comme ça…

– QUOI ! ?... HEIN ! ?... c'est toi qui viens m'dire ça ! ?... alors que t'es cent fois pire que moi !... »

Il le prenait pas bien.

J'ai vu sursauter les chevilles de Mlle Fisher, décoller ses talons un peu, ses yeux noirs et le grand silence autour de nous résonner comme un gong. Opinant alors de la fiole devant les monstrueux tableaux de chasse où l'on sentait frémir du croupion ces meutes de chiens blancs, comme deux grands blasés des galeries d'art pas tout à fait encore persuadés d'acquérir nous avons déambulé avec le troupeau et des moues d'approbation à tripatouiller les armures en connaisseurs pour tester la qualité de leur résistance à l'assaut.

Puis nous avons tous dégouliné dans ces larges escaliers de pierre, où deux voitures pouvaient aisément se croiser, pour atterrir dans la cour sous un ciel toujours noir et une pluie redoublée.

« Mille fois pire !... – il avait pas oublié – que j'supporte rien ! ?... mais toi tu r'fuses tout, Matin !... et même bien avant qu'ça t'tombe dessus... c'est en toi... un refus global... »

Il le prenait pas bien du tout.

J'entendais, mais mal à cause de la pluie qui nous tambourinait droite sur les capuches et les autres à brailler autour, mais il continuait :

« On dirait qu'tu crois qu'y'a rien qu'existe... même toi t'es pas sûr d'exister..., tout c'qu'y'a autour... là... ce putain d'château à la con... la pluie... toute cette merde !... c'est d'la merde, d'accord... mais elle existe !... »

Fallait juste que je me dégote une place bien peinarde au fond du car, emmerdé par rien, que je cuve. J'en ai pas trouvé.

« T'es comme dans un film toi !... – il lâchait pas – au guignol que t'es à r'garder les p'tits personnages grimacer..., mais si on grimace c'est pas pour rien !... c'est pour de vrai !... toi t'es là comme si y'avait jamais rien de..., et après tu viens m'dire qu'j'suis gonflé d'avoir foutu sur la gueule à un putain d'rosbif qui m'enferme dans sa baraque à la con pour jouer à son jeu d'merde ! ?... ses bib'lots qu'elle pleure elle..., c'est toi qu'es gonflé !... j'suis pas là pour passer mes soirées à faire du coloriage !... »

Tout ce qu'il me dégoisait en bavant je le savais déjà, mais j'aurais présenté les choses avec un tant soit peu de poésie, de grandeur philosophique. Et puis j'avais pas la force de lutter, qu'il se taise je voulais, pas à cause des mots, ils me touchaient pas des masses, mais les postillons à la longue... la pluie me suffisait bien.

« Bon... – qu'il reprend alors, plus calme – on s'la fait c'te virée demain soir ?... j'imagine qu'on va encore s'taper une merde de château..., dès qu'ils nous lâchent après l'car on dégage..., c'est Gaby qui paye la bouffe..., pour le reste on verra..., mais il l'a dit, hein, c'matin..., pas qu'il oublie..., je sais pas si elle vient... l'autre là...

– Machine ?...

– L'a pas l'air chaude...

– Elle a pas inventé le...

– Ah nan... nan, ça nan... – il en bavait de rigolade – ni même le...

– Non plus... elle a rien inventé du tout..., le père Gaby va encore se faire...

– Évident !... »

Mlle Fisher elle est venue me trouver à la descente du car, je vous raccompagne elle me dit. Bon.

Malheureusement il ne pleuvait plus et c'était bien dommage, mais le ciel lui s'obscurcissait encore. Le jour ne s'était pas levé de la journée on aurait comme dit. J'entendais la gentille musique des fins talons de Mlle Fisher trottiner à mes côtés, sans un mot, les yeux sur le fond de la rue qui disparaissait dans la nuit.

« Êtes-vous bien installé chez les Kolitch ?... » – elle finit par me demander, se forçant à sourire.

Il ne me semble pas avoir répondu, des sourcils juste, comme quoi il n'y avait pas grand-chose à en dire.

« Nous avons eu vent de leurs problèmes vous savez..., de très très maigres revenus, une personne âgée à charge..., ils se contentent réellement du strict minimum..., et leur petite fille leur donne bien du fil à retordre..., bien des problèmes, oui... »

J'avais dans l'idée, totalement vicieuse, de l'entraîner Mlle Fisher dans la nuit, continuer encore la promenade avec les petits tic tic tic de ses escarpins qui emplissaient tout le silence de la rue. Un tour de quartier, deux peut-être à naviguer dans son parfum léger, sa petite toux sèche en regardant le bout de ses doigts, ses ongles roses dépassant des mitaines pour se bien tenir le col de son tailleur et lui protéger le cou.

« Ce qu'ils ont perçu pour votre hébergement va leur permettre d'améliorer un peu leur ordinaire…, êtes-vous bien installé au moins ?…

– J'ai un lit…

– J'entends bien… et c'est heureux, vous n'allez pas dormir à la cave tout de même, ou dans un réduit insalubre…, ce serait ignoble… – oups – ils ont des devoirs envers vous, vous me comprenez… une alimentation saine et équilibrée – faudrait déjà en découvrir l'origine – mais ce n'est pas tout… un dialogue doit s'instaurer afin de parfaire votre apprentissage de leur langue – faudrait déjà savoir laquelle ils causent – par de riches discussions, longues et répétées…, disons en clair et pour conclure, ils se doivent de vous intégrer totalement à leur vie familiale, comme si vous en étiez un membre à part entière… »

Je ne réfléchissais pas du tout à ce que j'allais lui répondre à Mlle Fisher, je regardais la maison s'approcher avec son ampoule jaune qui les dessinait derrière le rideau et la petite que je voyais jouer, assise sur la minuscule pelouse, et que j'entendais discuter avec la nuit.

« Est-ce le cas ?…

– C'est pas des bavards…, ils ont d'étranges façons d'exister…, je les dérange pas, je crois…, sont pas emmerdants… z'ont l'air complèt'ment dépassés, à les voir, comme ça… par la vie… mais peut-être pas plus que moi…, pour les repas… c'est calme… »

Mais leur maison arrivait déjà, et sans un regard pour la drôlesse j'allais la dépasser, continuer notre balade lorsque Mlle Fisher tourna dans l'allée. L'adresse elle la savait.

« Z'ont des problèmes, quoi… – j'ai conclu, voyant que tout s'achève toujours.

– Est-ce leur enfant ?… – elle me demande Mlle Fisher tandis que nous dépassions la petite – comment s'appelle-t-elle ?…

– Behind the door… »

Elle me reconnaît alors la gamine, s'interloque même de me voir débouler ainsi, surgir de la nuit, et avant que je lui cause de rien elle me beugle :

« BEHIND THE DOOR !… »

Alors elle s'accroupit Mlle Fisher, son ravissant museau bien à portée de la bouille tordue et butée de la petite qui lui ouvrait de ces châsses comme on s'étonne. Et elle lui parle Mlle Fisher, d'une voix douce et mesurée, un murmure de ruisseau qui lui coule dans le tympan avec délicatesse, lui pause nulle question il me semble, mais lui donne des tas d'explications, sur nous, ce qu'on a tous les deux à lui radiner dans sa maison, sa vie, ce qu'on fout là en somme. On croirait l'entendre son petit cœur à palpiter soudain si fort, réveillé, pomper pomper de la chaleur, de la lumière pour lui irradier toutes ses rivières, lui déboucher ses tuyaux et lui installer sur le visage comme un soleil, lui colorer la face telle une ampoule qui lentement repousse la nuit. Et dans cette clarté douce c'est toute la nature du monde qui lui défile sur la bouille à la petite, tout qui lui remonte du soupirail pour lui laver ses distorsions, qu'elle en deviendrait même presque mignonnette tant elle s'ouvre bien à la musique de Mlle Fisher. Je sais plus alors qui je regarde en pyjama rose barbouillée de terre au fond de la nuit. Je me retourne vers la maison, bien la vérifier, qu'on soit pas chez le voisin à lui emberlificoter sa gamine.

Pour prendre congé elle lui demande Mlle Fisher où on peut les dégoter ses parents.

« Inside… – elle lui murmure, encore toute chamboulée.

– Et d'une !… » – elle lâche mécaniquement Mlle Fisher en se redressant pour aller sonner à la porte.

Dring…

Et puis encore une fois.

On les regardait par la fenêtre s'agiter dans le salon, tourner tourner autour de la table surchargée de sacs, elle effarée au milieu à répartir les charges, lui traçant des allers-retours, encore et encore vers la cuisine, les bras pleins, chuchotant les yeux fiévreux.

« Mais que font-ils ?… » – elle s'intrigue Mlle Fisher, ahurie du manège.

Et leur danse frénétique s'étirait en longueur, ça durait, on a quand même pu distinguer certains aliments de haut vol, du raffiné, du coûteux.

« Ils améliorent leur ordinaire… » – c'était indéniable, je pouvais plus cacher.

Ses yeux désolés m'ont renvoyé des ondulations mornes tels deux petits lacs sombres dans lesquels une pierre serait tombée.

« Oui… effectivement… ils ont d'étranges façons d'exister… » – qu'elle se murmure avec tristesse.

Et d'un geste lent, impitoyable et résolu, elle fit tinter une troisième fois la sonnette de son doigt blanc.

La féria redouble à l'intérieur, mais la porte frémit, sursaute et s'entrouvre, à peine. Le groin de la toute vieille s'insère alors dans l'embrasure sans dire un mot, plus rien ne bouge, ses yeux montent et redescendent sur Mlle Fisher pour s'arrêter pile dans son regard noir. Elles sont de la même taille, aussi petites et menues l'une que l'autre, c'est un combat régulier mais perdu d'avance pour la toute vieille, et elle le sent. Mais entrevoyant déjà le personnage elle ne s'enfonce pas dans les simagrées Mlle Fisher, la tenant par les yeux elle l'assomme, froidement lasse déjà :

« I am miss Fisher, I want to speak to your daughter, to her husband, about Matin… – et jetant un œil noir sur la poignée qui vibrait – tss tss… don't try !… »

L'autre a perdu mais lâchera pas, se fout des convenances à poireauter qu'elle est déjà sur le paillasson de la mort, plus rien qu'elle a à perdre la toute vieille.

C'est insensible mais la porte a bougé, quelques millimètres vers la fermeture. C'est râpé.

Elle lâche pas non plus Mlle Fisher, lui balance à la toute vieille un « please » droit dans les yeux, mais qui ne veut pas dire ça du tout. C'est un ordre.

Elle se détourne alors la toute vieille, s'enfonce le regard dans la nuit derrière nous pour regarder la petite s'avancer, prendre la main de Mlle Fisher tout en poussant la porte, pis la toute vieille, qui s'incline.

« Et de deux… » – elle se murmure Mlle Fisher, entraînée par la petite qui l'installe déjà dans le meilleur fauteuil.

Que j'accroche ma veste et elle est là, collée, sa vieille trogne vissée dans la mienne, ricanant à ma suite pas à pas comme si elle me découvrait. C'est pas bon.

Longtemps elle leur a causé Mlle Fisher de sa petite voix claire et musicale, assise du bout des fesses sur le bord du fauteuil, le buste raide, les cuisses n'en faisant qu'une avec un espace calculé entre les chevilles. Longtemps elle s'est évertuée à leur percer les déficiences tout en caressant les cheveux emmêles de la petite en tailleur à ses pieds. Longtemps nous avons écouté, avachis nous tous sur le divan sans émettre un son avec la toute vielle qui faisait rien qu'à me regarder en souriant, me jeter de brefs coups d'œil, comme ça, à la dérobée, comme on surveille une proie. Longtemps elle leur a expliqué ce qu'elle attendait du couple Mlle Fisher avec sa tasse de thé en équilibre sur les pointes affûtées de ses doigts où l'on ne distinguait plus où commençait la porcelaine. Et tout en discourant ainsi avec une aisance étonnante elle regardait absolument partout dans la pièce, sans jamais fléchir son propos, perdre le fil, avec grand naturel, une distinction qui ne nous laissait rien remarquer tant le personnage nous enveloppait de son innocente aristocratie. Mais ses yeux se posaient tour à tour sur les rideaux pantelants, la petite télé allumée, les abat-jour traviolés, le buffet croulant de bibelots et son minuscule aquarium, les gros carrés bleus et les magazines étalés devant nous sur la table basse. Elle échographiait toute la maisonnée sans perdre un geste ni une mimique de la famille écroulée devant ses yeux Mlle Fisher.

Moi je m'engonçais dans le sofa, me perdais dans ses replis à divaguer lointain, pépère et doucereux, caressant de l'œil la jupe gris souris de Mlle Fisher, tellement étroite qu'elle lui gantait les cuisses comme une tulipe inversée, se resserrant même encore juste au-dessus du genou, la forçant ainsi à trottiner sans cesse, effectuer de menus pas furtifs où ses chevilles disparaissaient dans les airs.

« Well… so… I would like to visit Matin's bedroom… »

Elle ressemblait avec ses gestes lents et précis à une vaguelette se déroulant sur la grève, revenant, repartant dans une valse calme et silencieuse.

« Well… so… Matin's bedroom ?… »

Nous la regardions hébétés du fin fond du sofa nous tous, envapés du caberlot, engloutis par les coussins mous, candides et hypnotisés dans un extrême et délicieux ramollissement d'âme.

« Now !… »

Elle était debout.

Une gifle au sang, réveillés d'un coup, hop, tous à s'agripper les uns aux autres pour s'extraire du mollusque, s'extirper de la torpeur, tituber encore de la mollesse perdue.

Tant qu'il s'agissait d'opiner comme des benêts on la maîtrisait la rengaine, théorie coule toujours mieux que pratique, mais la balade était finie et la route s'achevait en patte d'oie. En haut des marches il allait falloir m'en dégoter un de camp.

Et la mignarde entraîne Mlle Fisher dans l'escalier, nous tous à la suite, bien silencieux, mais se fige brusquement, sa bouille de ribaude obtuse revenue la défigurer. Ma turne on la voyait déjà, au fond du couloir, gueule béante droit devant, obscure et repoussante comme un trou noir.

« Sorry… sorry… – qu'elle nous chouinait la petite, en larmes – sorry… »

On s'avance, les oreilles pleines de ses sanglots, intrigués faut le dire, c'est une plainte qu'elle nous déverse, un souvenir oublié qui lui remonte. Et tout y est, en vrac, entassé sur mon plumard, tout l'attirail de ménage, à plus voir les couvertures ni le matelas sous les balais et les seaux, la table à repasser, les cartons, ça monte haut et dégouline même dans le couloir.

« Sorry… sorry… »

Elle répétait encore et encore, toujours pareil et pleurait de grosses billes tout en débarrassant de ses petits bras le monticule, pliant sous la charge, courant de ses toutes petites jambes d'une piaule à l'autre secouée de hoquets terribles. Au troisième passage je lui ai retiré la planche à repasser des bras qu'elle cognait dans tous les murs pour lui terminer son déménagement. Et elle prend son élan Mlle Fisher, prépare son inspection pour s'horrifier sur le seuil.

« Mais ! ?... mais... vous n'avez nul point d'eau !... ni de... de fenêtre !... et la lumière ?...

– Faut juste une ampoule... – je lui dis – y'a déjà l'fil d'installé... voyez ?... y pend... et puis pour dormir, hein...

– Mais... et la place ? !... vous ne pouvez même pas entrer !... ni vous tenir debout !... comment vous êtes-vous habillé ce matin ! ?... »

Je ne l'ai pas rencontré ce problème.

« Ce n'est pas une chambre... c'est... un... un...

– Je dors allongé vous savez... ça suffit bien... »

Réalisant l'ampleur du désastre elle reste coite, nous regarde tous les quatre, empruntés ballots, clairsemés dans le couloir avec les sanglots de la petite qui nous parvenaient toujours de sa piaule.

« Écoutez... – elle me dit, grave et désolée – parons au plus pressé... pour ce soir contentez-vous de ce... ce... le lit est confortable au moins ?...

– Oh... il est bien plat...

– Demain vous vous installerez ailleurs, nous trouverons bien... – et se tournant vers les trois autres – you had said a BEDROOM !... not a... a... a cupboard ! !... »

Elle n'y arrivait plus à réfléchir Mlle Fisher, ni savoir quoi penser sous la découverte et les bruyantes lamentations de la gamine qui n'en pouvait plus de se vider dans sa bouillerie.

« S'il vous plaît... allez la trouver Matin..., expliquez-lui, dites-lui que vous la comprenez... que vous ne lui en voulez pas... enfin toutes ces sortes de choses... »

Je me suis assis sur son plume pour la prendre sur mes genoux, elle était si légère, si menue de partout, ses bras, ses petits pieds, la bouille délavée qui lui entraînait toute la terre vers la bouche comme du rimmel. J'osais pas la toucher, une charge de peine lui sortait des yeux pour s'insinuer dans les miens comme de petits serpents venimeux.

« It's hard to grow up without suffering… you have to find your place… there is necessarily one for you… obligatorily… because you were born…, and mine is not here…, just for a while… »

Je n'étais pas bien sûr de lui avoir fourgué sa dose dans ce que j'avais baragouiné, ni si tous les mots étaient bien dans le bon ordre mais elle a relevé la tête pour l'enfouir dans mon cou. Avec le silence plus personne ne savait comment reprendre la sauce, ça vasouillait de la piaule au couloir. Enfin j'ai entendu Mlle Fisher de sa voix nette leur transiter sur le dos quelques problèmes de plus. Moi j'arrivais plus à m'en délester de la mignarde, sa chaleur me convenait et ce petit animal en pyjama rose me déployait des univers que je ne me soupçonnais point posséder.

Juste avant de nous quitter elle s'est retournée sur le seuil Mlle Fisher, pour bien le regarder le bonhomme qui tenait la porte, lui dire avec un petit air fatigué d'écœurement :

« Your fish… »

Il comprenait rien l'autre, reprenait ses oui et non de la tête mais rien lui venait.

« Your fish… » – elle répète alors en jetant un regard au minuscule aquarium du buffet.

Il la dévisageait en ouvrant tout ce qu'il pouvait les yeux, la poignée en main, apeuré d'avoir encore fait une erreur, la regardait toujours avec la rue derrière elle, la nuit.

Alors, lassée d'attendre une illumination, elle baissa les yeux pour lui annoncer :

« Your fish… definitively died !… »

Et c'est vrai qu'il avait une bien étrange façon de nager le poisson, mais je les pensais tous ainsi leurs poissons aux Anglais moi, vivant à l'envers, comme leurs autos, leur mer, leur soleil.

Je l'ai raccompagnée un peu Mlle Fisher, jusqu'aux premières rues du centre, les lumières, et je voyais bien que quelque chose avait changé en elle, en moi aussi, nous avions des choses à nous raconter maintenant, même sans rien se dire. Elle allait plus calmement, ses petits tic tic tic mieux espacés, je la regardais sans me cacher replier son revers sur sa gorge, même son regard avait perdu ce flou lointain pour s'installer avec simplicité sur ce qui nous entourait.

« Êtes-vous réellement bien mal chez les Kolitch ?... – elle finit par dire.

– J'y suis très bien..., y'a de l'animation mais je mange au calme, la vieille dame m'adore, dans ma piaule je peux me cogner à rien, le matin je suis pas dérangé par la lumière du jour, j'ai pas besoin de réveil et j'ai juste à étendre le bras pour ouvrir la porte... ils ont vraiment pensé à tout mon confort ces braves gens... »

Elle eut ce petit rire cristallin, comme sur le bateau, mais sans retenue cette fois, pas même sa petite toux sèche qui toujours le faisait mourir comme un moineau qu'on étrangle son petit rire.

« Vous êtes un être raffiné... » – elle me dit alors en resserrant son col près de son petit menton pointu.

Je ne lui ai pas causé d'elle, ni de moi ni de rien, on ne sort pas les plats de la cuisine tant qu'ils mijotent encore en gros glouglous dans le chaudron.

N'entendant plus résonner ses talons, j'ai su qu'elle s'était arrêtée.

« Je ne sais pas en quoi vous allez faire des progrès avec eux... sûrement pas dans la langue de Shakespeare..., mais vous les aiderez probablement plus qu'ils ne le feront... si vous restez...

– J'y suis très bien...

– Alors serrons-nous la main... – en me tendant sa mitaine – comme de bons camarades !... »

Je n'ai jamais su d'où elle les sortait ses phrases Mlle Fisher, mais je sentais bien que le siècle n'était pas le bon.

Ça lui poussait comme une odieuse démangeaison à la toute vieille de me les planter dans les miens ses vieux yeux liquides et ricanant. Tout le repas elle me l'a dévarié de sa gausserie avec cet air imbécile et dégoûté qu'elle s'infligeait sous sa choucroute rousse en vapeur boursouflée, cette irritante manie de trier les énigmes de son plateau, du bout des ongles, pour ne rien manger au bout du compte. Ça ressemblait pourtant bien à ce qu'elle avait sur la tête.

Collée à moi la petite a rien chipoté, liquidé avec grande rapidité toutes les alvéoles sous le regard emprunté de sa mère qui l'adjurait de se calmer sur la tambouille, qu'elle pouvait bien en laisser, que c'était pas grave du tout. Son plateau était aussi étincelant au finish qu'en sortie de vaisselle. Eux n'y ont pratiquement pas touché à leur plastique, mais ils se découvraient des frénésies de blabla, une causerie intarissable aux extravagantes questions où je repiquais dare-dare dans mes yesséno. Parfois ma réponse leur faisait ouvrir de grands yeux, j'optais alors pour la seconde option et leur étonnement se calmait.

On s'entendait pas manger avec leur interrogatoire, leur anglais plus qu'approximatif telle une interprétation libre versée au confluent de toutes les autres langues inconnues. Il était alors fort possible que nous ne nous comprenions pas du tout.

Je l'aimais mieux le repas d'hier.

Ah, ils m'en ont déroulé des good night et des see you tomorrow, à m'en boursoufler la musette, mais c'est tout du perdu, ça se revend pas ce genre de chose, on peut rien en faire.

Je suis redescendu un peu après les avertir pour la virée du lendemain soir, qu'ils me poireautent pas tous en rang derrière la porte, leur soirée ils pouvaient en disposer.

Un grand désert silencieux m'attendait au séjour avec juste un rai de lumière jaune sous la porte de la cuisine, comme ces ampoules rouges devant les studios de cinéma.

J'ai estimé respectueux de ne pas m'immiscer dans leur réunion familiale.

Un prince je suis, on se refait pas.

Le premier à ouvrir le bal fut le père, relativement discret vu la quantité qu'il déversa dans le chiotte vers deux heures du matin. La petite enchaîna quelques minutes après, le front soutenu par sa mère durant tout le dégobillage. Remplacée illico par la toute vieille que sa fille aidait à s'agripper à la tinette. Alors ça n'a plus cessé, un déversoir illimité, un concert de chasses d'eau, un coup assis, un coup à genoux, ils se relayaient, les trois-huit ils m'organisaient les cochons.

La tête sur l'oreiller, par une fine ouverture que j'avais laissée, je les regardais s'expulser tripes et boyaux queue-leu-leu dans le couloir sans même retourner se coucher pour y revenir. Certainement qu'ils craignaient les resquilleurs, chacun se méfiant de l'autre, ou qu'un inconnu de passage ne leur pique leur tour dans la file. Je risquais pourtant pas de m'en mêler moi. Mais à les contempler ainsi, tous obnubilés par le même but, menés par la même énergie aveugle, une pitié m'est alors venue, c'était pas humain. Ce qu'ils lui faisaient endurer personne n'aurait voulu le vivre à la chasse d'eau. Pas fini de se remplir qu'ils la vidaient aussitôt avec acharnement. Des monstres.

Lorsqu'enfin sur les premières lueurs du jour ils la laissèrent se reposer, ne lui demandant plus aucune chanson, qu'elle réussit à se remplir complètement, tous vidés de partout qu'ils étaient, j'ai alors imaginé qu'il était temps de me lever.

Elle est pas gaillarde après les heures vécues à genoux mais pourtant ses yeux comme de petites pointes gluantes s'agrippent aux miens sans plus les lâcher, sa main sur mon avant-bras où ses ongles s'enfoncent, son haleine de placard à pompes encore chargée du roulement de la nuit, tout me pousse au scénario morbide, qu'elle va me claquer, là, sur pieds, raide dans mes bras.

Je suis quand même un peu content qu'elle m'ait harponné au bas de l'escalier.

Comme les trois autres semblent en vadrouille pour la journée je te m'en vais lui entretenir la cafetière de l'excursion de ce soir, me dégoter même une clé de leur turne si je peux, puisqu'elle m'aime, me câline depuis la veille à me ricaner comme une hyène. Je me la tiens. Elle ricane plus ce matin mais me roucoule sa vieille trogne à la loupe, juste sous le blair accrochée maintenant des deux mains sans plus vouloir me lâcher. Elle s'alanguit la pauvresse, m'adore en langueur, se consume et minaude, je voudrais pas qu'elle meure ici, comme ça, en spasmes et soupirs. Pour lui redresser les sentiments je l'entortille d'informations, lui déroule mes phrases comme des serpentins mais elle écoute nib, ses yeux doublés toujours accrochée comme un énorme sac à mon bras elle veut dire ses choses, et avant les miennes. J'ai peur que ça dure. Une pitié me monte alors et je la laisse déverser son flux alambiqué sans identifier le moindre de ses mots. Mais c'est du fébrile qui se joue là, coule de sa vieille bouche, toute première importance son bagou, de la tristesse qui lui rend gris le teint, toute la misère du monde à se déverser là, le malheur de la Terre encombré dans sa vieille trogne. Il y en a bien trois qui reviennent de mots régulièrement, bime et loupe et ki, mais rien m'oriente, je l'écoute baragouiner dans un tourbillon et sitôt que je l'ouvre, tente de lui fourguer mon discours de virée elle chasse mes paroles d'un geste vif de la main, comme de la fumée, repique obsédée à son biméloupéki, obnubilée tant que j'ose pas y mêler mes yesséno. M'estimant alors trop conneau elle m'entraîne, me tire par le bras, l'escalier, bien péniblement, que je la porte presque, la chambre des parents, tout chez moi la désespère et elle se plante au milieu de la turne, nez au ciel, son amour elle l'a bien mal placé qu'elle doit se dire, au cul la passion ! Et kiki elle gémit ! Décidément moi trop baluche et bouché pour comprendre elle en reste navrée, je vois plus que ses yeux suppliants sous sa choucroute emmêlée de la nuit. Alors, prenant une douloureuse respiration la vieille, dans un dernier effort, me balance un tabouret dans les guibolles et d'un trait saccadé m'expulse :

« Needs to take the key hidden in the beam !…, but in the loop !… hihihi… »

J'entrave toujours rien mais je grimpe, elle se désole encore, s'énerve en larmes, me traite sûrement de tous les noms dans sa bizarre langue, puis grogne :

« To small !… to small ! !… »

Me confisque le tabouret sans attendre ma descente et l'installe sur le lit, je regrimpe, hardi petit !… c'est précaire et bringuebale furieux, que je m'en agrippe au lustre merveilleux.

« Needs to take the key hidden in the beam ! !… »

Et dans une fissure de la poutre, cachée derrière un chiffon j'en trouve une de clé, minuscule et brillante de jamais servir.

Ayé ! Elle tape des mains et se rengorge, me redevient câline, héros que je suis, je vais pouvoir lui causer de mon affaire. Elle s'en cogne, la clé dans son poing serré elle m'entraîne à me faire dévaler les marches, me ricane si près que j'en détourne, ma veste décolle pour me boucher la vue et je suis dehors.

« In the loop !… hi hi hi… in the loop !… » – elle me glousse en roulant ses vieux yeux sur le seuil.

Et la porte claqua comme pour me signifier barre-toi.

« Alors ? !… tu les as vus leurs robinets ?… – il m'entame immédiat petit Simon, parqués sur le port les cars autour – et leur salle de bains ?… elle est comment ?… z'en ont une ?…

– … ?

– Et leur chiotte ?… tu l'as vu ?…

– Ça ils en ont un…

– T'as vu dedans un peu, au fond ?… y'a pas d'eau… enfin si… mais après…, avant le vrai trou y'a comme un arrêt, une plate-forme…, c'est pratique !…

– Une piste d'atterrissage…

– C'est ça !… ainsi tu peux…

– Admirer ta merde… »

– C'est ça !… avant d'la balayer avec la chasse d'eau…

– Ils en ont une aussi… »

Et je me l'ai à côté Philion, le regard dur à contempler le paysage derrière la vitre, la pluie dessus comme des ficelles ininterrompues, le même qu'hier ce me semble, et malgré sa connerie je me demandais si qu'il aurait pas si tort que ça. Il y a de l'existence finalement dans les choses, les choses humaines c'est indéniable, pour le reste, les châteaux et la pluie, les horloges et le turbin j'arrivais pas à m'y résoudre. Mais c'est bien dans la peine je dis qu'on se la dégote cette palpitante parcelle, les recoins vaseux nous marquent, la désolation ça nous submerge et se grave, elle dure, tout est là. Même passée, même anesthésiée par le gouffre des années il nous en restera toujours un petit quelque chose de vivant à nous gigoter dans le fond à chaque ressouvenance. Le plaisir et les joies ne reviendront pas eux nous vibrer la carcasse et le cœur, encouillé marron qu'on est, ils vireront souvenirs et resteront froids, si qu'ils restent. Le malheur lui nous suivra à jamais, éponges à douleurs, c'est le vieux copain refusant de décrocher, toujours impitoyable sur le chemin à nous tarabuster le trognon même quand tout roule, ça moisit mais fleurit, toujours prêt à nous tirer la manche vers les larmes le saligaud. Ça existe ça, faut bien.

« Me regarde pas comme ça !… – il marmonne Philion, les yeux sur la route.

– J'te regarde pas…

– Si !… tu l'fais !… tu m'vises dans l'crâne… je l'sens !… et j'aime pas… le tien j'arrive pas à… y… j'sais pas…, j'y arrive pas…

– J'suis p't'ête pas là pour ça…

– Que ?… le quoi ?…

– Là, dans c'car… ici…, pas forcément là pour que tu m'sondes…

– C'est qu'j'arrive pas à t'cerner…, ça m'fout en l'air !…

– T'avais p't'ête pas complètement tout à fait tort l'aut' jour…

– Évidemment !…

– Alors… – je le titille – t'as été doux comme un p'tit toutou hier soir ?…

– Un pu-tain de ca-niche !… me suis excusé, recollé les babioles du buffet…, même j'ai joué avec leurs cons d'gniards dans leur piaule…, des bidules de construction, des cubes, des machins… tout un tas d'merde… l'horreur !…

– Un bon toutou ça !… tu t'sens pas mieux, hein, dis ?… tu la sens pas cette douce liqueur qui réchauffe ton p'tit cœur de bon fils ?…

– On a même décroché une permission pour ce soir…

– Mazette !… ils vont t'laisser épouser leur fille !…

– Z'en ont pas…, c'est deux p't'its trous du cul qui jouent au Meccano en s'engueulant tout l'temps…, deux p'tits merdeux !…

– Rentre pas en France… reste faire la nounou…

– Une pu-tain de per-mis-sion !… à moi !… huit heures !… ça nous en laisse deux à tout casser !… les bâtards !… huit heures !…

– Z'ont pas dit l'quel ?…

– De ?… »

Il m'interroge avec ses yeux en globules, entrave que dalle, et puis ça lui vient, il s'illumine et se poile.

« On peut tabler là-d'ssus, c'est sûr…, on s'pointe comme des innocents pour le p'tit déj'… excellent !…

– Je parlais même pas d'celui-là…

– Lequel alors de ?… houlllla !… celui d'demain soir ! ?… houyou-youyouyoullll !… ça va faire mal au r'tour !… t'es pire que tout toi !… »

Une ferme elle nous annonce Mlle Fisher debout dans l'allée avec la route derrière qui avançait pour lui manger les fesses, une ferme, et à l'ancienne qu'on s'en va visiter. On en trépignait d'impatience nous tous, tâter l'cul des vaches, pensez ! Mais non, la pluie n'en finissant plus d'inonder les champs et les routes ça ira pas, un aquarium elle nous propose alors Mlle Fisher. Personne a rien répondu, ni oui et surtout pas non. Au moins la flotte serait derrière les vitres.

Mystérieusement Mlle Fisher j'ai jamais compris la façon qu'elle utilisait avec les êtres, mais jamais j'en ai vu un lui renâcler à la face, lui dire sa folie ou seulement la contredire. On se sentait comme enveloppé d'une douce ivresse à lui naviguer dans l'air qu'elle faisait calmement papillonner autour d'elle, enlacé dans son regard de ténèbres comme pour une valse lente dans ses bras.

Les poches gonflées de brochures avec petit Simon faut le dire on était bien studieux, la vie des berniques allait nous ravir la louftinguette à n'en point douter. Gaby recherchait les coins sombres pour gnougnougnafer Machine qui faisait rien qu'à soupirer, exprimant par là, il nous semblait, une lassitude déjà de l'étouffement qu'il lui infligeait. La énième dissolution était en route. Et Philion donnait des coups de pied dans tout ce qui traînait à hauteur. On allait bien s'amuser.

Mais dès les premières nageoires aperçues petit Simon décrocha, inspiré bien plus je trouvais par les bipèdes autour que par la poiscaille. Moi je plongeais dans ce monde au ralenti, calme et silencieux, tel un cimetière avec ses fantômes enluminés qui nous planent devant sans jamais se cogner, jamais une pause. À se croire sourd et lent. Mais comme les poubelles et les rambardes lui suffisaient plus il s'est dirigé vers moi qui tentais de m'extasier sur la reproduction du *Limulus polyphemus* pour mieux se désemmerder Philion, mais je voyais bien que quelque chose de plus lui tarabustait le cockpit. Et sans prendre le temps de s'essuyer le coin baveux de ses lèvres il me postillonne :

« Moi… j'suis comme ça !… c'est plié boug'rai pas !… et toi non plus qu'es pire !… Gaby pareil…, les filles ça va l'manger toute sa vie… plein la gueule y va s'en prendre avec elles !…

– Y cherche sa mère…

– Allons bon ! ?… quelle drôle d'idée ! ?…, mais y'en a un…

– Petit Simon…

– T'as déjà vu dans les films ces types qu'ont rien bouffé d'puis des jours et qui s'jettent sur tout c'qui traîne sur la table sans choisir, avalant de tout en même temps ?… ben voilà !… le soir dans la famille c'est comme ça…, il est fourré partout…, avec elle dans la cuisine à discuter chiffons, pot'ries, aquarelles, de c'qu'on va manger, comment elle le prépare, où qu'elle va les faire ses courses…, dans l'garage avec lui à bricoler j'sais pas quoi, parler de tout, en vrac…, faut qu'y cause !… faut qu'y d'mande !… comme y fait avec nous… des questions des questions des questions…, toute la soirée…, au repas c'est l'pire…, moi ça m'arrange tu m'diras…

– Il occupe le terrain…

– Y'a qu'les deux p'tits merdeux qu'il en a rien à taper…, c'est moi qui m'les tape du coup…, des vrais p'tits casse-couilles ces deux-là !… peux pas les blairer !… si, y'a un truc que j'aime bien avec eux c'est quand ils se mettent à hurler… à s'engueuler encore plus fort que d'habitude… ça veut dire qu'un des deux parents va radiner pour les emmener ailleurs…, sinon… »

Puis, songeur les yeux perdus sur les étoiles ventousées à la vitre il me demande, ingénu :

« Dis… t'as pas l'impression qu'il a grandi petit Simon depuis qu'on est arrivé ?

– Pousse pas… mais il change, c'est sûr…

– Tu verrais son visage y'a des fois !… on dirait une ampoule qui s'allume…, y découvre…, comme nous tu m'diras, mais lui y découvre pas pareil…, on dirâââait un minâââeur qui âpâââerçoâââat la lumiâââère…

– Il change… et c'est pas bon…, vu chez lui, c'est pas bon…, ça pass'ra pas…, regarde-le… »

Tournant le dos aux mollusques en glissades lentes sur la vitre il s'extasiait immobile devant un couple avec bébé que le père, radieux gaga, portait contre son cœur.

« T'as vu sa mère déjà ?… – ça l'intriguait Philion.

– Hum hum…

– Et son père ?…

– Nan…

– Il est où ?…

– Dans l'escalier… »

On distinguait mal à cause que les allées restaient dans le noir, mais il avait dégoté maintenant un couple de jeunes petit Simon qui se tenait par la main et les suivait dans l'ombre, éperdu baba d'eux, cherchant à percer des regards, des paroles. Leurs deux bouches se rencontraient fréquemment, les doigts de la fille pianotaient sur la nuque du garçon, jouant avec ses mèches, et elle se haussait un peu sur les pointes pour lui atteindre l'oreille, lui chuchoter, alors il souriait et leurs deux bouches se rencontraient.

« Devrait pourtant être immunisé – je lui souffle à Philion – il a vu Gaby curer les dents d'un paquet d'filles…

– Pas pareil… et puis Gaby ça compte pas… c'est un animal… y baiserait n'importe quoi… une taupe… un pamplemousse…, au retour petit Simon y pourra plus rien supporter d'chez lui, j'te l'dis…

– Toi non plus…

– Je supportais déjà pas avant…, la chambre de bonne y m'la faut illico, dès qu'j'reviens… j'en tue un sinon !…, mais lui… ça va lui faire plus que tout drôle son retour à la case départ…, y va d'venir…

– Il va devenir comme nous… »

Et nous n'étions pas si déconnants tous les deux dans notre contemplation d'un petit pote anesthésié qui gambillait de couple en couple, de groupe en groupe pour y grappiller des bribes de discussions, il était pas si aveugle et minable notre diagnostic. Certain que ça allait lui en foutre un sacré coup dans la voilure au petit Simon de la réintégrer sa vie qui le débectait, comme d'enfiler le slip d'un autre tout puant et trop serré. La tronche qu'il allait tirer de retour au sombre deux-pièces en la voyant sa mère, toujours agrippée à la table à repasser, le va-et-vient du fer dans la pénombre du silence, relever un peu la tête parfois mais pour lui rien dire, vérifier juste qu'il l'a bien encore ce même vide dans le regard, ce flou de l'espérance avortée. On l'espionne avec Philion, hypnotisé qu'il est à bigler trois mérous endormis, mais sans rien voir du tout derrière la vitre petit Simon, il se découvre et savoure le plaisir d'être qu'il a dedans, comme un petit bonheur crispé, sachant bien que ça va finir, que tout s'arrête toujours, surtout la légèreté, la douceur et l'ivresse des nouveautés. L'aurait fallu qu'il connaisse rien petit Simon, rien que sa mère dans la pénombre, qu'il se tourneboule pas la théière surtout comme il fait à cogiter, se draguer les fonds d'âme pour y dégoter de quoi survivre, y puiser la force de continuer demain les mêmes habitudes profondes, les petits gestes stériles. Fallait qu'il s'acharne à exister machinalement sans se chercher des raisons d'être, des pourquoi. Plus ça va moins on en trouve des raisons, surtout dans la solitude de l'enfance, ce brouillard effrayant où toute chose n'a jamais la place qu'elle mérite.

Le problème avec la vie c'est qu'il n'y a jamais de plan B.

Sans cette mécanique de l'existence il filait droit vers l'effroi.

Foutu qu'il était petit Simon.

Une horrible chaleur moite et suffocante nous tomba dessus dans la salle suivante où le crépitement de la pluie sur la grandiose verrière nous laissait entrevoir que le temps à l'extérieur était bien toujours le même. Appuyé à la rambarde sous de gros nuages noirs un type en chemisette nous débitait un monologue interminable avec la voix qui déraillait, s'envolait folle dans les aigus, contenant mal son émotion tout en se tournant à demi parfois vers les crocodiles qui roupillaient en contrebas.

« C'est bouleversant !… – elle me chuchote Mlle Fisher, les yeux en larmes.

– Que ?…

– Vous avez compris bien sûr ce que ce monsieur vient de nous expliquer, Matin ?…

– Absolutely not… »

Et prenant alors un petit air malicieux tout en conservant son regard strict :

« C'est fâcheux… j'avais escompté de grands progrès de votre part en anglais, compte tenu de votre famille d'accueil…

– Des progrès… assurément…, mais en je sais pas quoi… un drôle d'anglais bizarre…

– Ça n'en est pas…

– … ? !

– J'ai relu leur fiche… – et revenant à nos crocodiles –… ce monsieur nous expliquait, d'une façon émouvante, que la maman crocodile, une fois les œufs éclos, emmène ses bébés à la rivière, et ne revient pas au nid…

– L'accouplement…

– Oui…

– …

– Tout à fait… Matin…

– Se connaître… enfin…

– Voilà… oui… »

Je me perdais dans ses ténèbres, son regard comme une caverne opaque et infinie, je m'enfonçais encore, tant et tant que malgré moi mon visage se tendait vers le sien, j'entrais dans son parfum, sa valse lente me perdait.

« D'où la… la nécessité pour les b… petits de s'extraire tous en même temps de leur œuf… pour qu'il n'y ait pas…

– D'oublié…

– Tout à fait… Matin… voilà, oui… et pour ce faire ils préviennent leur mère, qui reste sur le nid trois mois sans presque s'alimenter, mais aussi s'appellent tous d'un œuf à l'autre…, ils préparent ainsi leur sortie commune… en quelque sorte…

– La synchronisation des êtres…

– La… maman ainsi donc creuse… aide les retardataires qui, malgré la protubérance qu'ils possèdent au bout de la gueule, sorte de dent surnuméraire qui tombera quelques jours plus tard, n'ont pas réussi à briser leur coquille, et emmène tout son petit monde à la rivière… le voyage de l'amour… on peut le dire…

– Le seul qui vaille…

– Oui… je… un petit crocodile… sortant après son départ… seul au nid donc… c'est… la mort assurée…, comprenez-vous ?… c'est bouleversant… »

Avec son minois chiffonné, sa raideur de colonne, son sourire de suicide et ses yeux enténébrés il me semblait qu'à chacun de ses regards elle me prenait quelque chose Mlle Fisher. Mais il en est ainsi de tous les êtres qui nous touchent, nous déclenchent une résonance. Les voilà sans le besoin d'une caresse à nous remuer la fibre pour y extirper douloureusement et sans le savoir un quelque chose de notre profond à nous même ignoré, ne donnant jamais qu'un fluide de souffrance, de l'impalpable, de l'aérien. Et je la voyais comme ces livres énigmatiques et fascinants dont on aimerait tout connaître, allant même jusqu'à gratter les mots pour en savoir toujours plus.

Ils en ont bien une eux aussi les Anglais de mer, mais c'est pas utilisable avec ses clapotis brun verdâtre, son terne horizon et le vent à diluer tout le cercle, elle nous a juste servi à lui traîner un peu sur le sable la mer, le temps qu'il la besogne Gaby, la travaille à la bordée Machine qui rechignait.

« Et notre dîner aux chandelles alors, hein bébé ? !… t'as plus envie ?… un vrai restaurant… tout décoré d'fleurs et la nappe qu'est toute blanche ?… ben alors quoi ?… hein ?… tu pourras commander tout c'que t'as envie… j'en ai…, toute la carte si tu veux !… on prendra du bon vin…, hein ?… une super-bouteille !… qu'j'en ai j'te dis !… plein !… alors hein dis ? !… et les desserts ?… t'aimes bien ça toi l'sucré, hein bébé ?… depuis l'temps qu'on en rêve !… pourquoi qu'ça t'dit plus, là, d'un coup ! ?… c'est à cause qu'y sont là ?… les trois autres là ?… hein ? !… c'est ça ?… tu les aimes pas ?… hein ?… »

Nous trois beaux couillons à l'écart on regardait vers la France, du moins on croyait, en se disant que la tambouille elle allait peut-être bien nous filer sous le nez s'il continuait à te me la travailler ainsi le Gaby, te me la faire pencher de son côté Machine. À quelques mètres on l'entendait, mais que la sienne de voix à Gaby qui s'exténuait en vain à palabrer lourdingue face aux murmures d'elle qui ne lâchait que des mots brefs et déterminés.

Je te me l'avais jamais réellement décryptée Machine faut avouer, mais ni l'envie ni l'intérêt ne m'en étaient point venus. Faut dire aussi qu'avec ses cheveux courts, ses pompes de pue des pieds, son air entendu mais sa démarche de gourde civilisée elle possédait tout de même, bien malgré elle mais le sachant pourtant, une beauté de passage, un heureux hasard de cellules qui, pour un temps réduit, laissait apparaître une sorte d'harmonie balbutiante, au demeurant pas forcément désagréable, mais qui, de là deux ou trois ans, atteindrait son pic, avant de s'empâter rapidement et pour de bon jusqu'à la tombe.

« Hein ! ?... mais j'croyais qu'y ?... c'est pas c'soir qu'y d'vait ?... avec ses potes ?... oh ben nan bébé !... déjà qu'hier soir y nous a pourri la soirée à pas décaniller du salon..., hein mon bébé, depuis l'temps qu'on en parlait d'ce resto..., hein, tous les deux..., si c'est à cause qu'y'a les autres... c'est facile hein, j'peux très bien leur dire que... »

On avait beau s'en jeter des coups d'œil tous les trois face à la mer sans se retourner ça changeait pas qu'on l'avait salingue. Déjà que le temps filait à poireauter, on sentait bien qu'il y avait plus que la gamelle qui se jouait là, sur la plage, à quelques pas derrière. On marinait nous trois du coup en plein gonogo.

« Bon, ben, tu jures alors ! ?... hein bébé ?... c'est vrai qu'c'est important l'anglais, t'as raison, j'peux pas t'dire le contraire..., c'est sûr..., mais c'est pas plus important qu'nous deux quand même... hein bébé, tu jures ?... embrasse-moi !... ben mieux qu'ça ! alors quoi..., fais-moi un sourire..., allez, va princesse... t'es libre..., allez, file... »

Ils ont une mer et un soleil aussi eux les Anglais, mais tout blanc et mal défini, une grisaille de soleil, un brouillon, qu'on l'a même jamais réellement vu, toujours caché par une nappe de nuages lourds qu'il était leur soleil à eux les Anglais, on présumait bien que c'était lui, là, devant, qui descendait dans leur eau de vaisselle. Ça pouvait bien être ça.

Il lui disait d'aller Gaby à Machine, qu'elle était libre, mais lui serrait toujours la taille contre la sienne, encore à se bisouter la trogne tant et plus, la coller bien fort à lui le visage dans son cou l'air inspiré. On ne voyait plus que deux ombres en lutte à se dénaturer le sentiment, lui pas finaud, elle en grumeaux et nous pas miros.

Enfin il la libère, sans un mot, relâche ses serres grand seigneur les yeux désespérés, la regarde s'éloigner de sa démarche lourde mais soulagée.

« BÉBÉ !... BÉBÉ !... » – qu'il se met à hululer Gaby en s'élançant vers elle.

Cette fois on entendait plus rien de leurs palabres.

« T'avais p't'ête pas tout à fait raison non plus... – je lui glisse à Philion.

– C'est pas un bon exemple !..., mais faut avouer que... si faut faire tout c'pataquès avec les filles... c'est pas franch'ment pour moi... »

L'amitié c'est pas comme les affaires du croupion, elle surnage mal dans la solitude l'amitié, dans les éclats de voix et les grimaces et simagrées. Tout seul c'est la cata, faut être deux, on l'a toujours dit. Gaby lui se débrouillait très bien tout seul, sans retour, un écho lointain et falsifié lui suffisait bien.

Enfin elle s'éloigne, un dernier geste du bras quand même et lui radine piteux, les mains dans les poches mais toujours je voyais à lui déverser par l'esprit moult raisons de venir à Machine.

« Elle préfère rentrer... – il nous balbutie encore sonné de la bataille tout en creusant le sable du talon – elle veut s'exercer, se perfectionner..., son anglais, vous comprenez..., le fils y parle bien lui, forcément...

– Déjà qu'elle est pas fortiche en espagnol... – il se marre Philion.

– Le reste non plus remarque c'est pas... »

Mais lui ne l'a pas terminée sa phrase petit Simon, il a du savoir-vivre. Moi j'ai rien dit, les histoires du croupion c'est comme l'éducation des gniards, si on s'en mêle on se fâche. Tout le dégueulasse des autres nous concerne pas.

Incapable encore de s'en remettre il se lamente en sourdine Gaby, déconfit de sa perte. Alors nous restions là, tous les quatre, dans les yeux le cul de Machine qui disparaissait lentement vers le haut de la plage, retrouvant bientôt les lueurs de la ville.

« On rentre pas trop tard, hein les gars ?... – il nous demande Gaby, suppliant de ses yeux fatigués de trop de luttes inutiles – j'ai promis... comprenez ?...

– Juré !... – il sourit Philion en me regardant.

– Déjà qu'on a loupé l'repas... » – il soupire petit Simon.

En la regardant s'éloigner Machine de sa démarche poussive et bringuebalante, moi j'imaginais les traces légères et harmonieuses qu'auraient laissées sur le sable les petits pieds nus de Mlle Fisher. À peine si on les aurait distinguées.

« Ça m'déchire... » – il nous murmure Gaby.

Pour lui l'amour se résumait à ce rayon de soleil furtif et improbable, ne remarquant pas l'avancée de gros nuages et oubliant déjà le départ des précédents.

Elle n'en finissait plus de disparaître Machine, peinait à la remonter la grève, et j'étais bien certain que de nous quatre, à contempler le même spectacle, pas un ne pensait à la même chose. Mais comme tout lui criait son absence à Machine, et la nuit et le froid, les rues vides, les boutiques closes, que c'était bien notre faute à nous d'exister en somme, nous trois couillons attendant le rata sans mot dire, il a pas tergiversé longtemps Gaby pour nous punir. Le gueuleton s'est résumé à un morceau de poisson et quelques bouts de patate, debout sur le trottoir à piétiner pour pas s'engourdir.

– Où qu'à sont les chandelles ?... – quand même j'ose.

– Et les chaises ?... et la nappe ?... pis l'dessert ?... pis l'pinard surtout ?... – il additionne Philion.

– Fallait qu'on parte après l'repas... j'l'avais dit... »

Il a du savoir-vivre petit Simon, mais un palais extrêmement développé aussi, exigeant du bidon.

« Z'en avez du blé vous ! ?... hein ?... tas d'clochards !... parasites !... z'auriez fait comment si j'avais pas payé ? !... hein ?...

– On s'rait parti après l'rep...

– Ah merde hein ! !... ta gueule !... et des peines de cœur, z'en avez ? !... savez c'que c'est ?... tout qui s'écroule... la r'garder s'éloigner sur la plage, hein, dans la nuit... comme ça..., et moi qui reste avec trois... trois..., savez pas c'que c'est qu'la peine du cœur vous... ça s'voit... »

Donc fallait rien dire. Rien dire et pis subir, voilà. Mais je voyais vraiment pas ce que le cœur venait faire là-dedans.

Maintenant que nous étions tous bien bourrés à la patate on se raclait le tréfonds des fouilles pour acheter la gnôle, fallait ça, l'expérience unique suffit jamais, tout scientifique le dirait, toujours faut renouveler, encore et encore, être bien sûr.

« Et vous faites quoi là ?… » – il nous questionne Gaby.

Trop imprégnés de nos calculs on lui répondait pas, pièce après pièce la cote montait. Il a pas eu besoin d'explication, c'est un petit futé Gaby.

« Ah, OK… laissez tomber…, c'est pour moi… »

Pas chien il en a payé deux.

On allait pouvoir y aller donc.

Ça ressemblait fort à une manière de pièce montée sale et biscornue, emmeringuée au bout d'un ponton de bois, et il savait où il allait le zig au pas de charge la bave aux lèvres.

On se méfiait pas.

La mer dessous nos pieds paraissait du plomb fondu, nappe livide à fluctuer mollement sous les embruns et les bourrasques, nous bousculant vachardes tout le long de la traversée, les lattes grinçant sous nos pas jusqu'au bout du môle.

Poussant la porte il était chez lui dans l'infernal TACTACTACTAC incessant des machines, avec rien que des toutes vieilles enchoucroutées au regard vide posées devant, fumant massives, les doigts noircis, un chiffon à la main les genoux pris par un énorme gobelet de pièces. Comme un rescapé s'accroche au quai il s'est jeté Philion sur le premier bandit manchot libre, en connaissance il était, et tout son blé fut avalé par l'engin, et notre substance vitale itou par le ronron métallique, le nuage de fumée planant et le tintement des pièces dans ce peu de vie au ralenti. On pliait nous, engoncés rapidement dans la torpeur du milieu, pris de somnolents vertiges comme toutes ces mémés rivées mortes les yeux sur le défilement des trois rouleaux avec plus rien que les bras droits en sursaut de vitalité toutes les trois ou quatre secondes pour le RAAAAK du levier, TACTACTAC les dessins, mais désaffectées du cerveau les mères-grands, même lorsque le panier de fer se remplissait de pièces, à plus savoir qui était la machine, de quel côté se situait la vie et qui mangeait qui.

« T'en as ?… – il me demande Philion, hors de lui déjà et sans quitter la machine des yeux – prête !… j'te rendrai…

– Comment ?… t'as tout perdu…

– Au r'tour… passe !… »

Excédé furieux il tendait le bras dans ma direction, la mâchoire dégainée, prête à bouffer la ferraille. Je lui ai donné ce que j'avais mais j'ai gardé la bouteille que nous partagions, en m'éloignant de quelques pas, lui trop occupé à perdre et injurier la machine. Ça m'allait.

Je voyais les deux autres à côté, quelques rangées de là, Gaby fiévreux acharné au levier, petit Simon pris dans la mouvance, debout près de lui les mains crispées sur le cœur. Moi j'allais dur au goulot, âpre à l'ivresse, guettant les turbulences, le voyage même. Et j'entendais l'orchestre s'installer, accorder ses instruments et fébrile j'attendais que le rideau s'ouvre pour le show, les premiers riffs, les envolées furieuses dans le vrombissement du turbo. Et je repiquais à la liche, encore et encore, bouillonnant de la caisse, électrisé de gnôle et de peur, seul, avec rien que l'aloi des pièces à causer par-dessus les humains. J'étais en partance, le voyage se précisait.

Mais comme aux fleuves sans lit mon ivresse déborda et c'est tout le hangar soudain qui se mit à glisser, toutes les machines et les êtres et le toit, les murs à tourner follement comme ces millions de rouleaux dans une vrille éperdue de TACTACTAC. Tout l'univers valdinguait au son de cloches démesuré qui grandissait à plus pouvoir. Les avions décollent ainsi. Et je n'entendais plus rien que Philion hurlant sa colère dans un long vacarme de ferraille. Ça allait plus. Je suis sorti.

Mais rien me lâchait de la mécanique, les flots gris et le ciel dansaient au-dessus, en dessous, je me l'avais emporté dehors le brouhaha de fer et pas même le vent ne l'éloignait de moi, c'était une bête métallique devenue folle impossible à stopper. Que j'en ai tout dégobillé par-dessus la rambarde, renvoyant la poiscaille à la maison, les patates pour les nourrir, et deux, trois fois et puis toute la gnôle en jets blancs douloureux. Ça a été mieux.

À force de grandes goulées d'air il m'est revenu le calme, lentement tout s'apaisa. Le ciel a cessé de tourbillonner pour réintégrer sa place au-dessus et les vagues contre les piliers en dessous reprenaient leur chanson calme, comme le suave clapotis des vaguelettes coupées dans leur élan par les berges des grands fleuves.

Je sentais bien que c'en était fini pour ce jour, tout voyage avorté, le calme et le gris autour se mariant au normal, le groupe avait remballé, pas de show pour ce soir. C'était râpé la bordée, juste l'envie maintenant que tout s'arrête, et puis descendre de là.

Tout disparu dans l'onde le voyage. Mais j'étais content. J'avais dégobillé, d'accord, mais pas du tout noir ce coup-ci.

J'en suis resté sonné songeur, accoudé à la balustrade, mais la tristesse et la désolation frappantes distillées par ces lieux aux teintes aphones m'alimentaient gaillardement le désespoir. Ce ponton désert à la meringue boursouflée de vieux automates, le port, au loin, avec ses lueurs orange et ses grues inertes, la plage vide où rien ne bougeait, le tout affadi par le brun grisâtre. L'endroit pas bandant, la risette et le délire moyen moyen. Mais un coin de terre en vaut un autre. Sa petite toux sèche, son minois chiffonné, ses chevilles de verre, les ténèbres alanguies de son regard fixe et le décor m'allait. Ainsi du fond empoisonné de ma boussole elle m'est alors remontée à pas menus la petite voix douce et délicate de Mlle Fisher, son timbre musical parfumé de voyelles. À croire qu'elle n'utilisait que ça Mlle Fisher, des voyelles, qu'elle les ventilait même, amortissant toutes consonnes pour mieux tamiser son souffle sans jamais hacher le débit. Parfois même elle s'égarait, trahie par la disparition d'une lueur dans ses yeux d'ombre, se descendait dans le souvenir, la rêverie, mais sans rien perdre de sa ligne, de son phrasé net et délicieusement monocorde où l'on s'immergeait docile dans sa mélodie cachée, elle pensait ailleurs Mlle Fisher et pourtant articulait toujours clair le présent. Elle devenait alors une colonne d'air subtil aux inflexions limpides avec un soupçon de langueur dans ses ponctuations fermes.

Et tout cela m'apaisait grandement.

Comme si le ponton avait tangué petit Simon est venu me rejoindre en chancelant léger de toute son humble carcasse.

« Deviennent dingues tous les deux là-d'dans !... des malades !... on entend qu'eux... vont tout casser !... – il me dit éberlué.

– C'est pas des délicats tous les deux... »

Et se souvenant de quelque chose dont il était fier, en connivence il me lâche :

« AH !... j'ai fait comme t'as dit...

– Hein ? !... ah nan nan !... j'ai rien dit moi !..., j'ai dit quoi ?...

– Bah... pour les rêves...

– Faut pas rêver... jamais... c'est pire après...

– Alors j'arrive tout nu à l'école j'ai raconté, j'suis à poil dans la classe et la maîtresse c'est ma mère et j'ui pisse rouge devant...

– BLEU !... c'est BLEU qu'j'avais dit !...

– Ben... quelle différence ?...

– Mais la couleur pauvre con !... et puis fallait pas tout mettre dans l'même rêve ! !... ça fait pas vrai du coup...

– Et alors ?...

– C'est encore pire... y peut t'lire dans l'crâne encore mieux...

– Oui mais j'ai pas mal brodé autour... tu vois... des histoires de mon cru... hein... tu m'connais...

– Que t'as vu la culotte de ta mère... des trucs comme ça ?...

– Mais en plus salé... j'me suis régalé à raconter toutes les conn'ries qui m'passaient par la tête...

– Pauv' con... t'es foutu !... au r'tour y vont te... »

Et dans un fracas de ferraille en cascade toutes les mouettes de la rambarde s'envolèrent, les lattes sous nos pieds vibraient encore de la secousse, on se regardait ahuris, questionnant tout l'espace autour, guettant les indices du barouf.

Un silence anormal envahit la meringue, le ponton.

Tout de mort partout.

Puis les portes volèrent en claquant et les deux pignoufs nous gueulaient en courant :

« ON DÉGAGE !... ON DÉGAGE !... »

D'autres arrivaient à leurs culs, la face rouge, hurlant leur colère dans de grands gestes.

On a embrayé avec Simon la cavalcade sans rien entraver du sujet.

Après le ponton qui se gondolait de la course, des ruelles, encore d'autres, Gaby hurlant des directions au pif, une rue maintenant, le centre-ville au bout, j'ai pas voulu, droite ! je leur gueule, droite ! et cavale cavale, loin des lumières, l'ombre il nous faut, se perdre dans la nuit, semer les cris derrière, courir encore avec Simon à la traîne, pas faiblir du jarret, galoper toujours avec de moins en moins de lampadaires à défiler, espacer les lumières puis le noir. Le silence. Paumés qu'on était. Pas vraiment la campagne mais pas du tout la ville. Sorte de no man's land blafard noyé de béton avec des échangeurs au-dessus de nos têtes, quelques néons dans le lointain, on entend plus le bruit de la mer, on entend plus rien. Mais on cavale toujours, acharnés à la trisse, une arche de béton gris, on enfile, ça ressemble à rien mais c'est ovale avec la lune au-dessus. On s'écroule sur l'herbe.

Le temps de reprendre mon souffle avec quelques efforts pour pas tout dégobiller encore, et elle a pas traîné l'engueulade :

« CONNARD !… – il attaque Gaby, Philion dans la mire – PAUVRE CONNARD !… t'avais b'soin d'tout fout' par terre ! ?…

– ÉVIDEMMENT !… j'ai que perdu !…

– Mais qu'il est con çui-là alors !… c'est pas une chambre de bonne qu'y t'faut, c'en est une dans un asile !… et qu't'en sortes plus !…

– Et toi, raclure de merde !… tu gueulais encore plus que moi !… t'arrêtais pas d'y fout' sur la gueule à ta machine !… j'invente ! ?…

– Mais moi j'sais m'tenir !… connard !…

– En plus que t'as gagné !…

– J'comprends ton père !… t'es cinglé !… t'as vu dans quel bordel on est ! ?… hein ?… t'as vu ça ! ?… – puis, regardant tout autour de lui Gaby – ben on est où là ?… »

De petites loupiotes orange éclairaient faiblement les gradins, la lune se chargeait du reste, laissant une moitié de la pelouse dans l'obscurité.

« Que t'as tout fait péter en la foutant par terre !… – il décolérait pas Gaby – y'a d'l'électricité la-d'dans !… t'as pas vu les fils ?… y vont où tu crois, hein, quand y sortent de la machine ?… pauv' con !… tout l'courant qu'a sauté !… t'as pas r'marqué qu'on était dans l'noir après ? !… hein ! ?… CONNARD ! !…

– Ah ouais ? le…

– Même pas eu l'temps d'récupérer ma thune !… par ta faute… connard… »

Les restes de fond de boutanche ont calmé les esprits, bien allongés du côté sombre de la pelouse, invisibles, on a fini par pioncer pépère. Mais faut toujours qu'on s'égare dans l'existence, qu'elle tortille du cul tant qu'elle peut la vacharde, et sans se fouler trop on dirait même, nous au labeur, spectatrice.

Combien de temps j'ai roupillé ? La nuit est toujours là, le décor aussi, sur la Lune ça doit ressembler à ça, faudrait qu'on ripe, y'a sûrement mieux ailleurs. Mais je suis resté encore un peu comme ça, allongé sur le dos, entendre les trois autres en écraser ferme, s'entortiller autour d'eux même à cause que le froid nous figeait toute la carlingue. Encore un peu sur le dos, vaseliner sans force, dételer la charge, pas si pressé en somme que ça de réintégrer l'existence. Pour y dégoter quoi ? On maîtrise si peu.

Comme ça. Sur le dos.

Le vent ayant dû tourner me parvenait maintenant le ressac de la mer, imprécis encore mais grossissant comme on se déplace, avançant avec rapidité vers nous. J'écoutais, pas convaincu. La mer ça bouge pas, c'est jamais rien qu'un gros pot de pisse que la lune chahute. Là, elle savait bien où elle allait cette palpitation qui frémissait au-delà des murs, ce bourdonnement comme une rumeur s'enfle, et ça se rapprochait, méthodique, et des deux côtés, un murmure de piétinement aux tissus froissés, là-bas, dehors, après les gradins, dans cette étrange contrée lunaire et déserte. Je les aurais bien réveillés les trois autres, leur tâter un peu les idées sur la chose. Je m'attendais à chaque instant voir d'énormes vagues s'engouffrer dans les arches pour déferler rageuses sur la pelouse, inonder le terrain, tout submerger nous et les tribunes comme font sur la plage les vaguelettes dans les châteaux de sable. J'écoutais toujours, le tracsimètre à zéro, persuadé d'avoir raison de fouetter, les oreilles pleines du chahut en marche qui se rapprochait impitoyablement. Là je les réveille je me dis. J'ai pas eu besoin. Petit Simon déjà se redressait et Gaby encore allongé sur le ventre venait d'ouvrir les yeux. Philion grognait dans son sommeil.

« C'est la mer, ça ?… – je lui demande à petit Simon.

– M'étonnerait… on a couru pas mal…

– Mais sans savoir où…

– Pense pas quand même… »

Bien planqués sur notre moitié de pelouse que la lune ignorait, invisibles dans notre trou d'ombre on a encore écouté venir ce roulis grondant et régulier, monstre invisible à gueule de tracsouille nous faire monter une foirade sans rien comprendre, encerclé. Piégés qu'on était.

« C'est des types… » – il nous dit Gaby sans se relever, l'oreille collée sur l'herbe.

Partant de là soudain chaque bruit inconnu s'identifiait alors aisément. Mais ça voulait pas s'arrêter de grossir, d'avancer même et à force d'arriver on allait bien finir par les voir, leurs pieds comme des tambours dans cette marche militaire désaccordée, puis des voix, des cliquetis et des frottements, là, ce coup-ci, à nos portes.

« C'est vach'ment bruyant pour un coin désert… » – il s'épate Philion, revenant à lui.

Et tout s'arrêta comme tombe un silence, d'un coup, comme on émerge d'un rêve. On respirait nous mais alors plus du tout. Cette fois on y était sur la Lune, le grand vide, gommés tous sons, que dalle, même les yeux on osait plus les cligner, jouer même de la glotte, rien que la grosse montre de Gaby à nous égrener son tic, et puis tac… et tic, et puis tac au milieu de nos bides en gargouillis. Il durait ce néant.

Avec une lenteur incroyablement silencieuse ils sont apparus droit devant, l'autre bout du terrain, tous à sortir de l'ombre un à un, émergeant de l'arche, et y'en avait, dix, trente, cinquante, on comptait pas, inondant les gradins sur notre gauche, pile dans la lumière, les petites veilleuses, la lune, tous à se disperser en étage, savamment éparpillés, résolus. Qu'on se les avait bien en diagonale, pleine bille les lascars. On avait beau se le racler le fond de la soupière franchement on comprenait pas.

Ça empêchait pas la trouille.

Le frémissement a repris dans notre dos, quelques mètres à peine, tout demeurant encore dans l'ombre, mais ça rampait subtil et fugace, sans un bruit, nous longeait sur la droite, se déplaçant comme un mille-pattes monstre pour envahir les tribunes aussi, se disposer maintenant bien en face des autres, dans la lumière, dix, trente, cinquante.

Là, on avait compris, mais on voulait plus.

Ils se regardaient les bonshommes, c'était bien jeune, quelques longes de plus que nous à peine et pas tous, du jean et des loques, un peu de cuir, des gueules de traviole sur des corps immobiles dans le silence.

Il nous est revenu le tic, et puis le tac de Gaby, tic, et puis tac, qu'on avait peur même qu'il nous fasse repérer puisque plus rien du tout bougeait, là-bas, chez les lascars. Ailleurs non plus qu'on aurait bien dit, et surtout pas nous d'allongés sur l'herbe le plus platement possible, rien que de petits nuages à s'étirer là-haut, juste au-dessus, s'effilocher en passant devant la blafarde pour nous voiler toujours un peu la vision. Un gros maintenant, obscurcissant le ciel et la Terre comme une éclipse, nous plongeant dans un borgnon soudain, une tombée de nuit comme un bandeau, et longtemps, et des tics, et puis tac, se pressait pas le saligaud, renâclait à la course, et tic, et puis tac, une avancée poussive où les bonshommes là-bas sous les veilleuses orange ressemblaient à des ombres, des fantômes.

Enfin il décarre, poursuit sa route en dévoilant cette lune pleine et blanche, illuminant d'une façon brusque toute l'arène, lui donnant une surbrillance irréelle où toutes choses et les êtres semblaient imprégnés de cette lumière noire presque palpable. Et de se redécouvrir alors aussi clairement ça les déclenche, dévalant les gradins, sautant les rambardes dans des hurlements fous ils se ruent les bras au ciel leurs armes au bout. Des barres, des chaînes, des bouteilles et des couteaux, les premiers sur la pelouse déjà, courant toujours et rugissant tels des singes dénaturés, tous sur l'herbe maintenant et le choc, une charge terrible, comme deux mains se rencontrent, se croisant les doigts, les tordant pour ne laisser à l'œil qu'une boule hurlante de haine en fureur.

On ne distinguait plus grand-chose dans cette mêlée, juste quelques armes parfois qui lançaient des éclairs blancs, mais des cris, des mugissements, de rage et de souffrance, et dans l'affrontement le métal tintait, se déchiraient les vêtements et leur sang devint noir.

On entendait au milieu de l'assaut les coups portés, le sifflement des barres de fer manquant leurs cibles, les bouteilles se brisant et les poings dans la chair comme des coups sourds au cœur des ruades monstres.

Déjà les premiers glas sonnaient pour certains, de notre trou d'ombre on aurait pu croire qu'ils dormaient, au repos de la terre, entourés encore de furie et de haine. Les derniers debout clamaient encore leur rage dans des grognements exténués, frappant à la volée, vagissant toujours mais comme des animaux blessés, qu'ils en titubaient sonnés, du sang plein leurs loques déchirées. Bientôt l'achèvement. Ne restait plus sur leurs guibolles tremblantes qu'une dizaine de guerriers, rageant toujours mais sans souffle, vidant des bouteilles en relevant les blessés, les deux hordes à se croiser sans plus se voir comme deux races indifférentes.

Un autre encore de nuage, imposant et opaque, fermant le ciel doucement replongea l'arène dans l'obscurité pour clore ainsi l'affrontement sauvage, comme si la nuit cette fois venait de sombrer au fond d'un puits. On entendait toujours mais étouffé le bruissement des corps peinant à se relever, s'aider les uns les autres pour repartir d'où ils étaient venus dans un frôlement ténu de vieillards souffreteux. Mais lorsqu'enfin les cieux se révélèrent, il n'y avait plus personne. Nous les entendions encore un petit peu dans le lointain, s'éloigner en toussant, racler sur le sol les barres de fer à leur traîne, s'en retourner lentement chacun de leur côté en trébuchant vers on ne savait quoi ni si tout ça avait bien existé. Encore un petit peu, plus que vague rumeur s'éteignant, et puis plus du tout.

Nous relevant alors, fragiles sur nos guibolles, j'ai faim il nous dit Gaby. Nan, c'est la peur.

Et vrai qu'on y arrivait plus à se causer nous beaux couillons, plein cadre, s'arrachant de l'ombre enfin pour inspecter le champ de rage, les restes d'eux gisants éparpillés, les bouteilles cassées, les morceaux de vêtements, quelques grolles et beaucoup de sang par flaques éclaboussées, de petites taches aussi.

Il nous en aurait fallu bien plus que ça du courage pour palper alors vraiment le fond des êtres, tâter les âmes et se dire une bonne fois qu'on était pas différents. Ceux-là ils avaient juste réussi à s'y rendre au fond d'eux-mêmes, d'une manière obscure avaient accompli quelque chose qui nous semblait impossible à réaliser pour nous, qu'on resterait toujours à tricher dans nos échafaudages nous, se perdre dans le mutisme et les courbettes, les retenues et les grimaces même, tout ça masque après masque. On ne l'a pas eu le courage, mais si peu l'ont. Même parler on pouvait plus, se regarder. Pas un pet de lapin on valait. La courbure était trop forte, atrophiés du bulbe on resterait, résistants menottés par la citrouille. Et ce qui me déraillait encore bien plus le bastringue, me le tournicotait à plus va je peux le dire c'était leur absence de parole, voilà ce qui m'impressionnait, ni rien ni même des injures, cris et grognements gommaient les mots, avant, pendant et après, rien que le ventre à turbiner, fasciné que j'en restais, leurs voix sauvages à me répercuter la nénette longtemps après leur départ, voulant plus en sortir.

Là encore les gus ils nous mettaient trois rounds dans les baskets.

Passé nos suées d'angoisse un froid noir maintenant nous envahissait toute l'ossature, fallait qu'on ripe, tout se reprendre de la charpente à la fiole et s'avancer vers les lumières de la ville. Et puis voilà qu'un type se redresse, pas loin, c'est qu'on l'avait pas remarqué celui-là, lentement, comme s'il sortait de la terre, tâtonnant à genoux autour de lui, en aveugle, reniflant et grognant tout à s'énerver de pas trouver, mais effectuant des cercles de plus en plus larges, toujours à quatre pattes, fouillant l'herbe des mains et s'essuyant le visage en hurlant, possédé.

« C'est quoi qu'y cherche ?… – il nous chuchote petit Simon, impressionné du manège.

– Sa manman p'tête ben… » – il pouffe Gaby.

Enfin il trouve, rampe jusqu'à la bouteille et rapide se l'enquille, du petit-lait, sans remuer la glotte, pas de pause, direct au bidon.

« Ah… ben nan… c'était pas sa mộman… » – qu'il souffle Philion.

En se relevant il la balourde loin derrière sans regarder, on l'entend se briser dans les tribunes et s'en va courbé, boitillant sévère, titubant vers l'arche de béton sans même nous avoir vus, plantés nous quatre sur le terrain avec nos ombres lancées loin devant comme des menhirs étendus. On l'a regardé partir, ratatiné en avant, son œil fermé, gonflé comme une prune, cassé de la colonne les phalanges au bout de ses bras flasques en balanciers traînant presque sur le sol. Un animal disjoncté, rescapé des labos d'expériences.

Cette fois on ripe. Tout n'a que trop duré.

Mais petit Simon devint pâle, bien plus qu'avant, bien pire que nous, et sa main sur mon bras du regard il me désigne, là-bas, quelques mètres, étalé sur l'herbe en étoile de mer, un corps. Et la mort de la voir là ça nous en fout un coup, c'est comme le papa Noël, on veut bien en causer, récupérer les cadeaux mais de là à ce qu'il radine… ça fait une différence certaine. Y'a large.

Mais à notre approche il se met le zig à tousser, râler comme on délire, du sang plein la bouche, en bulles, à nous glouglouter comme un dindon, son crâne tel un volcan aux coulées rouges lui striant la face qu'il a pleine de terre, amochée comac, gonflant violacée à vue d'œil. Mais dans ses yeux il n'y a rien. Ça nous inspire pas. Et voilà qu'il nous cause le pépère, coincé sur le dos à plus pouvoir bouger il nous cause, mais avec ses dents cassées manquantes, les entailles monstrueuses qu'il se paye aux lèvres et tout le sang qui lui déborde il en zozote et s'étouffe, crache, nous glougloute encore ses mots, on entrave balpeau, et les bulles qu'il gonfle de son sang lui éclaboussent le visage en éclatant, il en est tout moucheté.

On tend l'oreille quand même, sans se pencher trop, on se méfie. Mais il tente le gus, encore et encore, nous crachouille toujours le même son qui nous laisse à chaque fois dans l'oreille comme une traînée de bave, n'éveillant chez nous rien de plus que ça.

– Vous croyez qu'il demande sa maman c'coup-ci lui ?… – il s'inquiète petit Simon.

– Alors là !… ça, ça m'étonn'rait pas mal !… – il se gausse Philion – l'a dû lui fout' sur la gueule à sa mère qu'y savait pas encore trottiner l'gars… »

Il a raison Philion, qu'il chouinerait sa môman c'est d'autres yeux qu'il se trimballerait, pas ce vide obstiné, cette idée fixe qu'il tente de nous seriner par ses explications nébuleuses.

Mais détaillant mieux le zigoto me naissait fort un trouble, son corps menu, ses cheveux fins qui lui manquaient par plaques, ses mains d'enfant aux ongles noirs, ses pieds rikiki, sa poitrine d'oiseau se soulevant affolée, aussi cette voix que l'on devinait fluette entre les bulles et qui semblait lui monter directement du cœur. Tout ça me retournait. À sa façon de ne remuer que le visage, et péniblement, on se disait qu'il devait avoir quelque chose de cassé quelque part, gisant ainsi sur le dos, grimaçant à chaque souffle, attrapant le plus d'air possible comme si rien ne lui suffisait plus.

« C'est une fille !… – il s'épouvante Simon – une petite fille !… »

On s'est mis à paniquer si fort que toute notre charpente en vibrait, des palpitations folles nous tremblotaient de bas en haut, on déraillait grandiose, terrifiés. Alors ses mots devinrent plus nets, le sang au coin de ses lèvres et plein la bouche commençant à sécher elle articulait mieux la petite, comprenant aussi qu'on était pas de chez elle, que plus conneaux que nous y'avait pas et qu'il nous fallait bien de la volonté pour pas dégueuler toute notre horreur et trisser dare-dare.

« You want your mother ?… – il lui demande ému petit Simon.

– My brother… my brother… »

Et sa voix si claire d'un coup, ses yeux en larmes, son corps minuscule étalé tout coincé de partout, c'était le petit Jésus de retour en croix sur la Terre, le bon Dieu dégueulasse et toute sa tripotée d'anges qui valaient décidément pas mieux les uns que les autres et surtout pas pire qu'on était nous.

« You want that we return you to your house ?... hein dis ?... we return you at home if you want... hein ?... we can... you want ?... »

Petit Simon il en était vraiment tout retourné de la gamine, s'appliquait à bien tout lui articuler toutes les syllabes, tout bien lui détacher les sons et du mieux qu'il pouvait quant à l'accent. Elle répondait rien, fermait parfois un peu les yeux en respirant plus mal, répétait toujours pareil en s'enfonçant on aurait dit vers un ailleurs qui nous plaisait pas des masses. Je lui ai refait ses lacets, essuyé un peu le sang de sa bouche et ils me l'ont chargée sur le râble. Mais ça en a pris un temps, elle gémissait si bizarrement la petite qu'ils osaient pas y toucher, elle pleurait sans jamais se reposer, hurlait parfois sur un geste d'eux et quand enfin je l'ai sentie prendre sa place sur mon dos, ses bras morts à pendouiller de chaque côté devant moi elle faisait plus que gémir en répétant d'une voix qui me déchirait :

« I so have pain !... I want the death !... I so have pain !... »

Maintenant de gros nuages noirs à course rapide nous voilaient toute la lune et sa lumière, défilant un à un sans jamais la libérer, on voyait passer des continents au-dessus de nos têtes, fallait y aller au jugé, mais elle nous indiqua la petite les premiers réverbères de la ville et ce fut mieux. Pour nous, rien que pour nous. Elle était si légère, je la sentais à peine, mais elle souffrait à chacun de mes pas et pleurait dans ma nuque en répétant de sa toute petite voix coupée de hoquets : I so have pain !... I want the death !..., mais d'une manière si douce et ininterrompue qu'il nous semblait l'entendre chanter pour supporter.

Aux premières rues de la ville la pluie s'est mise à tomber.

Un des moments les plus sales et dégoûtants de ma vie.

Mais il n'a pas duré si long le voyage, un coup à gauche, deux à droite, encore à gauche et elle nous désignait du menton une bicoque déglinguée au fond d'une impasse où derrière la fenêtre une lueur jaune vacillait. Et de la voir sa casbah elle en a plus moufté, un voile venait de lui envelopper tout le corps et elle devint molle la gamine, plus lourde aussi d'un coup, je l'ai sentie près de mon oreille souffler un coup plus fort et se taire, maintenant pour de bon. Que ça m'en a réactivé le tracsir. Eux sont restés dehors, Philion et Gaby, dissimulés un peu au milieu des hautes herbes de l'allée, petit Simon a poussé la porte où une traînée de sang frais brillait encore sur le parquet et nous sommes entrés.

La flamme d'une bougie au milieu des caisses et du vide nous éclairait faiblardement le dos d'un type courbé sur une table basse et fort occupé il nous semblait. Sans se retourner même il a simplement grogné :

« You're back ?… I'm hungry… »

Rien que de lui ausculter la nuque on le savait le bonhomme, devinait la brute, le cerveau tourné à l'envers, en butte aux démons hors d'âge, sans cesse poursuivi par des millions d'années de luttes, les dinosaures, les troupeaux de mammouths. Une cocotte-minute le bonhomme, buté dans sa haine et frémissant de ses lourdeurs rendu fou par les codes et directions donnés, jour après jour, les règles et les lois refusées.

Nous l'avons déposée sur une espèce de divan totalement défoncé la gamine, elle ne gémissait plus, respirait moins douloureusement, ses yeux calmés regardaient le plafond où des morceaux de plâtre envolés découvraient des lambris cassés.

Elle s'est endormie.

On a pensé ça.

Ce qu'il y a de pire c'est l'anticipation j'ai déjà dit, nos maux viennent tous de là, faut pas chercher tergiverser la solution elle est bien limpide. Ne surtout jamais penser à la seconde naissante, on est foutu sinon.

Mais nous le regardions poindre et pas si loin, après les enseignes, deux trois encablures, son gris pas franc, son bistre mordoré, et on rechignait à s'y engouffrer déjà sans s'octroyer une pause avant dans cette terre d'ombre entre roux et noir. Les rares passants même semblaient nous y pousser tandis que nous arpentions les mornes trottoirs de cette ville où nous avancions tout remués de par les rues où leurs fins se perdaient dans les brumes. Nous avons freiné un peu nos pas, tournicoté encore quelques minutes devant les magasins bouclés, feindre l'oisiveté, l'indifférence, et puis il a bien fallu s'y engager dans le jour, ce gris de maure. Notre marche on l'a reprise, mais lentement, et ainsi ne pensant plus à rien on y est entrés dans ce jour qui nous paraissait déjà rouillé, sans même nous apercevoir que la nuit dont on ne voulait plus se trouvait maintenant derrière nous et qu'il allait bien falloir vivre encore un bout et sans s'arrêter ce coup-ci. On va y aller dedans le jour on s'était dit, au cœur de cette feuille morte, et sans en parler. Mais pour y faire quoi ? Se diriger vers où ? Y découvrir quoi encore ? On va y aller dans le jour, mais les yeux fermés alors.

Et les yeux fermés nous arrivâmes sur le port pour y traînasser une poignée de minutes en regardant les gros cargos de fer. Qu'il en bavait Philion. J'y avais bien pensé moi aussi à partir, puisqu'ils étaient là les bateaux, amarrés solides, en prendre un.

Mais tout n'est que prétexte.

Ils nous ont bien félicités les professeurs pour notre avance, que ça les changeait, pour une fois qu'ils auraient pas besoin de poireauter après nous, après moi surtout. Qu'on devenait responsable en somme. Du coup on a monopolisé illico tout l'arrière du car, y vaseliner pépère tout le trajet vers on savait pas où. Y'avait que Gaby décidément pour roupiller avec autant d'assiduité dans toutes les situations. Nous autres on pouvait plus. Pour supporter l'horreur et pis pioncer encore faut pas avoir dans l'idée de les changer les choses, les événements et les êtres. Je me sentais innocent de rien moi, tout m'est à fleur.

Afin de s'atténuer la grande foirade ils se sont mis à discutailler vaseux les deux autres, leur retour dans la famille avec un soir de retard commençait à leur tracasser la sorbonne, ils se concoctaient un plan d'excuse, de l'imparable, du vertigineux, du sur-mesure pour éviter la trop forte engueulade et pas encore sauter la briffe. Mais Philion qui supportait guère le travail du caisson a rapidement tranché :

« Ou alors j'leur pète à la gueule…

– Encore ! ?…

– Évidemment !… c'tu crois ?… ça m'dérange pas…

– On peut chercher un minimum plus subtil peut-être, nan ?…

– C'est ça… cherche…, si tu trouves pas j'leur pète à la gueule… »

Et Machine de son air clos, sa démarche lourde radina aux renseignements sur Gaby, ses ronflements qui envahissaient tout l'habitacle et les pourquoi de son absence. J'avoue j'ai pas ouï l'affaire plus que ça, je m'amollissais. Moi je venais de remarquer tout à l'avant du car entre les têtes et les dossiers les deux ailes de cygne de Mlle Fisher, et puis en bas sa cheville de verre qui se balançait doucement dans l'allée. Les jambes croisées, l'une comme un gai métronome bien régulier dépassant elle laissait danser gentiment son soulier de satin, faisant par de petits mouvements des orteils sortir et puis rentrer son talon. Elle jouait.

« Il a quoi ?… – elle demande Machine.

– Sommeil !… – Philion ménage jamais rien.

– Z'avez fait quoi cette nuit ?…

– Des trucs !…

– Z'êtes allés au resto ?…

– Évidemment !… le meilleur !… avec la nappe là qu'était toute blanche… tout l'machin là… les fleurs partout… le pinard fameux…, y'a même eu un spectacle après… chorégraphie super… t'as tout raté !…

– Et… vous avez mangé quoi ?… – le croyant couci-couça.

– DES INGRÉDIENTS !… – il lui gueule en postillonnant.

– OUAIS !… YES !… et des OLIGO-ÉLÉMENTS ! ! » – il surgueule petit Simon rouge comme un poisson.

Elle restait devant nous avec son regard froid qui sautait de l'un à l'autre pour nous bien décortiquer la bobine, affichant un léger mépris qu'elle n'osait exprimer clairement. Quelques secondes encore à se dévisager nous quatre et elle esquissait un mouvement de recul quand petit Simon déjà renquillait :

« Ou alors les professeurs avaient organisé une soirée… tu vois… une fête et…

– Toute la nuit ? !…

– C'est sûr que…

– Et sans prév'nir personne ?…

– Oui, là…

– Laisse tomber… j'leur pète à la gueule… c'est l'mieux… »

Elle s'en est retournée Machine, mais dans un retrait furieux, Gaby on s'est dit qu'il allait en avoir bien du boulot et de la peine pour la redresser la barre.

« Ou des cours du soir alors ?… genre approfondir les subtilités d'la langue…, ou alors la visite d'un… d'une… tu vois qu'on fait que la nuit… comme un… une…

– Oui ?…

– Nan…, un feu d'artifice ?… c'est bien ça, c'est tard…

– Ça dure dix minutes…

– Une messe de minuit !… ça c'est bien ça… et puis y'a minuit dans le…

– Et pourquoi pas les vêpres ?… nan, cherche pas, toute la nuit et sans prév'nir à part l'hospitalisation y'a rien…, j'leur pète à la gueule… c'est dit !…

– T'as pas une idée Matin ?… »

Je n'ai pas répondu. Je venais de découvrir à quoi me faisait penser Mlle Fisher. Une libellule bleutée prise dans un morceau d'ambre. Et de l'œil j'ai cherché encore le jeu mignon de son petit pied.

Il avait disparu.

Alors j'ai regardé le paysage cavaler au-dehors, s'enfuir pour se diluer avec les gouttes glissant sur la vitre, mais un poison vivait là, filtrant l'air à planer sur tout l'horizon, les champs détrempés, la route comme une rivière interminable, les maisons gonflées en éponge, partout sur cette Terre soumise et dessus nous tous. Une fatigue alors m'est venue, un lourd découragement, et tout a coulé pour de bon.

Le dégoût.

Et partout il est là où se trouvent les hommes à nous coller au proze comme un Krishna petites cymbales, nous maquillant la bobine jour après jour, de deuil en deuil avec autant de plaisir qu'une pute gruge le client vicelard. Il nous épuise bien plus rapidement que l'ennui ou les spasmes du rut le dégoût, c'est une charogne qui grignote et pousse à l'écœurement avec autant d'aisance que les remords. Mais où que l'on soit il nous faut le supporter, faire copain copain si l'on veut continuer, persister dans le noir à crapahuter sur ce sentier de pas grand-chose. Il est partout, comme une froide désolation, à tous les coins de rue, coins de vie à nous planer au-dessus en une brume glacée que l'on ne voit jamais, qu'on pressent depuis des siècles, qui nous survole et nous traverse parfois dans les moments d'abattement pour nous rebalancer dans l'âme sa dégueulasse rengaine de vieille fille vacharde. Il redéboule le dégoût dans tous les instants calmes, goualant et tout sourire, fier de constater qu'on ne l'a pas oublié, qu'on le reconnaît toujours au premier coup d'œil même, premier frisson, c'est lui, on sait.

On le porte en nous comme un cancer.

Si Dieu existe en plus de ça, alors là, ce serait le pompon.

La cerise.

Ils en ont un eux aussi les Anglais de week-end, j'ai appris ça en descendant du car la nuit tombée, même eux qui l'ont inventé à ce qu'il paraît. On se reverra lundi donc et tous on était bien heureux d'éviter les excursions pour un temps. Mais j'en connaissais deux qui l'avaient pas prévue celle-là, devaient l'avoir saumâtre.

C'est du lourd.

Sur le canapé ils font rien qu'à soupirer, elle en pleurs, lui qui flanche en arrière tout en lui tapotant la main. À leurs trombines morcelées, leurs airs en trois épisodes, tout confirme au drame. Du double au moins. Pas certain même qu'ils m'aient vu m'affaler dans le fauteuil en face. Pas évident. J'y comprends rien mais si je compte, l'en manque deux. Et comme ils me regardent sans me voir je souris, ils sourient aussi et elle repleure. Moi je reconnais j'avais rien prévu pour l'occasion, du tout, pas comme mes deux zigs, planché sur que dalle, aucune excuse, je pensais même qu'ils allaient pas la remarquer mon absence, que ça les arrangerait plutôt.

« A probleme ?… – je me lance, qu'on en finisse.

– Oh Maytine !… Maytine !… »

Elle en retombe dans le mouchoir, se disloque éperdue gémissante.

Nan, c'était du pas prévu tout ça.

Comme elle nous a entendus de sa chambre Behind the door elle radine et me saute dessus pour m'entraîner dans ses quartiers. L'en manquait plus qu'une alors. Je résiste, la bienséance, que je compatisse au drame, que je m'explique, me défende au tribunal. Mais rien me venait. J'avais beau réfléchir à ma défense tandis que la petite me tirait le bras en hurlant « Come !... come !... » mais la concentration me manquait.

« Yes, yes... – elle me dit la femme – go with her... let's go Maytine... take care of her... she needs it..., after it..., tank you Maytine... sorry... »

Si qu'ils en étaient à s'excuser ça voulait possiblement dire que j'y étais pour pas grand-chose dans leurs affres.

Mais c'est combien d'âge ça ? Trois ? Quatre ? Cinq ? J'y connais rien. Mais totalement en friche la gamine en tout cas, inculte au possible, pas conne mais laissée dans un abandon culturel effarant. La cour des Miracles cette turne. N'écoutant alors que mon altruisme j'en ai donc profité pour lui enseigner deux trois petites choses qui lui serviront tout le restant de sa vie. Un prince je suis.

Et nous conversions fructueusement depuis un bon moment déjà, son ignorance des choses humaines étant telle, quand sa mère, remise un peu, vint se poster sur le seuil. Avec son visage bouleversé sous des cheveux raides et gras, son air groggy, sa robe de chambre jaune canari entrouverte laissant voir des jambes grêles et blanchâtres, ses mains rouges et tout le corps de la nuque aux genoux tirant vers le bas, elle ressemblait à une maladie posée là, une statue de carton délavée, imprimé d'un seul côté.

« We are really sorry Maytine to impose you a so unpleasant show, but a very painfull event upsets us enormously..., come to eat Maytine... we shall explain to you... it's normal that you know... you are a member of the family... and we estimate you largely... come to eat... »

Absolument mais alors là rien entravé à son monologue à la madame, un gigantesque écran noir me restait incrusté dans la pastèque, mais je semblais définitivement exclu de leurs malheurs, et puis elle avait parlé de eater.

Je la voyais pas la toute vieille à la table et ça me plaisait assez, j'allais pouvoir m'empiffrer le plateau sans avoir à supporter son dégueulasse ricanement. Et c'est lui qui m'explique la chose tandis qu'elle chipote la madame, picore à peine, lui qui me raconte la grande cata, et même si je comprends qu'un mot par-ci par-là, l'histoire elle émerge, se dessine, embrouillée dans sa bouche, son tarabiscotage d'idées. Là, qu'il me montre en se tournant à demi, près de son fauteuil à elle qu'il l'ont trouvée hier soir en rentrant la toute vieille, par terre, dans les vapes. Et puis jargonnant au possible il se lève, ouvre un petit meuble bas rose et blanc que j'avais pas remarqué, sous la télé, pour en extraire une bouteille, il me montre, vide, et une autre, et encore, il se lamente éberlué. Alors, à genoux, comme ça, au goulot, de le voir mimer la murge de la toute vieille ça la pousse la madame, la submerge et elle repique à banner une main sur le visage.

« My poor mother !… my poor mother !… »

Il en arrête la démonstration lui, interloqué, l'enveloppe de ses bras pour l'aider à gravir les marches dans une explosion de sanglots.

« Poor grandmother !… poor grandmother !… »

La lèvre inférieure bombée vers le ciel, le menton ridé elle me répétait ça la petite dans une bouille mortifiée, dodelinant de la trogne avec un air si déconfit que malgré moi je m'en suis mis à pouffer. Alors elle s'augmente les grimaces de la fiole la mignarde, m'imaginant retenir mes larmes, me prend la main pour la tapoter consolatrice, que je suis bien aimable de participer autant à leur chagrin. Après je me suis demandé si qu'elle serait pas cannée la toute vieille par hasard, puisqu'on la voyait plus, que les lamentations de la femme se répercutaient dans toute la maison, de l'étage, elle, qu'on entendait se répandre comme un ruban de plaintes jamais achevé. J'en pouffais moins du coup.

Mais il m'appelle de là-haut le père, que je monte, il baragouine aussi pour la petite un message obscur et m'attend, que je l'écoute au milieu de leur turne ouillouiller les yeux au ciel, me bien faire voir, m'expliquer en détail avec ses mots à lui tout ce qu'il ne comprend pas. J'augure mal. Il me titille cet escabeau plein mitard. Elle pleure encore la madame, en sourdine, étendue sur le page les cuisses à l'air, une main toujours à lui cacher le visage et les pans de sa robe de chambre étalés de chaque côté d'elle. Qu'on lui voit tout le bastringue. Lui s'occupe du plafond, les poings sur les hanches il oscille droite et gauche du bocal avec une moue de parfaite incompréhension. Quand la petite radine, des doutes, j'en ai plus. Se grattant l'araignée il répète les yeux levés :

« Impossible !… im-po-ssi-ble !… »

Et semblable aux images déformées du bloscop j'ai vu s'avancer la gamine, scintiller dans sa main une fugace étoile blanche. Avec les cloches autour à me trembler la charpente, du fond d'un vertige je l'ai regardée mignarde donner à son père la petite clé pour qu'il la range bien méthodique au creux de la poutre.

Je demandais plus rien que le plumard moi.

Quand je les ai laissés elle pleurait encore, le châssis à tous les vents, lui s'asseyait au bord du lit, tournant le dos à sa femme en gémissements et se disait rien que pour lui, abasourdi :

« She already has difficulty going up the staircase !… impossible !… »

« Quick !… quick !… – elle me chantait la petite déjà à quatre pattes sur mon lit – quick Maytine !… get up !… we go to the countryside !… »

Malmené un temps ça vous encrasse les idées, vous pousse à la rumination vers le bas, toutes alors les anciennes d'idées les plus désespérantes et salaces remontent vous emmêler la lucidité jusqu'à plus rien voir que de l'abject, une dégoûtation profonde et uniforme avec chaque épreuve à la suite bien notée sur le tableau. On dérouille, damné qu'on est, joujou d'une malédiction. Mais qu'un répit radine, une ondulation douce et claire ça vous annule recta le paquet, l'éponge de la vie effaçant l'ardoise, que ça vous requinque, tout frais d'un coup, lavé, on dit plus rien et on repique aux délires illico. Si la météo s'applique à l'illusion ça frise l'extase, on se pâme alors.

Possible qu'elle était plus morte la toute vieille ?

Dans la voiture malgré son teuf teuf effroyable ils arrivaient tout de même à converser gentiment tous les trois, heureux d'une partie de campagne improvisée, se hurlaient des minauderies par-dessus le moteur et riaient de tout et du soleil que l'on devinait poindre faiblard passé les strates pâles des nuages. Et j'écoutais la petite tout bas chantonner une comptine qu'elle devait inventer à mesure tant elle n'avait aucun sens. Il me plaisait bien ce ni queue ni tête. Mais s'achèvent les complaintes lorsque prend fin le voyage.

Un bâtiment terne s'éleva bientôt lorsque nous franchîmes les hautes grilles délimitant un parc qu'une route blanche traversait. Je godillais moins. La petite non plus était pas rassurée, on lui spoliait sa balade.

« My countryside ! ?... my countryside ! ?... » – elle leur gueulait en larmes au-dessus du moteur.

Mais eux répondaient rien à l'avant, se baragouinaient même plus dans leur jargon, ils regardaient s'avancer la bâtisse vert-de-gris aux fenêtres grillagées comme une proie se tétanise face au danger. J'étais bon.

Mille fois elle me l'avait prédit la grand-mère que je finirais à Sainte-Anne, se gourait pas.

La petite rechignait aussi dur en traversant le hall rempli de goutte-à-goutte à roulettes et de déambulateurs poussifs, me serrant la main elle fronçait de partout en chouinant sa countryside, les yeux apeurés traînant sur toutes les blouses blanches de passage. Mais fouettant plus qu'elle moi je trouvais rien à lui inventer pour calmer sa trouille, persuadé que j'étais de jamais en ressortir de cet endroit aux couloirs vert bouteille que nous enfilions un à un sous un ciel de néons blancs. Et fuir même ne m'a pas traversé la louftinguette d'ailleurs tant mon trouble annulait toutes mes fonctions, je marchais, propulsé dans un vertige, le cœur chaviré la mâture pleine de vibrations, j'avançais, de couloir en couloir avec tout, les meubles et les êtres croisés comme auréolés de blanc, tout à me palpiter telle une pompe en chacun expulsant des lueurs blanchâtres, un escalier, des portes battantes, encore un couloir, deux, avec toujours le nez plein de cette odeur chaude et lourde qui faisait grimacer la petite. Encore un escalier, puis une chambre. Nous y étions.

Toujours à me poser mille questions je basculais dans le regard effrayé de cette petite fille qui ne semblait pas plus enjouée que Behind the door à se retrouver coincée là, et je lui restais bloqué dessus, n'y comprenant rien, lui scrutant la rétine sans plus pouvoir m'en extraire. Un bonhomme aussi, triste et perdu debout près d'un lit où gisait une femme au teint pâle, les yeux mi-clos s'efforçait de sourire tendrement. Je les connaissais pas.

Dans le plume à côté, un corps ridicule de partout tuyauté sous une tête chauve disparaissait dans les couvertures, se noyait dans les plis, mais nous dévisageait gravement, l'œil dur et goguenard.

« Hi hi hi !... in the loop !... hi hi hi... in the loop !... » – elle se mit à ricaner la bougresse sitôt m'ayant identifié.

Il n'était donc pas si aisé de canner en somme.

Passé quelques bisous et des caresses à la toute vieille Behind the door s'en alla grimper sur une chaise, et là, debout à regarder par la fenêtre elle restait les yeux partis se balader dans le parc. Comme je voulais pas déranger les retrouvailles ni que la toute vieille repique à ses dégueulasses tics je m'y suis mis aussi moi à vagabonder au-dehors, survoler les arbres, de l'étage on voyait bien, suivre la route blanche, emprunter les sentiers que l'on devinait au travers des taillis. Ça allait plutôt. Derrière la toute vieille faisait rien qu'à se faire gourmander par sa fille, main dans la main, et ça en finissait plus des minauderies et colimaçons de sentiments, les recommandations, l'acte ainsi s'étirait en lourdeur. L'autre petite sans un mot est venue elle aussi grimper sur la chaise pour se coller à Behind the door, regarder ensemble par la fenêtre, accoudées au radiateur. D'en bas ça faisait trois hiboux derrière la vitre. Les autres se pleurnichaient dessus tant et plus, le couple ne pipait mot, les yeux dans les yeux, comme si tout un flot d'inquiétudes se déversait silencieusement d'un cerveau à l'autre.

« Allez... – je lui dis à Behind the door – radine... on va s'en payer une tranche...

– Vous êtes français ? !... – il s'illumine le bonhomme – oh !... puisque vous..., elle s'ennuie la petite..., et puis voir sa mère comme ça..., vous pourriez la promener elle aussi ?... vous voulez bien ?... dans le parc... elle vous embêt'ra pas... vous voulez bien ?... »

Et il retournait plonger son regard perdu dans les yeux fatigués de sa femme, y cherchant une approbation. Mais elle ne répondit rien dans son sourire vidé.

C'est étrange comme je m'esbaudissais de le trouver pas si tarte et déglingué ce moment-là, les deux petites à me courir devant copines comme cochonnes en quelques secondes, la tête enfin sortie de ce jus noir dans lequel je m'enfonçais depuis des jours. En somme la vie n'est rien qu'un dédale de portes que l'on ouvre au petit bonheur, persuadé toujours de trouver pire à la suivante. On se goure. Les portes y'a pas que du crime derrière, on sait bien qu'il nous faudra en pousser d'autres des portes, et encore et encore, avec tout le bataillon de déconvenues planquées après, les résistances, les tartuferies, mais les pâquerettes aussi. Lorsqu'elle viendra la dernière faudra se l'égrener son chapelet, y aller de ses prières et se dire que peut-être, enfin, derrière sera la sortie. La vraie.

Moi j'ai fait selon leur bon plaisir aux deux petites mignardes, j'allais où elles voulaient, et elles ne regardaient pas, suivaient leurs pieds sans savoir où, se comprenaient sans parler, sautillaient tous sens avec des petits rires enfantins. J'étais leur bon, je musardais à l'arrière, tout m'allait. Et puis, j'avais tué personne.

Au sortir d'un petit chemin ombragé comme un tunnel nous débouchâmes sur une clairière remplie de pâquerettes et de pissenlits où un pâle soleil voilé réchauffait tout de même un peu. Et nous nous posâmes sans nous concerter, moi dans l'herbe vaselinant de tout mon long et les petites affairées déjà aux bouquets des mamans. Et tout en regardant glisser les nuages je les entendais pas loin babiller en œuvrant, chacune dans son dialecte, s'interpeller, se répondre sans comprendre, ce qui n'avait pas l'air de les déranger.

Au loin de grands oiseaux noirs traversèrent le ciel au ralenti, délicatement, comme des fumées, alors les deux petites follettes vinrent me demander où ils allaient. Un peu plus loin j'ai répondu, sûrement un autre arbre, une autre branche, peut-être un coin différent. Où ils veulent. Elles en sont restées babas les drôlesses, jamais personne autour d'elles n'avait pu faire ça, tout le monde toujours va où on lui dit. Leur bouquet à la main, leurs deux petites bouilles éberluées, elles savaient encore si peu de la Terre. Elles ne connaissaient pas les façons de cette planète.

Au retour nous avons parlé de la maladie, de la vieillesse, de la mort aussi, un peu, ayant trouvé sur le chemin un oisillon tombé du nid. Alors nous sommes restés tous les trois penchés sur cette petite éclaboussure jaune à nos pieds qui se changeait en traînée rouge, au bout l'oiseau, son petit corps rose avec encore, collée dessus, un peu de coquille. Son petit bec bien dessiné pointait le ciel, ses gros yeux noirs et vitreux à la pupille plus sombre encore que l'on devinait tout au fond semblaient toujours eux aussi regarder d'où il était tombé. Chacune a ramassé un morceau de l'œuf et puis elles ont encore cueilli des fleurs, de toutes petites fleurs rouges, et des bleues, des violettes qui poussaient sur le talus.

On a plus reparlé de rien.

Les années passent comme des portes que l'on referme.

Ne me restait déjà plus dans le souvenir qu'un moment passé avec deux petites filles aux mains fleuries qui me demandaient où vont les oiseaux quand ils s'envolent.

Le lendemain dimanche j'en écrasais ferme lorsque j'entendis l'aristocratique voix musicale de Mlle Fisher dans la chambre de la petite. Pas longtemps, déjà elle me grimpait sur le page pour me crier en rebondissant comme une poêlée de pop-corn :

« Quick Maytine !… quick ! go up, come !… we go to the park !… wake up, Maytine !… rouédine !… rouédine !…

– Je constate Matin qu'à vous fréquenter cette enfant possède ainsi quelques bases de français… – elle me dit Mlle Fisher, debout dans le couloir – elle connaît déjà certains mots et c'est tout à votre honneur de les lui avoir inculqués…

– Deux ou trois… – j'ai répondu, la tête sur l'oreiller.

– Tout à fait… il y a également : arrête, oublie-moi un peu, et bien sûr le fameux “merde”, qu'elle prononce d'ailleurs d'une façon charmante…

– Pour celui-là on a beaucoup travaillé la prononciation…

– Je n'en doute pas… ça s'entend… et c'est d'ailleurs un vrai plaisir pour elle d'y mettre le ton…

– Je suis très strict sur l'intonation…

– Et je découvrirai certainement les autres un peu plus tard vu la joie qu'elle éprouve à nous les débiter à la chaîne…, une joie non dissimulée – elle restait un peu comme ça Mlle Fisher, droite dans la lumière, me regarder sortir de ma nuit – habillez-vous, Matin… nous vous attendons en bas… »

Ça me faisait du bien de la retrouver Mlle Fisher, son corps nerveux de brindille lascive gréé comme à la parade, sa petite voix sucrée d'enfant, son regard ombreux, perçant et pourtant flouté dans sa frimousse de musaraigne, ses doigts fins aux humeurs distinguées.

Le jour venait de se lever pour de bon.

Elle avait repris sa pose de statue gainée, assise au bord du fauteuil, la petite sur les genoux à se laisser faire un palmier sur le haut du crâne. Jamais je l'avais vue aussi rose Mlle Fisher, toujours droite dans son maintien mais tout alanguie du moral, le visage tourné vers la fenêtre où elle devait rêver sur ce que personne ne voyait, une lande bien personnelle qui lui ravissait son petit cœur enserré d'une cage.

« Les Kolitch m'ont avertie pour l'hospitalisation de leur parente… – elle me dit en laissant vaguer son regard par-delà les rideaux – la raison de ma présence…, ils retournent la visiter aujourd'hui…, j'avais pensé… – dans sa langueur elle titillait machinalement le palmier de la petite – plutôt qu'elle ne retourne à l'hôpital… ce n'est guère sa place… – et secouant son abandon, ses yeux subitement clairs – emmenons-la promener, voulez-vous ? !… tous les trois… ce sera gentil…

– Yes Maytine !… yes !… – elle se met à hurler la gamine dans un sursaut – on s'arrouache !… on s'arrouache !… and MERDE !… »

Assis tous deux sur un banc à regarder la fillette virevolter dans une balançoire elle avait repris son jeu hypnotique Mlle Fisher, les jambes croisées haut, ses deux mains blanches bien à plat de chaque côté de ses hanches, droite dans l'harmonie elle faisait aller et venir son soulier en suivant le rythme lent et gracieux des balancements de la petite qui s'amusait à quelques mètres. Et de la cheville au genou c'était encore plus sensuel et godillant que de la voir s'entortiller nue autour d'une barre.

Puis, la petite maintenant installée dans le sable avec les autres enfants, elle laissa pendre son escarpin au bout de son pied. Seul relâchement que je lui eusse jamais connu.

« Pour une fois qu'il ne pleut pas..., regardez comme elle s'amuse bien... c'est si charmant... – se tournant alors vers moi – quand je pense qu'elle n'est jamais venue ici...

– ...

– C'est pourtant à cinq minutes de chez eux...

– ...

– Elle nous l'a dit en arrivant...

– Ah ?...

– Vous n'écoutez pas ce qu'elle vous dit ?...

– Pas tout...

– Elle par contre écoute beaucoup tout ce que vous pouvez lui raconter... elle retient même très bien... – se détournant pour la regarder jouer – vous n'écoutez pas non plus ce que disent les gens...

– Nan... ça m'fait du larsen... des parasites sur la ligne...

– Qu'écoutez-vous alors, Matin ?...

– La rumeur de ma tête... cette... cette corrida...

– Et que raconte-t-elle ?...

– De noires fariboles... »

En voilà bien une de chose qui me plaisait énormément dans ce pays, la brume du langage, les affiches, leur blabla autour, les paroles de rue, tout me foutait la paix. Je naviguais dedans tout ça comme au ciné, spectateur intouchable, tout me reposait la tête. Ils pouvaient bien me rentrer les mots, par les oreilles, les yeux, car même sans lire on lit, j'imaginais leur sens et jamais rien osait me contredire, je faisais comme je voulais avec les mots, m'efforçant de n'y rien comprendre, c'était l'extase de la bouillotte. Le repos.

Une illumination soudaine vint lui rafraîchir toute la bobine à Mlle Fisher, elle souriait sans le vouloir, résistait, se reprenait le masque, puis :

« Matin… est-ce vrai que… que vous lui avez parlé de… – et elle ouvrait les guillemets de ses doigts fins – d'une "poche à prouts"…

– On pouvait pas lui cacher ça plus longtemps…

– Et vous lui avez dit qu'elle en avait une, elle aussi…

– Comme tout l'monde…

– Depuis elle s'évertue à la vider chaque matin…

– Comme ça c'est fait…

– Dites-moi, Matin… – et ses yeux devinrent bleus – comment dites-vous "prout" en anglais ?…

– La démonstration par l'exemple vaut toujours mieux qu'un long discours, Mlle Fisher…

– Vous faites même des concours à ce qu'elle m'a raconté ?…

– C'est bon de se mesurer aux autres…

– Cette famille vous convient autant que vous lui convenez…, avec un autre que vous nous aurions eu des problèmes j'imagine…, d'ailleurs… comme avec certains de vos amis… »

Elle s'est enfin reculée au fond du banc pour s'y adosser, encore plus proche, plus gentille, lavée de contraintes pour se décider avec une tonalité amicale :

« Vous n'êtes pas rentré l'autre soir…

– Pas très…

– Vous avez eu de la chance qu'il ne vous arrive rien…

– Il nous arrive toujours quelque chose…

– N'en parlons plus, Matin… je n'ai pas envie de…, pas aujourd'hui… on est si bien…, n'est-ce pas qu'on est bien, ici ?… ce parc, la petite, vous et moi à converser gentiment ?…

– Ça faisait si longtemps… »

J'ai bien senti alors que j'allais partir en vapeurs douloureuses, que cette petite existence n'était qu'un déni de tristesse, un ramas d'échecs où j'avais beau tortiller tous sens l'œil toujours allait taper contre une muraille de frustrations. Tant de choses s'opposent dans le même être, tant de lâches souvenances, des vomissures pas expulsées totalement, des retenues à vous coincer tout le corps et le cœur. L'âme on en parle pas. Aussi arrive un jour où l'on sait que l'on ne changera plus, on le sent que la partie est jouée, tout nous le dit, les personnages grimaçants du ciné ont bien fini de nous faire rêver à un futur identique, ça viendra pas, les vieilles références du passé n'en sont plus, le passage s'est refermé. Plus que soi, ce que l'on est dans le silence des autres, faudra faire avec, et tout le reste de la route, la fin du voyage. On fera plus qu'avec ça. C'est qu'on avait mis tant d'empressement dans la jeunesse à s'en construire des illusions, colmater les failles pour pas se retrouver tricard du grand cirque, mais les parents y pouvaient rien, leur discours tenait pas. On est tellement affamé de tout dans la verdeur des temps qu'on arrive pas encore à se taire, on exige. C'est qu'on ne sait pas. Et il nous faudra bien des salades et micmacs pour apprendre à se la boucler pour de bon notre boîte à salive, faire en muet, se ramasser l'envie et plus attendre rien. On est trop con. La vérité elle est là.

Je regardais les cheveux ondés de Mlle Fisher, ce parc, la petite, les enfants ce sablier inversé, tout m'expliquait en chuchotis que j'allais disparaître une bonne fois pour ne plus laisser sur ce banc qu'un spectre de larmes.

« Ces malheureuses personnes…

– Qui donc ?… »

Mlle Fisher j'ai jamais su comment elle s'y prenait pour toujours me la barbouiller la cervelle, me réveiller la conscience et que je m'abîme dans le souvenir, que je me vadrouille, tombe en nostalgie, que je me flotte dans les idées pour d'un coup, hop ! m'extirper de mes grands fonds et la faire continuer la vie.

« Mais… les Kolitch…, leur existence était déjà bien assez terne comme ça… sans… l'hospitalisation…, à croire que plus ça va mal, plus…, comme si les ennuis se passaient l'information, voyez, qu'ils se chuchotent les bonnes adresses…, on aime retourner où on connaît… un endroit conseillé…, les ennuis semblent faire pareil…, et la petite dans tout ça ?… comment va-t-elle ?…

– Elle continue sa petite vie…

– Parce que vous êtes là, à lui enseigner des…, mais la semaine prochaine ?… quand nous serons rentrés…, après encore… plus tard…

– Cet été notre souvenir lui sera déjà effacé… elle fera comme avant…, et puis… vous savez mad'moiselle Fisher… on est quand même un sacré paquet à grouiller sur la Boule, à maîtriser que dalle, subir tout…, les parents peuvent rien face à l'existence… de petites indications par-ci par-là, une petite écoute… et après ?… c'est rien que le fait d'être en vie qui bousille tout, le nombre qu'on est aussi…, alors même si elle avait les meilleurs parents du monde qui toujours lui donn'raient le meilleur des relations et du rata… la vie elle se chargerait du reste…, et puis y'a jamais à pousser beaucoup pour que tout se finisse mal… suffit de regarder un peu, c'est perdu…, les parents moi je dis faut p'têt' même mieux qu'ils soient pas terribles… c'est moins dur comme ça quand ils meurent…

– Ça n'est pas parce qu'ils ne sont pas “terribles” qu'on ne les aime pas…

– Ça aide…

– …

– Elle va faire quoi cette petite ?… comme tout l'monde, c'qu'elle pourra…, va se mettre à picorer des petites joies, comme ça, pic pic pic, comme elle fait déjà… ce parc, hier les fleurs dans la clairière… voilà…, notre départ y chang'ra pas grand-chose… elle oubliera d'vider sa poche à prouts…, elle deviendra alors comme tout l'monde…

– J'entends bien… c'est évident mais…

– La vie c'est jamais rien qu'une somme d'expériences…

– Absolument… toutefois je me…

– Si la mort elle existe pas… que le p'tit Jésus nous accueille chez lui, le bon Dieu avec, le père Noël, tous les copains et les vieux qu'on a connus, tous à continuer la bamboula comme ici mais en plus fluide, voyez ?… en moins lourd… les expériences alors et tout c'qu'on a cru comprendre… ben c'est que ça qu'on pourra emporter… le bon et le douloureux à se mélanger comme une ratatouille monstre… c'est cette ratatouille de vie qui fera le nouveau personnage… si qu'y s'passe quelque chose après…, sinon on s'en tape… de tout…

– C'est ça que vous appelez la rumeur de votre tête ?… »

Puis, s'amollissant plus encore, ses yeux profonds dans les miens : « Qu'aimeriez-vous faire de votre vie, Matin ?…

– Écrire des poèmes…

– Ah ?…

– D'amour…

– Oh…

– Vivre en haut d'une tour de cristal…

– Quelle idée charmante !… écrire des poèmes…

– Pour une femme improbable… une fée…

– Comme c'est romantique !… écrire des poèmes d'amour…

– À la plume d'oie… »

La petite rappliqua en nage, ensablée profond du palmier aux fonds des poches, s'ébrouant comme un cheval presque sur nos genoux et beuglant comme elle savait si gentiment le faire :

« Maytine !… j'némouarre !… tronnoudla !… MERDE !… Oh Maytine, j'ladalllle !…

– En voilà une belle de ratatouille !… qu'a-t-elle dit, Matin ?…

– Elle a faim…

– Oh oui… allons lui offrir une glace… c'est si charmant… »

Courant devant nous sur le trottoir je la voyais s'enfoncer dans la vie, toute neuve, insouciante, comme un chiot fou effectue cent fois le trajet en va-et-vient, je regardais gambiller ses petits mollets de coq et sautiller son petit palmier.

« S'occupent-ils bien d'elle au moins ?… – ça la tenait Mlle Fisher.

– Elle est pas malheureuse… elle mange son plateau…, et puis elle connaît rien d'autre…

– Maintenant si !…, mais pour le reste, son moral…

– Il y a encore de la joie en elle…

– Mais n'avez-vous rien remarqué chez elle de particulier ?…

– Elle secoue la tête…

– Ah… d'avant en arrière… comme un balancement ?…

– Nan… de droite et d'gauche…

– …

– Quand elle se brosse les dents…

– …

– Au lieu de remuer le bras elle secoue la tête…

– …

– C'est particulier nan ?…

– Oui… mais… le soir par exemple… c'est important le coucher… les attentions…, pour ça les Kolitch je les trouve un peu…

– Évaporés…

– Oui…, la câlinent-ils le soir dans son lit ?… lui lisent-ils une histoire ?… accompagnent-ils son coucher ?… préparent-ils son sommeil ?…

– Je pense qu'elle se débrouille avec ses nuits… »

Les yeux clos dans le noir j'ai soudain réalisé que l'obscurité de la chambre se faisait plus dense et opaque encore. Une minuscule bille brune infiniment douloureuse vint osciller au fond des ténèbres pour me désigner, s'attacher à moi et plus me lâcher à quelques mètres devant. Que j'en avais la nausée, des haut-le-cœur, des frémissements d'exaspération à la regarder minuscule là-bas flotter immobile dans ses vibrations effrayantes. Et j'étais bien certain de les garder ouverts mes yeux, de bien la voir cette bille, la regarder fixement et d'en souffrir. Elle s'est mise à me vibrer soudain encore plus intensément, puis s'avancer vers moi en grossissant, presque à me toucher le visage, m'engluer, que j'en respirais plus, me produire une panique pour enfin, navigant sur un fil invisible, s'en aller reprendre sa taille minuscule au bout des ténèbres. Je me la retrouvais donc. Alors commença un va-et-vient terrifiant, des allées venues épuisantes comme sur une balançoire où sa taille microscopique, si loin, si loin, pareille à un concentré d'énergie m'envahissait d'impatiences, me déclenchait une irritation monstrueuse de tous les nerfs. Puis, s'avançant rectiligne sur moi, grossissant telle une planète me forçait à me débattre, m'étouffait, tentait de me submerger comme une vague de glu tout le tronc et la fiole, au point que tout se débine, m'envahisse d'une terreur à l'idée qu'elle continue de grossir et d'avancer, persuadé qu'il m'arriverait cette fois un quelque chose d'effroyable et d'irréparable. Mais toujours elle s'arrêtait la seconde d'avant.

Je reconnais plus rien maintenant et c'est venu d'un coup.

La turne est immense !… d'un noir infini !… c'est cette nausée qui me ronge… cette trouille…, rien ne s'arrête…, voilà que ça change…

il y a quelqu'un !… mais c'est si grand ici… et profond…, et cette chaleur…, j'aimerais fermer les yeux…, c'est quoi ce truc ?… j'ai si peur !… ça n'en finit plus…, j'ai… cette fatigue…, y'a quelqu'un !… là, à gauche… quelqu'un… où il est ?… pourquoi ça bouge pas ?… que rien n'avance ?…, et la bille ?… elle est si loin…, et ce poids…, d'où arrivent les choses ?… c'est un ange !… là, dans le coin, vers la gauche… un ange noir…, j'y vois si mal…, ses grandes ailes noires repliées dans le dos… la tête baissée il… dans un capuchon… c'est rien qu'un trou d'ombre son visage…, il bouge pas… il dit rien… les mains croisées au bout de ses bras il dit rien, la tête baissée…, un ange noir…, non, c'est pas une capuche… c'est… une masse obscure de cheveux bouclés…, et lui qui reste droit dans les ténèbres…, il porte un… c'est comme un long cache-poussière qui lui tombe jusqu'à… ses pieds nus… ils sont si petits…, il a un… un bracelet à la cheville…, elle est où la bille ?… si loin, là, derrière lui…, c'est comme si je le connaissais… et depuis toujours… depuis le début… mais lequel ?… on débute si souvent… on commence tant de fois…, c'est un flot de visages connus qui me déferle…, il bouge !… ça y est… il bouge… ses mains… elles se lèvent vers moi, un peu… si lentement…, pourquoi il me parle pas ?… si je pouvais pioncer un peu…, mais j'y arrive pas à causer… j'ai tout de… comme si tout le corps et le dedans de bloqué…, il entrouvre les bras vers moi… c'est… il me montre ses paumes… si blanches…

Et tout se mit à changer encore, la bille revenue me grossir dessus moi avec tout un chargement d'images et d'épisodes en fragments douloureux. Ainsi j'eus la vision de souterrains où je me voyais incapable de trouver la sortie de ce jardin botanique visité dans la journée, errer sans fin et cent fois les mêmes allées, les mêmes bosquets taillés en visages hideux, en crucifix qui me revenaient, Mlle Fisher près de moi me répétant la même phrase toujours, encore et encore, d'allée en allée :

« We all have a rattlesnake to coil on the stomach, Matin !… »

Et elle répétait ça, répétait, jusqu'à ce que la bille retourne dans ses fonds de ténèbres et que tout s'efface. Jusqu'à son retour, énorme, suffocante, son lot d'images avec.

« Maté !… t'entends ! ?… j'les ai matés !… jugulés qu'y sont !… cette bande de… – il me disait Philion, radieux de son week-end – moufte plus le type !… me r'garde là 'vec ses yeux à la con… tout triste…, pige pas pourquoi j'les aime pas… même m'a d'mandé si j'le détestais… ce con…, YES ! j'y ai dit… YES !… plein dans sa gueule… le con !… hey Simon c'est quoi déjà y m'disait l'aut'con ?…

– I don't understand…

– Ouais c'est ça !… ouais ben tu m'as très bien indeurstendé j'y ai dit au type !…, matés j'te dis qu'y sont !… et pis y m'a causé d'Jésus… tout un tas d'conn'ries… j'vois vraiment pas c'qu'y vient fout' là-d'dans le p'tit Jésus ! ?… t'as pigé toi ?… enfin ça c'est d'après Simon… j'ai pas tout écouté moi…, AH le con !… matés ! tous !…, ce soir on sort, faut fêter ça !… c'est la dernière soirée en plus… ce soir on va en ville… j'en ai plus rien à carrer… puisqu'on s'arrache demain… »

Mais j'écoutais plus trop, de loin ça me venait maintenant, la loupe me visait petit Simon à ses côtés, les yeux inquiets dans son air absent, tout le corps à s'effacer lentement avec des gestes de noyé.

« Me suis pourtant bien marré en inventant mes histoires…, j'vois pas comment une couleur de pisse peut influer sur…, me suis bien marré…, j'espère que t'as tort Matin… houlala !… j'espère… sinon…, alors pour un plaisir mille misères ?… »

Il me devenait transparent avec l'éloignement de la bille, juste ses yeux ahuris et puis plus rien. Gaby aussi m'est venu, avec le retour de la bille désastreuse, Gaby comme nous à poireauter sur le parking des cars le soir tombant.

« Où qu'elle est Machine ?… – je lui demande – vient pas avec nous en ville ?…

– Avec le fils…, ben ouais, encore… ils sortent, y'a des copains à lui… z'y'ont préparé une fête pour elle… puisque c'est l'dernier soir…, remarque elle m'a fait la gueule tout l'week-end… et sans m'dire pourquoi…, comprends rien…, impossible d'y causer en plus…, à Paris ça ira mieux… j'suis sûr…, tout va rentrer dans l'ordre... elle aussi elle attend qu'ça, je l'sais..., pour ça qu'elle tire la gueule..., ça lui tarde... »

Je nous voyais traînasser dans les rues mornes, vadrouiller sans but pour pas rentrer.

C'était que nous aussi on triait maintenant, poussait sur le bord de l'assiette, tentait d'éviter, on rechignait au désastre, on ergotait déjà sur la vie. Et la pluie lourde se remit à tomber, ainsi pour plomber tout ce temps nous entrâmes dans cette espèce de gargote où le patron est un rusé, pas de siège, des barres de fer, que le client s'attarde surtout pas sur son rata et que ça tourne. Je les voyais bien tous les trois, là, pâles sous les néons, devant leur bière et leur sandwich à regarder la pluie dégouliner sur les vitres, chacun à sa façon ayant baissé les bras. Ils ressemblaient à ces petites grisettes des heures devant la glace, se pomponner, se racler les croûtes du cœur, s'aiguiser l'espérance avant la soirée, le bal, puis le triste retour en larmes puisqu'il ne s'était rien passé, qu'elles n'avaient toujours rencontré personne, l'âme affûtée en vain et que la citrouille ne fût jamais qu'une pauvre citrouille.

Ce qu'ils n'avaient pas prévu tous ces petits cochons c'était bien cette cargaison de haine qu'ils transporteraient avec eux sur le navire, cette charge haineuse des parents et de leurs vies qu'ils allaient joyeusement débarquer sur l'île pour ainsi la déverser et la mélanger à celles des petits rosbifs. Le pire dans la fureur masquée c'était bien Philion, et de loin, avec son regard écœuré des grandes injustices, sa tête bougeait pas et pourtant il se me la secouait au-dedans, dégoûté d'avoir cru, en rage de renoncer même dans la victoire, dépité de l'espérance il dodelinait de l'invisible. Mais le plus amoché c'était bien Simon, au prorata des perditions il nous larguait tous, se pleurait à l'intérieur sentant qu'il venait de franchir un pont sans espoir de retour et qu'il serait pas moins malheureux sur l'autre rive. D'un coup il nous avait mûri le Simon, une poire déjà blette encore sur la branche, qu'il aurait peut-être bien aimé encore rester un peu engourdi, semblable à tous ceux qui ne trouvent que souffrance et luttes une fois leurs brumes dissipées. Les voyages se réduisant à un simple aller sont les plus douloureux. Il assistait à une fin Simon, sachant qu'il n'avait pas en lui assez de force pour gagner cette guerre, et toute fin est une mort. Il allait devoir encaisser, puis s'accommoder, peut-être reconstruire, ou couler tout à fait. On savait pas.

Du reste il nous fallut bien du courage pour nous décoller le proze de ces barres de fer et retrouver la rue, nos vies.

À quoi elles nous avaient servi ces petites heures d'errances, à quoi ils nous avaient servi ces quelques jours de liberté ? À quoi elle sert la liberté ? À se vomir dessus.

C'est du noir maintenant, plus rien que du noir et même plus de bille, rien que l'ombre de cet ange et moi.

Et puis je l'ai vu le grand Awouè, bras ballants fort droit planté sur le haut de la petite place rue Jean-Pierre-Timbaud, c'était la nuit, sous le réverbère, bien en face du 98.

Je suis pas allé le trouver.

Il m'a regardé passer sans rien dire.

Je crois qu'il pleurait.

L'ange même a disparu, avec le retour de la bille. Et elle a plus fait que ça la bille d'aller et venir jusqu'à m'épuiser, m'abîmer jusqu'au matin, le réveil, en sueur, usé.

« He was as sick as a dog this night !… poor Maytine !… »

Elle répétait la madame à Mlle Fisher sur le quai, ma valise à la main.

« All the night !… as sick as a dog !… »

Et vrai que je m'en remettais toujours pas de cette nuit vécue, épouvanté si fort, tremblant de partout encore, j'en restais effaré devant le gros bateau, les familles autour, les petits potes et Mlle Fisher qui me couvait de ses yeux noirs. Après des peurs telles, des flots de dégueulasseries si torves je suis bien sûr qu'il a plus la même gueule dedans notre cerveau, qu'on ouvre on le reconnaîtra pas.

« Êtes-vous bien malade ?… – elle finit par me demander Mlle Fisher, sa main fraîche sur mon front – reposez-vous Matin…

dans quelques heures vous serez rentré… ce soir vous retrouverez votre chez-vous…, tenez bon Matin… »

Le problème il était bien là je me disais, pour les autres idem, ce que nous allions retrouver on en voulait pas plus que ça.

Au milieu des embrassades juste devant l'embarcadère j'ai dit au revoir à personne, mon dérèglement s'achevait pas, j'y voyais plus rien du tout que le gros bateau, mais sur la passerelle il m'a bien semblé tout de même entendre Behind the door me crier de sa petite voix :

« Rouédine Maytine !… rouédine !… and merde !… »

Et puis tout a suffi.

C'est ainsi, à force de refuser obstinément tout ce que l'on nous proposait nous nous retrouvâmes embarqués sans avoir rien vu de ce pays, mais fatigués quand même d'y avoir traîné nos carcasses. On est là nous, écroulés tous sur les banquettes, des clochards, à puer, des dégueulasses crasseux on est, un retour de guerre épuisés de la défaite, des soldats sans plus rien à combattre ni à défendre. On se voit plus, on se cause pas, on a plus rien à se dire. On parle pas des échecs.

Il est vrai le nom de cette ville que l'on regardait s'éloigner on ne l'a jamais su je crois bien. Elle en valait une autre j'imagine, et puis on avait pas la tête à ça, l'idée même de se regarder autour ne nous était jamais venue. On avançait comme on pouvait dans le ballottement, la théière sans cesse bourrée d'incohérence. On s'est perdus comme ça à trop écouter nos remuements. Excepté les robinets de petit Simon ce peuple ne nous avait pas intrigués. Mais on en a appris des choses c'est vrai, et tout un tas, mais les progrès de la langue faut reconnaître se sont limités à bien peu, c'est un fait.

Nous étions tout de même bien débourrés.

Nous n'étions plus vraiment les mêmes maintenant.

Nous étions devenus pires.

Notre musette bien ras, bourrée de vrac, mais de l'espérance on en a pas trouvé, pas une lichette, sans doute après, un peu plus tard, le tout bien digéré ça nous remontera comme une rumination, qu'on s'en verra peut-être surgir dedans un peu partout de l'espérance, pousser on sait pas où, de lointaines ramifications, là où on s'y attendra pas.

Du rhizome la vie.

J'ai su que tout s'achevait à présent lorsqu'après la traversée, le port en vue, la silhouette du petit monstre hébété de fatigue et de peurs je l'ai reconnu sur le quai, à m'attendre.

Tout de foutu donc.

Elle l'a fait venir le docteur ma mère, voir un peu ce qu'il en retournait de moi.

« Cet enfant est mort !… » – il lui a dit à ma mère le docteur.

Après il a bien fallu s'y remettre, continuer encore.

Passé les dernières gelées blanches tout se mit à filer rapidement vers l'été, les vacances. Mais je savais bien que c'en était fini maintenant, qu'il n'y en aurait plus de vacances, que le travail de la tête ne s'arrêtait jamais. Et l'univers entier devint incontrôlable, des latrines désespérément vides de voyage au bon Dieu, les décors autour inchangés pourtant mais aujourd'hui partout vidés de magie avec les bonshommes dedans sans fard ni masque, les grimaces du grand Awouè qui ne me suffisaient plus, jusqu'à la luxuriance perdue des états morbides. Même les êtres autour prenaient le large ou disparaissaient comme d'un tour de passe-passe. Petit Simon que nous n'avons jamais revu, deux semaines à plier de plus en plus, se racornir comme bout de chair coupée et c'était joué, à virer au translucide jour après jour, absent un peu, une matinée de-ci de-là, puis une semaine, et ce fut la disparition totale. Philion, à force de luttes et d'engueulades il l'avait obtenue sa piaule lui sous les toits, que ça le changeait il nous disait, rien à voir avec le canapé du salon. Le soir il descendait rien que pour la graille et c'était tout, les relations s'espaçaient, roi qu'il était devenu. Mais ça lui a plus suffi. Un matin il nous annonça qu'il était pris dans une école de marine, à Paimpol.

Philion, petit Simon, l'un était un cri qui résonne, l'autre une larme qui s'évapore.

Le grand Awouè même, assis maintenant près de la porte de sortie au milieu des sacs et cartons piaffants, me délayait un discours sans retenue parcheminé d'impatience sur la vie et d'incompréhension sur moi. Il allait disparaître aussi lui, et ça me faisait peine, les vieux ennemis c'est tout de même une connaissance. J'y allais pourtant les week-ends, encore un peu, mais sans y être vraiment, et plus j'y venais plus je m'amenuisais, me décollais du réel toujours un peu plus, m'en allais de la vie, m'éloignais de tout. Plus rien me touchait. Depuis longtemps même que j'avais pas dégobillé noir, je m'en retrouvais bien content.

Mais j'étais resté pour lui bloqué à la dernière entrevue, inchangé d'un iota dans sa trogne, encore il devait me voir avec mes godillots, mon air couillon perdu et mes bénouzes accordéon. Je marinais pour lui.

« Mais qu'est-c'qu'il a à tirer toujours cette gueule ! ?... – je l'entendais au téléphone avec ma mère – pourquoi y rigole pas ?... la vie c'est fait pour s'marrer quoi mèèèèrde !..., et puis... c'est bizarre... y'a comme un... c'est pas l'dos qu'il a d'voûté... c'est les épaules..., on dirait... comme s'il avait toujours quelqu'un d'assis d'ssus... »

Comme il ne restait plus que Gaby nous avons repris nos errances, mais les nuits venaient tard, elles ressemblaient aux jours et ça rimait plus à rien de vadrouiller dans la lumière. Nous croisions même des gens tout à fait heureux d'être là, furetant de par nos rues, les terrasses inondées, les avenues pleines, c'était plus la période des exclus. Nous avons renoncé, bien que le jour ne nous posât pas de problème pour autant, devenant ainsi vertueux par la force des choses. Et de la vaillance même revenait m'en chatouiller les guibolles, mes souvenirs tout neufs et nauséeux semblaient avoir coulé à pic pour ne plus revenir me tarabuster le melon. Je digérais la débâcle pour tout dire. C'est que j'étais devenu, avec les incidents et les rencontres, tout à fait opérant pour ce monde moi, le carton du limonaire perforé au milli dans l'instrument de l'existence, avec même une petite mélodie guillerette et enlevée qui me sortait des fibres. Hardi petit la manivelle ! Presque à m'en barbouiller la binette de vanité, qu'il m'en poussait des envies d'être et de courir aux autres, les retrouvailles d'inconnus. Au cul les impressions du cœur et les remontées noirâtres ! Vive la déconnade et le vernis ! L'égoïsme douillet de la parade ! J'allais devenir un viandard sans foi ni loi ni respect pour rien ni personne, un vautour impassible et froid la tête plongée au plus profond des entrailles des êtres.

« Précipitons-nous vers les autres !... – je lui crie à Gaby – j'ai besoin de rencontres !... je veux m'engloutir dans l'intimité des trognes !...

– Morbleu ! ?... quelle mouche te pique ? !...

– Je suis un roc !... prenons des trains, des bateaux, des avions !... courons le monde vers les autres !...

– On va commencer par le train... – il me dit – c'est moins cher et plus aisé... »

Et j'aurais voulu pénétrer chaque petit pavillon que l'on regardait s'enfuir tout le long de la voie ferrée, leur causer de leur vie à chacun, les voler, qu'ils m'expliquent leurs manières et habitudes qui les faisaient se tenir fiérots sur le pas de leur porte, quiets de leur jardin à nous regarder passer en se demandant sûrement où qu'on pouvait bien habiter, nous qui ne faisions que traverser leur univers. J'avais l'orchestre sans la gnôle.

Et ça me continuait dans les rues d'Asnières, au sortir de la gare, tous ces gens croisés, ces immeubles bourgeois aux petites briques beiges que nous longions, chaque fenêtre m'attirait, je voulais tout savoir de ces familles lovées derrière, scruter leurs profondeurs, je pouvais tout supporter maintenant, je voulais la souris et son trou, le fantôme, mouche au plafond. Indéboulonnable que j'étais devenu, indestructible. Une machine de fer imperméable totalement au reste de l'univers, les hommes et leurs façons dégueulasses. J'étais un dieu de l'insensible.

« Prenons-en un d'immeuble !... – je lui dis à Gaby – n'importe lequel !... comme ça, au pif !... allons sonner chez les gens... allons les découvrir !... »

Il en a choisi un Gaby d'immeuble, et un beau, un cher avec de grosses pierres blanches encadrant la porte cochère et force ferronneries aux balcons soutenus par de grandes cariatides aux jambes qui n'en finissaient pas. Du coûteux que c'était, de l'imposant, du douillet. Il a même choisi un étage où le gros tapis rouge était encore là, épais comme tout à s'enfoncer sous nos pieds, une porte vernie éclatante de bois sombre et la sonnette dorée cerclée de marbre rose. Il mégotait pas.

Et nous entendions derrière la porte une voix de femme s'essouffler d'une pièce lointaine :

« Mais va donc voir Jam !… je te dis qu'ils devraient être là !… c'est un monde !… va donc voir j'te prie !… c'est l'heure… »

L'écho d'un faible murmure et la porte lentement s'ouvrit sur un petit vieux fort bien mis au regard fatigué mais plus surpris encore.

« Ils sont là c'est vrai ? !… tu avais raison…, entrez, entrez…

– Mais oui, qu'ils entrent !… – elle reprenait du salon – venez là !… venez là que j'vous voie !… mais venez, venez !… »

On s'y dégote forcément des raisons à se crapahuter la cafetière pour se la mélanger à celle des autres, des lumières nous viennent qui nous descendent du plafond comme un lustre d'inspirations, que j'en aboyais presque en remarquant le frichti à mijoter en cuisine, la table dressée que je voyais scintiller à travers les petits carreaux de la porte vitrée avec des porcelaines à plus finir et des verres à pied sur de blancs napperons.

Je ne savais plus pourquoi j'étais là, mais je la voulais cette intimité, ce viol des profondeurs.

« Mais qu'ils entrent !… qu'ils entrent !… – elle barrissait, impatiente – que je les voie !… Jam !… mais amène-les-moi donc, enfin !… qu'attends-tu ! ?… »

Et chaque pas me coûtait déjà dans cette bonbonnière essoufflée, toute respiration m'était peine, je titubais déjà la pièce en tournicotis dans la valse des tapisseries, et sur le buffet, les murs recouverts, alignées sur chaque meuble, à tous les âges, des photos de Gaby.

Toute chose ici avait trouvé sa place il y a fort longtemps déjà pour ne plus en bouger, personne ne touchant plus à rien depuis, ne les voyant plus.

« C'est toi qui les retiens Jam ! ?… qu'est-c'que vous faites à rester dans l'entrée ?… – elle se fâche – qu'est-c'que vous racontez ?… tu en profites que…, AH ! es-tu exaspérant à comploter !… »

Mais il pipait mot le petit vieux, embrassait Gaby en le serrant contre lui et des flots de lassitude se déversaient sur son visage, perçant même sous la joie qu'il avait de le voir.

« Tu vas me forcer à me lever Jam !... et tu sais combien ça..., mais fais-les venir quoi !... tu auras bien l'temps après pour... »

On pénètre le salon et elle explose, rue son quintal de coussin en coussin, pleure et hoquette déjà sans qu'on dise rien, nous tend ses gros bras striés de breloques.

« Ah !... enfin !... ah bah tout d'même !... venez, venez que j'vous regarde !... oh qu'ils sont beaux !... vous êtes Matin, Gaby nous a dit, souvent il nous a parlé d'vous..., AH, enfin je vous connais !... vous êtes là ! tous les deux ! c'est bien... AH ! OH ! comme je suis heureuse !... »

Et elle transpire à rebondir sa masse sur le sofa, hoquette encore avec bien du mal pour le reprendre son souffle, ses phrases elle les fabrique bien trop longues pour elle, c'est l'émotion, la nouveauté, elle s'en remet pas, les mots lui manquent, elle nous fait des signes la bouche en four, qu'on approche. Elle nous veut là. On traverse alors le musée pour qu'elle nous étouffe, nous agrippe, qu'on s'enlise dans sa graisse, s'incruste dans les replis de sa robe comme un drap fleuri percé de trois trous, le canapé lui suffit plus faut qu'elle lève le corps, qu'on l'aide, et on retombe dans les embrassades et papouillis. Mais sans même achever les tripatouillages elle ordonne :

« Jam !... sers-nous !... à table les enfants !... Jam !... alors, qu'attends-tu ? !... sers-nous voyons... tu vois bien qu'ils ont faim !... vous savez c'est à la bonne franquette hein, pas d'chichis entre nous... nous sommes si heureux d'vous recevoir..., hein Jam qu'on est heureux ?... »

Lui on l'entend répondre de la cuisine mais c'est pas net, sa voix s'efface, se perd en chemin et ça n'a pas l'air de la déranger que les mots de son mari restent à la porte du salon. L'émotion l'épuise, l'essouffle, son énorme poitrine surplombe les assiettes bien avant elle, il lui faut une chaise. On s'attable. Nous depuis la porte on a toujours pas dit un mot. Le petit vieux nous rejoint et sa main sur celle de Gaby entre les multiples couverts il le couve des yeux, s'attendrit encore et lui demande :

« Alors, comment va ton pè...

– Si HEUreuse que vous ayez pu venir avant notre départ !... nous partons à la fin du mois, comme tous les ans, pour nos vacances dans notre maison de Biscarrosse, plage !... au lac on étouffe, une fournaise..., nous en avons une autre à La Bourboule mais nous n'y allons plus guère... AH !... si heurEUSE de vous voir !...

– Ton père... son travail... ça va ?...

– Du vin Jam j'te prie...

– Et vos études ?... c'est important...

– Du pain Jam j'te prie... »

Bien que la carafe et la corbeille lui soient à portée de main elle ne fait pas un geste. Il officie en silence.

« Vous savez c'que vous voulez faire après ?...

– Acteur moi...

– C'est très bon... ressers-moi Jam j'te prie... »

Elle ne mettait jamais de virgule dans ses phrases lorsqu'elle lui parlait à son mari, le regard au fond de l'assiette elle n'était plus là, mangeant aussi avec les yeux, ne remerciant pas.

Et ça a continué ainsi longtemps à pédaler dans la pampa, lui à s'activer aux fourneaux, lui turbinant à l'engraisser pendant qu'elle s'exalte, elle à lui couper la parole toujours une ou deux secondes après le début de ses phrases à lui. Et du vin Jam j'te prie, et ressers-moi un peu de ça, et de ci, et du pain j'te prie Jam, et du vin. Une guerre lasse. Que j'en avais perdu la notion du temps moi, incapable de me dégoter un repère pour savoir où qu'on en était de la journée, du repas, la soirée. Je cafouillais verdâtre, m'emmêlais les boyaux de plat en plat. Mais c'est du bonheur en barre qu'on leur refile là, notre visite, un chèque de plaisir qu'on leur balance négligemment sur la table, deux traits barrés sur l'ennui, leur solitude à deux, là-bas, ici, à Asnières, ignorants des autres, du monde, ayant toujours vécu entourés d'ombres, suintant le poison tant qu'ils pouvaient, l'alimentant de chaque journée. Une solitude guindée, toute dans le maintien et la droiture, jusque dans les reflets que nous offrent les petites poubelles de table, on se voit clair, eux raides, figés dans leurs poses et nous avachis dans l'assiette, des chimpanzés aux manières de fond de jungle, on fait pas honneur aux rince-doigts. Mais STOP !... il lui crie dans un sursaut, blancs tous les deux, c'est l'heure, qu'ils allaient l'oublier dans la délicieuse tourmente du bonheur, et tout s'arrête, la grosse pendule du buffet même je l'entendais plus, faut que l'univers participe, se révulse et s'immobilise pour leur traitement, la besogne obligée pour durer encore. C'est des poignées de pilules, l'ampoule et sa petite scie, les gouttes au goutte-à-goutte comptées, c'est encore lui qui officie, dans le silence, répartit les bonbons à décorer l'assiette, c'est équitable. On l'entend plus elle, ni souffler ni mastiquer, c'est l'état de grâce, les mains croisées sur son ventre qui s'incruste dans la table elle se recueille, tombe on dirait en méditation avant de recevoir le corps du Christ, pour le sang c'est fait depuis longtemps, voilà le Saint Graal qui se précise, l'immortalité en cachets. Sans eux il y a lurette qu'ils seraient cannés, elle l'a dit la tante Barbara, l'évidence est là, ça les tient, les régule comme une écluse. Oh, ils vont en mettre un temps à se décomposer dans le sapin ces deux-là, les bloches aussi seront immunisés, les poulets sont moins gavés en batterie.

Après quelques secondes encore de silence et d'immobilité on peut reprendre la bombance, et doublement, ils se vengent de l'interlude, mais toujours dans le maintien. Gaby il se permet tout lui, se lève d'un coup en cognant les meubles, ouvre les tiroirs, rote à plus va, pète, s'empiffre aussi, respecte rien, traite un lointain cousin de « fistule vérolée », allez savoir pourquoi ? Sûrement qu'ils devaient en causer tous les trois mais j'écoutais plus tout, pis rebouffe et repète et rote comme on barrit. Le contraste est saisissant. Et ça transpire l'aisance ici, les meubles en font trop, une vie de petites jouissances agrippées comme ça pouvait les unes aux autres pour attraper la nuit et tout recommencer le lendemain, débroussailler les chemins pour atteindre le plus agréablement possible le plumard et l'oubli. Ne rien faire, ne rien voir, jouir et disparaître dans les bâches. Dans tout on s'enfonce ici, car tout est mou pour recevoir les corps, de la moquette aux fauteuils, tout pour gommer l'effort, jusqu'aux couteaux aiguisés à l'excès.

« Gaby… – il lui chuchote presque, penché en avant avec un regard de ministre soudain – pour tes cours… tu sais bien…, m'as-tu apporté le dépliant, enfin la brochure de l'école ?… je sais que ton père dans sa situation ne peut guère se permettre de… ses revenus n'étant pas…, après le dîner nous parlerons tous les deux… en privé… de tu sais quoi…, nous ferons comme nous avons dit…, toute passion est toujours bonne à encourager, tant qu'elle reste dans les limites du raisonnable…, et puis tu es en âge de prendre ton indépendance, j'en ai parlé avec ton père…, après le dîner nous aurons toi et moi un entreti…

– BISCARROSSE !… – qu'elle nous sursaute à beugler d'un coup.

– Oui… eh bien quoi ?… – il s'enquiert.

– Faut qu'ils viennent nous voir cet été à Biscarrosse !…

– C'est une idée… oui… cela vous tenterait-il ?… les Landes, vous connaissez ?… – non pas – au sud du bassin d'Arcachon… nous y sommes bien pour notre villégiature…

– OH !… si bien…

– Il y a de la route bien sûr… mais avec le train vous…

– L'ORME ! !…

– Quoi encore ?…

– Oh Jam raconte-leur la légende j'te prie…

– Penses-tu réellement que ces récits surannés peuvent intéresser ces deux jeunes garçons ?… et puis Gaby la connaît…

– Nan…

– Mais si voyons…

– Ben nan…

– Si !

– Oh oui Jam !… tu la racontes si bien… et j'aime à l'entendre… oh Jam !…

– Eh bien soit… »

Les yeux attendris perchés dans les moulures du plafond il se regroupe, se rengorge et nous déverse d'une voix caverneuse empreinte d'émotion :

« En l'an de grâce 1450…

– Oh Jam !... commence par le début j'te prie... l'orme aujourd'hui...

– Tout à fait... les garçons comprendront certainement mieux... même si je suis certain de l'avoir racontée une bonne dizaine de fois à Gaby dans son enfance...

– Ah nan...

– Si si...

– Ben nan...

– MAIS SI !... enfin bon..., donc il est un orme sur la petite place en face de l'église âgé de plus de six cent cinquante ans..., le seul encore debout ayant survécu à la maladie qui décima ses congénères durant le Moyen Âge..., c'est dire s'il a dû en voir des choses... hihihi..., combien en aurait-il d'histoires à nous conter s'il était doué de parole, n'est-ce pas ?... donc en l'an de...

– Du vin Jam j'te prie...

– Oui..., en l'an de grâce 1450... durant l'effroyable guerre de Cent Ans... sous l'occupation anglaise donc... vivait une jeune et pure bergère prénommée Adeline..., lorsqu'au plus fort de la journée l'astre solaire dardait ses rayons sur Mère Nature elle menait alors son troupeau se désaltérer dans l'eau claire d'une rivière où elle-même, volontiers lasse, s'octroyait une pause bien méritée en se sustentant d'un simple quignon de pain de seigle au fromage blanc..., oh ! bien des jeunes...

– Comment tu sais ?...

– Quoi donc ?...

– C'qu'elle bouffait...

– Écoute Gaby, à chaque fois que j'la raconte tu me poses toujours la même question...

– Bah nan...

– Mais si...

– Ben nan...

– SI !... à chaque fois !... et ça me... ça... ça a l'don de m'exaspérer au plus haut point !...

– Tu m'l'as jamais racontée alors...

– MAIS SI ! BORDEL DE DIEU ! CENT FOIS !

– Ah ben nan…

– SI !…, maint'nant arrête !… bon… j'en étais où déjà ?…

– Oh !…

– Ben quoi oh ?…

– Oh combien de…

– Oui…, oh combien de jeunes gens la trouvaient à leur goût la fraîche Adeline… mais…

– Du vin Jam j'te prie… »

Et elle engloutissait, engloutissait, ne prêtant qu'une oreille tout à fait distraite aux paroles vibrantes de son époux.

« Oui… tiens…, mais son cœur était déjà pris par un dénommé Pierre, berger de son état également…, or, un jour, le susnommé dut partir vers la vallée de l'Adour mener paître ses brebis où l'herbe en cette saison hivernale s'y trouvait plus abondante…, lui pro…

– Ben et elle alors ?…

– Quoi encore ? !…

– Elle y va pas elle avec ses moutons là-bas ?…

– À chaque fois ! Hein ! ?… à chaque fois tu poses les mêmes questions !…

– Tu m'l'as jamais racontée…

– Mais si !… t'as l'diable au corps, toi, hein ? !…, lui promettant de revenir à Pâques l'épouser…, Adeline, esseulée, dépourvue de protection, dut alors subir les assauts répétés d'un officier anglais…

– Pardi…

– Arrête !… fort assidu à lui faire la cour…

– C't'ait couru…

– Bien évidemment elle refusa avec obstination ses avances…, mais…

– Qu'on dit…

– GABY ARRÊTE !… mais en ces temps moyenâgeux…

– Ressers-moi du dessert Jam j'te prie…

– Oui…, la rumeur s'enflait vite…, ben approche l'assiette quand même, j'peux pas…, et il ne faisait pas bon de badiner avec les mœurs…, oh non !…, aussi… l'officier anglais, ignoble personnage oh combien !… révulsé de ce refus, se voyant éconduit, incapable d'arriver à ses fins, se vengea en déclarant à qui voulait l'entendre que la pauvresse avait fauté…, pour ménager l'occupant…

– POUKY ! POUKY !…

– Tu vas pas t'y mettre toi aussi, hein ? !… quoi encore ? !…

– Tu leur parleras de Pouky aussi après hein Jam j'te prie ?…

– Oui, on verra…

– C'est la mascotte de la ville…

– Donc, je disais, pour ménager l'occupant…

– Un poussin…

– La pauvre fille, toujours pure…

– Jaune, tout jaune…

– Fut traduite devant le conseil des Anciens et cond…

– Tu t'en souviens Gaby, hein de Pouky ?…

– Nan…

– Condamnée à rester trois…

– Mais si enfin !… Pouky !…

– Connais pas…

– Trois jours attachée…

– Bah enfin ! ?… Pouky !… toute ton enfance tu…

– Il te dit qu'il le connaît pas ton Pouky !… arrête un peu avec ça !…, donc ils l'ont condamnée à rester attachée trois jours nue à…

– À poil ! ?…

– Eh oui… à cette époque tu sais…

– Complèt'ment ?…

– Ma foi… oui… la pauvresse…

– Qu'on lui voyait même la…

– OUI !… trois jours attachée nue contre l'orme de la place !… du Samedi saint au lundi de Pâques…

– N'oublie pas de leur parler de Pouky après Jam hein ?…

– OUI !… donc… heu… pfff… j'sais plus moi… avec tous vos… bon Pierre revient elle lui dit qu'elle est innocente et elle meurt…, allez voilà…

– Bouh… c'que tu racontes mal Jam !…

– Mais c'est vous aussi, là, qui… à m'embrouiller… tout l'temps causer… c't'horripilant !…

– Oh, la fin alors Jam... fais-la-nous bien j'te prie...

– Oui..., bon..., laissez-moi... que je..., et lorsque la pauvre enfant, toujours encordée solidement dans le plus simple appareil expira, au moment où elle rendait son dernier souffle... sur le tronc de l'orme apparut comme un miracle une blanche couronne de fleurs, symbole d'innocence et de pureté...

– Pas pour ça qu'elle avait pas...

– SI !... ARRÊTE !... et chaque année depuis, au mois de mai, encore aujourd'hui, fleurit une couronne de fleurs blanches à l'endroit même où se trouvait, il y a des siècles, le front virginal de la pauvresse... »

Essoufflé rouge, de son mouchoir s'essuyant le front, il vidait son verre à grandes goulées avec, maintenant, comme un léger tic de l'œil.

« Ben et Pouky alors ?... – il lui demande Gaby.

– Mais quoi Pouky ?... c'est pour les gosses ça..., et puis tu t'en souviens même plus..., tu t'souviens d'rien d't'façon..., c'est à s'demander vraiment si... »

Repue la goule gavée elle somnole sur sa gamelle, toute honte bue elle nous ronflote de son coin de table la tête plongée dans les vapes arrière, la bouche ouverte, sa respiration comme le sifflet d'un vieux train. Elle a gagné pour ce jour. Le lustre au-dessus empapaouté de verroteries doit lui scruter la glotte pour lui disséquer l'intestin grêle. Tout est orchestré depuis force décennies pour atténuer les efforts, ils n'ont jamais rien commencé, ils sont là, elle partira dans sa graisse, lui attendra l'heure, le moment. Et ça ira de pire en pire, avec l'âge on arrête les efforts, ça suffit bien, si on en a jamais fait, on laisse aller sa nature. Et comme notre nature est dégueulasse...

Le voilà qui nous jase, nous tarabuste avec sa vie maintenant qu'elle en écrase et cuve, son passé lui remonte et le lance sur une route non traviolée, rectiligne du berceau à la stèle. P-D-G un jour, retraité du textile, un fils, un petit-fils, une maison à Biscarrosse, une autre à La Bourboule et toute sa vie des ouvrières qui s'étaient levées tôt. Ses rides fuyantes mais tenaces décryptaient en lui un épuisement d'avoir sa vie durant joui avec parcimonie, petitement mais sans trêve, en vain, constat soupçonné de façon vague par son encéphale mais digéré, accepté par son enveloppe de manière éclatante. Incapables de débauche, picorant les plaisirs minute après minute, buvant sans ivresse, assommés dès les premières cymbales tous deux naviguaient sur une mer étale, loin des embruns, des naufrages, ignorants des vents contraires pour s'échouer à Asnières, écartés du monde, préservés des coups d'âme, la carcasse résignée mais l'esprit incapable d'autres routes. Leurs corps semblaient moins cons qu'eux. Pourtant, parfois, un tic du regard, un souffle, dévoilaient chez lui des nuées de regrets, des espérances perdues dans ses années d'acharnement à escamoter la vie comme agit l'âne devant la corvée. À tout de même se demander comment tout cela s'amalgame et s'allie dans une âme. Lui non plus à le regarder ne mollissait pas sur le rata, rouge à éclater, les joues zébrées de petits chemins bleus il continuait à se remplir tranquillement, s'imbiber religieusement près de la locomotive hors course. Leur énorme pitance qu'ils engloutissaient chaque jour, et trois fois, certainement ils la négociaient aux latrines à se déverser comme deux sacs que l'on crève. Leur chasse d'eau fallait la plaindre celle-là aussi, voilà tout.

Pourtant il était fort aisé de constater dans l'immobilité de leur existence, dans chaque objet, chaque couleur, dans tous les meubles, la foultitude de bibelots sous verre, éparpillés savamment dans les vitrines une tentative de goût avorté, une lubie de leur siècle à eux perdu en arrière, un fade résultat comme bilan de ce couple ayant dilapidé des sommes monstres pour coller toute leur vie, dans leurs achats et leurs habitudes, aux attentes informulées. Le système je le trouvais bien ingrat pour ces deux hyper-adaptés.

Il a fini, lessivé son assiette et les bouteilles, curé au plus profond les plats, c'est du bon boulot, son sommeil il l'a bien gagné. Comme si elle avait senti dans les ondes qu'il n'y avait plus rien à en espérer de cette table elle sursaute, nous émerge au milieu d'un sifflet, empâtée, cherchant des yeux on ne sait quelle apparition mais sans même s'apercevoir de son petit roupillon. Il enchaîne sur l'avenir, qu'ils ont des économies, un petit quelque chose pour si qu'un jour il leur arrive une malchance, faut prévoir. L'idée qu'ils ont aussi de ne plus bouger, continuer ainsi jusqu'au trou de préparer leur cercueil surpeuplé de bibelots, en faire le moins possible dans les gestes fatigants, se faire servir de plus en plus, et à domicile.

« Nous avons ma retraite… des p'tites économies… des appartements loués… quelques plac'ments c'est entendu… mais on va faire attention maint'nant, réduire un peu nos dépenses…, ça pour le jour où nous aurons perdu notre autonomie, faut anticiper…, les étrennes, c'est fini !… le facteur, la concierge, la femme de ménage, son coiffeur qui vient tous les mardis, son masseur le jeudi…, on leur fera comprendre… ils sont humains après tout… quoi qu'on en dise…, on a toujours l'espoir de gagner une forte somme au loto, vu c'que l'on dépense pour, mais enfin, faut pas trop rêver non plus, soyons réalistes…, les aides à domicile c'est pas donné vous savez…, même si on aura une aide, hihihi jeu de mots…, me suis renseigné, on y a droit…, c'est qu'on est si bien ici… on y a si bien vécu dans cet appartement…, c'est qu'on veut notre tranquillité encore…, et puis la population des maisons de retraite, même les bonnes, entre nous…, cette promiscuité… il est bon parfois de se mêler au peuple, je ne dis pas, un bain de populace de temps en temps mais… chacun chez soi tout de même… et le personnel de ces établissements aussi, même les mieux cotés, sous-qualifié… non, nous avons le droit comme tout un chacun à une fin de vie de qualité !… c'est un dû !…, enfin, j'anticipe… le plus tard possible bien sûr… »

Elle s'anime elle, réveillée tout à fait :

« Moi, quand on s'ra morts tous les deux j'veux pas aller à l'hospice moi, hein ! ?… »

Pensive elle nous reste, tripotant une boulette de pain, elle s'en retourne en arrière, bien dans le fond de son crâne, songeuse :

« Comme la tante Éveline…, ça a pas été drôle pour elle sa fin d'vie… non pas…, une femme si dynamique…, ils l'ont oubliée là-bas, vers Thenon… une maison pas gaie, un hôpital presque…, elle m'a pratiquement élevée cette femme quand même…, personne est allé la voir là-bas…, à peine quarante kilos qu'elle pesait plus au fond d'son lit… vers la fin… on m'a dit…, et elle a duré la fin… des années à plus bouger d'son lit…, reconnaître à peine ses proches… se souvenir de rien… même pas de votre visite de la veille…, enfin on m'a dit…, ça fait loin Thenon… c'était il y a plus d'vingt ans… l'essence était déjà chère…, vous discutiez avec elle, vous alliez prendre un café au distributeur, vous reveniez, elle était toute contente de vous voir… elle avait déjà oublié…, une femme si dynamique, toujours tournée vers les autres, les associations, les bienfaits qu'elle a répandus toute sa vie… qu'on l'a laissée mourir toute seule là-bas…, une pitié quand même… »

Elle s'en éclaire un peu de la bouille, satisfaite du ménage, un souvenir chasse l'autre :

« Et toujours si bien mise… avec de ces toilettes… me souviens d'un ch'misier, si élégant… avec un p'tit col Claudine…, oh, je l'aimais celui-là !… je l'ai même cherché quand nous sommes allés vendre sa maison et ses meubles… hélas je n'l'ai pas trouvé…, c'est bien dommage tout d'même… je suis sûre qu'il m'aurait… mais j'y pense je dois l'avoir encore sur une pho… OH JAM !…

– QUOI ! ? – qu'il en sursaute dans sa somnolence.

– On va leur montrer les photos !… hein Jam !… pour le café…

– Voilà c'est ça, parfait… tu vas montrer les photos à… à… et pis moi comme ça avec Gaby on va… »

Nous la revoilà gaillarde, elle a besoin de personne pour plonger dans un tiroir du bas, l'énorme buffet, nous en extirper une boîte à chaussures toute déformée, usée blanchie par les ans, gonflée de souvenirs, que ça vous en dégouline de photos sur les genoux.

Je sais pas l'heure qu'il est. Avant le piège du canapé j'ose un détour vers les gros rideaux fuchsia, à pompons, à franges, ça pèse, mais tout de même j'en extirpe la fenêtre. Mazette !… c'est la nuit ! Dans la rue il n'y a rien, rien que la rue vide et la nuit au-dessus, dedans, vidée de tout, immobile et silencieuse comme une fin de monde, un réverbère allumé sur deux. Tout a disparu. Et Gaby qui ne fait rien pour nous éviter le sofa mou. Gaby aussi il a disparu, le vieux avec. Non, je les vois encore, pas loin dans l'entrée juste après la porte à petits carreaux, le vieux déchiffrant la brochure derrière ses lunettes chaussées pour l'occasion, ouvrant des yeux en globules à mesure que sa lecture avance.

« Venez là... ben venez là !... – elle m'ordonne installée déjà sur le canapé – plus près... voilà... c'est bien... là... »

Et sa main dessus mon avant-bras crispée comme une serre déclencha le défilé d'inconnus, en d'autres temps, dans une farandole hasardeuse, piochant au petit bonheur de vieilles photos jaunies, craquelées aux angles, les contours dentelés aux cadres blancs, elle soufflant, suant l'effort et le plaisir, virevoltant les visages sans que je puisse jamais réellement faire le point dessus ni même identifier une bobine. La valse des fantômes.

« Ce pauvre homme... il a bien souffert avant d's'éteindre... décédé en mars... me souviens... ça a été long... tant de souffrance il a endurée moi je veux partir d'un coup... comme ça c'est fait..., là c'est une tante du côté de Jam... elle est restée hospitalisée des mois... un fibrome... enfin au début, ils ont cru... et puis... et puis ça a été très vite..., voilà une nièce... son mari avait une superbe situation... dans les ponts et chaussées... c'en était même honteux !... honteux les sommes qu'il touchait !... même Jam avec son poste à responsabilités n'a jamais pu..., ils étaient d'Noisy-le-Grand... mais ils ont été obligés d'aller vivre en province... pour son travail... autant dire qu'elle n'a pas supporté... lui non plus d'ailleurs..., ils sont décédés à quelques mois d'intervalle... on peut dire qu'ils auront eu d'la chance toute leur vie ces deux-là moi je veux ça aussi avec Jam, avant, ensemble ou pas du tout... seule, vous vous rendez compte ! ? rester seule ! ?... toutes ces corvées !... et puis quoi faire du temps qui reste ?... bien sûr il y aura toujours sa retraite, mais enfin... même sans loyer, oui nous sommes propriétaires, avec des p'tits à-côtés... enfin c'est quand même pas..., AH ! le voilà !... le p'tit ch'misier..., c'est çui-là ?... tiens... j'le voyais plus... si si c'est lui... faut croire que c'était la mode en c'temps-là... sur la photo il lui tombe un peu... elle avait maigri... c'est qu'elle était déjà malade la pauvre..., son mari... un homme, comment dire ?... un taiseux... fort aimable au demeurant hein je dis pas mais... totalement dépourvu d'ambition ce pauvre garçon… un ouvrier…, on lui disait avec Jam, faites comme nous, ach'tez donc des appartements, louez-les, ça vous f'ra toujours un p'tit quelque chose…, il l'a jamais fait, sait-on pourquoi ?… réellement, c'est si simple !… Jam était prêt à le conseiller…, voyez… quand on veut aider les gens…, mais serviable ! houlala !… tous les services qu'il rendait lui aussi, comme sa femme, et à tout l'monde hein !… tout-le-monde !… discret comme personne, toujours un peu en retrait… tenez, on l'voit, là… derrière…, quand il a été licencié… vous m'croirez pas si vous voulez mais… plus de trente ans dans la même société… eh bien… il retournait traîner devant son usine…, faut-il être désœuvré tout de même… avoir si peu d'ouverture sur le monde, les autres… si peu de dignité aussi…, les gens le voyaient traînasser…, moi ça m'viendrait pas à l'esprit de… non ?… quand Jam a pris sa retraite, il aurait pu continuer encore quelques années… il l'a pas fait, faut savoir se r'tirer moi j'dis, faire son temps… et puis place aux jeunes… on lui a fait une offre aussi qu'on pouvait réellement pas r'fuser il est vrai… mi-ro-bo-lante !… une "retraite chapeau" comme ils disent… j'aurais plutôt dis "gros lot" moi hihihi… même lui n'en croyait pas ses oreilles… et une forte prime en sus… nous avons fait une croisière d'un mois… rien que tous les deux…, vous auriez dû voir la cabine !… mais-la-ca-bine !… un palais !… du velours partout… une salle de bains, immense… un vrai appartement nous pouvons presque dire… et ce buffet !… à volonté l'midi… le soir on s'forçait… pour pas gâcher quoi… on a de la tenue…, le mois est passé à une vitesse !… vous savez, quand on est chouchouté ça passe très vite – puis, coquine – nous avons il est vrai abusé un tantinet des services, sans même bouger d'la cabine… mais… que voulez-vous… on y avait bien droit après tout…, vous avez remarqué comme on s'habitue vite au luxe ?… on prend des habitudes à une vitesse…, on doit pour sûr mettre plus de temps à s'faire au commun… non ? enfin j'imagine… Dieu m'en préserve… – elle se coinçait dans un souvenir douillet, béate du bonheur passé – et puis il s'est mis à boire… quel malheur… une pitié…, pas Jam bien sûr, l'ouvrier…, tiens j'ai oublié son nom… un homme qui avait positivement de l'or dans les mains comme on dit… il savait tout faire, tout réparer…, le voyant si désœuvré avec Jam on lui a proposé de rafraîchir un peu notre maison de Biscarrosse…, pas qu'elle en avait un réel besoin mais plus par pure charité voyez… on est comme ça on se r'fait pas…, qu'il s'occupe les mains le pauvre homme…, on en a profité pour lui d'mander quelques p'tites modifications, une cave à vin, revoir un peu l'jardin, faire des combles quelque chose de vivable pour en faire un bureau pour Jam, qu'il ait un endroit où se r'trouver… en échange il pouvait y vivre le temps des travaux… c'était la moindre des choses tout d'même…, de toute façon l'hôtel était fermé…, on l'a même autorisé à faire venir sa femme, la tante Éveline, et leur petite fille pour les vacances…, j'me souviens plus du prénom d'la gosse…, aux beaux jours c'était prêt… il nous a vraiment fait ça im-pe-cca-ble… nous aurions payé ça n'aurait pas été mieux…, bien sûr quelques p'tites imperfections par-ci par-là mais… plus par faute de goût qu'une réelle mauvaise volonté… non, rien à dire, en voilà un qui savait travailler… et puis il était si content vous auriez vu ça d'faire venir sa p'tite famille, le beau Noël qu'ils ont dû passer là-bas, tous les trois ensemble… voilà c'qu'on appelle une famille soudée !… comme quoi, hein, l'argent n'fait pas tout… vous n'croyez pas ?… ainsi nous avons pu nous y rendre dès la mi-mai pour nous y r'poser…, de toute façon avant c'est lugubre, tout est fermé, sordide, pas un chat, personne dans les villas autour, la période des cambriolages… ça tombait bien vous m'direz en somme qu'il y soit…, on l'a fait une fois… on ne nous y a pas repris… c'est bien simple tous ces volets clos ça me tombe sur le moral moi… et un vent !… mais un vent !… écoutez, je peux pas mieux dire… on ne-pou-vait-pas-mettre-un-pied-de-hors !… et ce ciel gris !… BRRR !… et encore c'était à Pâques…, et puis il est tombé malade… un cancer… en même pas six mois c'était fait…, il aurait pu mieux se soigner s'il avait voulu mais… l'argent leur manquait…, là il a dû le r'gretter amèr'ment de pas nous avoir écoutés pour les appartements… d'avoir sa vie n'été qu'un ouvrier… ah ça il a dû r'gretter !…, tout l'monde les a laissés tomber d'ailleurs… personne pour les aider…, c'est qu'on les voyait souvent à l'époque de sa maladie, ma tante gardait gentiment mon fils, le père de Gaby, que j'puisse souffler un peu l'week-end, et trois ou quatre soirs dans la s'maine quoi, voyez, on a beau être mère on en est pas moins femme comme je dis toujours…, mais j'vous ennuie avec toutes mes vieilles histoires ?… »

Je traviolais dans les grandes nuées cosmiques, parcouru de frissons, inondé de suées froides, de remuglements au bidon.

« N'est-c'pas ?…

– De ?…

– Je vous ennuie ?… »

Les deux autres complotaient dur dans l'entrée, le vieux à refiler sans cesse de brefs coups d'œil vers nous et soufflant, s'éberluant dans la brochure. Et elle continua ainsi à m'énumérer les décès, s'enflammant pour une hospitalisation qui se prolongeait, une autre en pointillé, fanatique des rechutes, le suspens, envieuse du peu de bonheur des autres.

« Vous pouvez être franc hein ?… »

Les vieux ça y ressemble ils ont la patafiole farcie de morts, un musée de macchabées les vieux leur citrouille, que des cadavres pour copains à leur gesticuler au fond comme des clowns de cimetière. La mémoire ils l'ont comme un charnier, et c'est elle qui nous use, ce brouillard flottant, s'étirant en longues traînées de fumée vague et douloureuse dans notre dos, une traîne de mariée, tout pareil, mariée avec la vie. Ça pèse rien la mémoire, c'est du pfuit…, du vaporeux, et pourtant ça nous ronge.

« Vous pouvez l'dire, hein… on est entre nous…

– Ouais mais… dire quoi ?…

– Mais que j'vous embête avec toutes mes vieilles photos…

– Ben c'est qu'les photos des gens qu'on a jamais vus, pis qu'en plus qu'y sont morts… ben forcém…

– Non… non… je n'ai jamais travaillé, Dieu m'en préserve… et puis j'n'aurais jamais eu l'temps avec toutes mes occupations… nos petits voyages… mes cures de sommeil, de thalassothérapie…, c'est que j'ai toujours été un peu forte…, je n'partais pas en cure deux fois par an pour le plaisir vous vous imaginez bien, comme tous ces parvenus qui n'savent pas comment utiliser leur temps et leur argent…, moi c'était un réel besoin pour mon corps…, que voulez-vous… j'aime ce qui est bon…, est-ce ma faute à moi si j'ai du goût ?… si je sais reconnaître du premier coup d'œil le beau ?… d'instinct… c'est comme un sixième sens chez moi…, hein, est-c'ma faute ?… non pas…, c'est une croix je vous assure d'être raffinée dans ce monde vous savez ?… avec ce que l'on voit… tout c'que l'on entend… dans l'poste…, vous avez bien d'la chance mon garçon que Dieu vous ait épargné cette malédiction… croyez-moi…, enfin… on est fait comme on est après tout… on y peut rien… il faut subir… y'a pas à lutter contre…, vous croyez qu'c'est agréable pour moi de faire se déplacer notre docteur tous les deux jours depuis des années ?… un homme fort agréable au demeurant… pour mes indispositions… je digère mal…, la Sécurité sociale n'est pas faite pour les chiens après tout, mais moi aussi j'aurais bien aimé vivre agréablement comme tout un chacun, sans tous mes tracas…, je n'ai jamais cotisé, c'est amusant… Jam oui… »

Ce qui serait bien utile, l'idée elle m'est venue en la regardant à côté s'essouffler dans sa graisse, suer de tous les boudins qui lui servaient de bras, de cou, de joues et de doigts, ce serait la possibilité d'intervertir les âmes. C'est un marché à prendre, bon boulot, j'irais moi m'insérer dans ce paquet de graisse, je la prendrais en charge cette charpente désespérée, je boufferais plus une noisette jusqu'à ce qu'elle ait retrouvé figure humaine. Je naviguerais comme ça de corps en corps, des contrats, mon taf en somme. Les anorexiques on les implanterait dans les gros, le temps qu'ils fondent. Ça arrangerait bien tout le monde cette idée. Et puis les gros ventres c'est bizarre, je sais pas si vous avez remarqué mais y'en a deux sortes. Chez les bonshommes surtout ça se fait. Il y a les flasques, ça on sait ce qu'il y a dedans, du moins on suppose, mais aussi des ventres tout gonflés, comme un ballon, la peau si tendue qu'on les imagine toujours prêts à exploser. Y'a quoi dans ceux-là ?

Hou ! le voilà pas content du tout le vieux derrière sa porte, rouge d'implosion, le regard sec dessus Gaby gesticulant sa défense. Ils disparaissent alors tout à fait.

« Vous n'trouvez pas ?…

– Que ?…

– Mais… hé… qu'il a du talent !…

– Qui ça ?…

– Mais… ah… Gaby enfin voyons !…

– Du talent pour ?…

– Mais… enfin !… le cinéma évidemment !… vous n'écoutez rien ! ?… il vous en a bien parlé ?… regardez c'visage… ces yeux… ce regard…, Jam le dit aussi… il va réussir… gagner des sommes !… la vie qu'il mérite quoi…, dans la vie, croyez-moi, on a toujours ce que l'on mérite !… c'est comme ça, c'est une règle i-na-lié-na-ble !… regardez ce front volontaire… et il n'avait que huit ans là…, j'en ai une autre… la voilà…, il savait déjà c'qu'il voulait à cette époque… c'est quelle année ça ?… oui, neuf dix ans… à Biscarrosse elle a été prise… le club où il jouait au tennis à côté d'la maison…, vous savez qui il y avait aussi dans ce club ? heu… j'me souviens plus du nom mais… c'est un grand champion aujourd'hui… c'est bien un signe ça ? nan ?…, il va réussir, ça n'fait aucun doute… la vie lui doit bien ça… après tout…, hein Jam qu'il réussira dans l'cinéma… il est doué… c'est fait pour lui…, c'est évident qu'il va y arriver…

– Ce s'rait malheureux vu l'prix des… – il lâche sans y penser, pénétrant la pièce.

– Quoi ?… tu dis quoi Jam ?… tu dis comme moi… »

Il répond rien, avec son air contrarié perdu dans ses réflexions il tourne en rond à quelques mètres, puis :

« Ils s'en vont…

– Déjà ! ?… – elle en sursaute – mais quelle heure est-il ? !…

– Tard !… s'ils veulent attraper le dernier train d'nuit…

– Alors aide-moi à m'lever… aide-moi Jam !… j'ai quelque chose à dire à Gaby…, mais aide-moi Jam à la fin !… tu es exaspérant à tourner en rond au lieu de… »

Elle est debout, ruisselante, le soufflet de forge plein volume, des auréoles sous les bras, tout lui tourne, tout l'a épuisée, elle ressemble à un vieux linge mouillé, fripé sur son piquet.

« Gaby… viens avec moi dans la chambre… Jam, donne-moi la clé veux-tu ?…

– Hein ?… mais pourquoi diable ! ?…

– AH… donne-moi la clé !… c'est autant à toi qu'à moi que je sache !… allez, donne… »

Je m'hypnotisais la rétine, là dans l'entrée, à regarder cette masse s'éloigner, son ample robe fleurie qui lui courait jusque sur les pantoufles, ses yeux à fleur de tête dans sa face porcine où son regard baigné de graisse jaune travaillée au jour le jour depuis des siècles la propulsait au mollusque, à la flaque de gélatine se traînant jusqu'à la chambre à dodeliner du couloir.

« Vous aimez ?… – il me demande le petit vieux.

– De ?…

– C'que vous r'gardez…

– Ce que je… »

Et soufflant pour passer la porte elle se repose quelques secondes sur la poignée, Gaby à elle collé, nous quelques mètres en arrière pour voir la lourde se refermer sur eux deux.

« Les tableaux… là… sur les murs du couloir… vous aimez ?…

– C'est vous qui ?…

– En personne… moi-même qui vous cause… à mes heures perdues…, je peux m'flatter de vous dire que nous sommes tous un peu artistes dans la famille…, sûrement pour ça que Gaby va faire du cinéma…, et ne voyez nulle flatterie dans mes propos mon garçon mais si Gaby a choisi de vous confier son amitié c'est qu'il a dû sentir chez vous les mêmes résonances artistiques…, son père faisait du piano dans sa jeunesse, il était doué, un certain doigté…, ma femme a décoré des appartements, elle aurait pu continuer, elle a la fibre… moi la peinture…, et jamais je n'ai pris de cours…, hihihi… je mens, si, j'ai pris des cours… un an… une employée, qui m'a gracieusement enseigné quelques rudiments de technique… le B-A BA en somme… le dimanche matin…, alors ?… vous trouvez ?… un peu austère au premier abord j'en conviens mais… l'art… l'art est douloureux… la création… c'est une exigence… alors ?… soyez franc… »

À force d'être mal à l'aise on y regarde un peu avant d'émettre une opinion, les bévues tombent vite, on oscille entre l'effort et le sabordage, j'hésitais donc. J'ai commencé par m'abîmer de réflexions silencieuses sur les croûtes avant de me prononcer, priant même pour ne pas avoir à le faire. Mais c'est du brun, beaucoup de gris et tout le reste est noir.

« Attendez !... – et il m'allume les petites loupiotes aux appliques dorées qui surplombent chaque tableau – voilà... c'est mieux non ?... tout est dans l'éclairage... tel sublime tableau pass'ra inaperçu... tel autre, même commun en ressortira grandi sous un éclairage judicieux..., comprenez ?... »

J'étais bien embêté, n'y connaissant rien mais possédant tout de même autant d'yeux que tout le monde, c'est à dire deux, je tanguais toujours entre mes deux options, en cherchant désespérément une troisième qui ne venait pas.

Des lumières blafardes comme des nuits enlunées venaient éclaircir parcimonieusement des herbes mortes couchées par le vent, battues par la pluie, des dunes sinistres et toujours désertes où la même femme sans visage, gracile et raide, perdue au cœur des landes sombres et pluvieuses semblait espérer la venue du bonhomme.

« Mais elle a...

– Oui ?... allez-y, allez-y... je vous écoute..., surtout n'ayez pas peur de me malmener... toute critique est constructive, surtout si le regard porté est juste et pertinent..., allez-y mon garçon, vous semblez, comme Gaby, et je comprends bien là mon petit-fils, très sensible à tout ce qui touche à l'artistique... vous vous êtes bien trouvés..., hihihi... et Dieu sait qu'il ne m'a jamais ménagé quant à mes œuvres... oh non... hihihi... il n'a jamais été tendre avec moi...

– Pourquoi la dame elle a pas d'figure ?...

– Hihihi... mon garçon... jeune innocent... »

Et il ne bougeait plus, son air attendri semblait prendre de l'élan pour mieux me câliner tout en m'instruisant. Il opine un peu de la théière et dans une respiration bienheureuse il me déclame, radieux toujours mais grave d'un coup :

« Quand on connaît le but où l'on doit marcher, avec un peu de réflexion, les moyens viennent facilement…

– …

– Napoléon !…

– Mais pourquoi qu'elle a pas d'figure alors la dame ?…

– Mais pour ça… hihihi… tout simplement… c'est une représentation de l'être féminin… l'intemporalité des choses de la vie… au-delà du jeune, du vieux… toutes ces notions n'existent plus lorsque l'on remplace les visages par une énigme…

– On sait pas qui c'est alors la dame ?…

– Quelle importance ?… toutes les femmes justement sont représentées dans ce…

– Ouais mais moi j'aurais bien aimé savoir qui c'est la d…

– Oui d'accord ! et sinon ! ?

– C'est drôlement triste tout ça…

– Ça, je vous l'accorde… il est des œuvres plus gaies c'est indéniable… en l'occurrence chez les impressi…

– J'aime pas moi quand c'est triste comme ça…

– Ça plaît ou ça plaît pas !

– Ben ouais mais là y'a tout qui… nan vraiment c'est… »

Il me pousse alors, énervé, me décalant vers le suivant.

« ET ÇA !… LÀ !… c'est plus gai non ! ?

– Y pleut pas… moui…

– AH !

– Ben ouais mais… y fait tout noir encore et la dame elle a toujours pas d'figure alors…

– Je VIENS de vous expliquer !…

– Ça change pas que… »

Il m'entraîne par le bras sans ménagement jusqu'au fond du couloir, me plante devant un autre, essoufflé, bougonnant tout seul.

« ET ÇUI-LÀ ! LÀ ! c'est gai non ! ?… une ball'rine c'est gai ! ?… y'a du rose ! y pleut pas !

– Elle a pas d'figure la d…

– SI !… regardez mieux !… elle en a une !

– …

– Alors ? !…

– C'est tout gris à la place de sa fi…

– C'est un VOILE !… c'est PO-É-TI-QUE !…

– Et le rose du tutu il est tout sale… on dirait le ciel qu'est tout noir il a bavé sur le tu…

– Mais qu'il est CON !… c'est pour traduire un accord parfait avec la nature de par son art !… vous comprenez vraiment rien à rien vous !… elle se mêle au paysage dans l'mouv'ment !… se fond dans l'décor !…

– Moi j'aurais…

– Vous êtes peintre ? !

– Ben nan… mais moi j'aurais fait des figures aux dames… comme ça on sait qui c'est au moins… si on les croise dans la rue, dans l'métro…, et puis j'aurais pas bavé partout sur le tutu moi… »

Son tic de l'œil dans sa face rougeaude se faisait plus précis encore, une trotteuse ça lui affichait, et ses mâchoires bloquées avaient un quelque chose de primitif. On se comprenait pas ce me semblait.

« Il est tout dégueulasse le tutu maint'nant… quand on fait quelque chose faut pas tout saloper en…

– Mais c'est fait EXPRÈS ! !…

– Et puis y'en a trop d'la peinture… c'est pas tout plat…

– Bon !… ça aussi c'est fait exprès !… pour faire ressortir la rugosité de certains éléments du paysage…, mais je suppose que ça aussi ça vous passe au-d'ssus de…

– Comme les cailloux là ?…

– Oui… mais ce sont des rochers !… voyez pas la mer, là, derrière la danseuse ? !…

– Y'en a beaucoup d'la peinture quand même… ça rebique…

– Je sais !… du relief !… fait exprès !…

– Là… là… et là…

– JE-SAIS !… Gaby m'l'a souvent dit !… que j'aurais dû faire de la sculpture… ou maçon… que c'est à plat sur le sol qu'elles devraient être mes peintures gnagnagnagnagna ça va, je sais !..., AH vous vous êtes bien trouvés tous les deux hein ! ?... aussi b... l'un que l'autre... hein ! ?...

– Et là aussi...

– Çavaçavaçava !... tournez-vous ! venez là ! regardez ce...

– Quand on gratte on sent bien que...

– Mais quel CON !... y m'arrache des... touche à rien !... donne !... mais donne ça !... et l'fais pas tomber ça va s'foutre dans les poils d'la moquette après on pourra plus...

– M'a glissé...

– Il est où ? !...

– Ben par terre...

– Évidemment par terre !... où voulez-vous qu'y soit ? !... bon allez... venez là !... tournez-vous !... NAN, marchez pas d'dans... pas là !... NAN ! y'a le...

– Elle est dégueu la peinture... à colle à la s'melle... »

On aurait vraiment dit que tout le vin du repas lui revenait sur la face tant il gonflait en des teintes écarlates, et puis figé, les yeux énormes, une statue prête à décoller. Je disais plus rien moi puisqu'il prenait tout mal. C'est susceptible un artiste, même un mauvais.

« Bon !... regardez... c'est quoi ?...

– C'est la nuit ?...

– NAN !

– C'est tout noir...

– NAN !

– ...

– C'est PAS tout noir !...

– Y'a des reflets ?...

– Des NUANCES !... là... ici... et celle-là aussi... voyez ?...

– Au milieu c'est noir clair un peu...

– C'est ça... alors restez un peu devant... concentrez-vous... et puis taisez-vous hein !... vous allez bien finir par découvrir quelque chose... »

Mais juste derrière la porte de la chambre Gaby s'évertuait en flatulences, balançant des pets formidables et prolongés, rotant dans le gigantesque en se gondolant vers les aigus avec, en sourdine, la voix de la vieille comme un ronron ininterrompu.

« Alors ?…

– C'est pas facile…

– De ?… quoi encore ?…

– Ben, d'se concentrer… avec lui là qui fait rien que…

– Eh ben, bouchez-vous les oreilles ! »

Mais l'autre égrenait un chapelet en staccato, pliait ses variantes en des accords interminables, mélangeait le haut et le bas en canon avec l'habileté des grands praticiens, y retournait toujours en se bidonnant plus fort encore jouer sur les extensions, modulant les sons sur toute la gamme et semblait ne jamais vouloir se lasser de la pétarade qui fusait derrière la porte.

« J'y arrive pas moi à trouver c'que c'est… – je lui dis au vieux – j'arrive pas à d'viner… j'crois qu'j'ai perdu, hein, c'est ça ?… j'ai perdu m'sieur ?…

– Mais PAU-VRE CON !… y'a rien à d'viner !… faut ressentir !… c'est pas un jeu !… pas une devinette !… chacun y ressent quelque chose de différent !… y'a rien à gagner !… l'art ça s'explique pas enfin quoi !… la poésie elle… »

Mais Gaby redoublait ses accords, jouant de dextérité, s'échinant à faire des phrases de ses éructations par-dessus le ronron de la vieille, s'acharnant tant à son plaisir de nous remodeler si bien le paysage sonore par le fondement et le reste que j'imaginais voir des flammes cramoisir la porte.

Il se parlait rien que pour lui-même le vieux maintenant, le regard perdu dans le fond de son œuvre, retrouvant de la sérénité, l'œil attendri, la voix comme un murmure bienheureux.

« La peinture… c'est l'oubli… on s'immerge dedans… se perd… comme dans la musique…, d'ailleurs il est incontestable que musique et peinture ont un langage commun…, un tableau est un morceau de musique…, lorsque vous regardez une œuvre, n'entendez-vous rien ?…

– Ben si, y'a Gaby qui…

– PAS ÇA !... imbééééécile va !... la poésie !... repaire du subtil !... un quelque chose qui vous prend !... s'infiltre en vous avec douceur... vous comprenez ?... dites-vous bien que si l'on pouvait expliquer la po... »

Une déflagration assourdissante vint clore en des sonorités inattendues, s'étalant sur plusieurs octaves, le concert qu'il nous offrait depuis quelques minutes. Le bouquet il nous faisait Gaby.

« BON !... – qu'il hurle en ouvrant la porte d'une ruade folle – t'as fini avec la clé ! ?... y s'en vont quand ! ? leur train ! t'as oublié ? !

– Bah ! ?... quelle mouche te pique Jam ?... je peux quand même bien prendre un moment pour discuter avec Gaby enfin quoi ?...

– LEUR TRAIN !

– Oui, j'entends bien... c'que t'es soupe au lait toi dis donc !...

– Vous parlerez un autre jour ! y vont l'rater !

– Oh évidemment... on s'connaît trop toi et moi... on s'est tout dit... mais avec Gaby... lui au moins y m'comprend... il est sensible lui..., hou c'que tu m'as fait peur à surgir comme ça... la tête toute rouge... on aurait dit un fou furieux..., faut pas les faire enfin quoi ce genre de choses... j'en ai encore des palpitations... vrai, touche... tu sens ?... là...

– C'est ça c'est ça !

– Je t'ennuie mais tu f'ras venir le docteur demain Jam j'te prie...

– Mais oui mais oui ! »

S'il pouvait même nous faire un petit coucou là le docteur, que je lui cause un peu moi aussi de mes remuglations, les lumières qui me montent et descendent, la balle que j'ai à me rebondir dans la cafetière tous sens. Que ça me tourne, j'en ai des papillons de la soirée.

« Vous en avez mis un temps aussi tous les deux, là ! ?... et moi pauvre imbécile qui tente depuis vingt minutes d'expliquer mon œuvre à ce... ce... ce niais !... – il décolérait pas le vieux – et l'autre qu'on entendait nous pondre des flatulences à plus va derrière la porte !... et toi qui blablablablabla !... tu l'entendais pas lâcher ses vents le plus fort qu'il pouvait, et roter, et se bidonner pendant qu'toi blablabla ! ?...

– Mais enfin Jam nous...

– AH NON, HEIN ! ?… me dis pas qu'tu l'entendais pas !

– Mais je t'assure Jam nous discutions et…

– T'appelles ça discuter toi ! ?… et l'autre anDOUILLE-là… mais pourquoi qu'elle a pas d'figure la dame ?… et gnagnagna… un vrai LOMBRIC !… et l'autre derrière la porte et prout et prout et prout… et toi blablabla…, vous êtes des malades tous les trois !… – il s'aperçoit alors horrifié de l'ampleur des travaux de Gaby – et cette O-DEUR ! !… mais OUVRE !… OUVRE BORDEL DE DIEU !… mais ouvre donc la f'nêtre !… j'vais ouvrir le palier… qu'ça circule… faut évacuer ça !… on va pas dormir dans… dans ce… cette PESTILENCE !… les bêtes font pas pire !… mais quelle HORREUR ! !… et tu sens rien toi ! ?…

– Mais… oui il est vrai que…

– UNE DEMI-HEURE à mariner là-d'dans !… et toi t'entends rien tu sens rien ! ?… bien sûr que j'vais l'app'ler l'docteur !… respirer ça c'est… c'est… c'est IMMONDE !… mais LAISSE OUVERT !… LAISSE !… »

Il se calme enfin mais reste rouge, essoufflé, son tic de l'œil farouche, puis il retombe, exténué, nous regardant tous les trois muets.

Et nous restâmes ainsi dans l'entrée, chacun de retour en soi, n'ayant plus rien à se dire, la porte ouverte sur le palier où des lattes brillaient comme métal au soleil, lui la poignée dans la main, elle la main sur le cœur à se compter les battements.

« Bon bon bon…, alors Gaby, es-tu content ?… – il reprend le dessus le vieux, il sent que c'est bientôt fini, il nous fignole la sortie – tu vas enfin pouvoir réaliser ton rêve ?… pour l'appartement tu nous diras quel quartier s'accommode le mieux à ta convenance…, et puis tu nous raconteras pour tes cours, hein ?…

– Une nouvelle vie commence pour moi !… j'ai fait un drôle de rêve l'aut'nuit… j'battais au ping-pong Alain Delon, jeune, et à plate couture hein ! ?… c'est un signe ça nan ?… mais j'l'ai toujours su… et surtout depuis la pièce de théâtre de fin d'année… ma vie c'est la scène, le public…

– La pièce… celle de l'année là ?… – je lui demande à Gaby.

– Ouais…

– Quand t'entres et qu'tu t'allonges par terre dès l'début parc'que t'es mort et qu'tu t'relèves qu'à la fin ?…

– Et alors ?… t'y étais sur scène toi ?…

– Ben nan… mais… p't'ête pas besoin d'y être pour…

– Allez allez… ne vous disputez pas les garçons… – il nous dit le vieux – c'est bien quand même…, tu ne nous avais pas, c'est vrai, raconté ta première expérience du public de cette manière-là Gaby…, mais… enfin… on doit toujours encourager les artistes, leur passion…, ce n'est pas comme ton ami… ne le prenez pas mal mon garçon mais vous n'avez absolument, mais alors ab-so-lu-ment au-cune prédisposition artistique !… ce n'est pas grave notez bien…, il faut aussi des gens pour les basses besognes matérielles n'est-ce pas ?… où irions-nous sinon ?… hihihi… s'il n'y avait que des artistes sur cette bonne vieille Terre ?… hein ?… hihihi… »

Et de les voir tous deux cligner des paupières sous le grand lustre étincelant, inondant l'entrée comme une fontaine de lumière m'arrivaient des images désolantes, la vieillesse m'ouvrait alors des possibilités infinies. Je regardais ces deux ombres à l'écart, refusant de souffrir, leurs journées coulant de plaisirs en attentes, ne sortant plus, à laisser filer leurs jours dans une suite de petits vides à combler, répétitifs et réguliers, parfaitement connus, sans outrance ni surprise. Deux ombres coulées dans la pierre des statues qui soutenaient leurs balcons. Ne voulant pas même mourir. Ce serait ça alors que d'être vieux, attendre au lieu d'espérer ? Moi du coup je dis c'est aux bébés à qui faudrait laisser la place dans le métro, pas aux vieux. Les vieux ils ont fini.

« Vous viendrez donc nous voir cet été à Biscarrosse ?… c'est dit ?… »

Mais nous étions dans l'escalier déjà, et pour toute réponse elle n'eut qu'un rot éléphantesque qui se répercuta d'étage en étage pareil à une cloche. On dévalait toujours nous, pressés de pas croupir la nuit entière dans ce bled. Mais comme une marchandise impérieuse sur le quai en attente du grutier, bizarrement il m'a semblé une obligation de rechercher l'immobilité, guetter en moi l'imprécis mais furieux, que ça me venait, là, en mouvement, une coulée de lave trouvant finalement le chemin. Je stoppais alors sur la dernière marche, agrippé solidement à la grosse boule dorée clôturant la rampe, éberlué, tournant des myriades.

« Tabarnak !… t'as un truc qui passe pas on dirait, hein ?… » – il se marre Gaby.

Nan, ça passait pas.

Il était d'humeur badine Gaby, marrade à souhait à crapahuter dans ces rues chaudes encore, attraper le dernier train de nuit, moi j'y arrivais plus à me gondoler, l'ombre avait gagné les coulisses. Et dans le wagon désert mollement je l'écoutais narrer son bonheur à venir en se tapotant les biftons qui lui gonflaient la poche et les trois chèques qu'il tenait en éventail pour les trois années de ses cours d'art drâââmâââtiiique. Qu'il s'y voyait déjà le pépère, et visait juste le zig, se gourait pas, l'appartement, l'école de théâtre et cinoche, il demandait pis ça lui tombait, se décrochait de la branche rien que pour sa fiole.

Il eut alors l'existence légère et facile des vies brèves.

En somme, tout le monde se foutait le camp, tous ils y arrivaient d'une façon ou d'une autre, contents ou pas à se raccrocher au monde, et moi qui allais rester aussi bête que les mouettes.

« Pareil à chaque fois !… – il me dit se bidonnant – me prennent chacun d'son côté… en secret… et chacun me r'file autant qu'l'autre…, chaque fois !… j'y coupe pas… chaque coup j'fais un doublé…, – matois d'un coup il me bigle en complicité – et puis, dis donc… on l'a fait enrager lui, hein ! ?… hahaha… le vieux… j't'entendais derrière la porte avec tes "mais pourquoi qu'elle a pas d'figure la dame ?" AHAHAHA !… avec ta voix d'débile, me tordais, en plus que j'pétais tant j'pouvais !… ah putain on s'est poilés hein ?…, bah… sont sympatoches, nan ?… hein ?… »

Moi je me demandais bien avec leur charge de nœuds comment ils arrivaient encore à tenir debout ces deux êtres-là ? Ça, ils s'en faisaient des magnes et des mignardises, des niouniouniafries et des chichis pour laisser l'autre passer en premier vers le trou, s'agrippaient duraille. Mais ça intrigue tout de même bien un peu les chutes supposées, en attente, les fatigués, les bouts de route, les malades, pas jusqu'à leur savonner la pente mais enfin, on regarde, on est curieux, c'est pas tous les jours, des fois qu'ils se redressent on est pas contre, mais s'ils choient on observe, on guette et ça fait, on peut le dire sans honte, du bien alors de tenir, nous qu'étions pas gaillards l'heure d'avant, ça console, ça requinque la chute des autres, on se dit alors qu'on est peut-être un peu moins con, plus fou peut-être, mais debout.

Et moi qui voulais m'en foutre jusque-là des autres, m'enfoncer au plus profond de leur esprit, plein de l'âme des êtres, leurs petits mystères du vrai dedans, comme les vautours, la tête et le cou, j'avais mon blinde. Mais les charognards perdent des plumes à ces endroits-là, c'est à noter.

Gaby comptait ses liasses en se roucoulant du futur, illuminé ricanant, et je voyais passer derrière la vitre une nuit épaisse que les réverbères seuls perçaient de touches régulières.

Puis comme des insectes à l'arrêt, un à un ils sont revenus les petits pavillons de l'aller, c'étaient bien eux, blafards et grisâtres, endormis maintenant, et encore et encore à me défiler, le train comme sur un manège à tourner, passer repasser toujours à plus finir, une toupie, avec des gens au-dedans des pavillons à roupiller comme des bêtes repues, refaire demain encore dans l'oiseux, jamais las de jouir, doués de paresse, vissés en eux, besognés du dedans pour atteindre la nuit, une autre encore jusqu'au dernier jour sans conscience du parcours.

Et les pavillons à me passer encore devant la binette…, et encore… et encore…

Là, ça a plus tenu, que j'en ai dégueulé par la fenêtre une longue traînée noire qui s'effilochait sur tout le travers du wagon, j'en finissais plus, et encore et encore…

Une glu charbonneuse qui envahissait la nuit pour la rendre toujours plus sombre, engloutir tout le paysage, et chaque évacuation obscure lançait une tache noire qui restait figée dans l'air, suspendue pour éclabousser les lueurs alentour. J'en devenais sourdingue à tant dégueuler par la fenêtre de ce long serpent lumineux qui nous entraînait avec un fracas de bête rageuse, dans la nuit, vers une vie autonome.

Et il s'est mis à monter le train, vers le ciel, dans la nuit, nous voguions vers l'enfer des hommes. Mais à force d'expulser mes boues noirâtres, et si douloureusement qu'elles m'enflammaient tout le tuyau, elles se rejoignirent toutes les petites taches, s'emboîtèrent comme pièces d'un puzzle pour ne plus former bientôt qu'un long tunnel désastreux dans lequel nous nous enfoncions plus profondément, kilomètre après kilomètre, sans jamais en voir le bout, une lueur.

Et je restais crucifié à la fenêtre, une sirène d'usine à me transpercer les tympans, dégueulant toujours et sans cesse mes ténèbres, avec Gaby vautré sur la banquette à compter ses billets dans mon dos. Et dans le wagon les vivants et les morts à moi connus, tous assis bien peinards, bien gentils, souriants cons, bien polis, tous une petite créature ombreuse dans les bras, à la câliner, la toiletter, chouchouter leur folie avec tous un masque sur les genoux, ne leur laissant plus qu'une béance d'ombre pour visage.

Un mouroir ce wagon.

J'avais cessé de lui chercher une définition à la vie, je la voulais comme une java musette ma vie à moi, semblable à des herbiers de posidonies et puis non, comme une baie de brassage ma tête, toujours.

J'en reviendrais plus c'était trop tard.

Et ni avant ni demain, ni après ni le train, sur cette Boule pour moi il n'y avait rien.

Les êtres, ils passaient pas.

Tout se regroupait maintenant.

Je savais.

J'allais y pourrir dans ce train à m'enfoncer dans ma nuit, cette galerie minière, en dégueulant à la vitre mes ténèbres à jamais.

Et puis rouler, rouler, rouler toujours vers le soleil des morts.

Les choses elles en étaient là.

RÉALISATION : NORD COMPO À VILLENEUVE-D'ASCQ
IMPRESSION : NORMANDIE ROTO IMPRESSION S.A.S. À LONRAI
DÉPÔT LÉGAL : AOÛT 2019. N° 142696 (1901949)
IMPRIMÉ EN FRANCE